BIG
HISTORY

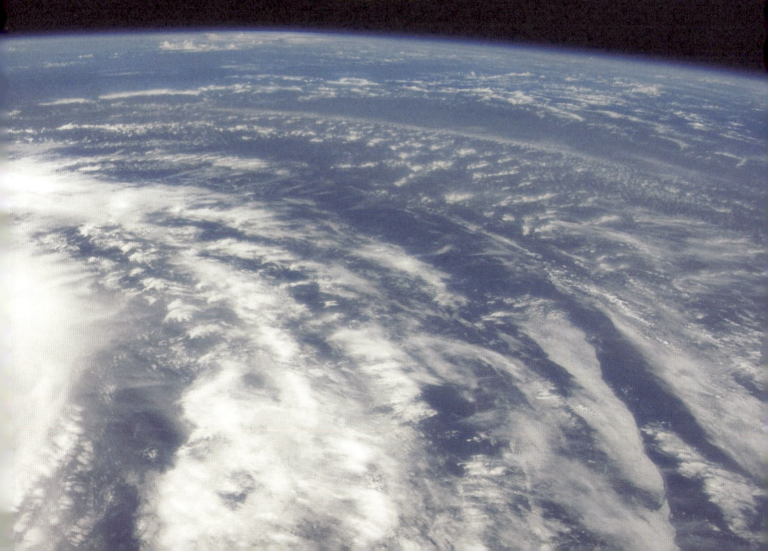

ビッグヒストリー

われわれはどこから来て、どこへ行くのか

宇宙開闢から138億年の「人間」史

デヴィッド・クリスチャン
［著］シンシア・ストークス・ブラウン
クレイグ・ベンジャミン

［日本語版監修］長沼 毅

［訳］石井克弥　竹田純子　中川 泉

明石書店

Big History: BETWEEN NOTHING AND EVERYTHING
By David Christian, Cynthia Stokes Brown, and Craig Benjamin

Copyright © 2014 by McGraw-Hill Education.
All rights reserved.

Japanese translation rights arranged with
McGraw-Hill Global Education Holdings, LLC.
through Japan UNI Agency, Inc., Tokyo

発刊によせて

　ビッグヒストリーでは、人間の歴史を、宇宙全体の歴史というより大きなストーリーの一部として語る。しだいに複雑さを増していく一連のスレッショルドを通じて、壮大なストーリーが展開するのである。だが、ビッグヒストリーは過去だけを描くのではなく、その先はどうなっていくのだろうと問うための、興味深い視点を形作るという意味で、未来をも見通している。人間の、地球の、そして宇宙全体の未来について私たちは何を知ることができるのか？　こうした思いを胸に、著者一同は学生の皆さん、そして皆さんと同世代の世界中の方々に本書をささげたいと考えている。アントロポシーン（人新世）において直面する地球規模の未曾有の困難に取り組まなければならないのが皆さんであり、また、私たちは新しいスレッショルドにさしかかっているのかも知れないという、恐ろしくも期待に満ちた前途に向き合うのも皆さんである。広範囲にわたり、分野横断的な展望を提供するビッグヒストリーが、皆さんが未来の課題に取り組む準備を進める上で役立つことを願っている。私たちは教える側の人間として、楽観的に考えている。過去と現在を理解しようと、学生の皆さんとともに私たち自身も日々研究に努める中で、未来は——どんなに大きな課題があろうと——なにも心配することはないと確信できるからである。

※スレッショルド【threshold】　辞書では「（戸口の）敷居」「（家の）玄関・入り口」「（物事の）入り口、開始＝出発＝点」「しきい値」「閾値」などと訳されるが、本書では、カタカナで「スレッショルド」と表し、「（物事が複雑化する）跳躍点/（新しい段階への）入り口/その地点を通過するとあと戻りできない地点」のような意味で用いる。宇宙開闢から現在（未来）までを「複雑さが増大する8つのスレッショルド」を軸に記述する本書を貫く視点であり、本書の最重要キーワードのひとつ。

本書の構成

本書は、著者が提唱する歴史概念「8つのスレッショルド」を説明する13章および序章からなる。

序章　ビッグヒストリーの概要と学び方

第1章　第1スレッショルド　宇宙 （138億年前～46億年前）
第2スレッショルド　恒星
第3スレッショルド　新たな化学元素

第2章　第4スレッショルド　太陽、太陽系、地球の誕生 （46億年前～38億年前）

第3章　第5スレッショルド　生命の誕生 （38億年前～800万年前）

第4章　第6スレッショルド　ホミニン、人間、旧石器時代 （800万年前～1万年前）

第5章　第7スレッショルド　農業の起源と初期農耕時代 （紀元前1万年～紀元前3500年）

第6章　小スレッショルドを経て　都市、国家、農耕文明の出現 （紀元前3500年以降）

第7章　パート1　農耕文明時代のアフロユーラシア （紀元前3000年～西暦1000年）

第8章　パート2　農耕文明時代のアフロユーラシア （紀元前2000年～西暦1000年）

第9章　パート3　農耕文明時代の他のワールドゾーン （紀元前1000年～西暦1000年）

第10章　スレッショルド直前　近代革命に向けて （西暦1000年～1700年）

第11章　第8スレッショルド　モダニティ（現代性）へのブレークスルー （西暦1700年～1900年）

第12章　アントロポシーン　グローバリゼーション、成長と持続可能性 （西暦1900年～2010年）

第13章　さらなるスレッショルド?　未来のヒストリー （これからの世界）

※スレッショルド【threshold】
本書では、「（物事が複雑化する）跳躍点/（新しい段階への）入り口/その地点を通過するとあと戻りできない地点」の意味。

もくじ

はじめに xv

執筆者チーム紹介 xix

序章　ビッグヒストリーの概要と学び方 1

全体像をとらえる 1

過去の全体像 2

ビッグヒストリーとは何か 4

ストーリーの基本的な形：複雑さの増大 5

基本的な枠組み：ビッグヒストリーにおける8つの主要なスレッショルド 7

年代表記法と時期に関する注記 8

第1・第2・第3スレッショルド　　　　　　　　第1章

宇宙、恒星、新たな化学元素 11

全体像をとらえる 11

第1スレッショルド：ビッグバン宇宙論と宇宙の起源 12

第2スレッショルド：銀河と恒星の起源 24

第3スレッショルド：新たな化学元素の生成 27

要約 33

第4スレッショルド　　　　　　　　　　　　　第2章

太陽、太陽系、地球の誕生 37

全体像をとらえる 37

第4スレッショルド：太陽と太陽系の誕生 38

初期の地球——小史 47

地球の表面の形成 51

要約 59

第5スレッショルド

第3章

生命の誕生 63

全体像をとらえる　63

自然選択による生命の変化　64

第5スレッショルド：地球における生命の誕生　72

地球上の生命——小史　77

要約　87

第6スレッショルド

第4章

ホミニン、人間、旧石器時代 91

全体像をとらえる　91

ホミニンの進化：800万年前から20万年前まで　92

第6スレッショルド：ホモ・サピエンスの出現　101

旧石器時代：20万年前から1万年前まで　107

要約　116

第7スレッショルド

第5章

農業の起源と初期農耕時代 119

全体像をとらえる　119

第7スレッショルド：農業　120

農業革命　121

初期農耕時代　129

合意性権力の登場　139

要約　143

小スレッショルドを経て　　第6章

都市、国家、農耕文明の出現 147

全体像をとらえる　147

都市、国家、および農耕文明の定義　148

資源の増大とコレクティブ・ラーニング（集団的学習）　149

最古の都市ウルクと最古の国家シュメール　151

他地域の都市と国家　158

要約　173

パート1　　第7章

農耕文明時代のアフロユーラシア 177

全体像をとらえる　177

新しいタイプの共同体　178

農耕文明の時代　179

第1の傾向：農耕文明とその管理組織の拡大、権力、および効率化　183

要約　199

パート2　　第8章

農耕文明時代のアフロユーラシア 203

全体像をとらえる　203

第2の傾向：アフロユーラシアの農耕文明間における重要な交換ネットワークの確立　204

第3の傾向：複雑化する社会的関係とジェンダー関係　213

第4の傾向：全体的に緩慢な変化と成長　222

要約　224

パート3 　第9章

農耕文明時代のその他のワールドゾーン 227

全体像をとらえる　227

アメリカの農耕文明　228

太平洋ワールドゾーンとオーストラレーシア・ワールドゾーン　245

要約　250

スレッショルド直前 　第10章

近代革命に向けて 253

全体像をとらえる　253

近代革命への道　254

イノベーションが加速した理由：イノベーションの推進要因　254

西暦1000年の世界　256

古代以後のマルサス的サイクル：西暦1350年以前　261

近代初期のマルサス的サイクル：西暦1350年〜1700年　269

西暦1700年の世界　281

要約　283

第8スレッショルドに歩み入る 　第11章

モダニティ（現代性）へのブレークスルー 287

全体像をとらえる　287

第8スレッショルド：近代世界／アントロポシーン（人新世）　288

イギリスにおける社会、農業および産業の革命　291

産業革命の波及　296

政治的革命：近代国家の興隆　300

2つの世界の出現——先進国と発展途上国　302

産業革命のさらなる余波　308

要約　315

アントロポシーン　　　　　　　　　　　　　　　　第12章

グローバリゼーション、成長と持続可能性　319

全体像をとらえる　319

第1部：政治的・軍事的な変化　321

第2部：成長——より多くの人間による、より多くの消費　328

第3部：生活様式および社会に及ぼされた成長と工業化の影響　336

第4部：生物圏に対するアントロポシーンと人間の影響——成長は持続可能なのか？　339

要約　341

さらなるスレッショルド?　　　　　　　　　　　　　第13章

未来のヒストリー　345

全体像をとらえる　345

未来予測その1：近未来　347

未来予測その2：今後数千年間　360

未来予測その3：はるかな未来　363

結論——ストーリーの終わり：宇宙における人間　365

要約　366

「ビッグヒストリー」を味わい尽くす　長沼　毅　371

用語集　381

索　引　391

はじめに

『ビッグヒストリー：われわれはどこから来て、どこへ行くのか——宇宙開闢から138億年の「人間」史』[原題は *Big History: Between Nothing and Everything*]は、ビッグヒストリーと名づけられた、多分野にわたる学問についての初の教科書となる。

ビッグヒストリーは、人間、さらには地球という惑星のみならず、宇宙全体の過去を探求する。本書では教師と生徒がともに、まずビッグバンと宇宙誕生のあった138億年前の時空のかなたにさかのぼる。宇宙論、地球科学、生命科学、人間の歴史における研究結果を一体化させ、宇宙とその中に位置する私たちの居場所について、ひとつの普遍的な歴史物語を形作るのだ。

これまであらゆる社会で、時空間における自分たちの居場所について理解するために、さまざまなユニバーサルストーリーが構築されてきた。しかし、ごく最近になって、世界の科学者および有識者たちは、科学的な証拠に基づいたひとつのユニバーサルストーリーを紡ぎだすようになった。そこに含まれる一部の断片的な知識、たとえば地球の誕生は何百万年も前であろう、あるいは現代の生命形態は初期の生命形態から進化したものかもしれない、といった考え方は19世紀にはすでにおなじみになっていた。しかし、このストーリーの詳細のほとんどは、過去100年ほどの間に構築されたものだ。幸運にも現代に生きる私たちは、宇宙の存在すべてが、どのように現在の姿となったかを科学的に理解できる最初の世代となるのである。

本書の目的

このストーリーに親しむにつれ、学生の皆さんはそこに盛り込まれた多様な断片的知識が、全体としてまとまっていくありさまを理解することであろう。原子がどのようにして私たちの肉体を構成する細胞を形づくるようになるのか？　ビッグバンの際、あるいは爆発する恒星の内部で、どのようにして原子そのものが形成されたのか？　私たちの地球が、どのようにして太陽系をめぐる氷やダストのかたまりから形作られたのか？　さらに生命がどのようにして地球上に現れ、この惑星全体に拡散し、多様化していったのか？　また、20万年前にどのようにして人間が地球上に出現したのか、あるいは私たち人間はこの美しい地球

上に共存する他のあらゆる生物ととても似ていると同時に、非常に異なってもいるのはなぜなのか、についても学ぶことになる。最後に未来について問いかける。ストーリーの先はどうなるのか？　人間と地球はどのような運命をたどる可能性が高いのか？　また、宇宙は最終的にどのような運命を迎えることになるのか？

本書には、学生の皆さんが歴史上の物語を結び付けている多くの事物を調べたり考察したりするのに役立つ批判的思考スキルを高められるよう、様々な工夫を盛り込んだ。

本初版の注目すべき点

本書は、読者をひきつけてやまない文章のスタイルに加え、ビッグヒストリーを生き生きとしたものとし、学生の皆さんがこの魅惑的なストーリーを学びやすいように、数々の工夫をこらしている。

序章　ほぼ1章分相当のページ数をあてて、ビッグヒストリーの定義、複雑さ（*complexity*）と出現（創発、*emergence*）という概念の要点、ビッグヒストリーの節目となる8つの主要なスレッショルド（*thresholds*）を解説する。

全体像をとらえる　新たな内容に進むのに、質問を設けておくことは最良の準備となる。読者の好奇心を刺激し、ビッグヒストリーの大がかりなスケールにそった思考へと導くよう、各章ともいくつかの質問から始まる。たとえば、第6章では、はじめにこんな質問がある[147ページ参照]。
・都市とは何か？　国家とは何か？　農耕文明とは何か？
・農業生産高を増やすために人々が自力で編み出した方法とは何か？
・都市が生まれるためには、どのような技術の進歩が必要だったか？

考察

各章が興味を呼び起こすための一連の質問で始まるのと同様、その終わりにも、次のような質問が用意されている。自分が読み、学んだ内容をまとめ、検討しやすくするためだ[以下の例はいずれも第6章のものである。173ページ〜174ページ参照]。

- なぜ人々は都市に集まるようになったのか？
- 世界で最初に都市が現れたのはどこか？　なぜその場所に都市が現れるに至ったのか？
- 四大ワールドゾーンにおける都市および国家の進化にはどのような違いがあるか？
- 古代文明の再現に使われる証拠の種類にはどんなものがあるか。
- この章では古代農耕文明期の類似点に焦点を当てたが、では相違点にはどのようなものがあるか？
- 都市および国家の出現に宗教はどのような役目を果たしたか？

スレッショルドごとのまとめ　138億年の歴史を語る上で、本書ではそれまでになかったまったく新たなものが出現した、主要な8つのブレークスルーを明らかにした。こうした節目となる時期をスレッショルド（threshold）と呼ぶ。新たなスレッショルドに到達するたびに、それを構成する主要な事項についてざっと把握できるよう、見やすい囲み記事が登場する。たとえば、第1章と第11章から具体例を挙げてみよう［12ページと289ページを参照のこと］。

第1スレッショルドのまとめ

スレッショルド	構成要素 ▶	構造 ▶	ゴールディロックス条件 =	エマージェント・プロパティ
1. ビッグバン：宇宙の起源	エネルギー、物質、空間、時間（私たちの宇宙にあるすべて！）	急激に膨張する時空の連続体内に存在するエネルギーと物質	不確定：多元宇宙内の量子揺らぎの可能性	私たちのまわりのあらゆるものを生みだすポテンシャル

第8スレッショルドのまとめ

スレッショルド	構成要素 ▶	構造 ▶	ゴールディロックス条件 =	エマージェント・プロパティ
8. 現代世界／アントロポシーン	グローバリゼーション；コレクティブ・ラーニング（集団的学習）の急激な加速；イノベーション；化石燃料の使用	生物圏を扱う能力の急激な加速とともに、世界全体で結びつく人間のコミュニティ	地球規模で加速するコレクティブ・ラーニング	人間による資源利用の大幅な増大→まったく新しい生活のあり方と社会関係→生物圏を変化させる能力を持つ、地球の歴史上初の単一の種

地図、写真、線画

視覚的な素材を念入りに選び、テキストに彩りを添え、その意味を深く印象づけるようにした。

キーワードと用語集

ぜひ覚えておきたい概念、人物、地名などのキーワードを太字で強調した。さらに、キーワードは各章の末尾にリストアップされている。またそうしたキーワードが後の章に現れた時、定義を調べるのに便利なように、本書の最後に用語集としてまとめてある。

追加資料

ビッグヒストリーの考えは急速に広まっており、関連するウェブサイトの数も確実に増加するに違いない。ちなみにビッグヒストリーに関して、学習の参考にできる、もっとも重要なサイトとしては以下の3カ所が挙げられる。

- インターナショナル・ビッグヒストリー・アソシエーション（IBHA）
  http://ibhanet.org/
- ビッグヒストリー・プロジェクト（BHP）
  www.bighistoryproject.com/Home
- クロノズーム（ビッグヒストリー年表）
  www.chronozoomproject.org/

謝辞

　本書の執筆にあたっては、多数の方々にご尽力いただきました。関係者の皆様に心より御礼申し上げます。まず、長年にわたりビッグヒストリーについての議論を交わしてきた多くの友人と同僚に感謝の念を伝えます。パートナー、親友、多様な分野の同僚をはじめ、特に世界の歴史学者および急速に拡大しつつあるビッグヒストリー学関係者からなる幅広いコミュニティの皆様には格別のご協力をいただきました。

　世界史の偉大な先達のひとりであるウィリアム・マクニール（敬称略、以下同様）は、ビッグヒストリーの理念について、私たちと同様に、世界史がめざす多くの目標の自然な延長線上にあると考えておられ、なみなみならぬご支援をいただきました。また『ジャーナル・オブ・ワールド・ヒストリー』の創始者であり編集者でもあった故ジェリー・ベントリーは、私たちの親友であり、ここに改めて深い感謝を捧げます。ジェリーもまた、世界史の偉大な先達のひとりでした。彼は自分のアイデアを惜しみなく披露し、多大な支援を寄せてくださり、ビッグヒストリーの理念に対する心強い支持者でした。実際、自身の手がける『ジャーナル』に、ビッグヒストリーに関する最も初期の論文のひとつを掲載してくださいました。私たちは実に惜しい方をなくしました。

　マグローヒルの編集部の方々と仕事をともにできたことは誠に幸いでした。最初の編集担当であったジョン・デヴィッド・ヘイグは、ビッグヒストリーの理念に確固たる信頼をいだき、この分野では初の教科書となる本書の制作を立ち上げたのです。そして彼の後任であるマシュー・バスブリッジが、完成に至るまで編集に取り組みました。編集作業には、アーサー・ポンポーニオとナンシー・クロッシエ、ジーン・スター（コンテンツ・プロジェクト・マネージャー）、シャロン・オドネル（原稿整理）、およびチェット・ゴットフリード（校正）といった方々の万全の支えがありました。この教科書の制作には長い期間を要し、しばしば容易ならぬ紆余曲折がありましたが、その間ずっとご支援とアドバイスを寄せ続けてくださった編集部の皆様に深く感謝いたします。

　2010年に、ドミニカン・ユニバーシティ・オブ・カリフォルニアならびにグランド・ヴァレー州立大学の教師と学生の皆さんに向けた教材として、本書の予備版を使っていただくことになりました。この試みに参加してくださった方々からは、この上なく貴重なフィードバックを寄せていただき、それがさまざまな形で本書の最終版完成につながったことに感謝を申し上げます。

　本書の初期の版について正式に検討を行ってくださった以下の皆様には、格別の御指導を賜りました（とはいえ内容の正確性について最終的な責任を負うのは私たちです）。敬意をこめて感謝を申し上げます。

セイラム州立大学　ホープ・ベネ
ポートランド州立大学　トッド・ダンカン
ミズーリ大学セントルイス校　ケヴィン・ファーンランド
ワシントン大学セントルイス校
　　　ウルスラ・グッドイナフ
南メソジスト大学　ジョン・ミアーズ
アーカンソー工科大学　アレクサンダー・ミルコヴィッチ
カリフォルニア州立大学サンタクルーズ校
　　　ジョエル・プリマック

　長年にわたりビッグヒストリーに惜しみない支援をしてくださっているマッコーリー大学に対して、デヴィッド・クリスチャンより謝意を表します。ことに2010年の国際ビッグヒストリー協会の設立会合および2012年の第1回会議への出張についてご支援をいただきました。2002年から2008年まではサンディエゴ州立大学でビッグヒストリーの講義を行っておりましたが、この新たな知的冒険に対して同大学の同僚、友人および学生の皆さんに支持していただいたことを感謝しております。また、ビッグヒストリーに対し熱心かつ寛大な支持者であり続けたビル・ゲイツにも感謝を申し上げます。ビルはビッグヒストリー・プロジェクトを通じて、高校生および一般向けの無料オンライン講座の構築に尽力してくださっています（www.bighistoryproject.com/Home）。マッコーリー大学ならびにサンディエゴ州立大学の学生の皆さんには、ビッグヒストリーの進化において、本人たちが考えているよりもはるかに重要な役割を果たしていただきました。なぜなら、皆さんは絶えず重要な疑問を寄せ、ビッグヒストリーが枝葉の部分で停滞することのないように力を貸してくださったからです。新たな著書への取り組みに再び没頭するのを辛抱強く支えてくれたチャーディ、ジョシュア、エミリーにも感謝しています。最後に、ナイジェリアで私に勉強を教えた最初の教師であり、進むべき道を照らした母、キャロルに感謝を捧げたいと思います。ごく若い時期に覚えた学問への感興は、決して消えることはありませんでした。シンシア・ブラウンとクレイグ・ベンジャミンとの共同作業は、いつわりのない喜びをもたらしてくれました。このような賢明で、協力的で、気の合う同僚に恵まれていて幸いでした。

シンシア・ストークス・ブラウンからは、ドミニカン・ユニバーシティ・オブ・カリフォルニアの学生および職員の皆さん、および高い創造性を有する教授陣に謝意を伝えます。特に、ともにビッグヒストリーの初期の授業を受け持ったジム・カニンガムとフィル・ノヴァックの両氏、ビッグヒストリーへの全面的なご理解をいただいたメアリー・マーシー学長、とりわけ同大学のビッグヒストリー・プログラムのディレクターとして、めざましく効果的なコラボレーションの実現にご尽力いただいたモジュガン・ベイマンドに心からの感謝を申し上げます。さらにまた、執筆者３人が直接顔を合わせて最初の３章について協議し、多数の有力な歴史学者と会う機会となった2008年1月のエピック・オブ・エヴォリューション会議を開催してくださったラス・ジェネットとシェリル・ジェネット、そして国際ビッグヒストリー学会の同僚たちにも感謝します。ウルスラ・グッドイナフ、キャサリン・ベリー、ラリー・ゴニックの各氏にもひとかたならぬご助力をいただきました。最後に、絶えず活動を支えてくれたジャック・ロビンスとその大家族に対しても謝意を伝えたいと思っています。

クレイグ・ベンジャミンは、過去10年間にわたり、ビッグヒストリーに対する惜しみない支援をいただいたグランド・ヴァレー州立大学ミシガン校の学生および教職員の皆さんに謝意を伝えます。特に、同大学の学長および教務局には格別のご支援をいただきました。さらに、ブルックス・カレッジ・オブ・インターディシプリナリー・スタデ

ィーズ（多分野共同研究）の学部長は、この分野の研究を熱心に奨励してくださり、ブルックス・カレッジ内に国際ビッグヒストリー学会(IBHA)の本部となる、グローバル・インスティチュート・フォー・ビッグヒストリーを設置することに同意していただき、感謝しております。また、偶然にも1990年代にマッコーリー大学でビッグヒストリーを学ぶこととなった２人の子供たち、ズーとエイシャー、そして妻のパメラに対しても感謝の意を伝えます。パメラは、IBHA諮問委員会の委員長としてこの分野へ数多くの貢献を果たしつつ、辛抱強く、ゆるぎない支援を続けてくれました。また力強い同僚というだけでなく、大切な親友として、共同執筆者であるシンシアとデヴィッドに対しても感謝しています。

執筆者チーム紹介

　本書に取り組んだ3名の執筆者は、ビッグヒストリーの分野では草分け的な存在だ。デヴィッド・クリスチャンは、自身が1989年にオーストラリア・シドニーで開講した講座を説明する際に「ビッグヒストリー」という用語を新たに生み出し、この分野の創始者のひとりとなった。シンシア・ブラウンはこうしたクリスチャンの業績を知り、1993年には自身もこの分野の講義をドミニカン・ユニバーシティ・オブ・カリフォルニアで開始した。クレイグ・ベンジャミンは大学でクリスチャンの助手を務めるうちに、自身もビッグヒストリーの研究の道を歩むことになった。ビッグヒストリーは今や、全米および世界各地の大学で教えられるに至っている。

　本書の執筆者たちは、そこに書かれた仮説に疑問をいだき、その限界に留意するような、批判的な読み方をおおいに奨励している。以下に記す各執筆者の略歴は、本プロジェクトにそれぞれが注ぎ込んだ専門的知識の独自性を理解する一助となるであろう。

デヴィッド・クリスチャンは、オックスフォード大学でロシア・ソ連史を専攻し博士号を取得した。2001年から2008年まで8年間サンディエゴ州立大学で教壇に立った時期をのぞき、キャリアの大半はオーストラリア・シドニーのマッコーリー大学でのものだ。現代ロシア史の著作に加え、19世紀のロシアにおけるウォッカの取引が果たした役割に関する研究も発表している。1998年には、ブラックウェル世界史シリーズ(the Blackwell History of the World Series)の第1巻、『ロシア、中央アジアとモンゴルの歴史』を著している。1989年にマッコーリー大学でビッグヒストリーに関する講義を開始した。このような講座向けに「ビッグヒストリー」という用語を初めて用いたのは、1991年に「ジャーナル・オブ・ワールド・ヒストリー」に掲載された「『ビッグヒストリー』を論ずる」(The Case for 'Big History')と題した論文においてであった。その後公刊された関連書籍としては、『時間のマップ：ビッグヒストリーへの序章』(2004年)、『移ろいやすい世界：人類のつかの間の歴史』(2007年)などがある。同じ2007年には、The Teaching Company社向けにビッグヒストリーに関する48回の講座を録画している。2010年にはビル・ゲイツの協力を得て、「ビッグヒストリー・プロジェクト」(2013年後半の運用開始を予定した、ビッグヒストリーを取り扱う無料の高校向けオンライン講座)を立ち上げた［同プロジェクトは、2016年10月現在運用中である］。クリスチャンは、オーストラリア人文科学アカデミーおよびオランダ王立自然・人文科学協会の会員であり、また国際ビッグヒストリー学会の初代会長を務めている。

シンシア・ストークス・ブラウンはジョンズ・ホプキンス大学で博士号を取得、そのキャリアの大半をドミニカン・ユニバーシティ・オブ・カリフォルニアでの補助的教育資格プログラムのディレクターとして過ごした。歴史学科の専門課程で授業を担当するかたわら、公民権の歴史および教育者に関する著作として、『アレクサンダー・ミクルジョン：自由な教育者』(1981年)、『内側からの動き：セプティマ・クラークと公民権運動』(1986年)、『過去とのつながり：中高等学校におけるヒストリー・ワークショップ』(1994年)、『レイシズムとの闘い：白人側の連帯と公民権闘争』(2001年)などがある。ブラウンによる『ビッグヒストリー：ビッグバンから現在まで』は2007年に出版された。それ以降、ブラウンの関心はドミニカン・ユニバーシティのビッグヒストリー・プログラムにおける顧問として、また国際ビッグヒストリー学会の創設以来の委員として、そしてビル・ゲイツが資金を提供するビッグヒストリー・プロジェクトにおける、ビッグヒストリー関連の高校生向けの論文執筆者としての活動に向けられている。

クレイグ・ベンジャミンは、マッコーリー大学で博士号を取得し、現在はグランド・ヴァレー州立大学ミシガン校のマイヤー・オナーズ・カレッジで歴史学の准教授を務める。ほかの共同執筆者と同様に、世界各地で開催される学術会議で頻繁に講演を行っており、古代中央アジア史、ビッグヒストリー、世界史に関する書籍、共著、論文を含む多数の著作を出版している。またヒストリー・チャンネル、The Teaching Company社、そしてビッグヒストリー・プロジェクト向けの講義を録画している。アドバンスト・プレイスメント(AP)およびSAT(大学進学適性試験)の世界史試験開発委員会の両方の委員を務めており、世界史学会の副会長(次期会長)であると同時に、国際ビッグヒストリー学会の財務部長を2011年1月の創設時から担当している。

凡　例

・監修者、訳者、編集者による注釈は[　　　]内に示した。
・(　　　)は原書本文での補足を表す。歴史上の人物の生没年や在位年などは、原書には記されていないものも可能な限り(　　　)を使って記載した。
・本文中に「現在」「今」の表現がある場合、原則として、原書の発行時期(2013年)を基準としている。
・原書本文にある「ドル」(アメリカ合衆国での通貨単位)については、1ドル≒100円とし、「円」に換算して記載した。あえて「ドル」のままで記載した箇所もある。

序章

ビッグヒストリーの概要と学び方

全体像をとらえる

- 過去についてその全体像を述べることは可能か？
- あらゆる事物の歴史を理解しようという試みがなぜ重要なのか？
- あらゆる社会において起源に関するストーリーがなぜ重要なのか？

- 今日の現代的な「起源に関するストーリー」は何が違うのか？
- 複雑さとは何か、なぜ現在の宇宙は138億年前の誕生時の宇宙に比べてもっと複雑であると思われるのか？

- 本書で語られるビッグストーリーの中で、あなたは自分自身をどのように位置づけるのか？

「本当のところ、自然界における人間とは何なのか？無限に対比される無、無に対比されるすべて、無とすべての中間。人間はどちらの極端についても熟慮する機会から無限に遠く隔てられ、物事の終わりとその始まりは不可解な秘密のなかにあって、絶望的なまでに隠されてしまって

いる。人間は自身がそこから生まれ出た無も、自身がそこへのみこまれることになる無限も、いずれをも見ることがかなわない。」[1]

ブレーズ・パスカル

過去の全体像

本書では、歴史学、地質学、生物学、宇宙論など、多方面の科学者たちの手で近年構築されてきた、過去に関する新たなビジョンを読者の皆さんに紹介していきたい。現代では、かつてないほど詳細に、しかも驚くべき精度で過去を描きだすことができるようになった。したがって現代は、歴史を取り扱うあらゆる学問にとって革命的な時期と言える。

過去に関する理解がこのように変化してきたのは、ほぼ20世紀半ばを過ぎてからのことで、本書で「**年代測定革命**」と呼ぶ革新がその原因のひとつとなっている。

⬣ 年代測定革命以前の歴史

年代測定革命で中心的な役割を果たしたのは、過去の出来事が起こった年代を測る一連の新たな技術だった。

過去の出来事の年代測定法は、過去を理解するうえで基本的なものだ。実際、年代が決まらなければ本当の意味での「歴史」はありえない。過去に何が起こったか知っていたとしても、それが起こった順序、あるいはそれがいつ起こったかを知らなければ、過去についての観念は意味のない事実の寄せ集めに過ぎず、深みもなく、現実的な形とはならないだろう。年代がわかれば、"過去"を時系列にそって「マップ化」（マッピング）することで時間の流れの中で"過去"の形を捉えることが可能になり、"過去"の意味を知るすべが得られる。このようにして私たちの世界をマップ化することで、"過去"に確固たる意味が生まれる。しかし、"過去"をマップ化する能力は、ほんの数十年前まで非常に限られたものだった。"過去"のごくわずかな部分、つまり人間が記憶しているかぎりの部分か、あるいは偶然文書に記録された部分についてしか絶対年代を決定することはできなかったのだ。

20世紀半ばまでは、過去の出来事の年代を決定する上で、明らかに最も重要で信頼できる手段は「文書記録」だった。そのため、歴史とは「文書記録という証拠を通じて見た過去」

といった意味合いのものとなっていた。

文書記録は多数の信頼できる年代を教えてくれたが、その反面、私たちの理解できる過去を、それが偶然に照らし出した"過去のごく一部"に限定するものでもあった。その結果、「歴史」はただ「人間の歴史」を意味するものとなった。そればかりか、文書記録を作成できる（あるいは筆記者に有償で依頼できる）のは、富裕層や権力者に限られていたので、実際のところ、"歴史"とはそうした階層の人々の歴史となっていた。そのため、近世になって大衆に教育が普及するまでは、歴史と言えば主に王侯貴族のことと彼らの行った戦争、書き残した文学、崇拝した神々に関するものだった。ほとんどの過去は闇の中に閉ざされたままとなり、ほとんどの人間は自分たちの存在や、思想、生き方について何の記録も残さなかった。文書のない社会については、文章を書ける誰か（ギリシアの歴史家ヘロドトス、あるいは中国の司馬遷など）が、何かを書き残しておいてくれない限り、それについて議論することすらできなかった。そうした記録がある場合でも、文書を有する社会がそうでない社会に接して残した思想や発言は、かなり歪曲されている場合がよくあった。書き言葉が発明される以前の時代については、さらに伝えられていることは少ない。これは重要なことだが、人間が地上に出現してから現代までの時間の少なくとも95％が、"文書記録のない時代"だった。以上に加えて、歴史は人間が登場する以前のあらゆる出来事を除外してきた。ただ、地質学者たちは、18世紀ごろから、地質学的な事象が起こったおおよその順序を把握しはじめていた。概して歴史学者が文書記録をよりどころとしたために、歴史とは主に文書を作成できる一握りの人間たちの集団についてのものとなっていた。したがって歴史が、実質的に統治者や戦争、宗教、貴族階級などについてのものとなったのは自然な流れであった。

⬣ 年代測定革命後の歴史

20世紀半ばに、過去の出来事の年代を測る新たな手法

が生まれたことにより、過去に関する理解は一変した。お
かげでどのような文書にも記述されていない出来事、たと
えば地球上の生命の起源、さらには宇宙そのものの起源と
いった出来事でさえ、その絶対年代を決定できるようにな
った。

　こうした新たな技法の中でも、最も重要なのは**放射年代
測定**に基づくものだ。放射年代測定法は、放射性物質が崩
壊して新たな娘核（むすめかく）を形成するペースが非常に規則的である
という事実によっている。つまり、ウラン（ウラニウム）な
どの放射性物質を含む試料があり、そのうちどれほどの割
合が鉛などの安定した物質に変化したかを測定できれば、
その試料が形成された時期を推定することができる。

　こうした放射性物質の利用は、20世紀初頭にはその有
効性が認識されていたものの、1950年代以前は信頼性が
十分ではなく、また費用がかさむため広く普及するには至
らなかった。最初に普及した放射年代測定法は、炭素の「放
射性同位体」（炭素14）の崩壊に着目したものであったこと
から「炭素14年代測定法」と呼ばれる（**同位体**とは、同じ
元素でありながら原子核の中の中性子数が異なる原子のこ
とで、そのため原子核の質量がわずかに異なっている）。
炭素14年代測定法は、1950年代はじめにウィラード・F・
リビーが開発した。リビーは特定の元素（核兵器の場合ウ
ラン）の異なる同位体を分離・測定する能力を必要とする
核兵器の製造にも取り組んでいた。炭素14年代測定法は、
炭素を含む物質（ほとんどの生物の死骸が該当する）の年代
測定を約5万年前まで可能にすることで、考古学に革命を
もたらした。この手法により、文献的に最古の年代に比べ
て10倍も古い時代にまでさかのぼれるようになった。ま
もなく新たな放射年代測定法が多数開発され、私たちの年
代記はさらに遠い過去にさかのぼることとなる。ウランの
ように崩壊に長い時間を要する放射性物質を使うことで、
数百万年から数十億年単位で古い時代に形成された物質の
年代も測れるようになった。地球自体の年齢は、隕石に含
まれるウランの鉛への変化量を測定することで、1953年
にクレア・パターソンが算定した。

　また、放射性年代測定以外の測定法も開発された。なか
でも分子時計による年代測定は最も重要な手法だ。1953
年に遺伝コードの役割が明らかにされ、異なる生物種間の
DNAの違いを比較することが可能になった（DNAはすべ
ての生物の細胞に存在する分子であり、細胞を形成し維持
するための遺伝情報を保持するのに加え、その情報を子孫
の細胞へと伝達する働きを担う。詳細については第3章を
参照）。1967年に、ヴィンセント・サリッチとアラン・ウ
ィルソンは、長い年月の経過にしたがってDNAの多くが

非常に規則的に変化することを指摘した。つまり、こうし
た変化は、ある種の時計のような役割を果たすということ
だ。ある2つの生物種のDNAを比較することで、それら
が共通の祖先から分かれた年代を知ることが可能になる。
分子時計のおかげで、私たち人間（ヒト）と他の多くの種の
進化に関する理解は一変した。たとえば、ヒトとチンパン
ジーは約700万年前に共通祖先から分かれたことが示され、
この発見が人間および人類の進化に関する研究に革命をも
たらした。一方で、天文学および宇宙論の分野では、恒星
の年齢から宇宙全体の年齢にいたるまで推定する新たな手
法が確立された。たとえば、欧州宇宙機関（ESA）が2009
年に宇宙背景放射を観測するために打ち上げた人工衛星「プ
ランク」から得たデータをもとに、宇宙誕生のより正確な
時期が計算されたのだ！　それによると、宇宙の起源は
138億2000万年前にさかのぼるという。本書では便宜上、
宇宙の起源を138億年前としている。

　過去の出来事の年代を測定する能力がこのように向上し
た結果、私たちの過去に関する理解は様変わりした。H・G・
ウェルズは、1919年に「ユニバーサル」ヒストリーを著そ
うとしたが、第1回オリンピック（紀元前776年）以前につ
いては、事実に基づく年代を決定する術がまったくないと
認めざるを得なかった。だが今日では、私たちは宇宙の起
源にまでさかのぼって、過去の出来事に合理的な年代を定
めることができる。ここにきて突如、人間の歴史上はじめ
て、具体的な科学的根拠に基づいて過去全体にわたる歴史
を構築できるようになったのだ。

⚙ 過去を研究する自然科学は歴史学の一部である

　年代測定革命はまさに科学研究におけるブレークスルー
であり、それによって科学そのものがますます過去に目を
向けるようになった。20世紀には、宇宙論、地質学、生
物学がそろって歴史学の一部になったのである。

　18世紀後半までは、自然界はその創造の時からほとん
ど変わっていないという考え方が一般的だった。天文学者
は恒星や銀河がずっとほぼ同じ状態だと考えていた。地質
学者も、地上の景色が少々変わることがあるとしても、地
球は全体としてほとんど変化していないと考えていた。ま
た、ほとんどの生物学者は、生物の種を分類する近代的な
体系を創始したカール・フォン・リンネ（1707年～1778年）
も含めて、当代の生物の種は地球が創造された当初に栄え
た種と同じであると考えていた。

　しかし17世紀後半には早くも、主に化石に対する関心

過去の全体像　**3**

が高まったことから、地質学および生物学の分野で疑問の声が上がりはじめていた。三葉虫などのように、もはや生存していない生物の化石が、時間とともに生物の種が変化することを想像させたからだ。海洋生物の化石がアルプスなどの山脈の高い場所で発見されたことも、長い年月の間に地形が大がかりに変化したことを想像させた。地球も自然界も、ある意味で「歴史」を持っていることが明らかになってきたのだ。しかし、確実な年代がわからなければ、そうした歴史を正確に再現することはできない。したがって、「歴史」は依然として「人間の歴史」であり、「科学」は"時間が経過しても重大な変化は生じない世界"の様相を研究するものとして考えられ続けた。

19世紀から20世紀前半にかけて、地質学、天文学、生物学の研究者たちは、過去の世界は現代とはかなり違ったものであり、世界がどのようにして今のような姿になったのかを説明することが、自分たちの中心的課題のひとつになったことを理解しはじめた。こうして天文学、地質学、生物学がそろって歴史学の一部となった。年代測定革命のおかげで、生物、地球、さらには宇宙についてさえ、その"過去"に正確な時間軸が設定されたのだった。1953年のDNA構造の解明（第3章を参照）は、かつてない精度で、自然界における生物種の変化を追跡し、説明することを可能にした。地質学では、1960年代に**プレートテクトニクス**という新たな理論的枠組みが台頭し（第2章を参照）、地球の表面が長い年月の間にすっかり変わってしまったこと、またそうした変化の状況と原因を説明するよりどころとなった。さらに同じ1960年代に、宇宙背景放射の発見があり、宇宙自体が100億年以上の昔に途方もない「爆発」によって始まり、長い年月をかけて進化してきたことを、ほとんどの天文学者が確信するに至った（第1章を参照）。

私たちは過去について、急に新たな思考法で臨まなければならなくなった。過去数千年ほどの人間の歴史だけを学ぶかわりに、生物圏、地球、そして宇宙全体の歴史にまで及ぶ、100億年以上の過去を研究できる可能性が生まれたということだ。私たちは過去全体にわたる歴史を構築する出発点に立ったのだ！

ビッグヒストリーとは何か

「ビッグヒストリー」の中心的課題とは、このような過去の再構築である。**ビッグヒストリー**は、まさに宇宙の起源にまでさかのぼって、時間のすべてにわたる歴史を再構築しようとする試みだ。本書はそれを行おうとしている。現代の科学的知見から導かれた結論に基づき、まさに時間の始まった時点から現代に至るまでの、過去に関するひとつの考え方を提供したいと考えている。

これによって私たち人間という生物種「**ホモ・サピエンス**」の、宇宙における位置づけを理解する上で重要な手段を提供できると思う。「人間の歴史」の意味をよりよく理解する一助となるだろう。

過去の全体像について思考をめぐらすことは、あらゆる人間の社会がこれまでも試みてきたことだった。その結果生まれたものは、**創造神話**（万物がどのようにして創造されたかを説明する物語）や、あるいはあらゆる大宗教の主要な経典に見ることができる。私たちの知るかぎり、創造神話はあらゆる社会で語られ続け、あらゆる物、人々、動物、風景、地球、星、そして宇宙全体の起源に関する説明がある。また創造神話は、それぞれの社会で知りうるかぎりの最良の知識に基づいている。したがって、そこでは万物の歴史を理解するためのなにがしかのロードマップが示されている。こうした過去に関するマップには、深い意味がある。宇宙および地上での生活というストーリー全体に対して、どうしたら個々の人間が居場所を見つけられるかを理解する上で有益であるからだ。

創造神話は、ほとんどの人間社会において"教育"の中心的な意味を持っていて、社会の若い構成員に対する"教育"のいちばんはじめに教えられる場合が多かった。その結果、ほとんどの人々が自分たちの所属する社会の、万物の起源に関する考え方を理解していた。オーストラリア、フランス、アメリカなどにおける、私たちが知るかぎりの最古の社会でさえ、洞窟の壁画に風変わりな形象を描き、あるいは彫像を製作した。創造神話の存在をうかがわせるものである。

ところが、残念ながら今日では、大学も含め学校で、もはやいかなる種類の創造神話も教えることはない。このこともまた、ビッグヒストリーが重要である理由のひとつである。すなわち、かつての人間社会で創造神話が果たしてきた教育的な役割を担える可能性があるということだ。また、他の創造神話と同じように、ビッグヒストリーもまた、私たちが知りうるかぎりの最良の知識に基づいている。今日では、それは現代**科学**から得られた知識を意味する。現代の世界では現代科学が知識の主流となっているが、そのルーツは17世紀の科学革命にある。科学的知識はグローバルな規模で普及しており、慎重な検証を経た根拠のみを厳格な規範に照らし合せて用いている。

したがって、ビッグヒストリーを現代の科学的な創造神

話として考えることも有意義なことと言える。それはまた、ひとつの宇宙マップであり、そこに私たち一人ひとりが居場所を見いだすことができるものである。ただし、それはまず科学的であるがゆえに、伝統的な創造神話とは異なる。すなわち、ビッグヒストリーは、近代科学の最良の成果を基盤としている。これまでに語られてきたどの創造神話よりも多大な情報、しかも非常な厳密さをもって多くの異なる分野で吟味されてきた情報に基づいているため、従来の各人間社会における創造神話よりも、より高い信頼性と正確さがある。もちろん、だからと言って現代の創造神話が、単純に他のすべての創造神話の輝きを奪ってしまうわけではない。ただ、それが今日のグローバルに結びついた世界にあって、近代科学と現代のテクノロジーによる洗礼を受けたことにより、際立った特質を持っていることは主張しておきたい。

　ビッグヒストリーはまた、普遍的であるという意味でも従来の創造神話とは異なっている。ほとんどの創造神話は特定の社会により、その社会のために構築されてきたので、異なる人間集団間の違いを強調する傾向があった。一方、ビッグヒストリーは普遍的で、世界中の科学的知識をよりどころとし、ダブリンでもデンヴァーでもデリーやダーバンでも、同じように理解される創造神話を構築しようと試みるものだ。本当の意味で普遍的な創造神話を構築することは、今日のグローバル化した世界ではことに重要である。今日の世界は、核戦争や地球温暖化など、どのようなコミュニティも独力では解決することができない、世界全体の人間の協力が必要となるような難問に直面しているからだ。

　だが、おかしなことに、宇宙から人間に至るまでの普遍的な歴史（ユニバーサル・ヒストリー）が大学を含めた現代の学校で教えられることは滅多にない。代わりに私たちは、それぞれ関連性のないやり方でストーリーの個別の部分を学んでいる。歴史の授業で学ぶのは人間全体についてではなく、自分たちの所属するコミュニティについてである。自分たちの学校がどこにあるかで、アメリカ、ロシア、中国というように学ぶ対象が決まる。さらに、人間の歴史が自然界の歴史とどのようにつながるのかを学ぶ機会はほとんどない。化学や地質学を少しずつ、さらに少しばかり天文学を学ぶことはあるだろうが、そうした異なる形の知識間のつながりを知る術を教えられることは滅多にない。

　いま私たちはようやく科学に基盤を置く新しいユニバーサル・ヒストリー、すなわちすべての人間社会を包含し、それぞれの社会の"個々の歴史"を、地球および宇宙全体のより"大きな歴史"の中に位置づけるような歴史観を持てる場所に立っている。私たちの知るかぎり、本書はビッグヒストリーに関する初のテキストとなる。本書で、宇宙と、その宇宙で単独の天体としては最大規模である恒星、そして私たちの住む太陽系および地球と地球の生命、さらには最終的に私たち自身の属する種であるホモ・サピエンスの過去について、現代科学が何を教えてくれるかを概観していく。

ストーリーの基本的な形：複雑さの増大

　宇宙全体の歴史を学ぶというのは、とんでもない課題だと思われるだろう。しかし、学習を進めてみればわかるが、その難しさはアメリカ合衆国やロシアのような大国の歴史を語るのと、多くの点で似たようなところがある。ストーリーの全体的な形について、明確に意識するところから始めるのが大事だ。よりどころとなるのは、ストーリー全体をひとすじの糸が貫いているという事実である。すなわち宇宙の誕生から138億年にわたり、次々とより複雑なものが出現してきたということが"ひとすじのたて糸"である。複雑なものは、天の配剤のごとく精密なあり方で数多くの多様な要素をはらんでいて、新たな特質を生みだすことになる。そうした新たな特質を、私たちは**エマージェント・プロパティ**と呼ぶことにする。

　発現した新たなもの、あるいは宇宙の各部分がいっそう複雑化した段階を、すべて記述しつくすという、だいそれたことは考えていない。ただ、こうしたプロセスの主要な段階の一部に重点を置き、発現した非常に興味深いものごとの一部に注目し、この巨大なストーリーにおける、ふさわしい位置づけを明らかにする方法を見いだそうと試みるつもりだ。

　初期の宇宙は非常に単純なものだった。その始まりの時点で、宇宙論者が**エネルギーの時代（放射の時代）**と表現する時期に、宇宙は巨大なエネルギーの流れに満たされていた。宇宙全体が太陽の中心部のような状態となっており、非常な高温のために複雑な化学構造は生じ得なかった。原子も、恒星も、惑星も、生物も存在しなかった。しかし、宇宙は膨張するにつれ温度が下がっていき、その創生から約40万年後、この熱い「プラズマ」から水素やヘリウムなどの簡単な元素が生成されるようになった。最初に発現した複合的な構造の物質は原子だった。しかし、その時点ではまだ、そして、その後数百万年もの間、宇宙は非常に単純な状態におかれ、水素とヘリウムの原子からなる巨大な雲と、それらの間をめぐるぼう大なエネルギーの流れ以外、

ほとんど何もなかった(いわゆる暗黒物質も大量に存在したが、それが複合的な物質を生成したとは認められないので、暗黒物質は本書では重視しない)。

　その後、原子を基本的な構成要素として、より複雑なものが現れはじめた。ただし、そうしたものが発現したのは条件が「ちょうどよい」場合に限られた。私たちはこうした条件を**ゴルディロックス条件**と呼んでいる。宇宙の誕生から約2億年後、さまざまな恒星から成る銀河が出現した。銀河内部では、寿命の最期を迎えつつあった恒星が、炭素、酸素、金、銀といった新しい種類の原子や化学元素を生成し、周囲の宇宙空間に放出しはじめていた。条件が適切な(温度が高すぎず低すぎず、物質が希薄すぎず稠密すぎない)場では、元素が複雑な過程を経て結合し、新たな種類の物質を形成しはじめた。恒星はまた、近隣の空間にエネルギーも放出していた。こうして宇宙のほとんどの部分がまだ単純な状態であった(そして現在もまだ単純である)一方で、銀河内部では物質が複雑化する一途をたどっていた。恒星間の空間に放出される化学元素が増えるに従い、水・氷・ダストおよび岩石などの新形態の物質が、新たに形成されつつある恒星の周囲に集まるようになり、ついに最初の惑星系を形作るに至った。少なくともひとつの惑星で(おそらく他にも数多くの惑星で同じ状況が発生したと考えられるが、これまでのところ、それが事実であるとする直接的な証拠がない)、化学元素が結合してさらに複雑な構造を持つようになり、ついには非常な精度で自己複製と増殖が可能な単細胞の生命体が生まれ、時間をかけて周囲の環境に適応し、単細胞生物としての種類を増やしていった。徐々に複雑さを増していった細胞は、約6億年前にさらに一部の細胞同士が結合して多細胞生物になるまで進化した。進化の結果、私たちが属する生物種が生まれたのは、数十万年前のことだ。やがてわかるように、人間の歴史へと進むにしたがい、ものごとはいっそう複雑化していく。

　さらに先に進む前に、**複雑さ**という主要な概念について私たちはもっと深く考えなくてはならない。**複雑さ**の対語は"単純さ"であるが、それだけではぴんとこないだろう。まず複雑なものはどうして複雑なのかを定義する最適の方法を、誰も承知していないという困難さがある。以下に本書の基本となる、おおよその定義を述べておきたい。

第1に、複雑なものは多様な構成要素を含んでいる

　原子のような簡素なものは、たとえば1個の陽子と1個の電子でできている水素のように、少ない要素で構成されている。もっと複雑なもの、たとえばDNA分子などは、さまざまな種類の原子を何十億と含んだ物質であると考

ればよい。そこでまず、複雑なものは多様な構成要素をたくさん含んでいるということが言える。

第2に、そうした構成要素は厳密に決められた配列がある

　たとえば現代の旅客機のすべての部品を用意し、それらを勝手に配置してみよう。すぐにわかることだが、厳密に正確な配置で部品を組み立てないと、飛行することはできない。様々な部品はそれぞれひとつのチームに所属する一員のように機能しなくてはならない。同様に、DNA分子を構成する原子は、DNA分子に含まれる多数の遺伝子が協働できるように特定のパターンに配列していなければ、まったく機能することができない。水素の原子でさえ、陽子が中心にあって電子がその周囲を一定の距離をおいて回るという、非常に精密な配置となっている。水素の2つの粒子[陽子と電子]は、陽子が正の電荷、電子が負の電荷を持つために、電磁気力によって互いに拘束し合っている。原子は、それを構成する"内部構造を持たない要素"[素粒子]よりは複雑であると言える。

第3に、複雑なものは新しい性質すなわちエマージェント・プロパティを持つ

　複雑なものの各部分が協働できる正しいパターンで配置される場合、複雑なものは新しいことができるようになる。新しい特質が「発現」(エマージ)するのだ。サミュエル・ジョンソンは次のように語っている。「セント・ポール大聖堂を原子の粒になるまで砕いてしまうとしよう。その一粒一粒に何の価値もないことは確かだが、しかし、それらの原子を組み立てると、何とセント・ポール大聖堂ができてしまうのだ」[2]。航空機を細かくばらしたものが一山あったとしても、何も面白いことはできないが、それらを正確に配置すると飛べるようになる。アメーバのDNA分子を正しく配置すると、生物を構成するのに必要な情報をすべてもたらすことができる(これに深い感銘を受けずにはおれない。現代科学の粋をもってしても、研究室でこうした構成を再現するのはいまだに不可能だからだ)。水素原子でさえ新たな特質を発現する。たとえば、(正の電荷と負の電荷が相殺し合うので)電気的に中性[不活性]であるにもかかわらず、非常な高温・高速で別の水素原子と衝突すると、融合してヘリウム原子を生ずることができるのだ。こうした新たな特性はエマージェント・プロパティの実例と考えられる。こうした特性は個別の構成要素には見られないため、魔術的な印象を受けることもしばしばである。これはまた、構成要素を正確なパターンへと配置した場合のみ発現する。こうした特性が発現するには、構成要素自体の実

在と同じくらい、配置の「パターン」が重要だ。構成要素が具体的な物質と考えられるのに対し、パターンは無形あるいは抽象的なものと思えるのは事実だが、パターンこそは魔術的な特質が発現するのに不可欠なものだ。

第4に、複雑なものは、必要なゴルディロックス条件が存在する場においてのみ、出現する

宇宙の大部分は現在でも単純なままだ。しかし、局所的［ローカル］に最適な条件が出現した場では、より複雑なものが発現することがわかっている。たとえば、地球の表面は複雑な化学反応が起こるのに理想的だ。豊富で多様な化学元素があり、固体・気体・液体がそろっていて、温度も化学反応に最適である。

第5に、複雑なものは、その構造を維持するだけの「エネルギーの流れ」と結びついている

小さな丘のふもとの凹みにいくつものビー玉を転がして入れるとする。ビー玉はそこにたまったまま動かないであろう。なぜなら、その状態でいることにはエネルギーをほとんど必要としないからだ［一方、凹みの縁にビー玉を位置させ続けるには、ビー玉が凹みのほうに少しでも動かないようエネルギーを使って位置を保つ必要がある］。この程度の複雑さは、静的なもので特に興味深いところはない。私たちの関心を惹いてやまない複雑さの形態はもっと動的なものだ。それは熟練したジャグラーが披露する、複雑なジャグリングのパターンに似ている。こうしたパターンを維持するには、持続的な「エネルギーの流れ」が必要だ。一般的に構造が複雑であればあるほど、それを維持するにはより大きなエネルギーが必要になる。これこそ天文学者エリック・チェイソンが結論として「惑星は概して恒星よりももっと複雑である」と主張したポイントである。彼は、惑星上の物質1グラムには、同じ時間内で恒星の物質1グラムよりも大きなエネルギーが流れていると言った。同様の考え方で、生物は惑星よりももっと複雑であり［人間の1グラムには太陽の1グラムより5000倍から1万倍も大きなエネルギーが流れている］、さらに現代の人間社会は私たちの知るかぎり最も複雑なもののひとつであると考えられる！ 人間にとって、また歴史学者にとって、これは大変重要な結論であり、私たちが本書で学んでいくストーリーの枠組みとなる考え方なのだ。

以上から、複雑なものには以下のような5つの重要な特性があると言える。

1. **複数の多様な構成要素を持つ**：複雑なものは数多くの多様な構成要素からできている。

2. **正確な構造の中に配置されている**：複雑なものの構成要素は、特定の正確なあり方でまとめられている。

3. **新しい特質すなわちエマージェント・プロパティを持つ**：複雑なものが、どのような構造を有するようになるかで、特定の明確な特性をおびるようになる。

4. **条件が最適の場合にのみ、出現する**：より複雑なものを生みだす完全なゴルディロックス条件が整った場合にのみ、複雑なものは発現する。

5. **エネルギーの流れによって維持される**：私たちの関心を惹いてやまない複雑さの形態は、「エネルギーの流れ」に依存している。エネルギーの流れが失われると、"複雑さ"に"特性"を与えていたエマージェント・プロパティもまた失われることになる。たとえば、恒星の中心部における核融合反応が停止してしまえば、恒星は輝くことをやめてしまう。また、人間は食物からエネルギーを摂取できなければ死ぬことになり、車はガソリンを切らすと走れなくなるといった具合に、あらゆる複雑なものにこれがあてはまる。

基本的な枠組み：ビッグヒストリーにおける8つの主要なスレッショルド

私たちの宇宙の歴史において、数多くの新たな複雑さの形態が発現してきたが、本書では人間としての私たちにとって、最も重大な関心を呼び起こすものだけに焦点を当てていこうと考えている。次ページの表では、より複雑なものが新しく出現したポイントとなる8段階の**複雑さが増大するスレッショルド**をリストアップした［スレッショルドのカタカナ表記については下述］。それぞれのスレッショルドにおいて、新たな特性が発現し、そのたびに宇宙全体の多様性に新たに何かが加えられることになる。これらのスレッショルドにより、本書の枠組みが形作られる。スレッショルドとは、物にたとえれば、家の外か出入り口にある「敷居」のようなものである。スレッショルドとはまた、何か新しいものに遭遇する場（時点）でもある（詳細は「8段階の複雑さが増大するスレッショルド」についての表を参照）［thresholdのカタカナ表記にはスレッショルド、スレッシュホールドその他いろいろあるが、本書では現時点で最も一般的と思われるスレッショルドを採ることにした］。

8段階の複雑さが増大するスレッショルド

スレッショルド	構成要素 ▶	構造 ▶	ゴルディロックス条件 ＝	エマージェント・プロパティ
1. ビッグバン：宇宙の起源	エネルギー、物質、空間、時間（私たちの宇宙にあるすべて！）	急激に膨張する時空の連続体内に存在するエネルギーと物質	不確定：多元宇宙内の量子揺らぎの可能性	私たちのまわりのあらゆるものを生みだすポテンシャル
2. 恒星	水素（H）原子、ヘリウム（He）原子および（または）その原子核の形で存在する物質	内核（核融合）：外層には水素（H）およびヘリウム（He）とともに鉄にまで至る他の元素が次第に形成され蓄積する	初期宇宙における密度と温度の勾配＋核融合に十分な高温を生みだす重力	新たな局所的エネルギーの流れ；銀河；核融合による新たな化学元素を生成する能力
3. より重い化学元素	水素の原子核（すなわち陽子）とヘリウムの原子核	強い核力によって結合した陽子の数が増えて、徐々に大きくなる原子核	「星の一生」を終えつつある恒星が生みだす極度の高温、あるいは超新星による（さらに極端な）高温＋強力な核力	主に電磁気力による、新たな種類の物質をほぼ無限に生みだす化学結合の能力
4. 惑星	恒星を周回する軌道に集まった新たな化学元素と化合物	重力と化学的作用により結合した多様な物質が、規則的に恒星を周回する大きな球状の物質になる	「星の形成場」のある領域に重元素が徐々に蓄積してくること	物理的・化学的に一層複雑化し、より一層の化学的な複雑さを生みだす能力を持つ新たな天体
5. 生命	複雑な化学物質＋エネルギー	複製可能な細胞内の化学的・物理的に結合した複雑な分子	豊富に存在する複雑な化学物質＋ほどよいエネルギーの流れ＋水のような液体媒体＋適切な惑星	新陳代謝（エネルギーを獲得する機能）；生殖（ほぼ完全に自身の複製を作る能力）；適応（自然選択を経て現れるゆるやかな変化と新しい形態の登場）
6. ホモ・サピエンス	物質的には他の生物と同じ；高度に発達した器用さと知覚力および神経系の能力	ヒトDNAが支配する、ヒト種特異的な生物学的構造	長い進化の期間を経て形成された、高度に発達した器用さと知覚力および神経系の能力	コレクティブ・ラーニング（集団的学習）、すなわち情報を正確かつ迅速に共有し、コミュニティおよび種のレベルでの情報蓄積を可能とし、長期にわたる歴史的変化をもたらすような能力のこと
7. 農業	コレクティブ・ラーニング（集団的学習）の増進→環境や他の生物を上手に扱い、それらから資源を得る工夫をする能力の増大	周囲の状況に新たな方法で対処するのに必要な情報を共有する人間のコミュニティ	長いコレクティブ・ラーニングの期間；気候の温暖化；人口圧力	エネルギーと食料を得る人間の能力の増大→コミュニティの規模拡大と高密度化→社会の複雑さの増大→コレクティブ・ラーニングの加速
8. 現代世界／アントロポシーン	グローバリゼーション；コレクティブ・ラーニング（集団的学習）の急激な加速；イノベーション；化石燃料の使用	生物圏を扱う能力の急激な加速とともに、世界全体で結びつく人間のコミュニティ	地球規模で加速するコレクティブ・ラーニング	人間による資源利用の大幅な増大→まったく新しい生活のあり方と社会関係→生物圏を変化させる能力を持つ、地球の歴史上初の単一の種

この序章で述べた理念をよりどころとして、私たちは宇宙の歴史を語る出発点に立ったと言える。これから始めるストーリーはいろいろな意味で期待感が高まるものであり、身のまわりにある、あらゆる物事の由来をたずねるストーリーとなるだろう。それは21世紀の創造神話であり、この世の物事の全体的な体系における、自分たちの位置づけをより深く理解する上で有益なものとなるはずだ。

年代表記法と時期に関する注記

本書のはじめの方では、各時期に「（今から）〜年前」という表記が用いられている。これは古生物学者および考古学者が用いる年代に関する用語で、厳密に言うと放射年代測定法が使用されだした年にちなみ、「1950年以前」という意味を持つ［実際には「（西暦2000年から）〜年前」と考えればよい］。しかし、これでは実際のところ現代より古い時代

を指す場合、数千年前でも数百万年前でも同じような扱いとなる。そこで、第5章以降、年代でいうと最近の約1万年間については、世界史で用いられる年代表記法に切り替えて、「紀元前」および「西暦」を用いることにする。西暦紀元は約2000年前である。

この使い分けによると、たとえば「今から約5000年前」は紀元前3000年ごろとなる一方、「今から500年前ごろ」は西暦1500年ごろとなって、感覚的になじみやすくなると考えられる。

考察

1. ビッグヒストリーとはどのようなもので、伝統的な歴史の形式とはどのように異なっているのか？
2. 20世紀前半に比べると、現代の方が科学的な根拠に基づく創造神話を語るのが容易になっているのはなぜか？
3. ビッグヒストリーを展開する上で、主要なテーマとなっているのは何か？
4. 「複雑さ」および「発現」（エマージェンス）とはどのような理念か説明せよ。
5. 自然科学、社会科学および人文科学をあわせて学習することがなぜ大事なのか？　また、なぜそれを実践することが難しいのか？

キーワード

- エマージェント・プロパティ
- 科学
- ゴルディロックス条件
- 創造神話
- 同位体（アイソトープ）

- ビッグヒストリー
- 複雑さ
- 複雑さが増大するスレッショルド
- プレートテクトニクス

参考文献

ビッグヒストリー

Bighistoryproject.com 高校生および個人学習者向けのビッグヒストリーに関する講座（2013年からオンラインで開始）

Brown, Cynthia Stokes. *Big History: From the Big Bang to the Present.* 2nd ed. New York: New Press, 2012. First published in 2007.

Chaisson, Eric J. *Cosmic Evolution: The Rise of Complexity in Nature.* Cambridge, MA: Harvard University Press, 2001.

Christian, David. *Maps of Time: An Introduction to Big History.* 2nd ed. Berkeley: University of California Press, 2011.

Christian, David. "Big History: The Big Bang, Life on Earth, and the Rise of Humanity." *The Teaching Company*, Course No. 8050 (2008). www.thegreatcourses.com/tgc/courses/course_detail.aspx?cid=8050 [April 4, 2012].

Spier, Fred. *Big History and the Future of Humanity.* Chichester, West Sussex, UK; Malden, MA: Wiley-Blackwell, 2010.

一般科学

Angier, Natalie, *The Canon: A Whirligig Tour of the Beautiful Basics of Science.* New York: Houghton Mifflin, 2007.
（『ナタリー・アンジェが魅せるビューティフル・サイエンス・ワールド』ナタリー・アンジェ著　近代科学社　2009年）

Hazen, Robert M., and James *Trefil. Science Matters: Achieving Scientific Literacy.* 2nd ed. New York: Anchor Books, 2009.

一般世界史

Christian, David. *This Fleeting World: A Short History of Humanity.* Great Barrington, MA: Berkshire Publishing Group, 2008.

注

1. Blaise Pascal, *Pensées* (1670), No. 72.より。（『パンセ』ブレーズ・パスカル著　中央公論新社　1973年12月）
2. James Boswell, *Life of Johnson*（1831年、J・W・クローカーによる

増補。注釈版、vol.1, 453［1763年初版］（『サミュエル・ジョンソン伝(1)(2)(3)』ジェームズ・ボズウェル著　みすず書房　1982年5月）

第1・第2・第3スレッショルド

第1章

宇宙、恒星、新たな化学元素

全体像をとらえる

138億年前から46億年前まで

- ビッグヒストリーにおいて、各「スレッショルド」が意味するものとは？　また、これらの転換点(ターニングポイント)が大いに重要である理由とは？

- 宇宙の誕生が最初のスレッショルドと見なされる理由とは？　このスレッショルド前には存在していなくて、このスレッショルド後に存在したものは？

- ビッグバンこそ宇宙の起源を正しく説明したものだと主張する場合に、挙げられる証拠は？

- 恒星の誕生が、複雑さの増す第2スレッショルドと見なされる理由とは？

- 「星の一生」を終えつつある恒星における新たな元素の誕生が、複雑さの増す第3スレッショルドと見なされる理由とは？

第1スレッショルド：ビッグバン宇宙論と宇宙の起源

　宇宙の形成を第1スレッショルドと見なす理由は、私たちの知るかぎりでは、その瞬間こそが私たちの周囲にあるすべての始まりだからである。つまり、あらゆるものの歴史の始まりというわけだ（第1スレッショルドのまとめ）。

　そうなると、最初の疑問は次のようになる。歴史はどのように始まったのか、というものだ。これこそが私たちに問うことのできる、最も難しくて最も重要な疑問のひとつである。その答えに同意するかしないかにかかわらず、どのような社会で暮らしていようが、手に入る最高の答えを知ることが重要だ。

第1スレッショルドのまとめ

スレッショルド	構成要素 ▶	構造 ▶	ゴルディロックス条件 ＝	エマージェント・プロパティ
1．ビッグバン：宇宙の起源	エネルギー、物質、空間、時間（私たちの宇宙にあるすべて！）	急激に膨張する時空の連続体内に存在するエネルギーと物質	不確定：多元宇宙内の量子揺らぎの可能性	私たちのまわりのあらゆるものを生みだすポテンシャル

◉ 伝統的な創造神話と現代の創造神話

　人間の歴史の大部分にわたり、万物の起源に関する話は、想像力に富んだ推測や直観、神なる存在や内なる声がささやいた言葉という、多くの者が体験した「お告げ」程度のものを頼りとしてきた（図1.1および1.2）。それでも、この宇宙の成り立ちに関する疑問は大いに重要であることから、どの人間社会においても問われてきたようである。さらには、この問題を問うたことにより、人間は実に多様な答えを考え出してきた。

　表1.1は、起源にまつわるいくつかの創造神話の冒頭部分を短く引用したものである。それぞれ違いはあるものの、万物の起源にまつわるこれらの話に、重要な点が共通していることに注目してほしい。

　ひとつ目は、外部から見た場合、ほかの社会における起源にまつわる話は通常、ごく単純なものに思えるという点だ。こうした話を聞かずに育った者にとっては、こうした話には感情的な力も欠けている。だが、こうしたことを語る社会においては、このような話には魔力的とも言えるほどの大きな力があることを忘れてはいけない。たとえばキリスト教社会におけるキリストの誕生の話や、仏教社会における仏陀の**涅槃**や**悟り**に関する話である。

　二つ目は、引用した部分がどれも詩的である点だ。言葉で言い表せないものを表現しようとすると、比喩や物語、寓話、それに単純な直接的散文で伝えられる以上のものを伝えようとする言語に頼らなくてはならない。したがって、起源にまつわる話を文字どおりに受けとめることは普通はしないし、そういった話をする人自身もその話を必ずしも事実そのものとして扱っているわけではないだろう。起源にまつわる話とは、言葉では十分に伝えられない事物を言い表す、仏教の比喩にあるいわゆる「指月の譬（しげつ　たとえ）」「月が"存在"であるのに対して、月を差す指は存在を示すための言葉や

図1.1　起源にまつわる洞窟壁画

北オーストラリアのアーネムランドにあるこの「虹の蛇」のように、洞窟壁画の中には、どの人間社会でも語られてきたような、起源にまつわる話を暗に示すものもある。

図1.2 ヴァティカンのシスティーナ礼拝堂にある『アダムの創造』
この有名な作品は、西洋発の起源にまつわる話を力強く伝えるものだ。ここでは、神がアダム——つまり人間——に生命を与える場面が描かれている。

概念ということ]のような試みなのだ。この比喩自体も興味をそそるものであり、宇宙そのものと同じように謎めいているが、その理由としては、私たちは多くのことが理解できるものの、結局のところ全部が全部を完全には理解できないからだ。だから人々は、宇宙の起源と同じくらい謎めいた事物を説明しようとする際には、複雑で詩的で比喩的な言語を常に用いるのである。

三つ目は、これらのどの話にも、中心に矛盾がある点だ。つまり、始まりの矛盾である。どの話も、私たちの知っているあるものが存在していない時を描写しようとするところから始まっている。そして、何もない無から何かが現れたと説明しているのだ。この世界は造物主が造ったとしている話も多いが、どうしても疑問は残る。では、造物主はいかにして造られたというのか。もっと一般的な言い方をするなら、何もない無から、何かはどのように現れたというのだろう？

表1.1 創造神話における万物の起源に関する話

アリゾナ北東部のホピ族より	「最初の世界はトクペラ（無限宇宙）といった。だがホピによれば、初めは造物主タイオワしかいなかったという。それ以外は、すべて無限宇宙だった。始まりも終わりもなく、時も形も生命もなかった。造物主タイオワの心の中に始まりと終わり、時、形、生命を持つ、推し量ることのできない無の世界のみがあったのである」
数多くの種類がある盤古の話の中から、中国南部のもの	「初めは無があった。時が過ぎると、無が有になった。また時が過ぎると、有が二つに分かれた。その二つとは陰と陽だった。この二つがさらに二つを生み出し、その二つが盤古をもたらした。最初の存在者であり、偉大な人間で、造物主である」
盤古の別の種類より	「最初は偉大な宇宙卵があった。その卵の中には混沌があり、混沌の中に浮かんでいたのが神聖な胎児で、まだ発達していない盤古だった。やがて卵から飛び出た盤古は、現在の人間より4倍も大きく、手には手斧が握られていた……それを用いて、盤古はこの世界をこしらえた」
インドの讃歌を収めた紀元前1200年ごろのリグ・ヴェーダより	「その時、無もなかりき、有もなかりき。空界もなかりき、そを蔽う天もなかりき。何物か活動せし、いずこに、誰の庇護の下に。深くして測るべからざる水は存在せりや。その時、死もなかりき、不死もなかりき。夜と昼との標識もなかりき。かの唯一物は、自力により風なく呼吸せり。これよりほか何物も存在せざりき」
起源にまつわるイスラム教の話から、ソマリアのもの	「時が始まる前には神がおられた。神は生まれもしなければ死にもしない。望むものがあれば、神が『ここにあれ！』と口にするだけで、それは存在するのだ」
旧約聖書『創世記』1章1節より	「初めに、神は天地を創造された。地は形も空間もなく、闇が深淵の面にあり、神の霊は水の面の上を動いていた」

現代の創造神話である**ビッグバン宇宙論**（宇宙の起源を現代的かつ科学的に説明するもの）にも、これらの特徴が含まれている。このビッグバン宇宙論でさえ、客観的には実におかしなものに思われるかもしれない。詩的・比喩的な感じもあるのは、これは現代科学でさえも、言葉で言い表せないものを表現しようとする際には、詩的な言葉を使わなければならないときがあるからだ。たとえば「ビッグバン」という言い回しは比喩である。宇宙が誕生したときに、「バン」という音がしたと本気で思っている現代宇宙論者はいないのだ。

結局のところは、現代の**宇宙論**（宇宙の進化に関する研究）でさえも、始まりの矛盾は解明できていない。宇宙論者はビッグバン以前に存在していたものについて大いに推測を巡らせることが多いが、現在のところは、何もない無から宇宙が誕生した理由について、まったくわかっていないのが実情である。ビッグバン以前は何もなかったのかということさえ、わかっていないのだ。近年まで極めて真剣に受け止められてきた推測のひとつは、かつては前宇宙というものが存在していて、それが縮んでなくなったのち、再び爆発して新たな宇宙を形成したというものである（第13章を参照）。現在、これよりも真剣に受け止められている推測は、広大な多次元の「多元宇宙（マルチバース）」というものが存在し、独自の特徴を持つ宇宙がその中でそれぞれ誕生し続けていて、私たちの宇宙も無数にある宇宙のひとつかもしれないというものだ。

現代の創造神話は、かつての創造神話とは重要な点で異なってもいる。何よりも、現代版のほうは万物の起源について、文字どおりの説明をしているのだ。約138億年前に始まった、実際にあったことの描写として、真剣に受けとめられることを想定するのである。これは無知を埋め合わせるための単なる詩的な試みではなく、歴史のまさに始まりを正確に語ろうとするものである。膨大な証拠に基づき、数世紀にわたる数多くの測定によって生み出されたもので、厳密かつ慎重に検証された科学理論に基づいているのだ。これこそが世界中の科学者が認めた、唯一の創造神話なのである。だが、新たな証拠は常に出てくるものであり、この話が証拠に基づいている以上、細部の多くが今後変わっていくだろうことも、科学者は認識している。不変でも絶対的でもなく、完璧とも謳っていないのだから。

☸ ビッグバン宇宙論の起源

現代のビッグバン宇宙論は、何世紀にもわたって発展してきた経緯がわかれば、より理解しやすい。現在、世界中の科学者が共有している宇宙論的思考は、現代ヨーロッパの科学的伝統の中で発展したものだ。しかしながら、こうした思考の根幹は、古代のメソポタミアやエジプトやインド、古代のギリシアやローマ、さらにムスリム世界など各地に起源を持つ数学的・科学的・宗教的思考にさかのぼることができる。アフロユーラシア大陸の大半を由来とする思考や技術や伝統をいかしたものが、現代宇宙論なのだ。

初期の宇宙論　　中世のヨーロッパでは、宇宙の起源に関する説明は、主要な二つの伝統に基づいていた。ひとつはキリスト教神学である。キリスト教はユダヤ教と同じように一神教で、唯一の最高神が存在すると断定して、宇宙の誕生を神のなせるわざと説明している。西暦3世紀までには、キリスト教はローマ帝国内に広がり、多くのキリスト教神学者が天地創造の瞬間の年代を**算定**しようとした。彼らの試みは、自分たちが知る中で最も権威ある原典——聖書——による証拠に基づいたかぎりでは、「科学的」と言えた。この原典を頼りに、初期の多くのキリスト教神学者は旧約聖書に記録された世代数を数えて、天地創造の瞬間を推定しようとしたのである。これらの推定が出した答えは、神が地球と宇宙を創造したのは紀元前4000年ごろというものだった。つまり、ローマ帝国の絶頂期には、宇宙はわずか4000歳程度だったというのである（この点の詳細は第2章の「地球の表面の形成」を参照）。

中世のキリスト教的宇宙論が頼りとしたもうひとつの伝統は、ローマ・エジプトの天文学者であるアレクサンドリアのプトレマイオス（西暦90年～168年ごろ）の著作だった。地理学者・数学者・天文学者だったプトレマイオスによる天文学に関する最大の著作はギリシア語で書かれたが、イスラム教の学者がそれをアラビア語に翻訳して、「偉大な書」という意味の**アル-マジスティ**と呼び習わした。中世のキリスト教の翻訳者は同書を**アルマゲスト**と呼び、キリスト教世界では天文と宇宙に関する考えのよりどころとなった（図1.3）。プトレマイオスは、地球や惑星が太陽の周りを回るとしていたギリシア人による宇宙のモデルを否定した。代わりに彼が主張したのは、地球は宇宙の中心に位置していて、ほかの天体はすべて地球の周りを回っているというものだった。キリスト教の神学者は地球を罪と不完全さの世界と主張したが、プトレマイオスによるモデルでは、地球を取り囲んでいるのは完全な世界だった。上のほうにあるこの世界（天空界）は、完璧で傷のない、透明で水晶のようないくつもの天球からなり、そこに恒星や太陽、惑星、その他の天体が張りついているというのである。各球面が

14　第1章　宇宙、恒星、新たな化学元素

図1.3 プトレマイオスによる宇宙

中世ヨーロッパでは、古代エジプトの天文学者プトレマイオスが提唱した宇宙観を、ほとんどの学者が受け入れていた。地球が宇宙の中心にあり、天体が張りついた回転する透明な複数の天球が地球を取り囲んでいるというものである。

異なる速度で回転しているため、その回転が地球から見たときの天体の動きになるというわけだった。

キリスト教世界では1500年以上にわたり、大半の学者がプトレマイオスのモデルを信じていた。一因には、カトリック教会が支持していた点が挙げられる。しかし、それだけではなく、このモデルは、天体の動きに関しても、巧みに説明していた。しかも、地球は動いていないという、人間の直観にぴたりと合っていたのである。なんと言っても、もし地球が動いているのなら、その動きを感じるのではないか、というわけだった。

科学による挑戦

ところが16世紀になると、プトレマイオスによる宇宙モデルは各方面から批判される。宗教改革によってカトリック教会の権威が弱められたこともあるが、それより重大だったのは、プトレマイオスの宇宙論に向けられた科学的な批判だった。ポーランド生まれの天文学者ニコラウス・コペルニクス（1473年〜1543年）は、地球ではなく太陽が宇宙の中心に位置しているという大昔の考えを復活させる。しかも彼はそのような考えによって、プトレマイオス体系（天動説）における重要な矛盾点のいくつかを解消できることを示したのだ。たとえばプトレマイオスの宇宙論では、惑星の軌道が毎年一時的に逆転したように見える「逆行」運動について、いささか不自然な説明がなされていた。これに対してコペルニクスは、地球がほかの惑星とともに太陽の周りを回っているのなら、まさに「逆行」が見えるはずだと説明したのである。さらにドイツの天文学者ヨハネス・ケプラー（1571年〜1630年）は、惑星はプトレマイオスの宇宙論に定められた完全な円軌道ではなく、楕円軌道を描いていることを明らかにしたのだった。

最後にイタリアの学者ガリレオ・ガリレイ（1564年〜1642年）が、地上界と天空界を完全に別個だとする考えに終止符を打つ。ガリレオは天空を望遠鏡で見た最初の天文学者のひとりだ。彼はそうすることで、太陽の表面は完璧で傷がないどころか黒点が一面に見られることや、木星に衛星があることを示したのである。どちらの事実も、プトレマイオスのモデルに矛盾するものだった。ガリレオはまた、人間が地球の動きを感じない理由も説明している。地球上のものすべてが同じ方向に動いているとすると、何も動いていないように**感じられる**と指摘したのだ。たとえば飛行機に乗っていて、ボールを真上に放った場合、ボールは時速800キロメートルで後方へは飛んでいかず、自分の手の中に戻ってくる。これは、ボールとボールを放った人が飛行機の前進運動と同調しているからだ。したがって、地球が時速10万7280キロメートルという速さで空間を動いていても［これは地球が「公転している」という意味で、記載された速度は地球の公転速度］、私たちは動いているとは感じないのである。

17世紀末ごろにかけて、イギリスの物理学者・数学者であるアイザック・ニュートン（1642年〜1727年）が、架

第1スレッショルド：ビッグバン宇宙論と宇宙の起源　15

図1.4 三角法を用いる視差の仕組み

視差とは、人の動きに対して、少し離れたところにある対象物（近くの恒星など）が、それより遠くにある対象物（さらに遠くにある恒星や銀河など）を背景に動くように見えることによる。原則としては、動きの範囲を確定したのちに三角法を用いることで（図における三角形に注目）、近くの恒星までの実際の距離を測定することができる。だが実際には、最も近くにある恒星の動きでさえもごくわずかなため、この方法を用いて近くの恒星までの距離を特定することは、19世紀までできなかった［図中のA、Bについては35ページの注を参照］。

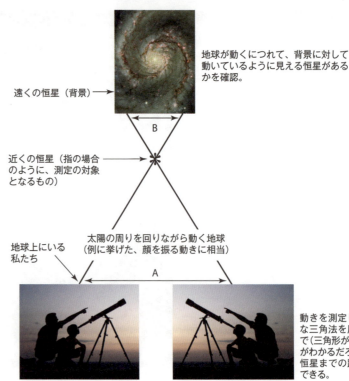

空の天球を想定したプトレマイオスによる複雑な体系がなくても、天文学は理解できることを示した。天空界であれ地上界であれ、たとえば惑星の動きであれリンゴの落下であれ、物体の動きはいくつかの簡単な方程式だけで説明できるとしたのである。彼が持ち出したのは、重力と名付けた普遍的な力の存在だった。この力はすべての対象物を互いに引き合い、その強さは対象物の質量が増えるにつれて増し、それらが遠く離れるにつれて減るのである。ニュートンによる運動の法則は科学的発見の中でも最大級のひとつとされるが、それは動き全般を極めて簡単に説明したからだった。彼の法則は多くの人にとって、宇宙を理解する"鍵"のようなものだったのである。

1700年までには、プトレマイオスによる宇宙モデルを真剣に受け止める科学者はほとんどいなくなっていた。科学者たちは、地球が太陽の周りを回っているという考えを受け入れたのである。さらには、ニュートンが公式化したような簡単な科学的法則によって、宇宙全体が解明できるかもしれないと思うようにもなっていたのだ。

宇宙地図の作成

一方で、天文学者は新たな困難に直面していた。宇宙の理解が進んだということは宇宙の地図が作れるということである。地理学者が地球の地図を作り始めたように、宇宙の地図も作れるものなのだろうか？　これを行うには、恒星［自ら熱と光を出し、天球上の位置をほとんど変えない星］の正確な位置と動きを特定する必要がある。しかも、これは簡単にはできない。天文学者が近くの恒星までの距離を測定したりその動きをたどったりできる、より信頼の置ける方法を開発したのは、ようやく19世紀になってからだった。宇宙やその起源に関する現代の考えは、宇宙の地図を作ろうとしたこういった試みから出てきたのである。恒星の位置と動きという二つの問題については、このあと順番に見ていく。

恒星までの距離はどうすればわかるのか？　夜に外へ出て恒星を見て、距離がわかるかどうか試してみるといい。これは難解かつ複雑な問題だ。古代ギリシア人は基本的にはこのやり方を早くから知っていた。**視差**を使うのである。観察者の動きによって生じる、二つの固定対象物間の見かけの関係における変化のことだ（図1.4）。

視差の仕組みを理解するには、自分の鼻の近くに指を一本立てて、指はそのままにして、顔を左右に振ってみればいい。すると指は、背景に対して動いているように見える。背景に対する移動量は、指と目の間の距離による（指を鼻から離して顔を振ると、よくわかる）。この単純な原理によって、最も近い恒星までの距離を測ることができるはずと、ギリシア人は考えていた。地球は太陽の周りを毎年回るため（古代ギリシアの天文学者の中には太陽中心説を受け入れている者もいたことを思い出してほしい）、最も近

い恒星のいくつかは、顔を振ると背景に対して指が動いて見えるのと同じように、より遠くにある恒星という背景に対して動くはずである。近くの恒星がより遠くの恒星という背景に対してどれだけ離れたところで動いて見えるかを測り、地球の軌道の大きさと太陽までの距離の概算を組み合わせた単純な三角法を用いることで、恒星までの距離を測定できるはずなのだ。

ギリシア人の考え方は間違っていなかった。ただ残念なことに、最も近くにある恒星でもあまりに離れているため、肉眼では動きを認めることがまったくできないのである。近くにある恒星の位置のわずかな変化を検出して計測できる、正確な望遠鏡や計測器が登場するのは、19世紀半ばになってからだった。これでようやく、天文学者が望遠鏡や計測器で近くにあるいくつかの恒星までの距離を測定できるようになったのである。さらにはこれを行ううちに、宇宙は予想していたよりもはるかに大きなものだとわかってきたのだった。現在では、最も近くにある恒星プロキシマ・ケンタウリ［一般にケンタウルス座アルファ星（アルファ・ケンタウリ）が太陽系に最も近い恒星系であるとされているが、これは三重連星であり、このうち最も小さい第2伴星（C星）が「プロキシマ」と呼ばれている］が4光年以上離れたところにあるとわかっている。これはおよそ40兆キロメートルの距離で、時速約900キロメートルを出す民間のジェット機で行こうとしたら、500万年ほどかかる計算だ［人間が飛ばした最速の宇宙探査機（秒速約20キロメートル）でも6万年ほどかかる］！　ただ忘れてはならないのは、宇宙には何千億もの恒星がある中で、この恒星が私たちに最も近いという点である。天文学的には、プロキシマ・ケンタウリは私たちのお隣さんなのだ。

より遠くにある恒星までの距離を測定するには様々な技術が必要だったが、そのひとつを発明したのがアメリカの天文学者ヘンリエッタ・リーヴィット（1868年〜1921年）である。彼女は19世紀末に、明るさが規則的なパターンで変化しているように見える、変わった種類の恒星を調べていた。このような恒星は最初に発見された星座ケフェウス座にちなんで、**ケフェウス型（ケフェイド）変光星**として知られる。明るさが変化する速度がその恒星の大きさによることから、その大きさを計算で出せることに彼女は気づいた。恒星の大きさと明るさは密接に関係しているため、真の（本来の）明るさを推測できるというわけである——つまり、近くから観察したときの、その恒星の明るさがわかるのだ。遠くの天体に届く星明かりの量は、光が広大な空間へ広がるにつれて数学的な正確さで減少するため［距離の2乗に反比例］、地球から見たときの明るさを計算することにより、どれだけ離れているかを推測できるのである。この遠回りな方法で、ケフェウス型変光星までの真の距離を推測できることに、リーヴィットは気づいたのだった。

1924年、一部のケフェウス型変光星は私たちの銀河系（天の川）の外にあることを、エドウィン・ハッブルが証明した（彼については後述）。これは、宇宙には数多くの様々な銀河が存在することを初めて証明したものであり、宇宙は大方の天文学者が想像していたよりもはるかに大きなものであることが、改めて示されたのだった。

天文学者は、恒星や銀河が宇宙において動いているのかも知ろうとした。注目すべきことに、まさにこれを行うためだけの技術が19世紀に登場する。そして、結果的にこの技術が、さらに重大な発見へと結びつくのだった。

19世紀初頭、ドイツの光学機器製作者ヨゼフ・フォン・フラウンホーファー（1787年〜1826年）が**分光器**という装置を作成する。この分光器（別名をスペクトロスコープあるいはスペクトログラフ）により、観察者は恒星からの光を様々な周波数に分散させることが可能になった。単純なガラスのプリズムでも、これとまったく同じことが行える。光が様々な周波数［波長と反比例］に分散されることで、（各周波数を）様々な色として目にすることができ、それゆえ、赤色の端（周波数が低い＝波長が長い）から青色の端（周波数が高い＝波長が短い）へと色が変わっていく人工的な

図1.5　ドップラー効果と吸収線

恒星からの光のスペクトル上に現れる暗線は吸収線と呼ばれ、特定の周波数における特定の元素の存在を示している。だが、この吸収線は、予想位置（つまり、その周波数）からややずれる場合が多い。これはドップラー効果のせいである。恒星からの光の波長［波長と周波数は反比例の関係にある］は伸びるか縮むかのどちらかだが、これは私たちから遠ざかっている（周波数が**赤方偏移**の場合）か近づいている（周波数が**青方偏移**の場合）かによる。ハッブルはこのような測定法を用いて、宇宙にある遠くの天体はどれも遠ざかっているようであり、離れるにつれてその速度も増していることを発見したのだった［図の単位は光の波長を表すnm（ナノメートル）］。

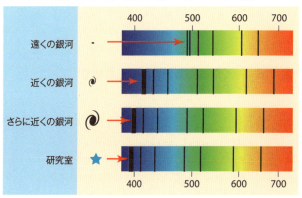

虹を、プリズムが作り出すようにも見えるのだ。ところがフラウンホーファーは、分光器が恒星の光から作り出したスペクトル「光の虹」の中に、おかしなものを見つける。それこそがエネルギーが減じた暗線で、現在では**吸収線**として知られるものだ（**図1.5**）。研究室で行った実験により、これらの線は特定の元素の存在によるものであり、それぞれの元素は様々な周波数で光エネルギーを吸収する傾向にあることがわかった。これらの周波数についてわかれば、光を放った恒星にどの元素が存在するかが、吸収線からわかるのである。のちにこの考えは、天文学者が恒星の成り立ちとその組成の解明を始めた際に、重要であると判明する。

19世紀末、アリゾナ州フラッグスタッフにあるローウェル天文台所長ヴェスト・スライファー（1875年〜1969年）は、吸収線に別の奇妙な特徴を見つける。遠くにある天体のスペクトルにおいて、吸収線が予想位置よりもずれたような例がたびたびあったのだ。要するに、水素の吸収線は**青方偏移**になる（スペクトルの青い端にある高い周波数のほうへずれる）場合があれば、**赤方偏移**になる（赤い端にある低い周波数のほうへずれる）場合もあるというわけである。これらのずれは恒星が私たちに近づく動き（青方偏移）もしくは遠ざかる動き（赤方偏移）のどちらかによるものと、スライファーは主張した。これは、サイレンが近づくにつれて音（周波数）が高くなり、遠ざかるにつれて低くなるのと同じ、**ドップラー効果**によるものである。音源が自分のほうに近づいてくる音波は圧縮されたものとして、遠ざかっていく音波は広がったものとして感じることによってもたらされるのだ。スライファーが正しければ（実際にそのとおりだったが）、遠く離れた銀河のような天体が近づいているのか遠ざかっているのか判断できることになり、その動く速度を計算することさえ可能なのである。これは技術的なブレークスルーとして注目すべきことだった。

ここまで恒星の距離や動きを測定する方法を詳述してきた。これらの技術により現代のビッグバン宇宙論の基礎が築かれたのである。

ビッグバン宇宙論

これらの発見をひとつにまとめる作業を1920年代に果たしたのが、アメリカの天文学者エドウィン・ハッブル（1889年〜1953年）だった。彼は当時史上最大規模の望遠鏡だったカリフォルニア州パサデナのウィルソン山天文台で働いており、これまでに記してきた方法を用いて宇宙の全体図を作成しようとしていた。そうして出来上がったのは、まったく予想だにしないものだった。最初に目についた異常な点は、宇宙が安定していないらしいということである。宇宙で遠くにある天体のほとんどが**赤方偏移**のようだったのだ。言い換えると、それらの天体は地球から遠ざかっているようなのである。このことを予測していた者はひとりもいなかった。というのも、ニュートンの時代以降、宇宙は安定していると見なす天文学者がほとんどだったからである。ハッブルが天体の動きとこれらの天体までの距離の推定値を組み合わせたところ、さらに奇妙なことに気づいた。遠くの天体ほど、赤方偏移が大きくなったのだ。つまり、天体はますます速度を上げて、地球から遠ざかっているようだったのである（**図1.6**）。

これは一体どういうことなのか？ 非常に大きな規模で見ると、宇宙の様々な部分は互いに遠ざかっているという

図1.6　遠く離れた銀河の距離と動きを示すハッブルのグラフ

ハッブルはカリフォルニア州パサデナにあるウィルソン山天文台の望遠鏡を使って、遠く離れた銀河を調べた。彼が見つけたのは、天体が遠ざかるにつれて、その遠ざかる速度が増しているらしいというもので、これが宇宙が膨張していることを示す根本的な発見となったのである。

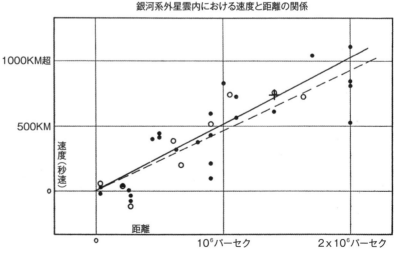

[1パーセクは約30兆キロメートル]

ことになるようである。重力が局部銀河群をひとつにしておけるほど強力であることが、現在はわかっている。これはたとえば、われわれの銀河系（天の川銀河）やアンドロメダ星雲を含む局部銀河群の場合でもあてはまるため、アンドロメダ星雲は私たちから遠ざかってはいない。だがハッブルは、それよりもはるかに遠い距離にある天体を大きな規模で観察しており、局部銀河群全体が互いに遠ざかっているようだったのだ。あたかも宇宙全体が膨張しているかのようで、宇宙の様々な部分が、破裂した手榴弾の個々の破片のような感じだったのである。

このことを予測していた天文学者はひとりもいなかった。事実、アルベルト・アインシュタイン（1879年～1955年）は——彼が相対性理論を発表したのは、ハッブルが結果を公表する数年前だった——ハッブルによるこの結果に大いにショックを受けて、誤りがあるはずだと、しばらく主張していたほどである。アインシュタインは重力と釣り合う新たな種類の力の存在を提唱して、みずからの相対性理論を修正してまで、不安定な宇宙という可能性を排除しようとしたのだった（のちに彼はハッブルの結果を受け入れて、可能性を排除しようとしたみずからの試みを"人生最大の失敗"と呼んだ。不思議なことに、近年の展開は、アインシュタインの正しさを部分的に証明していることになるのかもしれない。後述するが、彼がその場しのぎの解決策として示した新たな力の存在は、現在で言うところの**暗黒エネルギー**のように思われる。これは空間そのものを押し広げて、宇宙全体に広がっているとされるエネルギー形態のことである）。

プトレマイオスによる宇宙が小さく安定していて、ニュートンによる宇宙が広大で安定していたのに対し、ハッブルが示した宇宙は非常に**不安定**なものだった。彼による宇宙は、最初は小さかったものが膨張を続けて、非常に大きくなったというのである。ただ、宇宙が膨張したところで私たちが「何か別のものになる」わけではなく、時空間が大きくなるだけだということを知っている。また、そのせいで、宇宙の形を想像することも困難である。宇宙に中心や端があるとは考えないほうがいいだろう。地球の表面に中心や端がないように、宇宙にもないのだから。

ハッブルが見つけたのは現実に即した宇宙の姿だったのだろうか？ それとも彼が示した結果は、一種の目の錯覚だったのか？ 最初は誰にもわからなかったが、もし彼の説明が現実に即したものだとすると、宇宙の歴史を理解するうえで重要な影響力を持っていることになる。1927年、ベルギーの天文学者でカトリック司祭のジョルジュ・ルメートル（1894年～1966年）が、宇宙が膨張しているのなら、宇宙には歴史があることになると指摘した。宇宙論とは宇宙を変化のないものとして説明するものではなく、人間の歴史のように歴史に基づいた一分野なのだ。彼はまた、その歴史の形について重要なことも言えると付け加えた。もし宇宙が現在も膨張しているのなら、以前は今よりも小さかったはずであり、さらに考えられないほど遠い昔には、宇宙にあるあらゆるものは原子ほどの小さな空間に詰め込まれていたに違いないと。これをルメートルは**原始的原子**と呼んだ。

これは天文学者にとって、驚くべき結論だった。ルメートルがすでに述べていたように、宇宙全体は想像を絶するほど小さなエネルギーの塊から始まったに違いないからである。そして宇宙が本当に膨張しているのなら、彼の言ったことは正しいはずだった。

ハッブルの研究は現代のビッグバン宇宙論の基礎を築いたものの、その考えを大半の天文学者が受け入れるまでには数十年を要することになる。ひとつには、この考えが初めのうちはまともではないと思われたからだろう。事実、1950年にイギリスの天文学者フレッド・ホイル（1915年～2001年）は、悪意を持ってこの考えを**ビッグバン**と呼んだ。彼はビッグバン宇宙論を認めたことは一度もなく、さげすむ意味合いで**ビッグバン**という名称をラジオのインタビューで用いたのである。

当初は、ハッブルが発見したものをどう理解したらいいのか、わかる科学者はほとんどいなかった。初期宇宙とはどんなものだったのか？ 1940年代には、原子力兵器の製造に関する研究が推進力となって、素粒子の性質や、極度の圧力や極端な温度下でのその反応に関する新たな考えを生み出すようになった。ハッブルとルメートルのモデルが正しければ、そういった極端な状態こそが、宇宙の歴史の初期に存在していたに違いないのである。

⚙ 大型ハドロン衝突型加速器

宇宙論者は現在、巨額な巨大装置を使って宇宙の起源を調べている。超高速で粒子をぶつけ合って、その組成を調べているのだ。スイスのジュネーブ空港地下にある巨大な円管状の大型ハドロン衝突型加速器（LHC・図1.7）内で、科学者が粒子を激しくぶつけ合い、宇宙が存在を始めた最初の1秒間に似た状況を事実上再現しているのである。2台のフェラーリを激しく衝突させて、それらが何でできているかを確かめるようなものだが、それでもこれによって非常に刺激的な科学が生み出されているのだ。事実、2012年7月4日にLHCの科学者らは「ヒッグス粒子」として知

第1スレッショルド：ビッグバン宇宙論と宇宙の起源　**19**

図1.7　CERN（欧州原子核研究機構）にある大型ハドロン衝突型加速器（LHC）

大型ハドロン衝突型加速器（LHC）は史上最大かつ最も巨額な科学実験装置である。ジュネーブ空港地下の巨大トンネルからなり、原子より小さな粒子［陽子と陽子］を光速に近い速度でぶつけ合って、その構成を探るというものだ。これは車同士を衝突させて、中にあるものを突き止めることに似ているが、これが現在の人間にとって、この宇宙を構成する基本要素の性質を特定する唯一の方法なのである。下の写真の白い円の地下にLHCがある。手前に見えるのがジュネーブ空港で、赤い線はフランスとスイスの国境［写真手前側がスイス］だ［小さな円は、LHC本体に陽子を入れる前に陽子を加速する「スーパー・プロトン・シンクロトロン」（SPS）という装置がある場所を示す］。

られる粒子が存在する証拠を見つけたと発表した。これは、すべての物質に質量がある理由を説明する粒子だ。そのような粒子が存在するはずという考えは、1964年にイギリスの物理学者ピーター・ヒッグス（1929年生まれ）が初めて提唱し、その後も数人の物理学者が続いた。ヒッグスの元々の考えと一致する粒子が実在するというこの発見は、現代科学における大きなターニングポイントのひとつと見なされている。

1940年代には、前述のフレッド・ホイルやロシア生まれのアメリカの物理学者ジョージ・ガモフ（1904年〜1968年）を含めた多くの科学者が、ヒッグスの予想を正しいとした場合に、初期宇宙がどのような様子でどう反応していたのかを解明するために乗り出した。そして意外なことに、かなり理にかなった説明を組み立てることが可能だと判明したのである。それ以降の数十年間で、宇宙が誕生した瞬間から現在のような状態に至るまでの様々な局面を、詳細に解明することが可能だとわかったのだ。

ビッグバン宇宙論による万物の起源

現在の宇宙が誕生する以前に存在していたものについては、依然としてわかっていない。証拠がまったくない以上、宇宙が誕生した瞬間について科学的なことは何も言えないのだ。実のところ、時間そのものもビッグバンの瞬間に、空間や物質、エネルギーと共に作られた可能性があるため、「以前」という考えそのものに意味がないのかもしれない。将来的には、天文学者がこの究極の問題に取り組む方法を見つけるかもしれないが、現時点ではビッグバン宇宙論は、宇宙が誕生したまさにその瞬間の解明を試みてはいない。しかしながら、宇宙誕生後の1秒に満たないごくわずかな瞬間以降については、ビッグバン宇宙論は大量の証拠に基づいた詳細な説明をすることができる。ここから先は、そのストーリーについてできるだけ専門用語を使わずに説明してみよう。

今からおよそ138億年前に何かが現れて、それと同時に空間、時間、**物質**、**エネルギー**が生成されだしたとされる（**物質**は質量を持つ存在物からなって空間を占めるもので、**エネルギー**は物質を動かしたり形作ったりする力からなるもの）。最初は、空間そのものは原子より小さかったかもしれないが、一方で考えられないほど高温でもあった。これは驚くことではない。何しろ、この原子程度の大きさの空間に、現在の宇宙の全エネルギーが入っていたのだから。あまりに高温だったため、物質とエネルギーは互いに置き換わることができた。エネルギーは常に固まって小片の物質となり、これが変化し続けてエネルギーに戻るのである。アインシュタインの相対性理論で証明されたように、物質とエネルギーはその根底にある何かの現れ方が違うだけであり、おおざっぱに言えば、「物質とは静止状態にあるエネルギーである」と考えて差し支えないのだ。水素爆弾や恒星の中心といった極端な高温下では、物質はエネルギーへと再び変化する。つまり、ごく最初の時点では、宇宙は物質とエネルギーでできた一種のスープからなっていたのだ。ところがこれが膨張していくと、急速に温度が下がった。さらにこのスープが冷えるにつれて、様々な種類の力と物質に分化し始めたのである。この変化を科学者は**相転移**と呼んでいる。これは蒸気が冷やされたときの現象によく似ている。100℃で急に相転移が起こると、蒸気は液体の水になるのだ。

一瞬の間に（まだ宇宙誕生後の10^{27}分の1秒以内だが）、初期宇宙はものすごい速さで膨張した。天文学者が言うところのこの「インフレーション」期が終わったころには、宇宙は現在の宇宙におけるひとつの銀河系ほどの大きさだったと見られている。

さらにほんのわずかの間に、相転移によってエネルギーの基本的な4形態(四つの力)が誕生する。重力と電磁気力、それに「強い」核力と「弱い」核力だ。重力と電磁気力については後述する。どちらの力もなじみのあるものであり、本書の話では大きな役割を果たすことになる。あとの力については、簡単に記す。原子より小さい距離でのみ働き、原子や原子より小さい粒子(陽子や電子など)の働きをコントロールする手助けをするものである。そのため、これらに関心を持つのは主に原子核物理学者だ。これらの四つの力に加えて、物質の基本構成要素も誕生した。これには暗黒物質(まだ完全な理解には至っていない)や、人間の体を作る物質である**原子物質**も含まれる。

最初の20分のうちに、物質とエネルギーはより安定した形になり始めた。水素原子の正電荷の原子核である陽子はすでに誕生しており、そのおよそ25%は融合したうえに中性子(質量は陽子とほぼ同じだが電荷は持たない)と結合し、ヘリウム原子の原子核[陽子2個]を形成した。少数の陽子はさらに融合してリチウムの原子核[陽子3個]を形成したが、宇宙が急速に冷えたため、これ以上の融合は起こらなかった。この時点で物質はガス状で高温の**プラズマ**の形で存在していて、プラズマの中の原子内での陽子と電子(負電荷を持つ)の結合はまだ起こっていない。似たような状態(プラズマ)は現在も恒星の中心に存在している。陽子と電子は電荷を帯びているため、宇宙にある原子物質の大半は電気的に衝突し、強烈な電磁エネルギーに常にもまれていたと見られる。電磁エネルギーが凝縮した小さな塊と考えられる光子は、これらの荷電粒子ともつれていたことだろう。

このプラズマはおよそ38万年間存在していた(これは人間が地球上に誕生してからの年数のほぼ倍の長さである)。そしてビッグバンから約38万年後に、重要な相転移が新たに起こる。宇宙が現在の太陽の表面温度ほどにまで冷えるにつれて、光の光子がエネルギーを失い始めたとともに、原子より小さな粒子の動きも落ち着いてきたのだ。そしてついには、冷えて落ち着いた宇宙において、正電荷の陽子と負電荷の電子が結合できるくらいに電磁気力の効果が現れはじめたのである。ここにきて、臨界温度[陽子と電子が結合できる上限温度]より低温になったことで、宇宙の至るところにある陽子と電子が結合し、電気的に中性な原子が形成された。陽子と電子の反対電荷が互いを相殺したため、宇宙全体がまるで急に電荷を失った状態のようになったのである。電磁的な放射の中でもつれ合っていた正負の電荷の網が消えて、ついに光の光子が宇宙を自由に動けるようになったのだ[日本ではしばしば「宇宙の晴れあがり」

と呼ばれる]。

物質とのもつれ合いから光子が解き放たれた瞬間、ものすごい閃光が輝いたのではないかと、1940年代後半にガモフが提唱した。そして、この閃光を見つけることは、もしかしたらまだ可能かもしれないと言ったのである。この大昔のエネルギーの閃光の名残を真剣に探した者が、当時はひとりもいなかったということは、大半の宇宙学者がビッグバンという考えを依然として疑問視していたことの表れと言える。

⬥ ビッグバン宇宙論を支持するさらなる証拠

1960年代初頭になっても、宇宙がビッグバンによって創出されたという考えは、興味深い仮説に過ぎなかった(**仮説**とは、広く受け入れられるための裏付けとなる証拠がまだ十分にない科学的概念のことである。**理論**は、広く受け入れられるための証拠が十分にある科学的概念のことだ)。多くの天文学者は、ビッグバンは実際に起こったことを正しく表現していないと思っていた。**定常宇宙論**として当時知られた対立仮説は(当時は広く受け入れられたため、理論とされた)、1920年代に初めて提唱されると、その後は修正や改良が続けられた。中でもこれを支持したのがフレッド・ホイルで、彼は生涯にわたってビッグバン宇宙論には否定的だった。定常宇宙論とは、宇宙は確かに膨張しているものの、その膨張率と釣り合う速度で物質やエネルギーが絶えず新たに生成されているとするものである。これによれば、宇宙を非常に大きな規模で見た場合、前々から現在のものとほぼ同じということになるのだ。

ハッブルが発見した赤方偏移について、これらの仮説は、どうやったら検証できるのか? どちらが正しいのだろう?

その答えは1964年に、思わぬところから急に現れた。アーノ・ペンジアス(1933年生まれ)とロバート・ウィルソン(1936年生まれ)という、ニュージャージー州にあるベル電話会社の研究所で働いていた二人の天文学者は、衛星通信用に超高感度の受信機を作り出そうとしていた(図1.8)。二人は組み立てていた角型アンテナを改良するため、背景雑音をすべて取り除こうとした。ところが、背景からどうしても排除できない、小さいながらも規則正しく繰り返されるエネルギーの雑音があったのである。興味深いことに、それはアンテナをどの方角に向けても存在しているらしく、宇宙の特定の天体に由来するものではないようなのだった。二人は自分たちの装置に問題があるのではと疑

第1スレッショルド:ビッグバン宇宙論と宇宙の起源　**21**

図1.8 宇宙背景放射

1964年に宇宙背景放射を初めて検出した電波アンテナの前に立つペンジアス（写真左）とウィルソン。

い、アンテナからハトの糞を取り除いたこともあった。糞から出るわずかな熱が雑音の原因なのではと不安だったからだ。最終的に二人は、近くのプリンストン大学の物理学教授ロバート・ディッケ（1916年〜1997年）に連絡を取る。ビッグバンによりエネルギーの巨大な閃光が放出されたはずという予測を知っていたディッケは、この背後にあるエネルギーを検出できる電波望遠鏡を組み立てようとしているところだった。ペンジアスとウィルソンが見つけたのは、ガモフらが予測した大昔のエネルギーの閃光だと、ディッケはすぐさま見抜いたのである。

ペンジアスとウィルソンが見つけた非常に弱い信号は、そのエネルギー準位が−270℃相当で、絶対零度よりわずかに高い程度だった（絶対零度とは可能なかぎり最も低い温度のことで−273℃）。これは、ガモフやディッケといった宇宙学者が予測していたエネルギー準位に非常に近かった。最も注目すべき点は、背景放射の均一性だった。宇宙のあらゆるところからやって来るのである。つまり、非常に弱い信号ながら、とてつもないエネルギー量を示していて、その強度はどこでもほとんど変わらないようなのだ。定常宇宙論では、この**宇宙背景放射**の原因を説明できないのに対して、これまで見てきたように、ビッグバン宇宙論はこれを予測していたのである。

のちに真実と判明する変わった予測をすることこそが、科学的な仮説にとって最も強力な検証のひとつになる。それゆえに、宇宙背景放射の発見以降、大方の宇宙論者や天文学者は、ビッグバン説が宇宙の起源に関する正しい説明であると受け入れるようになったのだ。だから私たちは現在、ビッグバンを確立された理論、すなわち定説と言い表し、定常宇宙論のほうを仮説と言うようになったのである。さらにはこの発見以降、宇宙背景放射は非常に詳しく研究されてきたが、それはビッグバンのおよそ38万年後、宇宙背景放射という"閃光"を放った当時の宇宙の状態について、多くのことを教えてくれるからだ。

ビッグバン宇宙論を支持するより一層の証拠

宇宙背景放射と赤方偏移は、ビッグバン宇宙論を支持する最も強力な証拠と言えるだろうが、支持する証拠はほかにも数多くある。ここでは、より重要な証拠を三つだけ挙げる。どれも比較的理解しやすいものだ。

ひとつ目は、宇宙には約130億歳より古い天体は存在しないらしいことである。本章の後半で見ていくが、恒星が幼年期から老年期へと発展して、最終的に崩壊する過程については、今や天文学者はかなりよく理解している。これが意味するのは、人の姿勢や肌の色合いや身ぶりによってその人の年齢がだいたいわかるのと同じように、温度や化学組成や質量などを測定することで恒星の年齢を推定できるということだ。どの計算も簡単なものではないが、いずれの計算によっても、130億歳以上という恒星の存在は示されていないのである。宇宙が実際に数千億歳であったり、（定常宇宙論が推測するように）無限に年を重ねているのであれば、多くの年齢を重ねた恒星が存在しないのは非常に奇妙なこととなる。一方でビッグバン宇宙論が正しければ、この年齢構成はちょうど予想したとおりのものなのだ〔2014年に約136億歳の恒星が報告されたが、これは宇宙年齢が138億歳であることを覆さない〕。

二つ目は、ビッグバン宇宙論が定常宇宙論とは違って、宇宙には歴史があるために、人間社会のように長い間に変化すると示している点である。私たちが1万年前の人間社会を現代の社会とは大きく異なっていると想像するのと同じように（どれほど異なっていたかについては、第4章を参照）、宇宙論者も100億年前の宇宙は現在のものとは大きく異なっていると想像している。しかも、それこそが彼らが目にしているものなのだ。現代で最も強力な望遠鏡では、地球から数十億光年離れた天体を見つけることができる（**光年**は光が1年間に進む距離のことで、およそ9兆4607億キロメートル）。この観測を行った場合、実際には数十億年前の天体を見ていることになる。天体が出す光が地球に届くまで、数十億年かかっているからだ。つまり強力な望遠鏡は時間旅行者のようなもので、最も強力なものになると、ビッグバンから間もないころの宇宙を見ること

ができるのである。初期宇宙が現在の宇宙とは実に異なっていることを、こうした望遠鏡は見せてくれるのだ。初期宇宙はより密集していて、現在の宇宙では極めて珍しいクエーサー（準星）などの天体が含まれていたのである（**クエーサー**は「準恒星状電波源」という意味で、全銀河の中心にあるとされる巨大なブラックホールに恒星が吸い込まれると形成される）。このような研究は、宇宙には人間社会のように長い間に変化する歴史があるというビッグバン宇宙論の結論を支持しており、長い間にほとんど変化しないという定常宇宙論の結論とは相容れない。

　三つ目は、ビッグバン宇宙論の初期の論者が主張したもので、宇宙が最初の数秒間で急激に冷やされたため、あらゆる化学元素の中で最も単純なものしか形成される時間がなかったという点である。この最も単純な元素というのが、水素（中心に陽子が1個あるだけで、周回する電子も1個）とヘリウム（陽子2個と電子2個）だ。どの化学元素も核に固有の数の陽子を持っており、これはウラン（ウラニウム、陽子92個と電子92個）まで続く。つまり、水素やヘリウムよりも大きな元素が形成されるには、より多くの陽子を持つより大きな核を形成するために、原子核が融合する必要があるのだ。ところが陽子はすべて正電荷であるので、陽子同士の電気的反発力に打ち勝つには非常な高温が必要なのに、最初の原子ができるころにはもう宇宙はそれほど高温ではなくなっている。このことが意味するのは、宇宙の大部分は水素とヘリウムから成り立っているはずということだ。この予測自体が意外だったのは、どちらも地球の表面にはめったに存在しないからである。ところが、天文学者が分光写真機を使ったところ、恒星や星間空間にどの元素が存在しているのかがわかった。宇宙にある原子物質の約75％が水素、残りの大半はヘリウムからなっていると突き止めたのである。またしても、ビッグバン宇宙論による奇妙な予測は正しいと判明したのだ。

ビッグバン宇宙論の問題点

現在、ほとんどの天文学者や宇宙論者は、ビッグバン宇宙論が宇宙の起源についてかなり正確な根拠をもたらしていると認めている。それでも、完全には程遠い。最も目を引く問題のひとつは、近い将来に最も修正がもたらされそうなものだが、暗黒物質と暗黒エネルギーの存在だ。これまで見てきたように、この両者は検出はできるものの、まだ理解には至っていない、［つまり"ダーク"な］物質とエネルギーの形態である。

　見えているもの以上にかなりの"見えない"［ダークな］物質が存在しているはずだと最初に気づいたのは、銀河の恒星の動きを研究していた天文学者だった。重力の法則を用いると、恒星が巨大な銀河を周回する速度を推定することが可能である。だが、恒星の実際の動きが示したのは、天文学者が実際に検出できたものより20倍もの質量があるはずということだった。その質量の一部を構成しているのが**暗黒物質**である。さらに1990年代後半になると、宇宙の膨張速度が加速していることが明らかになったため、この加速は**暗黒エネルギー**として知られる新たなエネルギー形態によるものだと、ほとんどの宇宙論者が信じている。このエネルギーは反重力のような働きをして、相手を引き寄せるのではなく引き離すのだ。

　暗黒エネルギーは宇宙の質量のおよそ70％を構成している［質量というとまず"物質量"を想起するかもしれないが、20ページで述べたように、物質とエネルギーは互いに等価で置き換わりうることを思い出してほしい］。暗黒エネルギーは宇宙の"空間量"と結びついているため、宇宙が膨張するとともにその重要性が増すエネルギー形態なのだ。事実、ビッグバンから約90億年後、ちょうど地球が形成されたころに暗黒エネルギーの力が増した結果、宇宙の膨張速度は加速し始めたようなのである。一方、暗黒物質は宇宙の質量の25％を占めていて、残りの4～5％は原子物質からなる。ほとんどの原子物質は水素とヘリウムの形をしており、炭素からウランまでの"より重い化学元素"は原子物質の約1～2％しかない［宇宙全体の質量の4～5％の、さらに約1～2％なので、全体としては0.04～0.1％にしかならない］。だが、原子物質でさえ、そのほとんどは目に見えないため、［恒星や星雲などとして］私たちに実際に検出できるのは、宇宙に存在する物質の1％未満に過ぎない［上記と同様に宇宙全体の質量の0.05％未満］。宇宙にある物質やエネルギーの大半を実際には理解できていないという事実は、多くの天文学者にとって大きな悩みの種である。暗黒物質と暗黒エネルギーの本質が解明されないかぎり、ビッグバン宇宙論にはまだ疑問符が付きまとうことだろう。

　それでも、大型ハドロン衝突型加速器（LHC）のような実験がなんらかの答えを間もなくもたらしてくれると、天文学者も宇宙論者も期待している。すでに見てきたように、LHCはヒッグス粒子と思われるものを発見した。LHCがさらに高いエネルギー準位で運転し始めれば、暗黒エネルギーや暗黒物質の実際の組成を解明する手がかりとなるような、別のエネルギーや物質の形態が見つかるのではと、期待を寄せる者は多い。現在という時代は物理学者や宇宙論者にとって、非常に胸躍る時代なのだ！

　一方で、このような問題があるにもかかわらず、ビッグ

第1スレッショルド：ビッグバン宇宙論と宇宙の起源　**23**

バン宇宙論に真っ向から張り合えるような理論はまったく出てきていない状態であり、ビッグバン宇宙論が宇宙に関する膨大な量の情報をなんとか説明しているのが現状である。宇宙はどのように始まったのかという根本的な問いかけに対して、現時点で手に入る、この上なく強力かつ説得力のある答えが、ビッグバン宇宙論なのだ。

第2スレッショルド：銀河と恒星の起源

　ビッグバンから数十万年後の宇宙は、現在の基準から見れば単純なものだった。ほとんどの原子物質は、主に水素とヘリウムからなる巨大な雲という形で存在していたが、その雲もさらに大きな暗黒物質の雲の中に埋もれ、暗黒物質の雲の引力によって凝縮されていたのである。銀河も恒星も惑星もなく、生命体も間違いなく存在していなかった。宇宙背景放射によるかすかな輝きを除いて、宇宙は暗かった。場所による違いはほとんどなく、ウィルキンソン・マイクロ波異方性探査機（WMAP）が行った宇宙背景放射に

関する見事な調査（2001年〜2010年）によると、宇宙全体での温度差は0.0003度未満だった。宇宙はどの場所もまったく同じようで、違いも多様性もなく、興味深くなるようなものはまったく存在していなかったのである［後に25ページで述べるが、WMAP以前のCOBE衛星により、宇宙背景放射におけるきわめてわずかな"ゆらぎ"は発見されていた］。

　それでも数億年が経過すると、宇宙には最初の銀河である巨大な光のしみのようなものがあり、それぞれの銀河は無数の光の点からなっていた。これが最初の恒星である。銀河や恒星の進化は、惑星やバクテリア、そして最終的には人間を含む、より複雑なものへと進化する第一歩だった。つまり、宇宙でより複雑なものが誕生することを理解するには、銀河や恒星の進化から始める必要があるのだ。本書では最初の恒星の誕生を第2スレッショルドとしているが、これはその存在によって宇宙は明るさを増し、より複雑に、より変化に富んだものとなったからである。ただし、これ以降も恒星は誕生しているため、ある意味では現在でもこのスレッショルドは繰り返し起きていると言える（第2スレッショルドのまとめ）。

第2スレッショルドのまとめ

スレッショルド	構成要素 ▶	構造 ▶	ゴルディロックス条件 ＝	エマージェント・プロパティ
2. 恒星	水素（H）原子、ヘリウム（He）原子および（または）その原子核の形で存在する物質	内核（核融合）：外層には水素（H）およびヘリウム（He）とともに鉄にまで至る他の元素が次第に形成され蓄積する	初期宇宙における密度と温度の勾配＋核融合に十分な高温を生みだす重力	新たな局所的エネルギーの流れ；銀河；核融合による新たな化学元素を生成する能力

🔅 最初の銀河や恒星はどのようにできたのか？

　いかにして最初の恒星が誕生したかを説明するには、ビッグバンで生成された四つの基本的な力のひとつである重力に立ち返る必要がある。重力は17世紀にアイザック・ニュートンが発見した力だ。彼は、落下するリンゴを地球へ引っ張る力と同じもので、太陽の周りを回る惑星の動きをも説明できることに気づいた。重力とはあらゆる物質同士の間で働く引力なのである。

　20世紀初頭、アインシュタインは重力がエネルギーにも影響を及ぼしていると発表した。これまで見てきたよう

に、アインシュタインは物質とエネルギーはその根底にある「何か」の異なる形態だと証明している。極度の高温では、物質はエネルギーに変化し、逆もまた同様なのだ。したがって、重力が質量のみならずエネルギーにも影響を及ぼすことは、驚くには当たらない。このことは第一次世界大戦直後の1919年に、有名な平和主義者で良心的兵役拒否者だったイギリスの天文学者アーサー・エディントン（1882年〜1944年）によって立証されている。彼は、太陽の重力が光線を曲げるかどうかを調べることで、アインシュタインの考えを検証できると考えた。太陽が恒星の前を通過する際の恒星の位置を観察すれば、これを証明できると気づ

いたのである。太陽の重力が恒星からの光線を曲げるなら、太陽が恒星の前にきて恒星を隠してしまった瞬間の直後でもまだ恒星の姿を見ることができるはずなのだ。太陽の重力によって、光線がわずかに曲がるためである。残念ながら太陽は明るすぎるため、通常であれば太陽の近くにある恒星は見ることができない。ところが、皆既日食の際にはこれを行うことが**できる**ので、エディントンは1919年のその機会まで待った。そして彼がアフリカのプリンシペ島から日食を観察したところ、アインシュタインが予測したとおりのことを目にしたのである。太陽の端に近づくにつれて、恒星は一瞬浮いた感じになるや、すぐに消えたように見えたのだ。このホバリング効果は、恒星からの光が曲げられたせいで、恒星が太陽の後ろに隠れたあとでも、一瞬見えたままになることによってもたらされたのである。これこそが、奇妙な予測をしながらも検証の結果、真実と判明する優れた科学(この場合はアインシュタインの科学)の一例なのだ。

重力、宇宙背景放射、温度

本書では重力が中心的な役割を果たしているが、それは重力が単純な宇宙をより興味深いものへと変えることができたからだ。質量の大きい場所で重力は強く、質量間の距離が増すと重力は弱くなる。これが意味するのは、関係する物体の質量と物体間の距離により、重力の効果が場所によって変わるということだ。宇宙が完全に均一だったとしたら(すなわち、宇宙にあるすべての原子がほかのどの原子とも等距離にあったとしたら)、その結果は、すべてがほかのあらゆるものに対してまったく同じ引力を働かせるという、一種の行き詰まり状態となったのは明らかである。だが、初期宇宙の密度にわずかでも違いがあれば、重力は質量が少しでも大きい場所でより強く引っ張り、またそうすることによって、物質の塊を生成し始めるとともに、塊と塊の間に空っぽの空間ができる。これが複雑さの新たな形態への第一歩になる。物質を引き寄せて高密度の雲にすることが、結局は銀河や恒星の形成につながるからである。つまり、初期宇宙が均一だったか否かを見出すことは、天文学者にとって極めて重要だったのだ。

幸運にも、天文学者が必要としたまさにその情報が、宇宙背景放射によってもたらされた。初期宇宙における密度と温度にむらのあることを示す、一種のスナップショットが得られたのである。天文学者が1960年代に初めて調べたときは、宇宙の均一さに驚かされたものだった。目立った違いがまったくないようだったのである。だが、その後の綿密な調査により、実際にはわずかな温度差があること

がわかった。1992年、アメリカの天文学者ジョージ・スムート(1945年生まれ)は宇宙背景放射の研究用に特別に設計された人工衛星[COBE衛星]を用いて、この差異を調べた(1989年〜1993年)。その結果、彼が見つけた差異は、恒星が集まって銀河を形成する仕組みを解明するには十分なものだったのである。彼による初期宇宙の図を見た宇宙論者のジョセフ・シルク(1942年生まれ)は、「私たちが目にしているのは宇宙が誕生した瞬間だ!」と感嘆の声を上げたという。

物質がやや多い場所ができると、重力の引っ張る力が強く作用するようになり、さらに多くの物質をそこに引っ張りこむ。暗黒物質と原子物質による巨大な雲が凝縮すると、熱を帯び始める。原則として、より多くのエネルギーを小さな空間に詰め込むと、温度が上昇する(ここでの**小さな**というのは相対語である。銀河ほどの大きさの場所の話をしているのだから)。したがって、密度が増した場所では、温度が上昇し始める。これは若き宇宙の生涯においては新たな現象だった。それまでの宇宙は冷える一方だったからだ。こういうことから、初期宇宙の至るところで、暗黒物質の巨大な雲がゆっくりと凝縮していったと想像できる。その中に埋め込まれていたのは、凝縮しながら熱を帯びていく原子物質の複数の小さな雲だ。熱はこれらの雲の中にある原子にエネルギーを与えるため、原子は動く速度を上げて、頻繁かつ激しくぶつかり合うようになる。最後には、あまりに猛烈な熱さになったために、ついに電子と陽子が引き離され、結合が解かれて自由になった陽子と電子で満ちた、初期宇宙のプラズマ状態を再度作り上げることになった。

その後、約1000万℃で臨界値を越えると、陽子同士が激しく衝突しだして、融合するようになる。陽子は正電荷であるため、通常は互いに反発する。ところが衝突が激しい場合には反発力に打ち勝ち、2個の陽子が互いに対してひとたび十分に近づくや、原子内のわずかな距離でのみ作用する強い核力によって結合するのだ。その結果、固く結びついた陽子2個と中性子2個からなる新しいヘリウム原子核ができる。陽子がぶつかり合ってヘリウム原子核を形成するこの過程は、**核融合反応**として知られる。陽子同士が融合すると、陽子のわずかな質量が膨大なエネルギーに変換される(ヘリウム原子核の4個の粒子——2個の陽子と2個の中性子——は結合していない4個の陽子よりも質量がやや小さいことから、このことがわかる)。これが水素爆弾の中心で起こることだ。アインシュタインによる有名な方程式「$E=mc^2$」は、このような過程で放出されるエネルギー量(E)は、エネルギーに変換される質量(m)に、

第2スレッショルド:銀河と恒星の起源　**25**

光の速度(c)の2乗をかけたものに等しいという意味である。光は1秒間に約30万キロメートル進むため、これはとてつもない数字になる。だからこそ、水素爆弾はあれほど強力なのだ。1952年に太平洋のエニウェトク環礁で行われた初の水素爆弾の実験での破壊力は、1945年8月9日に長崎に投下された原子爆弾より、およそ500倍も強力だった［同年8月6日に広島に投下された原爆のおよそ700倍］。

核融合によって新たなヘリウム原子核が形成されるたびに、凝縮する原子物質の雲の中心では大量の熱が発生する。それぞれの雲の中心にあるこの高熱の炉［からの熱放射］により、さらなる凝縮は止まって、原子物質雲の大きさが安定する。この過程が、初期宇宙で凝縮する巨大な原子物質雲の至るところで繰り返されるうちに、無数の個々の恒星からなる最初の銀河が誕生して、宇宙が明るくなっていったのだ。

「そして光があった！」

恒星は基本的には大量の水素（およびある量のヘリウム）を蓄えており、中心は非常に高温のため、水素原子核（つまり陽子）が中心核に落下すると、融合してヘリウム原子核を形成する。それぞれの恒星の中心にあるこの高温の炉で生じた熱と光が、恒星の中をあちこちぶつかりながらゆっくりと移動したのち、最後は何もない空間へと出て行く。核融合反応を続けられる水素があるかぎり、それぞれの恒星は熱と光を発生し続けることができるのだ。私たちの太陽もおよそ45億年前に同じように形成されたものであり、今後50億～60億年は存在し続けるだろう（図1.9）。現在はその生涯の中間地点ぐらいである。

こうしたことから、恒星が新たに形成されて無数の小さな光がついた銀河が誕生すると、暗かった宇宙が明るくなっていくことが想像できる。若い恒星が集まったホットスポット［星生成領域あるいは"星の形成場"のこと。たとえばオリオン大星雲にあるトラペジウム］からは寒くて冷たい宇宙空間へエネルギーが注ぎ込まれる。恒星から周囲の空間へのエネルギーの流れは、最終的には人間を含む、より複雑な新しい存在物を創出するのに用いられる。銀河そのものが新たなレベルの複雑さの現れなのである。銀河とは、無数の恒星の間にある重力の連鎖によって形成された天体で、比較的安定しており、宇宙とほぼ同じぐらい長く存在しているものが多い。一方で、それぞれの恒星には、核融合が起こる高温の中心核があり、その周囲を外層がおおうことで圧力［凝縮圧］が中心核の熱を維持し、さらに水素を供給するという、独自の構造がある。恒星は比較的安定していて、寿命はほんの数百年のものから、数十億年の

図1.9　太陽の構造

太陽の構造は単純で、核融合が中心核で起こり、外層には水素が蓄積されている。単純とは言えども、恒星より前に存在したどの天体よりもはるかに複雑だ。恒星から放出されるエネルギーは新たな局所的エネルギー流を生み出し、それが惑星や、果ては生命体といったより複雑な存在物まで作り出す手助けとなるのである。

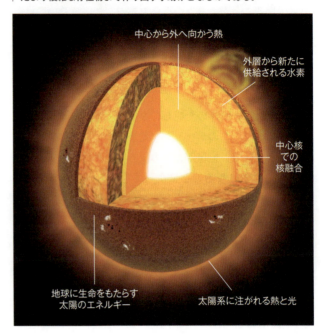

ものまである。あらゆる複雑なものと同じように、恒星はエマージェント・プロパティを示す。恒星のエマージェント・プロパティとは、中心核で核融合してエネルギーを解放しつつ、そのエネルギーの流れによって恒星を持続的に安定させるような"新たな特性"である。

銀河や恒星は、新たな「複雑さ」の基礎も築いた。銀河内には、複雑さをつくるにはうってつけとなるスイートスポットが存在する。「超新星」爆発（このあとに詳述）が頻繁に起こる銀河中心に近すぎることもなければ、エネルギーが乏しい周縁部でもなく、ちょうどその間の領域だ。同様に、エネルギーがありすぎるせいでどんな複雑なものも形成されつつ破壊されるような恒星の**内部**で、とても複雑なものができるなんて、ありそうにない。より複雑なものがありそうなのは、恒星の中心でもなければ、エネルギーが乏しい空っぽの空間でもなく、恒星の周囲の領域なのだ。そして、恒星に近いこの場所で、ビッグヒストリーの大部分が起こる。

ビッグバンからおよそ2億年が過ぎると、こうして無数の物質の雲が凝縮して無数の新たな恒星ができ、無数の新たな銀河にまとまってくる。重力によって銀河は大集団（銀河団）にまとまり、さらに大きな超銀河団を経て、宇宙で

最大の組織化された構造、すなわち、クモの巣のような巨大構造（銀河フィラメント、あるいは"グレートウォール"）が形成されるのだ。これよりも規模が大きくなると、重力の影響力は減り、膨張力が幅をきかせるようになるため、こうした構造を目にすることはなくなる。これほどの大規模になると、宇宙のそれぞれの部分は互いに離れていく。これが1920年代にハッブルが観測した膨張宇宙だった。

第3スレッショルド：新たな化学元素の生成

恒星は、みずからに近い領域で膨大なエネルギーの流れを起こすのみならず、新たな物質形態や新たな化学**元素**も生成する。こういった化学元素が、次なる「複雑さ」のレベルへの鍵なのだ。だからこそ、「星の一生」を終えつつある恒星における新たな化学元素の生成を第3スレッショルドとするのである。新たな化学元素があると、より複雑な新しい方法で原子を集め、新たな種類の物質を作れるようになるのだ。この第3スレッショルドを越えることで、宇宙はさらに化学的に複雑になったのである（第3スレッショルドのまとめ）。

第3スレッショルドのまとめ

スレッショルド	構成要素 ▶	構造 ▶	ゴルディロックス条件 ＝	エマージェント・プロパティ
3. より重い化学元素	水素の原子核（すなわち陽子）とヘリウムの原子核	強い核力によって結合した陽子の数が増えて、徐々に大きくなる原子核	「星の一生」を終えつつある恒星が生みだす極度の高温、あるいは超新星による（さらに極端な）高温＋強力な核力	主に電磁気力による、新たな種類の物質をほぼ無限に生みだす化学結合の能力

初期宇宙では、原子物質は基本的に水素とヘリウムからなることを見てきた。この二つの元素だけから、現在のような複雑な世界が作り出されたとは想像できない。たとえば、ヘリウムは不活性なので、ほかのどの元素とも反応しないからである。惑星やバクテリア、そして人間が誕生するには、もっと多種多様な化学元素が必要なのだ。現在はこの二つの元素だけでなく、合計92個の安定元素［原子番号1の水素から原子番号92のウランまで天然に存在する元素。原子番号93以降は天然にごくまれに存在する以外は人工的］があるほか、大きな原子核の中にたくさんある陽子同士の反発力によって大きな原子核が分裂するせいで、急速にばらばらになる元素［放射性元素］もいくつかある。

新たな元素の生成は、中世の錬金術師の夢だった。新たな元素を作り出したり鉛を金に変えたりすることによって、死から逃れられる"不老不死の薬"を作り出せると、多くの者が望んでいたのである。現在では、宇宙の至るところで"星の一生"を終えつつある恒星の高温炉［中心核］の部分において新たな元素が生成されてきたことがわかっている［恒星内元素合成］。恒星はこういった元素を作り出すことで、"不老不死の薬"ではなく生命そのものが誕生する可能性を宇宙に残すのだ。

化学元素

現在、原子は92個の固有の型、すなわち元素として存在している（このほかにプルトニウムのように不安定＝放射性であるために通常は出会うことのない元素もいくつかある）。これまで見てきたように、原子は中心に正電荷の陽子を持つ原子核がある。ほとんどの原子核には、陽子に似ているが電荷を持たない、中性子と呼ばれる粒子も含まれている。負電荷を帯びた電子は、かなり離れたところで原子核の周囲を動き回っている。このことをナタリー・アンジェ（1958年生まれ）は、以下のように記している。「原子核を地球の中心に据えたバスケットボールとすると、電子は地球の大気の最外層で飛び回っているサクランボの種になる」[1]。電子は陽子の約1800分の1の質量しかないが、負電荷の大きさは陽子の正電荷の大きさと同じであるため、通常は両者の電荷は相殺されて、ほとんどの原子は電気的

図 1.10 周期表

現在この周期表に収められている元素は、三つのステージで生成された。水素とヘリウムはビッグバンの直後に誕生した。鉄(原子番号 26)までの元素は"星の一生"を終えつつある巨星での核融合によって形成された。鉛やビスマス(原子番号 83)までの元素は"星の一生"を終えつつある巨星での**中性子捕獲**によって形成された。最後にその他の元素は、すべて超新星において形成された[93 番元素以降のほとんどの元素は寿命が極めて短いこともあって自然界には存在せず人工的につくられる。113, 115, 117, 118 番元素の合成が 2015 年に国際機関で認められ、2016 年 11 月に名称と元素記号が確定する(110, 111, 112, 114, 116 番元素の名称はすでに決まっている)。113 番元素は初めて日本人により合成・命名されたニホニウム(nihonium, Nh)である。以下、原子番号、名称・元素記号の順に、115 番　モスコビウム moscovium (Mc)、117 番　テネシン tennessine (Ts)、118 番　オガネソン oganesson (Og)と続く]。

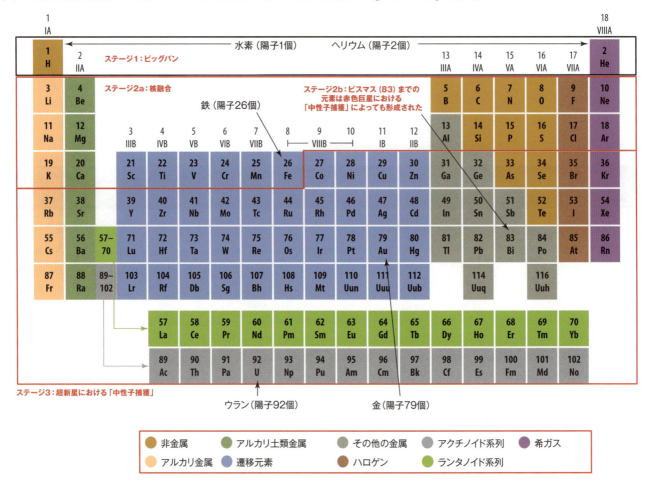

に中性となる。私たちの周囲にあるあらゆる種類の物質は、これら 92 種の元素の原子が結びついてできていて、それらは原子の外縁にある電子を介して隣の原子と結合することでより複雑な構造の分子や化合物になる。ここで元素が結びついてより複雑なものを作り出す仕組みを詳細に解明することが、「化学」の中心的な課題なのである。

19 世紀の化学者による偉業のひとつに、化学元素(化学の基本的な構成要素)と様々な種類の化合物(元素を組み合わせて形成された無数の物質)とを、明確に区別したことがある。化学元素とその性質を収めた現代的な一覧表は、ロシアの化学者ドミトリ・メンデレーエフ(1834 年～1907 年)による先駆的な研究に基づいている。彼が 1869 年に、不完全ながらも初となる元素の一覧表をまとめたのだ。元素を収めたこの一覧表は現在は**周期表**と呼ばれているが、これはメンデレーエフが発見したように、陽子の数が増えるにしたがって、よく似た化学的性質が規則正しく繰り返されているようだからである(図 1.10)。たとえば不活性ガス——ヘリウム、ネオン、アルゴン、クリプトン、キセノン、ラドン——はこの表の右端にまとめられていて、**希ガス**と呼ばれている。このようにまとめられる理由は、ひとつには、どれもよく似た化学的性質を持つからであり、もうひとつには、含まれる陽子の数が規則正しく増えていくからだ(それぞれの陽子の数は、ヘリウムは 2 個、ネオンは 10 個、アルゴンは 18 個、クリプトンは 36 個、キセ

ノンは54個、ラドンは86個）。

　新たな化学元素の生成を説明するには、現在も宇宙にある原子の大半を構成している水素原子に戻らねばならず、それゆえ非常に基本的な化学をいくつか振り返って見ていく必要がある。水素は原子核に陽子を1個しか持たないため、1という原子番号を与えられて、周期表に最初の元素として登場する。少数の水素原子（約0.02％）は核に1個の中性子も持ち、これは重水素と呼ばれる。中性子の質量は陽子とほぼ同じであるため、重水素の重さは通常の水素原子のおよそ2倍になる。このように原子番号＝陽子数は同じでも中性子数が異なる異体を、化学者は原子の**同位体**と呼んでいる。このあとに見ていくが、ほとんどの元素は［その中性子数が主流であるような］標準型であるものの、標準型よりも中性子数が多かったり少なかったりする同位体も存在している（序章に出てきた炭素14は炭素の同位体で、6個の陽子と8個の中性子を持つ。炭素の標準型は炭素12で、6個の陽子と6個の中性子を持つ）。

　周期表で水素の次に登場する元素のヘリウムは、2個の陽子と2個の電子からなる。地球上にはほとんど存在しないため、発見されたのはようやく19世紀後半になってからのことであり、天文学者が分光器を用いて太陽に大量のヘリウムがあるのを検出してからだった。ヘリウムの標準型は陽子2個と中性子2個［ヘリウム4］だが、中性子が1個という同位体［ヘリウム3］も存在する。当然ながら、その質量は通常のヘリウム原子のおよそ4分の3になる。

　つまり、各元素の特徴を決定づけるのは、原子核における陽子の数なのだ。これで原子番号が決まるのである。だがそれぞれの元素には、原子核にある中性子の数が異なった同位体も存在するため、同一元素のそれぞれの同位体では**原子量**は異なったものとなる。このほかの重要な元素としては、炭素（原子番号6）、酸素（8）、鉄（26）、そして全安定元素の中で最も大きいウラン（92）がある。リチウム（3）より重い元素はほとんどすべて、「星の一生」を終えつつある恒星の内部でできたものだ。

☀ 恒星の生と死

　これまで見てきたように、初期宇宙の原子物質はほぼ水素とヘリウムからなっていた［ビッグバン元素合成］。新たな元素を作り出すには、より大きな原子番号を持つより大きな原子核を形成するために、陽子を激しくぶつけ合って融合させる必要がある。これを行えるほど高温の場所は、宇宙のどこだろうか？　答えは「星の一生」を終えつつある恒星である［恒星内元素合成］。つまり、「星の一生」を終え

つつある恒星で元素が生成される方法を理解するには、「星の一生」を理解する必要があるのだ。

　ごく短命の恒星でも数百万年もの永きにわたって燃え続けるため、ひとつの恒星が生まれ、成長し、死ぬという「星の一生」を観測するのは無理である。そこで天文学者は、「星の一生」の各局面にある恒星を無数に調査してきた。彼らは19世紀から蓄積されてきたこの膨大なデータベースをじっくりと念入りに用いて、恒星が生まれてから死ぬまでの全体像を作り出したのである。

　恒星の研究で最も重要な器具は、長い間分光器だった。先に見たように、恒星の光のスペクトルにおける吸収線により、その恒星に含まれている元素がわかり、その強さによって各元素の存在有量を推測できるからである（ある元素がある特定の周波数の光をより強く吸収すると、吸収線は濃くなる）。

　恒星の表面温度は色から推測することができる。赤色星は一般に青色星よりも表面温度が低い。恒星の**実際**（本来）の明るさ、つまり恒星が放出する全エネルギーは、恒星に含まれる物質量次第である。これは、一般的に質量の大きい恒星のほうが高密度かつ高温の中心核を持つため、より多くのエネルギーを放出できるからだ。一般に、巨星のほうが表面温度が高くて質量も大きいが、例外もあり、この例外はかなり興味深いものである。

　天文学者は分光器と強力な望遠鏡を使うことで、恒星の質量や温度、化学組成について多くを知ることができる。彼らはこの情報を基にして、恒星が生まれてから死ぬまでの一般的な説明を組み立ててきた。

　科学ではよくあることだが、複雑な情報の意味を理解する簡単な方法が見つかると、理解が進む場合がある。この好例は、ニュートンが当時入手できた膨大なデータを用いて、恒星の動きに関して行ったことである。彼はこのデータを解析して、重力の働きに関するいくつかの簡単な方程式を発表したのである。メンデレーエフも、化学元素の周期表を初めて作成した際に、似たようなことを行った。1910年に、デンマークの天文学者アイナー・ヘルツシュプルング（1873年〜1967年）とアメリカの天文学者ヘンリー・ラッセル（1877年〜1957年）が、恒星に関して急速に集まってきたデータの解析方法を見つけ、それによって「星の一生」について多くのことが解明され始めた（図1.11）。二人は多くの様々な恒星に関する情報を集めると、それを単純なグラフにしたのである。一方の軸で恒星の実際の明るさを示し（これまで見てきたように、これで質量つまり含まれる物質量がわかる）、もう一方の軸で表面温度を示したのだ。二人によるこのグラフは**ヘルツシュプルング**

図1.11　簡略版のヘルツシュプルング=ラッセル図（H-R図）

ヘルツシュプルング=ラッセル図は、表面温度と絶対光度の基本的な性質によって恒星を位置づけたものである。多くの恒星の位置を図で示すことで、天文学者は様々な大きさの「星の一生」のイメージを徐々に組み立てていった。右下から左上にかけて走る主系列には、水素をヘリウムに変換する時期にあるほとんどの恒星が入り、左へ行くにしたがって大きさと明るさが増す。太陽はこの主系列のほぼ中央に位置する。赤色巨星は右上に、白色矮星は左下になる。

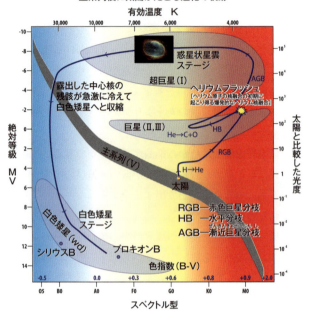

=ラッセル図（H-R図）として知られている。

H-R図でまず注目すべきは、大半の恒星が右下から左上にかけて帯状に現れるということだ。右下の部分に入るのは赤みを帯びた恒星で、これは表面温度が低くて放出エネルギーが少なく、小さめである。左上の部分に入るのは青い恒星で、これは表面温度が非常に高く、放出される全エネルギーも多く、質量もかなりある。オリオン座の一角にあるリゲルが青色星の代表例だ。この図で右下から左上へ斜めに走る恒星の帯は、天文学者には**主系列**として知られている。この主系列上の恒星はどれも成熟した星で、恒星の「星の一生」のほとんどの期間をここで過ごすことを表している。つまり、陽子を融合して中心核にヘリウム原子核を作り出している期間だ。主系列でどの位置になるかは、どれだけの質量があるかによってのみ決まる。質量が大きいと中心核は高密度になり、高温になる。したがって、主系列を左上へ行くほど、高温で明るく、質量が大きい恒星になるのである。表面温度が高い恒星が熱そうに見えるのは**実際**に熱いからである。それらは質量が大きいために熱く、中心核で大きな圧力を作り出している。主系列上で表

面温度と実際の明るさが相関関係にあるのは、どちらもその恒星の質量によるからである。太陽はこの主系列ではほぼ真ん中に位置する。大きさは中規模で、平均よりもほんのわずかに大きいと見られる。

だが、すべての恒星が主系列上に現れるわけではない。右上の部分に入る恒星は大量のエネルギーを放出しており、非常に大きいことを意味する。ただし、その表面温度は比較的低いため、赤色星のように見える。これらは**赤色巨星**として知られる。有名なのはオリオン座の一角にある巨大な赤い星ベテルギウスだ。ベテルギウスは晴れた夜空だと、肉眼でも容易に見ることができる。一方で、図の左下に入る恒星は、非常に小さいながらも表面が熱く、**白色矮星**として知られる。夜空で最も明るいシリウスの連星であるシリウスBも白色矮星だ。赤色巨星も白色矮星も変わって見えるが、これはどちらも死期が近づいているためである。ほぼ一生にわたって恒星を支えてきた陽子、すなわち水素原子核がなくなりつつあるのだ。

「星の一生」を終えつつある恒星の内部

恒星が大量の水素をヘリウムに変換して、燃料が切れてきたらどうなるのか？　人間は食べ物を奪われると死んでしまうが、燃料を奪われた恒星の場合、その結果ははるかに壮観なものとなる。

重力に引き寄せられるにつれて、巨大な原子の雲が凝縮していく中で恒星が形成されることは覚えているだろう。だが、恒星の中心核でひとたび核融合が始まると、中心の熱によって凝縮は止まる。(恒星自体を凝縮崩壊させる傾向にある)重力と、(凝縮崩壊を食い止める)中心の熱の間でバランスが得られるからだ。この時点で、恒星は主系列上に長期間とどまることになり、通常は何十億年も存続する。中心の熱がやや下がると、恒星はわずかに収縮する。熱が増すと、恒星はやや膨張する。ケフェウス型変光星のように、明るさや大きさがわずかに変わるのは、このような小さな変化のせいなのだ。

恒星が燃える際には、蓄えていた水素原子核をゆっくりと使っていき、中心核にはさらにヘリウムが生成される。そして最終的には中心核はヘリウムで満たされ、恒星には水素がなくなって、核融合は止まる。そうなると、中心核は凝縮崩壊（収縮）する。恒星が小さい場合は、外層が近くの空間へと剥がれていく。中心核が収縮して地球ぐらいの大きさになると、中心が熱を帯びてくる。この状態が白色矮星で、元々の恒星よりもかなり小さくなっているが、中心核の高熱により、非常に明るく輝く。H-R図では、主系

列から外れて左下のほうへ移る。このときの熱は、主系列にあったときに放たれたエネルギーに由来するものだ。だがこの残熱がゆっくりと消散して冷えると、最後には冷たくて不活性な恒星の燃えかすとなる。この燃え尽きた恒星のことを、天文学者は「黒色矮星」と呼んでいる。目に見えず、その場から動かず、何十億年にもわたって何も起きない。こういった「死んだ星」が絶えず増えていく広大な「星の墓場」は、宇宙の終焉まで大きくなり続ける。

一方で、恒星が十分に大きい場合には、末期の苦しみはより複雑かつ長期に及ぶため、少なくとも人間にとっては興味深いものになると言える。燃焼する水素がなくなると、巨大な恒星の中心核は凝縮崩壊し、[凝縮によって発生する熱のせいで]外層の温度は水素の融合を維持できるほど高温になる。その結果、恒星は膨張して赤色巨星となる。その間に中心核の凝縮によって中心温度は上昇する。恒星が十分に大きければ、中心核はかなりの高温に達するため、新たにヘリウム原子もまた核融合を始める。この過程によって主系列から外れることになり、白色矮星とは反対方向に移る。膨張とともに表面温度は下がるものの、放たれる光の総量は、中心核の温度の上昇とともに増える。太陽も今から40億〜50億年のうちには、赤色巨星になるだろう。そうなった場合には膨張して、水星・金星・地球という地球型惑星を飲み込んでしまう(そして全滅させる!)のだ[第13章でも触れるが、地球は飲み込まれないという説もある]。

非常に大きな恒星では、中心の凝縮崩壊によってかなりの高温となるため、ヘリウムが核融合を始めて炭素が生成される。宇宙に豊富にある元素のひとつである炭素は、生命そのものの進化には欠かせない。ところが、ヘリウムが水素よりも高い温度で、しかもかなり速く燃焼するため、水素よりもヘリウムのほうをかなり速く使い果たすことになる。そうなると、中心核が再び凝縮崩壊を始めるのだ。

このあとはどうなるのか? 太陽がこの時点に達すると、外層が剥がれて、近くの空間に炭素をまき散らすことになる。続いて全体が収縮して白色矮星になり、H-R図では右上から左下の白色矮星へ加わる。そしてほかの白色矮星と同様に、最終的には冷えて黒色矮星になると、その後は何も起こらない。

一方で、太陽よりも大きな恒星にはさらにいくつかの展開が待ち受けている。ヘリウムがなくなると中心核が崩れるが、質量はまだ十分にあるため、凝縮崩壊によって炭素も核融合を始められるほどの高温となり、連続した激しい燃焼(核融合)において酸素やケイ素といった別の元素が生成されるのだ。このパターンは何度も繰り返し行われる。それぞれの新しい燃料が使い果たされるたびに、中心核は

図1.12 「星の一生」を終えつつある巨星における新元素蓄積の概略図

巨星はその存在の最終局面において、ヘリウムやその他の元素の燃焼(核融合)を始める。これによって徐々に重層構造が形成され、最後には恒星の中心核で鉄が生成され始める。その後、巨星は凝縮崩壊するか、十分な大きさがあれば、超新星爆発を起こす。

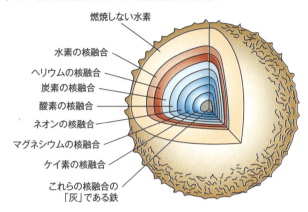

また凝縮崩壊し、温度がまた高くなると、「星の一生」を終えつつある恒星はまた燃料を燃焼し始めるのだ。様々な層で様々な燃料が使われていき、この過程はますます活発になる。最終的には、中心核が約40億度に達すると、大量の鉄(原子番号26)の生成が始まる。以下はイタリアの科学者チェーザレ・エミリアーニ(1922年〜1995年)による、非常に大きな恒星の激しい最期の年月を描写したものだ。「太陽より25倍も質量が大きい恒星は、数百万年かけて中心核にある水素を使い果たすと、50万年をかけてヘリウムを燃焼し続ける。そして——中心核が収縮を続け、温度が上昇を続けるなか——炭素を600年、酸素を半年、ケイ素を1日かけて、燃焼するのだ」[2](図1.12を参照)。

核融合によって新たな元素を作り出すこの過程は、鉄で終わりとなる。だが、「中性子捕獲」として知られる第二の方法により、「星の一生」を終えつつある大質量星では、より重い元素を大量に生成することができる。この方法では、原子核が迷走中性子を捕獲すると、中性子は壊変(ベータ壊変)して陽子になる。陽子が増えたことで原子核の「原子番号」が増えて、より重い元素へと変質する。この方法では着実に、ビスマス(83)と同程度に重い原子核が形成される。

大質量星の中心が鉄で満たされると核融合は収まり、恒星は超新星として知られる最期の大爆発で崩壊する。つかの間、この恒星は銀河全体と同じくらい明るく輝き、質量の大半は宇宙空間へと吹き飛ばされるが、恒星の中心核は凝縮崩壊するときわめて高密度の塊となって、中性子星か、もしくは**ブラックホール**を形成する。中性子星とは原子核

図1.13 かに星雲（残骸）

かに星雲は中国の天文学者が1054年に観測した超新星の残骸からなる。

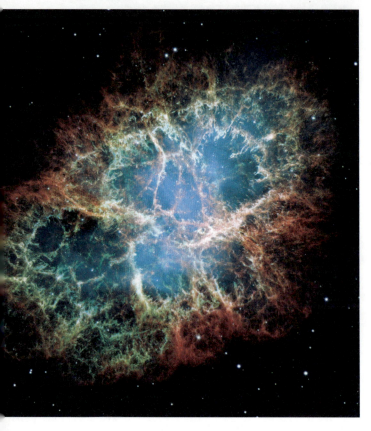

と同じくらいの密度がある物質形態だ。高密度であるため、小さな山程度の塊でも地球全体に匹敵する重さがあり、全体は1秒間に何度も回転して、天文学者が**パルサー**と呼ぶ、規則的に閃光を放つ天体になる可能性もある。元々の恒星が十分に大きければ、凝縮崩壊して**ブラックホール**を形成する。これは超高密度であるために、その引力からは何も——光でさえも——逃れられないという空間の領域だ。非常に奇妙な天体であるブラックホールは、本書の最後でもう一度簡単に触れる。

超新星爆発では、さらにあることが起こる。ほんの数秒のうちに、周期表の残りの全元素——鉄（26）からウラン（92）まで——が中性子捕獲によって生成されて［超新星元素合成］、宇宙へと吹き飛ばされるのだ（ウラン以降の元素でも生成されるものはあるが、非常に不安定であるため、ほんのわずかなうちに壊変してしまう）。このような爆発の結果は、「かに星雲」に見ることができる。中国の天文学者が1054年に観測した超新星爆発の残骸だ（図1.13）。

このように、この世界を形作る物質の基本構成要素である周期表の各元素は、主に三つのステージで生成されたのである。宇宙の大部分を構成している水素（約75％）とヘリウム（約23％）は、ビッグバンで生成された［ビッグバン元素合成］。これが最初のステージだ。第二のステージは恒星の内部で起こる［恒星内元素合成］。ここでは核融合によって大量の水素がヘリウムとなり、より大きな恒星では一部のヘリウムは炭素や酸素やケイ素、さらには鉄（原子番号26）までのその他の元素になる。赤色巨星では中性子捕獲によって、ビスマスまでのさらに重い元素が生成される。恒星が消滅する際に、生成された新たな元素は周りの宇宙へまき散らされる。第三のステージは超新星で起こる。これは非常に大きな星の一生の最期の数秒間と同時に起こる大爆発だ。超新星の高熱下では実に多くの中性子が生み出されるので、周期表の残りの全元素は中性子捕獲によってほんの数秒のうちに作られる［超新星元素合成］。その後、これらの新しい元素は宇宙へまき散らされるのだ。

現在も、水素とヘリウムは全原子の質量の約98％を構成している［原子数だと99％以上］。残りの2％のうち、最も多いのが鉄までの元素で、「星の一生」を終えつつある恒星の内部で核融合によって生成されたものだ。これには、酸素、炭素、窒素、鉄、ケイ素が含まれ、いずれも地球上の化学作用や地球の生命過程に重要な役割を果たしている。残りの元素はどれも、「星の一生」を終えつつある恒星もしくは超新星での中性子捕獲によって生成されたもので、存在する量はごくわずかだ。

化学の重要性

ビッグバンの2億年～3億年後に、最初の大きな恒星が一生を終えた、あるいは超新星として爆発したと見られる。それ以降、星間に雲状に漂う新たな元素の数は徐々に増えていった。最初は水素やヘリウムより「重い元素」はなかったが、これまで見てきたように現在では、宇宙にある全原子物質の質量のおよそ2％を構成しているとされる。その存在によって宇宙の多様性は増したが、これは各元素が異なる数の陽子と電子を持っているからであり、その結果、それぞれの元素が微妙に異なる化学的振る舞いを示すのだ。

宇宙の大部分においては新たな元素はほとんど均一に分布するように見えるが、局所的には「重い元素」が大量に出現して、かなり重要な役割を果たしている。若き太陽が初期の地球の軌道上から多くの水素とヘリウムを吹き飛ばしたため、地球の地殻は酸素やケイ素といった「重い元素」で占められ、鉄や炭素、アルミニウムや窒素などがそれに続いている。だからこそ、地球の化学組成は宇宙の平均的な組成とは大きく異なっているのである。

図1.14 共有結合および水分子の概略図

(a)の共有結合では電子が共有されていて、(b)の水分子では水素原子2個と酸素原子1個が共有結合によって結びついている。
[(a)の図で共有されている小さな丸が「電子」である]

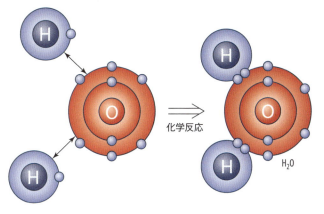

(a)共有結合

(b)水分子

　原子は多くの様々な方法で結合して、まったく新しいエマージェント・プロパティを持った新しい形態の物質を作ることができる。たとえば水素原子2個と酸素原子1個が結合すると、[常温常圧で]無色の気体である両者とはまったく異なるもの、つまり水ができるのだ(図1.14)。これから見ていくが、水は生命に必須である。

　原子は様々な方法で結合して**分子**を形成する。分子は原子が数個のみのものもあれば、数百万個さらには数十億個の原子からなるものもある。原子間の化学結合はどれも各原子の周りを回る一番外側の電子[最外殻電子]の動きによる。水(H_2O)の分子を作る**共有結合**では、2個以上の原子が最外殻電子を共有する。この電子は複数の原子核における正電荷に引き寄せられ、この電磁気的結合が原子同士をつなぎ止めるのだ。塩(塩化ナトリウム、NaCl)を形成する**イオン結合**では、電子は一方の原子から別の原子へと移動する。これにより、一方の原子には負電荷が、別の原子には正電荷がもたらされ、この電荷が原子と原子をつなぎ止めるのだ。ほとんどの金属をつなぎ止めている**金属結合**では、最外殻電子は原子核からの束縛を逃れて「自由電子」となり、個々の原子の間を漂っている。各原子は電子を失ったためにわずかな正電荷があり、それゆえに周囲を流れる電子の海へと引き寄せられるのだ。

　化学とは、原子が結合して、岩石からダイヤモンドやDNA、そして、私たち人間に至るまでの新たな物質が形成される方法を研究するものだ。だからこそ、恒星内部での元素生成を、本書における基本的なスレッショルドのひとつとしているのである。それにより、まったく新たな性質を持った様々な新元素ができた。現在では、遠くの恒星の周囲にある物質の雲(分子雲)を調べ、水のような単純な物質のみならず、生命の基本構成要素の一部も含めた数多くの様々な分子も特定することができる。ただ、宇宙の環境は過酷であり、非常に寒く、エネルギーは限られている。そのため、宇宙で見つかる分子で100個以上の原子を持つものはほとんどない。

　地球の表面は、興味深い化学反応が起こり得る場であったが、その理由は地球の表面には様々に結合してまったく新しい物質を作り出せる多くの元素があったからだ。そこは、化学におけるゴルディロックス環境だったのである。本書のスレッショルドのまとめに出てくるゴルディロックス条件とは、各スレッショルドが発生したり次のスレッショルドへ移ったりすることを可能とする条件のことだ。次の章では、地球の創成と、最終的に生命の誕生を可能にしたゴルディロックス条件について見ていく。

要約

　本章では、宇宙の誕生および進化における重要な三つのスレッショルドに関する、現代科学による説明を記してきた。つまり、①宇宙の始まり、②単純だった初期宇宙に最初の銀河や恒星が誕生する仕組み、そして、③末期の苦しみにある巨星が化学元素を作り出す仕組みを、ビッグバン宇宙論が説明することを見てきた。最終的には、これらの化学元素が原材料となって惑星や生命そのものといった新たな種類の天体や物質を作り出すことが可能となったのである。

　宇宙の中で私たちがいる「この場所」は、45億年より少し前に超新星爆発が起きて、新たな化学元素が近傍の宇宙空間へとまき散らされた場所である。この爆発の衝撃波は、

まるで太鼓の皮の振動のように、超新星の近くにあった物質の雲へと広がり、ゆっくりとした重力的な凝縮崩壊が始まる引き金となった。徐々に、いまやなじみのあるパターンで、大半が水素とヘリウムからなり、ほかの化学元素も

わずかながら含む「物質の雲」が、恒星形成の初期段階で凝縮崩壊を始めたのだ。この凝縮から、やがて太陽や太陽系が形成されたのである。ここから複雑さの増す新たなスレッショルドに至るが、詳しくは次章で見ていく。

考察

1. 起源にまつわる創造神話と、現代科学における起源論との、主な違いは？
2. 宇宙が膨張しているとエドウィン・ハッブルを確信させた、新たな証拠とは？　また、その証拠の確証性は？
3. ビッグバン後の最初の3分間で起きた最も重要な出来事とは？
4. 宇宙背景放射とは？　また、その発見が現代宇宙論にとって大いに重要な理由とは？
5. 恒星が形成される過程は？
6. 「星の一生」を終えつつある恒星の内部で新たな元素ができる過程は？
7. 恒星の誕生と死によって、宇宙はビッグバン直後よりも、どの程度複雑さが増していると言えるか？

キーワード

- 暗黒物質と暗黒エネルギー
- 宇宙背景放射
- 宇宙論
- エネルギー
- 核融合
- 吸収線
- ケフェウス型（ケフェイド）変光星
- 原子物質
- 光年
- 視差
- 周期表

- 赤色巨星
- 赤方偏移
- ドップラー効果
- ビッグバン
- ビッグバン宇宙論
- 物質
- プラズマ
- ブラックホール
- 分光器
- 分子
- ヘルツシュプルング＝ラッセル図（H-R図）

参考文献

Angier, Natalie. *The Canon: A Whirligig Tour of the Beautiful Basics of Science*. New York: Houghton Mifflin, 2007（特に計測と物理学と天文学の各章）
（『ナタリー・アンジェが魅せるビューティフル・サイエンス・ワールド』ナタリー・アンジェ著　近代科学社　2009年）

Bryson, Bill. *A Short History of Nearly Everything*. New York: Broadway Books, 2003）
（『人類が知っていることすべての短い歴史』ビル・ブライソン著　日本放送出版協会　2006年）

Delsemme, Armande. Our Cosmic Origins: *From the Big Bang to the Emergence of Life and Intelligence*. Cambridge, UK: Cambridge University Press, 1998.

Duncan, Todd, and Craig Tyler. *Your Cosmic Context An Introduction to Modern Cosmology*. San Francisco: Pearson Addison-Wesley, 2007.

Emiliani, Cesare. *The Scientific Companion: Exploring the Physical World with Facts, Figures, and Formulas*. 2nd ed. New York: Wiley, 1995.

Greene, Brian. *The Fabric of the Cosmos: Space, Time and the Texture of Reality*. London: Penguin Books, 2005.
（『宇宙を織りなすもの』ブライアン・グリーン著　草思社　2009年）

Primack, Joel, and Nancy Abrams. The View from the Center of the Universe: Discovering Our Extraordinary Place in the Cosmos. New York: Penguin. 2006.

Sproul, Barbara. *Primal Myths: Creation Myths around the World*. San Francisco: Harper, 1991.

注

1. Natalie Angier, *Canon: A Whirligig Tour of the Beautiful Basics of Science* (New York: Houghton Mifflin, 2007), 86.
    (『ナタリー・アンジェが魅せるビューティフル・サイエンス・ワールド』ナタリー・アンジェ著　近代科学社　2009年)

2. Cesare Emiliani, *The Scientific Companion: Exploring the Physical World with Facts, Figures, and Formulas, 2nd ed.* (New York: Wiley, 1995), 61.

図1.4の補足：
仮に図中のAを「太陽の周りを回る地球の公転軌道の直径」としよう。たとえば夏至および冬至の時の地球の位置は太陽をはさんで真反対にあり、その距離をAとすると約3億キロメートルである。次に、ずっと遠くの恒星は遠くにありすぎて地球がどこの位置にあろうと天球上で動かないように見える。その「遠くにある"動かない"恒星」を背景にすると、「近くの(手前の)恒星」は動いて見える。その動いた分が図中のBに相当するが、実際には距離ではなく「角度」として測られる。その角度のことを「視差」といい、上述の「A＝3億キロメートル」を用いた視差を特に「年周視差」という。年周視差は距離に反比例するので、遠ければ遠いほど年周視差は小さくなり、ふつうの角度の単位「度」の1/3600に相当する「秒」で表す(度の1/60が「分」、分の1/60が「秒」である)。太陽系にいちばん近い恒星「プロキシマ・ケンタウリ」(約4光年、40兆キロメートル)でも、その年周視差は0.76秒でしかない。しかし、現在は1/1000秒(360万分の1度)の精度で測定でき、ずっと遠くの恒星でも正確に距離を求めることができる。

第4 スレッショルド

第2章

太陽、太陽系、地球の誕生

全体像をとらえる

46億年前から38億年前まで

▶ 太陽および太陽系の誕生により、複雑さが増す新たなスレッショルドへどのように移行したのか？

▶ 原始太陽系星雲説では、太陽系および地球の形成をどのように説明しているのか？

▶ 地球の歴史の最初の10億年間——いわゆる冥王代(めいおうだい)——はどのような状態だったのか？

▶ プレートテクトニクス説とは？ また、それが現代科学の中心的パラダイム（枠組み）のひとつとなった理由は？

恒星である太陽および惑星である地球を含む太陽系の誕生により、宇宙の歴史はそのごく小さな一部分において、複雑さが増す新たなスレッショルドへと突入した（第4スレッショルドのまとめ）。太陽とその周りを回る惑星群とその他の天体からなる太陽系は宇宙の一環境であるが、そこに、地球が生まれ、それまで生命体が存在しなかった天体に、生命の誕生を可能とする場所と条件が形成されたのである。太陽は天の川銀河の中心から端にかけておよそ3分の2のところに位置し、その銀河に4000億個あるとされる恒星［銀河系の恒星の数を実際に数えることは不可能であるため、正確な数はわかっておらず、その数については諸説ある］のひとつに過ぎない。天文学者、物理学者、化学者、地質学者を含む様々な科学者は、太陽や太陽系、そして地球自体の誕生に関して、さらに地球に独特な構造や外観をもたらした宇宙の誕生へと結びつく力に関して、一貫した説得力ある説明の構築に貢献してきた。本章では、このような科学的説明とそれを支持する証拠をまとめるとともに、最初の生命体を生んで複雑さが増す第5スレッショルドへと突入する直前の地球までを扱う。

第4スレッショルドのまとめ

スレッショルド	構成要素 ▶	構造 ▶	ゴルディロックス条件 =	エマージェント・プロパティ
4. 惑星	恒星を周回する軌道に集まった新たな化学元素と化合物	重力と化学的作用により結合した多様な物質が、規則的に恒星を周回する大きな球状の物質になる	「星の形成場」のある領域に重元素が徐々に蓄積してくること	物理的・化学的に一層複雑化し、より一層の化学的な複雑さを生みだす能力を持つ新たな天体

第4スレッショルド：太陽と太陽系の誕生

　人間の歴史の初めから、私たちは周囲の環境に対して驚くほどの関心を示してきた。周囲の環境に対するこの興味に動かされて、数え切れないほどの冒険家が地球上の山々やジャングル、砂漠、海を探検してきた。また初期の人間は夜空にも大いに興味を持った。とりわけ、宇宙のほんの一角を占める、恒星や惑星に対してである。古代文明ではこの近隣宇宙の説明となる手の込んだ説が考え出され、その仕組みを解明する精巧かつ時に驚くほど正確なモデルが組み立てられたのだった。

　17世紀初頭の10年間にヨーロッパで望遠鏡が発明されると、肉眼による観測（ごくかぎられた電磁波しか感知できない）は拡大具を用いた観測に置き換えられ、それによって初期の天文学者は近くにある天体をより詳細に研究することができ、さらにその時点では考えられてもいなかった遠くの天体を多数発見できた。たとえばガリレオをはじめとする17世紀の観測者たちは、木星や土星に衛星が存在することにすぐさま気づいた。18、19世紀にさらに強力な望遠鏡が開発された結果、天王星は1781年に、海王星は1846年に、それぞれ初めて直接観測が果たされたのである。

　19世紀末までには、写真という新技術が天文学に応用されていた。フィルムは長時間露光――しばしば数時間に及ぶ――によって天体からの光を蓄積することができたため、それを用いることで、人間の目では望遠鏡の助けがあってもかすかにしか見えなかった恒星や**星雲**（近くの恒星の光が反射して光る、ガスや塵の雲）を永続的に記録することができるようになったのである。第1章で見たように、天文学者は分光器も使えるようになったが、これがあると恒星など遠くの光源からの光を構成色、すなわち「周波数」［周波数と波長は反比例の関係にある］へと分けることができたのだった。

　太陽系がどの時代やどの文明の人々にとっても大いに興味の対象となってきたのは、驚くことではない。人間にとっては、太陽系こそが近隣の宇宙だからである。膨張宇宙という全体的な枠組みの中では不明な部分はあるものの、自分たちがいる地域や大陸、そして地球自体の物理的環境に魅了されるのと同じように、この近隣宇宙もそこに生きる私たちにとっては大いに興味深いものなのだ。そして、この近隣宇宙に関する重要な疑問――太陽や惑星はいつ

どのように誕生したのかなど——に答えるという現在進行中の試みにおいて、科学者たちはますます高度になる技術を数多く開発しており、それらが本章で述べることの根拠をもたらしてくれている。

太陽系の起源に関する証拠

科学者はとりわけ三つの観測機器のおかげで、現在の惑星形成論を支持する相当量の証拠を集めることができた。この三つとは、地上望遠鏡、軌道望遠鏡[いわゆる宇宙望遠鏡]、それに無人探査機である。加えて放射年代測定により、研究者は太陽系と地球の歴史における多くの出来事の時期を正確に推定することが可能となったのだ。

地上望遠鏡

17世紀初頭からごく最近まで、科学者は太陽系の起源に関する説得力ある説明をするために、地上望遠鏡を大いに利用してきた。ただ地上望遠鏡は、その信頼性の高さや高精度化にもかかわらず、過剰で目障りな人間活動による光問題(光害)の克服に苦労しているのが現状である。

軌道望遠鏡（宇宙望遠鏡）

20世紀後半になると、宇宙の一番遠い端まで見とおせるほどの新たな技術が開発された。同世紀におけるほかの多くの技術的進歩と同じく、第二次世界大戦時に軍事的優位を得るべく開発されたロケット技術により、人間は初めて宇宙へ直接行くことが可能となった。1960年代までは、望遠鏡はロケットを使って宇宙へと送り出されていた。これらの「移動観測所」は、地球の周りを回る人工衛星に積み込まれて打ち上げられた[2001年以降は地球周回軌道(いわゆる人工衛星)以外の軌道(いわゆる人工惑星)のものもある]。地球上の光や大気汚染物質から逃れられたことで、空飛ぶ望遠鏡により人間は波長が最長の電波から最短のガンマ線まで、全電磁波の放射線のスペクトルを観測できるようになったのだ。そして、非常に高度な検知物質(特に耐熱不活性化合物のシリコン)が用いられて、全波長(全周波数)の電磁波が検出された。巨大なシリコンカメラを大きな軌道望遠鏡に取り付けることで、人間の歴史上初めて宇宙の大部分を直接観測することが実現したのである。

宇宙で最も暗いところまで見とおせる初期の人工衛星で最も重要なもののひとつが、1970年にアメリカが打ち上げたウフルX線天文衛星である。X線で全天の地図を作成することで(つまり、X線の周波数で宇宙がどのように見えるかを示すことで)、ブラックホールの初めての直接証拠とともに、過去に爆発した何百もの大質量星の残骸を見つけたのだ。現代の天文学者は、アメリカ航空宇宙局(NASA)によるチャンドラX線観測衛星および欧州宇宙機関(ESA)による複数の鏡を搭載したXMM-ニュートン観測衛星からの情報を用いて、超高解像度の宇宙のX線図を手にしている。

軌道望遠鏡で最も注目すべきものが、NASAによるハッブル宇宙望遠鏡(HST)だ。これは1990年4月25日にスペースシャトルを使って打ち上げられたもので、大きさはスクールバスほどであり、97分間で地球を一周する。ただ、打ち上げの数日後にHSTから送られてきた画像は、ひどくピントがずれていた。NASAの科学者らはその原因をすぐさま突き止めた——巨大な鏡に大きな不具合があったのだ。一部の端が人間の髪の毛の幅の50分の1だけ平たくなりすぎていたのである。1993年12月にスペースシャトル・エンデバーがHSTの回収に成功して、鏡の問題を修正するカメラが取り付けられた。HSTは1997年2月にも再び調整が施され、このときは赤外線分光器が取り付けられている(図2.1)。HSTは地球の大気圏の上を周回しながら、驚異の鮮明さで画像を記録しており、それに

図2.1　ハッブル宇宙望遠鏡

宇宙に対する人間の知識を変えてきたのが衛星天文学だ。ハッブル宇宙望遠鏡は宇宙と太陽系の歴史に関する膨大な量のデータをもたらしている。

よって宇宙に対する人間の知識に大きな変化をもたらしてきた。HSTは約0.1秒（これは角度の秒で、ごくわずかな度を指す、分解能を測る標準単位）という分解能の画像を送ることができるが、今後数十年の間に巨大な"宇宙干渉計"により、分解能は10億分の1秒の範囲まで向上すると科学者は考えている。

無人探査機

過去40年にわたり、数多くの無人探査機が宇宙へと送られたが、その大半で帰還（リターン）は企図されていなかった。しかし、これらの探査機から送られてきたデータのおかげで、科学者は太陽系をかなり詳細に研究できるようになった。無人探査機による情報が古い理論の誤りを暴き、新たな理論の構築に寄与してきたのである。

たとえば、火星の表面は"運河"で覆われているという長年に及ぶ説があったが、多くの無人探査機が送り込まれた結果、それらが実際には自然のものであることが証明され、この説の誤りが明らかとなった。探査機による火星探査はNASAのマリナー4号によって1965年に始められた。1971年に火星の永久軌道に投入されたマリナー9号は、1年かからずに火星の地表全体をほぼ写真に収めた。写真によるこの調査では、太陽系内で最大の火山とされるオリンポス山と、干上がった川床と見られるものが多数発見されている。1976年には、火星における生命存在の可能性調査の一環として、NASAによって火星の別々の場所に2機の着陸機［バイキング1号および2号］が降ろされたが、生物はおろか有機物の痕跡も見つからなかった。

それからちょうど20年後［1996年］にはマーズ・パスファインダーが打ち上げられ、翌1997年、火星の地表に降り立ち、その直後にもマーズ・グローバル・サーベイヤーが軌道上に投入されて、詳細な画像を10年にわたって送り続けてきた［1997年〜2007年］。さらに最近では、火星探査車のスピリットとオポチュニティが地表に着陸している。どちらも丈夫な全地形万能車で、2004年から地表の画像を送ったり地質実験を行ったりしている。これまでのところ、残留水の痕跡の発見には至っていないが、地表には大洪水や小さな水系の痕跡を含む浸食の形跡が見られ、過去のある時点でなんらかの液体が存在した可能性を示している。一番の候補は当然ながら液体の水だが、地表に液体二酸化炭素が噴出することによって生じた気体や固体、塵や岩石など、痕跡を残した原因はほかにも考えられる［スピリットは2010年に通信途絶したが、オポチュニティは2016年10月3日現在稼働中である］。

2008年5月25日、火星の北極域に降り立った探査機フェニックスが、微生物や水の痕跡の調査を始めた。フェニックスが集めたデータによると、液体の水は火星の歴史上、現代に至るまで火星の地表と相互に作用しているほか、火山活動は数百万年前というごく最近の地質年代まで続いていたという。NASAによる火星への最新ミッションでは、火星探査車キュリオシティが2012年8月6日に巨大なゲイル・クレーター内への着陸に成功している。キュリオシティはスピリットやオポチュニティと比べて大きさは2倍、重さは5倍あり、その大きな目的は「過去および現在の火星がハビタブル（生命存在可能）かどうか」の検証である。気候と地質の調査が進められていて、特に地表でかつて川が流れていた痕跡を調べるとともに、将来の火星への有人ミッションの立案に役立つかもしれないデータも集めている［2016年10月3日現在稼働中］。

大きさが地球に最も近い惑星である金星も、宇宙探査機の目標となってきた。その最初のものがNASAによるマリナー2号で、早くも1962年には金星上空を飛行して、約300℃という地表温度を記録している。ソ連（現・ロシア）は1965年から1975年にかけてベネラという探査機を15機も打ち上げたが、大半は目標を外れたり地表に墜落したりした。それでも5機は極度の熱さにもかかわらず（耐熱パラシュートを使用して）無事に着陸を果たし、460℃という驚異の表面温度を記録している。NASAの探査機マゼランは1990年から1992年の間に金星の自転を2度完全に観測し（自転周期は243日）、地表全体の詳細な地形図を作成して、クレーターや火山系が多く存在することを明らかにした［マゼランは金星を縦に（極軌道で）周回したので、周回中に金星が自転すると金星の全表面を観察できることになる］。

無人探査機による最も重要なミッションのうち2つは、NASAのボイジャー1号と2号によるものである。打ち上げは1977年で、175年に1度しか起こらないという太陽系の四つの巨大ガス惑星——木星・土星・天王星・海王星——が同じ方向にある珍しい並びを利用したのだった。これにより2機の探査機はそれぞれの惑星の重力場から速度の助けを得ることができ、時速5万6000キロメートル（秒速約15.5キロメートル）に達する速度で、惑星から惑星へと効果的に飛行したのである。それでも、ボイジャー2号が天王星に達するまでに9年、海王星に達するまでに12年を要した。2010年までには両機とも太陽系の端まで到達しており、2020年以降もそこから地球に向けてデータを送り続けることになっている。

無人探査機を使うことで、太陽系の隣人たちに関して、地球ベースの観測技術で入手できるものをはるかに上回る

情報がもたらされ続けている。たとえば2007年12月には、土星を周回する無人探査機カッシーニからのデータにより、土星の環が太陽系自体と同じくらい古く、およそ45億歳であることが証明された。このことから、ボイジャーの収集データに基づいた以前の説（土星の環ができたのは"ごく最近"の1億年前のことで、土星の衛星が隕石と激しく衝突した残骸によるものという説）の誤りが明らかになったのである。

太陽系の年齢の特定

序章に記したように、1950年代半ば以降の天文学者は、太陽系を理解しようとして放射年代測定も利用した。**放射年代測定**とは、岩石などの物質の年代決定に用いられる技術であり、放射性壊変の比率を測定することによって行われる。この技術により、科学者には過去について信頼できる絶対的な数値データがもたらされ、私たちが年代測定革命と呼んでいるものの中心的な存在となったのだ。放射年代測定によって、たとえば地球の年齢がおよそ45億歳であることや、この星の形成から現在までの歴史における重要な出来事の時期が、年代順に確定したのである。さらに太陽系にある主な天体が、地球とほぼ同時期に形成されたこともわかったのだ。

放射年代測定法の原理が登場したのは、科学者が同位体における原子核の自発的対称性の破れ、つまり「壊変」という、放射線を出す現象である**放射能**として知られる過程について理解を深めようとし始めたころである〔（放射性）壊変は（放射性）崩壊ともいうが、第1章と本章で用いられている（凝縮）崩壊と混同せぬよう、本書では壊変を用いている〕。第1章で見たように、原子核は陽子と中性子からなる。同位体同士の間では核は中性子の数が異なるものの、陽子や核を取り巻く電子の数は同じである。科学者は不安定な放射性同位体のことを**親核種**と呼び、壊変によって形成される同位体は**娘核種**と呼ばれる。たとえば、放射性親核種のウラン238が壊変すると、いくつもの壊変を経た末に、最後には安定した娘核種の鉛206になる。

この壊変過程は規則正しいため、統計的な測定が可能である。1950年代の科学者たちは、放射性同位体を含む岩石や鉱物の年齢を測定する信頼できる方法が、放射能によってもたらされたことに気づいた。放射年代測定が可能なのは、多くの同位体の壊変速度が正確に測定されて、通常の状態であればそれは変化しないことが明らかだからである。

放射性壊変の比率を、科学者は**半減期**として知られる

単位で表す。これはある存在物の値が、ある期間のはじめに測定した値の半分になるまでに要する時間のことだ。基本的には、親核種と娘核種の量が等しい場合、1半減期が経過している。親原子の4分の1が残り、4分の3が壊変して娘核種になった場合、1：3という親と娘の比率は2半減期が経過したことを意味する。あるサンプルで親と娘の比率が1：15に達した場合には、4半減期が経過したことになる。つまり、たとえばある同位体の半減期が100万年とすると、1：15の比率では4半減期が経過したことになり、このサンプルは400万歳となるのだ。自然界には放射性同位体が数多く存在しているが、地球の歴史に関わる出来事の年代決定には、以下の5つが特に有用と判明している。ウラン238は半減期45億年で、娘核種の鉛206まで壊変する。ウラン235は半減期7億1300万年で、娘核種の鉛207まで壊変する。トリウム232は半減期141億年で、娘核種の鉛208まで壊変する。ルビジウム87は半減期470億年で、娘核種のストロンチウム87まで壊変する。最後にカリウム40は半減期13億年で、娘核種のアルゴン40まで壊変する。

13億年という半減期にもかかわらず、カリウム40がアルゴン40になる壊変時計は、この五つの放射性同位体の中で最も多用途であると証明されていて、10万年に満たない若い物質の年代推定にも役立ってきた。それでも、その使用については問題もある。ある鉱物が形成されて以来、全期間にわたって閉鎖系に留まっていなければ、正確な時期を得ることができないのだ。たとえば、ある岩石がその存在中に高温にさらされた場合には、アルゴンガスが失われて、正確な時期を得られないのである。科学者は風化していない新鮮なサンプルのみを扱って、この誤りの元となるものに対抗しようとしている。

最近の出来事の時期を推定するのに最も役立つ同位体が、炭素の放射性同位体である炭素14だ。この半減期はわずか5730年と短いため、人間の歴史や"地質学的に最近"の過去の時期を推定するのには特に有効となっている。炭素14は高層大気に存在しており、この同位体は二酸化炭素に組み込まれ、これが生命体に吸収される。植物や動物が死ぬと、取り込まれていた炭素14は徐々に壊変して、統計的に測定可能な比率で窒素14へと壊変する。炭素14が役に立つのは、木材や骨や綿繊維を含む有機物〔および炭素を含む無機物〕の年代決定だけだが、考古学者や人類学者、歴史学者、地質学者にとっては非常に信頼できる時間的枠組みがもたらされたため、その使用法を発見した化学者のウィラード・F・リビーには1960年にノーベル賞が授与されている。

第4スレッショルド：太陽と太陽系の誕生　**41**

これらの一般的に信頼できる法則や技術によって驚くほどの数の[試料(サンプル)の]年代が明らかになり、放射年代測定は幅広い分野の科学者にとって不可欠な道具となった。天文学者や宇宙学者、地質学者はこの技術を使って、月の石や小惑星、地球の岩石といった物質の年代を決定することで太陽系や地球の歴史の正確な年表を手にすることができたのである。

太陽──世界を動かすエネルギー

太陽は人間にとってものすごく重要ではあるが、恒星としてはごくありきたりなものである。天文学者が観測してきた最大規模の恒星は、質量が太陽の100倍以上あり、使える燃料をほんの数百万年で使い切ると、超新星として劇的な死を迎える(第13章を参照)。これとは対照的に、太陽は合計で約100億年存在し続けると見られる。太陽がこのように比較的「ふつう」であることが、生命の維持が可能な惑星の存在に密接に関わってきたのかもしれない。つまり、太陽(私たちにとって特別な恒星)や周回する惑星の形成に関与した過程が特別でなければ、その過程はごく一般的なものということになって、無数にあるほかの恒星や太陽系にもあてはまるかもしれないのだ。

ほかのどの恒星とも同じように、太陽は巨大な分子雲の崩壊[重力による凝縮]によって形成されたことがわかっている。太陽系を形成したこの雲は50億年ほど前に誕生したもので、天の川銀河内のオリオン座にごく最近現れた星雲によく似ていたと見られる(図2.2)。この「オリオン大星雲」は地球から1300光年ほどのところにあり、幅は24光年に及ぶため、現代の天文学者は容易に目にすることができる。この雲を分析したところ、70%程度の水素、27%のヘリウム、1%の酸素、0.3%の炭素、0.1%の窒素からなることがわかった。この雲には、太陽や惑星で見つかった元素の混合物とよく似たものの中に、全部で92種ほどの自然の化学元素が含まれていると、天文学者は考えている。1993年以降、形成途中である数百の恒星がこの雲の中で発見されていて、そのほとんどは惑星を形成する可能性のある降着円盤の塵の環に囲まれている。このオリオン大星雲から、太陽系の誕生に至る過程に関する驚きの洞察がもたらされているのだ。

地球は太陽の周りを回っており、地球と太陽では元素のバランスが大きく異なるものの、太陽を形成した物質と同じものでできている。太陽からの光は1億5000万キロメートルの距離を500秒(8分20秒)ほどかけて私たちに届き地球を暖め、液体の水や生命体の存在を可能にしている。もし太陽がなければ、地球の温度は−240℃となり、生命は存在できない。したがって、重要なのは地球が太陽の近くにあることと、太陽の巨大さ──地球より100万倍大きい──である。宇宙論者のブライアン・スウィム(1950年生まれ)は以下のように述べている。

> この地にあらゆる生命が生じるのを可能にしているのは、ただの大きな火の玉です。そして、私が本当に惹かれたのは、太陽が光を発生する方法でした。太陽は中心核で水素をヘリウムへと変換していますが、その際に質量の一部もエネルギーに変えているのです。毎秒で太陽の400万トン分が光エネルギーへと変換されているわけです。[1]

太陽系の形成：初期の局面

科学者らは何世紀にもわたって、太陽系の起源を解明しようとしてきた。18世紀には、ドイツの哲学者イマヌエル・カント(1724年～1804年)とフランスの数学者ピエール・シモン・ラプラス(1749年～1827年)がそれぞれ、**原始太陽系星雲**(オリオン座の雲にあるような、ガスと塵から成る平らな回転円盤)が太陽の周りで合体して、そこから惑星が誕生したと主張した。この説は何世紀も消えず、最も広く受け入れられている説明ではあるが、惑星形成の過程

図2.2　オリオン座の雲
ハッブル宇宙望遠鏡がとらえたオリオン座の雲。太陽系もこのように誕生したのだろうか？

に関しては、答えられていない疑問が依然として数多く残っている。

この説では原始太陽系星雲は、重力により凝縮崩壊した分子雲の高密度の中心核から形成されたとしている。この過程は、超新星の衝撃波によっても引き起こされたとされることもある。その凝縮崩壊の際に、雲が熱を帯びて回転しだし、やがて回転は高速になり、発達中の**原始太陽**の周囲に形成された円盤へと物質が集積（降着）したというのだ。この回転する円盤は（原子の衝突に起因する）膨大な量のエネルギーを放出するため、円盤の内側の温度は1700℃以上に達したとされる。これによって中心に近い塵の粒子は消滅するが、この星雲の外側の領域では、星間分子や粒子、それに氷はなくならない。最終的に星雲は冷えてきて、分子や固体微粒子が再形成されるが、回転する円盤は依然として約98.5%のガスとわずか1.5%の塵で構成されている。しかしながら、太陽系の形成から300万年以内に形成された隕石の組成を調べた最近の分析結果によると、太陽が形成されてから100万年〜200万年の間に、太陽系はごく近傍（きんぼう）での超新星による鉄の流入を受けたという。

固体微粒子とガスの分布は、その後の原始太陽系星雲において重要な意味を持っていた。星雲の内部がケイ酸塩と鉄化合物を含んでいたのに対して、外側の領域には大量の二酸化炭素と水、それに元々の分子雲から受け継がれた星間粒子が含まれていた。この分布が、現在の惑星の構造や位置に反映されているのである。太陽系の内側にある地球型惑星はケイ酸塩や金属といった主に岩石物質からなるのに対し、外惑星（木星以遠）は主に水素とヘリウム、それに水からなっているのだ。

最終的には、原始太陽系の内側にある物質の回転はゆっくりとなり始め、速度が遅くなるにつれて原始太陽の中心塊のほうへと渦を巻いて引き寄せられていった。中心へと向かうこの流れは、センチメートルからメートル大という固体の破片を巻き込んで、年間に100万キロメートルの割合で原始太陽へ向かって流れたと見られる。太陽へ落下した物質もあったらしいが［降着円盤から恒星への物質の直接供給］、大部分は残って地球型の岩石惑星を形成した。すべての物質が太陽へと落ちなかった理由は、原始太陽系星雲説では答えの出ていない疑問のひとつだが、物質を中心から外に追いやる傾向にあったと見られる、回転する円盤における遠心力と関係があったのかもしれない。

この過程が始まってから10万年の間に太陽はもう大きくならない最終質量に達しており、この時点で凝縮崩壊は終了して、円盤内の乱れは収まっていたはずである。この瞬間が太陽系にとっての**ゼロ歳**となり、その正確な時期は

球粒隕石（コンドライト）（小惑星帯由来の石質の原始物質）を放射年代測定して特定されている。2007年12月にカリフォルニア大学デービス校の研究者たちが炭素質球粒隕石の物質の分析を行って、太陽系は正確に45億6800万歳であると発表したのだ。

西暦2000年以降、天の川銀河のほかの領域では、質量がかなり小さい若い恒星がいまだに塵の環がある状態（元々の降着円盤の名残）で、数多く見つかっている。これらの恒星の多くから、現在の太陽風よりはるかに激しい風が噴き出していることを、天文学者は観測してきた。恒星は電磁波（光、電波など）を出すだけでなく、恒星内の圧力膨張によって生じたと考えられる粒子も絶えず放出しており、こういった粒子の放出は「恒星風」と呼ばれている。恒星風が最初に発見されたのはおうし座（タウルス）のT星で、それ以来こういった風は「Tタウリ風」として知られている。恒星風は、降着円盤が恒星への直接供給をやめたころに現れるらしく、あまりに強力であるために大量の恒星雲を数百年で消散させるほどだ。この風が円盤の内縁とぶつかると、太陽の成長過程はストップする。円盤内で最も重い天体はその質量が風に抵抗できるほどに大きいので、Tタウリ風の影響を受けない。

このTタウリ風（太陽系では「太陽風」）こそ、地球の地殻に水素とヘリウムがほとんど存在せず、巨大ガス惑星の軌道には多く存在するという事実の原因である。激しい太陽風が、ほかより軽い元素（水素やヘリウムなど）を木星や土星の軌道のほうへと吹き飛ばしたのである。これによって、地球の地殻が重い元素で大半を占められていることも、巨大ガス惑星が大きいことも、説明がつくのだ。

太陽の成長過程がTタウリ風によって終わりを迎えるころには、太陽は元々の原始太陽系星雲にあった物質のほとんどを吸収している。残ったのはごくわずかで、おそらくは0.1%ほどしかない。このわずかに残ったものが、このあとに関係してくる。この残り物から、地球を含む太陽系の残りの天体ができたのだ。

惑星の形成：降着

原始太陽系星雲に取り残された残骸から惑星ができる様子を、天文学者はどのように説明しているのだろう。太陽へと渦を巻いて落下するのをなんとか免れた大きな天体（直径10キロメートルまでのもの）を、**微惑星**という。これらの天体間の引力によって、その多くは楕円軌道を描くようになり、それが微惑星間で頻発した激しい衝突につながった。その衝突の多くはあまりに激しく、バラバラになる微

第4スレッショルド：太陽と太陽系の誕生　**43**

惑星も多かったが、**降着**として知られる過程において、重力によりくっつき始めるものもあった。この用語は、恒星状天体が衝突や粒子の合体によって大きさが増す過程を表すものである。微惑星の形成に至るこの降着という過程について、天文学者はまだ完全には理解できていない。一番の問題は、センチメートル単位の粒子は衝突すると粉々になったり撥ね返されたりすることから、ぶつかった粒子が合体するには何か別の仕組みが絡んでいるはずという点である。原始太陽系星雲内での乱れから局所的に重力が増して高密度の領域ができるのか、それともゆっくりと動くガスによる抵抗力[摩擦力、周囲の物質を引きずる力]が物質を集積することで安定した微惑星となり得るのかが、最新の研究の焦点である。

最も大きな天体はほかより強い重力場を得て、その軌道上にさらに残骸を集めていき、その大きさは加速度的に増し続ける(つまり降着していく)。コンピューターモデルによれば、衝突が連続した結果、1万年ほど後には無数の微小な天体が集まって何百かの微惑星の誕生へと至り、月ほどの大きさになるものもあるという。これらの微惑星は厚い星雲ガスの雲に囲まれて、土星の環とあまり変わらない薄くて巨大な環を描いて、太陽の周りを回ったと見られる。

その後の1000万年から1億年の間に、微惑星の衝突および降着が続いた結果、ごくわずかな数の原始惑星が誕生した。大きさは現在の太陽系の地球型惑星と同じくらいで、それぞれがみずからの軌道面をたどる。こうして、激しかった1億年の末に、重力的な集積と軌道の撹乱が落ち着いたことで、現在の太陽系の基本形ができたのだ。それでも41億年前〜38億年前の間に、月と地球型惑星が、軌道から外れた小惑星か彗星による"爆撃"にさらされたことを示唆する証拠が、月からもたらされている。

このモデルは地球型惑星の形成を解明している一方で、太陽系外縁部の巨大ガス惑星についてはうまく説明できていない。この外部領域は温度が非常に低いため、主に水素とヘリウムからなる微惑星には大量の水の氷も含まれていたはずだ。後に巨大な外惑星となった微惑星はどうにかして、軽ガス(水素とヘリウム)と固体を含む星雲物質をさらに大量にかき集めることができたはずなのだ。

この過程の標準的な説明は、これらの巨大惑星の中心核は地球型惑星のように衝突成長によって形成され、この中心核が大きくなるにつれて、周囲の星雲からガスや氷が降着したというものである。これらの巨大惑星の質量が増すと**暴走降着**になる、すなわち、それぞれの惑星の軌道上からあらゆるガスが一掃されるまで、成長が終わらない。一方、代替理論——重力不安定性モデル——によると、巨大惑星は数千年で、円盤から直接形成された可能性があり、重力によって円盤の複数の領域で凝縮崩壊したと考えられている。

衛星の形成

1610年という早い段階で、ガリレオは自作の望遠鏡を使って、木星の周りを回る4個の衛星を発見した。現代の望遠鏡を用いると、木星の周囲には実際には小さな衛星が多数あり、太陽系に似たミニ惑星系になっているとわかる。地球型惑星には衛星がごくわずかしかない一方で、巨大惑星にはどれも環がある。土星の環(ガリレオはこれも観測した)が圧倒的に大きくて、一番よく知られている。この環は塵の粒子から巨岩や小衛星ほどの大きさのものまで、多岐にわたる固形微粒子からなるものだ(図2.3)。

地球の月の形成は謎に包まれていたが、1970年代になると科学者が様々な説を唱えだした。現在の標準理論は、およそ44億5000万年前に地球が火星サイズの天体と衝突

図2.3 ボイジャー2号と土星の環

無人探査機ボイジャー2号を土星の環の間に送り込もうとした天文学者らは、初期の原始太陽系星雲がどのような感じだったかをよく理解することができた。環はガスのみからなると考えられていたが、この小さな探査機が接近した結果、主環は塵の粒子から小衛星並みの大きさのものまで多岐にわたる天体がぎっしり詰まって衝突を繰り返している、すなわち、降着時期にあった初期の太陽系の状態に似ていることがわかったのである。ボイジャー2号の進路をギリギリのところで変更できたおかげで、宇宙でのスタントカーレースよろしく、探査機が破壊される事態は避けられた。

したというものである［いわゆるジャイアント・インパクト］。その衝撃は非常に激しく、蒸気や融けた岩が地球から宇宙空間に射出され、その一部が地球を周回する軌道にとらわれたほどだった。この物質が降着して月の形になったのである。当初は月の軌道は地球と非常に近かったが、両者の距離は離れていき、現在のようになった。月は現在でも年間に5センチメートルの割合で地球から遠ざかりつつ、その軌道速度は非常にゆっくりと増している。

　月には大気がないため、月面は地球よりも浸食されにくい。その結果、ほかの天体との衝突によってできた痕は、月の地殻が凝固して以来、クレーターの形のままほとんど変わっていない。「アポロ計画」で宇宙飛行士が地球へ持ち帰った「月の石」は、放射年代測定の結果、およそ44億5000万年前のものと年代決定された［1970年代に旧ソ連の「ルナ計画」で無人機が「月の土」を採取し、地球に持ち帰ったことが3例ある］。クレーターに覆われた月面は、太陽系形成の最終局面の激しさを物語っている。残骸や残った微惑星が惑星や衛星の表面に激しくぶつかった末に、大半の物質が現在の惑星や衛星に吸収されたのだ。

　ここ最近はNASAや各国の政府（中国、ヨーロッパ各国、ロシアを含む）が、月への有人ミッションを行う可能性があると発表している。これは人間が月に移住することの前触れとなるかもしれない。着陸地点としては月の南極が望ましいとされるが、それはそこに氷が存在しそうだという理由だけでなく、常に日光が当たる場所である可能性が最も高いからだ。

　月はこれまでも、そしてこれからも、地球に対して大きな影響を与え続ける存在である。地球は形成初期に地軸が傾いたが、これは地球の形成時に大きな天体と衝突したためだ（月の形成に至ったものと同じ衝突、すなわち「ジャイアント・インパクト」と考えられる）。周回する月が存在したことから、この傾きがより大きくなる事態は避けられた。この傾きのおかげで、私たちはかなり安定した季節を享受できている。もしも傾きがなければ、温帯地方と熱帯地方の温度差は大きくなり、季節はもっと厳しいものになっただろう［それぞれの緯度で季節の移り変わりはないが、緯度間の気候の差が顕著になり、地球全体の気候はもっと激しいものになっただろう］。一方で傾きが強すぎれば、気候条件は混沌としたものになっていた。生命の誕生に必要な絶好の角度をもたらしたのは、月のおかげなのである。

　月は潮の満ち引きももたらすが、これによって冠水と干出[しゅつ]［潮の干満[かんまん]］が繰り返す場所ができた。そこでは4本の足を持つ脊椎[せきつい]動物であるアカントステガやイクチオステガといった古代の四足類が、3億8000万年ほど前に海中生活

から陸上生活への移行を始めた。これについては第3章で見ていく。潮汐力[ちょうせきりょく]によって初期地球の自転が遅くなったため、1日の長さは12時間から24時間へと長くなった［海水と海底の摩擦のせいで、地球の自転の運動エネルギーが失われる分（学術的には摩擦熱として散逸する分）、自転が遅くなり、現在も遅くなっている。ジャイアント・インパクト直後は地球の自転はもっと速く、1日の長さは5時間ほどだったという説もある］。地球の諸条件に深く、かつ（人間の視点から見て）プラスの影響を与えてきた関係において、月と地球は実に多くの点で絡み合っているのである。

🌀 現在の惑星系

　現在の惑星系は以下のものからなる。四つの地球型惑星（水星・金星・地球・火星）、四つの巨大外惑星（木星・土星・天王星・海王星）、そして衛星や［準惑星や］無数の小惑星といった数々の小天体だ（図2.4）。

　冥王星については、太陽から最も遠くにある惑星と長らく見なされてきたが、2006年8月に国際天文学連合（IAU）によって「準惑星」へと格下げされて、惑星という称号を失った。IAUの新たな定義によれば、惑星とは以下の三つの基準を満たすものだという。「惑星」とは、(a)太陽の周りを回り、(b)自己重力が理想剛体の力［外力に対して変形しないようにする抵抗力］に勝るだけの質量を持ち、そのため静水圧的平衡（ほぼ球型）にあると想定され、(c)軌道周辺にほかの天体がない天体のことである。この三番目の基準に引っかかって冥王星は降格となったわけで、冥王星はカイパーベルト内にあるほかの多くの天体と一緒に周回しているのだ。カイパーベルトとは、海王星以遠にリング状に存在している彗星および小惑星の巣で、惑星が形成されなかった降着円盤の残骸である。1990年代後半には、非常に小さな氷の微惑星がカイパーベルト内で数百万個も発見されている。

　巨大外惑星の周囲にある衛星系は、太陽系の形成に似た過程、すなわち小さな降着円盤が形成された結果として存在する。地球型惑星は、主に鉄でできた内核を覆うケイ酸塩からなる。たとえば地球の地殻の約90％は、ケイ素と酸素からなる造岩鉱物の**ケイ酸塩**だ（地球が現在の構造を得るに至った過程については、次の節で説明する）。金星と地球は質量が驚くほど似ているが、金星のほうが大気がかなり厚く、地球の月を形成した激しい衝突［ジャイアント・インパクト］にはさらされていない。火星は地球に比べるとかなり小さく、質量は地球の10％ほどであり、水星はさらに小さく火星の質量の半分以下でしかない（図2.5）。

第4スレッショルド：太陽と太陽系の誕生　**45**

図2.4 太陽系の惑星

太陽系の各惑星は、太陽を囲む元々の原始太陽系星雲にあった様々な軌道の環上に形成された。
太陽(図の左端)から数えて三番目の惑星が地球である。[実際の大きさや距離の比率を表したものではない]ノンスケール図。

図2.5 各惑星の相対的な大きさ

土星や木星と地球の大きさを比べてみよう。

ほかの太陽系[恒星系]や[系外]惑星の探索

1990年代までは、太陽系というものは新しい恒星の周囲に普通にできるものと天文学者は考えていたが、その過程を直接観測する手段は持ち合わせていなかった。20世紀の終わりごろから、この考えは正しいものと証明され、塵と物質からなる環に囲まれて独自の太陽系を持つ、多くの恒星を直接観測することができるようになったのである。私たちの太陽系以遠にある惑星(**太陽系外惑星**)を最初に発見したのは、1995年、スイスの天文学者だった。アマチ

ュアの天文家もこの探索では大きく貢献している。2002年だけで約31個もの太陽系外惑星が、太陽系以遠を観測したアマチュア天文家によって発見されたのだ。ただ、こういった発見に最も貢献しているのは、NASAのような巨大宇宙機関である。

NASAのハッブル宇宙望遠鏡は、地球からはるか遠く離れた恒星の周りを回る系外惑星群の証拠を見つけており、また2009年に打ち上げられたNASAによる系外惑星探索用のケプラー宇宙望遠鏡も、さらなる証拠をつかんでいる。ケプラーの使命は、白鳥座近くの領域にある15万個以上の恒星を常時観測して、惑星通過（トランジット）の証拠を捜すというものだ。これまでに太陽系外惑星は1000個以上発見されており、その大半が木星大という巨大なものである。これらの天体は何光年も離れたところにあるため、科学者がその表面の詳細を調べることはできず、その惑星の存在や質量、軌道の幅といった間接証拠を検出できるのがせいぜいだ。それでも、この観測証拠を理論モデルや私たちの太陽系に関する知識と組み合わせることで、遠く離れたこれらの惑星のより複雑な姿が見えてくる。これらの惑星の多くは地質学的に活発であり、生命を維持できる大気や気候を備えている可能性を示すような調査結果もある。

太陽系外惑星を探索する天文学者——系外惑星ハンター——は一致協力して、カリフォルニア（特にサンノゼ近郊のリック天文台）やハワイ、チリ、オーストラリアにある各地上望遠鏡も使い、2000もの恒星を細かく監視している。こうした研究者には多くの太陽系外惑星を発見する責務が課せられているが、地上にある天文台から惑星を見つけることは始まりに過ぎない。（ケプラーのような）何台もの小さなロボット探査機にデジタルカメラを備え付けたり、それらを途方もない長距離探査に送り込んで、遠くの恒星の周りを回る惑星の表面を撮影させたりすることも、長期計画には含まれている。ただ現実的には、探査機を10～12光年もの距離へ送り込むのに要する技術の開発には、何世紀もかかるだろう。それまでは、私たちの太陽系に似たものや惑星を見つけるという骨の折れる探索を、地球にいるプロの天文学者とアマチュア天文家、そしてロボット探査機が続けることになるのだ。

初期の地球——小史

1960年代に「アポロ計画」の宇宙飛行士が地球を写した粒子の粗い白黒写真を初めて送ってきたとき、さらには

図2.6　宇宙から見た地球の出

美しい「宇宙船地球号」——1969年にアポロ8号の宇宙飛行士によって撮影された。

1970年1月のタイム誌に宇宙から撮った地球のカラー写真が初めて掲載されたとき、人々は驚いたと同時に、二つの事実にすぐさま気づいた。ひとつは、地球がとてつもなく美しいということである。渦巻く白い雲の下で、青い海と茶色と緑色の陸地が混じり合う、素晴らしい天体だった。もうひとつは、地球が驚くほど孤独で、もろく見えたことである。生命で満ちている独立した小さな存在に対して、それを取り囲む宇宙の広大な「空虚さ」は劇的なまでに対照的だった（図2.6）。このあとに見ていくが、多くの科学者は今では地球のことを、地球と生物圏を維持するために有機物も無機物もあらゆる構成要素が調和した、互いに結びついたシステムと見ている。この節と次の節では、宇宙飛行士を魅了し、1960年代に初めて写真を目にした人々に畏敬の念を抱かせた姿や形になるに至った、地球の成り立ちに関する現在の科学的説明を探っていく。

地球の構造の成り立ち：分化

地球の歴史の様々な局面を考察する前にまず解明すべき最初の過程は、初期地球——「太陽から三番目の岩石天体」——の形成である。初期の地球は、星雲の残骸との絶え間ない激しい衝突や、内部放射性物質の壊変、重力の凝縮効果による内部圧力の増加のために、ものすごく熱かった

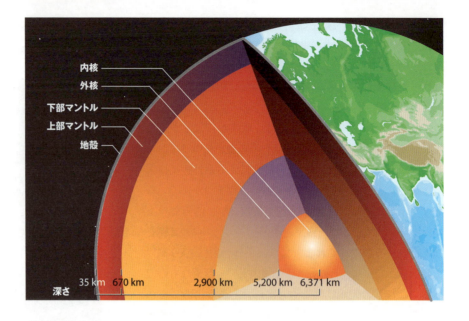

図 2.7 地球の構造
地球の構造には、内核、外核、下部マントル、上部マントル、地殻がある。

ことがわかっている。この猛烈な加熱の結果、中に閉じ込められていた鉄とニッケルが融け始めて、**化学的分化**という過程が起きた。重力のせいで、重金属からなる液体の塊は地球の中心に向かって沈み、(地質年代の規模としては)かなり素早く高密度の鉄の核になったのである。

これと同時に、地球の溶融、いわゆる"火の玉"地球の状態において、融けた岩塊の軽い部分が地表に向かって上昇すると凝固し始め、地表で薄い層の原始地殻となった。この地殻の岩石物質に含まれていたのは相当量のケイ素とアルミニウム、そしてそれより少ない量のカルシウム、ナトリウム、カリウム、マグネシウム、鉄、さらに金や鉛やウラン(ウラニウム)を含む重金属だった。分化が起きた後、原始地殻は浸食によって消失したり大きく変わったりしたため、元々の構造の直接証拠となるものはほとんど残っていない。放射年代測定をもってしても、最初期の大陸地殻が形成された正確な時期というのは、地質学者が現在でも調査を行っている課題である。しかしながら、これまでに見つかった最古の岩石は放射年代測定によっておよそ40億年前となっており、原始地殻も遅くても40億年前には形成されていたのではと推定されている。

地球の構造

地球の構造を表す際、地質学者は二つの基準を用いる。地球の層は、化学組成と物理的特性の二つによって定義することができるからだ。地球は地殻、マントル、中心核(コア)からなる。**地殻**は海洋地殻と大陸地殻に分けられる。薄い海洋地殻は主に、融解した物質が凝固してできた黒い火成岩(玄武岩)からなる。その厚さはおよそ8キロメートルだ。これよりも厚い大陸地殻は平均して40キロメートルの厚さがあり、山岳地方では60キロメートル以上にもなる。大陸地殻には様々な種類の岩石がたくさん含まれているが、一般に上部は花崗岩、下部は玄武岩からなる[が実際にはそう明確に分化していない]。

地球の体積を圧倒的に(80%以上も)占めているのが**マントル**だ。深さ2900キロメートルまで続く硬い岩石がある部分のことで、地殻とマントルが接する部分では化学組成に大きな変化が見られることを、地質学者は突き止めている。上部マントルは、マグネシウムに富んだ粗粒火成岩の橄欖岩(かんらんがん)からなる。これはかなり深いところで圧縮されて、高密度の結晶構造になったものだ。**中心核(コア)**の化学組成は鉄とニッケルの合金と見られ、鉄と化合物を作るほかの元素も存在している。コアの極度の圧力下では、これらの元素の密度は水の密度のおよそ14倍になっている。

地球の構造の**物理的特性**は、深さとともに増加する密度のほか、中心に向かうにつれて劇的に高まる温度の影響も受ける。直接収集されたデータはないものの、深さ100キロメートルにおける地球の温度は約1200〜1400℃で、中心核の温度は6700℃以上というのが、最も正確と見られる推定値だ。中心核が並外れて高温であることは、地球の形成時に降着で得た熱エネルギーの大半を保持してきたことを物語っている。地球の主な層は、物理的特性によって五つに分けられる。リソスフェア(地殻および上部マントルのごく一部)、アセノスフェア(マントルでより深くて熱い部分)、メソスフェア(アセノスフェアより下で、外核より上の部分)、そして外核および内核だ。

48　第2章　太陽、太陽系、地球の誕生

リソスフェア（岩石圏）とアセノスフェア（岩流圏）は地球の一番外側にある層で、地殻と上部マントルを形成しており、冷たくて非常に硬い部分として一体となって機能している。リソスフェアの厚さは場所によって変わるが、だいたい100キロメートル内外である（古い大陸はもっと厚い）のに対して、その下のアセノスフェアは上部マントルを通って約200キロメートル、場所によっては700キロメートルもの深さまである。アセノスフェアの上部には溶融が起こるかなり高温の場所があり、そのために上にあるリソスフェアはアセノスフェアとは独立に動くことになる。あとで見ていくが、この事実はプレートテクトニクスにおいて非常に重要な意味を持っている。

メソスフェア（中間圏）は下部マントルの層で、流体的なアセノスフェアの下にあって高温であるにもかかわらず圧力で押し固められている。こうしてアセノスフェアより硬いメソスフェアは深さ約700〜2900キロメートルの間に位置している。そこからさらに深いところにあるのが**外核**と**内核**だが、それぞれの力学的特性は大きく異なる。外核はおよそ2300キロメートルの厚さがある液体層だ。外核内では液体の金属鉄が対流していることにより、地球の磁場が生じている。球形の内核（半径は約1200キロメートル）はかなりの高温にさらされているが、相当な圧力がかかっているため固体のような振る舞いをする（図2.7）。

科学者は地球の構造をどのようにして知るのか？

地球の内部の様子を、科学者はどうやって知ることができるのか。多くの人にとっては、理解するのは難しいかもしれない。当然ながら、実際に地中深く掘り進んで直接目にしたわけではない。世界最深の鉱山（南アフリカ）でさえ、わずか4キロメートルの深さしかないのだ。実際に掘り進んだ最も深い穴はロシアのコラ半島にあるもので、1989年に12キロメートルの深さに達した。さらに2002年から進められている堀削科学研究において、カリフォルニアの活断層（サンアンドレアス断層）の深さ3.2キロメートルに世界初の地下観測所が設置され、それから数百メートル掘り進んだくらいでしかない。

直接観測や直接検証のデータがないなかで、地球の構造に関する現在の知識が得られたのは、間接証拠に基づいた推測によるものだ。科学者に測ることができたのは、地震の際に地球内を通る波である。地球内部を貫くこの**地震波**は、化学的特性や物理的特性が異なる地帯を通る際に、速度が変わったり曲がったりする。地球内部に伝わるエネルギー波の計測のために1880年に開発された**地震計**を用いることで（今や世界中に地震計の網目が格子状に張り巡らされている）、コンピューターは地震波を分析して、地球の重層構造のイメージを構築できるのだ。

地質学者は地球の内部組成の証拠として、マントル由来の岩石を地表で収集し、それも利用している。ダイヤモンドが入った岩石標本を分析したところ、地下190キロメートルより深い高圧環境でのみ形成されるものだとわかった。マントルの破片［オフィオライト］は、キプロス、カナダのニューファンドランド、オマーンを含む世界各地で、海面より高い地表にも押し上げられている。一方、中心核（コア）から地表に出てきた物質の標本はないものの、どの間接証拠（特に磁気の原理）も主に鉄からなることを示している。さらなる証拠は隕石によるものだが、これは隕石が地球型惑星を形成した物質の実例だからだ。隕石は鉄、ニッケル、ケイ酸塩からなる、太陽の周囲に形成された原始太陽系星雲の残骸である。隕石は地球の地殻やマントルより［割合として］鉄をはるかに多く含んでいるため、この鉄の大部分が化学的分化の際に中心核へ沈み込んだというのが、可能性のある唯一の結論となっている。

最初の10億年

46億年という長きにわたる地質学的歴史を、地質学者はいくつかの時間単位に分けている。**累代**が最大の幅を持ち、これは**代**に分けられる。代はより短い**紀**という単位に分けられ、紀はさらに小さい**世**という単位に分けられる。一方、詳細な地質年代尺度は5億4000万年前の**カンブリア紀**の始まりとともにスタートするが、この紀にこそ多細胞生物が誕生した（次章を参照）。これより前の40億年は三つの累代に分けられている——冥王代、始生代（太古代）、原生代だ。

冥王代は46億年前〜40億年前の期間を指し、古代ギリシアで死者の霊が住むという冥界にちなんで名付けられた。地質学者は地球の歴史で最初期であるこの時代を冥王代の地球と呼んでいるが、まさしく「地獄のような」場所だった。冥王代の間に、地球の主な構成要素はすべて形成されて所定の位置に収まったが、現在とは様相が大きく異なっていた。直接観測ができないことから、地球の歴史における最初の10億年というのは、地球科学者にとって「失われた期間」のようなものであり、科学が冥王代について復元しているものの大半は仮定と推定に基づいているのである。

それでも、地球の形成からおよそ5億年が過ぎた約40

初期の地球——小史　**49**

億年前の地球の様子を、説得力を伴って伝えることができるのが科学だ。大気中には二酸化炭素が大量にあったため、空は真っ赤だったと見られる。太陽はかすみ、月は今よりもずっと地球に近く、1日の長さは12時間しかなく、地表は赤い空から落下してくる隕石や彗星および小惑星を依然として浴びていたのだった。

冥王代の地球上の大気は、現在のものとは大きく異なっていた。雲が多くてかなり厚く、それゆえに地表を保護して、急激に冷えるのを防いでいた。遊離した酸素ガス（O_2）は存在していなかったが、その代わりに現代の生物には有害と見られるガスが多くあった。これには、二酸化炭素（80％）、メタン（10％）、一酸化炭素（5％）、窒素（5％）が含まれていたとされる。また地球は**温室効果**にさらされていたとも見られるが、これは大気に含まれる大量の二酸化炭素が太陽の熱を地表に閉じ込めて、それが恒久的な温暖化を引き起こしたのだ。冥王代初期には、海は存在していない。地表やその上の温度はかなり高く、地表水は蒸発して──大気中の濃い雲にすべて閉じ込められて──しまい、陸地そのものには火山性の活動があり、ほとんど溶融状態であった。この環境で生命が誕生する見込みがほとんどなかったのは、誰の目にも明らかだろう。

一方で、火山活動が大いに継続していたことから、地球は地質学的には活発で、それゆえ変化することができた。最初の10億年の間に、冥王代の地球の物理的および化学的様相は安定したものとなった。地球が冷えて地表温度が水の沸点を下回ると、大気中の雲に蓄積されていた水蒸気が放出されて、それが文字どおり何百万年にもわたって滝のように地面に降り注いだ。この放出された水が地面の凹みを満たしていき、最初の海ができた。大量の二酸化炭素によって酸性になっていた、滝のように降り続いたこの大雨により、原始地殻を形成した大量のケイ酸塩が溶かされたことも、冥王代について地質学者が直接証拠を手にできない理由のひとつとなっている。

海を作り出した原始の水の起源については、いまだに天体物理学者や地質学者による推測の域を出ていない。地球の内部から火山によって水蒸気が放出されたという標準的な説明は、もはや一般には受け入れられていないのだ。代替理論となるのが、原始の水の大部分は、最初の5億年間に頻繁にあった彗星および小惑星の衝突によってもたらされたというものである。月のクレーターはこの衝突の激しさを物語る直接証拠であり、地球もおそらくその影響を受けたはずだ。月も地球も、直径が5〜500キロメートルある彗星および小惑星の衝突によって生じた熱で、地表のケイ酸塩が溶けたので、冥王代の地質学的な証拠はもう残っ

ていないが。

太陽系の歴史における最初の2億年の間で、大きな原始惑星間の衝突は減ったものの、彗星および小惑星が衝突する割合がゼロ近くまで減るには、5億年を要したと見られる。近傍にある岩石片の大半が太陽系の惑星やその他の安定した天体に取り込まれるまで、それだけの年月がかかったのだ。先に記したように、1969年から1972年にかけてアポロの宇宙飛行士が月面で見つけた、衝突熱で融けた岩石の放射年代は、月や地球、その他の地球型惑星も、41億年前〜38億年前に小惑星や彗星による激しい衝突（後期重爆撃）にさらされていたことを暗に示している。こういった彗星および小惑星に水やガスが大量に含まれていれば、（月とは異なり）十分な質量があった地球は、それらを原始大気内に留めておくことができたはずだ。

ただ、冥王代後期になっても、あらゆるものが安定したわけではなかった。大気には依然として大量の二酸化炭素と私たちにとって有毒なガスが含まれていて、酸素はまったくなかった。地表を太陽の紫外線の放射から守るオゾン層もなかったが、これはオゾン（O_3、酸素原子3個からなる分子）が酸素O_2の副産物だからである（第3章および用語集を参照）。冥王代後期までには、地球は冷えて大部分が表面水に覆われており、天体が衝突する回数もずっと少なくなっていて、生命が誕生し始生代や原生代で栄える準備は整っていた。これについては第3章で取り上げる。

◎ 大気の獲得

現在の地球は、**大気**と呼ばれるガス状の覆いに包まれている。この大気の半分は高度5.6キロメートル以下にあり、90％は高度16キロメートル以下にある［標高5600メートルで気圧は地上の半分になり、1万6000メートルで1/10になる］。ガスからなるこの薄い覆いが、私たちが呼吸する空気をもたらし、太陽の熱や有害な放射線から私たちを守っているのだ。地球の大気の歴史を、科学者は四つのステージにまとめている。

第1ステージ：大気の欠如　地球が形成された最初期は、地球は小さすぎて強い重力場を持つことができなかった。領域内にあった遊離ガス（化学的に結合していないガス）は地球の周辺に留まらず、宇宙空間へ流出していったと見られる。

第2ステージ：初期の大気──ガス放出か彗星および小惑星か？　地球の最初の大気を形成したガスは、火山からわき出たものか、彗星および小惑星によって地球にも

たらされたものと考えられている。**ガス放出**[脱ガス]として知られる前者の過程を支持する者は、現在も火山によって放出されているガス（主に二酸化炭素と窒素）を分析して、地球の最初の大気を化学的に正確に説明している。彗星および小惑星がガスと水蒸気をもたらしたという説の支持者は、彗星および小惑星によって現在の海の10倍もの水と、現在の大気の1000倍ものガスが地球にもたらされたとしている（月を形成した衝突——ジャイアント・インパクト——はものすごい量の熱をもたらしたはずであり、それによって、そのときまで地球に蓄積されていたガスと水蒸気の多くがなくなったと見られている）。

第3ステージ：酸素革命　次章で取り上げるが、30億年以上にわたって海に浮遊していた単細胞生物が進化して**光合成**を行う能力を身につけた。日光と水と二酸化炭素を、酸素と高エネルギーの炭水化物に変換するというものである。光合成を行うと、これらの生物は大気中の二酸化炭素（CO_2）を吸収して炭水化物をつくるとともに、水（H_2O）から酸素（O_2）をつくったが、それによって大気の化学組成は徐々に変わっていった。最初は酸素が鉄と結びついて、縞状に赤く錆びた岩（縞状鉄鉱床）を形成した。露出した鉄の大部分が錆びつくと、余った酸素が大気中にたまりだしたのである。

第4ステージ：現在の大気　このように光合成のおかげで、窒素78%、酸素21%、アルゴンや二酸化炭素やその他のガス1%からなる現在の大気が形成された。こうして生物の見事な力が発揮されて、現在のような地球の表層が形成されるに至ったのである。生物のいない惑星の大気はこれとは大きく異なるが、それは惑星表層の化学組成を継続的に変える光合成のような生物過程がないからである。つまり、生命のない惑星の大気は物理的過程や化学的方法によって作られるのみなのだ。火星の大気は地球の大気の1%ほどしかなく、主に二酸化炭素と微量の水蒸気からなる。木星の大気は、明暗が交互に見える厚い雲、すなわち明るい雲の領域（ガスが上昇して冷える場所）と暗い雲の領域（ガスが沈下していく場所）によって占められている。この厚い雲（ガス）の対流により、1974年にパイオニア11号が（木星の大気の）表面からわずか4万2000キロメートルから観測した大赤斑のように、高速の風や大きな嵐になるのだ。地球の大気は産業革命以降、化学的な影響を受け続け、特に20世紀後半以降は、本書後半で取り上げる地球温暖化の可能性をもたらしている。現在の大気に人間が影響を与えていることは、生命がこの地球の表層を形作ったことを改めて思い起こさせる。

このように、地球表層の環境条件を形作った過程において、生物が重要な役割を果たしたことは明らかなわけだが、このことは地質過程と生物過程が密接に絡み合っていることを意味する。私たちはその密接な関係性を認識しているが、本章では地質過程と、地球の歴史にとって非常に重要な堆積岩層をつくった生物の堆積など、いくつかの生物過程を中心に見ていく。

地球の表面の形成

18世紀まで広く信じられていたのが、地球の歴史は数千年ほどであり、その間にあまり変化していないということだった。それがキリスト教を含む、大半の宗教の見解だった。1650年代にアイルランドのアーマーの大司教だったジェームズ・アッシャー（1581年～1656年）が『世界年代記（The Annals of the World）』の中で、地球は紀元前4004年10月23日日曜日の午前9時に創造されたと宣言した。アッシャーは当時の一流の学者で教会指導者であり、彼によるこの日付は単なる当て推量ではなかった。イスラム教と地中海と聖書の各歴史の相関関係による入り組んだ計算を慎重に行ったものに基づいていて、この日付は1701年版の欽定訳聖書にも組み込まれたのである。

アッシャーがいかに慎重に計算したとしても、紀元前4004年という年代はやがて問題となる運命にあった。造山運動といった過程はものすごくゆっくりしたものであるため、地球は相当に年を重ねているはずだからである。19世紀初頭には、ヨーロッパのアルプス山脈に登った登山者らが、高い山々の頂上付近で海の生き物の化石を見つけるようになった。これらの山がかつては海中にあったことを示すものである（さらに最近では、化石化した海洋生物がヒマラヤ山脈の標高5500メートル地点で見つかっており、地球で最も高い山々もかつては原始の海の底にあったことが実証されている）。19世紀半ばまでには、チャールズ・ライエル（1797年～1875年）などの地質学者が、地球はこれまでの考えより大幅に古く、様子も大きく変化してきたと主張した。

初期の観測者たちは、各大陸がジグソーパズルのピースのように組み合わさるらしい点にも引きつけられていた。早くも1596年には、オランダの地図製作者アブラハム・オルテリウス（1527年～1598年）が地理に関する著書の中で、南北アメリカ大陸は地震や洪水によってヨーロッパ大陸とアフリカ大陸から「引き離された」に違いないと記している。イギリスの哲学者フランシス・ベーコン（1561年～

地球の表面の形成　**51**

1626年)は1620年に、大西洋の両側の海岸線がぴったり合うのは偶然ではないと主張したが、その原因を説明することはできなかった。1750年にはフランスの博物学者ジョルジュ・ビュフォン(1707年～88年)が南アメリカ大陸とアフリカ大陸はかつてひとつだったと述べ、1858年にはフランスの地理学者アントニオ・スナイダー＝ペレグリニ(1802年～1885年)が初となる「過去と現在」の世界地図を描いて、南北アメリカ大陸がかつてはヨーロッパ大陸やアフリカ大陸とつながっていたことを示したのである。

ほかの証拠も、これらの主張を裏付けた。ドイツの地理学者アレクサンダー・フォン・フンボルト(1769年～1859年)は19世紀初頭に、ブラジルの岩石とコンゴの岩石がよく似ていることを示して、双方の陸地はかつてつながっていたが、巨大な高波によって大西洋が切り開かれたと主張した。同じく19世紀には、遠方の大陸へ旅した博物学者らが、南アメリカ大陸にもアフリカ大陸にも同種の海洋生物や爬虫類が存在することに気づき始めた。発見された化石によって、ヨーロッパ大陸と北アメリカ大陸の化石化した動植物種間に類似点が数多くあることが明らかとなり、このつながりは深まった。ただ博物学者らは、この証拠をどう解釈したらいいのか困惑もしており、かつては巨大な陸地だった陸橋が複数あり、両大陸をつないでいて、それが大西洋に没したという推測まで立っていた。

大陸移動説を初めてはっきりと述べたのは、オーストリアの地質学者エドアルト・ジュース(1831年～1914年)だった。彼は1885年に出版した『地球の表面(The Face of the Earth)』の中で、遠い過去(彼は実際には1億8000万年前と推定していた)に地球上のすべての大陸は集まって二つの巨大な超大陸を形成していたと提言した。彼は南にある陸塊を**ゴンドワナ大陸**(オーストラリア、南極大陸、アフリカ大陸、南アメリカ大陸を形成)、北にある陸塊を**ローラシア大陸**(ヨーロッパ大陸、アジア大陸、北アメリカ大陸を含んだ)と名付けた。20世紀初頭の10年間には、二人のアメリカ人地質学者フランク・テイラー(1860年～1938年)とハワード・ベイカーがそれぞれ、大陸が動いたと主張し始めた。だが誰一人として、そのような途方もない説を裏付ける証拠を示すことができなかったため、彼らの主張は地質学界には受け入れられなかった。現在は大陸移動説の「父」として知られるドイツの気象学者アルフレート・ヴェーゲナー(1880年～1930年)による仮説も、同様の運命をたどることになっていたが、彼の考えこそ、現代地球科学の主要パラダイムである**プレートテクトニクス**の核心なのだった。

ヴェーゲナーと大陸移動

気象科学に関する重要な貢献をいくつも果たした気象学者のヴェーゲナーは、むしろ**大陸移動**説の提唱者としてよく知られている。「大陸移動」は大陸の動き・形成・再形成を表した用語だ。1911年、ヴェーゲナーは大西洋の両側でまったく同じ動植物の化石が発見されたという論文を、たまたま目にした。とりわけ興味を引かれたのが、メソサウルスの化石だった。水生爬虫類で、その化石が南アメリカ大陸東部とアフリカ大陸南部のペルム紀の黒色頁岩でのみ発見されていた。この爬虫類が海を渡ることができたのなら、その化石はもっと広範囲で見つかるはずと、ヴェーゲナーは指摘した。そして、事実はそうではないのだから、この二つの地域はかつてつながっていたはずと主張したの

地図2.1　地球の大陸棚

ヴェーゲナーは大陸移動に関するみずからの主張を裏付ける、南アメリカ大陸とアフリカ大陸の海岸線がジグソーパズルのピースのようにほぼぴったり合う点に着目したが、この一致が完全なものではないことは自分でも認識していた。大陸の実際の端である大陸棚の端で判断した場合には、この一致がかなり近いものであることに、のちの地質学者らは気づいた。

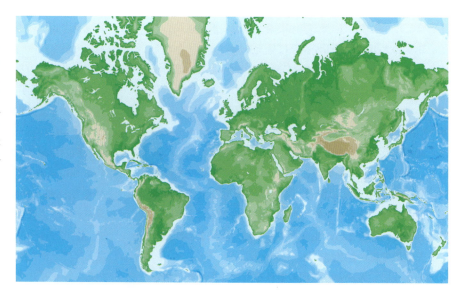

である。彼はよく知られた陸橋説は認めず、南アメリカ大陸とアフリカ大陸の両海岸線がパズルのピースのようにほぼぴったり合うことに重きを置いた。ただ本人も、この一致は完全なものではないとは認識していた（地図2.1）。

イギリスの地球物理学者エドワード・ブラード（1907年〜1980年）らが、大陸の実際の外部境界である大陸棚の海側の端で試した結果、両大陸がまさにぴったり合うと立証できたのは、1960年代のことだった。ヴェーゲナーには手にできなかった観測精度を用いて、ブラードはかつて両大陸がつながっていたことを「証明する」ほかの証拠を集め始めた。彼が着目したのは、非常に古いブラジルの火成岩が南アフリカで同じように年代を重ねた岩石とよく似ている点だった。彼はまた、北アメリカ大陸のアパラチア山脈がグリーンランドの山々やスコットランドのハイランド地方、それに北欧の高地と年代や構造が似ているとも主張した。これらの陸塊を思考実験で組み合わせてみたところ、いくつもの山脈がつながってほとんど切れ目のない山並みになったという。

ヴェーゲナーは気象学者として、古代の気候である**古気候**を証拠として使うこともできた。彼は化石資料を調べるうちに、地質学的な過去に劇的な気候変動があった痕跡を見つけた。たとえば北極海のスピッツベルゲン島の岩石に熱帯植物の化石があることや、熱帯のオーストラリアやアフリカ大陸で氷河の堆積物が見つかったことを示して、これらの陸塊は様々な（それに寒い）地帯から現在地へ移動してきたと言い出したのだ。ヴェーゲナーは熱帯の沼地が同時代の北半球に存在した点を指摘して、世界的な気候の冷却化があったという解釈は認めなかった。南にあった大陸がかつてはつながっていて南極近くに位置していたという考えのほうが、かつて氷河に覆われていた領域の多くに氷が拡散したことの説明には、世界的な冷却化よりもかなりもっともらしいと思われたのである。

ヴェーゲナーは説得力あるこれらの多くの証拠を携えて、1915年の著書『大陸と海洋の起源』の中で大陸移動という自身の過激な仮説を発表した。地球上のすべての陸塊が何億年も前には、彼が**パンゲア**（「すべての陸地」を意味するギリシア語で、古代ギリシアの大地の女神ガイアに由来）と呼ぶ超大陸で共存していたことによってのみ、これらの証拠の説明がつくと主張したのである。中生代（およそ2億年前）の間にパンゲアが分裂を始めて小さな大陸へと分かれ、それぞれがゆっくりと移動して現在の場所にたどり着いたというのだ。

彼の意見は当初はほとんど注目を集めなかったが、1924年に同書は英語、フランス語、スペイン語、ロシア語に翻訳されるや、その年から彼が没する1930年まで、大陸移動説はほぼ世界的に反感を持たれ、拒絶された。アメリカの地質学者R・T・チェンバレン（1881年〜1948年）は「我らが地球を大いに勝手に扱った」としてこの説を攻撃し、アメリカ哲学協会の元会長W・B・スコット（1858年〜1947年）も「実にくだらん！」と吐き捨てている。

こういった批判のほとんどは、地球上で大陸を動かす力をヴェーゲナーが特定できていなかったことから生じていた。そのような仕組みを特定しようという彼の試みは錯綜していた。潮汐力によって大陸を内部から引き離せるかもしれないという意見は、物理学者ハロルド・ジェフリーズ（1891年〜1989年）によって退けられた。それほどの大きさを持つ潮汐力なら地球の自転も止めてしまうという、正しい反論に遭ったのである。それでもヴェーゲナーは自説を投げ出さず、1929年出版の第4版には新たな補強証拠を加えたのだった。

ヴェーゲナーは、経度確定法を用いてグリーンランドが西に向かって移動したことを証明しようとしたが、証拠を見つけることができず、この説に反対する人々の主張にさらに勢いを与える結果となってしまった。当然ながら、現代の全地球測位システム（GPS）を使えば、疑う余地のない大陸移動の証拠を示せるのだが、そのような技術を利用できなかったヴェーゲナーは、1930年11月に心臓発作によってグリーンランドの氷河で息を引き取り、これが最後の探検旅行となってしまった。だが、明らかに時代に先んじていた彼の説は、息絶えはしなかった。

地質学者がみなヴェーゲナーの説を拒んだわけではなかった。スコットランドの地質学者アーサー・ホームズ（1890年〜1965年）は1928年の著書『我らがさすらう大陸（Our Wandering Continents）』の中で、地下のマントルにある半溶融状の熱い岩石の流れによって、陸塊が動いている可能性があると提言した。これは大陸移動を説明する現行の説に著しく近いものである。続いて1930年代後半には、アメリカの地質学者デヴィッド・グリッグス（1911年〜74年）が、十分な圧力と高温にさらされた硬い岩は流れるように動くことがあり得ると立証した。スイスの地質学者エミール・アルガン（1879年〜1940年）は、スイスアルプスの褶曲した地層は大陸同士の衝突によって説明できるかもしれないと言い出した。ヴェーゲナーが没してから30年の間に、以上のような科学者や南アフリカの地質学者アレクサンダー・ドュ・トワ（1878年〜1948年）によって、大陸移動説を支持する少数ながらも熱意あふれる一団が結成された。ただ、ヴェーゲナーが最初から正しかったことを科学者の大部分に納得させるには、1950年代から1960年

代にかけての一連の劇的な発見が必要だった。

現代のプレートテクトニクス説

　1950年代半ばに、新たな二つの証拠が成果をもたらすようになった——古地磁気学と海底探査である。古地磁気学とは磁性鉱物を使って、地球の磁場の歴史を研究する学問のことだ。先に見たように、磁場とは地球の中心核（コア）の鉄が流体として流れていることの産物であることがわかっている。16世紀に磁気コンパスの機能の解明を試みたイギリスの科学者ウィリアム・ギルバート（1544年〜1603年）は、理由も仕組みも説明できないながらも、地球は巨大な磁石のように機能していると提言した。見えない磁力の線が地球の極から極へと伝わり、自由に動く磁針（これ自体も小さな磁石）がこれらの磁力の線に同調して磁極を指すことが、今ではわかっている。同様に、鉱物を含んだ溶岩は強い磁力線に沿って次第に磁気を帯び、凝固する際にはその組成時期の磁極を指した方向で凝固する。したがってこのような岩石は、地球の歴史における様々な時期の磁極の方向を指す記録となっているのだ。こういった磁気記録は、磁気を帯びたときの岩石の緯度も示すため、磁化したときの磁極からの距離もわかる。

　イギリスの地質学者S・K・ランコーン（1922年〜1995年）が1950年代のヨーロッパで行った岩石磁気の研究により、地球の歴史上には数多くの様々な古地磁気極が存在していたことが示された。過去5億年の間に、磁北極はハワイからシベリアへ、そして現在の北極付近へと、ゆっくりと「さまよった」らしいのである。これは磁極が動いたか、陸塊そのものが移動したことを意味していて、地質学者たちをヴェーゲナーの仮説へと立ち返らせることになった。1950年代末までには古地磁気学者は、過去に北アメリカ大陸とヨーロッパ大陸はくっついていたはずだと立証することができるようになっていた。さまよう磁北極の進路を北アメリカ大陸についてたどってみると、ヨーロッパ大陸での進路と驚くほど似た形をしていたが、2つの進路は緯度30度分ほど隔たっていたのである。このことは、双方の陸塊がかつてはひとつの同じ大陸塊の一部であったが、それぞれが磁北極に対して相対的に動いたというのが、最良の説明になるだろう。

　もうひとつの証拠は、第二次世界大戦終了後の数十年の間に、海洋学者が探り当てたものである。敵潜水艦の探知法開発のためにアメリカ海軍海事技術本部（ONR）が資金提供した、ソナーなどの新しい海洋工学を用いて行われた。ソナーや深海潜水艇を駆使して海底の「地図」を丹念に組み合わせていったところ、世界中の海底に連なる火山の広大な海嶺系が明らかになったのである。最初に発見されたのが長大な大西洋中央海嶺で、ほかの山脈の発見と合わせて、最終的には5万8000キロメートルの長さに及ぶ海底山脈（海嶺系）の地図が作られた。

　海洋学者は、深さ9.6キロメートルに迫る深い海溝も発見した。また、「リフトバレー」と呼ばれる巨大な地溝が最初に発見されたのは大西洋で、大西洋中央海嶺の海嶺軸に沿って、海嶺の全長にわたっていた。その後は、太平洋やインド洋を含む世界の主な海で、海溝が次々と見つかった。こういった地溝は、地球の地殻が相当に深いところで活発に引き離されていて、高熱の流れと火山活動が地表と同じように海の底深くでも起きていることを、研究者に知らしめたのである。これらの発見はまったく予期せぬもので、地球の形成に関する既存の理論に当てはめるのは難しかった。1960年にプリンストン大学の地質学者ハリー・ヘス（1906年〜1969年）はこれらの興味深い現象をまとめて、のちに海洋底拡大仮説を発表する。地球のマントルからの溶融物質がプレート境界で上昇して広がることで、新たな海底が形成されるという過程を述べたのだ。

　ヘスの主張は基本的には、マントルからの上昇物質が海底で横向きに広がって、海嶺の頂部から海底を作っている物質が徐々に遠ざかるというものだった。マントルからの上昇物質が横向きに広がる力が海洋地殻を砕き、それによってマグマが貫入して新たな地殻を作るため、古い海底は海嶺から運び出されて、新しい地殻に置き換わる。その一方で、海洋地殻が地球内部へ引き戻されている［沈み込んでいる］領域もある。このように、海洋地殻はマントルからの物質によって常に新しくなっており、そのために海底をさらっても1億8000万年より古い海洋地殻が見つからないのだ。対照的に、一般に海底地殻よりも軽い大陸地殻のほうがはるかに古いが、これは地表からほとんど動かないからである。中には数十億年もそのままの陸塊もある。

　ヴェーゲナーの元々の仮説に欠けていた重大な要素を、ヘスはもたらした。つまり、大陸が動く可能性についてのもっともらしい説明である。大陸は、地殻のすぐ下にある半溶融状態の岩石の動きによって運ばれる受動的"乗客"だというヘスの考えは、巨大な大陸がどういうわけか海底を進んでいくと匂わせていたヴェーゲナーより、かなり説得力があった。だが、ヘスの論理やその仮説の検証しやすさにもかかわらず、海洋底拡大については意見が分かれたままだった。ケンブリッジの学生フレッド・ヴァイン（1939年生まれ）とその指導者であるD・H・マシューズ（1931年〜97年）が、古地磁気学研究の分野から決定的な証拠をも

たらしたのは、数年後のことである。

1960年代初頭までには、地球物理学者は地球の磁場は何度も極性が逆転してきたことに、ますます確信を強めていった。世界中の様々な場所の様々な時代の溶岩と堆積岩の磁力を測定した結果、同じ時代の岩石は場所に関係なく、同じ極性を示すことを研究者たちが見つけたのである。さらには、この極性は逆転することも多かった[現在と同じ南北の磁極性を「正磁性」、逆にした場合を「逆磁性」という]。集積したデータから、過去数百万年分の正磁性と逆磁性の逆転パターンが明らかになった。それぞれの期間（**クロン（磁極期）**）の中で、20万年も続かない短い逆転は何度も起きていた[正磁性あるいは逆磁性の期間は10万年から100万年ほどで平均45万年ほどである。20万年より短い期間はサブクロンとしてクロンの中に入れてしまう]。海底地殻は生成時[マグマが固まって海底の岩石ができたとき]の磁極性を帯びるため、このような逆転現象は正磁性と逆磁性という交互の帯の形で、海底に証拠を残したのである。

1963年、ヴァインとマシューズはこの証拠をヘスの海洋底拡大説に結びつけようとした。海底が広がるにつれて、極性の逆転は海底が海嶺系[拡大軸]から両側へ発散するにつれ正・逆・正・逆の縞状パターンになると提唱したのである。もしもこれが真実なら、海嶺の両側にある極性帯の正逆パターンは拡大軸を中心にして左右対称の鏡像関係になるはずだ。1960年代半ばに、アイスランドの南にある大西洋中央海嶺の両側を調べたところ、極性帯の正逆パターンは拡大軸を中心にして確かに驚くほど左右対称だった。プレートテクトニクスに関するパズルの最後のピースは、カナダの物理学者・地質学者のJ・ツゾー・ウィルソン（1908年〜1993年）によって1965年にもたらされた。地球の表面はいくつかの剛体プレートに分けられ、プレート境界には3種類あると提唱したのである。彼の仮説は海洋学・地球物理学・地質学・古生物学の各分野において、表面上は無関係に見える広範な記録に対して、統一した解釈をもたらすものだった。1968年までには彼の仮説は、現在では**プレートテクトニクス**として知られる理論になった。地球科学の中心的パラダイムであり、山の形成から大陸移動に至る最も基本的な地質学的過程を理解する鍵となったのである。

🔅 地球の構造プレート

プレートテクトニクス・モデルは、最上層の地殻を構成する剛体層としてリソスフェアをとらえている。リソスフェアは卵の殻のように脆性で、分裂してプレートという部分になり、それがアセノスフェアと呼ばれるマントル内の半溶融状の部分に「浮かんでいる」のだ。先に見たように、アセノスフェア上部の高い温度と圧力によってそこの岩石は融点に近い状態に保たれており、そのおかげでリソスフェアは下のアセノスフェア層から引き離されて、基本的にはその上に浮かんでいるのである。

分割されたリソスフェアのプレート（構造プレート）は常に動いていて、形や大きさを変え続けている（地図2.2）。リソスフェアの主要プレート七つは、南極プレート、インド・オーストラリアプレート、ユーラシアプレート、アフリカプレート、太平洋プレート、南アメリカプレート、北アメリカプレートだ。最も大きいのが太平洋プレートで、太平洋海盆の大部分を包み込んでいる。中間サイズのプレートも多くが判明しており、ファンデフカプレート、スコシアプレート、ココスプレート、アラビアプレート、フィリピン海プレート、ナスカプレート、カリブプレートなどがある。これらのリソスフェアのプレートはそれぞれ相対的に平均で毎年5センチメートルずつ移動している。

最先端の技術により、プレートの移動速度は高精度で測定することができ、この計算には二種類の方式が用いられている。**超長基線電波干渉法**(VLBI)では電波望遠鏡を使って、決まった基準点をもたらす遠くのクエーサーからの信号を記録している。数千キロメートルも離れた二つの電波望遠鏡に多数のクエーサーをそれぞれ5〜10回観測させることで、この観測地点間の距離[数千キロメートル]を数ミリメートルという精度で測定できるのだ。この実験を繰り返し行うことで、下にあるプレートが動くにつれて、観測地点間の相対速度（および方向）がわかるのである。

全地球測位システム(GPS)は数多くの衛星を使って、地球上の様々な場所の位置を正確に測っている。GPS受信機は、構造的に活発な断層に沿って起こる小さな地殻変動の測定には特に有用だ。これらの方法によるデータから、プレート運動が起こっている疑う余地のない証拠がもたらされている。たとえば、ハワイ諸島が北西方向に動いていて、年間で8.3センチメートルずつ日本に近づいていることが示されるのだ。

これらの巨大なプレートを動かすエンジンとなっているのが、地球内部に不均一に分布する熱である。ただし、これまでに提唱されたモデルでは、すべてのプレートテクトニクス活動を説明できているわけではない。地球の中心からの熱は、厚さ2900キロメートルのマントル部分を常に融かしており、内部対流で上へ向かっていると、一般的に考えられている[プッシュアップ]。一方、（海の下にある）冷えた高密度のリソスフェアの岩盤には降下してマントル

地球の表面の形成　**55**

地図2.2　地球の構造プレート

[▲は主な火山の例（必ずしも網羅的でも代表的なものでもない）]

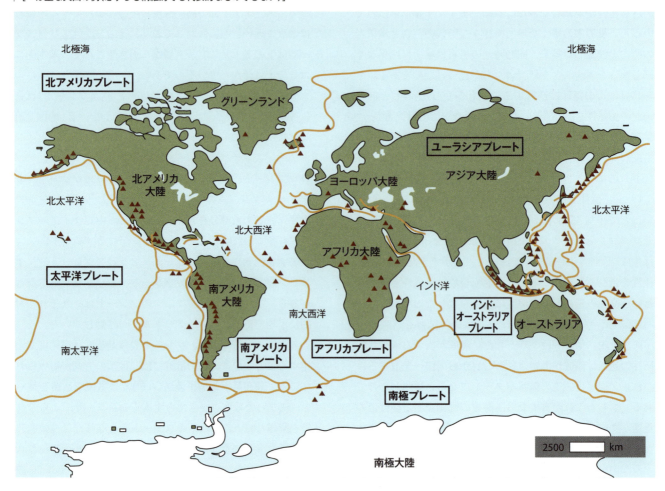

内へと戻っている場所もある[プルダウン]。こういった[プッシュとプルの]動きによってリソスフェアの巨大な地殻プレートが動いて、地震や火山活動、造山運動が引き起こされると考えられているのだ。

この内部の熱は、初期地球の表面への隕石の衝突、放射能、地球形成時における降着および重力による圧力といった力が組み合わさったものによってもたらされている。つまりプレートを動かす地球内部の熱は、恒星の形成、太陽系の進化、重力の影響の結果なのだ。したがってこの熱は、全宇宙の誕生および進化によって引き起こされたエネルギーの直接の産物というわけである。

構造プレートの端（プレート境界）

リソスフェアのプレートは一体となって動くため、プレートテクトニクスによって生じる動きやゆがみの大半は、プレート境界沿いに発生する。この境界には異なる三つの種類——**発散境界、収束境界、トランスフォーム境界**——があることを、地質学者は特定している。動きの種類とそれがもたらす地質現象によって、違いがあるのだ。これらの種類が組み合わさっているものも多い（図2.8）。

発散境界は二つのプレートが互いに遠ざかる場合のもので、マントルからの物質が上昇して新たな海底を造ることになる。発散境界は拡大中心[拡大軸]とも呼ばれるが、これは海洋底拡大がこの境界上で起こるからだ。プレートが離れていくにつれて、その結果生じた裂け目は溶融マグマで満たされ、それが冷えて新たな海底地殻となるのである。このようにして、現在の南北アメリカ大陸とユーラシア大陸の間にあった狭い入り江から、広大な大西洋が誕生したのだ。事実、地球の海盆の大半は、過去2億年以内に発散境界[海嶺系]沿いの海洋底拡大によって形成されたものであり、太平洋が最も古い。発散プレートは大陸内でも形成される。大陸が**大陸リフト**という細長い窪みに沿って分裂し始めるというもので、代表的なものが東アフリカ大地溝

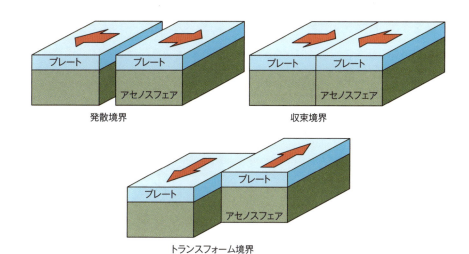

図2.8 構造プレートの端
構造プレートの端には、発散境界、収束境界、トランスフォーム境界の３種類がある。

帯だ。この地溝は本格的な拡大中心へと発展して、アフリカ大陸を二つに分ける可能性がある。2000万年ほど前にアラビア半島とアフリカ大陸の間の発散境界に沿って開き始めた紅海も、地溝帯の一例だ（図2.9）。

収束境界は二つのプレートが対向して動き、一方のプレートが他方のプレートの下へ潜ってマントル内へ戻るか、それとも両者が押し合って上昇し、新たな山系を作るかのどちらかの場所に見られる。この種類の衝突は非常にゆっくりとしており、その結果は関わるプレートの物性による。高密度で重い海洋地殻が軽いほうの大陸地殻の下へ潜る境界は、**沈み込み帯**［海溝系］として知られる。南アメリカ大陸のアンデス山脈は、ナスカプレートがペルー・チリ海溝に沿って、南アメリカ大陸の下へと沈み込んで形成されたものだ。ワシントン、オレゴン、カリフォルニア各州の火山列も、海洋プレートの沈み込みによるものである。

２つの海洋プレートが収束する場所では、通常は一方が他方の下へと沈み込む。世界で最も深い太平洋のマリアナ海溝は、動きの速い太平洋プレートと動きの遅いフィリピン海プレートの衝突によってできたものだ。沈み込みが続くと、通常は火山島が連なって誕生する。アリューシャン列島、マリアナ諸島、トンガ諸島は、いずれもこの火山弧の造山活動の例であり、それぞれが深い海溝から約100〜300キロメートルの範囲に位置している。

２つの大陸プレートが収束する場所では、その結果は壮観なものとなる。各大陸プレートのリソスフェアには浮力があり、それによって深く沈み込まないようになっているため、両プレートの端はゆがんだり斜めになったりして、巨大な山脈を形成するのだ。地球で最も高い山脈であるヒマラヤ山脈は、5000万年ほど前にインド亜大陸がユーラシア大陸と衝突してできたものである（図2.10）。収束境界によってできた大きな山脈には、ほかにヨーロッパアルプス山脈、アパラチア山脈、ウラル山脈があり、［かつて２つの大陸プレート間にあった海にいた］海洋生物の化石がそれらの山脈の多くの山頂から見つかっているのがその証拠となっている。

トランスフォーム境界は、２つのプレートがリソスフェアの地殻をつくること（発散）も破壊すること（収束）もなく、横ずれし合っている場所に見られる。トランスフォーム境界の大半は、２つの海洋プレート間の横ずれ断層であり、これは**断裂帯**として知られている。ここでは、両プレートの端にある海底は反対方向に横ずれしつつ、隣接する岩盤

図2.9 紅海
人間の歴史上極めて重要な水路である紅海は、アラビアプレートとアフリカプレート間の発散境界上に位置する地溝帯である。

地球の表面の形成　57

図2.10 ヒマラヤ山脈
地球で最も高いヒマラヤ山脈は、5000万年ほど前に始まったインド亜大陸とユーラシア大陸とのゆっくりとした衝突によってできたものである。

図2.11 サンアンドレアス断層
地震が多いカリフォルニア州のサンアンドレアス断層は、北アメリカプレートの端に対して太平洋プレートが北西方向にずれる断裂帯に位置している。

は互いにこすれ合っている。トランスフォーム境界の顕著な例では、大陸地殻が切り裂かれている。最も名高い（そして壊滅的になりかねない）のがカリフォルニア州のサンアンドレアス断層で、ここでは北アメリカプレートの端に対して、太平洋プレートが北西方向にずれている（図2.11）。この活動は1000万年ほど続いており、このまま続くと、断層線の西側にあるカリフォルニア州からバハ・カリフォルニア（カリフォルニア半島）を含む地域は、最後には島になるだろう。このほかに活発なトランスフォーム境界には、ニュージーランドのアルパイン断層がある。

プレートテクトニクス──地球科学の中心的パラダイム

プレートテクトニクスは現代科学の最も重要なパラダイムのひとつとなった。ビッグバン宇宙論が宇宙の起源を解明し、自然選択による進化論が生物の変化と進化の仕方を解明したように、プレートテクトニクスは地球の変化の仕方を理解する手助けをしてくれている。これら三つの偉大な科学理論は長期にわたる変化を解明することから**歴史的**パラダイムでもあり、だからこそビッグヒストリーの教科書に載せる必要があるのだ。プレートテクトニクスのパラダイムは人間の興味の中心となる多くの現象を解明し、それまで無関係と思われてきた数々の地質学的過程を結びつけてきた。山々の形成、火山や地震が起こる理由、大陸が動く仕組み、海ができる仕組み、多種多様な鉱物の形成過程、現代世界の成り立ちといったものが、プレートテクトニクスによって解明されたのである。あらゆる主要な科学

的パラダイムと同じく、プレートテクトニクスはこれから中心的パラダイムなのである。
も発展し続けるモデルであるとともに、現代の地球科学の

要約

　本章では、太陽系の起源について原始太陽系星雲説を見てきた。太陽系の惑星やそのほかの天体は、初期の太陽の周囲にできたガスや小片からなる平らな円盤から形成されたという説である。この説を裏付ける証拠は、地上望遠鏡や軌道望遠鏡（宇宙望遠鏡）、無人探査機や放射年代測定によってもたらされている。また、地球に重層構造をもたらした化学的分化を含めて、地球が形作られた過程も見てきた。地球の内部構造に関する私たちの知識の根拠は、主に

地震計からもたらされている。さらには冥王代と始生代初期という、地球の歴史の最初の10億年間の姿や、特に地球が水と大気を得た方法も見てきた。最後には、現代の地球科学の中心的パラダイムであるプレートテクトニクスを考察したが、これは地球の表面で起こる数多くの地質学的過程を解明する統一モデルを示している。次章では、まだ混沌たる冥王代の海から生命が誕生するという驚くべき現象が起きた40億〜38億年前から話を始める。

考察

1. 太陽や太陽系の誕生を理解するために、科学者が用いてきた重要な観測機器は？
2. 太陽系や地球の年齢を知る方法とは？
3. 降着とは？　また、それは惑星の成り立ちをどのように説明しているか？
4. 国際天文学連合が冥王星を惑星と見なさなくなった理由とは？
5. 科学者は地球内部の様子をどのようにして知ったの

か？
6. 地球の大気の成り立ちは？
7. プレートテクトニクス説が現代科学の中心的パラダイムのひとつである理由とは？
8. 大陸が地球上を移動していることについて、科学者が示している証拠とは？
9. 地球で最も高いヒマラヤ山脈はどのようにしてできたのか？

キーワード

- 海洋底拡大
- 化学的分化
- 降着
- 古地磁気学
- 大気

- 大陸移動
- 半減期
- 放射年代測定
- 放射能
- 冥王代

参考文献

Bally, J., and B. Reipurth. *The Birth of Stars and Planets*. Cambridge, UK: Cambridge University Press, 2006.

Bryson, Bill. *A Short History of Nearly Everything*. New York: Broadway Books, 2003.
（『人類が知っていることすべての短い歴史』ビル・ブライソン著　日本放送出版協会　2006年）

Cloud, P. *Oasis in Space: Earth History from the Beginning*. New York: Norton, 1988.

Condie, K. C. *Earth: An Evolving System*. Amsterdam: Elsevier, 2005.

Delsemme, Armande. *Our Cosmic Origins. From the Big Bang to the*

Emergence of Life and Intelligence. Cambridge, UK: Cambridge University Press, 1998.

Fortey, *R. A. Earth: An Intimate History*. New York: Knopf, 2004.
（『地球46億年全史』リチャード・フォーティ著　草思社　2008年）

Hazen, Robert M. *The Story of Earth: The First 4.5 Billion Years, from Stardust to Living Planet*. New York: Viking, 2012.
（『地球進化46億年の物語』ロバート・ヘイゼン著　講談社　2014年）

Lunine, J. I. *Earth: Evolution of a Habitable World*. Cambridge, UK: Cambridge University Press, 1999.

McSween, H. Y. *Stardust to Planets*. New York: St. Martin's Press, 1993.

Morrison, D., and T. Owen. *The Planetary System*. New York: Addison-Wesley, 1988.

Sasselov, D. D., and D. Valencia. "Planets We Could Call Home." *Scientific American*, August 2010, 8–45.
(『スーパーアース　別の太陽を回る地球』D・D・サセロフ、D・バレンシア著　『日経サイエンス』2010年11月号所収)

Swimme, B. "*The Fire of Creation.*" テレビドキュメンタリーシリーズ *The Sacred Balance* 2002年より、www.sacredbalance.com/web/portal/.

Tarbuck, E. J., and F. K. Lutgens. *Earth: An Introduction to Physical Geology*. Upper Saddle River, NJ: Pearson Prentice Hall, 2005.

Taylor, S. R. *Solar System Evolution*. Cambridge, UK: Cambridge University Press, 1992.

Ussher, J. *The Annals of the World*. London: E. Tyler, for F. Crook and G. Bedell, 1658.

Ward, P., and D. Brownlee. *The Life and Death of Planet Earth*. New York: Henry Holt, 2002.

注

1. Brian Swimme, "The Fire of Creation," from *The Sacred Balance* (TV documentary series), 2002.

第5 スレッショルド

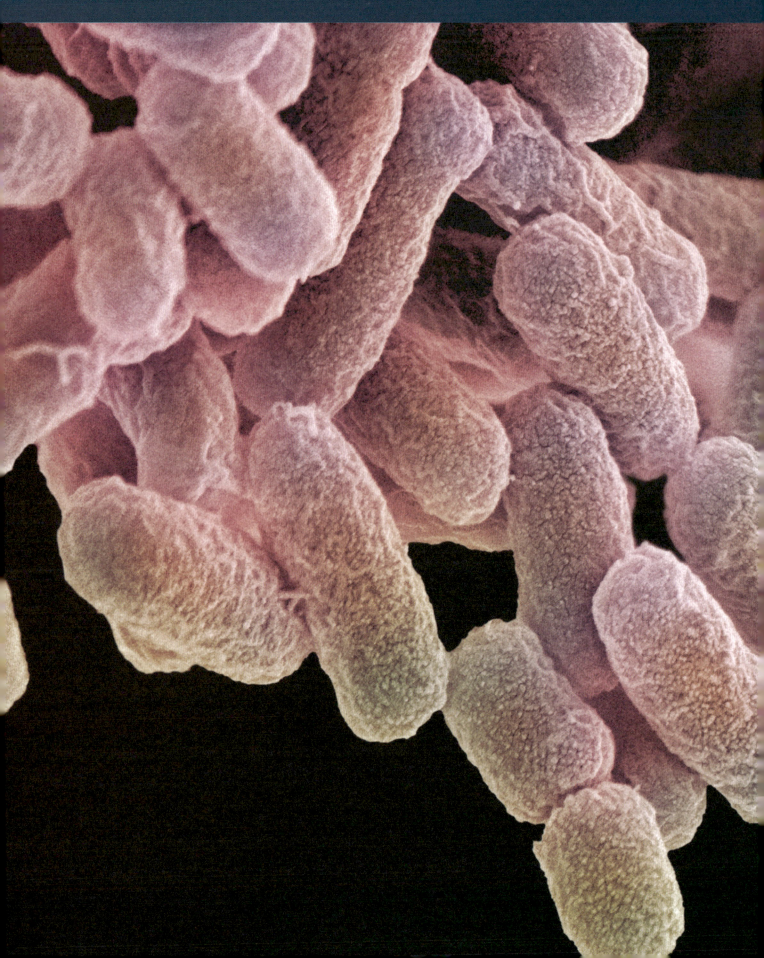

第3章

生命の誕生

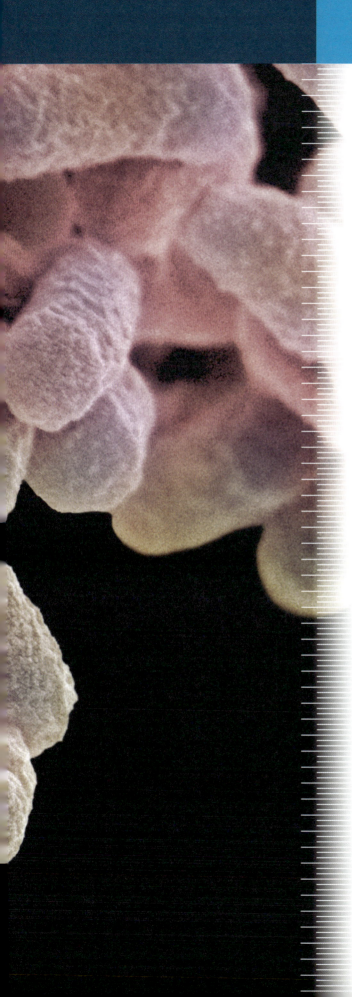

全体像をとらえる

38億年前から800万年前まで

- 科学者は生命をどのように定義しているのか？ また、それはあなたの考え方と同じだろうか？

- チャールズ・ダーウィンとは、どのような人物だったのか？ また彼は、現代生物学の中心的な教義をどのように考えついたのか？

- 生命の誕生は新たなスレッショルドと見なすことができるか？

- 最初の生きた細胞はどのように誕生したのか？

- 細菌は生命の歴史にどのように関係しているのか？

- 生物の進化における絶滅の役割とは？

地球形成後の最初の10億年ないし20億年の間のある時期に、海中の化学物質が何らかの方法で生を得た。この生命の誕生を複雑さの第5スレッショルドと呼んでいくが、初期地球の生命の醸成期間の中で相対的に単純だった原子と分子から、はるかに複雑さが増した"生きた細胞"へと移行したのである。この"生きた細胞"は、繁殖と時間をかけた適応ができ、代謝がエネルギーの流れを起こし、相互に依存する分子の動的組織が細胞膜に包まれている。

最初に断っておく必要があるが、生命の始まりについては、科学者はいまだに正確なところを理解できていない。実験室で生命を再現することもまだなのだ。ただ、その直前のレベルには達していると考えている者もおり、これが成功した暁には、原始の状態下での自然発生的な生命の誕生とは違って、現代化学と遺伝子工学による人為的な生命誕生の快挙となるだろう。

科学者は生命誕生の実験にまだ成功していないが、ここでは無生物が生物になった脅異の出来事の枠組み(フレームワーク)をまとめていく。これまでの章では、天文学・宇宙論・物理学・化学・地質学の各分野において長年にわたって苦労して築き上げられた知識を用いて、宇宙と太陽系の起源を述べてきた。本章でも物理学・化学・地質学は用いるが、これに生命を研究する生物学も加えていく。

基本的な2つの疑問から始めよう。まず、生命とは何なのか? そして、生命は長年の間にどのように変わるのか? 生命の創発性(自発的な創造性)は、自然選択あるいは自然淘汰(進化)による生命の長年の変化を記すことによってのみ表現できる。というのは、生命の最初の創発性、すなわち生命の誕生も、無生物である化学物質が自然選択で進化したことによるからだ。最後に、生命が多様化という過程を経て進化し、細菌から類人猿に至るまでを簡単に説明するが、それに続く800万年におけるヒトへの進化については次章で扱う。

自然選択による生命の変化

生命は奇跡的と言える。驚くべき多様性や、想像を超えた独自性がある一方で相互に依存し合う多くの生物種があるからだ。地球の歴史全体を見渡すと、新たに出現する生命体は、より精巧な構造の中で一層複雑な部分を集合させたり、より大きなエネルギーの流れ(エネルギーフロー)を支配したりすることにより、一層多様かつ複雑な姿を生み出しているようだ。生命は躍動・変異・同化・変形・競争・協力し、見事なまでに新しい姿で現れ続けつつ、古い種は時間とともに絶滅に向かうのである。

🔅 生命とは?

生命を定義するには、生命のない状態と区別する必要があるが、両者間の連続性(不連続でないこと)を考えると、これは簡単にはいかない。思想家たちも長いこと生命を定義しようとしてきた。伝統的な答えとしては、(1)生物は無生物とは異なる物質でできていて、無生物とは別に作られており、(2)生物には、無生物にはない生命力や魂があるというものなどがある。

現代科学的な答えとしては、生物も無生物も同じ元素からなり、その原子は化学的に結合して分子になるということになる。生物の基本的な特徴のひとつに「化学的な非平衡状態」にあるという点が挙げられる。つまり、「安定的で逆反応も起こる平衡状態」にはない。その代わり、生きた細胞では細胞膜がある特定の化学物質を取り入れる一方、他のものは入れないために非平衡になり、エネルギーの流れが起きる。

生命には他の特徴もあるが、それはかなり曖昧だ。そのひとつに繁殖(再生産)能力がある。だが、繁殖できない生物も存在する——たとえばラバだ(ラバは雄ロバと雌馬という異なる種の交配であり、この交配によって子を産むことはできるが、生まれる子は不妊である)。一方で、無生物とされる恒星は爆発して、微粒子になりそれが集まって新たな恒星を再形成するという意味では、繁殖(再生産)している。

微妙な点や例外にはこれ以上分け入らないで、一般に認められている**生命**の三つの属性を見ていく。(1)食べたり呼吸したり光合成を行ったりすることによって、外部のエネルギーを利用する(代謝)。(2)みずからの複製を作る(繁殖)。(3)何代にもわたって特徴を変えて、変化する環境に順応することができる(適応)。

生命とは、物質の複雑さが拡大した状態のことである。個々の原子が結合して数千個や数百万個の原子からなる分子を作り、その分子が結合して数十億個の原子からなる細胞を作る。こうして最初の生物が出現したはずだ。この単細胞生物は、時間をかけて分子の複雑さが徐々に増えたこ

とによって、無生物から自然発生したのである。代謝・繁殖・適応は、ひとつのフィードバック回路として相互に強化するように作用し始めた。つまり、周囲環境からエネルギーを獲得する方法や、より多く繁殖する方法、環境に適応する方法を、さらに多く見つけられるようになっていったのである。

生物と無生物との連続性については、両者間の境界を占めるウイルスが好例である。ウイルス（インフルエンザウイルスなど）は、現生生物の典型的な大きさの細胞よりもかなり小さく、含んでいるのはタンパク質（ほとんどの生物の基本的要素）と、DNAもしくはRNA（自己の維持と自己複製に関する化学的な指示を携えた、ウイルスごとに特有の分子）で、あとはたいしたものはない——エネルギー代謝や繁殖、もしくは修復に用いる余分な分子もない。ウイルス単体では、生命の特徴は持っていないのだ。ところが、遺伝物質（DNAもしくはRNA）を注入することで他の生物内に入り込むと、ウイルスは生命のあらゆる属性を手に入れる。ウイルスのDNAもしくはRNAは感染した生物[宿主]の細胞を掌握し、[宿主の]細胞を使ってみずからのタンパク質を生成してみずからの成長・繁殖を遂げるのだ。素早く繁殖して、宿主生物を最終的に殺してしまうウイルスもあれば、大した害を与えることなく宿主の中でおとなしく存在するものもある。このように、ウイルスが"生きている"か、"生きていない"かは周囲環境[他の生物内にいるかいないか]によるとも言えるのだ。

生命全体に対する考え方は、この数十年で著しい変化を遂げた。これまでの数世紀では、ヨーロッパの人々は「存在の大いなる連鎖」という言葉を用いていた。完璧には程遠いものからほぼ完璧なものまで、岩石から地球上で最高に優れているもの——ヒト（人間）——までというように、生命を個々の形の階層と見立てたのである。存在の大いなる連鎖において、個々のものは隣り合うものと異なっており、天使と神が君臨する天へと縦に上がっていくような階層が想定されていたのだ。

さらに最近になると、生物学者は生命のことを、[単体の生物としてだけでなく]複数の生物が相互作用するような、より大きな関係性（contexts）の中で考えるようになってきた。生物はほかの生物や環境とは切っても切れないものである。この関係性において、各部が組み合わさって再結合すると新たなものを生み出し、さらに複雑なものになる。つまり全体として見ると、生命とは個々の環が並んだだけの"連鎖"なのではなく、あらゆる生物が地球の生物圏に包含された、相互作用する個体の集合体なのだ。

生物学者はまた、様々な形態の生物を分類して、共通し

た特徴に基づいて命名・区別する体系である**生物分類学**と呼ばれるものがより良くなるように修正してきた。かつての**生命の樹（系統樹）**は主要な五界を指しており、核のない細胞は**モネラ界**、核のある単細胞は**原生生物界**と呼ばれ、植物・菌類・動物（各細胞に核がある多細胞生物）が生物界のほとんどを代表していると考えられた。

1970年代末以降、この系統樹は再構成され、生命のより深い歴史は微生物から始まることが示された。そのほとんどは肉眼では見ることができないものである。系統樹から分かれる主要な枝は今やすべて微生物となり、どの枝も**全生物の最後の共通祖先（LUCA）**から伸びている。LUCAは、現在地球上にいるすべての生物が由来する生物や生物群のうち、時間的に最も近い（最後の）ものだ。この系統樹の主要な三つの枝[ドメイン]は細菌・古細菌・真核生物である（細菌と古細菌はどちらも核を持たない単細胞の微生物だが、遺伝子と酵素が異なる。最初の真核生物は単細胞生物だったが、核があり、ほかの2つよりも複雑な化学的性質を持っていた）。植物・菌類・動物は単細胞の真核生物から出てきたもので、今ではパン酵母などの単細胞生物も含む、大きな生物群[真核生物ドメイン]のごく一部と見なされている（図3.1）。

細菌と古細菌は死滅しておらず、生きている分と死んだばかりの分の重さと合わせて、地球のバイオマス（生物量）の50%を構成していると見られている。微生物が圧倒的に存在していたのは過去だけでなく、現在でもそうなのだ。人間の体には自分の細胞のおよそ10倍もの微生物細胞が含まれている。人間の腸には、およそ1000種の微生物とそれらが有する約300万種類の遺伝子があるが、これと比べて人間の遺伝子（ヒトゲノム）は1万8000種類ほどしかない[ゲノムは遺伝物質（ヒトならDNA、一部のウイルスはRNA）にある遺伝情報の総体]。ヒト細胞は共生細菌をミトコンドリアという形で永遠に取り込み、これがヒト細胞で使われる大部分のエネルギーの供給源となっている。私たちや、私たちの周囲にいる生物は、その大部分が単細胞の微生物からなっているのだ。

⬢ ダーウィン説

生命には無数の形がある。クモやハエ、そして人間の視点で多様性を考えてみよう。たとえば視覚[眼]における目を見張るほどの多様性はどこから生じたのか？　イギリスの博物学者チャールズ・ダーウィン（1809年〜1882年）の理論が、この多様性を現代において理解する基礎を築いてくれている。

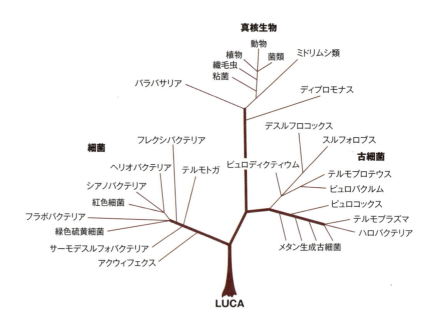

図 3.1　生命の樹（系統樹）

この図は遺伝子解析に基づいた現生生物の系統樹のひとつである。全生物の最後の共通祖先（LUCA）から伸びる線の並べ方については、数十億年前の証拠が見つかりにくいことから、研究者の間で意見は一致していない。たとえば、真核生物はLUCAから直接分かれるべきなのか、それとも古細菌から分かれるべきなのかで、意見が分かれているという具合だ［2016年に発表された重要な論文では後者が支持されている］。細菌は遺伝物質を交換しているため（遺伝子の水平伝播）、系統樹ではなく網状に表すべきだと提案する研究者もいる。

ダーウィンの考えの背景

生物の一覧表を作ろうとした最初のヨーロッパ人であるカール・フォン・リンネは、外観によって生物を分類した。アリストテレス（紀元前384年〜紀元前322年）の思想がトマス・アクィナス（西暦1225年ごろ〜1274年）によってキリスト教思想として固定され、それを真に受けたリンネは、生物は不変であり、造物主である神は生物を環境に順応するように創造したので、創造後の生物は変化しないと考えていた。

アリストテレスとリンネの考えは、どこが間違っているのだろう？　なぜこれが科学的な精査に耐えられなかったのか？　それは、（個々の標本ではなく）生物種は長い間に変化するものだからである。それを証明する動かぬ証拠のひとつが化石であり、もうひとつが動植物の育種だ。

人々は何世紀にもわたって、死んだ生物の遺骸が石化した**化石**を見つけてきた。しかしながら、生物は変化しないと信じていたため、化石の意味を理解できなかったのである。ヨーロッパ人は人食い鬼やグリフィンといった伝説を作り出し、初期の中国人も、見つけた恐竜の骨が何であるかを理解できなかったので、竜を考え出したとされている。

ヨーロッパの生物学者たちは19世紀までに、化石が生物の古い形態であることに気づいた。それまでに収集されたものの中には、もはや存在していない多くの生物があった──恐竜の骨（1842年に初めて命名された）、**三葉虫**（およそ2億5000万年前に絶滅した無脊椎動物の大きなグループで、その化石は知られている全化石の約50％を占める）、遠い昔に化石になった植物の葉、琥珀に閉じ込められた小バエ、植物の樹脂の化石などである。生物学者には、それらの遺物がどれぐらいの年数を経たものなのかを知る術は依然としてなかったが、生物が時間とともに変化していることが証明されたのだった。

一方で人々は栽培植物や家畜を次々と改良していった。第5章で見ていくが、栽培植物は農耕民によって時代とともに変化した。どの家畜を繁殖させるかを選ぶ牧夫は、家畜の大きさや習性を長い間に変えていった。19世紀には、動物育種家（ブリーダー）が様々な犬種を驚くほど数多く生み出した。飼い犬はすべて1万5000年ほど前のアジアのハイイロオオカミが起源であり、今でも全種類が互いに交配できるほど遺伝的に近く、これは全犬種がいまだにひとつの種であることを意味している。だが、その繁殖を管理できるのが人間であり、育種家は望んだ特徴が出るように、選んだ子をつがわせるのだ。たとえば育種家はアナグマ狩り用に、体が長くてやせたダックスフントを作り出した。ほかの種も、ほかの目的のために作り出されている。これは［自然選択に対して］人為選択と呼ばれ、どの生物を繁殖させるかを人間が人為的に選んでいることになる。

ヨーロッパの科学者たちは19世紀までには、生物の個体群が変化し、環境に適応するという事実に向き合わねばならなかった。そして、生物がこれを行う仕組みが、当時の"科学的な生物学"の根本的な問題となったのである。ある場所にいるある種の個体群において、変化はどのようにして起こるのか？　定着した特徴がどうやって将来的な適応につながるのか？　ヨーロッパの科学者たちはこの謎を解くことができなかったが、その理由のひとつは、地球と地球に住む生物はごく最近に神が創造したという思い込みを依然として捨てられなかったためだった。

ダーウィンと進化論

この問題に答えをもたらしたのが、イギリスの博物学者チャールズ・ダーウィンである。父親は裕福な医師で、母親は産業革命時に陶器で早々と成功を収めたジョサイア・ウェッジウッドの娘だった。

ダーウィンはわずか22歳のときにビーグル号に乗船して、南アメリカ大陸の海岸線を調査する調査航海に出た。この旅は3年間の予定だったが、約5年に延びた。帰国したダーウィンは最初の旅行記を出版し、いとこのエマ・ウェッジウッドと結婚した。父親の力添えでロンドンの南26キロメートルにあるケント州ダウンで地方の大地主として独立すると（彼の家は現在も訪れることができる）、そこで研究を行いつつ、人生の残りは執筆に費やした。

ダーウィンはこの航海での観察結果から——とりわけ、南アメリカ大陸から840キロメートル離れた赤道直下に位置する、孤立したガラパゴス諸島で目にしたものにより——みずからの進化論を発展させることができた（地図3.1）。

およそ14の火山島が連なるこの諸島で、ダーウィンは見たこともない奇妙な生物を数多く目にした。彼は標本を集めると、その描写でノートを埋めた。彼は特に、ほぼ同一のフィンチ（小鳥）が少なくとも十数種いることに気づいた。島によって、頭やくちばしがわずかに異なっていたのだ。ガラパゴス諸島を去ったあとも、自分が目にしたのは新種ではなく、同一種の中の変異だと、彼は考えていた。

ロンドンへ戻ったダーウィンが有名な鳥類学者らに話したところ、彼が見たフィンチは実際に様々な別種だったことが判明した。彼はまた、人口学に関するイギリス人先駆者で、聖職者でもあるトマス・マルサス（1766年〜1834年）の著作に目を通していて、別の重要な見識を得ていた。マルサスについては、あとの章で出てくるが、彼はあらゆる生物種の個体群は利用できる資源（食料など）の供給よりも速く成長する傾向にあると主張していた。これが意味するところは、どの世代でも多くの子孫が繁殖前に命を落とすということである。このことからダーウィンは、自身の自然選択説を明確にするのに必要な手がかりを得ると、以下のように結論をまとめた。(1)個々の間にわずかな偶然差異があることは、ある個体よりも優れた個体がいることを意味する。(2)ある島の環境によりうまく適応できた個体は繁栄してより多くの子孫を残せる。(3)島によって個体群は徐々に変化し異なっていく。(4)最終的には様々な島にいる鳥同士の違いが大きくなりすぎて同系交配ができなくなり、通常の新種の定義に当てはまるまでになる。

ダーウィンはガラパゴス諸島への旅に、チャールズ・ライエルによる『地質学原理』を持参していた。全3巻からなる同書は、ライエルの存命中に12の版を数え、1980年代まで地質学の考え方に影響を及ぼしたものである。ライエルは、地質学的過程ひいては生物学的過程は長い期間にわたって起こるという考えは正当だと主張した。彼は、地球が大激変によって形成されたという**天変地異説**に反論し、地球に対する変化は緩やかであり、とてつもない時間の幅で起こるという**斉一説（せいいつ）**に賛成した。ダーウィンがガラパゴス諸島で発見したものは、ライエルの斉一説を裏付けていたのである。

ダーウィンは1836年に帰国すると、6年後の1842年に自説の包括的な概要を書きまとめた。その公表は1859年まで遅らせたのち、『種の起源』として出版を認めた。自分の考えが混乱や反発を招くとわかっていたので、仲間の科学者たちの間で自身の名声が確立されるまで待ったのだ。彼が出版する気になったのは、マレーシアとインドネシアを旅した若き博物学者アルフレッド・ラッセル・ウォレス（1823年〜1913年）から論文の下書きを受け取ったことによる。ウォレスもダーウィンとは別に、種の起源について同じ結論に達していたのだ。誰がこの考えを提起するか、という問題は、1858年7月1日のリンネ協会の会合において、両者の連名で論文が発表されて、解決を見た。

ダーウィンは『種の起源』の中で、みずからの考えを「自然選択」説と呼んで、動物育種による人為選択と対比させた（後者は現在では「品種改良」と呼ばれる）。彼は**自然選択**を「有利な変異は保存［選択］され、不利な変異は排除［淘汰］される」過程と定義し、長い時間をかけて自然がその選

地図 3.1　ガラパゴス諸島

ガラパゴス諸島は赤道直下に位置する地質学的に若い火山島群で、現在はエクアドル領である。ダーウィンが訪れたときは英名がついていたが、現在はスペイン名となっている。ダーウィンがこの旅を行おうと強く決心した理由はなんだろうか？

自然選択による生命の変化　67

択を行っているとした。彼は"セレクション(selection)"すなわち選択という肯定的な言葉を用いたが、実は「自然排除」(自然淘汰)とでも呼べるものである。以下が中心となる原則だ。

1. 種とは、互いに交配できるほど似た個体の集まり(個体群)である。個体は適応できないのに対し、種は適応できる。

2. 種内で偶然的変異が起こる。個体間の違いはあるが、大きな違いではない。

3. 種内変異は個体の子孫に受け継がれることが多い(ダーウィンはこれを観察しているが、その発生の仕方はわからなかった)。

4. 変異体の中には、ある特定の環境にうまく適したものもある。これによって、資源を多く得ることができ、子孫を多く残すことができる。

5. よりうまく適応できた個体はより多くの子孫を残せるようになるため、のちの個体群はそれらにかなり似たものとなり、適応特性を引き継ぐ。

6. 性的に魅力的な特性を持つ個体は、より多くの子孫を残せる可能性も高い(性選択)。

7. この進化の過程の変化に終わりがないのは、環境が絶えず変化しているからである。

ダーウィンの自然選択説は、ガラパゴス諸島のフィンチ間の変異をよく説明できた。それぞれの島で、島の食べ物に最も適したくちばしを持つ個体は、わずかだがより多くの食料と子孫を得ることができ、その子らのくちばしは親に似たのである。数百年、数千年の間に、それぞれの島には新種が現れたが、あまりに変わりすぎたため、ほかの島の種とは同系交配できなくなったのだ。

人為選択では、望む特性を得ようと動物育種家が交配させる個体を選ぶため、変化は急激に起こる。自然選択では、最適の個体をより分けて新種を生み出すのにかかる年月は様々だ。ウイルスのように短期間で繁殖する種は数カ月から数年しか要しないが、霊長類のようにゆっくりと繁殖する種は何万年もかかるのである。

環境(食料源、水分、地形など)は、氷期と間氷期のような長期的な変化をするため、「何が適応的で、何が非適応的か」もそれに合わせて変化する。変化する環境に対する自然選択こそが生物多様性の源であると、ダーウィンは主張した。このことが、ほぼ40億年にわたって多様な生物が地球に存在してきた理由なのである。

ダーウィンの進化論に対しては、"わかっている"生物学者や地質学者は早々と受け入れたものの、彼が予期したように、激しい反対意見が起きた。第一に、彼の説はすべての生物は互いに関係していて、原始生物の子孫であるというものであり、これは、人間が類人猿と密接に関係していることを意味していた。生物学的にはごく最近まで両者の祖先が共通していたことが、今ではわかっている。伝統的なキリスト教信者にとってさらに受け入れがたいことに、たとえ無方向で無目的な過程であっても、何百万年にもわたって繰り返されると、極めて複雑な生物ができることを、彼の説は明らかに示していた。つまり地球上の多様性を説明するのに、造物主である神は必ずしも必要ないというのである。ダーウィンはこの意味合いを打ち消すべく、これほどの複雑な世界において神が進化を確実に行う最善の方法として自然選択を解釈することで、自分の説は伝統的な考えと折り合いがつくとした。当時のダーウィン自身が信じていたことは、明確にしなかったのである。

ダーウィンの自然選択説は三つの証拠をよりどころとしていた。(1)種の変化を示す**化石**。(2)ガラパゴス諸島で集めたデータのように、種は造物主によって故意に作り出された生成物ではなく、その土地の祖先から伝わってきたものであることを示す**地理的分布**。(3)種の間で思いがけない類似点があるという**相同**。これらの証拠をもってダーウィンは、造物主[デザイナー]たる神がそれぞれの種を個別に"デザイン"したと妄信する反対派との討論に臨んだのだった。

1.化石　前に記したように19世紀初頭までにヨーロッパの生物学者は、化石が生物のより古い形態を表していると理解していた。イギリスの運河技師ウィリアム・スミス(1769年〜1839年)によって提唱された「動物相の遷移の原則」[化石による地層同定の法則]をダーウィンは理解していた。スミスは異なる時代の岩石[地層]には異なる化石の集まりが残されていること、そして、それらが互いに順序正しく連続していることに気づいたのである。スミスはその理由を説明することができなかったが、ダーウィンはこの証拠を用いて、みずからの自然選択説を裏付けた。これによって、生物が進化・変化・絶滅すると、過去の年代を表す地層に化石が残るとして、スミスの発見結果を解明したのである。生物は変化しない形態で作られたのではなく、時間とともに変化するものであることを、この実例は証明しているのだ。

ダーウィンの時代の化石記録はあまりに不完全だった。現在では、祖先の代から現在までの馬や、陸上生活をしていた鯨の祖先から水中生活をする子孫までというように、一部の化石の系統は驚くほど完全なものとなっている。生

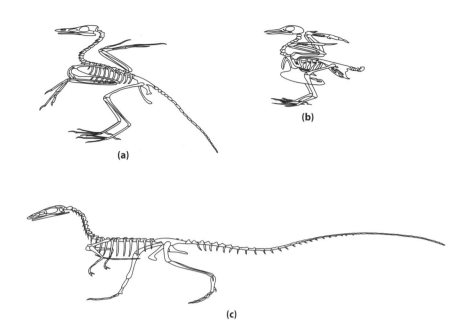

図 3.2 鳥類と恐竜の類似点

(a)始祖鳥、(b)現代のハト、(c)恐竜コンプソグナトゥス[最も小さい恐竜]のそれぞれの骨格図。恐竜からハトへの変化の跡をたどれるだろうか。

物が化石化することは非常にまれなので、移行種の化石が見つからないのも当然だというのがダーウィンの説明だった。生物は死後すぐに腐敗するが、化石になるには酸素のない環境で、できるだけ速く凍るか水分が抜けるか堆積する必要がある。また、硬い身体部分や広い生息域を持つ生物のほうが、化石として記録されやすい。

『種の起源』出版の2年後に、重要な化石がドイツ南部で発見された——始祖鳥と呼ばれる生物の骨格である。現在の鳥と古代の爬虫類の中間の特徴を有していて"ミッシングリンク"[生物の進化・系統において、移行生物化石の存在が予測されるのに発見されていない間隙のこと]のようでもあった。この用語は現在では時代遅れと考えられており、**中間型**という用語に置き換わっている。カラスほどの大きさだった始祖鳥には、鳥のような羽毛、翼、大きな目、さらには爬虫類のような歯、爪の付いた手、長い尾があった(図3.2)。この化石は爬虫類と鳥類の祖先が共通していたことを示しており[鳥類は獣脚類恐竜から進化したという説に関する重要な論文が2014年に発表された]、ダーウィンの説がこれまでになくはっきりと裏付けられたのである。その後もこのような化石はいくつか見つかっており、羽毛の生えた恐竜の化石も、主に中国で発見されている。

2. 地理的分布 動植物の地理的分布[生物地理]を考えていたダーウィンは、気候や環境だけではそこに住む生物の類似点や相違点の説明ができないことに気づいた。たとえば、オーストラリア、南アメリカ大陸、南アフリカの南緯25度〜35度間には似たような気候条件が含まれるのに、動植物相は大きく異なっている。このことやほかの観察結果から、ある地域で生まれた生物種が分布を広げるとしても、それは適応できる範囲内に限られると、ダーウィンは結論したのだった。

3. 相同 相同とは、動植物の形態における類似性のことである。進化生物学における**相同**は、共通の祖先を持つことによる類似を意味するようになった。たとえば猫や鯨、コウモリや人間にはいずれも指があり、これらの生物種の間には大きな違いはあるものの、どれも関係があることが示されている(図3.3)。鯨(やイルカ)は、カバのような生物が約5000万年前の特に温暖だった時期に涼しさを求めて海へ戻り、肺呼吸を続けてそのまま海に残った子孫らしいことがわかっている。鯨とコウモリの指関節は、ひれや翼の一部としてそのまま残ったもので、使い道はない。このような名残は、造物主である神がそれぞれの生物種を最初からそのように造ったという場合には意味をなさないが、ある種がほかの種から進化したとすると、意味をなすのである。

胚の時点で見られる種間の思わぬ類似点には、さらに驚かされる。ヒト(人間)の胚発生の初期段階では、まず魚類や両生類、爬虫類の特性が現れ、それから哺乳類の特徴が発達するのだ。哺乳類らしさが出現するのは胚発生の後期であり、胚発生の初期には魚類・両生類・爬虫類に共通する特徴が出現するものと、ダーウィンは説明した。祖先から受け継いだ体の構造はその後の発達における体の特徴を

図3.3 四種の哺乳類の指の比較

これらの相同の骨は、環境や機能に合わせて自然選択によって変わっていったものである。人間は猫だけでなく、鯨やコウモリとも密接に関係しているのだ。自然選択説はこれらの骨の類似点と相違点をどのように説明しているのだろうか。

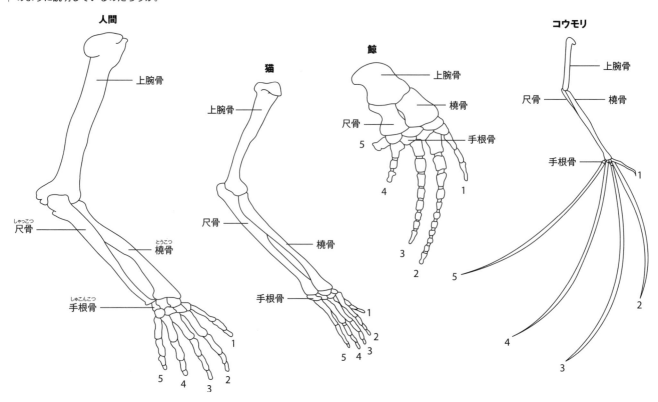

形作るもととして役立っていることを、ダーウィン以降の生物学者は知ったのである。

ダーウィンは、**収斂進化**と呼んだ別の種類の形態の類似性にも気づいた。無関係の系統で同じ生物学的特徴を得ることである。これは動物が互いに似てくると起こるが、その理由は遺伝的に関係しているからではなく、似たような環境に合わせて似たような資質を発達させるからであり、離れた地域のこともあれば、時代が大きく異なる場合もある。たとえば、アリが多い地域で進化した四種の蟻食動物は、[系統的に]密接な関係がなくても互いに似ている——南アメリカのオオアリクイ、アフリカのツチブタ、アジアやアフリカのセンザンコウ、オーストラリアのハリモグラだ。ダーウィンの説によれば、異なる地域に出現した異なる系統の種でも、つまり、同一系統でなくても、似たような形態に収斂進化することが予想されるのだ。

ダーウィンの問題点に対する解決策

自説を擁護するダーウィンの妨げとなっていたのは、宗教的な反発に加えて、当時の人々における知識格差だった。彼が認識していた問題点は以下のものだった。(1)自然選択の進行はあまりにゆっくりであるため、人が一生かけても観察できないと考えていたこと。(2)特徴が受け継がれる仕組みを説明できていなかったこと。(3)種の関連性を証明できなかったこと。(4)地球の年齢がわからなかったこと。ダーウィンは『種の起源』の初版で、地球の年齢を3億歳程度と推定していたが、学識ある同時代人たちはそれよりもずっと若いと計算していた。

現代科学は強力な証拠でこれらの問題点を解決し、自然選択説を裏付けている。生物学者は進化の発生を実際に目撃しているのだ。イエバエが数十年の間に、殺虫剤のDDTに対して抵抗力をつけるのを目にしたのである。黄色ブドウ球菌のように、その原種が1940年代にペニシリンによって殺された細菌の中には、今では耐性を持つものもある。アメリカの生物学者ジョナサン・ワイナー(1953年生まれ)はガラパゴス諸島のフィンチを調べて、くちばしの平均的な大きさが雨天や日照りの時期にミリメートル単位で変化するという、予想以上の速さで変化することをつかんだ。ただ、これほどの速さで新種になるわけではなく、個体群の遺伝子構造において小さな変化を持つ変種に

なるということである。

　ダーウィンの二番目の問題点は、遺伝の仕組みがわからないことだった。親から子へ特徴が伝わる具体的な方法を理解している者は、当時はひとりもいなかったのである。ダーウィンが採用した仮説はパンゲネシス（パンゲン説）という、古代ギリシアの医師ヒポクラテス（紀元前460年ごろ～紀元前377年ごろ）の時代から知られた考えだった。動物の体の各部分から「ジェミュール」という粒子が出てくると、ダーウィンは信じたのである。各ジェミュールは適した器官へ成長する能力を持っており、血流中を循環して生殖器に集まる。そして、それぞれの親からのジェミュールが受精卵で混ざると、ジェミュールの発育力で胚が成長するというのだ。この説が意味していたのは、両親の特徴は個々の要素として別々に伝わるのではなく、受精卵の中で混ざり合うということであり、これは適応成功度が高いかもしれない突然変異を薄めてしまい、自然選択説を丸々損なうものだった。オーストリアの聖アウグスティノ修道会の修道士だったグレゴール・メンデル（1822年～1884年）は、『種の起源』からわずか2年後に発表したマメの研究において、子世代が示す多くの特徴は母系か父系のどちらかのものであり、両者が混ざったものではないと立証した。だが、メンデルの研究は長いことほとんど注目されず、後年になってようやく遺伝に関するまったく新しい考え方の基礎だったことがわかったのである。

　遺伝の仕組みが解明されたのは、1953年になってからだった。アメリカ人のジェームズ・ワトソン（1928年生まれ）とイギリス人のフランシス・クリック（1916年～2004年）がDNA高分子の構造を解明したのである（図3.4）。**デオキシリボ核酸を意味するDNA**はすべての生物の細胞にある巨大分子で、細胞の生成や維持の方法などの化学的指示を携えており、その情報を子孫の細胞に伝えているのだ。DNAの構造は二重螺旋で、相補鎖が互いにねじれてつながっている。繁殖の際はこの鎖がほどけてみずからを複製し、有性生殖では一緒になる相手の鎖を見つける。DNAは細胞に存在していて〔すべての細胞にDNAがあるわけではない。たとえば、赤血球にはDNAがない〕、すべての生物は単細胞の祖先であるLUCAの化学的性質から始まったという証拠をもたらしている（DNAについては、次の節で詳しく取り上げる）。

　DNAに関する知識は、ダーウィンの自然選択説を間違いなく裏付けるものである。自然選択が作用するには、個体はその種の基本構造を維持するためにほぼ完璧に複製する必要があるが、まったくの完璧ではない。多少の違いが入り込んで、環境の変化につれて自然が選択する差異がも

図3.4　DNAモデルを前にしたワトソンとクリック

この二人の若さに注目してもらいたい。当時のワトソン（写真左）は博士研究員（ポスドク）で、クリックはまだ博士号に取り組んでいる最中だった。飛躍を目指した二人はロザリンド・フランクリン（1920年～1958年）という別の若い研究者のデータを使ったが、二人が1962年にノーベル生理学・医学賞を受賞したときには、すでに彼女は癌でこの世を去っていた。

たらされるのだ。これこそが、DNA分子が分裂する際に起こることである。酵素は通常はそれぞれの二本鎖の同一の複製を作るが「変異」という誤差も時折起こるものなのだ。

　DNAと遺伝学の知識により、ダーウィンの三番目の問題点も解決された——種の関連性の証明である。今では生物学者は、どの種でもある確率で発生する「遺伝子の突然変異」に基づいた分子時計を作ることができる。二つの種間での変異の発生数を測定することで、両種が分岐した年代を推測することができるのだ。これによってたとえば、バナナと人間は10億年以上前に、アリと人間はおよそ6億年前に、チンパンジーと人間はおよそ500万年前～800万年前に、それぞれ"最後の共通祖先"を持っていたことがわかるのである。

　ダーウィンの四番目の問題点も、彼の説を裏付ける答えを持った現代科学によって解決を見た。現在の私たちは放射年代測定により、地球がおよそ45億年前にできたとわかっている。これはダーウィンの考えより15倍も長いが、このおかげで自然選択が私たちの周囲に驚くほどの生物多様性をもたらすだけの時間があったということになるのだ。

　まとめると、ダーウィンの時代における自然選択の証拠は、化石・地理的分布・相同から成り立っていた。彼の時

代以降、これらの証拠は彼の説をはっきりと裏付けてきた。生物学者は、環境に応じた種の変化を観察し、DNAの構造や働きを発見・解明し、遺伝学研究によってどの種も関連していることを示し、放射年代測定によって地球がダーウィンの考えよりもずっと年を重ねていたことを証明したのである。

ダーウィンの説を裏付ける新たな証拠が手に入る一方で、彼の説には、現在では異なる解釈がされている部分もある。たとえば、アメリカ人のスティーヴン・ジェイ・グールド（1941年～2002年）とナイルズ・エルドリッジ（1943年生まれ）は進化的変化の速度について"常に緩やかでゆっくりしたもの"と考えていたダーウィンに対し、"ときどき大きく変化しうる"という説得力ある主張をした。加えて、現代の思想家たち（アメリカ人のリン・マーギュリス［1938年～2011年］やウルスラ・グッドイナフ［1943年生まれ］）は、ダーウィン説は生き残るには競争が必要である点を重視しすぎていて、実際にはむしろ、競争において最も効果的な戦略は個体群内における協力と別の個体群との相互依存関係にある場合が多いと考えている。この思想家たちにとっては、協力関係こそ生物にとって不可欠な一面というわけだ（マーギュリスの考えを支持する者は多い）。アメリカ人の社会生物学者E・O・ウィルソン（1929年生まれ）は、利他的で協力行動を取る人間の集団は、それをしない集団に勝ると断言している。ただ、これらのどの指摘も、ダーウィンの核となる考えを損なうものではなく、ダーウィン説は現在も生物学的思考の中心に存在し続けている。

ダーウィンの考えは現代生物学の中心的教義――生物

種は変化する環境に応じて自然選択により変化する――となった。天文学にとってのビッグバン理論、あるいは、地球科学にとってのプレートテクトニクス説のように、この考えは生物学にとって重要な基礎となるものである。1882年にダーウィンが亡くなるまでには、イギリスの科学者や議会は彼の貢献の重要性を認めていた。そのため、彼はウェストミンスター寺院でアイザック・ニュートンの墓の近くに埋葬されることになったのである。科学者は今でも進化論を引き合いに出すが、これは、科学における理論とは「広く支持される十分な証拠がある考え」にほかならないからであり、現在の生物学者のほとんどが進化論を受け入れている。

第5スレッショルド：地球における生命の誕生

生命とはこの地球の驚異であり、私たちがまだ知らないほかの惑星においても生命は驚異であろう。生命によって新たなレベルの複雑さがもたらされていることから、生命へのこの飛躍を、宇宙の歴史において複雑さが増した第5スレッショルドとする。生命とは、物質の複雑さの拡大、無生物の化学物質から生物への飛躍である。かなり複雑な有機体構造である生物は、周囲からエネルギーを得て繁殖し、驚くほどに複雑な新形態（私たち人間も含む）を生み出せるほど適応的である（第5スレッショルドのまとめ）。

第5スレッショルドのまとめ

スレッショルド	構成要素　▶	構造　▶	ゴルディロックス条件　＝	エマージェント・プロパティ
5.　生命	複雑な化学物質＋エネルギー	複製可能な細胞内の化学的・物理的に結合した複雑な分子	豊富に存在する複雑な化学物質＋ほどよいエネルギーの流れ＋水のような液体媒体＋適切な惑星	新陳代謝（エネルギーを獲得する機能）；生殖（ほぼ完全に自身の複製を作る能力）；適応（自然選択を経て現れるゆるやかな変化と新しい形態の登場）

ダーウィンによる自然選択説は、生物が長い間に適応する仕組みを説明しているが、生物そのものは無生物からどのように現れたのか？　代謝・繁殖・適応を行える生物は、無生物の化学物質からどのように生まれたのだろう？　ダーウィンはこの疑問に答えようとはしなかったが、友人に宛てた1871年の手紙の中で、その後の科学的思考を導い

た考えのあらましを綴っている。単純な生物の創造にとって、初期地球の状況は現在よりも好都合だっただろうというのだ。

生物を最初に造り上げた状況は現在も存在しており、これまでも存在していたはずだとよく言われる。だが、

もし（これは実に大きな「もし」だが）小さな温かい池で、アンモニアやリン酸塩、光、熱、電気[など]、あらゆるものがあり、タンパク体がさらに複雑な変化を経る準備が整った状態で化学的に生成されたと考えるにしても、現在ではそのような物質はすぐさま捕食されるか吸収されてしまうので、生物が形成されたときの状況のようにはならないであろう。[1]

　生命の起源に関する従来の考えの要点をまとめてから、現在の科学的概念を論議して、考え方の流れを確認することにしよう。

❺ 生命の起源に関する従来の考え

　多くの文化や社会は長いこと、神が自然界に超自然的に介入して生物や人間を創造したと主張してきた。この考えはユダヤ教とキリスト教の伝統では、イタリア・ローマのシスティーナ礼拝堂の天井に、ミケランジェロによって描かれた傑作によく表れている[13ページの図1.2を参照]。神の手が天から伸びて人間の手に触れなんとしているのだ。この考えを客観的に立証できる証拠も検証する方法も今日まで存在しないため、科学者は信仰の問題か比喩と見なしている。彼らが代わりに求めているのは、客観的証拠で裏付けられる自然論的（非・超自然的）な説明だ。

　19世紀の半ばになっても、自然論者は自然発生という古い考えに固執していた。新たな生命は古い生命の朽ちた残骸から、いきなり自然に現れると断定した考えである。例に挙げられるのが、生ゴミに急に現れたように見えるウジ虫だ。人々は自分の目で見えたものを証拠として受け入れていたが、顕微鏡でしか認識できない微生物の世界があることに、まだ気づいていなかったのである。

　ダーウィンと同時代人であるパリの化学者・細菌学者ルイ・パスツール（1822年〜1895年）は、殺菌状態で実験を行い、生命が自然発生するという考えは誤りであると証明した。[目には見えないが]空気には微生物が含まれているため、空気と培養液（栄養が入っているが滅菌してある水）が接触すると、[空気中の微生物が培養液に入って増殖し]、生命が自然に誕生したという錯覚が起こるのだ。パスツールは空気を熱して、微生物を殺す方法を考案した。滅菌して隔離した空気からは培養液に微生物が増殖しない状態が無期限で続くことを示して、生命が無生物から自然発生しないことを証明したのである。彼がラテン語で"Omne vivum ex vivo"[[すべての生命は生命より（生じる）」の意]と述べたように、生命は生命からのみもたらされるのだ。

　生命の起源の第三の説が、「胚種は至るところに存在する」というパンスペルミア説（胚種広布説）である。ギリシアの科学者アナクサゴラス（紀元前500年ごろ〜紀元前428年ごろ）にさかのぼるこの古い考えを、現在でも信じる者がいる。宇宙学者のフレッド・ホイルはパンスペルミア説を支持した著名人のひとりだった。この説は、生命は宇宙から——初期地球に衝突した隕石や彗星によって運ばれて——地球にもたらされたと考えるものであり、異星人が地球に生命をもたらしたという、わくわくするような話に絡めて、誇張されやすい説でもある。大半の宇宙科学者の主張が、宇宙空間や地球の大気圏を通過する状況に生命は耐えられないとする一方、隕石の内部で守られた微細な生命なら生残できる可能性も論じられた。パンスペルミア説は、生命の起源を説明していないという根本的な問題を抱えている。生命が単に場所を移動しているだけなのだ。

　現在の科学者には、パンスペルミア説を薄めたような考えを受け入れている者もいる。生命の基本構成要素の一部は、彗星（汚れた氷の塊）や隕石（地球に落下する流星つまり岩石）によって大気圏で燃え尽きることなく運ばれて、地球にやって来たのではという考えだ。第2章で見たように、小惑星や彗星は地球の水の大部分をもたらしたと考えられているため、生命を構成する化学物質がその水に含まれていたというのは想像しやすい。隕石には、1969年にオーストラリアのマーチソン近郊に落下した、生きた細胞を生み出すのに必要な化学物質を含んだものや、2000年初頭にカナダのユーコン準州に落下した、泡のような有機物の小球を含むものもある。これらのことから、最低でも生命に必要な分子が宇宙に存在することが確認された。これによって地球外生物の探索に拍車がかかり、生命が宇宙のどこまで広がっているのかという根本的な疑問が投げかけられたのである。

❺ 生命の起源に関する現代の考え

　パスツールが実証したように、生命は生命からしかもたらされないとすると、そもそも生命は生命のない状態からどのようにして生まれたのだろう？　多くの科学者による推定は、とてつもない時間の流れの中で、分子の複雑さが徐々に増し、生命が無生物から発達していったというものだ。現存する最も原始的な生物は単細胞生物で、これはあまりに小さく、1000個集めても文章のピリオド1個に収まるほどである。このことは、地球上における最初期の最も単純な生物の姿を示している。

　生命が誕生した時期については、当然ながらはっきりし

ていない。南アフリカのクルーガー国立公園と、オーストラリア北西部で見つかった35億年前のものとされる岩石に埋め込まれたものを、生物の最古の化石と見ている生物学者もいる。ほかの者たち——たとえばユニヴァーシティ・カレッジ・ロンドンの研究者ニック・レーン（1967年生まれ）——は、これらの微化石とされるものは実際には化石ではなく自然界が造り出したものであり、生物の確かな最古の化石となると約24億年前のものだと考えている。もし彼が正しければ、生命はかつての考えよりもかなり長い時間（10億年ではなく20億年）をかけて誕生したことになる。さらには、この35億年前の化石は生物のものではあるが、光合成は行っていなかったという者もおり、この議論は現在も続いている。

では、現存する最も単純な細胞に似ている「最初の生きた細胞」はどうやって誕生したのか？　現在の生物学者が支持する説に**化学進化説**がある。これはアミノ酸（タンパク質の構成要素）とヌクレオチド（核酸の構成要素）などの分子が自然選択によって徐々に長く連鎖するように進化したというものだ。生物界の自然選択と同じく、環境においてうまく［より効率的に、より安定的に、より選択的に］作用した化学的な連鎖は生き残り、ほかのものは姿を消して、最終的に最初の生物が生じたわけである。この過程の詳細ははっきりしないままだが、室内実験ではある程度の様相が示されている。

化学進化説は、1920年代と1930年代初頭に研究していた生化学者と物理学者が思いついた。モスクワのアレクサンドル・オパーリン（1894年～1980年）とロンドンのJ・B・S・ホールデン（1892年～1964年）が、水素化合物（メタンとアンモニア）に富んで遊離酸素［酸素ガスO_2］が少ない初期の大気を実験条件として設定することにより、複雑性を増していく有機分子の合成が可能となったという同じような生命起源説を提唱したのである。ホールデンが強調したのは、生命は酸素のない環境で生じたはずという点だった。なぜなら、酸素は反応性が高いため（その好例は火である）、もし酸素があったら生命起源に至る前生命物質は分解されてしまっただろうからである。第2章で見たように、酸素が大気の重要な一部となったのは、およそ25億年前に光合成細菌［酸素発生型のシアノバクテリアのようなもの］が誕生してからだった。

現在の地球と初期地球とでは、大気や地表は大きく異なるため、最初の生命がどのように誕生したのかという問題は、原始地球の状態をシミュレーションできる研究室で取り組む必要があった。1952年のシカゴ大学で、ある重要な実験が行われた。すでにノーベル賞を受賞していたハロ

図3.5　1952年のスタンリー・ミラーの実験

ミラーは大学院生のときに、すでにノーベル賞を受賞していた化学者ハロルド・ユーリーに学び、地球の初期状態を研究室で再現しようとした。ダーウィンがガラパゴス諸島へ旅立ったのも（ミラーと同じく）22歳のときであり、科学の進歩には若者の存在が不可欠なようである［下のグラフは、実験によって生成されたアミノ酸ほかの一例を表す］。

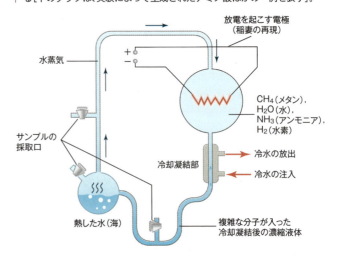

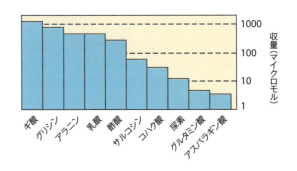

ルド・ユーリー（1893年～1981年）の研究室で研究をしていた大学院生のスタンリー・ミラー（1930年～2007年）は、稲妻が遊離酸素のない原始大気を通る際に生命の原材料を合成できたのではと、考えた。彼は原始大気に近いと思われるガスでガラス管を満たすと、それを滅菌水の入ったフラスコに取り付け、反応のスピードアップを図るため、原始地球に存在したと考えられる以上の放電で、このガスにエネルギーを投入したのである。ガラス管は1週間で赤茶色になり、内側にはドロドロの膜で薄い色がついた。分析してみると、このドロドロは様々な有機分子（炭素水素結合を含んでいて、生物内に見られるもの）からなっていた。これらの分子に含まれていたのは、タンパク質を構成するアミノ酸のうち少なくとも6種類（のアミノ酸）だったのである（図3.5）。

この実験により単純なアミノ酸やヌクレオチドが酸素のない大気内で簡単に生成できることが示された。そうなると、次なるステップは、これらの単純な化合物が組み合わ

さって、より複雑なタンパク質や核酸になれることの検証になる。研究室でさらに実験が行われた結果、適切な条件下だと、単純なアミノ酸は原子が何千何百万とつながった長い鎖を形成することがわかった。生命が誕生するには、化学進化によって発生したこれらの前駆細胞[プロトセル、細胞になる直前のもの]が、少なくとも5億年以上かけて徐々に完全な生きた細胞になることと、多くの生物学者は考えている。だがこれは研究室では実証されておらず、この件に関する大きな謎のひとつのままである。

細胞の化学的性質

生命の誕生に至る化学進化を理解するには、最も基本的な物理学や化学に基づいた、最も単純な生きた細胞の構成要素を知っておいたほうがいい。原子は化学元素の最小単位であり、複数のより小さな粒子[核子、素粒子]からできていても、化学反応ではこれ以上小さくならない。第1章で見たように、地球上では92個の元素、つまりそれだけ異なる種類[同位体も考慮に入れるともっと多種類]の原子が自然に存在している。

生命の化学的性質は、炭素原子の独特な構造に基づいている。炭素原子の最も一般的な同位体は、陽子6個、電子6個、それに中性子6個というものだ。炭素原子はほかの炭素原子と結合して長い連鎖を形成できるが、さらに他の原子と結合する場所がひとつの炭素原子あたり2カ所あるため、炭素鎖は大きな多様性と複雑性を持ちながらも安定した構造になれるのである。炭素原子は、生命に共通するタンパク質を形成する次の5つの原子と結合する――水素(陽子1個、電子1個)、窒素(陽子7個、電子7個)、酸素(陽子8個、電子8個)、リン(陽子15個、電子15個)、硫黄(陽子16個、電子16個)。

これが細胞の全体像で、詳細はあとで触れる。最も単純な生きた細胞は**原核生物**といい、核を持たない細胞だ(図3.6)。ただ、核がなくても、原核生物はすでに極めて複雑である。細胞膜が中身をすべて囲んでいて、分子の出入りを調節している。細胞の遺伝物質以外の中身は細胞質と呼ばれ、主にタンパク質、すなわち、三次元的に折りたたまれたアミノ酸の長い連鎖からなる。タンパク質は、細胞質内にあるリボソームと呼ばれる特別な構造物において新たに合成される。原核生物では、遺伝物質であるDNA分子は核膜に囲まれておらず、細胞質に浮かんでいる。

図3.6　原核生物の構造

メッセンジャーRNA(この図には描かれていない)がDNAからリボソームへ移動することで、リボソームはメッセンジャーRNAから伝えられた指示[遺伝情報]に従ってタンパク質を生成する。

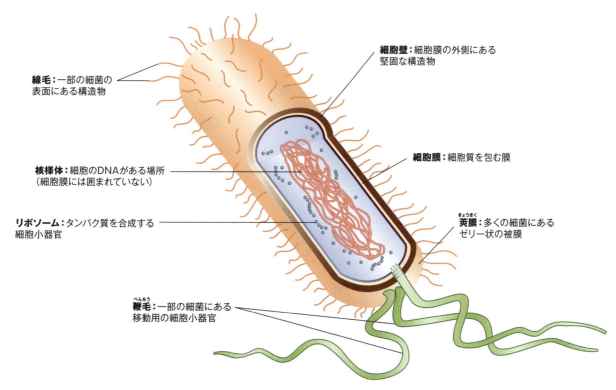

最初の細胞はどこでどのように誕生したのか？

　最初の細胞が誕生するのに適していた条件は、地球上のどこにあったのか？　可能性が一番高いと考えられるのが水の中である。すでにダーウィンは「小さな温かい池」で発生すると考えていた。液体の水は生命にとって必須である。気体では原子や分子が速く動くためにつかの間しか接触しない一方、固体では原子はほとんど動かないからだ。これが液体だと、ちょうどいい動きとなり、原子は互いにゆっくりと接触・結合し、より複雑な分子になれるのである。水は氷点直前から沸点直前までの幅広い温度［1気圧で0〜100℃］で、液体のままでいられる。水分子は水素と酸素という豊富な二つの原子からなり、炭素がほかの原子と作る分子結合には影響を及ぼさない。

　現代の生物学者は、海の浅い場所［たとえば干潟］が生命の誕生に最適だった可能性が高いと考えてきた。近年になって海をさらに深く調査したところ、ほかにも可能性のある場所が見つかった。プレートテクトニクスで動く構造プレートの端の海底火山にある「ブラックスモーカー」と呼ばれる熱水噴出孔で、そこには液体の水、大量の熱、エネルギー、化学物質が存在している一方、酸素はあまりない。酸素や日光に依存しない好熱性微生物がこれらの噴出孔で見つかっている。これに含まれるのが1977年に発見された**古細菌**で、原始的な生命体を彷彿とさせるものだ。生物学者の中には、この噴出孔の熱エネルギーは最初の細胞が生存するには強すぎる、あるいは、生命の構成要素が薄くなりすぎていると考える者もいて、生命が誕生する可能性が最も高い場所については、まだ意見が一致していない。

　生きた細胞が誕生した経緯については、生きた細胞と同じ化学元素からなる複雑な分子が結合して、保護膜を持つ細胞状の球体になり、ほかの原子や分子を吸収してエネルギーを獲得したり、分裂して複製したりするようになったのだと、科学者たちは想像している。だが、これらの前駆細胞は、どうやって獲得した有用な適応構造を失わずに正確に複製できたのか？　そして、生命体へと進化できたのか？　これこそが、まだ答えられていない疑問であり、生命の出現を理解する上での欠落部なのだ。

　それでも1944年に、最初のブレークスルーが得られた。タンパク質ではなく、核酸からなる遺伝物質が見つかったのである。そして先に記したように、1953年にワトソンとクリックがDNA分子の構造を解明したのだ。

　DNAは細胞の形成と維持をつかさどり、その情報を子孫細胞に伝えている。生物の細胞に存在するDNAはヌクレオチドの長い連鎖で、タンパク質を形成するアミノ酸や、細胞膜を形成するリン脂質とは異なっている。

　DNA分子は生きた細胞の中では最大かつ最も複雑な分子だ。人間の場合には、ひとつの細胞に2メートル分のDNA［46本の染色体DNAの合計長］が押し込まれている。DNAは各染色体に分けられ、それぞれに遺伝子と呼ばれるDNAの区画がある。各遺伝子は、単一タンパク質のアミノ酸配列を記号化している。メッセンジャーRNAという分子が、この遺伝子の指示をリボソームに伝える。するとリボソームでは遺伝子の指示に従って、細胞質においてアミノ酸からタンパク質が生成されるのだ。

　DNAは長くてねじれた梯子のような構造をしている（図3.7）。この梯子の垂直部分にあたるのが、リン酸塩と糖分子が交互に出てくる鎖だ。梯子の横木にあたる部分は、塩基と呼ばれる分子が相補的に対合している。シトシン（C）と対になるのはグアニン（G）、アデニン（A）と対になるのはチミン（T）だ。

　DNAがみずからの複製を作る際には、この二つの相補鎖が2つの一本の鎖に分かれる。それぞれの塩基はほかの一種類としか対合しないため、一方の鎖の塩基がわかれば

図3.7　DNAの二重螺旋

DNAはどの細胞にあっても、2本の鎖がねじれて、螺旋状になっている。

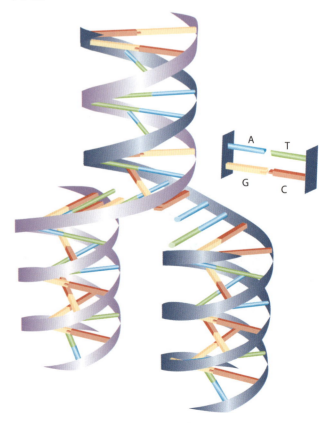

他方の塩基が何であるかがわかることになる[このことを"相補的"という]。各鎖が周囲からまだ対合していない分子を集めると、まったく同じ複製が新たにできるが、ときどき偶然による変異が起きて、変化が生まれる(誤差が生じる原因はほかにもあり、放射線、化学物質、遺伝子の動き、その他の変化などがある)。このDNAのイメージについては、apod.nasa.gov/apod/ap120821.htmlを参照のこと[2016年10月3日閲覧]。

DNAの親戚であるRNA(リボ核酸)は、その背骨となるリン酸と糖の鎖にやや異なる糖を持っており、通常は一本鎖として存在している。先に記したように、現代の細胞にあるメッセンジャーRNAはDNAの一部から複製されると、細胞質へと移ったのち、新たなタンパク質を作る指示をリボソームに伝える。初期のRNAは子孫細胞に指示を伝えるだけでなく、原始細胞がRNAからタンパク質を生成できるような形をしていた可能性がある。その場合には、RNAはDNAの前駆体だったことになる。

RNAがDNAより前に存在していたという考えは現在、生物学者の間では有力な仮説となっており、「RNAワールド仮説」と呼ばれている。これは、昔のRNAがDNAの代わりに遺伝情報を蓄積していて、現代のDNAのように複製し、現代の酵素タンパク質と同じ触媒的役割を果たしたというものだ。もし、この仮説が正しければ、最初の生命体は恐らくは保護膜で包まれていて、自己複製するRNAの鎖を用いていたことになる。代謝が起こるのはあとになってからだ。

生命の誕生には、異なる二組の分子の発達が必要だった。繁殖[遺伝情報]を記号化する核酸と、代謝と細胞維持のためのタンパク前駆体としてのアミノ酸である。これについての疑問は次のとおりだ。互いに生き延びるために、どのように相互作用したのか? それが高度化していった順序(機序)は?

ここで試しに、考えられる仮説をいくつか見ていこう。タンパク質(代謝)もDNAも、同時に協力して発達した。RNAが最初に発達して、タンパク質がそのあと、もしくはその逆だった。RNAとタンパク質がそれぞれ原始細胞内で生まれて、協力するためにひとつになった——いずれの場合も、遺伝情報の起源は驚くほど複雑で、依然として謎である。多くの生化学者は、最初の生命に関わった化学反応が確かに何かあるらしいと考えているが、それが何かはまだわかっていないのだ。

生命の誕生に関する疑問は謎のままではあるが、遺伝的証拠からわかっていることがある。現生のあらゆる生物はLUCA(65ページ)という、元となる細胞のひとつのグループから進化した。LUCAは、化学反応を進めて代謝を行い、みずから開発した化学的な利点を正確に複製させた[初源細胞の初期段階の子孫]。人間は地球上のあらゆる生物とつながっているが、これはLUCA以降、生命を維持・繁殖してきた同じ遺伝情報を、他の現生生物と共有しているからだ。この点は、地球上の生命について知られている事実の中で最も驚くべきものかもしれない。

また、地球の状態が、生命の誕生・発展にちょうど適していた「ゴルディロックス条件」であったこともわかっている。原始の溶融状態から冷えた地球は、内部の熱を分散する方法[プレートテクトニクス]を発達させた。43億年前から20億年前ごろに海ができると、地球はそれ以降、冷えて世界全体が完全かつ永遠に凍りつくことも、熱くなって水がすべて蒸発してしまうこともなかった[永続しない「全球凍結」はあった]。対照的に、地球に近い金星と火星では、生命が誕生したかもしれないものの、環境があまりに急激に変化したため、生き続けることができなかったのだ。金星は、太陽が当初と比べて熱出力を約30%も徐々に増やして、金星の大気に含まれる二酸化炭素の温室効果によって気温がさらに上昇した結果、熱くなりすぎた[暴走温室効果]。また火星は小さすぎて[そして磁場がなくなったので]、大気と地表の液体の水を維持できなかった。そのせいで、誕生していたかもしれない生命が失われることになったのである。

地球上の生命——小史

では、[生命起源説の]背景を確認したところで、新たな疑問点を考えてみよう。およそ38億年かけて、生命はどのように進化した結果、現在のような多様なものとなったのか? もし私たちがニワトリやカマキリだったら、ニワトリやカマキリに至る進化の径路に、この疑問の焦点を当てることだろう。人間である私たちは、人間へと至った多様性の迷路を通じて、その変わり目に迫っていく。

複雑な生物に焦点を当てるといっても、必ずしも複雑さの度合いの高いものが低いものより重要とか優秀ということではない。すべての生物は互いに依存しており、複雑性の高い生物も複雑性の低い生物に依存しているのだ。細菌は、地球表層における化学元素の循環に、現在も介在し続けている。私たち人間は20世紀半ばから人口を爆発的に増やしてきたため、ほかの生物に対して自分たちが支配しているとか、ある種のクーデターをやってのけたと考えが

地球上の生命——小史　**77**

図3.8　地球上の生命のタイムライン

大気中の酸素の割合が増えるのに要した時間の長さに注目である。この図から、人間に対する理解について、何が得られるだろうか？

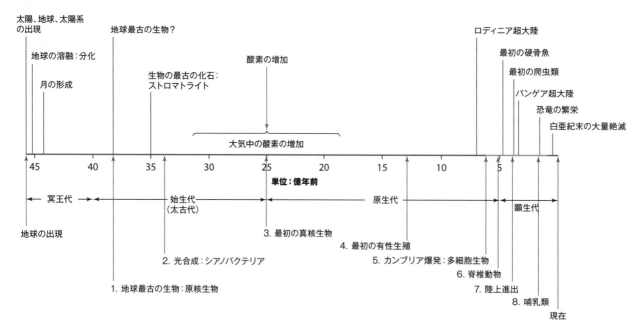

ちだ。だが、私たちはいまだに、複雑性の低い生物に依存し続けているのである。本書では人間を中心に取り上げていくが、これは人間が現段階で優占種のように見えるという理由だけでなく、人間なら私であれ、あなたであれ、他の誰かであれ、私たち人間という生物種のヒストリーに興味を持つと思われるからだ。

生命の進化を記すにあたって、二つの要素――生物学的な要素と地質学的な要素――を同時に伝えるのは難しい。生物は絶えず変化しており、地球もまた変化していて、互いに影響を及ぼしているからだ。生物学的な変化に注目するたびに、生物が地球表層の組成に与える、および、地球から生物に対する、相互作用的な影響の例も挙げることになるのである。

地球上の生命の歴史を単純化するため、図3.8のように8つのステージに分けていく。最初の4つのステージで、30億年に及ぶ単細胞生物の進化を扱う。以下がその4つだ。

1. 原核生物の出現
2. 光合成または太陽からの光エネルギー
3. 呼吸と真核生物の出現
4. 有性生殖

この最初の4ステージで、これまでに経過した時間の6/7になる。この間の生命は単細胞生物で構成されていた。

もし人間が地球以外の場所で生命を見つけられるとしたら、このような段階のものだろう。

続く4つのステージで、残りの1/7を扱う。期間にして、わずか6億年ほどだ。

5. 多細胞生物の出現
6. 背骨を持った脊椎動物
7. 陸上生活へ
8. 800万年前までの恐竜と哺乳類

最初の4ステージ（38億年前から6億年前まで）

生命の最初の4ステージは単細胞の微生物のみからなるが、これによって生命の基本過程が進化した。発酵、光合成、呼吸、真核生物の出現、そして有性生殖である。これらの進化には約30億年を要した。

第1ステージ：最初の生命（およそ38億年前）　最初の生物は原核生物に似たものと考えられている。先に記したように、核を持たない単細胞の微生物のことだ。最も小さな真正細菌［単に「細菌」あるいは「バクテリア」とも呼ばれる］や古細菌の直径は、水素原子の直径の1000倍で、鉛筆

で付けた小さな点に1000個が入るほどである。この小さなものの中に、分子が詰まっている。真正細菌や古細菌はナノテクノロジーの使い手というわけだ。

最も単純な微生物は、(成長して体が2倍ほど大きくなると)半分に分かれて複製する。つまり、通常は死なない。死ぬ原因には、飢餓、熱、塩、乾燥、抗生物質などがあるが、そのような状態が起きないかぎりは、半分に分かれて増え続けていく。

初期の生物は、深海の熱水噴出孔にいる古細菌も、ほかの至るところにいる細菌も、近くにある単純な分子を"食べて"エネルギーと食料を得ていた。初期の細菌が利用したのは、酸素を使わない代謝である発酵[と嫌気呼吸]だ(酸素は最終的には代謝の重要な一部となるが、そうなるのは酸素が大気の重要な一部となる十数億年後のことだった)。発酵において、細菌は酸とアルコールを排出するが、これに含まれるエネルギーは、摂取した食べ物に含まれるエネルギーより少ない。細菌の中には現在まで、発酵者として機能し続けているものもある。たとえば、乳製品を代謝してチーズにする細菌だ。古細菌は、非常に熱い水や塩分の高い水など極限環境での生息能力において、細菌よりも優れている。細菌が食料としてアミノ酸や糖などの有機化合物(炭素を含む分子)を"食べる"必要があるのに対して、古細菌は深海の熱水噴出孔から放出される硫黄など、ごく単純な無機化合物を使う代謝能力を発達させていった。

第2ステージ：光合成（およそ34億年前から25億年前まで）

生物の初期の時代に、アミノ酸やタンパク質が周囲からなくなってくると、微生物はエネルギーを得るほかの方法を見つける必要が出てきた。そこで、**光合成**によって日光から食料を得る能力を伸ばすものが出てきたのである。ほかの細胞が発酵[と嫌気呼吸]の廃棄物として放出した二酸化炭素を利用する方法を見つけたのだ。光合成を行うものは、文字どおり空気を食べるわけだが、窒素や硫黄などの元素は依然としてほかのところから調達する必要があった。

光合成では、表面に当たる日光を分子内でとらえられるように、クロロフィル分子は小さなソーラーパネルのように原子を並べている。太陽のエネルギーは、水分子(H_2O)の水素原子(H)と酸素原子(O)を切り離す。太陽エネルギーを用いることで、この水素原子と、空気中の二酸化炭素(CO_2)の炭素原子(C)が結合して、炭水化物(糖質)を生成すると同時に、大気中に酸素(O_2)を排出する。この糖質には、太陽からの化学エネルギーが含まれているのだ。

クロロフィル分子は緑色をしている。これが初めて登場したのは、**シアノバクテリア**とも呼ばれる藍色細菌という原核生物だった。以前は藍藻と呼ばれていたが、藻は核を持つ**真核生物**として知られるもっと複雑な細胞からなっているため、名前が変えられたのである。

光合成は生物史上、重要な代謝の進化の代表例であると言える。シアノバクテリアは、その子孫である植物と同様に、太陽のエネルギーを直接得て生きていたのだ。太陽のエネルギーを直接取り込む植物は、動物に食べられる分も含めて、そのエネルギーを蓄えているのである。シアノバクテリアによる光合成はまた、大気中への酸素放出をも意味した。やがて、およそ30億年前から20億年前の間に、大気中の酸素の割合が約1％から現在の20〜21％に変化したのである（第2章を参照）。

人間は過去だけでなく現在においても、光合成の恩恵を大いに受けている。地球上で毎日およそ4億トンの二酸化炭素と、およそ2億トンの水から、およそ3億トンの有機物と、同じく3億トンの酸素が生成されているのだ。現在も日々の光合成の半分は、成長を支えられるほど十分な日光が当たる、海の表層にいる海洋性のシアノバクテリアによって行われているとも言われている。

シアノバクテリアが、なぜこれほど変化せずに、これほど長く生きてこられたのか？　その答えは誰にもわからないが、おそらくはこの細菌こそ生命の機能の本質を有しており、また適応力が高いために、変化する必要がないのだろう。つまり、選択圧があまりかかっていないのだ。

初期のシアノバクテリアは水の浅い場所に広がって、**ストロマトライト**という半メートルほどの高さになる、細菌が集まった大きな塊を形成した。その表面には砂や泥の細かい粒が付着し、塊の中深くにいる細菌が死細胞を消費して炭酸塩結晶が形成され、大きな石灰岩となるのである。各細胞にはそれぞれ機能があるが、より複雑な細胞や細胞間の相互作用が存在する証拠はない。化石となったストロマトライトは数多く見つかっており、西オーストラリア州のバハマ・バンクスやシャーク湾では、現在でも生成されているものがわずかながら見られる。こういった場所には、それらを採食する動物がいないのだ（図3.9）。

光合成を発達させて有機栄養枯渇の危機を脱したシアノバクテリアだったが、やがて別の危機に見舞われた。酸素の放出によって、大気や海の組成が変化したのである。最初のうちは酸素は鉄と結合して、赤い岩[赤さび、鉄の酸化物]が大量に生成された。海に溶け込んだ酸素も多かった。それが徐々に、およそ25億年前には、空気と海の酸化が地球規模で重要な意味合いを帯びてきたのである。最初

地球上の生命——小史　**79**

図3.9 ストロマトライト
これは、最も原始的な原核細胞が集まったバクテリアマットによってできた構造物である。この写真は西オーストラリア州シャーク湾にできたストロマトライトだ。この生物は30億年以上にわたって死に絶えることなく繁殖してきた——何という長生きであろう！

の細菌は酸素を使うような化学的構造になっていなかったため、その多くは次第に死に絶え、酸素を使う方法を発達させた細菌に取って代わられた。この変化は完全な絶滅をもたらしたわけではなく、酸素を使わない（嫌気性）細菌は現在の生態系においてもみずからの機能を維持している。ただ、現在の地球表層で優占的なのは、酸素を使う（好気性）細菌だ。

第3ステージ：呼吸と真核生物（およそ25億年前から15億年前まで）

およそ25億年前から15億年前の間のある時点で、生命の発達において重要な第3ステージが起きた。細菌が酸素を使う方法を編み出したのである。この方法を**呼吸**といい、光合成とは逆の過程だ。呼吸では、酸素（O_2）が取り込まれると、細胞がそれを使って炭水化物を分解すると、細胞が使うエネルギーが遊離し、二酸化炭素（CO_2）と水を廃棄物として出す。CO_2を使ってO_2を出す光合成に対し、呼吸はO_2を使ってCO_2を出すのだ。なんと、うまくできているのだろう！　このように細菌は、生物圏のバランスを保つリサイクルシステムを考え出したのである。収支のバランスが取れた、典型的な平衡の例だ。

これとほぼ同じころ、つまり25億年前から15億年前の間に、呼吸を発達させた結果の一部として、ストロマトライトの中で新たな種類の細胞が誕生した。この新種の細胞の最古の証拠はおよそ18億年前のものである。それよりももっと前に誕生していた可能性もあるが、3つのドメイン（細菌、古細菌、真核生物）間で遺伝子が移動したことや、化石記録などの証拠が不足していることなどで、生命の初期の歴史については意見が分かれている。この新しい細胞は複雑さが大いに増していたが、これ以降に細胞の革新は登場していない。

真核生物と呼ばれるこの新しい細胞は、原核生物とは30件ほどの違いがあるが、本書では3〜4件を挙げれば十分だろう（図3.10）。まず、真核生物は原核生物の10〜1000倍と、かなり大きい。そのDNAは、よく発達した核を構成する保護膜［核膜］に包まれている。この細胞は大きいため、細胞質は細胞骨格を発達させた。細胞骨格とは、タンパク繊維の網目状の組織で、細胞の形を支持し、細胞に動きを与え、細胞の内部で細胞質を動き回らせるような働きをする。加えて、この新しい細胞には体の各器官のように個別に機能する「細胞小器官」（オルガネラ）という構造物が含まれている。この細胞小器官のうち最も重要な二つは、細胞の代謝をもたらす酸素呼吸の場であるミトコンドリアと、（植物の場合は）光合成を行う葉緑体だ。

真核生物のゲノムを詳細に分析したところ、真核生物は古細菌と細菌の共生から発展した可能性が示唆された。真核細胞はその後、ミトコンドリア、すなわち酸素呼吸する細菌［アルファプロテオバクテリアの一種］を、植物では葉緑体、すなわちシアノバクテリアを獲得した。この大きな真核細胞はミトコンドリアと葉緑体を取り入れたが、消化はしなかった。真核生物におけるこの特徴は、進化は競争だけでなく協力によっても進行することを強く示すもので、生物学者のリン・マーギュリスが1967年に提唱して、よ

図 3.10　真核細胞の構造

この図からはっきりわかるのが、原核細胞より複雑さが増した点である。色のついた部分が細胞質だ。細胞を縁取る細胞膜と、細胞質内に網目のように存在する「小胞体」(ER)という内膜系があり、これによって核(N)と細胞質が区画化される。葉緑体(C)とミトコンドリア(M)は細胞質に溶け込んだというより、細胞質内の"島"のようになっている。鞭毛(F)は基底小体(B)で固定されている。

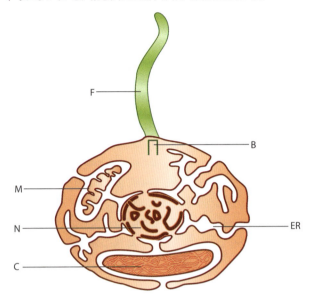

うやく理解された。今では生物学者は彼女の考え［細胞内共生説］を大いに受け入れているが、ミトコンドリアと葉緑体がみずからのDNAを保持していることも、その理由のひとつである。

真核生物には単細胞のものもある。たとえば、珪藻（けいそう）という微細藻類だ。単細胞でないものは多細胞で、人体もそうである。科学ライターのビル・ブライソン（1951年生まれ）は真核細胞について、以下のように表現している。

もし細胞を訪れることができても、あまり気に入らないだろう。原子を豆ほどの大きさにまで膨らませると、細胞そのものは800メートルほどの球体となり、細胞骨格と呼ばれる複雑な骨組みで支えられている。その中に、何百万もの物体——バスケットボールほどの大きさのものや車の大きさのもの——があり、銃弾のように飛び交っている。そこにいると、あらゆる方向から1秒当たり何千回も襲われることになる。細胞の中で生まれ育ったものにとっても、細胞の中は危険な場所だ。DNAの鎖は平均して8.4秒ごとに——1日に何千回も——攻撃にさらされている。化学物質やそれ以外のものがぶつかってきたり、不用意に突き通したりするので、細胞が死なないためには、その傷を素早く縫う必要がある。

タンパク質はとりわけ活発で、1秒間に何十億回も回転し、振動し、飛び回っている。タンパク質の一種である酵素は、至るところで動き回り、1秒間に何千もの務めを果たしている。非常に迅速な働きアリのごとく、あるものはこちらへ引っ張り、またあるものはあちらへ加えて、分子の構築・再構築をせわしなく行っているのだ。[2]

第4ステージ：有性生殖（およそ10億年以上前）

ここまで、原核生物も真核生物も、すべての生物はみずから二つに分かれて（＝分裂して）繁殖していた。それぞれがDNA内の変異を除けば、遺伝的には同一の元々の細胞のクローン（コピー）となっていったのである。

およそ10億年以上前に、藻やアメーバ、粘菌といった初期の真核生物によって、重要な第4ステージが起きた。これらの真核生物は、生殖を行う細胞がDNAを倍加せずに分かれるという、新たな繁殖方法、すなわち有性生殖を開発したのである。生殖細胞は別の「親」の生殖細胞と結びついて、受精が行われる。すべての細胞が（クローンとなって）生き続ける無性生殖とは異なり、有性生殖では生殖細胞以外の細胞［体細胞］は最後にはすべて死んでしまう。有性生殖の最初期のものでは、餌（他の生物の体）が不足すると、同種の他個体を食べていたと考えられている。その際、［本来なら1セットあるべき］DNAを半セットしか持たない細胞核同士がひとつになったとすると［1セットに戻ったとすると］、共食いが有性生殖の起源だったのかもしれない。新たな体を生成できない細胞［非生殖細胞＝体細胞］はすべて死ぬというのが、有性生殖の対価である。

有性生殖の利点については、正確なところは不明だ。いずれにせよ、有性生殖によって自然選択が作用する変異が数多く起きるようになったのである。それぞれの親の遺伝子の半分ずつが有性生殖で再結合すると、子孫細胞では、突然変異のみで得られる以上の遺伝子多様性が得られる。つまり、私たちはどちらかの親のクローンではなく、両親の遺伝子の混合物なのだ。非常に多様な子孫により、進化が加速し始めたのである。

一方で当然ながら、生命の進化とともに、地球の環境も変化を続けていた。前述のように、細菌が光合成を編み出したことから、大気中に酸素がたまり始めた。約6億年前に酸素が現在の21%という割合に達するまでに、およそ20億年かかっている。

大気中に酸素が増えてくる前は、太陽からの紫外線が地表を直撃していた。紫外線は酸素分子（O_2）を破壊して2個の酸素原子にするが、この遊離した酸素原子は高層の大気中で再結合して、酸素原子3個からなる**オゾン**（O_3）となる。このオゾンが徐々に増えて薄い殻状になり、地上およそ30キロメートルあたりで地球を完全に包みこみ、有害な紫外線から地表や生命を守っている。酸素が増えるとオゾンが増えることから、酸素の増加は生命が生き延びるには好都合と言える。オゾンが形成され始めたのは約25億年前とされるが、保護層としての効力を十分に発揮し始めたのは、わずか5億年前と考えられている。

また、地球の環境では、ほかにも大きなことが起こった。正確なところは不明ながらも、約25億年前には、炭素が生物圏や生物を通じて再利用される生物地球化学（バイオジオケミストリー）のサイクル、すなわち「炭素循環」に異常な乱れが起きたのだ［全球凍結との関連が指摘されている］。それからおよそ20億年が経った、今から6億年以上前には、異常なほど厳しい氷河時代が訪れて、地球上の（陸地はもとより）海や大陸棚の大半が氷に覆われた［これも全球凍結のひとつと考えられている］。これらの変化によって動植物が次々と絶滅し、その後の時代における生物形態の変化が著しく加速された。生物が生物圏を変化させるように、環境も生命を変化させていったのである。

🔅 次の4つのステージ（およそ6億年前から800万年前まで）

直近のわずか6億年の間に、真核細胞の多細胞生物があらゆる多様性を発揮して、進化を遂げた。

第5ステージ：多細胞生物（およそ6億年前から5億年前まで）

真核細胞の中には、最初は個々の細胞ながらも、やがて集まってコロニーや社会を形成して生きていくものが出てきた。何百万もの単細胞アメーバによるコロニーではあるが、単一の多細胞生物にならなかった例に粘菌がある。

ある細胞集団では、細胞が徐々に専門化し、分子がさらに発達して細胞を結合させた。細胞は互いに伝達する方法を見つけると、様々な細胞が様々な役割をこなせるように、細胞分化をコントロールする遺伝的プログラムを発達させていった。これは海中では約8億4000万年前に起きたとされるが、もっと早かったかもしれない。最初に登場した多細胞生物は管状のカイメンに似ていたが、それほど複雑

ではなかった（現在知られている最も単純な多細胞生物は、1965年にフィラデルフィアの水族館の壁を這っているところを発見された、頭も尾もないセンモウヒラムシだ。巨大なアメーバに似ているが、性生活を営み、空洞のボール状の細胞塊として胚ができる）。

6億年前から5億5000万年前までの間、ほとんどの多細胞生物の体は柔らかいドロドロとしたゼラチン状だった。これらが、肉眼で見えるほど大きくなった最初の生物である。微細な植物あるいは互いを食べ、海底斜面に付着する底生生物もいれば、海中を漂うものもあった。体が柔らかいため、この時代の化石で残っているものはごくわずかしかない。最初に発見されたのは、オーストラリア南東部のアデレードの北に位置するエディアカラで、砂岩につけられたチューブワーム［生管（チューブ）に住む蠕虫（ワーム）］の跡だった。世界中で発見されるこの時代の化石は、今ではエディアカラ化石群と呼ばれている。

地質年代が進むにつれて、動物は急に驚くほど多様な形態や構造を見せるようになった。生物学者は、およそ5億4200万年前から1500万年～2000万年間続いたこの出来事を、**カンブリア爆発**と呼んでいる。カンブリアとはイギリス南西部のウェールズの旧称で、この時期の化石が初めて見つかったところだ。現在では、この時期の化石は世界中で見つかっている。カナダ・ブリティッシュコロンビア州の高い山に露出したバージェス頁岩、中国雲南省の澄江、グリーンランド北部のシリウス・パセット、アリゾナ州のグランドキャニオンなどがそうである。進化におけるこれほど明白な急変についての説明はできないが、この時期の化石は今後も多く見つかるとされている。この時期にすでに存在していた動物は、跡が残るような硬い骨格を形成していたからだ。あるいは、厳しかった氷河時代の後に急に訪れた温暖期に対する反応だったと考えられるかもしれない。

世界で発見されるすべての化石のおよそ半分は、5億年前に広く生息していた初期の無脊椎動物のグループである三葉虫のものだ。これは初期形態の痕跡がない状態でいきなり化石記録に現れたが、およそ2億4200万年前に75%から95%が大量絶滅した（詳細は84ページを参照）。現代のロブスターやカブトガニなどと同じ節足動物に分類されている。

バージェス頁岩で発見された化石の中にあったのが、人間を含む"背骨のある動物"（脊椎動物）が属する脊索動物で初めて知られたピカイアだ。これは外見は蠕虫だが魚のように泳ぎ回り、軟骨でできた棒状のものが背中に走っていた。魚類・両生類・爬虫類・鳥類、そして人間を含めた哺

乳類すべてを含む脊椎動物の祖先形に近いが、ピカイアはむしろ、脊索動物の中でもナメクジウオと同じ頭索動物に分類されている。

第6ステージ：
最初の脊椎動物（脊索動物）
（およそ5億年前から
4億年前まで）

最初の脊椎動物は、ピカイアのように軟骨に似た柔かい脊柱［脊索］はあるが軟骨も骨［硬骨］もない生物から進化したものだ。軟骨もしくは骨［硬骨］からなる脊柱を持つ脊椎動物は、中軸となる背骨や顎の骨、前頭骨、後頭骨、神経系を保護する頭蓋骨を徐々に増やしていった。初期の円口類は全長約30センチメートルで、吸った水に含まれるものを食べていた。4億年前までには、サメのような生物が、現生のどの海洋生物よりも強力な顎を発達させた。2013年にドイツで発見されたウミサソリの化石のかぎ爪は2.4メートルの長さがあったが、最終的には歯と顎を持つ大型の魚によって絶滅させられた。

脊椎動物はどれも類似した眼の構造を発達させていった。現在の議論は、極めて複雑な哺乳類の眼の構造が自然選択によっていかに発達したかということに焦点が当てられているため、その進化を簡単に説明しておこう。ダーウィンが気づいたように、生物には最も単純な眼点（単細胞生物の細胞内の一点に色素が集まったところ）から、筋肉・レンズ・視神経がある複雑な眼まで、光感受性器官の領域が存在している。眼の進化の段階ごとに、眼の機能はそれぞれに発達した。軟体動物の場合でも、アワビの単純な眼杯からタコや巻き貝の複雑な眼まで、様々な進化が見られる。どの眼にも、光をとらえるのに不可欠な視紅（ロドプシン）という色素がある。分子生物学者の現在の考えでは、眼を持つ生物はすべて、ロドプシン遺伝子の"共通祖先"である、5億年前に海にいた蠕虫の子孫だという。ただ、眼のレンズやほかの構成要素については、収斂進化の見事な例として、様々な多くの系統において、独自に発達したようである。

ここまでの生物は、すべて海に生息していた。陸上では生きていけなかったのである。あらゆる生命の化学的性質が水中で発達してきたためだった。水から出ることは人間が宇宙へ行くようなものであり、入念な支援システムを必要とした。持ち運びできる水、乾燥を防ぐ丈夫な皮膚、卵や子孫の保護、重さを支える体内の支援システムである。これらのものを発達させても、人間が羊水の中で成長するように、現在のあらゆる陸生生物の発生には水が必要なのだ。

第7ステージ：陸上へ
（およそ4億7500万年前
から3億6000万年前まで）

およそ4億年前に、海から陸への危険な旅に出た生物がいた。おそらく最初に試みたのは植物や菌類で、動物で初めて陸上に進出したのは昆虫と見られている。

菌類は生命の歴史には取り上げられない場合が多いが、動植物とは異なる重要な群を形成している。菌類は太陽ではなく土によって生きており、まったくの暗闇で生きているものもある。キノコは地下に張り巡らされた菌糸ネットワークの先端に位置している（ミシガン州クリスタルフォールズ近郊では、地下の菌類は15万平方メートルほどに広がっていて、約1500年にわたって成長し続けている）。現在知られている菌類はおよそ6万種だが、未記載のものも含めると全体で150万種が存在すると見られている。空気で運ばれる胞子によって繁殖し、パンについたものはパンかびとなる。死骸を（分解して）肥料にすることで、死んだ生物の体を再利用している。ブルーチーズのカビ、マッシュルーム、ペニシリンも菌類から作られる。石炭は、菌類が埋積した植物遺骸を分解する能力を得る以前に、（過去に埋積した）シダ種子植物や木生シダが（地中で）圧縮されてできたものである。だから生命の歴史には、菌類も含まれるべきなのである。

5億年ほど前の潮の満ち引きにより、2つの異なる真核生物群が岸に打ち上げられた。一方は太陽の光で生き、もう一方は土で生きていた。この両者は互いの存在に気づくと、共に進化して最初の陸生植物と菌類になった。現代植物の祖先は菌類なしではコロニーを形成することができず、植物種の95％以上の根には、現在も菌類が共生して絡み合っている［菌根］。菌類は土由来の成分を植物に与えているのだ。

最初期の植物は茎が直立していて、根も種もなく、繁殖用の胞子があった。およそ4億1000万年前の異常な温暖期までにはトクサ類が出現して、この茎は節でつながった空洞のものとなり、14メートルの高さにまでなった。3億4500万年前までには、これは熱帯のシダ種子植物となったが、見た目は育ちすぎたパイナップルのようだった。およそ2億4500万年前にあった大量絶滅は乗り越えられなかったものの、少なくともそのうちの1種から、凍えるような寒さにも耐えられる針葉樹が誕生した。これによって初めて、各大陸の表面が緑色になったのである。それまでは、岩による灰色か赤だったのだ。

海から出た最初の動物は、飛ばない昆虫と、脊椎動物では両生類だったと考えられている。自然選択により、一部

地図3.2　パンゲア

この超大陸は約3億年前に合体が始まり、2億年前までには分裂を始めた。名前の由来はギリシア語で、パンは「全体」を、ガイアは「地球」を意味している。ヴェーゲナーの大陸移動説（第2章を参照）を議論する1927年のシンポジウムの際に、作り出された名称だった。ヴェーゲナーはドイツの気象学者で、1915年に、かつてすべての大陸はひとつの超大陸を形成していたという仮説を立てた人物である。この図で、現在のニューヨーク市と隣り合っている陸塊はなんだろうか？

図3.11　脊椎動物および無脊椎動物の科の数の推移

このグラフは、約5億4200万年前のカンブリア爆発以降に起きた五大絶滅を、科の数の減少によって示したものである。科よりも種の消失数のほうがかなり多いが、これは科のほうが属と種より上位にあるからだ。絶滅が起こるたびに、新たに優占的な地位についたグループ（たとえば科）とともに、新たな種が急速に発達する。

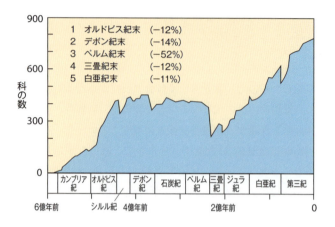

の魚のひれはずんぐりした水かきのような足に変わった。肺魚は過渡期の種で、必要に応じて短い間なら陸上にいることができる。その祖先型に近い種は現在もオーストラリアにのみ生息している［肺魚自体は、南米やアフリカにもいる］。

　両生類とは、陸上でも水中でも生きられる能力を持つものをいう［逆に言うと、水に近い陸上、つまり水辺から離れられない］。その化石で最古のものは、1948年に発見されたイクチオステガだ。およそ3億7000万年前に生きていたもので、陸上へ進出したものの、産卵時には水中へ戻る必要があった。このころの木々の高さは18メートルにまでなっていた。

　爬虫類が登場したのは、約3億5000万年前から3億1000万年前にかけてである。両生類以上に陸上生活に適応しており、水分を逃さない乾いた皮膚を持ち、卵は硬い殻に覆われて、陸上でも守られていた。水から離れたところで繁殖するには、性器を挿入する性交を発達させる必要があった。水中ではなくメスの体内にある卵に受精するため、オスは付属器を備えたのである。人間の観点からすると、爬虫類は大躍進を果たしたわけだ。最初期のものはカメやワニに似ていたと考えられている。

　生物が陸上へ進出した理由で考えられるもののひとつに、大陸移動によってそうせざるを得なかったというものがある。第2章で見たように、地質年代の長い時間をかけて地球のマントルが動き、その周囲にある大陸を運んでいった。動植物や菌類が陸上に進出したころは、すべての大陸は**パンゲア**（地図3.2）というひとつの巨大大陸になっていくところだった。放射年代測定により、パンゲアは約2億5000万年前にひとつの陸塊になったことがわかっている。この合体前の数百万年の間に、浅い海と海岸線が減少した結果、食料をめぐる争いは過酷なものとなったのだ。

　生命の進化はゆっくりしたものと、ダーウィンは考えていた。だが、優れた放射年代測定により、生命は時として緩やかな進化をストップさせる大量絶滅を経験してきたこともわかっている。こういった集団死のあとには、環境にできた空白を埋めるべく、進化によって新種が続々と誕生するものなのだ。

　およそ5億4200万年前にカンブリア紀が始まって以来、5度の大量絶滅と数多くの小さな絶滅が起きている（図3.11）。およそ4億4000万年前と3億6500万年前には、生物種は70〜80％減少した。この3億6500万年前の絶滅が、生物が陸上に進出した要因とされている。この絶滅が数百万年または数千年単位で起きたのか、それとも一日で起きたのかは、わかっていない。

　およそ2億4500万年前には、最大級の絶滅とされるペルム紀末大量絶滅が起こり、生命は破滅の一歩手前まで行った。海洋生物種は約95％、陸上種は約75％が死に絶えた（正確な種の数は当時も現在も不明なため、これらの数字は推定値である）。このときに三葉虫のほか、昆虫の1/3も絶滅している。ただ、ゴキブリは生き抜いた。

第3章　生命の誕生

私たちの祖先である、小型の前哺乳類（哺乳類型爬虫類）へと進化する小さな爬虫類も生き延びた。銀杏（イチョウ）の木やカブトガニも同様である。これらはこの1億年の間、ほとんど変化していない。

こういった大量絶滅が起こる原因について、確かなところはよくわかっていないが、絶滅も生命の一部と言える。絶滅の原因として提唱された説は、以下のものを含めて20はくだらない。世界的な温暖化・寒冷化、大規模な火山活動、隕石や彗星の衝突、大陸の配置の変化、巨大な太陽フレア、細菌の異常発生、地磁気逆転、潮位の変化、海水の酸素欠乏、海底からのメタンガスの漏出、地球の傾き・ぐらつき・軌道の変化（ミランコビッチ周期──第4章および用語集を参照）。進化の画期において、絶滅は重要な役割を担ってきた。新たな生物種が多数出現できるよう、古い種を周期的に取り除いているわけである。

第8ステージ：恐竜と哺乳類（およそ2億4500万年前以降）

2億4500万年前の絶滅によってできた空白状態において、小さな爬虫類が史上最大の陸生生物である恐竜へと進化を遂げた（海中ならシロナガスクジラのほうがずっと大きい）。パンゲア超大陸は2億年前までには分裂を始めていて、そのころには恐竜はあらゆる場所にいた。1億5000万年の永きにわたって世界を支配した恐竜だったが、次に起きた絶滅によって一掃された。

恐竜（dinosaur）という名称は、ギリシア語のdeinos（恐ろしい）とsauros（トカゲ）から来ている。多くが陸生で、体重は22トンにもなり、交配パターンと原始的な育児能力を発達させた。四つの部屋[右心房、左心房、右心室、左心室]からなる大きな心臓があって、温血動物と言えるほど十分な量の血液を送り込んでいたと見る古生物学者もいる。絶滅前に、ひとつの系統が現生の鳥類へと変化した。ただし、先の化石のところで触れた始祖鳥とは別の系統である。

恐竜へと進化した爬虫類の"いとこ"にあたるものは、別の系統である哺乳類へと変化した。汗腺から発達した乳腺で子を育てる種類である。最古の哺乳類の出現はおよそ2億年前と見られている。これは過渡期の種で、毛皮で覆われて温血ながらも、爬虫類のように卵を産んだ。カモノハシはアヒルのようなくちばしを持っており、哺乳類の原初の系統（単孔類）の例として、今日まで生き残っている。

後に出現した別系統の哺乳類は、卵を産まずに子を産むように進化した。ただ、生まれた子は未熟であるため、母親の腹部の下にある袋まで這って戻らねばならず、外界で生きていけるまでそこで育てられた。これは有袋類と呼ばれ、現生のカンガルーやコアラはその子孫である。

第三の系統として出現したのが有胎盤哺乳類だ。子は母親の子宮内で、袋なしで生きられるほど大きくなるまで育てられる。この種類の最古の化石は北京近郊で発見されたエオマイアで、約1億2500万年前のものとされる。現生で最も近い系統はツパイ[独立した目（もく）として扱われる哺乳類でリスに似ているが、吻（ふん）がとがっている]と考えられ、現生人類[ヒト]も有胎盤哺乳類だ。

恐竜が生きている間は、これらの初期の哺乳類は大きくなることはなく、地面から離れなかった。食べ物を探すのは恐竜が寝ている夜間であり、そのおかげで嗅覚と脳が発達した。温血動物であるため、どのような外部環境でも体温を一定に保てるよう、脳の一部分が発達したのである。さらには、まだ初期的ではあったが、全哺乳類に共通する情緒反応をつかさどる脳の仕組みも発達させていた。

ところが6500万年前のある日、直径約10キロメートルの小惑星が大空を切り裂いたのである（これが隕石だったのか、それとも岩のような破片か、彗星か、氷のかけらだったのか、研究者はつかめていない）。この[おそらく]小惑星は地球を直撃し、ユカタン半島北部沿岸のチクシュルーブ村近郊に激突したのだった（地図3.3）。その衝撃は水素爆弾1億個分という想像を絶するもので、たとえるならエベレストが空から落ちてきて、ベルギーの大きさの穴を開けるほどである。この衝突によって破片と山火事の煙が大気上へ噴き上がり、地球を取り囲んだ。その結果、太陽のエネルギーは最低でも数年にわたって弱まり、多くの植物が光合成を行えなくなって死滅した。この衝突で世界中の火山の噴火も誘発されたと見られ、大気には煙やすすがさらに増した。こうして、地球は寒冷期に突入したのである（この説は最近になって正しいと証明されたが、恐竜を絶滅させたのは火山の噴火のみと主張する研究者も、まだ少数存在する）。

地球の歴史において小惑星の衝突は偶然であり、めったに起こることもない。この小惑星が地球に激突する可能性があった時間的な範囲は、わずか7分間だったという。その長さの時間だけ、小惑星の軌道上に地球があったのだ（偶然性の例は、これまでも見てきている。地球はたまたまプレートテクトニクスと大気を有するのに適した大きさであり、火星大の初期隕石が激しくぶつかって地軸が傾いた結果、季節が生じた。宇宙には、偶然性の存在を容認するような自然界の法則があるのだ）。

6500万年前のこの衝突の結果、全植物種の半分を含む陸生生物種の90%が死滅したと見られている。恐竜もほ

3

地球上の生命──小史　**85**

地図3.3　小惑星の衝突地点

この地図は、地球に小惑星が衝突した場所を示しているが、これによってできたクレーターは、現在は海中にある。そのため、場所の特定は遅れた。この発見をしたのは、1990年代初頭に場所に関する手がかりを追ったウォルター・アルヴァレズ父子らの地質学者である。

ぼすべて絶滅して、その子孫で現在まで生きているのは鳥類だけだ。体重が25キログラム以上の動物は死に絶え、小型哺乳類とゴキブリだけが生き延びて、凍りついた恐竜の死骸をエサとした。「人類の進化がもっと進んでいたら、おそらく全滅していたことだろう」と、ビル・ブライソンは『人類が知っていることすべての短い歴史』の中で述べている[3]。

この小惑星のおかげで、哺乳類にとっては道が開けたことになった。恐ろしい捕食者[恐竜]を取り除いて、哺乳類が占めることのできる生態上のスペースをもたらしてくれたからだ。5000万年前までのほとんどの哺乳類は、脳が小さくて顎が大きく、足と歯は使いづらくて役に立たなかったことが、化石からわかっている。それがその後の1000万年ほどで、驚くほど多様な種類の哺乳類が出現した。馬、鯨、ラクダ、象などの祖先のほか、猫と犬の共通祖先になる、木に登るイタチ似のミアキスが登場したのである。

およそ6000万年前には、小型の地上哺乳類が花の咲く木の果実を狙うようになった。そして世代を重ねるごとに、地上高くでの生活に適応して、新たな環境で栄えていったのである。最も役に立つ遺伝子を自然が選択したとでもいうように、次第に足は手に、かぎ爪は指になり、一方の手で枝をつかみながら、もう一方の手で果実を摘める対向する指になったのだ。眼の位置が前のほうへ移って左右の視野が重なったことで、枝の間をすり抜ける際に必要な3次元の像も得られた。これらの小型哺乳類はサルに似た種となり、新たな進化の道筋をたどるのだった。

こういったサル種の中には、地上に戻って食べ物を探すものもいたが、両眼による立体視と手先の器用さが備わっていた。食べ物は地上で探しつつ、夜になると木の上へ戻って巣にこもったり眠ったりした。大きさは大型のネコほどにまでなり、脳も大きく発達して、大型類人猿による基本的な二足歩行（前肢の指の背を地面につけて歩くナックルウォーク）をするようになった。

哺乳類の進化を見ていくと、2億4500万年前の大量絶

86　第3章　生命の誕生

滅の直後には、トガリネズミのような小型のものが登場し、6500万年前に恐竜が滅びるまでは地上から離れることはなかった。程なくして果実を求めて木に登るものが出てきた。食べ物が再び欠乏すると、また地上へ戻って地面上で食べ物を探しつつも、巣は木の上のままだった。数千万年に及ぶこれらの進化——指、他の指と対向する親指、三次元的な視覚、大きく発達した脳——を、私たち人間を含む人類が受け継いだのである。

木の上で巣作りし、木の上でも地上でも食べ物を探す、人間を含む人類の祖先であるこれらの大型類人猿とは、ここでお別れだ。次章では、これらの類人猿のあるグループが進化して現生人類のホモ・サピエンスになる、すなわち複雑さが増す第6スレッショルドを見ていく。

要約

本章では、代謝・繁殖・適応できるものを生命と定義した。生命は自然選択によって変化し適応するが、変化する環境こそが生物の生存や繁殖に有益な遺伝子突然変異を選択するのである。生物の出現は、最初は代謝・繁殖・適応を行える単細胞を生み出した化学進化による。この最初の細胞にあるタンパク質の化学システムと細胞膜に包まれた核酸を用いることで、さらに多くの単細胞が進化したのだ。そしておよそ20億年をかけて、単細胞は現生の生命の基礎システムを造り上げたのである。それが、発酵、光合成、酸素呼吸、真核細胞、有性生殖だ。直近の5億年の間に、生物は見事に増えて、様々な形態のものが豊富に現れた。多細胞から脊椎動物、植物、菌類、陸上に進出した動物、恐竜、哺乳類、大型類人猿という具合である。特にこの5億年間の進化は、5回の大量絶滅の影響を強く受けて進展した。最後にあった大量絶滅で恐竜が一掃されたことで、哺乳類が栄える道が開けた。その中に私たちの祖先である、樹上生活をする霊長類がいた。絶滅によって、複雑さが増していた生物は死滅したが、大量絶滅が起こるたびに、さらに増した複雑さを伴って、生命はまた立ち上がってきたのである。

考察

1. ダーウィンによる自然選択説とはどのようなものだったか？
2. ダーウィンの時代以降に、彼の説を証明した証拠は？
3. 最も単純な生きた細胞である原核生物の構成要素は？
4. 単細胞生物の進化における主要なステージは？
5. 原核生物と真核生物が異なるところは？
6. 多細胞生物の進化における大きな出来事をたどってみよう。

キーワード

- オゾン
- 化学進化説
- 化石
- カンブリア爆発
- 原核生物
- 光合成
- 呼吸
- 自然選択

- 収斂進化
- 真核生物
- 生物分類学
- 生命
- 全生物の最後の共通祖先（ルカ LUCA）
- パンゲア超大陸
- DNA
- RNA

参考文献

Alvarez, Walter. *T.rex and the Crater of Doom*. Princeton, NJ: Princeton University Press, 1997.
（『絶滅のクレーター——T・レックス最後の日』　ウォルター・アルヴ ァレズ著　新評論　1997年）

Browne, Janet. *Charles Darwin: The Power of Place. Vol. 2.* New York: Knopf, 2002.

Bryson, Bill. *A Short History of Nearly Everything.* New York: Broadway Books, 2003.
(『人類が知っていることすべての短い歴史』 ビル・ブライソン著　日本放送出版協会　2006 年)

Chaisson, Eric. *Epic of Evolution: Seven Ages of the Cosmos.* New York: Columbia University Press, 2006.

Dawkins, Richard. *The Greatest Show on Earth: The Evidence for Evolution.* New York: Free Press, 2009.
(『進化の存在証明』 リチャード・ドーキンス著　早川書房　2009 年)

Erwin, Douglas H. *Extinction: How Life on Earth Nearly Ended 250 Million Years Ago.* Princeton and Oxford: Princeton University Press, 2006.
(『大絶滅──2 億 5 千万年前，終末寸前まで追い詰められた地球生命の物語』 ダグラス・H・アーウィン著　共立出版　2009 年)

Goodenough, Ursula. *The Sacred Depths of Nature.* New York and Oxford: Oxford University Press, 1998.

Hazen, Robert M. *Genesis: The Scientific Quest for Life's Origin.*

Wasington, DC: Joseph Henry Press, 2005.

Margulis, Lynn, and Dorion Sagan. *Microcosmos: Four Billion Years of Evolution from Our Microbial Ancestors.* Berkeley: University of California Press, 1986.
(『ミクロコスモス──生命と進化』 リン・マーギュリス、ドリオン・セーガン著　東京化学同人　1989 年)

Smith, Cameron M., and Charles Sullivan. *The Top Ten Myths about Evolution.* Amherst, NY: Prometheus Books, 2007.

Weiner, Jonathan. *The Beak of the Finch: A Story of Evolution for Our Time.* New York: Knopf, 1994.
(『フィンチの嘴──ガラパゴスで起きている種の変貌』 ジョナサン・ワイナー著　早川書房　2001 年)

Wilson, Edward O. *The Social Conquest of Earth.* New York and London: Liveright Publishing (division of Norton), 2012.
(『人類はどこから来て、どこへ行くのか』 エドワード・O・ウィルソン著　化学同人　2013 年)

注

1. Janet Browne, *Charles Darwin: The Power of Place, vol. 2* (New York: Knopf, 2002), 392.
2. Bill Bryson, *A Short History of Nearly Everything* (New York: Broadway Books, 2003), 377–78. (ビル・ブライソン、『人類が知っていることすべての短い歴史』 日本放送出版協会　2006 年)
3. 前掲書 347

第6 スレッショルド

第4章

ホミニン、人間、旧石器時代

全体像をとらえる

800万年前から1万年前まで

- 初期のホミニンと私たちの間で似ている点と異なる点は？
- 私たちとチンパンジーの祖先が共通していることについて、どう考えるか？
- 私たちの種がほかの種と大きく違っているところは？
- 私たちの種が初めて現れた時期がわかるものとして、利用できる証拠は？
- コレクティブ・ラーニング（集団的学習）とは？　また、その重要度は？
- 旧石器時代に生きていたとしたら、どのような生活を送っていたか？
- 旧石器時代の社会は、現代に至るその後の人間社会にとって、どのような基礎を作ったか？
- 旧石器時代におけるコレクティブ・ラーニングの証拠には、どのようなものがあるか？

本章で紹介する次なるスレッショルドは、私たちの種であるホモ・サピエンスの出現だ。

極めて重要なこのスレッショルドを三つの段階に分けて見ていく。まず第1節では、**ホミニン**[現生人類(ヒト)および化石人類の系統]として知られる大型類人猿の過去800万年にわたる進化や、その中のある系統の種が次第に私たちに似ていく様子を取り上げる。これらの種こそ私たちの祖先であり、わずか30年前と比べても、彼らについてははるかに多くのことがわかってきている。そのひとつとして、直立歩行、脳の肥大化、石器作りの開始など、これらの種は私たちにますます似てきた一方、画期的・革命的なところはまったく皆無だった点が挙げられる。石器を作った種の出現くらいでは地球の歴史において新たなスレッショルドになるとは、言えないのである。

続いて、およそ25万年前から20万年前にかけての、新たな種**ホモ・サピエンス**の出現の証拠を見ていく。生物圏の歴史において、これこそまさしく**画期的**と言えることだ。ホモ・サピエンスは私たち現代人を生物学的な学名で言った名称である。本章の第2節では、この重大な変化を扱う。私たちの誕生こそ画期的と言うのであれば、その**理由**を明確にする必要があるだろう。ある意味では、私たちはホミニンに新たに加わった1種類に過ぎず、ほかのホミニンや大型類人猿とさほど違わない。もちろん、違いを挙げれば、かなりの数になるが、チンパンジーとゴリラの間にも違いはたくさんある。では、ホモ・サピエンスという種をこれほど画期的にしているものはなんだろうか。この種の画期的・革命的な部分は、その歴史を深く掘り下げることによって見えてくる。この種は地球上に現れて以来、環境に適応する新たな方法を考え出してきたが、ついには自分たち自身と自分たちが住む環境、そして生物圏全体に影響を及ぼすほどの革命的な変化を引き起こしてしまった。環境に対するホモ・サピエンスの重大な影響こそ、革命的なのである。

この種が、地球上のほかの大型種と歴史的に大きく異なることになった理由とは何だったのか。鍵となる変化は言語にまつわるというのが、私たちの主張である。私たちの種はほかのどの種よりも、はるかに正確かつより多くの情報量で、互いに意思疎通を図ることができる。これは、個々が知り得た情報を交換できるということであり、そうして情報がそれぞれの人間社会内で蓄積され、世代を重ねるごとに増えていくのだ。人間の歴史を形作ったのは、こうしたゆっくりながらも加速する、新たな情報の蓄積なのである。情報が共有されるこの過程をコレクティブ・ラーニングと呼んでいく。**コレクティブ・ラーニング(集団的学習)**は、人間が他のどの種とも違って、遺伝子変化はもとより、文化的変化によっても環境に適応できることを意味している。しかも、文化のほうがゲノムより格段に速く変化できることによって、人間の歴史のこの20万年の間で、変化の速度が加速してきたのだ。コレクティブ・ラーニングを人間の歴史の鍵ととらえると、疑問が出てくる。コレクティブ・ラーニングができるようになった人類種はいつ出現したのか？ 私たち現代人の祖先種はどういう種だったのか？ これらは容易には答えられない問題であり、古生物学者の答えも分かれたままである。

コレクティブ・ラーニングを行う能力をもたらした、「言語」というより強力なコミュニケーションツールを新たに備えた人類種として、人間の歴史はスタートする。本章の第3節では、人間の歴史で最も古くて最も長い時代を扱う。この時代の人間の生き方や大きな変化を見ていくが、この時代を人間の歴史における旧石器時代とする。最初の人類の出現から、およそ1万1000年前から1万年前に農業が出現するまでの期間だ。農業の出現によって始まる新たなスレッショルドは第5章で扱う。

ホミニンの進化：
800万年前から20万年前まで

前章に、アフリカ大陸の赤道域で大型類人猿が樹上で巣作りをしたと記した。およそ800万年前までには、アジアのオランウータンを除くと、初期の大型類人猿は世界のほかの場所では絶滅している。

人類は大型類人猿のひとつの枝(系統)から分かれて進化したが、この大型類人猿がゴリラだったのかチンパンジーだったのか、かつては、はっきりしていなかった。しかし、その後の遺伝子研究により、人間はチンパンジーと極めて近い関係にあることが判明したのである。私たちとチンパンジーの遺伝子は98.5%同じというほど近い関係なのだ。現代のチンパンジーと現代人は共通の祖先から800万年前から500万年前の間に分かれてそれぞれに進化したのである。遺伝子の変化速度に基づいて両種間の遺伝子の違い[1.5

表4.1 ホミニンの分類

私たちの種を以下のように分類することで、私たちを人間たらしめる特徴が少しずつ積み重なっていく様子が、概略的につかめる。人類は以下の分類群に属していることになる。

◉ (真核細胞からなる)真核生物ドメイン
◉ 動物界(植物や菌類ではない)
◉ 脊索動物門[亜門にする場合もある](背骨がある動物)
◉ 哺乳綱(子を乳で育てる脊索動物)
◉ 霊長目(木の上に住む大型哺乳類)
◉ ヒト上科(人間および全類人猿──チンパンジー、ボノボ、ゴリラ、テナガザル、オランウータン)
◉ ヒト科(ゴリラ、チンパンジー、ボノボ、オランウータン、人間を含む)
◉ ヒト亜科(ゴリラ、チンパンジー、ボノボ、ヒト)
◉ ヒト族(チンパンジー、ボノボ、ヒト)
◉ ヒト亜族＝**ホミニン**(チンパンジーおよびボノボから分岐した後のヒトに至るすべての化石人類(絶滅種)と現生人類(ヒト1種のみ))
◉ ホモ属(ヒト属)(800立方センチメートル以上の大きさの脳を持つ二足の類人猿)
◉ ホモ・サピエンス(解剖学的な現代人──ホミニンで唯一残った種)

%]が生じるのにかかった時間を計算した結果、この結論にたどり着いたのだ。

人間を含めて、チンパンジーとの共通祖先から分かれたあとのこの枝(系統)の全種の名称に、**ホミニン**という用語を用いていく。最近まで**ホミニド(ヒト科)**という用語が使われていたので、紛らわしいかもしれない。ただ、遺伝子研究によると、チンパンジーとボノボ(チンパンジー属の2番目の種)は、以前に考えられていたゴリラよりも、人間のほうに近いという。よって、この分類体系は見直す必要があるが、その手順について、科学者の意見は一致していない。**ヒト科**がどの種を含むのかが、使用する分類体系によって変わってくるからだ。どの生物分類学も、界や綱、科(用語集を参照)といった同一の一般的な基準を用いているが、下位集団の部分で、生物学者の意見が分かれているのである。表4.1に本書で使用する分類を記したが、この表では大型類人猿はすべてヒト上科に属する。人間の系統に入る子孫はすべて、ヒト上科のヒト科のヒト亜科という亜科に属する。これらの分類を正確にどう並べるかについても、議論が続いている。

🔾 人類進化の数々の証拠

人間の進化に対する理解は、過去60年間で大幅に進んだ。これは様々な種類の証拠と同じく、年代測定技術が劇的に向上したためである。ここでは以下の四つの分野から、そ
れらの証拠を概観する。古代考古学(化石骨と石器の研究)、霊長類学(現生霊長類の研究)、遺伝学(遺伝子の研究)、気候学(気候変動の研究)の四つだ。

化石骨と石器

ヨーロッパの科学者がホミニンの骨や石器の研究を始めたのは19世紀半ばになってからだった。シチリア島やフランス北部で見つかった石器の描画が、1850年に出版されたのである。ネアンデルタール人の最初の化石は、1857年にドイツのネアンデル谷で発見された。1868年に最初の古代のものながらも、解剖学的には現代人である骨が発見されると、フランスのレゼジー近郊の崖に造られた住居にちなんで、クロマニョン人と名付けられた。

20世紀初頭のヨーロッパの科学者の大半は、ホモ・サピエンスはおよそ6万年前にヨーロッパでのみ進化したと考えていた。第二次世界大戦が終わると、古人類学者はアフリカ大陸で骨を捜し始めた。この中で先頭を走っていたのがイギリスのルイス・リーキー(1903年〜1972年)と妻のメアリー(1913年〜1996年)、それに息子のリチャード(1944年生まれ)だった。彼らは東アフリカ大地溝帯にあるタンザニアのオルドヴァイ峡谷の調査を行った(地図4.1および第2章を参照)。リチャードは調査地域をエチオピアにまで広げ、1967年に新たな発見をした。ルイスはこれを、アフリカ初のホモ・サピエンスの骨であると主張した。20世紀の終わり(1990年代初頭)までには、ホモ・サピエンスはアフリカで進化したはずということで、多くの考古学者の意見が一致するようになった。ダーウィンは『人間の由来』(1863年)の中で、すでにこの見解を導き出していた。アフリカには、私たちの近縁であるゴリラとチンパンジーがいたからである。

ホモ・サピエンス以前の種の証拠も、アフリカで見つかっている。1960年から1963年にある遺物を見つけたリーキー一家は、それをホモ・ハビリスと呼んだ(「器用な人」という意味で、石器を造ったと考えられたため)。これはおよそ250万年前から175万年前のものである。1974年には、アメリカのドナルド・ジョハンソン(1943年生まれ)がエチオピアのアファール三角地帯で、さらに古い骨を見つけた。これが「ルーシー」と名付けられる有名な部分骨格で、およそ320万年前のものである。その2年後には、メアリー・リーキーがタンザニアにあるラエトリの火山灰の中に、およそ350万年前のホミニンの足跡を見つけた。1994年から2004年には初期ホミニンの新たな証拠が8種も見つかり、古人類学にとって最も実り豊かな10年間となった。

ホミニンの進化：800万年前から20万年前まで **93**

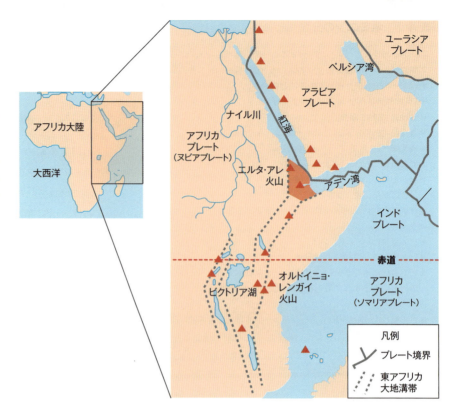

地図4.1 東アフリカ大地溝帯

東アフリカ大地溝帯はアフリカプレートにある地溝によって形成された。東側部分は将来的には分裂して、インド洋へ離れ去ると見られている。アファール三角地帯（中央の色が濃い部分）は三つのプレートが互いから離れようとしている三重会合点だ。この三つとは、アラビアプレートと、アフリカプレートの二つの部分（ヌビアプレートとソマリアプレート）である。この地溝によって誕生した、噴火記録のある活火山（図の三角形）が火山灰をまき散らしたことで遺骸が埋まり、骨が保存されている。

　化石は私たちの祖先について、実に多くのことを教えてくれる。体の形だけでなく、歩き方や動き方、そして脳の大きさ、住んでいた環境についても教えてくれる。さらには、歯を入念に調べると、草食だったのか肉食だったのかまでわかるのだ。

現生霊長類

　現生霊長類を研究することで、私たちの祖先の生き方について、間接的な証拠が得られる。ただし、その証拠がどの程度、私たちの種について言えるかは、意見が分かれたままだ。1960年代半ばまでは、野生の霊長類についてはほとんどわかっておらず、専門家も大半が動物園で研究を行っていた。その後の20年間で、熱帯林がサルや類人猿の個体群とともに減少していくという厳しい制約がありながらも、霊長類学は進展した。研究者は対象物の研究と同じくらい熱心に、保護にも努めたのである。

　リーキー家と活動をともにしてキャリアをスタートさせたイギリスのジェーン・グドール（1934年生まれ）は、野生のチンパンジー研究のパイオニアである。彼女は1960年に、タンザニアのタンガニーカ湖畔にあるゴンベ渓流動物保護区（現在は国立公園）で、チンパンジーとともに暮らし始めた。彼女の研究報告は世間を驚かせた。チンパンジーが道具を使うことを突き止めたからである。チンパンジーは棒を使って巣にいるシロアリを集め、石を使って果実を割り、葉を使って排便後に尻を拭いたのだ。彼女が驚いたことに、医学の研究者はチンパンジーと人間に生理的にかなりの類似性が見られたこと——たとえば輸血を行えること——を認めていたにもかかわらず、感情面や社会的な類似点は無視していたのである。彼女は人間の行動の多くが動物界の行動にも当てはまることを明らかにして、考え方に変化をもたらしたのだった。1965年には、日本の西田利貞（1941年～2011年）もタンザニアのマハレ山塊でチンパンジーの研究を始めて、重要な貢献を果たした。

遺伝子比較

　1960年代からは、科学者が別種の生物の遺伝子を比較できるようになったことで、新たな証拠が手に入るようになった。第3章で見たように、二つの種が互いに分かれると、それぞれの系統で中立突然変異が蓄積されていく。中立突然変異とは、タンパク質生成の指示を出さず、自然選択によって排除されないDNAの一部、すなわち遺伝子の非コード領域のDNAにおける変化のことだ。このゲノムの非コード部分の機能については、中立であれ（影響を及ぼさない）サイレントであれ、まだあまり解明されていない。中立突然変異の蓄積速度はどの種でもかなり一定しているため、中立突然変異の数でその"種の年齢"が

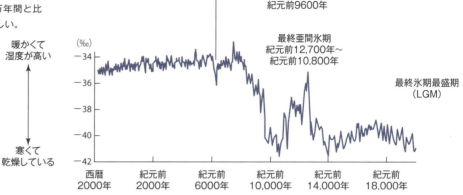

図4.1　紀元前2万年から現在までの地球の気温

このグラフは、グリーンランドから採取した氷床コアの化学組成の変化に基づいたもので、実際に測定されたのは酸素の同位体二つ（^{16}Oと^{18}O）の相対的存在量（同位体比）［$\delta^{18}O$（酸素同位体比）］である。直近の1万年間の気温が、その前の1万年間と比べて温暖で安定している点に注目してほしい。

わかる。つまり、二つの現生種のDNA塩基配列の違いから、それらの共通祖先からの分岐年代を推測したり、単一遺伝子における中立突然変異の数を数え、その遺伝子が広がった年代を推測したりすることもできるのだ。

1967年に遺伝子年代測定（分子時計による年代測定）が初めて用いられ、人間とアフリカの類人猿が共通祖先から分岐したのはわずか700万年前だという推定が発表されると、古人類学者はこれに猛反発し、2000万年から1500万年前のほうが可能性が高いとした。ところがさらに調べた結果、分岐は800万年から500万年前だったことが立て続けに示されて、今ではこの年代をほとんどの古人類学者が受け入れている。

気候変動

20世紀初頭、世界の気候は数千年かけて徐々にしか変化しないと科学者たちは考えていた。1950年代には、炭素14年代測定法を用いて、過去の気候変動がほんの数千年で起こった証拠を見つけた科学者がわずかにいた。1980年〜1990年代になると、世界の気候は1世紀以内、さらには10年以内に変化しうるという証拠がもたらされた。この証拠は主に、巨大氷床を深さ3.2キロメートルまで掘り進めた調査によるものだった。一本の長さ約30センチメートル、直径約10センチメートルの円筒状の氷（氷床コア）を地表へ引き上げて、年ごとの氷の層を高分解能の顕微鏡で分析するのである。各層には、その層が形成された当時の小さな気泡が含まれており、それを分析することで当時の大気の組成や地表の平均気温を推定できるのだ。

気候変動の証拠は、氷床コアのサンプルだけでなく、海底の堆積物のサンプルからも得られている。海底のサンプルが1000万年前あるいはもっと古い年代までという長い様子を教えてくれるのに対して、氷床コアのサンプルは［100万年前にも満たないが］1年ごとのより詳細な様子を伝えてくれる。気象学者は、グリーンランド氷床コアの高解像度のサンプルを用いることで、過去ほぼ80万年間を10年ごとに、また過去3000年間を月ごとに、気候変動を再現できるのである。また、硬くて残りやすいたくさんの花粉を調べても、気候変動に対する理解につながる。様々な植物種には独特の花粉があるため、その地域の植物相を再現することができるのだ。

過去70万年の間、地球の気候はおよそ10万年続く氷期と、その間のおよそ1万年続く比較的温暖な「間氷期」を繰り返してきた。氷床コアの証拠からは、最終氷期の最後の数千年間に寒暖の変動がたびたびあり、数年から数十年の幅で劇的な変化が起きていたことがわかっている（図4.1）。このパターンを現在に当てはめると、1万年間という現在の温暖な気候は通常であれば終わりを迎えて、新たな氷期に入るところだ。このパターンが示しているのは、人類が進化を遂げてきたのは全体的に気候の不安定期であり、それが適応力の高い種の進化に有利に働いたかもしれないということである。

過去一世代の間に、科学者たちは気候変動と太陽を公転する地球の軌道要素の変化を相関させられるようになった。この地球の軌道要素の変化は、年間の様々な時期に地球に注がれる日射量に影響を及ぼしている。規則的な周期で起こるこの変化は、発見者であるセルビアの天文学者ミルテ

ィン・ミランコビッチ（1879年〜1958年）にちなんで、**ミランコビッチ周期(サイクル)** と呼ばれる。地球の軌道要素には、三つの異なる変化がある。ひとつ目は、地軸が指す方向のぐらつきで、これは約2万1000年周期で変化する。二つ目は地軸の傾きの度合いで、22.1度から24.5度の間で変化する。この周期は4万1000年だ。三つ目は、地球の軌道が完全な円からずれることである。近くにある惑星の重力によるもので、およそ10万年ごとと40万年ごとに起こる。これらのミランコビッチ周期が、およそ3500万年前から地球の「惑星時計」を形成してきたのだ。その影響は、岩石の地層にも見ることができる。

ホミニンが進化した時期

人間がチンパンジーと共通の祖先から進化したと考えることは難しいだろうか？ 難しいと思う人は多いが、これはおそらく、進化に要した約700万年──およそ28万世代──をイメージしにくいせいだろう。

現代のチンパンジーと人間との間の主な違いをまとめたものが、表4.2だ。数百万年かけて起きたこれらの変化について、三つの時期に分けて見ていく。環境の変化によって区切られた、熱帯雨林期、高木サバンナ期、低木サバンナ期だ。

熱帯雨林期

現代のチンパンジーは、かつてはジャングル（森を意味するヒンディー語）と呼ばれた赤道域の熱帯雨林に生息している。暑くて湿気が多く、成長の早い植物が豊富なところだ。ここでチンパンジーは、果実、木の実、種子、葉、アリ、毛虫、蜂蜜、卵を食べているほか、手に入ればサルやイノシシや子ジカの肉も食べる。

私たち人間（現生人類、ヒト、ホモ・サピエンス）は、現生チンパンジーの子孫なのだろうか？ いや、これは明らかに違う。実際のところは、現生人類も現生チンパンジー類も、共通祖先からおよそ700万年かけて進化した。この祖先は人間よりもチンパンジーに［外見などが］より似ていたとされるが、その理由はこの間にチンパンジーの変化がわずかだったのに対して、人間や私たちの祖先は大いに変化を遂げたからである。

チンパンジーの系統と人間の系統が共通祖先から分岐した700万年の間に、チンパンジーの系統では残存する2種が進化した。いわゆるチンパンジー（*Pan troglodytes*）とかつてはピグミーチンパンジーと呼ばれたボノボ（*Pan paniscus*）である。一方、人間の側では十数種が出現し、そのうちのいくつかはほんの4万年前まで存在していた。ただし、現在まで残ったのは1種（ホモ・サピエンス *Homo sapiens*）のみである（図4.2）。

残存するチンパンジーの2種についてはこのあとに記すが、劇的と言えるほど互いに異なっている。どちらのほうが共通祖先に似ているかという霊長類学的な議論もあるが、人間と共通祖先の類似性よりも、チンパンジー両種のほうが共通祖先との類似性が大きいという点では意見が一致している。その証拠としては、人間側の最古の化石が現代の

表4.2 現生チンパンジー類と人間（現生人類、ヒト）の主な違い：過去700万年間の変化

チンパンジー	人間（現生人類、ヒト）
ナックルウォーク（四足歩行）	二足歩行
小さい脳（ヒトの約1/3）	大きな脳
大きな歯・顎・口	小さな歯・顎・口
黒っぽい毛皮、明るい皮膚	少ない体毛、浅黒い肌（現在は様々）
社会性あり	さらに社会性あり
高い位置にある喉頭	低い位置にある喉頭
無介助の単独出産	介助がある社会的な出産
オスはメスより25〜30%大きい［性的二型が強い］	男性は女性より15〜20%大きい［性的二型が弱い］
オスとメスのヒエラルキー	一夫一妻制
単独の食事	社会的な食事
火を使わない（調理していない食べ物）	火を使う（調理した食べ物）
単純な道具	複雑な道具
発声および仕草	構文を伴う完全な発話能力
48本の染色体	46本の染色体

図4.2 「私たち」の系統樹

人間とチンパンジー類の共通祖先がどこになるか、わかるだろうか。

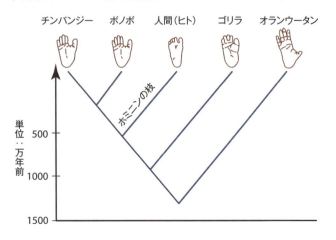

チンパンジーの化石と区別しにくい点と、チンパンジーもボノボも直近の150万年間でさほど変化していない点が挙げられる。この理由として、チンパンジー系統は熱帯雨林にとどまったのに対して、人間系統は気候の寒冷化・乾燥化によって生じた「開けたサバンナ」という新しい環境に適応したということが考えられる。チンパンジーの系統を調べることは、チンパンジーもある程度変化したことを忘れない限り、人間との「最後の共通祖先」の姿を想像するひとつの方法なのだ。

一般的なチンパンジーは15〜80頭の集団で暮らしている。これは同族のオスの群れで、それぞれに多くのつがいの相手がいる。オスが縄張りを定め、境界を監視し、縄張りを守ることに関しては攻撃的である。メスは思春期を迎えるとすぐに生まれた群れから離れて、近くの群れへと移る。これにより、近親交配が防がれている。人類学者はこれを夫方居住制（おっとかた）と呼んでいるが、これと対比されるのが、オスが別の群れへ移る妻方居住制（つまかた）だ。夫方居住制では、血縁の結びつきという利点がオスに与えられるのに対して、メスには血縁による支援網は一切ない。

オス・メスのそれぞれに上下関係（ヒエラルキー）があり、メスは総じてオスより下位である。チンパンジーは性交の相手を選ばず、交配や子育てに関しても永続的な愛着は持たず、育児は主にメスが単独で行う。メスにとって複数の交配は、誰が父親かわからなくなるから、都合がいいようだ。オスは子チンパンジー（オス）が自分の子でないと知ると、その子を殺す、いわゆる“子殺し”をする傾向にあるからである。

1960年以前は、道具を使う動物は人間だけと思われていた。ところがこの年に、チンパンジーが小枝から葉を取り除いて、その枝をシロアリ塚に突っ込むところを、ジェーン・グドールが目撃した。その枝を引き抜くと、餌となるシロアリがくっついているのだ。これ以降、研究者たちは、チンパンジーが数々の目的に応じて、6種類以上もの道具を作ったり使ったりするのを見てきた。チンパンジーのどの集団にも独自の道具があり、若いチンパンジーはそれを使う大人を見て、学習している。アフリカのチンパンジー社会では、道具の使い方はそれぞれ異なっている（現在では、一部の鳥やイルカを含めて、ほかの多くの種も道具を使うことが知られている）。

10年にわたって研究を行ったグドールは、チンパンジーの行動は人間と非常に似ているものの、全体的には人間よりかなり行儀がいいと見て取った。ところが1971年に、ゴンベにいた研究者がそれまで知られていなかった行動を目にした。単独のメスに対して、残虐で激しい攻撃が近く

の群れから加えられたのだ。また、高位のメスと、そのときに子のいなかったその娘による、群れの中での複数の子殺しも目撃された。1970年代半ばには、チンパンジーのある集団が本来の群れから離れて、自分たちだけの縄張りを主張したこともあった。その後の4年間に元の群れは、離脱した［裏切り者の］チンパンジーを――若いメス3頭を残して――皆殺しにして縄張りを取り戻した。場合によってはチンパンジーは攻撃的になる傾向が強いという結論を、グドールも受け入れざるを得なかった。食料や交配、縄張りをめぐる争い時や嫉妬、恐怖、報復という強い感情下にある場合である。

それでもチンパンジーには、共有、手助け、思いやり、利他行動の所作を頻繁に見ることができる。母親と子や兄弟の間には、一生続くような深い絆が育まれる。兄弟は成長するにつれて親友となり、社会的な対立の際には味方になることも多い。年上の兄弟は、母親が死んだ場合は幼い子を引き取り、兄弟ではなくても、守ってくれる年上の兄弟がいない子を引き取るケースまである。チンパンジーは泳ぎができないため、動物園の水に囲まれた場所で飼育されると、不運な溺死事故が起きやすい。あるチンパンジーが水に落ちると、ほかのチンパンジーが駆けつけて助けようとするのがふつうだ。

それぞれ認識できる声を持つチンパンジーは、豊富な種類の音・姿勢・顔の表情により、情報の交換を円滑に行っている。仕草には、手を差し出して食べ物を求めたり、両腕を上げて抱えて運んでもらったりというものがあるが、どちらの仕草も9〜15カ月の人間の子もするものだ。チンパンジーの挨拶の仕草には、抱擁、手を握ること、口づけ、背中を叩くことがある。グドールは発声の種類を34個数えたが、それらはうなり声、吠え声、叫び声、わめき声を様々に変化させたものだった。

チンパンジーの場合、筋肉と軟骨からなる喉頭は喉の高い位置にあって、食べ物を運ぶ食道と空気を運ぶ気管が交差しないようになっている。このため、チンパンジーが食べ物で喉を詰まらせて窒息することはない。人間の場合は喉頭の位置は下がっており、それによって音が反響する気室ができている。人間は喉を詰まらせるわずかな危険と引き換えに、言葉を手に入れたわけだ。チンパンジーには音が反響する小部屋（気室）がなく、舌も人間のように柔軟ではない。それでも、飼育されて人間の訓練を受けたチンパンジーは、基本的な手話を覚えることができ、7歳までに150語まで学ぶことができるものもいる。アメリカで飼育されたワショーというチンパンジーは200〜300語を覚えた。チンパンジーは2語や3語からなる文章も正しく作り

図4.3　メスのボノボ

野生のボノボの個体数は1万匹を切っていると見られている。

出すことができるが、長い文章の場合は文法的に誤っていることが多い（対照的に、人間の子どもは6歳までにおよそ1万語を覚えて、長い文章も話せる）。野生のチンパンジーは、巣がある樹上などから夜間に声を出すことが多いが、これは全員の安全を確認しているようである。訓練を積んでも、チンパンジーは声を合わせたりリズムを保ったりすることはできない。

チンパンジーのもうひとつの種であるボノボについては、数百万年前にコンゴ川（1971年～1997年の名称はザイール川）によって地理的に隔離された一群である。そしてこの群れの中だけで交配が繰り返された結果、このチンパンジーがもはや別種になるほど目立った特徴が発達したのである。現在の生息範囲はコンゴ民主共和国（旧称ザイール）内で、その広さはイングランドほどだ。

ボノボはチンパンジーよりもやや軽く、上半身はほっそりして、肩幅は狭く、頭は小さい。その体格や姿形は大きな胸や肩や頭を持つチンパンジーとは対照的である。脚はボノボのほうが長いため、立つとかなり真っ直ぐな姿勢に

なる。またチンパンジーよりも樹上性が高くて体もよく動くが、これは生息地がサバンナのまったくない、湿気が多くて密集した沼沢林だからだ。この蒸し暑い林が、年間を通じて大量の実をつける巨大な木々を支えているのである。食べ物が豊富にあるため、ボノボはチンパンジーよりも大きな群れで育ち、それによって若いときに元々の群れから離れたメスも、移動先の群れの中で強くて固い絆を育めるのだ。こうしたことから、ボノボのオスには暴力性や攻撃性があまり見られないという理論を立てる研究者もいる。強引な交配や子殺し、境界監視、近隣に対する攻撃といった行動の目撃例は皆無なのだ（図4.3）。

ボノボは狩りも行う。メスは団結して優位に立っているが、群れのどの異性とも同性とも盛んに性的行動をとることで、攻撃性が生じるのを防いでいる。野生のボノボの研究はコンゴ民主共和国の内戦により［また、その内戦のせいでボノボの生息地が失われているので］進んでいないが、ボノボが野生で生存しているうちに多くのことを知りたいと、研究者たちは望んでいる。

ボノボもチンパンジーも、力と性行動の追求が中心的な関心事なのは同じだ。どちらも、社会的地位と他者の情緒反応を鋭く意識しており、誰と誰が仲間なのかを常に判断している。彼らの行動は人間の行動と多くの点で同じであることから、「私たち」の共通祖先はこれらの点については3種のすべてと非常に似ていたに違いない。

高木サバンナ期

東アフリカの気候は、1500万年前から500万年前の期間に大きく変わった。地図4.1にあるように、モザンビークからエチオピアにかけて走る長い断層部分により構造プレートが引き離されていて、これは現在も続いている。最終的には、アフリカのこの東側部分は大陸から切り離され、漂流していくと見られる。一方でこの地殻変動活動で高地が隆起し、それによって降雨分布が変化した結果、様々な生息環境が東アフリカに生まれた。断層沿いの高い山々と深い谷こそ、ホミニンと熱帯雨林にいた他の類人猿を隔離した要因だったのかもしれない。

1000万年前から500万年前にかけて地球は寒冷化し、特に650万年前から500万年前の期間は厳しいものだった。大量の水が凍って氷河となり［氷という固体状態に固定されたので］、地中海は繰り返し干上がった。寒冷化・乾燥化がさらに進んだ結果、赤道付近の森は縮小して、外縁部に森林が散在するようになった。数百万年に及んだこの気候変動により、ホミニンの最初の特徴である二足歩行が促されたのである。

1994年に、エチオピアのアファール三角地帯で画期的な発見があった。440万年前のものとされる、ホミニンの最古の種の骨が見つかったのである。この骨は最終共通祖先のものではなかったが、それに最も近く、74キロメートルしか離れていないところで1974年に発見されたルーシーの骨より、100万年も古いものだった。新たに見つかったこの種はアルディピテクス・ラミドゥス（ラミダス猿人）と呼ばれた。アファール語で「地面」と「根源」を意味する単語に由来しており、この骨の個体は「アルディ」の愛称で呼ばれている。

アルディの骨はメスのもので、体重は50キログラム、身長は122センチメートルだった。森林地帯で暮らし、直立歩行を行えたほか、枝に沿って這うように木に登ることもできた。近くではほかに36体の骨が見つかっており、オスにもメスにも小さな犬歯があった。アルディを調べた科学者たちが出した結論は、最終共通祖先はそれまでの想定と違ってチンパンジーに似ていなかったこと、二足歩行が発達したのは樹林がなくなったためではないこと、そして、小さな犬歯が意味するのはメスをめぐるオス同士の争いが減り、それまで考えられていたよりも早くに一雌一雄関係が進んでいたことである。

有名な「ルーシー」（93ページ）はアウストラロピテクス・アファレンシス種に属するもので、この種の化石の多くは350万年前から180万年前のものである。唯一の例外を除いて猿人の化石は概して、アフリカの南部もしくは東部の火山地帯——骨がどこよりも化石化しやすく、化石を上下に挟む火山灰により年代の測定もしやすい場所——で見つかっている。それでも古人類学者は、猿人はアフリカの至るところに生息していたようだと考えている。特徴としては、チンパンジーの脳より若干大きな脳（約400〜500立方センチメートル）、性的二形（オスとメスの大きさが異なることで、オスはメスより1.5倍大きい）、そして二足歩行を行うことが挙げられる。

人間の進化において、二足歩行が最初の特質だった理由はなんだろうか。現在の説明には様々なものがある。かつて二足歩行は、樹木が少なくて歩く必要のあるサバンナに適応したものと見られていた。ところが1994年以降、二足歩行を行う初期のホミニンの化石が森林地帯で多く見つかり、二足歩行は単にサバンナに適応しただけだという仮説が疑問視されたのである。現在の説には、猿人が直立姿勢をとることで、森から森へより効率的に移動できるようになり、そのためオスがメスの元へ食べ物を持ち帰れるようになった、あるいは、オスが相手を引きつけられるように性器を誇示するようになったなど、数多くある。ただ、

最初にどのような機能を果たしたにせよ、二足歩行によって、数種のホミニンはアフリカの東部や南部の様々な生息環境で進化するうちに、よりよく繁殖できるようになったのだ。

二足歩行とともに起きたとされるのが体毛の漸減だが、これの直接的な証拠はない。体毛の減少はサバンナで涼しさを保つための適応と考えられているが、太陽が直接照りつける頭頂部の毛は残ったままだった。その一方で、長い体毛は徐々に減らして、また、涼しくなるほかの仕組みを生み出し、この双方によって昼間でも食べ物を探しに行くことが可能になったのである。ほかに可能性のある解釈としては、メスが毛の少ないオスを選んだというものがある。そのようなオスのほうが寄生虫が少ないと、メスが確信できたからだ。言うまでもなく、現代人はまったく毛がないわけではない。体毛の名残のほかに鳥肌もある。鳥肌は断熱効果を増すためや威嚇行為として、毛を立たせることができるというものだった。

周囲が開けた土地での生活は、陸上の捕食動物から逃げるために登る樹木がまだ少しあっても、初期のホミニンには厳しいものだった。二足歩行は、これらの初期のホミニンによる最初の適応だったが、脳が急速に大きくなるのはまだ先の話である。

低木サバンナ期

約250万年前には再び劇的な寒冷期が始まったが、このときに初期のヒト属（ホモ属）が現れている（こういった名称をつけるのは人類学者だ。ヒト（Homo）と名付けたのは、道具作りが人間の定義になると考え続けていたルイス・リーキーだった）。その化石からわかるのは、大きな脳、短い腕、小さな内臓と歯を持った生物であり、食べていたのは肉が多く植物は少なかったことである。この初期の種類として、ホモ・ルドルフエンシス、ホモ・ハビリス、ホモ・エルガステルが挙げられる。多くの点でまだサルに似ていたが、これら初期のヒト属の骨は最古の石器とともに見つかっている。石核から周囲の角を落とした単純な礫器（チョッピングツール）がそれだが、鋭い端は刃物として用いたのかもしれない。これらの石器はオルドヴァイ峡谷で見つかったため「オルドワン石器」と呼ばれ、少なくとも100万年間は変わることなく使われ続けた。ヒト属の特徴には、道具の使用、樹木から離れた生活、そしてその後の250万年でリンゴ大からグレープフルーツ大にまでなった脳の急成長[ホモ・ハビリスの600ccに対して、ホモ・サピエンスは1350cc]が挙げられる。

200万年前まで、猿人とヒト属の様々な種は、見通しのきく土地でそれまでよりも大きな群れで暮らし、主に死肉

をあさって食べていた。ヒト属数種の発声や身ぶりはおそらくサルと似たままであったが、個々の単語ではなく完全な伝達内容を伴う発話があったとしたら、それによって他者の行動に影響を与えただろう。

およそ180万年から170万年前、ヒト属の様々な種から新種**ホモ・エレクトス**が現われた。それは見た目はサルよりも明らかに人間に近かった。ホモ・エレクトスの個々の骨格約75体が、南北アメリカ大陸を除く世界中で発見されている。この種が生まれたのがアフリカ大陸なのかアジア大陸なのかは、最終的な結論には至っていない。初期のホモ・エレクトスの骨格をホモ・エルガステルと呼ぶ専門家もいる。

ホモ・エレクトスの骨格は現代人とほぼ同じぐらいの高さがあり、脳の大きさは現代人の約7割だ。完全な二足歩行であり、短くなった腕ではもはや木にぶら下がることはできない。内耳には、飛んだり走ったり踊ったりする際にバランスを取る三半規管が備わっていた。骨盤はオスもメスもチンパンジーのものと比べるとかなり細く、平らになっている。そのため、立ったり走ったりを続けるのに必要な体の基礎が得られたが、その反面、骨盤骨内の空間である産道が狭くなってしまった。

出産はチンパンジー属（パン属）のどちらの種にとっても容易で、メスは単独で子を産む。ホモ・エレクトスの場合は、産道がさらに狭くなり、乳児の脳が大きくなってきたため、出産はますます問題になってきた。実際には早産ながらも、乳児は頭が大きくなりすぎないうちに、早めに出てくる必要があった。現代人の乳児の脳は出産時で大人の23％しかないが、チンパンジーの場合は45％である。ホモ・エレクトスの骨盤骨からわかるのは、大人の脳の45％という大きさの脳を持つ乳児は、メスにはとても産めなかったということだ。そのため、出産後に脳が急成長するというパターンが始まったのである。

未熟な状態の新生児には、万全かつ長期の世話が必要とされた。メスは子育てだけでなく、ほかのオスや捕食者から我が身と我が子を守るためにも、オスの助けを必要とした。チンパンジーではオスとメスの間に永続的な愛情関係が存在しないが、ホミニンでは、少なくとも親として子育てをする間は一時的にでも「一雌一雄制」を築くパターンへと、ともかくも変わったのだ。おそらくメスは、子育てにおける保護と補助を手に入れるために性的な自由を手放し、一方オスは［自分の遺伝子を受け継いだ］子が生き延びる可能性を高めるために、性的な自由を諦めたのである。どのような理由だろうが、ホモ・エレクトスは協力と相互扶助という永続的なパターンを進展させたのだ。

一雌一雄制の間接証拠に、この時代のオスの骨格がメスのものより約25％大きいというものがある。1.5倍の違いというアウストラロピテクスから減少したわけだ。「性的二形」におけるこの減少は、メスをめぐるオス同士の争いが減ったことを示している（現代人の男性は女性より平均して15〜20％程度大きいだけだ）。

ホモ・エレクトスは一雌一雄制のほかに火を扱えるようになり、火を使って食べ物を加熱したり保存したりして、肉や塊茎類、根菜類を食べる割合が多くなっていった。食べ物を加熱することで飲食にかかる時間は減り、腸の長さは短くなった。この点を脳容積が増す前提条件ととらえたのがイギリスのリチャード・ランガム（1948年生まれ）で、2009年の著書『火の賜物』の中で主張している。

火の使用は、ホミニンの行動の中でも最も意味のあるものだ。この特性が人間をほかの動物と分けるものであるうえ、さらに多くの発展の基礎を築いたからである。みんなで火を囲むという状況から会話（言語）が発達し、言葉によって道具作成術の向上がもたらされ、大型で薄い両面の手斧を特徴とする**アシュール文化**と呼ばれるものが発生したのであろう。この手斧はおよそ25万年前まで、少なくとも100万年にわたって使われ続けた。火を使うことで、ホミニンの共同体を流れるエネルギーが増したのである。

ホモ・エレクトスは、アフリカ大陸を飛び出した最初のホミニン種としても知られている。ただし近年の発見によると、実際にこれを行ったのは、もっと前の血縁のホモ・エルガステルだった可能性がある。少なくとも180万年前に、ホモ・エレクトスの一部の群れがヨーロッパの端にあるカフカス地方のジョージア（グルジア）に到達した。彼らはそこで氷期の間に、**ネアンデルタール人**（ホモ・ネアンデルターレンシス）へと進化したのである。ホモ・サピエンスの近縁種［同胞種］で、およそ4万年前まで存在していた。彼らの間でどの程度の意思疎通が行われていたかは、わかっていない。大方の意見としては、ホモ・エレクトスは単純な名詞と動詞を用いた原始的な言語で話していて、それが徐々にスピード・語彙・複雑さを増していったということである。

ホモ・エレクトスのころに起きたと見られるもうひとつの変化に、皮膚の色が濃くなったことが挙げられる。チンパンジーの場合、濃い毛皮の下の皮膚は明るい色だ。初期のホミニンは体毛がなくなるにつれて、色の薄い皮膚のせいで紫外線に対して弱くなった。紫外線は皮膚癌をもたらし、必須栄養素の葉酸を破壊して、生殖能力の低下を招くのである。皮膚の色が濃くなるという遺伝子突然変異は、おそらく120万年前までにはアフリカ中に広がったと、遺

伝学者は考えている。アフリカ以外では、初期人類［ホミニン］の皮膚は再び明るくなり、濃い色の皮膚のせいで部分的に妨げられていたビタミンDの合成を十分に行えるようになった。現在の世界ではどの個体群でも、女性の皮膚は男性より3～4％明るいが、この理由はつかめていない。これは性選択なのか、女性のほうがビタミンDをより必要としているのか、それとも別の理由があるのだろうか？

ホモ・エレクトスの子孫については、近年に二つの発見があった。ひとつは2003年にジャワ島の東にある島で見つかった、「フローレス人」（ホモ・フローレシエンシス）の骨である。発見された九つの部分骨格はホミニンのもので、直立した高さは1メートル程度しかなく、「ホビット」の愛称で知られている。これがホモ・エレクトスだったかどうかは、わかっていない。もうひとつは、ロシア・モンゴル・中国・カザフスタンにまたがるアルタイ山脈にあるデニソワ洞窟で2010年に見つかった、手足の指の骨だ。4万1000年前ごろとされるこの「デニソワ人」は、ネアンデルタール人や現代人とははっきり異なっている。

ホミニンの進化をこうして簡単に見ていくと、チンパンジーと人類の共通祖先の特徴が、現生人類の特徴へと進化していった様子がわかる。およそ700万年以上かけて、背骨は真っ直ぐに、骨盤は細く、脳は大きく、腕は短く、雌雄はつがいになり、意思疎通と相互扶助が発達し、火を熾し、手斧を作った——すべては、劇的な気候変動という状況下で起きたのだ。

ホモ・エレクトスの子孫はアフロユーラシア大陸中に広がると、様々に進化した。アジアではほとんど変化せず、同じ種のままだった。ヨーロッパでは氷期に適応してネアンデルタール人となり、アフリカでは現代人（ホモ・サピエンス）へと進化した。ネアンデルタール人がホモ・サピエンスとは別種なのか、またどの程度ホモ・サピエンスの祖先なのかについては、議論が続いている［現時点では別種かつ、ホモ・サピエンスの祖先ではなく共通祖先（ホモ・エレクトス）から派生した同胞種と考えられている］。ネアンデルタール人がヨーロッパと中東にいた同じ時期に、ホモ・サピエンスはアフリカで進化していたことから、この点については次の節で扱う。

第6スレッショルド：ホモ・サピエンスの出現

私たちの種［人間］がいつ現れたのか、どうしたらわかる

のだろう？　ここからは本筋から外れて、私たち人間がほかの大型類人猿と**異なる**部分だけでなく（表4.2で一部の特徴を例示）、ほかのすべての大型動物と**甚だしく**異なる部分を探っていく。この疑問に対する答えがわかれば、私たちの種が現れた時期や、人間史が本当に始まった時期について、どの特徴を探ればいいか、理解しやすくなるのだ。これが、人間史について訊くことのできる最も重要な疑問のひとつではあるものの、とらえがたいものであることもわかってくるだろう。慎重に取り組むことが必要だ。

🌀 私たちが異なる部分とは？

生物学的なボディプラン（体制、体のつくり）や、さらには遺伝子レベルでは私たちはチンパンジーと非常に近く、ホモ・エレクトスやホモ・ネアンデルターレンシスなどの祖先にはもっと近い。そのため、それらと私たちの間をはっきり区別しようとしても、うまくいかないだろう。一方、すでに見てきたように、私たちと最も近い系統種や、さらには地球上の全動物種と大きく異なる点については、長いリストを簡単に作ることができる。

些細な変化によって、新たなエマージェント・プロパティを生むさらなる変化が次々に起こると、スレッショルドを超えたと判断できる。私たちの種の出現がビッグヒストリーにおいて重要なスレッショルドと本当に見なされるのなら、私たちの種の歴史を新たな進路へ向かわせた、些細ながらも重大な変化は特定できるはずだ。この問題には哲学的な難しさが伴うが、それを避けることもできる。それは、歴史学者がそうするように、個々の人間ではなくヒト種全体として眺め、ヒト種がどのように変化してきたかを見ることによってである。この歴史的な問題こそ、ホミニンの系統種を含むほかのすべての大型動物種と人間との大きな違いを明らかにするものなのだ。

現代人の社会と、チンパンジーやその他大型種の社会を比較すると、いくつかの違いをはっきり見ることができる。それらの違いは非常に大きいが、最も重要な違いは、人間は環境に応じて際立って大きく変化する点だ。ほとんどの種には、地球上に存在している間にほとんど変化しない、独特の行動がある。もちろん、それぞれの群れがそれぞれの環境の変化に対して、わずかに異なる方法で適応するため、細かな変化は生じる。だが、根本的な変化が見つかると思ってはいけない。たとえば、チンパンジーの様々な共同体はわずかに異なる生き方をしているものの、数百年や数千年以上の間に、その行動に根本的な変化があった証拠は一切ないのだ。人間が持っているような「歴史／ヒスト

リー」を、チンパンジーは持っていないようなのである。

対照的に、人間の行動は私たちの種が最初に現れて以来**変化**しており、しかも大きく変わってきた。25万年前までのどこかで、最初の人間が現れたときには、その個体群は現在のチンパンジーよりさほど大きくはなかっただろう。狩猟採集民として生き、サバンナの環境で進化していった。こうした共同体が新種の始祖になるとは必ずしも自明ではなく、仮に25万年前にこの光景をジェーン・グドールが見ていたとしても、そのヒト始祖とチンパンジーとの違いはごく些細にしか見えなかったに違いない。だが現在の目で見てみると、その違いは非常にはっきりと見て取れる。人間は森林地帯から海岸地帯まで、さらには熱帯のジャングルから北極地方のツンドラまで、多くの新たな環境を利用する方法を身につけたのだ。1万3000年前までには、人間は南極大陸を除くすべての大陸に生息していたのである。それぞれの移動には、新たな行動と環境への新たな対処法が必要だった。多くの様々な環境にこれほど効果的に適応したり、これほど広範囲を移動したりした大型生物は、ほかにはいなかった。多くの様々な環境を自由に使えたことで、私たちの祖先の数は恐らく数百万までにも増えたのである。

1万年前からは、変化のペースが速まった。人間は動植物種の生産量を増やすために、環境を作り変え始めたのである。食べたり別の使い方をしたりできるもの（トウモロコシや小麦、ヒツジや畜牛など）は増やし、利用できないもの（雑草やネズミなど）は排除したのだ。この変化が第5章の主題の**農業**である。農業の出現により、人間の共同体は大きさも複雑さも増した。そして、使用するエネルギー量や資源量、それに総人口も増えて、現在では70億人ほどになり［2011年の時点で70億人を超えて、2016年現在73億人以上］、生物圏に手を加えたり大気の組成を変えたりしている。私たちは25万年もかからずに地球上で支配的な大型生物となり、地球の歴史上初めて生物圏をコントロールできる生物種となったのだ。それゆえドイツの化学者パウル・クルッツェン（1933年生まれ）は、人間の影響力があまりに大きいことから、地球は**アントロポシーン**という新たな地質年代に突入したと提唱した。人間が生物圏を支配するようになった年代という意味である（第12章を参照）。

前例のないこのような変化は、なぜ可能となったのか？ この疑問に答えることができれば、ホモ・サピエンスの出現というスレッショルドを定義できるだろう。

私たちの祖先の特徴として挙げられるのが、——ほかのどの種も技術に限りがあってできなかったことだが——

環境に適応する**新たな**方法を常に見つけてきた点である。その結果、エネルギーや資源をますますコントロールできるようになったのだ。環境に適応する術はたいていの種でおおよそ定まっているのに対して、人間の場合はその方策に限りがないかのようで、環境に順応するレパートリーが増え続けていくのである。ホモ・エレクトスやホモ・エルガステルなどのホミニンの祖先でさえ、その知性や、火を使う能力を含めた多くの技能を持っていたにもかかわらず、技術の幅には限りがあった。アシュール文化の手斧は100万年の間、ほとんど変化しなかったのである。新たな方法で周囲の状況に適応し続ける私たち人間の驚異的な能力はきわめて強力なのだ。周囲の状況や互いのことを理解する新たな方法を見つけ続ける私たち人間の能力こそ、人間史の基盤であり、ヒト種としての力の源なのである。

チームワーク

生態的および社会的なこの驚くべき創造性の源とは、なんだろうか？ 簡単に答えるなら、チームワークである。人間は共同作業を実に得意としているのだ。これは、育児を分担する男女の問題にとどまらない（もっとも、人間とチンパンジーの間では、この点ではすでに著しい違いがあるが）。人間は共同体と共同体の間で、また、世代を超えて、意図的にも無意識にも、共同作業を行える——しかも、どの大型生物よりもうまくできるのだ。

これと似たようなことは、本書ですでに取り上げている。実際、どのような複雑さであれ、何らかの"共同"［相乗作用］があるものだ。かつては別々に存在していたものが、新たなエマージェント・プロパティを生み出す新たな方法で結びついた結果、新たなレベルの「複雑さ」が生じるのを、私たちは何度も繰り返し見てきた。原子が新たな結合でくっつくと、化学物質［分子］が生じる。複雑な化学物質［分子］がDNAの支配を受けて、自然選択によって環境に適応できるよう力を合わせ始めたことで、生命が誕生する。個々の原核細胞がまとまって大きくて複雑な細胞になり、真核細胞が生まれた。真核細胞が組み合わさって、どの細胞にも同じDNAが含まれているような大きな統一体になることで、多細胞生物が生まれた。シロアリやアリのような社会性昆虫は、個々の生物が各器官になる超個体［多数の個体から形成され、全体としてはまるでひとつの個体であるかのように振る舞う個体群］という集団までをも生み出せることを示している。これらと似たようなことが、私たちの種でも起きたらしい。人間史は、祖先が新たな方法で共同作業を行うようになって始まったのだ。

私たちの種が類を見ないほどチームワークが得意という

のは、どういう意味なのか。結局のところ、私たちは争いごとも同じように得意だとも言えるので、この二つの能力は相殺されてしまうだろう。それでも、現代人の社会――地球全体に広がる、政府、交易、製造、情報交換のシステムが形成された社会――と、チンパンジーの最大かつ最も複雑な共同体を大まかに比べてみるだけでも、その意味はよくわかる。私たちは驚くほど複雑なチームであっても、協力することができる。そのチーム内には確かに争いごとが多く、そうした争いの多くは個人にとってはきつくてつらいものであり、個人の力ではチームワークのわずかな部分もコントロールすることはできない。個人にとってはつらくて、自分の意図を越えて行われることが多いものでも、このような協力態勢がもたらすのは、周囲の状況を自分たちにとって利益となるように変えられる、驚異の集団能力なのである。精巧なチームワークを組めるか否かが戦争の行方すら左右するのだ！

記号言語

なぜ人間は、生物学的に最も近い種（チンパンジー）よりもはるかに効果的に協力できるのか？　現在では、地球上のどの種よりも能率的に情報や考えを共有することを可能にする、新しくて強力な言語の登場こそが、私たちの種を変化させた出来事だとする理由がたくさんある。それにより、人間は経験から学んだ知識を共有することで、協力できるようになったのだ。これがどれだけ特別なことかは、注目に値するだろう。多くの種は――フクロウもチンパンジーも――意思疎通を行うことができる。ただ、それらが意思疎通できる範囲には、はっきりとした限度がある。特に、意思疎通が非常に効果的にできて、共有された情報が代々たまって増えていくという種はほかに存在しない。知識の蓄積には限度があることの好例が、アメリカの霊長類学者シャーリ・ストラム（1947年生まれ）が行った研究に見られる。彼女は「ポンプハウスギャング」と名付けたヒヒの群れを研究したが、この群れは珍しいことに狩りが非常に得意だったことから、狩りに関する情報が群れの中で共有されているのではと考えた。ただ、この群れのリーダーがとりわけ狩りがうまいことにも、彼女は気づいていた。そして、そのリーダーが死ぬと、群れとして効果的に狩りを行う能力も、リーダーとともに消滅したのである。リーダーが持っていた情報は、水が漏れるようになくなってしまったのだ[1]。

この文化的な漏失はほかのどの種にも見られる。もし、情報をもっと効果的にしまい込める種がいたら、その種の個体は環境をコントロールする方法に関する新知見を含んだ情報をどんどん集め、やがてその個体数は増えていき、しまいには考古学的記録にその影響が残るまでになったはずなのだ。それこそ私たちの種によく似た行動をしていたはずなのだ［が、そういう事例は知られていない］。

対照的に、現代人は相当な正確さ・スピード・複雑さを伴って意思疎通を図ることができるため、個々からもたらされる情報は集団記憶内にかなりしっかりと保有される。私たちは自分の目の前にないものについても意思疎通を行うことができるし、過去や未来についても話し合うことができる。大きな岩の向こうにある小川によくトラが現れると話し（そしてそこには近づかないよう警告し）たり、さらにはピンクの象だとか、尻尾が矢でヤギの角を生やした悪魔といった、存在しないようなものについても話したりできるのだ。これは、アメリカの神経人類学者テレンス・ディーコン（1950年生まれ）が言うところの**記号言語**を、私たちが持っているからである。私たちは音や身ぶりを使ってある特定のものを指し示すのではなく、「概念を表す単位」としての音を使って、どんな考えや物事でも言い表せるのである。さらには、統語法という文法上の規則に従って単語を入念に配置することにより、人・物事・考えの間であり得る多様な関係性を伝えることができるのである（つまり、「私があなたを蹴った」と「私はあなたに蹴られた」の関係性の違いがわかるわけだ）。この結果、私たちは実に多くの情報を共有し、各共同体で共有される情報量は代々増えていく。持続的に増える共有知識こそ、人間史の基礎である。なぜなら通常は、あとの世代は前の世代よりも多くの知識を持つことになるため、あとの世代の行動がやがてゆっくりと変化するのは確実だからだ。このような行動上のゆっくりとした変化を、私たちは「歴史／ヒストリー」と呼ぶのである。

記号言語こそが、コレクティブ・ラーニング（集団的学習）によって協力できるという顕著な能力、つまり個人個人が記号言語によって学んだことを詳しく正確に共有できる能力をもたらしている。私たち人間と、そのような効果的な意思疎通ができない種との違いは、スタンドアローンの（ネットワークに接続していない）単体のコンピューターと、ネットワークで結ばれたコンピューター群との違いにやや似ている。前者がみずからのメモリに蓄積できる情報のみに頼るのに対して、後者は何百万というほかのコンピューターに蓄積された情報を用いることができるのだ。カナダ系アメリカ人の認知神経学者スティーブン・ピンカー（1954年生まれ）が、効率よく情報を共有できる生物種について、こう述べている。

第6スレッショルド：ホモ・サピエンスの出現　**103**

あるグループは、現在も過去も、仲間が苦労して手に入れた発見をためることができて、独居性の種族よりもはるかに賢くなれる。狩猟採集民は、道具の作り方、火の扱い方、獲物を出し抜く方法、植物の毒を抜く方法を集めていき、たとえ誰もこれらを最初から再現できなくても、集団としての工夫によって生きていくことができるのだ。さらには、行動の連携を図ること（たとえば獲物を追ったり、ほかの者が食べ物を探す間に順番に子守りをしたりすること）で、頭や手足がいくつもある巨大な獣のように行動でき、どんなに頑強な個人でも成し遂げられないような偉業を果たすことができるのである。そして、互いに連係した目や耳や頭を多く持つことで、欠点や特異な点を持つ単体よりも強くなっているのだ。[2]

20万年以上にも及ぶと見られるこの蓄積の過程こそ、人間史にほかならない。だからこそ、コレクティブ・ラーニングを第6スレッショルドを理解する鍵としたのだ（第6スレッショルドのまとめを参照）。

第6スレッショルドのまとめ

スレッショルド	構成要素 ▶	構造 ▶	ゴルディロックス条件 =	エマージェント・プロパティ
6. ホモ・サピエンス	物質的には他の生物と同じ；高度に発達した器用さと知覚力および神経系の能力	ヒトDNAが支配する、ヒト種特異的な生物学的構造	長い進化の期間を経て形成された、高度に発達した器用さと知覚力および神経系の能力	コレクティブ・ラーニング（集団的学習）、すなわち情報を正確かつ迅速に共有し、コミュニティおよび種のレベルでの情報蓄積を可能とし、長期にわたる歴史的変化をもたらすような能力のこと

ホモ・サピエンスはいつ、どこに現れたのか？

私たちの種が最初に現れたのはいつなのだろう？　現時点で手に入るあらゆる証拠は、考古学者が中石器時代と呼ぶ時代に現れたと示している。25万年前（中期旧石器時代の始まり）から5万年前（後期旧石器時代の始まり）の間だ。

人間史の始まりについて、もう少し正確に特定できるだろうか？

この質問に答えるひとつの方法に、記号言語とコレクティブ・ラーニング（集団的学習）が初めて現れた時期を特定することが挙げられる。だが、これは簡単にはいかない。話し言葉は直接的な形跡をまったく残さないからだ。それとも、人間が記号言語を用いて互いに会話したという間接的な形跡はあるのだろうか？　というのも、人間の言語は多くの様々な技能を要するものだからだ。多くの知力、音を出したり聞いたりを素早く能率的に行える方法、話し相手の考えを直観的に知る能力などが必要なのである。残念ながらこれらの技能もまた、直接証拠をほとんど残さない。これらの能力の多くは、私たちに近縁のホミニンでは、限られた形態で存在していた可能性がある。さらに実験的に示されたのだが、ごく限られた方法ではあるものの、話すことを教わった大型類人猿には、こうした能力の存在が確認されている。だが、明らかに、何かが起きたことにより、これらの能力が非常に強力なひとつのコミュニケーションツールへとまとまっていったのである。過去20万年間に諸々の変化が始まったという、この比較的急激な状況は、すべてがひとつにまとめられたのは、進化的には短期間の"たった数万年間"のことだったことを示している。

言語への扉がどのように開かれたかについては、興味深い手がかりがいくつかある。文法を正しく使えない者が続出したというイギリス在住のある一家を調べたところ、*FOXP2*（フォクスピーツー）という単一遺伝子による単一突然変異が見られたのだ。人間に存在するこの遺伝子の特殊な型は、私たちの親戚である大型類人猿に存在する遺伝子型とは異なっている。事実、人間にある*FOXP2*遺伝子の型が現れたのは過去20万年以内と見られているのだ。これら一連のことは実に示唆に富むもので、記号言語が進化のタイムスケールにおいてかなり急に現れた可能性があることを暗示している。ただ、このひとつの遺伝子で、人間が持つ記号言語の独特の能力をすべて説明できると主張する者はほとんどい

104　第4章　ホミニン、人間、旧石器時代

ない。ネアンデルタール人も人間と同じ型の*FOXP2*遺伝子を持っていたという証拠があるから、なおさらである。この件については、詳細をもっと探り出す必要があるのだ。

人間の言語の存在を直接見つけられないのなら、間接的な方法は利用できないだろうか？　有力な候補は二つある。化石証拠と遺伝学的証拠だ。考古学的記録には残念ながらむらがあり、特にアフリカでは、この時代に関する考古学的調査はヨーロッパと比べてかなり遅れている。まさにこの点こそ、様々な解釈の余地が多く残ったままである理由のひとつなのだ。

私たちの種が進化を遂げた場所は？

過去100万年の間に現れた多くの様々なホモ属（ヒト属）種の化石が見つかっている。どの種も明らかにホモ・エレクトスの子孫だが、では私たちの種であるホモ・サピエンスは、これらの別の種からいつ分かれたのだろう。現在のところホモ・サピエンスの進化については、大まかに二つの解釈がある。多地域進化説と出アフリカ説だ。1960年代から多くの学者が主張したのが、主にユーラシア大陸全域で見つかった化石に基づいて、ホモ・エレクトスもしくはホモ・エルガステルの様々な種類が、アフロユーラシア大陸の大部分において数十万年かけて徐々に私たちの種に進化したというものである。これが**多地域進化説**で、この地域全体でホモ属（ヒト属）の集団の間で接触が十分にあったため、遺伝的に単一の種が残ったという推定だ。

ところが1980年代以降は、考古学と遺伝学研究の両方による新たな証拠が、代替理論である**出アフリカ説**を裏付けるようになったのである。これは、現生人類（ホモ・サピエンス）は25万年前から20万年前の間にアフリカで進化したと主張する説だ。1990年代後半に、ネアンデルタール人の遺骸からDNAを抽出することが可能になると、ネアンデルタール人は私たちの種の異型ではなく、別種と判明した。また、この二つの種はおよそ50万年前にホモ・エレクトスの後期の型から分かれたに違いないとわかった。ただ、もっと最近の研究によると、交配が行われた可能性もあるという（図4.4）。さらに遺伝学研究は、ほかにも重要な二つの結論を指摘している。ひとつは、現生人類はみな遺伝子的に著しく似ているため、過去20万年ほどの間に共通祖先がいたのだろうというもの。もうひとつは、［遺伝的に均質ではあるものの、その中でも］最大の遺伝的多様性はアフリカ大陸で見つかり得るというものだ。このことが強く示しているのは、アフリカこそ私たちの種が最初に現れた場所ということである。なぜなら、遺伝的変異が蓄

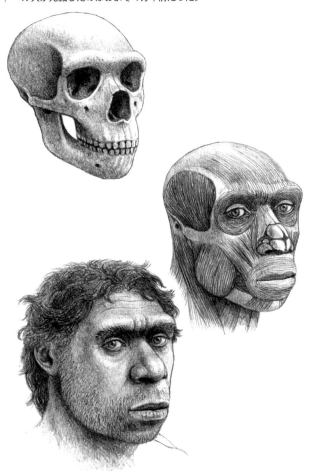

図4.4　ネアンデルタール人の頭蓋骨を基に描いた絵

ネアンデルタール人と現生人類（ヒト＝人間）の身体は様々な点で異なっている。ネアンデルタール人の頭蓋骨には、顕著な眉弓、幅広で低い鼻、顎がほとんどなくて、中心部が突き出た顔が見られる。彼らはおよそ20万年の間、ヨーロッパからアジアの西部・中央部にかけて住んでいた。遺伝子を調べたところ、ヨーロッパやアジアに祖先を持つ人の遺伝子には、ネアンデルタール人の遺伝子が1～4％入っていることがわかった。交配は、現生人類がアフリカからヨーロッパへ移った8万年前から4万年前に起こったとされている。ネアンデルタール人が死滅したのはおよそ4万年前だった。

積する（そしてある程度の多様性が見られるようになる）だけの時間が最もたくさんあったところだからだ。

近年発見された化石は、出アフリカ説を裏付ける遺伝学的証拠を支持するものだ。たとえば、20世紀半ばにエチオピアのオモで発見された頭蓋骨は、基本的には現代人の頭蓋骨と同じで、約20万年前のものとされたが、これはかつての想像よりもかなり前になる。アフリカからは、明らかに私たちの種に属する、およそ12万5000年前の白骨遺体が数多く見つかっている。つまり、私たちの種と結びつく骨の特徴を示すリストに合致しているということだ。その内容を理解するため、古生物学者が現生人類の頭蓋骨に求める主な特徴をいくつか挙げてみよう。

・1350cc以上の頭蓋容量（ただし、これは明らかに幅がある）
・比較的垂直な前頭骨（額）
・高くて平行な壁状の脳頭蓋
・丸みを帯びた後頭部（後頭骨の部分的な膨らみ（後頭隆起）が顕著でなく、頭蓋底の角度（頭蓋骨基部の角度）が比較的平たい）
・男性にかなりはっきり見られる非連続の眉弓（びきゅう）
・頭蓋の広がった前頭部の下に「押し込められた」、比較的平たくて突き出ていない顔
・はっきりとした顎[3]

　これらの化石記録のおかげで、今ではほとんどの学者が、私たちの種は過去25万年のある時点でアフリカ大陸で進化したと受け入れている。それでも、正確にいつ、どのようにという部分については、議論が絶えない。大きな問題は、骨の証拠と遺伝学的証拠が指すものと、人為的な遺物の証拠が示すものが異なっているために、人間の**行動**は人間の**体**よりあとで現れたように見える点だ。

　後期旧石器時代が始まるおよそ5万年前以降の、ユーラシア大陸とアフリカ大陸双方の遺跡発掘現場からは、イノベーション（技術革新）をはっきり示す証拠が出てきている。道具の型や種類は多様になり、針や銛（もり）といった精密な道具も出てきたほか、標準的なパターンに従って作られたものも多くなった。象牙や骨といった新たな素材で作られた道具に、刻まれた貝殻や骨、洞窟壁画などの芸術品も登場した。有用な石などの物品が広範囲に交換されたことを示す証拠も増えているほか、動植物種をさらに幅広く利用した証拠も出てきている。人間はオーストラリアやシベリアを含めて、より困難で近づきにくい場所へも進出するようになった。こうして人口が増え始めたのである。

　まさにこういった種類の証拠こそ、コレクティブ・ラーニング（集団的学習）ができる生物種に期待されるものだ。技術がかなり急に多様化したという感があり、広範囲で物々交換が（おそらくは遺伝子と情報の交換も）始まって、革新が加速した。そして、人間がさらに多種多様な環境に対処できるようになるにつれ、人口は増加した。同じく重要なのが芸術品の登場である。芸術的な行為があったということは、こうした人間たちは象徴的・記号的に**考えていた**ということであり、おそらくは記号言語でも**話していた**ということなのだ。およそ5万年前に始まったこの一連の変化を、考古学者は「後期旧石器時代革命」と呼んでいる。アメリカのリチャード・クライン（1941年生まれ）など多くの考古学者が主張しているのは、たとえ私たちに**外見がよく**

似た生物が10万年以上も前に進化していたとしても、**行動もよく似ていた**ことの最古の証拠は後期旧石器時代からもたらされているということである。

　だが、話はこれで終わらない。アメリカの古人類学者サリー・マクブレアティとアリソン・ブルックスが長い論文において主張したことだが（2000年に発行されたJournal of Human Evolution［人類進化誌］のほぼ全ページを占めた）[4]、人間に特徴的な行動の出現は、過程としてはかなり緩やかなもので、おそらく20万年前にアフリカ大陸に端を発した[4]。彼女たちによる細かい証拠が示したのは、私たちの種が生物学的に現れたのは30万年前から20万年前の間だが、その独自性に関する考古学的記録（化石記録でなく）が現れるまでは長い時間がかかったことだった（彼女たちの論文が「存在しなかった革命」という題なのは、このためである）。二人が指摘する問題点は、アフリカでは考古学研究があまり行われてこなかったため、人間に特徴的な行動の証拠が見落とされたり無視されたりしてきたというものだった。それゆえこの論文は考古学的資料の詳細な検証からなっており、後期旧石器時代革命に見られるほとんどの変化は、アフリカにおいてはもっと前の時期に見つかり得ると結んでいるのである。図4.5は二人による証拠をまとめたものだ。

　図4.5に示されているように、人間は早くも28万年前には、酸化鉄を含んだ黄色か赤色がかった黄土色の顔料を使っていたかもしれない。このような顔料はボディーペインティングに使われることが多かったが、ボディーペインティングは芸術の一形態であることから、これはほぼ30万年前のアフリカ大陸に象徴的・記号的な思考と記号言語が存在した間接証拠だと、マクブレアティとブルックスは結論づけた。この図はまた、様々な石器や食料が早くから登場した証拠や、地域間の交流などがあった証拠も示している。南アフリカのブロンボス洞窟など、アフリカの重要な遺跡発掘現場は、私たちの種が5万年前の後期旧石器時代の始まりよりももっと前の、中期旧石器時代に発展したという考えを強力に立証している。

　現時点でわかっていることを、ここで三点にまとめてみよう。ひとつ目に、私たちを種として独特なものにしているのは、新たな行動形態や、環境への新たな対処方法を生み出し続ける能力である。この生態的・技術的・芸術的な創造性こそ、私たちの種だけに長期的な変化の歴史／ヒストリーがある理由だ。二つ目に、人間の言語の特異的な効率性こそ、この創造性の源のようである。私たちは「考え」を非常にうまく共有できることから、その「考え」はコレクティブ・メモリー（集団的記憶）に固定され、蓄積し始める。

図4.5　アフリカ大陸における中期旧石器時代の行動上のイノベーション（技術革新）

この図は、アフリカ考古学の専門家二人が、私たちの種に独特とされる行動形態で最古と思われる年代を挙げたものだ。これらの行動の大半は、人類がアフリカから出て移動を始めるずっと前に現れていたようである。このことが示すのは、記号言語の力を用いたコレクティブ・ラーニングによる情報の共有・交換という過程は、アフリカでは20万年以上も前に──最初は非常にゆっくりした革新だったとしても──始まっていた可能性があるということだ。

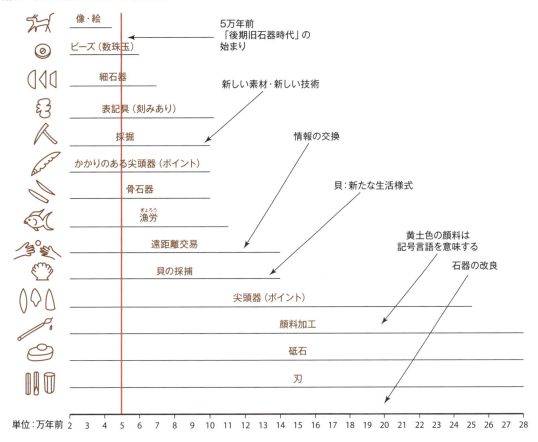

これがコレクティブ・ラーニングだ。三つ目に、大半の古生物学者が主張していることだが、私たちの種は過去25万年以内に、おそらくアフリカ大陸のどこかで進化した。そしておよそ10万年前以降に、私たちの祖先が現代人に**外見的に似ていた**だけでなく、現代人のように**行動していた**という証拠（つまりコレクティブ・ラーニングによって適応していったという証拠）は、ますます強力なものになっている。約5万年前以降の証拠については、もはや議論の余地はなくなっている。

人間史の時代は、本流の歴史学や歴史の教科書で大きく取り上げられるものではない。人間史の大部分が起こったのは旧石器時代なのに、それがあまり取り上げられないのは残念だ。（この時代の持つ）基本的な重要性を思い出すことが望まれる。

現生人類史（人間史）における旧石器時代の定義と重要性

旧石器という用語は古代ギリシア語の二つの単語からなり、「古い石器」という意味だ。この名称は歴史を三つの時代に分ける時代区分制度によるもので、人間史のすべてを連続する三つの年代区分に分けて、それぞれに道具や武器に主に用いられた物質名がつけられている（石器時代・青銅器時代・鉄器時代）。**旧石器時代**という用語はイギリスの考古学者ジョン・ラボック（1834年〜1913年）が1865年に初めて用いたもので、石器によって特徴づけられるこ

旧石器時代：
20万年前から1万年前まで

本章の最終節では、いよいよ現生人類史すなわち人間史（ホモ・サピエンス史）に入っていく。ただし、ここで扱う

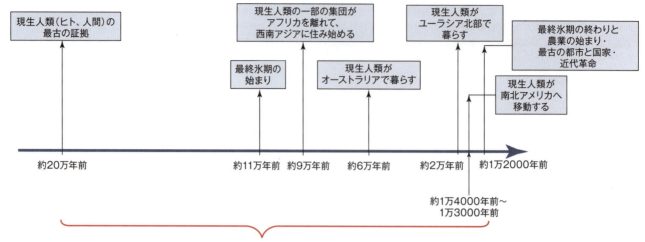

図4.6 過去20万年のタイムライン

の時代につけたのだった。これまで見てきたホミニンのうち、石器を用いたホモ属（ヒト属）の祖先を含めると、旧石器時代は約250万年前から1万2000年前ごろまでとなる。ただ本書では、**旧石器時代**はまぎれもなく人間史（ホモ・サピエンス史）の最初の時代であることから、もっと厳密に定義する。ホモ・サピエンスが現れたおよそ20万年前から、農業が始まったおよそ1万2000年前までだ（図4.6）。

世界史に旧石器時代を含めることは大いに重要だが、これには少なくとも二つの重大な理由がある。ひとつは、この時代こそ、私たちの種が現在の私たちとなって、私たちの種が持つ肉体的・社会的・技術的・言語的な可能性を理解し始めたときだからだ。この時代を研究することで、「人間であることの意味」という、根本的な疑問に対する答えが得られるのである。二つ目の理由は、旧石器時代がその後の全世界史——農耕時代から現代までの「全世界史」はホモ・サピエンス史のわずか5％でしかない——の基礎であることから、それ以前の95％を無視しては、その後の歴史がほとんど意味をなさないからだ。

当然のことながら、長く続いたから重要であると主張するだけでは、正しいとは言えない。確かに旧石器時代は圧倒的に長い時代だったかもしれないが、人間の数はかなり少なかった。現代の人口統計学者のように、最初の現生人類の登場以降に地球上に合計で約800億人がいたと推定してみると、そのうちの20％が過去250年以内にいた人間であるのに対して、約68％は農耕時代にいた人間となる。そして旧石器時代の人数は、これまでに存在した全人口のわずか12％にしかならない。人口で判断すると、農耕時代と現代のほうがよっぽど重要なのだ。主な歴史書や歴史学で旧石器時代が軽視されるのは、そのせいかもしれない。

旧石器時代の二つの大きな出来事

ここでは、旧石器時代にあった二つの大きな出来事を取り上げる。ひとつは気候変動で、特に人間史における最終氷期の影響だ。もうひとつは**エクステンシフィケーション（広範化）**である。これは、様々な環境に対処できるように開発された新たな技術によって、人間が世界中に広まったことを指す用語だ。

気候変動：氷河時代を生き抜く

20世紀初頭までには、地質学者は氷期における氷河作用の範囲を正確に示して、氷期は一度ではなく何度もあったと証明することができた。旧石器時代の人間は、異なる二度の氷期を生き抜いた。約20万年前の気候は比較的穏やかで、温和な状況だった。ところがおよそ19万5000年前から状況が悪化しはじめ、地球は12万3000年前ごろまで続く長い氷期に突入したのである。二度目の寒冷期——地球の歴史で最も現代に近い氷期——はおよそ11万年前に始まり、最後の間氷期［次の氷期が来るまでは"間氷期"と言えないので、厳密には"後氷期"という］が始まったのは1万1500年前ごろだった。これはつまり、旧石器時代の人間の生活様式は主に氷期に発達したということである。

12万3000年前ごろから11万年前の（最終間氷期の）間、地球の気温は現在のものと似ていた。世界各地の堆積物のサンプルによると、それが11万年前ごろから、長期に及ぶかなり急激な変化が起こり、相当に寒い気候になったという。近年、大西洋の堆積物を高解像度分析した結果、温和な間氷期から氷河状態への変化は、400年に満たない短期間に起こった可能性があるとわかった。北方圏の森はす

| 地図 4.2　最終氷期最盛期である2万1000年前ごろの氷河作用の範囲［白い部分が氷河］

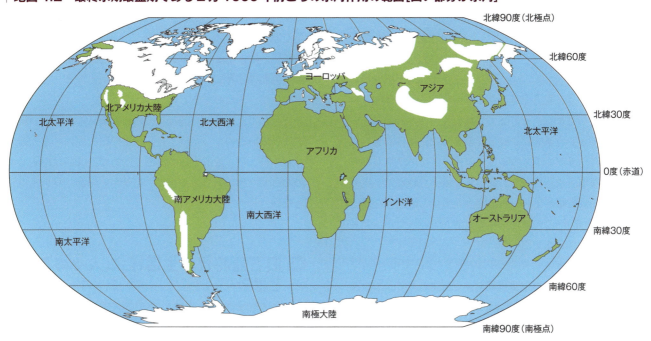

ぐに消滅・後退し、冬の長さと寒さは増して、巨大な氷床が高緯度地方に広がり始めたのである。氷河はその跡を大きく残すため、氷河作用の規模については地理的なイメージをはっきりつかむことができる。地質学者の現在の推定によると、最終氷期には、氷河は地球の陸地部分の30％に影響を及ぼしたという。これには、北アメリカ大陸の1000万平方キロメートル、ヨーロッパの500万平方キロメートル、シベリアの400万平方キロメートルが含まれる。北半球における氷河作用は南半球のもののおよそ2倍だったが、これは、氷床が南極大陸から南極海を超えてあまり遠くまで広がらなかったからだ。

　氷の影響を直接受けなかった地域でも、寒さが増したことでより乾燥した気候になっていった。気温が下がって、蒸発と降水が減ったからである。森林地帯は広範囲にわたって消滅し乾いた草地となり、これが約7万年前までには広大な砂漠となった。6万年前から5万5000年前の間に気温は再び上昇したものの、3万年前ごろにはまたもや非常に乾いた寒い状態に突入して、2万1000年前から1万7000年前の間には最も厳しい気温に達した（地図4.2を参照）。この年代［最終氷期最盛期（LGM）図4.1参照］は地球上の氷が最大限に広がったときである。この厳しい環境を生き抜こうとした人間が直面したのは、減少した森林地帯と氷に埋もれてはいなかったものの大陸で広範囲に及ぶ砂漠と半砂漠だった。

　それが1万4000年前ごろに地球が急激に温暖になって、湿度が増したのである。氷床は後退を始めて、森林地帯は元の状態に戻っていった。数千年ほどに及ぶ回復ののち、地球はヤンガードリアス期と呼ばれる新たな氷河事象［亜氷期］に――短期ながらも――またもや突入した。これが続いたのは100年ほどの短期間で、1万1500年前ごろにはさらに急激に、ものの数十年かもっと早くに終わりを迎えた。そしてここから始まるのが、地質学者が**完新世**と呼ぶ年代である。地球は1万1500年前から温暖・湿潤になり、氷床は徐々に溶け（2000年を要した）、アフロユーラシア大陸の大部分では植生が豊かになってきた。9000年前から5000年前の間の時期は、地質学者には「完新世の気候最温暖期」として知られている。次の章にあるように、この状況は農業革命時の様々な動植物種の家畜化・栽培化の促進に重要だった。

　コレクティブ・ラーニング（集団的学習）によって知識と技術がもたらされた結果、現生人類はアフリカ大陸を脱出し、寒くて荒れ果てた世界へ段々と移動した。たとえば火を使うことは、寒い気候で生きていくには極めて重要だった。氷期の気候に暮らした人々は、狩猟の技術も向上させ、縫い物をして暖かい服をこしらえ、頑丈な住まいを建て（動物加工品や氷で造ることも多かった）、高度な技術を発達させ、草原のステップにいるマンモスなどの大型草食動物を狩った。適応力のあるこれらの戦略が存在したことを証明する遺跡の具体的な例は、このあとの「旧石器時代の生活様式」の項で見ていく。ただ全体としては、破壊的な気候変動に直面した人間の驚くべき適応能力の初期の証拠が、はっきりと見て取れる。未来に向けた教訓が、ここにある

のではないだろうか？

エクステンシフィケーション：人間の拡散

現生人類の小さな集団が9万年ほど前にアフリカ大陸を出て移動を始めたという、疑う余地のない考古学的・遺伝子的証拠がある。この移動は、それまでにいた土地から隣の新しい土地へ移るという具合に、ゆっくりとした段階的なものだった。ホモ・サピエンスの小さな個体群は、アフリカを出ると新たな場所に落ち着き、個体群が増えた時点で下位の集団が分かれて離れていった。現生人類はこの過程を経て（南極大陸を除く）この地球全体に定着していったが、総人口の規模は小さいままだった。

アメリカのデヴィッド・クリスチャン（1946年生まれ）は世界的に行われたこの定着過程を表す用語として、**エクステンシフィケーション**を用いている。彼による**エクステンシフィケーション（広範化）**の定義は、「人間の居住範囲は広がるが、共同体の平均的な大きさや密度は必ずしもこれと並行して増えない状態」[5] をもたらすようなイノベーションの一形態だというものである。この用語が示しているのは、この旧石器時代の移動の際に、人間社会の大きさや複雑さはほとんど増加しなかったということだ。ただ、旧石器時代の人間の共同体は、原始的なそれとは程遠いものだった。なぜなら、新しい道具・技術・高度な芸術の創造、荒涼とした氷河地域への移住、多様な環境上の適所に定住することを可能にした新技術の応用において、コレクティブ・ラーニングが明らかに存在していたからである。

この世界的規模の移動を年代順に記すと、およそ10万年前から9万年前にかけてアフリカを出て西アジアや地中海地域に移り、6万年前までには東アジアとオーストラリアに到達している。およそ3万5000年前まにはウクライナとロシアの寒い地域を占め、およそ2万年前までにはシベリアを、そして遅くとも1万3000年前までには（もっと早かった可能性もある）南北アメリカ大陸を占めた。これらの年代と、最終氷期の様々な気候の年代順配列との相関関係から、人間の適応性のさらなる証拠とともに、こういった移動を行った説明ももたらされている。いわゆる「出アフリカ」が始まったのは、最終氷期の開始直後だった。6万年前から5万5000年前の間に始まった温暖化は、東アジアとオーストラリアへの定着と明らかに一致している。異常なことに、一部の集団はおよそ2万年前の最終氷期最盛期（LGM）のタイミングで、荒涼とした寒いシベリアへ移っていた。だが、この厳しい寒冷化のおかげで、南北アメリカ大陸への移動が楽にもなった。［低温で水の体積が縮小することと、氷になって陸上に固定される分が増えたことで］海面が下がったおかげで、シベリアとアラスカをつなぐ陸橋ができたからだ。最後に、1万4000年ほど前に温暖化が始まると、東アジアに遺伝的起源を持つ別の集団が、海面の上昇により（陸橋が水没し）南北アメリカ大陸に閉じ込められたのである。

こうして人間は旧石器時代の間に、地球の大部分の場所に住み着いたのだった。1万年前までに人間の分布に近づいたのは、ライオンだけである。一方で、人口は増えたものの、共同体の大きさや複雑さに著しい増加は見られなかった。

🌀 旧石器時代の生活様式：人々の暮らしとは？

現生人類史の95%に関しては文字による証拠がまったくないため、旧石器時代の生活様式の再現に関心を持つ人類学者や歴史家は、別の種類の証拠に頼らざるを得ない。そういった証拠は主に、考古学的遺物（骨、道具、居住地を含む）の研究と、現在も残る「旧石器時代に似た社会」からの類推からなる。ただ、こういった証拠は誤解を招きかねないものであるため、その解釈には注意が必要だ。

生きる方策としての狩猟採集

狩猟採集とは、生きていくために周囲の環境から食料や必要なものを集めるということである。一見したところ、これはほかの多くの大型動物の生き方と同じように思われるかもしれないが、では、狩猟採集生活のどこが特別なのか？　その答えはチームワークのレベルにある。群れで狩りを行う動物はもちろんいる。だが人間が異なっているのは、必要な資源を集めたり狩ったりする際に、何世代にもわたって蓄積されてきた情報を携えて行動に出ている点だ。これにより、人間が行う狩猟採集は、どの種よりも正確かつ多様で、情報に基づいたものとなっているのである。そしてもちろん、効率も独創性もはるかに増している。ここでもう一度、私たちの種が持つ際立った重要な特徴に戻ろう。私たちははるかに多くの情報を携え、それゆえほかのどの種よりも効果的に環境を利用し、周囲の状況を利用できたのである。この違いは、やがて私たちの種の影響力が容赦ないほど高まっていった理由でもあるのだ。

狩猟採集には多くの様々な種類がある。特定の種だけを狙う者もいれば、「広食性」の者もいる。広く動き回る者もいれば、一年中居住地から離れない者もいる。それでも、

すべての狩猟採集民に共通する基本事項がある。たとえば、現代の狩猟採集民を人類学的に研究すると、狩猟採集を行うどの共同体も、自活するには広い領域を必要としており、これは人の数は少なくとどめておかなければならないことを意味する。例として完新世初期のヨーロッパの狩猟採集生活では一人の個人を養うのに10平方キロメートルの土地を必要としたと推定されているが［1平方キロメートルあたり0.1人になるが、これは115ページおよび120ページの表5.1で言及される数字より数倍から10倍ほど大きい］、初期の農耕共同体では同じ広さの土地で50人～100人を養うことができたのだ。

　狩猟採集民は食料を求めて広い地域を動き回らないといけないため、季節ごとに入手可能な食料に従って土地を転々とする「移動生活」になる場合が多い。この生活様式を成功させるには、共同体の人口を少なく保ち続ける必要がある。移動の妨げになるような乳飲み子や老人を多く抱えた状態で移動するのは、無理があるからだ。このため旧石器時代で生き抜くには、自然の産児制限・嬰児殺し・姥捨て（老人を死なせること、または意図的に殺すこと）といった風習の利用が求められた。有史以前の共同体では、嬰児殺し率は50％にまでなっていたと主張する研究者もいる。比較人類学者によると、旧石器時代には女の子の新生児は50％が親によって殺されたという。これらの風習の結果、移動する狩猟採集民の人口増加は非常にゆっくりとしたものにとどまっていた。

　現代の狩猟採集民は集めた食料——植物、根、木の実、小動物、昆虫——を常食として、死肉集めや狩りで肉を補っている。南アフリカのクラシーズ河口にある証拠からは、およそ10万年前の人間がレイヨウ［羚羊：ウシ科からウシ族とヤギ族を除いたもの総称］を追い立てて、罠にかけて狩っていたことがわかる。フランスのラ・キンタ遺跡では、初期の狩猟民が馬やトナカイの群れを追い立てて、崖から落としていたらしい。これらの例からわかるのは、相手と対峙するような猛獣狩りが展開されたのは、旧石器時代の後期になってからということだ。一方で死肉をあさって集めることは便乗的な手段であり、危険は少なくて容易だった。旧石器時代初期の人間が大半の肉を手に入れた方法は、大型の肉食動物が殺した動物の死骸を奪うと、それを安全な場所まで引きずっていき、それから道具を使って解体したことによると見られている。

　植物の採集に関する考古学的証拠は、狩猟のものよりもはるかに見つけにくい。骨や道具が後々まで残るのに対して、植物の遺物は普通は残らないからだ。この重要な例外に、ザンビアのカランボ滝の遺跡がある。ここからは

18万年前とされる、集められた葉や木の実、果実、種子、木製道具の証拠が見つかっている。現代の狩猟採集生活を文化人類学的に研究すると、生きるうえでは採集によって得た食料のほうが、肉よりもはるかに重要であることがわかる。実際に、現在の先史学者の一般的な考えは、狩猟は旧石器時代における一か八かの戦略であり、熱帯や温帯の環境では、植物や小動物を集めて消費することでカロリーの大部分が得られていたというものだ。

多様な狩猟採集技術

現代人の目からすると、旧石器時代の人々が用いた様々な狩猟採集技術は、一見したところ単純なものに思える。だが旧石器時代の狩猟採集民が生きていくためには、特定の環境上の適所に対して最も適切かつ効果的な技術や技能を用いる能力とともに、周囲の状況に関する非常に細かな知識が必要だった。旧石器時代人はみな狩猟採集生活を続けたものの、広く異なる様々な環境へ移動するにつれて、その手法や技術は大きく変化したのである。すでに記したように、寒い土地で生きるには特化した技術が必要であり、これはアラスカやカナダ北部のイヌイットが何千年も行ってきたものだ。毛皮の服、丸木舟、その他の狩猟・釣り用具（すべて石や骨、牙、枝角から作られたもの）によりイヌイットは、私たちの種のほとんどの個体が生きていけないような地域で、成功を収められたのである。

　旧石器時代の人間が寒い気候に適応したさらなる証拠は、ウクライナのキエフ近郊のメジリチ遺跡に見られる。1965年に地下室を掘っていた農夫が、マンモスの下顎骨を見つけた。さらに発掘したところ、すべてマンモスの骨でできた半永久的な住居の一部が現われたのである。屋根は30本以上もの巨大な曲がった牙で支えられ、ほかの骨は組み合わされて壁の枠組みにされ、マンモスの皮膚でつくった天幕を留める「ペグ（テント留めの杭）」までもが、骨で作られていた。およそ2万年前とされるこの建物には、95頭分のマンモスの骨が使用されたと推定されている。住居の内部には、琥珀の飾り、化石化した貝、骨のばちで叩いたと見られるマンモスの頭部による「太鼓」、そして衣類を縫い合わせるためと思われる、針になる細長い骨の小片があった。

　単純に見える技術や材料を用いたもう二つの例で、旧石器時代の狩猟採集民の器用さがよくわかるだろう。北アメリカ大陸では、鋭くて薄く削られた「クローヴィスポイント」（ニューメキシコ州クローヴィス近郊で最初に発見されたため、この名がついた）が、およそ1万1500年前から1万1000年前の間に北アメリカの先住民によって使用された。

旧石器時代：20万年前から1万年前まで　**111**

これらのポイント（尖頭器）は細く、溝がついた投射物で、木製の槍に結びつけられ（または柄をつけられ）た。そしてこの槍は、手か投槍器（オーストラリアのアボリジニによるウーメラに似たもの）によって放たれたのである。紀元前1万年ごろからは、クローヴィスポイントに代わって「フォルサムポイント」となり、これは紀元前8000年ごろまで北アメリカで広く用いられた。クローヴィスポイントもフォルサムポイントもマンモスの骨の近くで発見されることが多く、効率的に致死的ダメージを与えられる"飛び道具"（尖頭器）を使ったことが、北アメリカでマンモスや大型動物相が滅んだ一因になったと考えられている。

アフリカ南部のカラハリ砂漠に住むサン人は、旧石器時代初期から伝統的な狩猟採集生活を送ってきたとされるが、1990年代以降は多くが農業を営むようになったか、もしくは強要された。サン人の生活様式を遺伝学的・考古学的に研究した結果、旧石器時代に関する貴重な見識が得られた。彼らの伝統的な狩猟採集道具は単純に見えるが、それでも彼らは何千年も生きてこられたのである。主にサン人の女性が用いる採集道具には、布地、皮を用いた投石器、食べ物や薪を運ぶためのマントのようなもの、小さめの袋、掘り棒などがある。男性は単純な弓と（先端に毒を塗った）矢、それに槍を使って、砂漠の小動物を狩っている。この基本的な道具一式と、周囲の状況に対する豊富な知識により、サン人は旧石器時代の人間が考え出した「生き延びるための知恵」を実証しているのだ。

旧石器時代の生活水準

先史学者が激しく議論を交わしてきたものに、旧石器時代の狩猟採集民の身体的および精神的な健康度があるが、この議論においてサン人は重要な役割を果たしてきた。1960年代まで、初期人類の生活に対するイメージは、「汚くて、粗野で、短命」というものだった。それがこの年代にサン人についてフィールドワークが行われた結果、人類学者はこの考えを大幅に改めることになったのである。当時のサン人は原始の状態から比較的変わっておらず、手つかずの狩猟採集民と見られていたが、狩猟採集以外のことにも興味を向けられる自由時間が大いにあり、健康的な栄養を確保する食事をし、牧歌的な生活を送る狩猟採集民という新たな考えをもたらしたのだ。オーストラリアのアボリジニを含めて、手つかずで孤立した生活を送ってきたとされる石器時代的なほかの社会を研究したところ、この解釈が補強されたのである。

1972年までに、アメリカの人類学者マーシャル・サーリンズ（1930年生まれ）は旧石器時代の共同体を、多彩で豊富な食料の備えと高い健康状態が特徴の「最初の豊かな社会」と表現しようとしていた。この社会は、バランスの取れた食事と頻繁に行う運動のおかげで、のちに定住性の共同体を破壊する伝染病などが存在せず、「余暇」の時間も十分にあったのである。ただ、サーリンズが出した結論は、意図的で挑発するように誇張されたものと見られ、1980年代以降はますます問題視された。カラハリ砂漠で研究を行った新世代の人類学者らは、サン人に餓死寸前の者が多いこと、彼らはこの生活様式を続ける道を選んだのではなく、ほかの選択肢がなかったこと、そして人類学者が研究してきたいわゆる"手つかずの社会"で、現代世界の影響を受けていないものは実はひとつも存在しないことに注目した。旧石器時代の生活水準についてはまだ結論が出ていないが、この論争は、現代の狩猟採集民の社会を用いて旧石器時代の過去を理解しようとすることの難しさや、人間史を継続的な「発展」の話として見ることの危険性を思い出させるものである。

小集団での生活：自分で行う暮らし

狩猟採集民は通常10〜20人程度の小集団で暮らしている。家族が基本的な社会単位であり、農業が現れるまでは、血縁関係がすべての共同体を結びつけてまとめる基本原則だった。現代の狩猟採集社会を研究すると、中心的な共同体も、必要な場合にはさらに小さな集団に分かれて専門化した作業を行い、移動するほかの共同体とも定期的に顔を合わせて、大集団の集まりが——ほんの数日間だが——持たれる。こういった行事は（好例はオーストラリアの**コロボリー**）、資源が豊かな場所で開かれる必要があった。大きなボゴンヤガ[蛾の一種]が群がる、9月から11月の間のオーストラリアアルプスの山麓（大分水嶺山脈の最南部）などだ。この地域のアボリジニの住民は、このガを食べながら大きな集まりを開き、贈り物・考え・情報の交換、結婚、個人としての集団間の移動、儀式の遂行、それにゲームを行ったのである。贈答というのは、より大きなこのネットワーク内で社交上の関係を強化したり、**相互関係**（相互交流）の原則を用いて良好な関係を保ったりする、特に重要な方法だった。世界のほかの地域に住む旧石器時代人も似たような集まりを行い、有形財や考えを交換することで、進行中の共同関係を確かなものとしていたのである。こうした集団間による大きな集まりは重要だったにもかかわらず、大規模なコレクティブ・ラーニングの機会は限られたままだった。旧石器時代人の大半が生涯に出会った人数は500人にも満たなかっただろうと、人類学者は推測している。

小集団で暮らすということは、生活のあらゆる面を「自分で行う」ということを意味する。旧石器時代には政府も警察も裁判もないため、すべては「家族内」で行われねばならない。必要な場合には、正義と刑罰の執行は特に個人的なプロセスとなる。カナダの人類学者リチャード・リー（1937年生まれ）は、カラハリ砂漠のサン人による「自分で行う正義」について次のような報告を行い、旧石器時代の極刑の様子を垣間見させている。

トゥイは3人も殺したため、珍しく意見が一致した共同体は、真っ昼間に彼を待ち伏せして致命傷を負わせた。死にかけているトゥイに向けて、男たちは誰もが毒を塗った矢を放ち、ある情報提供者によると、「彼はヤマアラシのような見た目」になったという。そして彼が死ぬと、男のみならず女たちも全員が死体に近づいて、槍で刺したのだった。彼の死に対する責任を分かち合う象徴的な行為である。[6]

旧石器時代における男女の社会的関係

旧石器時代における男女の社会的関係（ジェンダー）についての従来の考えは、男は狩猟、女は採集を行うというものである。ところが近年の学問はこのモデルを疑問視し始めている。特に霊長類学者が指摘しているのが、メスのチンパンジーは群れに必要な食料の35％までを狩猟で獲得し得る点と、霊長類のメスはオスの助けがなくても、自分と子どもたちの生活を問題なく送ることができる点だ。人類学者も現代に伝わる石器時代的な文化で、男が植物を採集して（カラハリ砂漠のサン人）、女が狩りや釣りを行う（フィリピンのルソン島のアグタ文明）という例を見出している。現在さらに容認されているモデルは、これらの行動が融通がきくものであり、狩猟や採集を誰が行うかは性別という固定観念によるのではなく、能力や知識、その行動の必要性、そして、女性の生殖周期に基づくというものだ。

旧石器時代人の世界観とは？

旧石器時代の生活様式に関する証拠が少なくて不明瞭であることから、旧石器時代人の観念形態や信念体系についての私たちの意見は、非常に不確かなものとして見る必要がある。現代の小規模社会を研究した結果、狩猟採集民は自分たちのことを自然界の一部と考えていたらしいことが強く示されている。自分たちの魂は、ほかの動物や自然の景観［岩や山、川など］という形になって戻ってくるものと、多くが信じていたのだ。世界は多くの様々な種類の魂で満ちていて、ある条件下ではその世界に入ることができるとも信じていたのである。ただ、この精神世界に対する旧石器時代人の考えは独特で地域も限定されていて、一般的な神性の意識というよりは、特定の場所に結びついていた。旧石器時代における「宗教的」信念は、異なる三つの例によって示すことができるが、先史学者の意見はこれらの例が正確に意味するところについて、一致していない。

サン人の洞窟壁画　サン人による1万5000点ほどの岩絵がある遺跡が南アフリカで発見されている。最も古いものは7万年前のものと見られている。この芸術は、単に岩窟住居の壁を飾るためだとか、日々の狩りの様子や動物を表すために描かれただけでなく、サン人のシャーマニズム的な宗教的慣習と関連している、儀式的な強い意味を持っているようだ。シャーマン（まじない師）はおそらく天然の薬物による異常な精神状態で、その地域の動物たちの超自然的力を活性化して精神世界に入り、その精神的な体験を描くのである。最もよく描かれている動物は、エランドとクーズーというレイヨウ［羚羊］だ。サン人による芸術は、すべてが超自然的とか魔術的というわけではない。その多くが描いているのは日々の生活や、厳しい環境で生き抜くために必要な技術である（図4.7を参照）。

ヴィーナスの小立像　2万5000年前ごろに始まり、ピレネー山脈からロシアのドン川までのユーラシア大陸に広く見られるようになったのが、出産間近の女性の土偶である。この小立像は、人間の姿を表した彫像としては、これまでに見つかった中で最古のものであり、その意味や目的は様々に解釈されてきた。繁殖力がある力強い女性像は、大地の肥沃さと結びつく地母神崇拝に基づいた、古代の宗教的慣習の証拠だと主張する歴史学者もいれば、触ったり撫でたりするための性的な対象として男が作ったのではと考えている者もいる。おもちゃだとか女性がみずからを表したものなのではという意見もある（図4.8を参照）。

オーストラリアのアボリジニの洞窟壁画　オーストラリアのアボリジニによる岩絵は少なくとも4万年前のもので、それより前の可能性もある。近年の調査によると、その芸術的な技量は徐々にではなく、一気に大きく開花したらしい。数千に及ぶ例を年代順にきちんと並べることができる一方、岩絵が描かれた場所は変化に富んでいて、何千年にもわたって描画されてきたようだ。西アーネムランドのものでは、その土地の環境の変化と気候変動が壁画には

図4.7　東ジンバブエのサン人の洞窟壁画
サン人の日々の生活が描かれている。

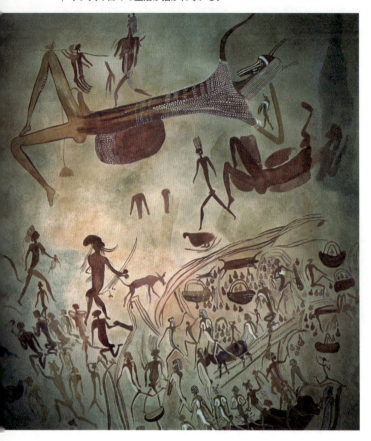

図4.8　ヴィーナスの小立像
これらの女性の小立像には、どのような意味や目的があるのか？

輪郭は赤色で、大きな目は黒く、口はなく、雲と稲光の光輪がある（図4.9を参照）。

っきり表されている。乾期は絶滅したフクロオオカミ（オオカミに似た肉食性の有袋類）の絵で表され、その後の湿潤な汽水域（きすいいき）の時代には、河川水位の上昇、肺魚、イリエワニ、そして風変わりな「虹蛇」が描かれている。のちの淡水の時期に出てくるのは、ガチョウとその羽根による装飾のモチーフだ。過去3000年の間に、アボリジニは淡水の動物相のX線像[骨格透視図]を描いていて、様々な鳥や爬虫類の内部組織を明らかにしている。

　西アーネムのアボリジニには自分たちなりの岩絵の順序があり、霊性がかなり入り込んでいる。最古の絵はミミ族によるものとアボリジニたちは考えている。ミミ族とは虹蛇がアボリジニを造り出す以前に、「ドリーミング」（天地創造の時代）の間にその土地に住んでいたと考えられている。このミミ族がアボリジニにこの地域で生きていく方法を伝授したのち、霊となったのだ。これより後の芸術は、すべてアボリジニ自身によって造り出されている。西オーストラリアのキンバリーにあるワンジーナの絵は、風や嵐や洪水といった自然の力を操る、強力な造物主の精霊たちを描いたものだ。これらの神は人間の姿で描かれるが、巨体の

旧石器時代が地球に与えた影響

　旧石器時代の狩猟採集民は、環境に大きな影響を及ぼしたのだろうか？　従来の考えは、彼らは自然と調和した生活を送っていたというものだった。だが、現代の証拠が示しているのは、かなり少ない人数ながらも、旧石器時代人は環境に重大な影響をもたらしたということである。

　総人口の推定は不確かではあるが、最終氷期末で500万から1000万人の人間がいたと計算しているものが多く、最大では1500万人と推計している。イタリアの人口統計学者マッシモ・リヴィ＝バッチ（1936年生まれ）はもっと控えめで、[現生人類史で二回あった氷期のうち]最初の氷期の始まりで1万人、旧石器時代の初期で50万人、およそ1万年前の最終氷期末でわずか600万人としている。これらの数字を一般的な人口密度に当てはめると、1万年前では25平方キロメートルあたりで約1人だ[1平方キロメートルあたり0.04人]。全体的に人数も密度も少ないが、初期の現生人類はファイアスティック・ファーミング（野焼き農耕；焼き畑農業より原始的）やほかの大型動物の絶滅により、生物圏に劇的な影響を与えたという仮説が、様々な証拠で裏付けられている。

114　第4章　ホミニン、人間、旧石器時代

図4.9　アボリジニの洞窟壁画

この絵は、霊的な意味を持つとされる、蛇とオオボクトウ(ガの一種)の幼虫を褒め称えたもの。

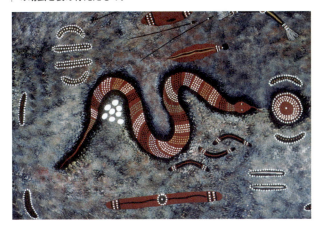

野焼き農耕（ファイアスティック・ファーミング）

人類史上最初のエネルギー革命、すなわち、旧石器時代に火を扱えるようになったという極めて重要な点は、すでに見てきた。ホモ属(ヒト属)の祖先の一種であるホモ・エレクトスが火の使い方を「発明」したと見られるが、その使い方は旧石器時代に、活用という重要なレベルに到達したのである。火は、料理(消化しやすいように食べ物を調理すること)や暖かさの提供という明らかな利点をもたらす一方、**野焼き農耕**(厳密には農耕ではない)による大々的な狩猟にも用いられたのだった。

オーストラリアのアボリジニは何万年もの間、広大な低木林地に火を放っては、狩りの獲物を追いかけたり、採集および狩猟用に新たな植生の成長を促したりしてきた。オーストラリアの考古学者リス・ジョーンズ(1941年〜2001年)は1969年に、この風習を表す**ファイアスティック・ファーミング**[つまり野焼き農耕のこと]という用語を考え出したが、これには低木地を草地にして、特定種の遷移を抑えるという長期的な効果があった。アボリジニによる火の使用は環境にほとんど影響を与えなかったと主張する研究者もいるが、多くの場所においてこの風習が植生を変えた(たとえば火に強いユーカリの増加を促進する)ことで自然生態系を変化させ、アボリジニの食料必要量の点で生産性を最大にしたのは明らかである。野焼き農耕はユーラシア大陸、ニュージーランド、北アメリカ大陸の一部でも行われ、旧石器時代人による環境や大型動物相の絶滅にも少なからず影響したのだった。

大型動物相の絶滅

初期の現生人類[人間]は移動して世界中に広がり、それまでホモ属(ヒト属)が移住してこなかった大陸——特にオーストラリアと南北アメリカ大陸——にも進出した。1960年代までに、アメリカのポール・S・マーティン(1928年〜2010年)などの古生物学者が、これらの移動による劇的な影響の証拠を集め始めた。簡単に言うと人間は適応力と技術力により、それまで人間のような捕食者に会ったことのなかったこれらの大陸の**大型動物相**(大型獣)を、次々と**絶滅**させたのである。南北アメリカ大陸では体重45キログラム以上の動物は、約75％が人間との遭遇後に絶滅した。オーストラリアでは、この数字は86.4％に上る。

最も危機に直面したのは体の大きな種だったが、それは動きも繁殖も実にゆっくりとしていたからだった。オーストラリアでは、人間が現れた前後に、数十種の大型有袋類が姿を消した(図4.10および図4.11)。ユーラシア大陸では、マンモス、毛で覆われたサイ、巨大なヘラジカが絶滅し、

図4.10　プロコプトドン
——史上最も背が高かった有袋類

別名をショートフェイス・カンガルーというプロコプトドンは体高が3メートル[一説には2メートル]にもなり、長い爪が生えた指が2本余計にあって、それにより高い枝の葉まで届いたと見られている。このプロコプトドンの場合も、人間がオーストラリアに現れたころに絶滅した。

図4.11 絶滅したオーストラリアの大型動物相

この図は、人間がオーストラリアに移住したころに絶滅した、同地の大型動物相の各種を描いたものである。絶滅した理由には、気候変動と人間による狩猟活動が挙げられる。狩猟用の石器とそのほかの人間の活動の痕跡が、これらの動物の遺骸の近くで発見されている［数字は経時的な段階を表していると思われる］。

北アメリカ大陸では、ウマ、ゾウ、オオアルマジロ、ナマケモノが絶滅した。気候変動が影響を及ぼしたのは明らかだが、これらの動物が絶滅した原因の少なくとも一部は移住してきた人間による日和見的な狩猟［必要時および狩れるチャンスがあるときに行う狩猟］と野焼き農耕にあると、ほとんどの科学者は確信している。南北アメリカ大陸とオーストラリアにおいて、家畜化できていたかもしれない大型動物が排除されたことは、後に農業を選択する可能性と時期に大きく影響を及ぼしたのだった。次章では農業を扱う。

要約

本章では、チンパンジーとの共通祖先から分岐後の600万〜700万年間のヒトに至る系統（ホミニン）の進化をたどるうちに、第6スレッショルドである現生人類（ヒト、ホモ・サピエンス、人間）の出現に到達した。言語こそ人間の画期的な特質であり、正確に意思疎通できる能力がコレクティブ・ラーニング（集団的学習）となって、現生人類史［人間史］における変化の速度を大幅に加速させ、地球史における変化にも影響を及ぼしたのである。本章の最後に記した驚くべき生活様式の一部は、人間史で最も長い時代で、ホモ・サピエンスの登場から次のスレッショルド、すなわち「約1万年前の農業の始まり」までのおよそ20万〜25万年間に発達したものだ。

考察

1. 私たちの祖先である二足歩行のホミニンは、数百万年間でどのように進化したのか？
2. ホミニンの歴史を伝える証拠には、どのようなものがあるか？
3. 記号言語とは？また、それによってどうやって人間だけがコレクティブ・ラーニング（集団的学習）を行えるようになったのか？
4. コレクティブ・ラーニングという考えが、あらゆる種の中で人間だけに長期的な変化の歴史があることの説明になる理由とは？
5. 私たちの種であるホモ・サピエンスが最初に現れた時期や場所は、どのようにわかるのか？
6. 旧石器時代で最も重要な二つの出来事とは？
7. 狩猟採集生活とは、どのようなものか？
8. 旧石器時代人の世界観について、どのような証拠があるか？
9. 旧石器時代人が環境に与えた影響とは？

キーワード

- アントロポシーン
- エクステンシフィケーション(広範化)
- 猿人
- 大型動物相の絶滅
- 完新世
- 記号言語
- 旧石器時代
- コレクティブ・ラーニング(集団的学習)

- 狩猟採集
- ネアンデルタール人
- 野焼き農耕(ファイアスティック・ファーミング)
- ホミニン
- ホモ・エレクトスまたはホモ・エルガステル
- ホモ・サピエンス
- ホモ属(ヒト属)
- ミランコビッチ周期(サイクル)

参考文献

Brantingham, P.J., S.L. Kuhn, and K.W. Kerry. *The Early Upper Paleolithic beyond Western Europe*. Berkeley: University of California Press, 2004.

Deacon, Terrence W. *The Symbolic Species: The Co-evolutuion of Language and the Brain*. Harmondsworth, UK: Penguin, 1997; New York: Norton, 1998.
(『ヒトはいかにして人となったか——言語と脳の共進化』 テレンス・W・ディーコン著 新曜社 1999年)

Dunbar, Robin. *The Human Story: A New History of Mankind's Evolution*. London: Faber and Faber, 2004.

Gazzaniga, Michael S. *Human: The Science behind What Makes Us Unique*. New York: Ecco/HarperCollins, 2008.
(『人間らしさとはなにか?——人間のユニークさを明かす科学の最前線』 マイケル・S・ガザニガ著 インターシフト 2010年)

Goodall, Jane. *Through a Window: My Thirty Years with the Chimpanzees of Gombe*. Boston: Houghton Mifflin, 1990.
(『心の窓——チンパンジーとの三〇年』 ジェーン・グドール著 どうぶつ社 1994年)

Green, R.E., et al. "A Draft Sequence of the Neandertal Genome", *Science* 328, no. 5979 (May 2010): 710-22.

Hrdy, Sarah Blaffer. *Mother Nature: A History of Mothers, Infants and Natural Selection*. New York: Pantheon, 1999.
(『マザー・ネイチャー——「母親」はいかにヒトを進化させたか』 サラ・ブラファー・ハーディー著 早川書房 2005年)

Klein, Richard. *The Dawn of Human Culture*. New York: Wiley, 2002.
(『5万年前に人類に何が起きたか?——意識のビッグバン』 リチャード・G・クライン、ブレイク・エドガー著 新書館 2004年)

Lewis-Williams, D. *The Mind in the Cave: Consciousness and the Origin of Art*. London: Thames & Hudson, 2002.

(『洞窟のなかの心』 デヴィッド・ルイス=ウィリアムズ著 講談社 2012年)

Lee, Richard. *The Dobe !Kung*. New York: Holt, Rinehart and Winston, 1984.

Markale, Jean. *The Great Goddess: Reverence of the Divine Feminine from the Paleolithic to the Present*. Rochester, VT: Inner Traditions, 1999.

McBrearty, Sally, and Alison S. Brooks. "The Revolution That Wasn't: A New Interpretation of the Origin of Modern Human Behavior", *Journal of Human Evolution* 39 (2000): 453-563.

Pinker, Steven. *The Blank Slate: The Modern Denial of Human Nature*. New York: Penguin, 2003.
(『人間の本性を考える——心は「空白の石版」か』 スティーブン・ピンカー著 日本放送出版協会 2004年)

Ristvet, Lauren. *In the Beginning: World History from Human Evolution to the First States*. New York: McGraw-Hill, 2007.

Scarre, Chris, ed. *The Human Past: World Prehistory and the Development of Human Societies*. London: Thames & Hudson, 2005.

Stix, Gary. "Human Origins: Traces of a Distant Past", *Scientific American*, July 2008, 56-63.

Tattersall, Ian. *Becoming Human: Evolution and Human Uniqueness*. New York: Harcourt Brace, 1998.
(『サルと人の進化論——なぜサルは人にならないか』 イアン・タッタ ーソル著 原書房 1999年)

Wrangham, Richard. *Catching Fire: How Cooking Made Us Human*. New York: Basic Books, 2009.
(『火の賜物——ヒトは料理で進化した』 リチャード・ランガム著 NTT出版 2010年)

注

1. David Christian, Maps of Time: An Introduction to Big History, 2nd ed. (Berkeley: University of California Press, 2011), 146. より引用。
2. Steven Pinker, The Blank Slate: The Modern Denial of Human Nature (New York: Penguin, 2003), 63.
(『人間の本性を考える——心は「空白の石版」か』スティーブン・ピンカー著 日本放送出版協会 2004年)
3. Chris Scarre, ed., The Human Past: World Prehistory and the Development of Human Societies (London: Thames & Hudson,

2005), 132.
4. Sally McBrearty and Alison S. Brooks. "The Revolution That Wasn't: A New Interpretation of the Origin of Modern Human Behavior", Journal of Human Evolution 39 (2000): 453-563.
5. Christian, Maps of Time, 190. より引用。
6. Richard Lee, The Dobe !Kung. (New York: Holt, Rinehart and Winston, 1984), 75.

第7 スレッショルド

第5章

農業の起源と初期農耕時代

5

全体像をとらえる

紀元前1万年から紀元前3500年まで

▶ 人類が狩猟採集から農業へ移行した理由は？

▶ 農業が狩猟採集生活と異なるところは？

▶ 初期農耕時代とは？

▶ 農業移行後の数千年間における人間の暮らしとは？

▶ 初期農耕時代に権力が初めて現れた理由は？

▶ 農業への移行が環境に与えた影響とは？

前の章では、私たちの系統のホミニンの祖先、現生人類（人間）の起源、旧石器時代などを解説したが、本章では現生人類史（人間史）において最も重要な革命とも言える農業の誕生、つまり人間にとって最も有益な動植物種の生産性の向上に焦点を当てる。世界中に散らばった人間の小集団が、遊牧的な狩猟採集から定住型農業へと徐々に移行するにつれて、歴史的な変化のペースが上がった。この一大変革は世界的に極めて重要なものとなったため、複雑さの第7スレッショルドに値する（第7スレッショルドのまとめ参照）。この農業革命の重要性を表すため、本章では農業の本質、一部の人間の共同体が農業を取り入れた理由、農業が生物圏に与えた大きな影響、そして権力という新たな形態の登場に関する基本的な疑問を扱っていく。

第7スレッショルドのまとめ

スレッショルド	構成要素 ▶	構造 ▶	ゴルディロックス条件 =	エマージェント・プロパティ
7. 農業	コレクティブ・ラーニング（集団的学習）の増進→環境や他の生物を上手に扱い、それらから資源を得る工夫をする能力の増大	周囲の状況に新たな方法で対処するのに必要な情報を共有する人間のコミュニティ	長いコレクティブ・ラーニングの期間；気候の温暖化；人口圧力	エネルギーと食料を得る人間の能力の増大→コミュニティの規模拡大と高密度化→社会の複雑さの増大→コレクティブ・ラーニングの加速

第7スレッショルド：農業

まずは1万2000年前［紀元前1万年］ごろの状況をざっと見てみよう。地理的には、人間は南極大陸を除く地球上のすべての大陸で暮らしていた。住む場所にかかわらず、誰もが狩猟採集生活を送っていたが、その形態には多くの種類があった。前の章で見たように、人間の共同体は、アフリカのサバンナからオーストラリアの砂漠や北極地域まで、多岐にわたる様々な環境にそれぞれ適応し、幅広い狩猟採集技術を発明してきた。この驚くべき適応力の多様性において、私たちの種はコレクティブ・ラーニング（集団的学習）という特異な能力の有用性を実証したのだ。だが、ほとんどの集団はまだ小さく、集団間の交換は限られていたため、のちの時代と比べると、旧石器時代のコレクティブ・ラーニングのペースは比較的ゆっくりしていた。

そこに変化が訪れる。考古学的記録によると、1万2000年前から1万年前にかけて［紀元前1万年から紀元前8000年にかけて］、一部の地域で新たな技術が現れ始めた。そしてこの技術のおかげで、人間はさらに多くのエネルギーや資源を手に入れられるようになった。さらに多くのエネルギーや食料が手に入るようになると、人間の数は急激に増え始め、農村やより複雑な町のように、大きくて密集した共同体で生活するようになった。こういった過程が人間社会に新たなレベルの複雑さをもたらしたのである。このように、農業を取り入れたことは、人間社会を完全に変える経済的・文化的革命の第一歩となった。

この点を説明するには、人口密度の変化を見るといい。表5.1は、特定の食料生産技術によって、1平方キロメートルあたりで支えられる人数を示したものである。

人間のすべての共同体が同時期に農業を取り入れたわけではなく、のちにやって来た侵略者や移住者に強いられて始めたところもあった。このように経験が色々に異なるということは、変化のペースが人間史上初めて、地域によって大きく異なり始めたことを意味していた。農業を取り入れて人口が密になったところでは、変化のペースは概して

表5.1 生活様式ごとの人口密度（1平方キロメートルあたりの人数）

狩猟採集民	0.01〜0.05人、せいぜい0.1人
牧畜民	0.2〜1.0人
自給農業	0.2〜12人
産業化以前	40〜60人
現代のアメリカ	30人
インド	300人
バングラデシュ	900人

速くなった。狩猟採集が主要な生活様式のままで、人口が変わらずに少なくて散らばったところでは、変化は概してずっとゆっくりしていた。だからといって、この点は野生の資源を確保しようと努力した狩猟採集民が考え続けた独創的な戦略を軽んじるものではない。それでも、このような色々な状況は、地球上の様々な地域が異なる歴史的軌跡をたどり始めたことを意味していた。

このことを理解するひとつの方法として、1万年前の世界を異なる四つの空間領域（ゾーン）に分けて考えてみよう。つまり、アフロユーラシア大陸、南北アメリカ大陸、オーストラレーシア、太平洋という「ワールドゾーン」だ。農業は、アフロユーラシア大陸の一部とオーストラレーシアの狭い地域で、早くに取り入れられた。その後かなりたってから、南北アメリカ大陸や太平洋の一部の地域で取り入れられたが、オーストラレーシアの大部分ではそうならなかった。その後の人間史に対する農業革命のタイミングおよび地理的な影響こそ、本書で考察していく重要問題のひとつである（ワールドゾーンについては第6章および用語集を参照）。

人口が密な農耕共同体が出現すると、コレクティブ・ラーニングのペースは速まりだした。根本的な形で地域や人口が変化し、コレクティブ・ラーニングのペースが速くなる歴史的な「転換」が起きたのである。農業革命により、人間はやがて来る、驚くべき複雑さを秘めた現代世界へと突き進むことになったのだ。

農業革命

前の章で見たように、狩猟採集民は動植物の生息環境にどんどん入り込むことで、新しいエネルギー源を見つけることを得意としている。この過程は、前章で**エクステンシフィケーション**（広範化）と呼んだものであるが、ここでは「粗放的拡大」と呼んでもいいだろう。一方で農耕民は、一定の面積からより多くのエネルギーを取り出す方法を見つけている。この過程を**インテンシフィケーション**（集約化）と呼ぶことにする。狩猟採集民は、自然選択によってもたらされる様々な動植物を「収奪」し、それを食べて生きてきた。農耕民の場合は、自然界から収奪する動植物ははるかに少量だが、その生産高を人為的に増やせるようになっている。狩猟採集民も農耕民も、目覚ましい方法で自然を巧みに扱う能力を持っているが、農耕民のほうはまったく前例のない規模でそれを行っているのだ。

🔅 農業とは？

農業の定義は、それほど簡単ではない。動植物やその周囲にあるものを巧みに扱って、人間が手にできるエネルギーや資源を増やす一連の方法とみなすのが最良かもしれない。したがって、農業の成否は、動植物間（人間も含む）の相互作用の確立にかかっているのだ。この相互作用は**共生**という形態に発展する場合がある。これは生物種の相互依存を表す生物学用語だ。自然界では、多くの生物が食料や保護を目的に互いに依存し合うようになり、この関係はやがてそれぞれの生物種の進化に影響を及ぼすようになってきている。互いにますます依存するようになった結果、もはや単独では生きていけなくなった生物種もいる。これが共生であり、自然界には多くの例が見られる。

一例がアフリカの「キノコを栽培するシロアリ」だ。南北アメリカ大陸にも似た種類の「ハキリアリ」がいるが、これらは重要な食料の一部として菌類（特にキノコ類）の生息地の世話をして、収穫している。このアリの関与がないと、この菌類（特にキノコ類）は死んでしまい、その逆もまた同様だ［この菌類がいないとハキリアリは死んでしまう］。ミツアリもアリマキという別種の昆虫を自分の都合の良いように適応させた。彼らを守り、集め、繁殖の手伝いをする一方で、彼らから蜜をしぼり出すのである。この両種は何世代にもわたり、この共生的な生態的地位を確立するように進化してきたのだ。

アフリカの「キノコを栽培するシロアリ」および南北アメリカの「ハキリアリ」やミツアリと同じように、農耕民もトウモロコシや畜牛といった役に立つ動植物種を集めたり、もしくは巧みに扱ったりすることにより、家畜化・栽培化した動植物種の生産量を増やせるようになった。この**家畜化・栽培化**で益を得ているのは人間だけではない。家畜化・栽培化された種も、農耕民によって捕食動物から守られたり繁殖の手助けをされたりと、その生存が確保されており、恩恵を受けている（だからこそ現在の世の中には、ヒツジや乳牛やイヌがたくさんいて、コメや小麦がたくさんある）。やがて人間も家畜化・栽培化された動植物種もこの関係に依存するようになったため、一方が消えるということになれば、もう一方の生存が大きな危機にさらされるのだ。

関係する動植物種にとって、この共生関係の長期的な影響は、それぞれに異なっている。人間の場合は家畜化・栽培化の産物として文化的に変化して、新たな技術や生活様式の創出に至った。たとえば人間の共同体は、1万年前の狩猟採集の小集団から、5000年前ごろには複雑に相互依存する都市や国家へと発展した。同様に、家畜化・栽培化

農業革命　**121**

| 地図 5.1　初期農業が行われた場所

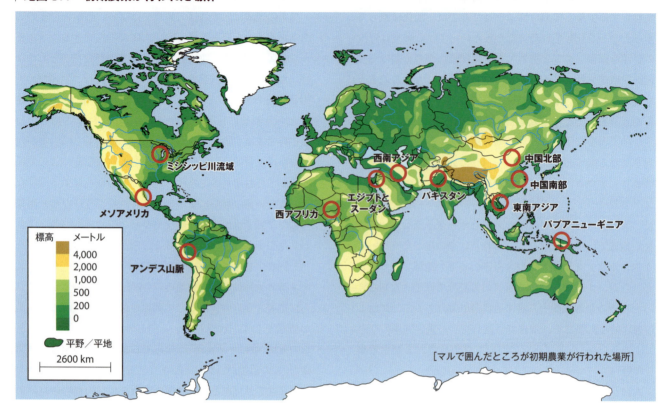

された動植物種は遺伝的に変化して、新種の進化を招いた。現代のトウモロコシの祖先であるブタモロコシ（テオシント）は、栽培植物の進化を見ることができる好例だ。この野生種は小さくてひょろひょろしており、さほど栄養はないが、人間の助けがなくても野生で生きられる。ところが、トウモロコシの栽培種のほうは、かなり大きくて栄養価も高いが、野生で生きる能力は失ってしまっている。人間の積極的な介入がなければ、もはや繁殖できないのだ。このように同じ家畜化・栽培化のプロセスでも、主に文化的変化によって発展した人間史と、主に遺伝子変化によって進んだ生物史では、根本的な違いがあるということだ。

ゆっくりとした変革

　農業革命が最初に起きたのは広く分散したいくつかの地域だったが、それが徐々に他の地域にも広がって、現在まで続いている（地図5.1）。20世紀末までほとんどの考古学者は、農業の到来はかなり急激な過程で起きた「狩猟採集からの突然の脱却」と思い込んでいた。ところが21世紀に入ってからの研究により、十分に発達した家畜化・栽培化への移行には、それまで考えられていたような数百年ほどではなく、何千年もの時間がかかったと主張されるように

なった。野生の植物の採集から、それらを育てて最終的に栽培するまでの道のりは、長くて複雑なものだったことが、新たなデータで示されたのだ。この年代の修正には、栽培化による変化の遺伝的証拠、すなわち、植物ゲノムの研究も役立っている。たとえば、人間は何千年にもわたって野生の穀物を使ってきたが、本格的な栽培化により、すぐにそれとわかる遺伝的変化が現れたものと思われる。

　人間が野生の穀物を採集・利用してきた期間に関する証拠は、イスラエルのガリラヤ湖南西岸に位置する、小屋や炉床、埋葬室のある村のオハロⅡ遺跡発掘現場から得られている。ここへの移住は紀元前2万3000年とされる（植物の栽培が始まる1万年前）。住民が食べていた9万点以上の個々の植物の証拠が発掘されており、それには野生のオリーブ、ピスタチオ、ドングリ、それに大量の野生の小麦と大麦が含まれていた。これらの植物を栽培しようとした遺伝的証拠は一切ないものの、石器上に小麦と大麦の挽き跡が発見されており、これは住民が穀物を挽いて粉にし、炉床で生地を焼いた可能性を示している。人間は野生の穀物を栽培しようと試みる前に、何千年にもわたってそれらを収穫して利用していたことが示されたのだ。

　農業が現れた最古の場所と年代については、まだ解釈が定まっておらず、専門家の間でも意見の相違がかなり見ら

表5.2 農業が出現した場所と年代	
西南アジア（肥沃な三日月地帯）	紀元前9000年
エジプトとスーダン（ナイル川流域）	紀元前8000年
中国（揚子江および黄河の流域）	紀元前7000年
オーストラレーシア（ニューギニア高地）	紀元前7000年～紀元前4000年
サハラ以南のアフリカ	紀元前3000年～紀元前2000年
インダス川流域	紀元前2200年
メソアメリカ（中央メキシコ）	紀元前3000年～紀元前2000年
南米（アンデス山脈とアマゾニア）	紀元前3000年～紀元前2000年
北米（アメリカ東部）	紀元前2000年～紀元前1000年

れる。表5.2は、考古学者が発見した、世界各地で試みられた最古の栽培化の証拠のおおよその年代を示したものだ。言うまでもないが、最初の農耕民よりもずっと前に、狩猟採集民が最初の家畜化を成功させている——犬を飼いならすことだ。飼い犬の最古の遺骸として知られているものは1万年前を少し超えた程度だが、DNA分析による遺伝的な証拠では最初の家畜化は遅くとも1万5000年前であることが示されている。

農業への移行

過去数十年にわたり、農業への移行を説明する多くの説が提唱されてきた。古い主張は、創造力の豊かな人物が農業を「考え出し」て、その後、皆が「真似」をしたというものだった。この説は、最初は論理的に思われるものの、すぐに問題が生じる。農業は数千年の範囲で世界の様々な場所でばらばらに生じたことが、考古学的に明らかになったからだ。これらの初期の農業地域の多くは互いに接触することがまったくなかったため、「真似る」ことは起こりようがなかったのである。これが最も当てはまると見られるのが中国とニューギニアだ。南北アメリカ大陸も間違いなく当てはまる。南北アメリカ大陸は地理的にはアフロユーラシア大陸から孤立していながらも、実によく似た栽培化過程が起こったのである。

考古学はまた、狩猟採集民にとって必ずしも農業のほうが魅力ある生活様式とは映っていなかった点も示している。狩猟採集は初期農村のすぐそばで、数百年から数千年にわたって続けられてきた。たとえば、アフリカ南部のカラハリ砂漠でもオーストラリア北部のヨーク岬地域でも、狩猟採集を行う共同体は農業について知っていたし、農村のすぐそばで暮らしてもいたのに明らかに農業を取り入れなかった。カラハリ砂漠とオーストラリアの多くの環境が農業

向きではなかったこともあるが、そもそも皆が皆、農耕民になることを望んでいたわけではなかったようでもある。これはおそらく農業という生活様式が、狩猟採集よりも肉体的に相当にきつく、健康に良くなく、精神的に疲れることも多かったせいだろう（前の章で見た、「最初の豊かな社会」を思い出してほしい）。白骨遺体を分析したところ、初期農耕民は過度のストレスだけでなく、新しい病気にもかかりやすくなっていて、その多くは家畜から人間へ伝染したものだった。さらには、初期農村には寿命の低下と乳児死亡率の増加という証拠まで存在している。初期の農耕民にとって、人生は厳しいものだったのだ。

オーストラリア本土は広いものの、ほかの地域の人間集団から孤立していたこともあり、農業は発展しなかった。同地には、狩猟採集よりも農業のほうが明らかに有益だった地域がまったくなかったという推定も妥当である。一般にオーストラリアの土地はやせていて、人口密度は低かった。18世紀末にヨーロッパ人がやって来たころの本土の総人口は数十万といったところだったが、内陸よりも人口が密集している地域が、海岸沿いには確かに存在していた。オーストラリアはメソポタミアとは異なり、簡単に栽培できる植物種が進化しなかったという、偶発的な事実もある。マカダミアナッツは現代において栽培される唯一の原産植物だが、それ以外にも栽培化の可能性を持っていた植物もあるにはあった。たとえば、ヤムイモやタロイモの一部の種は、パプアニューギニアで育てられて、オーストラリア人が収穫したこともあったのだから。

この証拠が示しているのは、農業の出現を説明する「素晴らしい考え」説——"旧石器時代のアインシュタイン"が現れること——は、まったく当たっていないということである。現在、より広く受け容れられている、これに代わる説明は、段階的な発展過程として農業革命を解釈していて、その過程では人間による意識的な計画は限定的な役割しか果たさなかったというものである。この「革命的ではなく進化的（evolutionary, not revolutionary）」という説明が重視しているのは、気候変動、そして、複数の地域で人口密度が増加したことによる人口圧力も含めた、狩猟採集から農業への移行を促した環境条件の出現なのだ。

気候の役割

最終氷期はおよそ11万年前に始まり、氷床が広がって海面が下がるにつれて、地球の気温は2万1000年前から1万6000年前の5000年間に最も寒いレベルにまで下がった（第4章を参照）。いわゆる最終氷期最盛期にあまりに寒

農業革命 **123**

くなったため、森林は姿を消し、極寒のツンドラが地球の大部分を覆った。この厳しい状況に加え、変動も激しく大きかったことから、更新世（250万年前から1万1700年前までの地質年代）の大部分において農業は確立されなかった可能性が高い。事実、動物の移動経路が頻繁に変わり、様々な植物種が現れては消えるなかでは、更新世の人間の共同体が生き延びる手段としては、狩猟採集のほうがかなりましだったのである。

新たな地質年代——およそ1万1700年前に始まった**完新世**（第4章を参照）——の始まりとともに、地球は急激に温暖になり、最終氷期は終わりを迎えた。ただ、何も起こらなかったわけではなく、更新世末のヤンガードリアス期（およそ1万2900年前から1万1700年前まで）に短期ながらも世界的に寒くなった。シリアのユーフラテス川流域にあるアブ・フレイラ遺跡が近年発掘された結果、ヤンガードリアス期が野生の穀物に大打撃を与えたため、食料不足に対処するべく、人々がライ麦を栽培するようになった可能性があることがわかった。農業が多くの遺跡の考古学的記録に現れ始めるのは、ヤンガードリアス期からもっと安定した完新世に移行してからだと、強く主張する考古学者もいる。

完新世の始まりとともに温暖になって安定し、全般的に快適な状況になっただけでなく、降雨も確実に起こるようになったため、景観全体が変わった。地球の気温が上がったことで海からの蒸発量が増して、降雨が増えたのである。降水量の増加は、現代の気候変動研究者が将来の地球温暖化の潜在的影響を予想する際に、考慮に入れる要素だ。完新世の初期に降水量が増えたことで、それまでは寒いステップ（高原）だった地域にも森が広がり、それによって今度はステップにいたマンモスやバイソンなどの大型種が追いやられたのである。旧石器時代人が頼りにしていた大型動物の群れが北方へ移動したり狩りによって絶滅したりしたため、人間の共同体はイノシシやシカ、ウサギといった小型の獲物のほか、新たに根菜や種子植物に頼らざるを得なくなった。後期旧石器時代の狩猟採集の共同体は様々な動植物種を試しに食べてみて、「なんでも（多種類を）」食べられるようになった。この試みが、ゆくゆくは本格的な農業の出現へとつながったのである。

🌀 文化的・生物学的適応モデル

アメリカの考古学者ピーター・リチャーソン（1943年生まれ）らは、完新世における農業は受け容れ可能となっただけでなく、結局のところ受け容れざるを得なくなったと

も考えている。様々な集団が家畜化・栽培化を試みるうちに、その集団の規模は狩猟採集の集団より大きくなった。その後の集団間の争いにより、狩猟採集の共同体も農業を受け容れるように迫られ、必然的に普及したというのが、彼らの主張である。

リチャーソンらの研究による環境要因と社会学的要因を組み合わせた説明は、農業の起源について単一の要因をよりどころとするものよりも説得力がある。また、複数の因果関係を示す文化的・生物学的適応の理論モデルにおいて、その中心に常にあるのは「気候」の重要性だ。この過程を表す五つのステップ（段階）は以下のようにまとめることができる。

ステップ1（前提条件1） 人間は農業に関して必要な知識や技能をすでに多く備えていた。

ステップ2（前提条件2） 動植物種には、潜在的に「家畜化・栽培化」できるものとして、「前適応」[生物が、環境の変化が起こる以前に、すでにその新しい環境に適応する能力を備えていること]されたものがあった。

ステップ3 地球の主要な地域にいた人間は、すでに移動する生活様式を次第に取り入れなくなり、最低でも「パートタイム」で定住型になっていた。

ステップ4 気候変動と人口圧力[生活を支える経済活動に対し、人口数が相対的な意味で過剰傾向にあること]により、こういった共同体は「**定住化の罠**」にとらわれた。一年のほとんどを一カ所で過ごす定住生活により、人口増加による飢餓を防ぐため、さらなるインテンシフィケーション（集約化）が絶対的に必要となった。これがステップ5につながる。

ステップ5 農業——唯一残った選択肢。

ステップ1（前提条件1）：人間は農業に関して必要な知識や技能をすでに多く備えていた

農業は家畜化・栽培化の過程によるものだが、これは個々の動植物種だけでなく、環境全体にも当てはまる。みずからの種を養い、守り、繁殖させるべく、人間は地球の広い範囲や生態系全体を家畜化・栽培化してきた。現在では、地球の表面積のおよそ50％が放牧や耕作に適するように人の手が加えられており、森林地帯の半分以上がその転換によって失われた[1]。これは目新しい現象ではない。20万年以上も前に地球上に現れて以来、人間は食料の供給を増やしたり捕食動物にさらされることを減らしたりするために、生物種や地形に手を加えてきたのだ。狩猟採集

民は、動植物を理解したり自然環境に手を加えたりするために、文化的に「前適応」されたと言える。また彼らは、ファイアスティック・ファーミング(野焼き農耕)や、大型動物相の絶滅に至った狩猟術などの風習により、周囲の状況を大きく変える能力も示してきた(第4章を参照)。ただ、手を加える規模が、農業の出現によって大々的に増したのである。

ステップ2(前提条件2):動植物種には、潜在的に「家畜化・栽培化」できるものとして、「前適応」されたものがあった

まったくの偶然なのだが、動植物種の中にはこれと同じころに、ほかよりも家畜化・栽培化に適した進化をしたものがあった。すべての動植物が家畜化・栽培化されやすいわけではない。価値ある栽培植物となったものはわずか100種ほどである。農耕民が陸生哺乳動物148種で家畜化できたのはわずか14種だった。潜在的に家畜化できる動物は、急激な成長、一定した出生率、群れる習性、気質の良さといった厳しい条件を満たさなければならないからである。

栽培化された100種ほどの植物の中で、栽培用に遺伝的に前適応していた典型的な種が小麦だ。特に西南アジアで栽培された穀類3種——ヒトツブコムギ(アインコルン)、フタツブコムギ(エンマーコムギ)、大麦——は事実上、狩猟採集から農業への移行の幕開けとなったものである(図5.1)。植物遺伝学者はヒトツブコムギとフタツブコムギの野生種と栽培品種の遺伝的関係を用いて、トルコ南東部にあるディヤルバクル西部が、最初に栽培が行われた場所として最も可能性が高いと主張した。もしこれが正しければ、栽培されたヒトツブコムギとフタツブコムギはこの場所からアフロユーラシア大陸へと広がり、最終的に世界各地に広まったのである。現在、地球上では年間に5億6000万トン以上の小麦が生産されており、およそ70億人の人間が消費するカロリーのおよそ5分の1を供給している。

このような栽培化の可能性を持つ有望種は、数多くあった。西南アジアの「肥沃な三日月地帯」と呼ばれる地域は、農業に適した気候・肥沃さ・土壌があり、野生種も様々なものが幅広く育っていた。この「肥沃な三日月地帯」は、地中海東部から北へ伸び、東へ進んでトルコ東部およびイラク北部の山々を抜けて高地に沿って南へ伸び、ティグリス川とユーフラテス川流域東部まで弧状を描いた高地である。その豊かな潜在的可能性こそ、同地で農業が始まった明らかな理由であり、環境世界史学者のジャレド・ダイアモンド(1937年生まれ)が著書『銃・病原菌・鉄』で提唱した見

図5.1 初期に栽培された小麦

西南アジアで行われたフタツブコムギと大麦の栽培は、狩猟採集から農業への移行にとって重要だった。

——スペルトコムギ
——デュラムコムギ
——野生のフタツブコムギ
——フタツブコムギ
——パンコムギ

解なのだ。

逆に言うと、南北アメリカ大陸には容易に栽培できる穀物種がなかったのである。トウモロコシの祖先であるブタモロコシ(テオシント)には、ヒトツブコムギやフタツブコムギのような大きな穂はなかった。だが、ブタモロコシには、小さくて羽毛のような節に振り分けられた、木の実のような小さい穀粒がいくつもの分枝にあった。南北アメリカの初期の農耕民は、何世代もかけてようやくブタモロコシを品種改良することができた。その結果、穂は大きくて穀粒は多く、莢(さや)は柔らかい栽培種が得られた。しかし、これを得るのに時間がかかりすぎたため、南北アメリカ大陸というワールドゾーンにおいて、これより栄養価が高くて収量の多い穀類を手に入れることは遅れたのだった。

ステップ3:地球の主要な地域にいた人間は、すでに移動する生活様式を次第に取り入れなくなり、最低でも「パートタイム」で定住型になっていた

考古学的証拠が示しているのは、およそ1万5000年前から世界各地で定住化が進んだ点である。その原因は気候変動と人口圧力だ。最終氷期末に気候が温暖かつ湿潤になるにつれて、自然の恵みが豊富にある地域

農業革命 **125**

に多くの人間が定住したのである。聖書にある「エデンの園」が西南アジアに位置していたのは偶然ではない。この地域に定住した人々は、最初は農業を手がけておらず、その土地に豊富にあった天然の果実を食べて暮らしていただけだった。彼らが定住を始めたことが結局は人口過剰に至ったが、これは定住民の人口が増えるのに際して、ノマド[定住生活ではなく移動生活をする人々]が直面するような人口増加に対する制約がなかったからである。

　移住は人口過剰の圧力をさらに強くした。こうした“豊饒の地”の多くはまた、人間の移動にとって自然の漏斗（隘路）の役目も果たしていた。西南アジアがその好例だが、それはこの地域がアフリカ大陸とユーラシア大陸の間を移動する人々にとって、主要な経路になっているからである。同じように、南北アメリカ大陸間を移動する人々はメソアメリカを通る必要があり、このことが最終的に同地に定住した人口の密集化の説明になるだろう。遺跡の証拠がますます増えたことで、およそ1万年前までには、これらの地域間の移動により局地的な人口圧力が増したことがわかってきたのだ。

　気候変動の結果、移動生活をやめて定住生活を受け容れることができてもなお、狩猟採集生活を続けていた共同体は「豊かな狩猟採集民」と称された——十分な資源が手に入るため、住み着いて「定住化」できる狩猟採集民のことである。たとえばオーストラリアでは、一部のアボリジニは年間を通した移動生活をやめて魚を獲る梁を作り、近くの村に住み着いた。オーストラリア東南部のグンジュマラ族は、ウナギの「飼育」を何千年も行っていたと見られる。彼らはノマドではなく、恒久的な大きな村に住み、影響力の強い首長がいた。つまり農耕民ではないながらも、農業社会の社会的・政治的な特徴の多くを取り入れていたのである。考古学者が見つけた証拠には、恒久的な小屋の跡数百、100平方キロメートル以上に及ぶウナギの飼育用の人工水路と池、オーストラリア東南部の他地域への輸送を円滑にするために商品のウナギを燻製にするのに使われた木々があった。

　それでも、一部は定住してこうした“豊かな狩猟採集生活”を送っていたにもかかわらず、また、オーストラリア北部からはニューギニアやその近くの島々で農業を始めていた人々との距離が比較的近かったにもかかわらず、土着のオーストラリアの先住民が豊かな狩猟採集生活を捨てて、農業に手を出すことはなかった。オーストラリアに来たヨーロッパ人の探検家らは、この大陸には狩猟採集生活を行う人しかいないことの理由として、様々な地理的・気候的・社会的な説明を試みたが、どれもまったく説得力に欠けて

いた。最もありそうな説明としては、特に沿岸地域の地元の人たちは比較的豊かな土地に住んでいたため、すでにうまくいっている移動生活を捨てて、ヤムイモとタロイモの栽培に基づいた、きつくてストレスの多い生活様式に移ることに魅力を感じなかったというものだ。現在に至るまで、狩猟採集を楽しみ、市販の加工食品よりも「奥地」（アウトバック）にある自然の恵み、いわゆる“ブッシュ・タッカー”の味覚を好む、昔ながらのアボリジニの集団もいる。

　豊かな狩猟採集生活の証拠は、メソアメリカ、バルト海沿岸、エジプトとスーダン、それに地中海東部からも見つかっている。メソアメリカのメキシコ湾および太平洋沿岸に暮らした人々は、豊かな“海の幸”に恵まれていたため、5000年前までには定住していた。豊かな狩猟採集民によるほぼ定住型の共同体は、バルト海沿岸にも見られた。漁労・狩猟・採集の技術を驚異的に伸ばして、紀元前1500年から紀元前300年の間に連続してその地に居住していた。豊かな狩猟採集民によるさらに古い証拠は、アスワンに近いナイル川流域で発見された。1万5000年前とされる集落から、漁労・狩猟・穀物収穫用の道具が出てきたのだ[2]。

　非常に豊かな狩猟採集社会が、およそ1万4000年前に西アジアの肥沃な三日月地帯の西部（現在のイスラエル、ヨルダン、レバノン、シリア）で発達した。その最初の証拠が発見されたのは1928年のことで、イスラエル北部のワディ・エン＝ナトゥーフ（あるいはナトゥフ）においてイギリスのドロシー・ギャロッド（1892年〜1968年）が見つけたため、この文化は「ナトゥーフ文化」と呼ばれる。この文化の人々は村に住み、野生の穀物を収穫し、ガゼルを狩っていた。彼らが使う工具はそれ以前のものと比べて必ずしも高度ではなかったが、鎌状の刃を大いに使っていたことは、広い範囲で穀物の採集方法が変わった証拠である（図5.2）。穀物を加工するレベルも以前よりかなり高くなっていた。標準的なすり鉢とすり石を補う形で、岩の平らな露頭や板状のへこみ部分を用いた、大きな岩盤のすり鉢が共同体内で穀物をひく際に使用された。

　きちんとした墓地の建造は、ナトゥーフ人をさらに特徴づけるものである。指導者が存在し、社会的な階級があったであろう複雑な共同体という証拠になるからである。埋葬された者の多くは様々な装身具——帽子、腕輪、靴下留め——を身につけていたが、これらは身分を示すものかもしれない。ただし、直接的に階級を示すものはほとんど発見されていないため、住民のごく少数のみが「選ばれて」儀式的に集落内外に埋葬されたと見られる事実を、厳密な意味で考古学的にはまだ説明できていない[3]。

　ナトゥーフ人が食べていたのは主に収穫して調理された

図5.2 ナトゥーフ人

肥沃な三日月地帯の西部で野生の穀物を収穫する、豊かな狩猟採集民ナトゥーフ人のイメージ図。

穀物だったという証拠が、シリアのアイン・マラッハ遺跡[現在はイスラエル]で見つかっている。遺骨からわかるのは、大麦の粥と小麦のパンを過度に食べていたせいで、虫歯が多かったことだ。アイン・マラッハはほかのナトゥーフの遺跡と同じく、ナトゥーフ人の豊かな狩猟採集生活の集約化による、定住型の生活様式と人口密度の増加という明らかな証拠も示している。年間を通じたアイン・マラッハの人口は200〜300人と推定され、これは現在の基準からすると少なく思われるかもしれないが、当時までに存在した人間の共同体では最大級のものだった可能性がある[4]。ナトゥーフ人は世界最古の都市エリコも創設したと見られている。これは1950年代後半にイギリスのキャスリーン・ケニヨン(1906年〜1978年)が発掘した都市だが、先土器時代まで掘り進めたところ、エリコは、放射性炭素年代によって紀元前9600年以降、ずっと居住されてきたことが証明された。さらに注目すべきことには、この地にナトゥーフ人がもっと前から暮らしていた証拠が見つかり、年代が紀元前1万2000年までさかのぼったのである。エリコについては、本章後半でまた触れる。

最終的には、定住生活、地域の人口増加、地域への継続的移住による人口圧力のため、それぞれの共同体が占める地域はだんだん狭くなってきた[ひとつのピザを大人数で分けるように]。紀元前1万年までには、狩猟採集民は世界のほとんどの地域へ移動したが、場所によってはもはや全員が住み着くだけの余地がなくなった。どの集団も、どんどん狭くなる土地で生きていかねばならず、さらに移動する先の余地もなかったため、これらの共同体はいわゆる**定住化の罠**にとらわれることになった。

ステップ4:「定住化の罠」にとらわれた共同体

「豊かな狩猟採集生活」を追い求めた結果、一カ所にとどまることができた集団には、移動時にあった人口に関する制約はもはや存在しなくなった。老人を見捨てる必要はなくなり、共同体はもっと多くの子どもを養えるようになった。人口が増えたことで、労働資源もより多くもたらされた。定住生活のおかげで、豊かな狩猟採集集団の人口は(ナトゥーフ人の集落が実証したように)増えて、結果的に人口過剰という新たな問題(定住化の罠)を招いた。

ナトゥーフのどの遺跡からも、定住生活と過密さを増す人口という証拠が出てきており、「豊かな狩猟採集生活」という方法ではもはや支えられないほど人口が多くなった可能性が示されている。ヨルダンのアンマン郊外にあるアイン・ガザル遺跡で発掘されたものからは、人口の自然増と近くの集落からの移住(社会増)により、紀元前7000年ごろの土地の人口が急に4倍に膨れ上がったことがわかった。この結果、集落はかなり切迫した状態となり、穀物の収穫量を増やすべく、環境的には持続できないような必死の試みが行われたのである。これには、過度の耕作と森林伐採(このため土壌の浸食が増した)が含まれていたほか、ヤギの過放牧(これは木々の再生を阻んだ)もあった。アイン・ガザルでは集落を離れて、その地域の中で湿気のある草原のステップにおいて、牧畜と農業という生活様式を追い求める集団も出てきた。

人口の増加に直面した豊かな狩猟採集民には、代わりとなる生き残り戦略はほとんどなかった。移動する狩猟採集生活に戻ることは、もはや無理だった。続く気候変動、土地の不足、それに豊かな狩猟採集生活を何世代も続けてきたせいで移動生活を行ううえでの狩猟採集技術は失われたも同然だったからである。残る手立ては、不要な草木を取り除いて(除草と森林伐採)、手に入る穀物と動物の生産量の増加に専念することだった。ほかには、望ましい植物種の植え付け・世話・収穫(栽培化)、望ましい有用な動物種の飼育(家畜化)があった。つまり、人口過剰圧力と気候変動に直面した豊かな狩猟採集民にとって、実行可能な唯一の選択肢は、農耕の強化と農業の選択しかなかったのであ

ステップ５：
農業──唯一残った選択肢

農業への移行過程を説明するこの「５段階モデル」を検証するひとつの方法として、このモデルが見事に機能しているように見える西アジアでの農業への移行と、中国や南北アメリカ大陸など世界の他地域の状況との比較がある。中国中央部では、ヤンガードリアス期の寒冷期が終わって温暖・湿潤な気候になると、狩猟採集民は野生の牛やヒツジの群れに加え、様々な野草──特にエノコログサ──が大量に手に入るようになった。汾河（ふんが）流域で発掘された薛関や柿子灘などの遺跡からは、「豊かな狩猟採集生活」を送っていた住民が定住化も取り入れたという証拠が出てきている。移行期の遺跡はまだ発掘されていないが、初期農耕時代に数多くあった定住型の農村の証拠は、紀元前6000年以降の地域には現れ始めている。特に磁山遺跡と裴李崗遺跡では、こうした共同体が8000年前に主にアワを栽培して暮らしていたことが示されている。

揚子江中流域の中国南部では、紀元前8000年直後の温暖な気候によって流域の湖が拡大し、ワイルドライス［真菰、イネに近い植物］の拡散が促された。特に二カ所の遺跡からは、狩猟採集から農業へ移行した証拠が出てきている。吊桶環の洞窟では、地層年代的にワイルドライス・中間種・栽培イネの順で「植物化石」が発見された（**植物化石**とは植物の石、いわゆる「プラント・オパール」のことで、多くの植物に存在する、顕微鏡で見えるぐらいの大きさのガラス質の粒である。植物体の有機質の部分が腐敗分解してしまうのに対し、ガラス質の植物化石は残りやすいため、生物考古学者にとっては重要な証拠となる）。植物化石を放射性炭素年代測定したところ、ワイルドライスは紀元前１万1200年直後には狩猟採集民によって野生のものが収穫されていたが、ヤンガードリアス期の急激な寒冷化の間に、もっと南部へ後退したかのように姿を消したことがわかった。そのあとでワイルドライスは、再び暖かな気候になると揚子江流域に戻ってきて、遅くとも紀元前6000年までには住民によって栽培化されていたようである。吊桶環が示しているのは、栽培できる作物種がますます入手できるようになったという、まぎれもない証拠だ。これは気候変動のため、そして「豊かな狩猟採集民」が定住生活を選んだためであり、これが必然的に人口増加と最終的なイネの栽培につながったのである[5]。

北・中央・南アメリカ大陸でも、同じような傾向が考古学的記録に残されている。気候に関連して、入手できる様々な食料源が増えたことで、定住化とその後の人口圧力の増加を招き、それが今度は人間を追い込んで、より大きな労働力を要する農耕や、果ては本格的な農業を取り入れざるを得ない状況に至ったのだ。たとえばメキシコでは、紀元前9500年ごろから紀元前2500年の時期は移動生活する狩猟採集民がほとんどだったが、紀元前2500年までか、おそらくはもっと前までには、人々は多くの農村に定住して暮らすようになり、その年代も推定されている。最古の作物種はカボチャで、インゲンマメやトウガラシがあとに続いた。メキシコのソアピルコとサンアンドレアスの遺跡には、「豊かな狩猟採集民」が長期間住んでいたようだが、彼らは最終的には農業へと移行した。ただし、その移行や栽培化の最初の証拠となる年代の特定は、困難なままである。

北アメリカでは、ニューメキシコ州モゴヨン高地でのトウモロコシの栽培化の年代が紀元前1500年ごろと推定されている。ミズーリ州フィリップス・スプリングス遺跡からは、野生のヒョウタンの採集から半栽培、そして最終的な栽培化への移行が、早ければ紀元前2500年ごろには始まっていたことがわかる。南アメリカでは、ペルーの中央高地にあるトレス・ベンタナス洞窟から、そこで暮らしていた「豊かな狩猟採集民」がジャガイモやヒョウタン、サツマイモを食べていたという最古の証拠が出てきている。このジャガイモは紀元前5500年ごろのものとされたが、自然生息地でも良好に育ったため、その栽培化の状態については、はっきりしたことはわかっていない。ひとたび「豊かな狩猟採集」から本格的な農業へ移行するや、南アメリカのほとんどすべての遺跡で、複雑な定住社会への急激な発展と人口密度の増加が見られ、それは特に太平洋沿岸で顕著だった[6]。

現代の半農の共同体は、本章で見てきた過程の初期段階に戻った姿を見せてくれる。たとえばアマゾン盆地のヤノマミ族は、単純な焼き畑農業（切って焼く農業）を長年行ってきた。畑と作物に日光と栄養がより行き渡るように、余分な木々や下生えを「取り除く」のである。ヤノマミ族は、ブラジルとベネズエラの国境沿いのアマゾンの熱帯雨林にかなり孤立した状態で住んでいたが、20世紀に"発見"されてからは、現代人類学において最も研究された集団のひとつとなった。彼らが行う移動農業はプランテン（クッキングバナナ）とキャッサバの栽培を基にしているが（図5.3）、魚釣りや狩猟を行い、森にある食べ物も集めている。50人から400人までの集落に暮らし、１年か２年ごとに集落を捨てては、森の中の新たな地域へ集団で移っていく。こうして密集して暮らすことで、ヤノマミ族は複雑度の高い社会になっていった。多くの婚姻関係は一夫一妻ながら、

図5.3 ヤノマミ族

アマゾン盆地にあるヤノマミ族の「農場」。焼き畑農業を行うヤノマミ族は、畑と作物に日光と養分がより行き渡るように、余分な木々や下生えを「取り除く」。

男性ひとりに複数の女性という世帯を単位とした一夫多妻の大家族も普通に見られる。家庭内暴力や諍いは日常茶飯事で、男性が女性や地位、さらには奴隷を求めて争うのだ。ヤノマミ族は、移動する狩猟採集だけでもないし定住する農業だけでもない混成型の生活様式を続けている。彼らが現代世界の影響を受けてきた点は考慮しなければならないが、狩猟採集から農業への移行の産物として現れた、人間の生活様式や社会における劇的な変化を垣間見させてくれている。

初期農耕時代

　農業の出現により、農耕が行われていた地域の人間史は新たな段階に突入した。この段階を**初期農耕時代**と呼ぶ。世界史の本ではその大部分が無視されている時代であり、そうした本でよく暗に示されているのは、農業を選択したことで都市や国家、文明がただちにもたらされたという点だ。本章のこの節を読めば、こうした巨大な権力構造が現れるのは何千年もあとのことだとわかるだろう。何しろ初期農耕時代は、都市が初めて現れてから現在までの期間全体と、ほぼ同じくらいの長さがあったのだから［どちらも約5000年］！　では、初期の農耕民はどのような暮らしをしていたのか？　最古の農村の様子は？　人口密度の増加によって複雑な都市や国家に人間が大量に集中するまで、農業はどのように広がり続けたのか？

　初期農耕時代という用語を用いる場合には、明らかに農業を基盤とした（つまり、誰もが農業によって食料を得ていた）社会を取り上げている。この社会は都市や国家、さらには「文化」と呼ばれるものがなくても、それなりに機能していた。現在でも、極めて少ないものの、初期農耕社会は一部の地域に存在している（例としてヤノマミ族やパプアニューギニアの高地）。重要なことは、過去1万年のうちの5000年間は、そのような社会こそが人間の生活様式において支配的で、あらゆる共同体の中で最大かつ最も複雑なものだったということである。

　この時代に該当する年代は、地域によって大きく異なる。ある地域（たとえば西南アジア）では、この時代は約1万1000年前（紀元前9000年ごろ）に始まり、最初の都市や国家が現れるおよそ5200年前まで続いた。これが別の地域では、農業や都市や国家の登場はもっとあとであり、都市や国家がまったく現れないところもあった。本章では、およそ紀元前9000年から紀元前3000年ごろまでの約6000年間の人間史について詳しく見ていく——つまり、農業の最古の証拠から、最初の都市や国家が現れるまでだ。

　ある地域で農業が取り入れられたことは、人間史がそのワールドゾーンにおいて大きく異なる軌跡をたどり始めたことを意味した。アフロユーラシア大陸に農業が初めて現れて以降、同大陸には最大規模の集団が存在して実に様々な栽培植物や家畜がもたらされた。これよりもあとに農業が現れた南北アメリカ大陸は、その次に人口が多く、生態的にもかなり多様だった。ただ、栽培できそうな植物はアフロユーラシア大陸の野草ほど栄養価が高くなく、家畜に

初期農耕時代　**129**

なりそうな種も少なかった。これはおそらく、初期の狩猟民が絶滅に追いやったためだろう。

オーストラレーシアでは、農業の出現は早かったものの、その範囲は非常に限られたままだった。人口も少ないままだったが、その一因として、農耕民にとって生態的多様性が限られていて、家畜になりそうな動物種がいなかったことが挙げられる。真の農業が起こったのはパプアニューギニアだけで、その主作物はタロイモだった。オーストラリアに農業が完全に根づくことはなかったが、ほんの2世紀前にヨーロッパ人がやって来るまでは、アボリジニは狩猟採集生活をうまく続けていたのである。太平洋ワールドゾーンではかなりあとになって、丸木舟による長距離移動が可能になったことで農業が広がったが、生態的多様性の少なさが類似していたために、栽培できそうな植物種の範囲に限りがあり、多くの島の環境の脆弱さが人口密度を制限していたのだった。

初期農耕時代の技術と生産性

初期農耕民は自分たちが生産できる食料の量の限界に直面していた。この問題には、エネルギーと労働力の不足、肥料と栄養物の両方もしくは一方の不足、さらに水の不足が含まれていた。

初期農耕時代には、ほとんどのエネルギーと労働は人力だったため、潜在的な働き手として、子どもの重要度はますます増していった。人々は、次の章で出てくるいわゆる「副産物革命」までは、動物性肥料が持つ潜在的な利点については何千年もの間、まったく理解していなかった。この時代の大部分の期間では、灌漑の利用は非常に限られていた。大規模に行うには国家による強制力がおそらく必要だったが、長引く気候変動と増加する人口により、その必要性はますます増していったのである。

初期農耕民が取り入れた初期農業の三つの主な技術(もしくは方法)は、こうした限界を反映したものだった。その技術とは、園芸農業、焼き畑農業、チナンパ農法である。**園芸農業**とは、20世紀に多くの自給自足や共同体の園芸家が求め続けた市場園芸に似たものだ。木の柄をつけた開墾用の石切り斧、種まき用の踏み鋤と鍬、木の柄をつけた収穫用の骨もしくは石の鎌、穀物を挽くための石など、伝統的な技術や道具が用いられた。すべてのエネルギーを人力でまかなっていたため、これらの道具や用具の有効性は極めて重要だった(図5.4)。こうした道具はまた、初期農耕時代における人間の生活様式の理解と年代決定を試みる考古学者に、重要な証拠ももたらしてきたのである。

図5.4　園芸農業

17世紀のペルーにおいて、園芸農業道具(踏み鋤と鍬)と技術を駆使してジャガイモを収穫している様子。人間自身が基本的なエネルギー資源として仕事を行っている。

踏み鋤　　　　　　鍬

中国のある遺跡からは、初期農耕時代に園芸農業を手がけた共同体内で行われていた技術革新の例が見つかっている。黄河流域の磁山遺跡で発掘された初期農耕時代の層は、紀元前6000年から紀元前5700年の間のものと推定された。穴蔵も数百個見つかっており、住民が冬期に食べ物に困らないように、穀物を保存する場所として造られたもののようである。石の踏み鋤や石臼、すりこぎも見つかっていて、これらはアワの栽培に用いられ、食べる際には丸鉢や三足器が使われた。

切って焼く**焼き畑農業**は、現在もアマゾン盆地のヤノマミ族が行っている。焼き畑を行う初期の農耕民は広大な森に対して、自分たちの"畑"や穀物に日光と養分がより行き渡るように、ひいては草食動物にも栄養が行き渡るように、余分な木々や下生えを「取り除いた」のだった。彼らは森の中のある場所を選ぶと、そこの草木を手斧で刈ったり焼いて取り除いたりしたのち、1年から5年という限られた期間でその場所を耕すのである。そして、その土地の肥沃度が使い果たされると、森の中の新たな場所へと移って"切って焼く"過程を最初から繰り返すのだ。北アメリカやヨーロッパの温暖な地域では、ほとんどの農耕民は焼き畑農業をやめたが、熱帯雨林ではヤノマミ族のように現在も続けられている。

図5.5 チナンパ農法

メソアメリカの農耕民が考え出したチナンパ農法は、木材と土からなる人工の浮き島を湖の中に固定して、その上で作物を作るというものである。

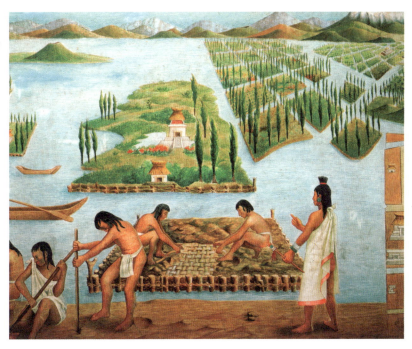

メソアメリカの農耕民が考え出した**チナンパ農法**は、木材と土からなる人工の浮き島を湖の真ん中に固定して、その上で作物を作るというものだ(図5.5)。この農法の使用はアステカ族の都市化と関連しているため、詳しくは第9章で取り上げる。

これらの初期の農耕技術は、のちの農業技術よりも生産性ではかなり劣っていた。それでも、旧石器時代のものよりははるかに生産性が高く、効率と生産性が徐々に向上するにつれて、世界の総人口はそれまでより急速に増え始めた。人口統計学者の推定では、旧石器時代末までの総人口は最大で1000万人に達していた可能性もあるとのことだが、初期農耕時代の総人口は紀元前1万年前に続く6000年間で5倍の約5000万人にまで増えたと見られている。

農業の伝播

栽培化に適していそうな植物種が利用できたことで、地理的に隔絶された複数の地域において農業が個々に発展したことは、先に見てきた。農業は個々の「起源の中心」で一旦確立されるや、それらから世界中に否応なく広まり始めたのだ。ある地域ではこの伝播は急速で、ワールドゾーンで一般に見られる東西方向の伝播[緯度や気候帯に沿った伝播]によって、特にアフロユーラシア大陸では、気候的に似た環境での在来種の移動が促進された。ほかの地域では、様々な緯度での気候に合わせる必要があったため、伝播は緩慢なものになった。

農業の伝播は、狩猟採集民の選択によるか、農村の拡大によって彼らが追いやられたことによるが、様々な地域においてどちらの要因が主たるものだったかについては、考古学的証拠からは区別がしにくい。確かに農業には狩猟採集に比べて人口増加しやすいという利点があるが、人口が徐々に増えるにつれて、農村は常態的に「持続可能性」の問題に直面するようになった。限られた量の穀物や家畜に対して扶養する人数がますます増えていくため、家族は移動と新たな土地の開墾を余儀なくされたのである。このことは、既存の共同体の規模が大きくなっただけでなく、新たな農村が続々と作り出されていったことも意味した。アメリカのA・J・アマーマン(1942年生まれ)とイタリアのL・L・カヴァッリ=スフォルツァ(1922年生まれ)は集団生物学から取り入れた**波状進出モデル**を主張した。その説によれば、農村の周囲における人口の増加とその土地の移動パターンが合わさることで、必然的に農業人口の収容範囲の増加がもたらされたという。これは、農耕民が、環境的に適した方向ならどこへでも、外へ外へと向かって移動していったからだ。

この拡大の原因やペースに関する考古学的証拠は曖昧になりがちであるため、農業の伝播をたどる手助けとなる新たな二つのアプローチが登場した。言語の分布と遺伝学的研究である。まず、言語の分布からは、太平洋のワールドゾーンにおいて、オーストロネシア言語の話者がイネの栽培を紀元前3000年ごろに中国から台湾へ伝え、その1000年後にはそれがフィリピンへ伝わったことがわかった。そ

こで新たな穀物種が栽培されると、今度はそれらがその後2000年間の驚異の"丸木舟"航海により、太平洋の離島群に伝わったのである（この移動について詳しくは第9章を参照）。東南アジアの土着の狩猟採集民が移動農耕民によって追いやられたことは、言語の拡大——特に農耕民の移動にともなう「イネ（コメ）」を表す同族語の分布という証拠——によって証明されている。

サハラ以南のアフリカでは、紀元前千年紀［紀元前1000年から紀元前1年まで］の間にバントゥー語を話す人々が移動したことで、畜牛の群れと、モロコシおよびアワの栽培が大陸中に広まった。バントゥー語を話すこの民族の発祥の地は、現代のカメルーンのサバンナだった可能性がある。移住者はそこから森の中のサバンナの回廊を抜けて、おそらくは乾燥期に南へ広がったのだ。アフリカ中に農業の伝播を促したのは、バントゥー語を話すこれらの人々の移動だったという考えを、言語証拠は裏付けている。

言語の分布に加えて、農耕集団の移動とともに特有の遺伝的形質も伝播し、それが現代の集団に見つかるのではと遺伝学者は考えている。ただし、この研究の結果は曖昧で、ミトコンドリアDNA（mtDNA）、Y染色体DNA、核DNAの研究では、たとえば西南アジアの初期農耕民の遺伝子が現代ヨーロッパ人に伝わった割合について、異なる結論が出ている。ヨーロッパ人の遺伝子プールに対する西南アジアの農耕民の貢献度は約20％というmtDNAの研究もあれば、65％までという結果が出たY染色体DNAの研究もあった。mtDNA（女性の側から遺伝する）とY染色体DNA（男性によって伝わる）の割合の違いは、ヨーロッパへ移動してきた男性農耕民が土着の狩猟採集民の女性と結婚した証拠と解釈できるかもしれない。mtDNA、Y染色体DNA、その他の常染色体マーカーを用いた近年の研究では、ヨーロッパ人の遺伝子プールに対する初期農耕民の貢献度は、20％をはるかに超えている地域がある一方で、西アジアで生じた拡大において予期されたように、東から西へ減少しているのである（85％と高いギリシアから15％のフランスへのように）。

初期農耕時代のトルコと北ヨーロッパの集落を比較した2010年の研究は「波状進出モデル」をさらに裏付けるものとなっている。家畜と初期農耕民の骨格から［回収したDNAについて］遺伝子解析したところ、紀元前8000年ごろ［約1万年前］に西南アジアからヨーロッパへ農耕民の集団移動が始まったことがわかった。この農耕民が家畜の牛や豚を持ち込んだのである。遺伝的変異のおかげで、彼らは生の牛乳を大量に飲んで消化することができ（初期のホモ・サピエンスにはできなかった）、それによって大幅な人口

増加となったのだった。土着の狩猟採集民と移動農耕民との間で争いがあったことを示す遺跡もあるが（たとえばドイツのタールハイム近郊では、棍棒で殴り殺された34体の遺体が見つかっている）、ときには物々交換や取引が行われていた様子もある。移動民はバルカン半島を横切ると、北へ進んで現在のオーストリア、ハンガリー、ドイツ、スロヴァキアへ渡り、途切れることのないこの移動の波が、ついには北ヨーロッパに広がっていた狩猟採集民の消滅をもたらしたのだった[7]。

さらにやはり2010年に行われた、ドイツのデレンベルクの墓地で見つかった8000年前［紀元前6000年ごろ］の遺体の骨から抽出されたmtDNAの研究も、波状進出モデルを裏付けているが、農耕民と狩猟採集民の間の争いや排除よりもむしろ、両者による交配の証拠が出てきた。抽出されたmtDNAは、現代のトルコやイランに住む人々のものに非常に近く、農業は先住していた狩猟採集民が取り入れたのではなく、移動民によってヨーロッパへもたらされた可能性が高いことをさらに示していたのである。ただ、前の段落で触れた考古学的研究とは異なり、デレンベルクのmtDNAの証拠は、狩猟採集民は移動してきた農耕民によって「死滅」させられたのではなく、混血したことで混成の遺伝的祖先を持つ子孫を生み出したことを示している[8]。

農業の拡大を推し進めた原動力がなんであれ、農村の数は初期農耕時代に増えていき、5000年ほど前までには、地球上のほとんどの人が生活のために農業を行っていたのは明らかだ。約1万年前に農業が行われていたのは西南アジアと、おそらくはパプアニューギニアだけだった。7000年前では、現在のパキスタンのインダス川流域や中国の黄河と揚子江上の小高い地域に、農業が現れた。およそ5000年前の初期農耕時代末になると、ヨーロッパ、バルカン半島、サハラ以南のアフリカ、それにおそらくは中央・南アメリカでも、農業は主要な生活様式になっていた。これらのすべての地域で人口密度が増えてコレクティブ・ラーニング（集団的学習）を行う機会が増したため、初期農耕時代は人間史に新たな社会的活力をもたらしたのである。

❺ 初期農耕時代における社会の複雑さの増大

恒久的な住居に住む農耕民は、様々な集落で集まって暮らした。都市も国家もなく、村人は数十世帯から数千世帯まで多岐にわたる規模の共同体に住んでいた。初期農耕時代の人々にとっては、集落こそが自分たちの世界だったのだ。だがこれは、初期農耕時代が画一的な時代だったとい

う意味ではない。集落のあるべき姿のモデルなど、ひとつも存在しなかったのだから。それぞれの集落は大きく異なっていたので、そこで暮らす人々の生活も大きく異なっていた。

　同じ土地にずっと暮らすことは、人間社会に大きな影響をもたらした。密集した大きな共同体で暮らすことで、住民の日常生活に大変革がもたらされたのである。こういった集落で必然的に起こる緊張状態や争いには、それらを抑える仕組みが必要とされた。今や家族は基本的に、隣人とうまくやっていかざるを得ない状態になっていたからである。人類学者はこれを、(共同体の)**遠心的**傾向と(個々の家庭の)**求心的**傾向との緊張と呼んでいる。のちの農耕時代後期に現れる政府や法的機関の始まりは、こうした初期の集落の緊張状態にさかのぼることができるだろう。こうした関係性は社会の複雑さの増大にもつながっている。大規模な集団や私有財産の出現により、権力・性差・地位という新たな問題が、人間史上初めて出てきたからだ。基本的な人類学理論が示しているのは、集団が大きくなるほど、力や権威は明白に行使されるというものである。そして初期農耕時代に、旧石器時代の親族集団の平等主義が、富と権力という厳しい階層制によって徐々に置き換えられていったのだった。これは世界中の埋葬で明らかになっていて、副葬品の量と質に大きな違いが見られる。

🌀 初期の農村

　どの初期農村でも複雑さが高まっていった証拠が見られるが、農村における実際の日々の生活は、その集落の状況や地域的な環境特性によって大きく異なっていた。集落の出現そのものは進化の過程である。というのは、一カ所に定住すること自体は、複雑に組織された集落を作ることより簡単だからである。ユーフラテス川流域のアブ・フレイラ遺跡にある最古の住居は小さくて丸く、藁葺の屋根を持つ家は泥へと沈み込んでいたが、ここには「豊かな狩猟採集民」が住んでいたようである。この共同体は紀元前9600年ごろに放棄されたものの、紀元前8800年ごろには初期農耕民が再び住んでいる。その後は移住が急激に進んで大きな集落となり、泥レンガによる長方形の建物ができ(円形構造とは違って、簡単に部屋を加えることができ)、一階部分に貯蔵室があって、住居は上階にあった。

　南アジアの重要な初期農村の例が、1970年代に発見されたパキスタン西部のメヘルガル遺跡にある。メヘルガルには紀元前6500年から紀元前2800年にかけて継続的に人が住んでおり、これまでに南アジアで発見された農耕時代

の共同体で最古のものだ。ボーラーン川からさほど離れておらず、インド−イラン高原の高地とインダス川の平原とを結ぶボーラーン峠の近くに位置している。集落の最古の層には、泥レンガによる長方形の建物からなる住居があり、複数の部屋と小さな区画(穀物の貯蔵室と見られる)に分かれている。育てていた主要作物は大麦と小麦で、ナツメヤシに、狩猟した野生のガゼルとコブウシがそれに加わる。先土器の時期の墓からは実用的な遺物と外来の遺物の両方が出てきて、鎌、瀝青で裏打ちしたカゴ、海の貝殻、トルコ石が含まれていた。紀元前6000年以降は、墓に土器が現れる。家畜化されたコブウシの遺伝的証拠や、栽培された綿の最古の証拠と見られるものもある。メヘルガルは、南アジアにおいて「豊かな狩猟採集」から最終的な都市化への移行が長期にわたって行われたという、珍しい証拠をもたらす重要な遺跡なのである。

　中国南部の八十壋遺跡の集落は、湖南省の揚子江と近くの湖の間にある、冠水した低い平原に位置している。考古学者によって発掘された最も古い層(およそ紀元前7000年と見られる)には、氾濫原の泥炭層上に住居に嵩上げするための基礎の柱の穴の跡がある。八十壋遺跡は中国にある最古の農村のひとつで、建物は農業——この場合はイネの栽培化——の成功を促進するような方法と場所で建てる必要があることを示している。

　中国北部では、初期農耕時代の仰韶文化の証拠が、黄河流域の数多くの場所で発掘されている。仰韶文化は高度な定住型農業文化で、紀元前5200年ごろから紀元前3000年にかけて、2000年以上も続いた。仰韶文化で最も重要な遺跡が半坡で、防衛用の深い溝(環濠)に囲まれた印象的な集落である。住居はその濠の内側に配置され、墓地は集落の外にあった(図5.6を参照)。複数の中国の遺跡が、複雑さを増す集落の生活の発展と、東アジアで初期農耕時代が展開される際に特定の環境条件が果たした役割について、興味深いものを見せてくれている。

　南北アメリカ大陸で研究を行う考古学者も、その広いワールドゾーンに広がる初期農耕時代の農村生活の証拠を発見している。北アメリカのコスター遺跡は、イリノイ川下流の氾濫原の端の断崖基部に位置しており、狩猟採集民用の一時的な野営地として始まった。それがやがて、長期の居住に適した複合体へと発展したが、そこに住んでいたのは農耕民ではなく「豊かな狩猟採集民」だったと見られている。住居は長方形で4.8 × 4.25メートルの土台の上に建てられ、炉床があった。食料は穴蔵に保存され、イガイを蒸したり肉を焼いたりするのに鉢が用いられた。死者は特別な墓地のような場所に埋められ、埋葬された犬5頭の遺骸

初期農耕時代　**133**

図5.6 半坡遺跡

中国北部の重要な仰韶文化の半坡遺跡で発掘されたもの。この初期農村内にある住居は、防御用の深い溝で囲まれていた。

（紀元前6500年のもの）も見つかっている。

　南アメリカ大陸のラ・パロマという大きな集落の遺跡はペルーの海岸沿いに築かれたもので、紀元前6800年ごろから紀元前3700年にかけて継続的に人が住んでいた。最盛期には、平底の穴蔵に組み込まれたドーム状の円形住居が50棟あった。籐類の茎を壁の上部構造として、屋根は藁葺だった。発見された遺物からは、住民が"海の幸"を集めたり、紀元前6000年という早い時期からヒョウタンやカボチャ、豆を栽培したりして生活していたことがわかる。死者の遺体は海塩に漬けたのち、葦のむしろにくるんで、墓の上で火を焚いて乾燥させてから保存したのだった。顔料、釣り針、黒曜石、それに外来の貝を含めた遺物の分布からは、他の初期農耕時代の遺跡に見られる富と権力の厳しい階層制がない、比較的に平等な社会だったことがわかる。

　最後の例となるイギリス諸島北部のものは、初期農耕時代の集落に関するこの概略を締めくくるものだ。スコットランドの北にあるオークニー島の西岸に位置するスカラ・ブレイの集落は、土と砂で完全に埋もれていたが、1850年の大嵐によって、石でできた住居がいくつかあることが明らかになった。オーストラリアの考古学者ゴードン・チャイルド（1892年〜1957年）が1928年にこの場所の発掘を始めたところ、7棟の住居が見つかり、その後もさらに3棟出てきた。放射性炭素年代測定によると、この集落は紀元前3100年から紀元前2500年の間は継続的に人が住んでいたことがわかった。これまでにヨーロッパで見つかった初期農耕時代の集落では、最も完全なものである。

　この集落は元々は海から多少離れたところに位置していて農耕民が住んでいたが、彼らは狩りや魚釣りも行っていた。オークニー諸島は材木が少ないことから、初期の住民は石などの別の建築材料を使わざるを得なかった。住民には、この地域の厳しい気候から守ってくれる頑丈な石造りの住居が必要だったため、前からあった家庭ごみの山（考古学者が貝塚と呼ぶもの）に家の基礎部分を打ち込んだのである。海の浸食によって自然に形成された大きな板石を使って壁が築かれ、住居を覆って風雨に耐えられるように、材木と大量の泥炭・土・草が屋根と側面に層状に重ねられたのだった。住居だけでなく、その中身も石でできていた。石の寝床、食器棚、貯蔵スペース、鉢、骨ピン、ビーズのネックレス、謎めいた彫り物の石の玉、代赭石［赤土状の軟質の赤鉄鉱］が入った容器——どれもこの遺跡で見つかったものである（図5.7）。建物のひとつは作業場のような役割を果たしていたと見られ、小部屋に分けられていたほか、道具作りの副産物と考えられる骨や石、枝角の破片があった。この集落の社会構造についてはほとんどわかっていないが、紀元前2500年ごろに気候が悪化したことで、初期農耕時代のもので最も頑丈だったと思われるこの集落でさえ、もう人が住めなくなったことはわかっている。住民はこの集落を完全に見捨てたようなのだ。

初期農耕時代における男女の社会的関係（ジェンダー）

　初期農耕時代の共同体における男女の社会的関係につい

図5.7 スカラ・ブレイ

スコットランドの北にあるオークニー島のスカラ・ブレイの集落は、紀元前3100年ごろから紀元前2500年のものとされる。住居もその内容物もすべて、島で簡単に手に入る石という建築材料からなる。

ても、考古学が明らかにしたものはあるが、その証拠は曖昧であるため、農業と定住型農村の出現が女性の地位に与えた影響については、部分的な答えしかもたらされていない。この［狩猟採集から初期農耕への］移行は男女の相対的地位を明らかに変えたものの、この変化を明白に示す標準モデルは存在しないのだ。この問題の原因のひとつは、考古学的記録において男女の遺骨を分けることが難しく、発見された遺物の多くもどちらの性別に用いられたと明示できないことである。人類学者や"性"に関する歴史学者は、現代の初期農村的な社会と比較して、この移行期にあった可能性があることを再構築しようとしている。たとえばひとつの推測として、20世紀の園芸農業社会で用いられる石器は概して男性が作っていることから、初期農耕時代においても同様だったのではというものがあるが、この点はまだ確実ではない。

アフリカ南部の狩猟採集民サン人の研究により、定住化によって女性の地位が低下したと主張されるようになった。移動民の集団のほうがもっと平等で、集団で生き抜くためには男女の役割は等しく重要だった。それを定住化がすべて変え、女性を"家"という比較的孤立したところに閉じ込めて、男性には畜牛の群れの管理や「政治」を含めた、より社会的な役割を自由に行わせたという。結果的にこの移行が意味したのは、井戸からの水汲みやその他の家事を含めて、女性の仕事を地位の低いものと定めることだったというのである。

初期農耕時代の性別役割に関しては、女性が率先して共

初期農耕時代 135

同体に移動生活をやめさせて、植物の栽培を意図的かつ積極的に試みることで定住を促したのではという別の解釈が存在する。移動する狩猟採集民として生きていくことは、女性にとっては特にきつかったからだ。スーダンの「豊かな狩猟採集民」を観察した人類学者は、このようなモデルを裏付ける証拠を見つけている[9]。一方で、シリアのアブ・フレイラ遺跡の骨格を分析したところ、女性にとっては狩猟採集よりも農業のほうが肉体的によっぽど厳しいものだったことがわかった。多くの女性の骨格は、足の指の骨や強靭な上腕が変形しており、穀物を一日中挽いていたことによるものと見られる一方、男性の骨格からはそのような変形は見られなかった。

初期農耕への移行初期の農村の生活水準が、狩猟採集期と比べて男女とも低下したことから、男女差についての解釈が一筋縄ではいかなくなっている。農耕民は狩猟採集民よりも少ない食料に頼っていたため、食事の種類も栄養も乏しかった。それゆえ初期農耕民の骨格は、近隣の狩猟採集民よりも小柄に見えるのだ。主要生産物が不作になると、農耕民にとって飢饉は現実に起こりうることであったし、また常に存在する脅威でもあった。そのうえ農耕民は、初期農耕時代の共同体が直面した無数の脅威をしのいで生きるために、狩猟採集民よりも、きつい仕事を必死に長時間行った結果、高いレベルのストレスに見舞われたのだろう（これは骨を調べるとわかる）。ともあれ、そのような共同体では、男女の役割（ひいては地位）はますます明確に定義されたと言っても差し支えないと思われる。

🔅 集落が町になった理由とは？

すべての集落が町や都市になったわけではない。ここでは、集落の中でも、大きくなってついには町になったものについて、その特別な理由を見ていく。第6章では、この分析を次の段階へと進め、初期のいくつかの町が都市になり、ゆくゆくは国家になった理由を考えていく。

集落がとりわけ大きくなり、ついには町と呼べる大きさになった特筆すべき例が、考古学的証拠によって示されている。だが、こういった中心地が発展した理由については、まったくわかっていない。周囲の集落にとって精神的な意味合いを持った重要な儀式の中心地だったかもしれないと考えられる一方で、頼りにできる水の供給など価値ある資源を入手しやすかったからというわかりやすい例もある。重要な商業的中心地となったものについては、貴重品の売買を管理したり、重要な取引や移動ルートにおいて、戦略的な位置を占めたりしていたためかもしれない。本章のこ

の節のまとめとして、初期農耕時代の二つの異なる例を見ていく。エリコとチャタルヒュユクだ。三番目の重要な例となる北アメリカのチャコ・キャニオンについては、第9章で取り上げる。

エリコ──世界最古の町か？

現在のエリコの都市はパレスチナのヨルダン川流域にあり、死海の北およそ16キロメートルに位置する。海抜−263メートルという、世界で最も低い土地にあって人が住み続けてきた集落だ。同地の考古学的調査は1868年に始まり、20世紀前半には散発的に続けられた。1952年から1958年にかけては、前出のキャスリーン・ケニヨンが現代の考古学的技術を用いて、広範な調査を行った。ケニヨンがとりわけ興味を持ったのが、ヘブライ語の聖書で「棕櫚の町」と命名された古代都市の発見である。この都市はまた、ユダヤ教とキリスト教の伝承において、イスラエルの民がエジプトでの奴隷状態から戻ってきた場所として崇敬されていた。ところが彼女の発掘によって明らかになったのは、聖書の時代より数千年紀も前に人が住んでいたという証拠であり、最終的に彼女が掘り進んだ溝は、初期農耕時代の遺跡にまで到達したのである。紀元前9600年ぐらいのもので、約2.4ヘクタールの広さの集落だ。その後はさらに古い層が見つかり、紀元前1万2000年ごろという早い時期から、ナトゥーフの「豊かな狩猟採集民」がエリコに住んでいたことが示され、エリコは人間史で最も古くから継続的に人が住んできた最古の場所となったのである。

エリコの起源および息の長さを解明する手助けとなる重要な資源は、この砂漠という厳しい環境での定住に不可欠な「水」だ。この都市はワディ・ケルトのオアシスに位置している。これは驚くほど頼りになる地下水道で、「スルタンの泉」として知られており、継続して人間が住んできた1万4000年間にわたって、枯れたことがないという。この天然の水資源は、聖書では「エリシャの泉」と呼ばれている。預言者のエリシャがエリコの水を清めたという『列王記下』（2章19-22節）の話にちなんだものだ。この泉からは毎分3800リットル以上の真水が湧き出ていて、高度な用水路により約1000ヘクタールの農地へと分配されている。堆積してできた土自体も肥沃で、土と日光と水の組み合わせにより、農業への移行が始まって以降、「豊かな狩猟採集民」や農耕民にとって魅力的な場所となっている（図5.8）。

最初のナトゥーフ人の定住後、最古の農耕民がフタツブコムギと大麦を栽培し、見事な協力行動を発揮して、岩を削った路で囲んだ集落の周囲に石の壁を打ち立てた。この

図 5.8　エリコ

現在のパレスチナのヨルダン川流域に位置するエリコは、世界最古の町である。およそ1万4000年間にわたって継続的に人が住んできた。

集落は紀元前8350年ごろから紀元前7350年の間に町へと発展し、3000人もの農耕民が都市計画が何もない状態で並べられた泥レンガ作りの丸い家に住んでいたと見られる。その後は住民はヒツジを飼うようになったほか、人の頭蓋骨を保存するという儀式を発達させ、眼窩に貝殻を置いたりしたようだ。

その後の定住期の地層からは、エリコが大きな集落から町へと移行したことを示す、複雑になった社会構造をほのめかす証拠が得られている。青銅器時代以前のこれらの層を調べている考古学者は、狩猟道具や農具を見つけている。また、矢じり、鎌、斧、砥石、石灰石の皿や椀を含む食器、はずみ車、織り機の重し、さらに、宗教や儀式的慣習に関係があると見られるほぼ等身大の人形石膏像なども見つかっている。継続的に人が住んだ数千年紀ののち、エリコは紀元前1700年から紀元前1550年の間に最も規模が大きくなり、二輪戦車に乗ったエリート階級が、広範囲に及ぶ都市化と地域一帯の都市間抗争の際に、防御を大いに固めたようだ。

チャタルヒュユク、黒曜石、地母神

現在のトルコのコンヤ平原にある初期農耕時代の集落チャタルヒュユク（チャタルホユック）は、紀元前7300年ごろに建設された。イギリスの考古学者ジェームズ・メラート（1925年〜2012年）が1960年代初頭に発見・発掘したこの遺跡は、13ヘクタールに広がり、12の「層」（発展の程度）に分かれている。現在のコンヤ平原はトルコでも降水量が最も少ない地域のひとつだが、初期農耕時代にはこの地に自然の水路が網の目のようにめぐらされて、水と堆積土と葦原という"地の利"が、農業に有望な環境条件をもたらしていた［日本の国土の美称「豊葦原の瑞穂の国」を想起させる］。チャタルヒュユクの遺跡が示しているのは、この地に以前からあったいくつもの小さな集落がひとつとなり、紀元前6200年ごろまでには8000人ほどの住民がいたと見られる人口密集共同体になったことだと、考古学者は考えている。

この町は住居が密集していた。それぞれの家は基本的に長方形の箱で、四方の壁が隣家と接しており、その間には通路も道もない。屋根は平らで、木の梯子を使って、屋根にある跳ね上げ戸から家の中へ入るのだ。泥レンガの家は

図5.9 チャタルヒュユク

現代のトルコにあったチャタルヒュユクのイメージ図。紀元前7300年ごろに建設された、人口が密集するこの町の住民は、農業や、貴重な火山ガラスの黒曜石という重要な天然資源の交易によって自活していた。

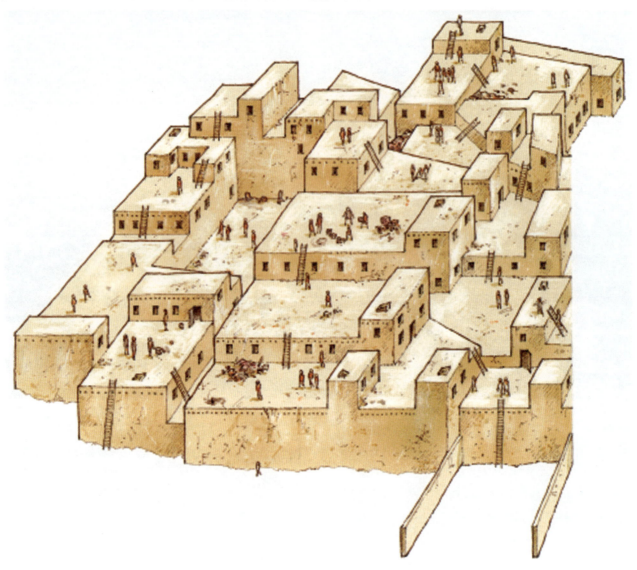

それぞれ70年ほどもったと、考古学者は推測している。定期的に建て替えられており、屋根を崩して、その同じ土台の上に建て直すのだ(図5.9)。住民は、穀物や野菜作物の栽培とヒツジの群れの飼育により自活していた。彼らはまた、約130キロメートルほど離れたカッパドキアの山地に産する「黒曜石」(火山ガラス)も売買していた。これは有益な資源で、黒曜石を割ってできる硬くて鋭い端は、効果的な狩猟道具や農具の製作には欠かせないものだった。チャタルヒュユクで見つかった道具のほとんどは、黒曜石でできていた。

チャタルヒュユクでは、見事に赤く塗られた絵が、泥葺された住居の白い壁や床に描かれていて、現実的な像や抽象的な幾何学模様も発見されている。あるモチーフでは、巨大な野生の雄牛を中心に、その周りで動いている人間の姿が描かれていた。野生の雄牛の重要性は、その角が柱に埋め込まれていたという、いくつかの調査グループによる2008年の発見によって裏付けられた。その下に埋葬された人間を守っているかのように配置されていたのである。別の絵では、ハゲワシに囲まれた、頭部のない人間が描かれていた。最も興味深いのは、特定の型にはめられて表された女性の姿の描写や、いくつもの女性の彫像である。考古学者メラートは当初、チャタルヒュユクは「地母神」を崇拝する、重要な信仰の中心地だったのではと考えた。だが、崇拝の対象が[地母神であれ]なんであれ、奇妙な絵や埋葬

の習慣および女性の図像は、豊かで象徴的な宗教的信仰が存在したということ、そして、この農村が［単に信仰の中心地としてでなく］これほどまで巨大になったということの理由を示すものである。この実例が示しているように、集落から町への発達は様々な要因——頼りにできる水の入手、肥沃な土、貴重な天然資源、神聖もしくは象徴的な重要性を含む——が組み合わさることで、進化的［必然的］に起こると認識すべきである。

　人口密度や見事な建築、それに高度に発達した信仰体系という証拠にもかかわらず、ここに取り上げたものを含めたほとんどの初期農耕時代の社会はかなり平等なものだった。チャタルヒュユクやエリコの住居は大きさも土地も基本的にどれも同じで、階級がなかったことを示している。男性と女性の墓には、それぞれの性に限定的な副葬品もあったが、その副葬品自体は貴重なものではなかった。また、女性は食べ物も同じ量を与えられていたらしく、初期農耕時代における男女間の文化的特徴の確立が、女性の経済的な従属を招いたわけではないことが示されている。さらに、ここで取り上げた町は、初期農耕時代のあらゆる町の中で最も印象的ながらも、宗教や指導者のエリートが現れたという物的証拠はひとつもない。そこで、本章で取り組む必要のある最後の問題となるのが**合意性権力**（指導者が共同体の合意を得て支配する力）の初期形態が初期農耕時代末にいかにして現れたのかということだ。第6章ではこの解説を取り上げて、合意性権力がこの時代の後半に、富者と貧者、エリートと小作人、王と皇帝の誕生に至る**強制的権力**（指導者が強制力によって支配する力）へといかに変わったかを検討していく。

合意性権力の登場

　最終節では、これらの共同体内に現れた権力の初期形態について見ていく。本章および次章において、難解ながらも極めて重大な次の二つの質問に対する答えを提示する。比較的平等だったこの世界で、他人を支配する者はどのようにして現れたのか？　また、多くの人が王や皇帝などの強大な権力者の支配下となったのは農耕時代後期の始まりごろだが、それまでの間、支配者はどのように力を広げることができたのか？　これらの件と密接に関連している農業革命と同様に、権力の出現は、人間史におけるもうひとつの重要な移行なのである。

� 権力とは？

　辞書には困惑するぐらい、**権力**の定義が並んでいる。ただ、そのいずれにも共通するのが、個人もしくは集団による、人々や資源に対する**支配**と、その支配を遂行する能力である**権威**だ。これらのすべての定義にある前提は、支配とは、少数が多数に対して、そして**相当数／量**の人的・物的資源に対して支配力を行使するということである。そのため、初期農耕時代末期に人的・物的資源が大量に集まり始めるまでは、権力は比較的重要ではなかったとわかるだろう。長かった旧石器時代および初期農耕時代の大部分においては、人的・物的資源があまりに少なすぎたため、権力は重要ではなかったのだ。権力を得ようとした者はいたかもしれないが、支配できる人的資源はほとんどなく、所有できる物的資源も多くなかった。さらには、狩猟採集の小集団や、本章で見てきた最大規模の村や町以外のほぼすべてにおいて、指導者を必要とせずにほとんどの行為を行うことができた。管理と正義は家庭内の政治が支配するものであり、物事は大家族内や、村の場合は共同体の中で解決されるものだった。

　考古学者や歴史学者は、特定の共同体に支配や権威を行使する人がいたかとか、権力構造が現れたかどうかが、なぜわかるのか。彼らが着目しているのが、埋葬構造における違いである。共同体内で、ある個人が大多数の人たちよりもかなり贅沢な墓に埋葬されていたとか、他よりも大量の財産とともに埋葬されているという証拠である。考古学者はまた、個々の家にある個人財産の質や量の違いを探したり、共同体内での家の大きさや場所を比べたりしている。さらには、記念建造物の証拠——ピラミッドのような巨大な墓、ジッグラトのような寺院、ラパ・ヌイ（イースター島）にあるような像（モアイ像）など——が見つかると、そのような構造物が示しているのは、ある人物や集団が、他の者たちに対して大きな権力を行使できる能力や権威を持っていたことだと主張している。

� 権力の出現

　人類学者は、異なりながらも重なり合う二つの説を提示して、人間が社会内の少数者に対して、墓や建物、像の建立に必要な権力のようなものを与えた理由を説明している。ひとつ目は、下から上への「ボトムアップの力」と呼ばれるものだ。ここで重視されるのは**合意**という概念で、権力は最初は下からもたらされるという考えである。ボトムアップの力に基づくと考えられる権力形成過程は、まず、より大きくて複雑な社会に暮らす人々は、調整された管理機構

を必要とするため、やがては支配者に従うことに**合意**するというものだ。このボトムアップ説に対して出てくる疑問は、数千年間も指導者がほとんどいなかったのに、なぜ人々は他人に支配されることに合意したのかという点である。もうひとつの説で重視されるのは**強制**という概念で、権力は上からもたらされる「トップダウンの力」であるという考えだ。トップダウン説が主張するのは、個人や集団がみずからの意志を他者に**押しつける**ようになったということである。このトップダウン説に対して出てくる疑問は、支配者はみずからの意志をどうやって共同体に押しつけることができたのかという点だ。それに、なぜ人々はそれに耐えたのかというものである。

下からの力とは合意に基づく力、すなわち**合意性権力**とでも言い表せるだろう。人が個人や家族の自主性を快く手放して、みずからの生命や資源を指導者に支配させるという過程のことであり、ふさわしい表現と言える。一方、上からの力は行使に基づいた力、すなわち**強制的権力**と理解できるだろう。このモデルでは、指導者は必要ならば力ずくで人や資源を支配する能力を得ていることになる。

社会性昆虫の世界は、権力の出現に対する洞察をもたらしてくれる。アリや一部のハチと同じく、シロアリも真に社会性がある生物である。シロアリの大きな塚は、人間の共同体に似た方法で組織されている。熱帯サバンナにある大きな塚では、最大で100万匹ものシロアリが暮らすが、この塚は住居のほか、繁殖室や菌類（キノコ）の部屋の役目を果たしている。土や泥、噛んだ木、唾液、それにシロアリ自身の糞からなる、アフリカで見られるこの塚には、9メートル以上の高さになるものもあり、地面から立ち上る温風の気流を使って、コロニー内にきれいな空気が循環するようにしている。この巣の社会構造も同様に複雑だ。一般的なコロニーでは、全住民は階級に分けられている。若虫（幼虫）から、働きアリや兵隊アリ、そしてオスとメスの両方の生殖をつかさどるアリまで多岐にわたっており、卵を産む「女王」に支配されている。

シロアリの社会では、明らかにあるメンバー──たとえば兵隊アリ──よりも力を持っていて、最も力があるのは女王アリである。これはボトムアップの力に似ている。というのも、すべてのシロアリはこの塚の組織から恩恵を受けており、これがうまく働いていなければ死んでしまうからだ。女王アリはフェロモン（社会的反応を引き起こす、分泌または排泄される化学的因子）を生成して発散する能力により、群れの団結を確実なものにもしている。このフェロモンは社会的統合を高めるために、コロニー内で餌を分け合う際に分け与えられている。一方、

これはトップダウンの力でもある。なぜなら、女王アリやほかの「エリート」集団は「家来」よりも多くの資源を得ており、自己を犠牲にする兵隊アリを使って、時には力ずくでほかの者の行動を支配するからだ。この構造では誰もが恩恵を受けているが、他者より多くを得ているアリもいる。つまりこの社会構造は、トップダウンの力かボトムアップの力かというよりも、実のところはその両方なのだ。

昆虫の世界でも人間の世界でも、権力はトップダウンとボトムアップの組み合わせになっている。権力とは基本的に、双方が何かを得る関係だ。このため、一方が他方よりも多くを得るのが普通ではありながらも、下から支えられているのが一般的である。これが意味するところは、上にいる者はみずからの権力を維持するために、権力を行使する必要もあるということだ。すなわち、すべての権力関係において、トップダウンの力とボトムアップの力は混ざり合っているのである。

シロアリの社会と、初期農耕時代において発達した人間社会はよく似ている。人間の共同体が大きく複雑化するにつれ、分業の必要性が生じ、他者に対する依存度も高くならざるを得なくなり、全体の構造にはより効果的な管理・支配形態が必要となった。社会性昆虫が大きなコロニーで暮らせるように遺伝的に適応したのと同じ方法で、人間も、農業への移行に従って現れた「定住性の共同体による相互依存的な生活」という新たな現実に、文化的に適応したのである。

この解説は、人間社会における権力の起源には2つの段階に分けた説明が必要なことを示している。最初に現れた最も単純な形の権力は、合意（ボトムアップ）に基づいていた。ところが、この結果としてひとたび「指導者」が現れると、やがて自分の意志を上からトップダウン的に押しつけるようになり、それに必要な人的・物的資源を最終的に手に入れてしまう。この論理的説明を裏付けるため、歴史学者や人類学者、そしてとりわけ考古学者は、初期農耕時代には最初に「下からの力」が現れて、それがのちに「上からの力」に置き換わったことを示す証拠を探してきた。本章の残りでは、ボトムアップ（合意）の権力の出現に焦点を当てる。そして、次の章では、初期の都市や国家におけるトップダウン（強制）の権力への移行を見ていく。

⚙ 初期農耕時代における合意性権力の登場

初期農耕時代に人口が増えるにつれ、人々の行動を調整する必要性はより一層強くなったはずである。ごく数世帯

という小さな共同体であれば、自分たちで問題を解決し、共同体内の仕事を直接調整できる。しかし、数千人規模の町はおろか数百人程度の村でも、ある種の指導者なしでは、これを行うことはできない。“起源の中心”から農業が広がるにつれて次々と村が現れ、そのいくつかが大きさを増して町と呼ばれるほどになったことは、すでに見てきた。そして今度は、これらの町が小さな村々を支配するようになったのである。本当に大きくなった共同体——都市——が現れると、その都市が町や村に対してすぐさま課税や支配を行うようになった様子は、後で見ていく。

　成長著しい「町」の人々は、指導者にどのような務めをしてもらう必要があったのか？　人々は、防御（近隣の共同体との争いにおける指揮）、宗教（特に実り豊かな収穫に大きく左右される共同体における「神」との仲介）、法的事項（争議の解決など）、管理（例として複雑さを増した灌漑システムの維持）に、指導者を必要としたのである。つまり、調整する仕組みなしでは共同体には行えないような務めを果たすために、人間史上初めて指導者が必要とされたのだ。どのような人物が選ばれるべきなのだろう？　指導者になるには、どのような特性が必要だったのか？　その最も明白な答えは、聖職者やシャーマン（まじない師）、戦士、外交家、共同事業の計画者としての才能を持った人たちである。それでも、才能はほとんど関係なく、家柄のほうが重視される傾向が特に首長を選ぶ際には大きかったようだ。

　初期農耕時代の多くの集落が採用した政治形態は首長制だった。これは首長が率いる複雑な人間社会で、首長かエリートの貴族集団が選ばれて、共同体のために決断を下すというものである。農耕民の作業が向上すると、共同体は余剰農産物を生産することができ、それによって指導者は食料の生産から解放されるため、共同体内にこのようなエリート集団が現れることになったのだ。それでもまだ共同体そのものには“一族”という思いがあるため、共同体で最も古い血族の長男が首長になるのが一般的だった。つまり、生まれ合わせによって平民になるのか貴族になるのか、未来がどの程度開けているのかが決まったのだ。

　この過程においてはっきりしないままなのが、そもそも余剰農産物がどのようにして蓄積されるようになったのかという点だ。現代でも、小村の農民の多くは、「必要以上に育てるのは馬鹿げている」と見なしていると、人類学者が示しているほどである。冬を乗り切るために穀物を蓄える必要性を訴えたところで、それらの余剰物が腐敗や害虫によってしばしば駄目になったという考古学的根拠によって、根底から覆される場合が多いのだ。

　代わりの説明となるのが、首長は余剰食料や余剰品を与えることで、それをもらう側に義務感を生じさせるというものだ。第4章で見たように、贈答は旧石器時代において集団間の調和を保つのに欠かせない方法であり、これは初期農耕時代においても変わらずに重要だったのである。このように、支持してくれそうな人たちに過度の寛大さを示すことで、権力への道が開けたのだ。これはポリネシアの社会で行われてきた「ビッグマン」という手法である。（贈り物をするという）寛大さは、あらゆる小規模社会で高く評価される。贈答によって生じる、深く染みついた“持ちつ持たれつ”という感覚を利用して、ビッグマンは権力を得るのである。現在の人類学の研究によれば、ビッグマンになれそうな人物は重要な資源（ブタ、毛布、その他の貴重品や有用な品々）を少しずつためて保存しておき、共同体が困ったときにそれらを再分配するという。ビッグマンはいわば“貸し”をつくることでかなりの社会的影響力を手に入れ、最終的にビッグマンからの贈り物を受け取った人々には、彼を支持する以外の道は残っていないのだ。権力に至るこの道をイヌイットのことわざが鮮やかに言い表している。「犬が鞭でしつけられるように、人は贈り物で奴隷になる」[10]。

🔅 初期農耕時代における権力の証拠

　権力の起源に関する上記の簡潔な理論的解説は、収斂進化の原理（第3章を参照）がこの過程にも当てはまりえることを示している。拡大しつつある複数の共同体が似たような問題や必要性に直面したとき、各共同体の間にまったく接触がなくても、首長制の創設によってよく似た解決策が考え出されるということだ。ただし、余剰農産物、階級と血統、それに相互利益の規則に基づいた、初期的な“政府”の形態は、以下の三つの例にあるように、様々に特化した形となった。

　今日のブルガリアの黒海沿岸にあるヴァルナにおいて、考古学者が紀元前5千年紀半ばの広大な基地を調べた。彼らが見つけたものは、死にまつわる儀式を個々の家から奪い、埋葬を共同体の公営事業にしたことで社会的統合を進めた可能性である。考古学者たちが211の墓を発掘したところ、埋葬された者の富や地位にかなりの違いがあることが明らかになった。170の墓には遺体とともに10点までの副葬品があったが、18の墓にはもっと価値のある物品がかなり多く副葬されていた。そして40代から50代と見られるある男性の墓には、1000点以上の物品が収められており、そのうちの980点は金でできていたのである。共同体内でかなりの力を振るっていた地位の高い人物の墓だ

合意性権力の登場　**141**

という推定も当然だろう。

中国では紀元前3000年ごろまでには、龍山文化（先述の初期農耕時代の仰韶文化に続くもの）が中央平原の大部分を占めていた。長治と陶寺で発掘された龍山文化の主な墓地からは、社会的複雑性の増加と副葬品における大きな差異が見いだされている。陶寺にある墓の大部分は明らかに貧しい人たちのもので、奉納品は少なかった。およそ80の墓にあったのは翡翠の斧や指輪だったが、一方で一握りの裕福な墓には貴重品が200点も入っていて、翡翠の斧や指輪のほかに興味深いものとして、ワニの皮が張られた木製の太鼓も2台あった。古代中国の文章では、太鼓は王族の象徴とされているのである。

最後にポリネシアである。人類学者が首長制とその他の初期の権力形態について広範な調査を行った場所だ。ポリネシアの社会は、マルケサス諸島やイースター島に見られる分裂して敵対する部族政治から、大まかに順位づけられたニュージーランドの部族社会を経て、トンガ、サモア、ハワイに見られる厳格な階層構造の首長制まで、様々な社会政治的構造を含んでいる。様々な群島の大きさ、肥沃度、孤立度が、社会の複雑さを決定するうえで一定の役割を果たしているものの、すべてのポリネシアの社会は祖先の系統の階層という概念を共有しており、それゆえ地位の継承の権利という考えが男系に伝わったというのが、人類学者の主張だ。誕生した首長はそのため系統的に認められて、食料生産や共同体の構築の責任を負うが、超自然的な力を受け継いだとも信じられたため、宗教上の儀式を監督する責任も担った。

ポリネシアは、社会の複雑さの進化について人類学者が利用できる重要な「実験室」であり、初期農村の大半で権力や地位という概念がゆっくりと現れるにつれて効果があったとされる興味深い要因を垣間見させてくれる。環境の役割、受け継いだ地位、相互利益、集団内の競争や合意形成、宗教を含めて、様々な原動力が微妙に異なるどのようなモデルにも含まれているのは明らかなはずだ。

ここまでの概略では、初期農耕時代における権力の出現と、その進化に関連した曖昧さと複雑さの例を見てきた。この時代の概観を終えるにあたり、こうした初期権力構造に限界があった点は注目に値する。指導者はたいてい男性であり、主として全住民の合意によって治め、相当量の人的・物的資源に対してかなり強い支配力を手にできた。その一方で、この権力は依然として合意に基づいていたため、あっさりと覆されることもあり得た。初期の指導者は、みずからの意志を力ずくで確実に押し付けるところにまでは達していなかった。5000年あまり前（紀元前3500年ごろ）

の時点から始まる次の章では、いくつかの地域で、このようにもろく、限定的だった力の形態が、持続した強制的権力の行使に基づいた、より頑丈な権力形態に置き換えられていく過程を示す。

農耕と環境

本書で取り組む重要なテーマのひとつに、人間と生物圏との関係がある。第4章で見たように、人口が少なく散らばっていて、人間の集団が基本的に持続可能な生活様式を求めていた旧石器時代においても、ファイアスティック農業（野焼き農耕）や大型動物相の絶滅により、私たちの種[人間]が与える影響は深刻だった。

人間が移動する狩猟採集から定住する農業へと移ったことで、より大きくて密集した集団を養う必要性が出てきたため、それぞれの土地には不可避的に過重な負荷がかかるようになった。村や町、そしてそれらを支える耕作地や牧草地というのは、あらゆる要素が人間の生存へと向けられて家畜化・栽培化された、きわめて人間中心的に築かれた人工の環境なのである。なんの意図も、おそらくは意識さえもなく、初期農耕民は持続不可能な農作業を続けていた。これには以下のものがある——やせた土地の過農耕および過放牧（砂漠化につながる）、灌漑への過度の依存（塩類集積につながる）、森や密林の広範囲の開拓（深刻な侵食問題につながる）。さらには、家畜化・栽培化による動植物種の遺伝的な操作（育種）が、様々な病気や害虫の影響を受けやすい新たな交雑種（ハイブリッド）や変種・品種の発生に至った例も多い。これらに加えて、継続する気候変動と規則的に起こる自然災害の問題もある。そのため、イギリスの考古学者クリス・スカー（1954年生まれ）が言うように、「長期的に持続可能な環境を、複雑な社会は4000年にわたって渇望してきた」理由はわかりやすく、本章が示したように、過去4000年間は実際にそうだったのだ[11]。

初期農耕時代における環境悪化について、学者はあまり目を向けてこなかったが、最近になってアメリカの古気候学者であるウィリアム・ラディマン（1943年生まれ）が、初期農耕時代における"インテンシフィケーション（集約化）"の影響は重大だったと主張している。当初は広大なアフロユーラシア大陸、のちには南北アメリカ大陸において、農業と牧畜の促進のために、広範囲の森が切り開かれた。その結果、過去数千年にわたって二酸化炭素および空気中のメタン濃度は無視できないほど増加して地球の気温を上げるほどになり、これが今度は寒冷化や氷期への回帰をかろうじて食い止めてきたのかもしれないという[12]。ラディ

マンの主張には異論も多いが、最終氷期以降に世界的に広がった安定した温暖な気候は、大規模な集約農業と人口の劇的な増加を確かに促した。環境に対して人間がもたらす影響というテーマについては、この後の章でも触れていく

が、初期農耕時代の説明を終えるにあたっては、農業への移行による社会的・政治的な重大性だけでなく、環境への影響の重大性も忘れないことが肝要である。

要約

本章では、複雑さの第7スレッショルド——農業の選択——を5段階の過程として扱った。初期農村に加え、エリコとチャタルヒュユクという大きな町になった二つの集落も取り上げている。男女の"性"（ジェンダー）の間の社会的関係性と環境の変化も考察した。そして最後に、一部の大きな集落の首長制内に現れた新たな権力形態の関係性を紹介した。

考察

1. 家畜化・栽培化とは？
2. 農耕民と家畜化・栽培化された動植物種の関係が共生と呼ばれうる理由とは？
3. 農業が初めて現れたのは、いつ、どこか？
4. 農業の出現を説明する5段階のモデルの概要を述べよ。
5. 農業はいかにして伝播したのか？　また、そのことを示す証拠にはどのようなものがあるのか？
6. 園芸農業、焼き畑農業、チナンパ農法を比較して、違いを述べよ。
7. 初期農耕時代の考古学的な証拠から、発展する社会的関係や男女の社会的関係についてわかることは？
8. ある集落が町になった理由は？（なぜ他の集落は町にならなかったのか？）
9. 初期農耕時代において、合意に基づく指導者はどういう務めを果たすために必要とされたのか？

キーワード

- インテンシフィケーション（集約化）
- 園芸農業
- 家畜化・栽培化
- 完新世
- 共生
- 強制的権力
- 権力
- 合意性権力
- 初期農耕時代
- チナンパ農法
- 定住性
- 農業
- 波状進出モデル
- 焼き畑農業

参考文献

Ammerman, A.J., and L.L. Cavalli-Sforza. *The Neolithic Transition and the Genetics of Populations in Europe*. Princeton, NJ: Princeton University Press, 1984.

Bellwood, Peter. *First Farmers: The Origins of Agricultural Societies*. Oxford/Malden (MA): Blackwell, 2005.
（『農耕起源の人類史』　ピーター・ベルウッド著　京都大学学術出版会2008年）

Bellwood, Peter, and Colin Renfrew. *Examining the Language/Farming Dispersal Hypothesis*. Cambridge, UK: McDonald Institute for Archaeological Research, 2002.

Carneiro, R.L. "A Theory of the Origin of the State", *Science* 169（1970）: 733-38.

Catalhoyuk Research Project, Institute of Archaeology, University College London（2008）. www.catalhoyuk.com/.

Diamond, Jared. *Guns, Germs, and Steel: The Fates of Human Societies*. New York: Norton, 1997.
（『銃・病原菌・鉄：1万3000年にわたる人類史の謎』　ジャレド・ダイアモンド著　草思社　2000年）

Hodder, I. "Women and Men at Catalhoyuk", *Scientific American* 290, no.1（2004）: 76-83.

（「トルコの遺跡に見る 9000 年前の男と女」 I・ホッダー著　日経サイエンス　『日経サイエンス』2004 年 5 月号所収）

Johnson, A.W. and T. Earle. *The Evolution of Human Societies: From Foraging Group to Agrarian State*. 2nd ed. Stanford, CA: Stanford University Press, 2000.

Kenyon, Kathleen M. *Digging up Jericho*. London: Ernest Benn, 1957.

Kitch, Patrick V. *The Evolution of the Polynesian Chiefdoms*. Cambridge, UK: Cambridge University Press, 1984.

Lewis-Williams, D. "Constructing a Cosmos-Architecture, Power, and Domestication at Catalhoyuk", *Journal of Social Archaeology* 4, no.1 (2004): 28-59.

Richerson, P, R. Boyd, and R.L. Bettinger. "Was Agriculture Impossible during the Pleistocene but Mandatory during the Holocene? A Climate Change Hypothesis", *American Antiquity* 66, no.3 (July 2001):

387-411.

Ristvet, Lauren. *In the Beginning: World History from Human Evolution to the First States*. New York: McGraw-Hill, 2007.

Robinson, R. "Ancient DNA Indicates Farmers, Not Just Farming, Spread West", *PLoS Biology* 8, no.11 (2010): e1000535. doi:10.1371/journal.pbio.1000535.

Ruddiman, William. *Plows, Plagues, and Petroleum: How Humans Took Control of Climate*. Princeton, NJ: Princeton University Press, 2005.

Scarre, Chris, ed. *The Human Past: World Prehistory and the Development of Human Societies*. London: Thames and Hudson, 2005.

Smith, Bruce D. *The Emergence of Agriculture*. New York: Scientific American Library, 1995

注

1. Peter Kareiva, Sean Watts, Robert McDonald, and Tim Boucher, "Domesticated Nature: Shaping Landscapes and Ecosystems for Human Welfare," *Science* 29 (June 2007):1866-69, doi:10.1126/science.1140170.
2. David Christian, *Maps of Time: An Introduction to Big History*, 2nd ed. (Berkeley: University of California Press, 2011), 229.
3. Chris Scarre, ed., *The Human Past: World Prehistory and the Development of Human Societies* (London: Thames & Hudson, 2005), 209.
4. Lauren Ristvet, *In the Beginning: World History from Human Evolution to the First States* (New York: McGraw-Hill, 2007), 41.
5. Scarre, *The Human Past*, 235-43.
6. 前掲書 313-47.
7. Matthias Schulz, "Neolithic Immigration: How Middle Eastern Milk

Drinkers Conquered Europe", *Spiegel Online International*, October 15, 2010.
8. R. Robinson, "Ancient DNA Indicates Farmers, Not Just Farming, Spread West," *PLoS Biology* 8, no. 11 (2010):e1000535, doi:10.1371/journal.pbio.1000535.
9. Randi Haaland, "Sedentism, Cultivation, and Plant Domestication in the Holocene Middle Nile Region," *Journal of Field Archaeology* 22, no. 2 (Summer 1995):157-174.
10. Ristvet, *In the Beginning*, 78.
11. Scarre, *The Human Past*, 718.
12. William Ruddiman, *Plows, Plagues, and Petroleum: How Humans Took Control of Climate* (Princeton, NJ: Princeton University Press, 2005)

小スレッショルドを経て

第6章

都市、国家、農耕文明の出現

全体像をとらえる

紀元前3500年ごろ（約5500年前）以降

- 都市とは何か？　国家とは何か？　農耕文明とは何か？

- 都市や国家の出現が「小スレッショルド」と言えるのはなぜか？

- 農業生産高を増やすために人々が自力で編み出した方法とは何か？

- 都市が生まれるためには、どのような技術の進歩が必要だったか？

- 国家はどのようにして人々を支配するだけの権力を獲得したか。人民がそのような支配を許容したのはなぜか？

- 世界の多くの地域でほぼ同時に都市が出現したのはなぜか？

現在では、地球上のほぼすべての人間がどこかの「国」に居住している。また、世界の人口の過半数は都市とその近郊に住んでいる。これは2008年の調査の結果だが、このように一部の地域に人口が集中し始めたのは、今からわずか5000年ほど前のことにすぎない。チグリス川とユーフラテス川に挟まれたメソポタミア（現在のイラク領）が都市

発祥の地と考えられている。都市や国家の誕生とともに、人間の歴史は新しい**農耕文明の時代**に入った。この章では、その最初の段階である紀元前3500年から紀元前2000年ごろの様子を見ていこう。紀元前2000年から西暦1000年ごろについては第7、第8、第9章で取り上げる。

都市、国家、および農耕文明の定義

　世界で最初の都市および国家は紀元前3200年ごろにメソポタミアで生まれたとされているが、ほかにも7カ所以上で、別々に都市や国家が誕生したという事実は注目に値する。紀元前3100年ごろにはナイル川流域のエジプトやヌビア［現在のエジプト南部からスーダンにかけての地域］で、紀元前2000年ごろには北インドや中国で、そして紀元前1000年ごろにはアメリカ大陸のメソアメリカやペルーでも、国家が成立していた。これらの年代は、地球の歴史という長い時間枠の中ではほぼ同時期といっていい。

　ところで都市とは何だろう。それを考えるために、紀元前3000年ごろの人間が町から都市へ移動するところを想像してみよう。都市に入れば、人が多いという印象を持つだろう。たとえば、村が数百人、町が数千人規模だとすると、都市には数万の人々が暮らしている。だが、都市はただ大きいだけではない。都市では複雑な分業制度ができ上がっていて、ほとんどの住民は、金属細工師、醸造業者、陶工、織工、神官、石工、音楽家、画家、兵士など、なんらかの専門職に就いている。

　都市の出現に際しては、いつの時代も、そこに暮らす住民に十分な食料を供給できることが最低限の条件だったが、実際にはさらに複雑な協力態勢が整っていた。陶工や金属細工師など、専門の職人が作る道具を周辺に住む農民に提供し、農民はその道具を使って都市住民を養うだけの余剰作物を作ることができたのだ。大ざっぱに言えば、近世に至るまでは、農民9人でほぼ1人の都市住民を養っていた。

　数万の人口を擁し、様々な専門職の分業で成り立っているのが**都市**だとすれば、国家とは何だろう。**国家**とは都市とその近くの町や農地、あるいは複数の都市とその週辺地域を含む組織化された社会で、人口は数万から数十万、中には数百万に達する場合もある。国家には政治的、社会的、経済的階層、すなわち権力構造がある。この権力構造

は、力を得たものが押しつけた組織や制度によって形成されることもあれば、人々の合意の上に成り立つこともある。**国家**は**政府**の同義語ではない。政府は国家の一面にすぎない。都市と国家がほぼ同時期に出現したのは、都市の人口が増えて指導者が求められたことと、そのような指導者が使える資源が増えたことによる。

　都市や国家は相互に交易を行い、一部は合体して大きくなっていった。やがて一人の支配者が多くの都市や国家を含む広大な領土を制圧するに及んで帝国、あるいは帝政と呼ばれる仕組みができ上がる。世界で最初に帝政を確立したのは、おそらくナイル川流域を支配したエジプトのメネス王（別名ナルメル）だろう。紀元前3100年ごろのことである。その後、チグリス・ユーフラテス川流域ではサルゴンがアッカド王朝を創始し（在位紀元前2334年～紀元前2279年ごろ）、中国北部では紀元前1500年ごろまでに殷王朝が成立していたと考えられている。

　国や帝国の周囲には文化的特徴を共有し、国家の維持に必要な租税（租庸調）を支払う農民が住む地域が広がっていた。ここでは**租税**を、アメリカの著名な人類学者エリック・ウルフ（1923年～1999年）の説に従って「国家が主として強制的に調達する資源で、品物、労働、現金、さらには人間そのものの場合もある」と定義する。奴隷はその最もわかりやすい例だが、税を取り立てる社会は、権力を背景にした脅しによって多くの資源が権力者のもとに集まり、多くの場面で暴力を見せつける行為が立派と見なされる社会である。

　このような複合的な制度を文明（civilization）と呼ぶことがある。この言葉は「都市に属する」という意味のラテン語civilisから来ている。「文明」は様々な意味で使われるが、他と比べて「進歩している」「優れている」「高度である」などの意味合いを持つことが多い。考古学では、「進歩」というニュアンスと切り離すために、civilizationの代わりにcomplex society（複合社会）という用語を使うことが多い。本書では、大規模な国や帝国の制度を**農耕文明**と呼ぶことにする。

農耕という言葉を加えるのは、文明社会が常に周辺の農業地帯に依存していることをはっきりさせるためである。農耕文明が、それ以前の社会制度に比べて優れているとか「高度」だとか言うつもりはないが、それ以前の社会よりはるかに複雑で、はるかに多くの人的および物的資源を管理する社会であることは間違いない。

比較的単純な社会から、より複雑な社会が生まれる過程は、本書でこれまで取り上げてきた、物事が複雑になっていく過程と同じだが、かつては独立した存在だったものがつながってより大きな個体になるという点で、多細胞生物の進化の過程と特によく似ている。

資源の増大とコレクティブ・ラーニング（集団的学習）

この節では、やがては都市、国家および文明の出現につながるゆるやかな進歩（生産性や人口密度の増加、気候変動など）について簡単に説明する。

✿ 農業生産力の増大

農業に従事するために定住した人々には、学ぶことがたくさんあった。最初の数千年は、家畜化した動物が成体になるとすぐ食用にしていたらしい（骨からその動物が殺されたときの年齢がわかる）。なぜ大きくなってからも養い続ける必要があるのか[と考えたのだろう]。

しかし、そのうちに、動物は肉や皮を取る以外にも役に立つことがわかってくる。長く生かしておけば（飼い続ければ）、乳を搾って食料にしたり、毛を刈って衣服を作ったりすることができる。また、排泄物は肥料になるし、力が強いので犂を引かせたり荷物を運ばせたりすることもできる。

オックスフォード大学（イギリス）の考古学者アンドルー・シェラットは、家畜の利用法がこのように広がっていくことを「副産物革命」と呼んだ。シェラットによると、家畜を殺さなくても利用できる副産物の活用は、紀元前4000年ごろからアフロユーラシアの農民の間に広まったというのだが、この仮説には異論もある。搾乳こそがヤギなどの動物を飼い慣らしたそもそもの理由だったと考えられるからである。

ヤギの乳は早くから使われていたと思われる一方、ウシの乳は人間にとって問題が多かった。今日でも、牛乳に含まれる乳糖を受けつけない体質の人が世界中にはたくさんいる。成人の場合、多くの人が牛乳を消化する際に膨満感や下痢といった不快な症状に悩まされる。ウシの乳を食用にするために、古代の農民（むしろ農民の妻たち）は乳を消化しやすく、保存がきく状態に加工する方法を見つけ出す必要があった。生乳に比べて乳糖の含有量がはるかに低いヨーグルトや熟成チーズはこうして生まれたのである。その一方で、牛飼いの子孫たちはやがては乳糖を消化できる遺伝子を発達させていった。

堅すぎず、柔らかすぎない適度な肌触りの毛織物を作るには、飼育する羊を選ぶ必要があったが、試行錯誤の結果、年老いた雄の去勢羊からとれる羊毛が最も良質であることがわかった。毛織物が普及する以前は、地中海地方や近東では亜麻、中国では麻、メソアメリカではサボテン、インドでは綿といった具合に、各地で植物繊維から衣類を作っていた。羊毛はそれよりも暖かく、容易に染めることができたため、価値の高い商品となった。

副産物の開発は、女性の仕事にも変化をもたらした。農業社会に関する最近の発見から、ヨーグルトやチーズ、編み物や織物などの加工品を作るのは主に女性の仕事だったことが明らかになっている。なぜ女性がこれらの仕事をするようになったのか。人類学者ジュディス・K・ブラウンが1970年に発表した説には説得力がある。すなわち、社会が特定の仕事の主な担い手として女性をあてにするかどうかは、その仕事が育児と両立するかどうかによって決まるというのだ。ブラウンによると、女性の仕事には、簡単に中断でき再開するのも簡単である、子どもを危険にさらさない、家から遠く離れる必要がない、などの特徴がある。

アフロユーラシアでは、紀元前5000年ごろ、車のついた犂が使われるようになった。これを動物に引かせれば人力より大きな力が得られることに人々が気づいたのである。去勢された雄牛が大型の犂を引けば、人間が手押しの犂で扱える4倍もの土を耕すことができる。紀元前4000年ごろには、ウクライナではウマが、エジプトではロバが家畜化され、耕作や荷物の運搬に使われていた。

一方、アメリカ大陸では、ペルーに生息するラマやビクーニャ、グアナコ以外に、飼い馴らせるような大型動物はいなかった。家畜化の対象になったかもしれない他の大型動物（ウマ、ゾウ、ラクダなど）は、それ以前に狩り尽くされて絶滅したか、気候変動によって死に絶えていたからだ（第5章を参照）。アメリカ大陸での歴史がアフロユーラシアとは異なるように発展したのは、この事実によるところが大きかったと言えるだろう。生き残った他の大型動物（バイソン、エルク、ムース、ピューマ）は家畜化には向かな

かったのである。

　アフロユーラシアでは、家畜化した動物を使い、上記のように農作業が徐々に効率よく行えるようになっていった。同じころ、牧畜という新しい生活様式を考え出した人々もいた。この人々は、ほとんど自分たちの家畜が生産するものだけで生活していた。そのため、農業には不向きな乾燥地でも暮らすことができた。そのような乾燥地には、定期的に移動しさえすれば、家畜の飼料に十分な草が生えていたからである。具体的には、ユーラシアのステップ、西南アジアの砂漠、アフリカ東部のサバンナなどだ。主に畜産物だけで生きるという生活様式を知った人々は、広大な乾燥地をあちこち移動するようになった。こうした遊牧民（ノマド）は、家畜の生産物だけで生き延びることはできるが、定住農民から穀類その他の品物を手に入れる必要も常に感じていた。その方法は略奪か交易のいずれかだった。彼らは歴史上の一大勢力となり、アフロユーラシアの定住地域間をつなぐ役割を果たした。車輪の付いた乗り物、馬、青銅器を中国にもたらしたのも彼らだった。

🔆 灌漑その他の技術

　もうひとつ、紀元前5000年から紀元前3000年にかけて発達した新しい技術が灌漑（水を管理して農業用水として使う仕組み）だ。おそらく、穀物が水を必要とする時期に、畑に小さな水路を導き入れるのが有効であることに農民が気づいたことから始まったものだろう。灌漑では、水路を掘り、きれいに掃除し、適切な時期に開閉するといった作業が必要だ。時代が下るにつれ、運河、ダム、水車などの大規模システムが開発され、肥沃な土壌を有する乾燥地帯に大きな恩恵をもたらした。灌漑施設ができたことで乾燥地の農業生産性は著しく向上し、人口が急増することになった。

　しかし、灌漑には、長期的に見て持続可能でない環境を作り出すというマイナスの副作用があった。農業がすべてそうであるように、灌漑も、自然のままの生態系を人為的な管理システムに変えることを意味するからである。灌漑によって地下水位が上昇し、水はけの悪い湿地帯ができることも多く、蒸発によって地中の塩分濃度が上昇することもある。山岳地帯から流れてきた水には、岩の間を流れるときに溶け込んだ塩分が含まれている。このような水が灌漑に使われると、地下にしみ込むのではなく蒸発してしまい、地中には塩分が残される。何百年もたつうちに「塩類集積作用」が進行し、作物の産出量は低下する。

　技術革新には、都市の出現を促したものもある。土器の発明によって、貯蔵、液体の輸送、調理が簡単にできるようになった。土器を最初に作り出したのは、日本に住む狩猟採集民族[縄文人]だった可能性があり、彼らの生活様式を縄文文化という。縄文遺跡で発見された最古の土器片は、放射性炭素による年代測定で紀元前1万4000年ごろのものであることがわかっている。メソポタミアでは紀元前6500年ごろまでに土器が使用されるようになり、紀元前5500年ごろには軟質金属（金、銀、銅）を加工するようになっていたが、より硬い金属（青銅や鉄）が使われるようになったのはもっと後のことである。これらの金属を扱うには、より高温になる効率的な炉が必要だったからだ。青銅は、銅とスズを10：1の割合で混ぜた合金だが、スズは希少な金属だったので、そのスズを手に入れるために交易が盛んになった。青銅器は紀元前4000年ごろメソポタミアで出現し、紀元前2000年には中国でも使われていた。製陶技術や冶金術の発明とともに、村々や小さな町でもこの技術を習得した人々が重宝されるようになったと思われる。皆が皆、自分たちが使う容器を自分で作ったり、青銅を溶かしたりしていたとは考えにくいからである。

🔆 人口増加、階級制度、気候変動

　時の経過とともに、農業が新しい地域にも広がったことと、技術の進歩により生産性が向上したことから、人口は増加していった。第5章で述べたように、人口密度が増えると、指導者が必要になる。共同体の規模が大きくなると、参加者全員で物事を決めることがもはや不可能だからである（平等主義で管理できるのは300人が限度と考えられている）。穀物は一斉に収穫期を迎えるため、穀物の収穫量に依存する大規模共同体では余剰作物を貯蔵する必要があり、貯蔵した作物の分配方法を工夫する必要もあった。貨幣はまだ発明されていなかった。貯蔵を巡る争いが増えて調整できなくなると、その争いを収めたり、緊急事態に備えて余剰作物を貯蔵したりできる指導者が現れた。これらの指導者はより多くの[人的・物的]資源を使うことができ、それによってさらに力を蓄えた。こうして人口が増えるにつれ、富と権力の階層構造が発達した。いったん軌道に乗ると、都市は自然と大きくなる。都市が人々を引き寄せ、その人々によってより多くの資源が生産されると、それがまた他の人々を引き寄せるからだ。

　男女間の力関係は、階層構造の最も初期の形と言えるだろう。農業社会では、できるだけ多くの子どもを育てることが一家の繁栄につながる。というのも、農民がある程度コントロールできる資源のひとつが労働力だからである。

前述のように、女性は子どもの世話と両立できる場合にのみ、他の仕事をすることができた。したがって、家庭内では個人の資質に応じて仕事と権力を分け合うことができたが、人口が増え、公共の場での政治的、経済的活動が必要になると、ほとんどの女性が育児という重要な仕事で家庭の外に出られないために、公の場で力を持つことができなかった。

その間にも、気候は変化を続けていた(地球上の生物にとって、気候とは絶えず変化するものである)。「ヤンガードリアス」と呼ばれる急激な寒冷化の時期が紀元前1万800年から紀元前9500年まで続いた後、紀元前8000年ごろには比較的安定した温暖期に達した。その後紀元前6000年ごろに再び冷涼で乾燥した気候に急変し、続いて北半球では湿潤な気候が再び到来する。しかし、地球全体としては乾燥が進む傾向にあり、それに伴って北半球のモンスーン帯の勢力が弱まり、南へ後退した。このような一連の気候変動は、おそらく地球の軌道の変化によってもたらされたものだろう(用語集の「ミランコビッチ・サイクル」を参照)。このような全体傾向の中で、数十年とか数百年といった短期間に乾燥化が急激に進むという現象が何度か見られた。紀元前4000年ごろに、おそらく北大西洋の寒冷化と関係があると思われるが、乾燥が急激に進んだ一時期があり、紀元前3000年ごろにも同じような時期があった。

気候変動に関する最近のデータをもとに、今では、少なくとも一部の都市や国家、文明の出現はこの乾いた環境によってもたらされたと考える専門家が多い。中には、それが主たる要因であり、文明とは気候の変化に適応することから生まれると主張する学者もいる。気候変動には不平等が増幅したり病気が蔓延したりという弊害もあるが、一方で大きな恩恵を受けることもある。

紀元前4000年から紀元前3000年にアフロユーラシアで乾燥化が進んだことを知っていれば、作物の生長に必要なだけの雨が降らなくなった高地から、灌漑用水を川から引くことができる低地へと、人々が集団で下りてきたことは容易に想像できる。川沿いの谷で人口が急増したのは、川床の土壌が農業に適していたという以外に、このような理由があったとも考えられる。

都市および国家の出現には多くの要因がある。だが、大局的に見れば、長い時間をかけてゆっくりと生産性が向上し、コレクティブ・ラーニング(集団的学習)によって新しい技術が生まれ、人々が気候の変化[乾燥化]に適応した結果、人口密度が増えて、都市や国家が誕生したということになる。

次の節では、世界最古の都市ウルクと、おそらく世界最初の国家といってよいシュメールについて詳しく述べ、それぞれが誕生するまでの過程について考えてみよう。次いで、ナイル川流域、インダス川流域、中国の2つの川(黄河と長江)の流域、南北アメリカ大陸、サハラ以南のアフリカ、および太平洋の島々における都市と国家の出現について、簡単に考察する。次々と出てくる年代を暗記する必要はないが、出来事と出来事のつながりを理解するために役立ててほしい。

最古の都市ウルクと最古の国家シュメール

想像のタイムマシンに乗ったら、ダイヤルを紀元前3600年にセットして南メソポタミアを目指そう。メソポタミアとはギリシア語で「川と川の間の土地」を意味する。ここで川というのは、西のユーフラテス川と東のチグリス川を指す。それぞれトルコのクルド山地、およびトルコとアルメニアにまたがるトロス山脈に源を発し、現在のイラク領を通ってペルシア湾に流れ込んでいる(地図6.1)。

紀元前3600年の南メソポタミア、すなわちシュメール建国の地は、一見したところ、世界最古の農業文明が興るのに適した環境とは思えない。チグリス川とユーフラテス川はペルシア湾に流れ込むが、その河口地帯で広大なデルタを形成し、平坦な湿地帯にはナツメヤシやポプラの木が生えて、沼地にはたくさんの魚や鳥が生息していた。ただ、このデルタ地帯を除けば、木々の1本も生えず、目につく大きな岩や石もない平坦地が広がっているばかりだった。

それでも、数百年にわたって堆積した土壌は肥沃で、灌漑すれば小麦や大麦、亜麻(リンネの材料になる顕花植物)などを栽培して十分な収穫を上げることができた。灌漑可能な土地の向こうには羊やヤギを飼うのに適した半砂漠地帯があり、その向こうには完全な砂漠と山岳地帯が広がっていた。紀元前4000年から紀元前3000年にかけて気候はますます乾燥し、年間降水量は平均で250ミリメートルに満たず、5月から10月まではまったく雨が降らなかった。シュメールの資源といえば、泥、葦、穀物、羊、ナツメヤシとポプラの木、そして人だった。

この地域では、砂漠による制約を受けていたからこそ、灌漑システムを有する定住が進んだと言える。[乾燥化が進んで]不毛の地[砂漠]が拡大していくような状況では、近隣を移動しながら暮らすわけにはいかなかったのである。砂漠地帯では手に入らない資源(木材、石、金属、貴石)を

151

地図6.1 古代メソポタミア（紀元前3000年～紀元前2000年）

この地域に関する用語はわかりにくい。というのも、権力集団の名前や本拠地が時代によって違うからである。メソポタミアとは2つの川に挟まれた肥沃な低地を指し、現在のイラク全土と、それに隣接するトルコ南東部およびシリア東部を含む地域である。12ほどの都市国家からなるシュメールは、2つの川に挟まれた地域とその近隣地域で、現在のバグダッドの南からペルシア湾にかけて広がっていた。南メソポタミアはシュメールの別名である。ウルク（聖書ではエレク、現在のワルカ）はシュメールの中心的な都市国家で、現在のバグダッドから南へ約240キロメートルのところに位置していた。肥沃な三日月地帯とは、前章で述べたように、地中海東岸から北上し、トルコの山岳地帯とイラク北部を通って東へ延び、そこから南下してチグリス・ユーフラテス川流域の東に横たわる高原地帯にまで広がる一帯のことをいう。一方、アッカドとはサルゴン王（在位紀元前2334年～紀元前2279年ごろ）の支配下にあった地域でメソポタミア北部に位置していたが、その首都アッカドの場所はわかっていない。現在のバグダッドの近くにはバビロンという都市があった。バビロンはハンムラビ王（紀元前1792年～紀元前1750年ごろ）らによって南北メソポタミア（アッカドとシュメール）が統一されて生まれたバビロニア王国の首都だった。後に興ったアッシリア帝国はチグリス川上流を本拠とし、首都ニネベ（現在のモスル）を中心として栄えた。

求めて、人々は交易網を発達させた。シュメール人はリネンや敷物、穀物、陶器を提供し、それと引き替えにオマーンやエラムからは銅を、アフガニスタンからは瑠璃（ラピスラズリ）を、アラビアからは穀物をひくための硬い石を、シリアからは材木を手に入れた。

都市ウルク

ウルクは、紀元前3000年以前のシュメールで最初に生まれた都市で、ユーフラテス川の岸辺に位置していた。ただし、現在のユーフラテス川は元の場所より16キロメートルほど西を流れている。ウルクはバビロニア人による呼称で、シュメールの名前ではウヌグという。ウルクが世界最古の都市と称するにふさわしいということでは、考古学者の間でほぼ意見が一致している。

最盛期のウルクの遺跡は500ヘクタール以上に及ぶが、国連によるイラク制裁を機に1990年に発掘が中断されて以来、約100ヘクタールが未発掘のまま残っている。紀元前3500年のウルクは、紀元前5世紀のアテネに匹敵する広さ、あるいは西暦100年のローマ領の半分の広さを占めていた。人口は1万と推定されている。これは、その当時まで存続していた共同体の中で最も人口密度が高い都市である。

発掘の過程で、紀元前3500年から紀元前3200年ごろに建設された儀式の場が2カ所見つかった。当初の目的は不明だが、おそらく貯蔵庫として、儀式や宴会の場として、あるいは意思決定の集会場として使われたのだろう。どちらの建物にも、テラスや中庭と自由に行き来できるという特徴がある。考古学では、このような建物を神殿と考えるのが一般的だ。ホワイトテンプルと名付けられた小さいほうの建物は、やがて空の神アヌに捧げられるようになった。アヌはすべての神々の父で、家父長の権威を表している。

図6.1　シュメールの都市ウルのジッグラト（紀元前2100年ごろ）

この高層神殿は、記念建造物の最たる例である。平坦なメソポタミアの地で、この建物ははるか遠くからでも見えただろう。歴代の王がこのような構造物を築いた理由を考えてみよう。

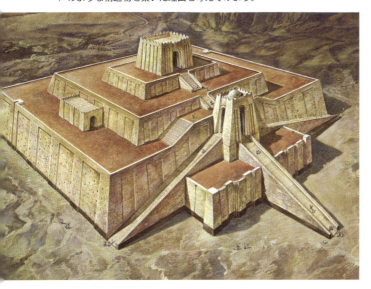

エアンナ・コンプレックスと名付けられた大きい方の遺跡群は多くの建物から成り立ち、それらはアヌの娘イナンナに捧げられていた。イナンナは最初は貯蔵庫の神だったが、後に天の女王および性愛の女神と見なされるようになり、バビロニアの女神イシュタルと同一視された。ホワイトテンプルは高さ13メートルの土台の上に建てられ、以後数百年にわたってシュメール文化を特徴づけるジッグラト（小さな神殿を載せた階段状のピラミッド）の原型をなす建造物だった。このような神殿は、**記念建造物**の初期の例である。第5章で述べたように、強力な指導者が現れれば必ず大型建造物が築かれる。大型建造物はすべての農耕文明の特徴と言えるだろう（図6.1）。

儀式の場が建設されるということは、熟練した組織的労働力を指揮する指導者がいたことを示している。研究者の計算によれば、エアンナ・コンプレックスの建造には、1500人の労働者が一日10時間働いて5年かかるという。王宮と呼べるような建物は、紀元前3000年以前には存在しなかった。これは想像にすぎないが、初期の「神殿」に詰めていた神官たちがエアンナ・コンプレックスの建設を担当し、収穫した穀物を貯蔵し、神への生け贄の儀式を監督し、穀物を平等に分配し、その一部を緊急時に備えて保存していたのではないか。豊作である限り、神官の神々への訴えは功を奏した。宗教的権限はもとより、政治的、経済的、さらに一時は軍事的権限までもが神官の手に握られていた。

古代メソポタミアの人々は、自然の力に畏怖の念を抱いていた。そのことは最も初期の時代の神話からも明らかであり、文字が発明されるまでは口伝えで受け継がれていた（伝承神話を最初に文字に書き留めたのもメソポタミア人で、これは昔の人の考えを垣間見られる最古の史料となった）。メソポタミア人は、嵐、川、山、太陽、風、火などの自然現象を、魂を持ち、活力に満ちあふれた生き物と考えた。このような自然の力は徐々に擬人化され、神としての名前を持つようになる。こうした神々は人間と同じように振る舞ったが、不死身であることだけが人間と違っていた。このような擬人化は、神々との関係を深くしたいという願いから生まれたものだろう。だが、現実の人間社会に階層や階級といった上下関係が生じ始めたため、人々はその最上位の最も力の強い階層として神々を崇めるようになった。

当然ながら、メソポタミア人は水を命の源として敬っていた。甘い［塩分のうすい］淡水と塩辛い海水が混じり合った中から世界が生まれたと信じていた。そこでその2種類の水の神に、一方には女性、もう一方には男性の名前をつけた。このようなさまざまな土着の神が進化して空の神アヌになり、アヌと女神ナンムとの間に水の神エンキが生まれた（もっと古い伝説では、ナンムは自ら分身を生み出す原始の存在で、男神は必要ないとされていた）。後に文字で書き記されたような神々の一覧は、紀元前3500年から紀元前3000年にはすでに確立していた。

メソポタミアの各都市は独自の神殿を築いたが、それは守護神の住まいでもあった。それぞれの都市が選んだ神にとって魅力的な神殿を建ててそこに滞在してもらい、町を守り、繁栄させてほしいと願ったのである。神または女神が人間の住人であるかのように、その巨大な像を中に安置し、食物を供え、着物を着せた。そのために多数の労働者が動員された。神々は自分たちに仕え、自分たちの世話をするものとして人間を造ったと信じられていたのである。また、**メー**を作ったのも神々だと信じられていた。**メー**とは、さまざまな制度や社会的行動様式、感情、役職などを表すシュメール語で、全体として世の中をスムーズに動かすのに欠かせないものと見なされていた。

このような考え方は、紀元前2500年から紀元前2000年に書かれた讃歌や叙事詩からうかがい知ることができる。さらに古い時代の証拠品として、ウルクのエアンナ・コンプレックスから出土したアラバスター（石灰岩あるいは石膏）製の壺がある。これは「ワルカの壺」と呼ばれ、紀元前3200年から紀元前3000年ごろのものとされる（図6.2参照）。宗教は、この古代国家で社会の結束を強め、支配

最古の都市ウルクと最古の国家シュメール　153

者の権威を正当化する役割を担ったと思われる。しかも、土着の宗教は徐々に衰退し、支配者の意向に沿った**国家宗教**にその座を譲った。

図6.2　ワルカの壺

ウルク遺跡のイナンナの神殿群から発見された、彫刻を施したアラバスター製の器で、紀元前3200年～紀元前3000年ごろのもの。高さは1メートルで、4層の浅浮き彫りで装飾されている。最下層には規則正しい波形の線（水を表すと思われる）が彫刻されている。次の層は、下にオオムギの穂とナツメヤシが、上には雌雄の羊が彫られている。下から3番目の層に見られるのは、ヒゲも髪も剃った裸の男たちが容器を捧げ持って一列に歩いている図。そして最上部には、一部破損しているが、イナンナと見られる女性が貢ぎ物を受けている様子が描かれている。それを見守るのが男性の神官長で、そこには男性の最高位を表す記号ENが刻まれている。この壺に描かれているのは、よく管理された秩序正しい世界で、人々は何の疑いも持たずに集団生活を営んでいる。この壺は2003年にアメリカがイラクに侵攻した際の混乱に乗じてイラク国立博物館から略奪されたが、後に取り戻された。

最初のうち、ウルクの農業生産性はその土地本来の地力（収穫と収穫の間に発生する洪水も含めて）に頼るか、何らかの灌漑設備に依存していたようだ。様々な証拠から、国家が管理するような大規模な灌漑設備が発達したのは紀元前3千年紀（紀元前3000年～紀元前2001年）に入ってからであることがわかっている。そのころには、個人や少人数の集団で水を管理することは不可能になっていた。政治的権威者だけが労働者を招集し、水を分配し、争いを解決する力を持っていたのである。

紀元前3000年ごろには、遺跡の規模から推定してウルクの人口は4万～5万になっていた。紀元前3500年には約1万、紀元前3300年には約2万だったことを考えると、かなりの急成長である。まだ隆盛期の紀元前2500年には8～10万の人が住んでいたと考えられている。このころにはシュメール人全体の80%が都市部の中心部に住んでおり、その面積も10ヘクタールを超えていた［ウルク全体では500ヘクタール以上］。紀元前3000年ごろに、セム系の人々がアラビア半島から大挙してシュメールに入ってきて（おそらくますます乾燥化が進むアラビア半島で暮らすことが困難になったためだろう）、シュメールの人口が増大したのである。

ウルクの市域は3つの地区に分かれていた。市壁で囲まれ、神殿、宮殿（紀元前3000年以降）、および市民の住居がある地区、その外側の農場や牧場、果樹園が広がる地区、外国商人の店がある商業地区の3つである。市壁の内側に住む人々は、農業以外の何らかの職業に従事していた。書記、神官、官吏、パン焼き職人、料理人、陶工、銀細工師、蛇使いなど、ウルクで発見された職業リストには、100種類もの職業が列挙されている。このリストは、紀元前4千年紀（紀元前4000年～紀元前3001年）の末ごろにはすでに初版が作成されていた。

ウルクでは、職業による社会的格差が、村や町だったころに比べて徐々に拡大し、支配者や聖職者による特権階級が現れたが、ほとんどの住民は自由な平民または隷属民のどちらかだった。どちらも租税を納め、権威者の要求があれば労働力を提供するが、前者は何らかの職業に就いているか、自分の土地で農業を営んでいる人々であるのに対し、後者は自分の土地を持たず、地主のために働く人々という違いがある。また、自由がない奴隷という身分の人間もいた。戦争捕虜や犯罪者、借財が返せなくなった人などである。奴隷の多くは裕福な家庭の召使いとして働いていた。多数の専門職が生まれた結果、ある種の仕事は各家庭で行うものではなくなった。この複合的な経済構造が、世界最初の都市ウルクの特徴であり、第5章で解説した村の生活

と大きく異なる点である。

宮殿

ウルクの人々は、神官に対し、次第に大きな権限を与えるようになった。穀物の分配や、緊急時に備えた余剰作物の保管、神々への豊作祈願などの責務を果たしてくれる権威ある存在が必要とされていたからだ。あるいは、土地を持たない人々は神官や他の人々に雇われなければ生活できなかったからかもしれない。余剰穀物を徴収するようになると、神官の権力は増大し、租税を取り立てたり、自分の所有地を広げたり、織物工房や焼き物の大量生産といった国家規模の事業を設立したりするようになる。こういう状況から王が生まれるまでの経緯を見てみよう。

乾燥地から逃れてきた人々がシュメールに続々と入ってくるようになると、ウルクのような都市では、貯蔵している穀物を略奪者や近隣の都市から守る必要に迫られた。市民も安全のために土地や住まいの周囲に塀を巡らせるようになる。防衛上の必要からリーダーシップが求められるようになり、戦士を束ねる人間が現れた。

それでも、初期のウルクに王がいた形跡はない。最初のうちは聖職者によって将軍として選出され、緊急時に一時的に王としての務めを果たしたという仮説がある。やがて彼らは永続的にその任に就くようになり、さらに息子を後継者に据えようとする。また身内を神官や巫女に任命することで、聖職者に対しても影響力を行使した。こうして生まれた支配者とその一族は、神殿の地所までその手に握るようになったと思われる。貴族階級も生まれたが、そのほとんどは王家の一員だった。ウルクで最初に非宗教的な邸宅（宮殿）が建てられたのは、紀元前2800年から紀元前2600年のことで、そのころから王位は世襲制になった。

王の出現に関するもうひとつの仮説は、もっと民主的な経緯をたどったと見る。古代の神話には、各都市が評議会によって運営されていたことを示唆するものがある。そのような神話では、神や女神が評議会による自治の象徴として描かれる。これはおそらく、古代シュメール人の間に自治組織があったことを示すものだろう。このシナリオでは、最初は評議会で神官が管理者または軍事作戦の長として選ばれていたが、やがて特定の個人が永続的にその地位を占めるようになる。指導者がどの段階で合意性権力から強制的権力に変わったかは、興味深い問題ではあるがまだ明らかになってはいない。

世界最古の筆記文学とされる『**ギルガメシュ叙事詩**』は、第5代ウルク王と伝えられるギルガメシュの物語である［最古の文学ではなく、単に最古の文字記録なら、156ページ

にあるように、紀元前3500年ごろである］。紀元前2000年ごろの歴代シュメール国王のリストには、たしかに、ギルガメシュという名の王が紀元前2750年ごろウルクを治めていて、近隣の都市キシュとの戦いでウルクを勝利に導いたと記されている。彼の治世の物語は口誦で語り継がれ、現存する最古のテキストは紀元前2100年ごろのものである。この叙事詩で、英雄ギルガメシュは3分の2が神で3分の1が人間（女神ニンスンとウルク神官長の息子）として描かれる。ギルガメシュにはエンキドゥという友人がいる。エンキドゥは野人から都市住民へと変身を遂げ、2人は一緒に様々な冒険をする。神々に挑戦し、永遠の命を求めたが、命には限りがあることを知って悲しむ。英雄の旅を記録した世界最古のこの物語では、ギルガメシュは最後に以前よりずっと賢くなってウルクに戻り、故国の真価を知る。

衣服

織物が発明される前は、寒さを防ぐために動物の皮が用いられていた。メソポタミアで羊やヤギが家畜化されると、羊やヤギの皮が使われるようになる。男は皮にベルトを締めてスカートのように着用し、女はローブのように身にまとった。

農業が普及し始めたころ、地中海の東端付近に住んでいた農民が、濃い緑の葉をつけ、鮮やかな青い花を咲かせるほっそりした丈の高い植物を栽培化した。これが亜麻である。この草は約1.2メートルの高さまで成長し、その茎の繊維からリネンと呼ばれる織物が作れることに人々は気がついた。それには、亜麻に水をやり、雑草を抜き、収穫して乾燥させる必要があった。乾燥した茎を湿らせると外側の肉厚の部分が溶けて繊維だけが残る。次にこの繊維を唾液で湿らせて継いでいく（唾液に含まれる酵素には、植物の繊維素をわずかに分解する働きがある）。最後にこの繊維を紡いで糸にし、それを織って布にする。この方法で、1人の人間が1年間に着る服を作るには、ざっと57日もの日数が必要だったのである！

亜麻からリネンを作るのは非常に手間がかかるので、ウルクではリネンは神官や神々の像だけが身につけられるものだった。羊の毛から毛織物を作るほうがずっと簡単だ。まず羊の毛を紡いで糸にし、それを織ったり編んだりして布に仕上げればよい。品種改良で羊毛がたくさん取れる羊を育てれば、100頭の羊から40人の人間が1年間に着る服を作ることができる。ウルクの出土品から、男はひざ下まであるウールのスカートを着ていたことがわかるが、おそらく夏はあまり快適ではなかっただろう。国家の規模が大きくなるにつれ、亜麻や羊毛の管理は家庭内の女性の手

最古の都市ウルクと最古の国家シュメール **155**

**図6.3　楔形文字の粘土板
　　　（紀元前2900年～紀元前2600年）**

シュメールの都市ウルで発見されたこの粘土板には、大麦を神殿に運び込んだことが記されている。

から国へと移った。貧しい家では租税(用語集を参照)を支払うために借財をし、そのかたに女性を奴隷として売るしかない場合があり、そういう女性たちは、多数の従業員を擁する都市の織物工場で働かされた。

文字

世界最古の文字による記録は紀元前3500年ごろ、ウルクのエアンナ・コンプレックスにまでさかのぼる。その少し後の時代になると、シリアからイランにかけて広がる地域でも文書が見つかっている。私たちにとって幸運だったのは、シュメール人が湿った粘土に葦の茎で文字を記したことである。粘土は乾くと硬い板になり、長い年月その原形を保った。他の地域では形の残りにくい素材(エジプトではパピルス、中国では竹、その他の地域では木の皮や板)が使われたため、長期にわたって文字が発達した様子をシュメールの**楔形文字**ほどはっきりとたどることはできない(図6.3を参照)。

ウルクでは、都市の支配階級が所有する倉庫や農場に搬入・搬出される穀物、羊、牛を記録する必要に迫られて文字が発達した。ウルクで発見された最も古い時代の粘土板の実に85％が、人や神殿が動かす品物や食物、家畜の記録であり、残り15％は官吏、商品、家畜の一覧表だったのである。

文字は長い年月をかけてゆっくりと進化した。早くも紀元前7500年には、ウルク近郊の農民の間で特定の品物を表す粘土製のビー玉ほどの大きさのトークン[コインのようなもの]が使われていた。たとえば円錐形のトークン1個はかご1杯の穀物を表し、円筒形のトークン1個は羊1頭を表す。トークンは徐々に複雑になり、線や絵(動物の頭など)が刻まれるようになる。遺跡からは、これまでに油、はちみつ、ビール、布、穀物を表すトークンが発掘されている。

同じころ、商品が未開封であることを保証するために円筒形の印章が使用されるようになった。粘土または石でできた印章には持ち主がわかるような図案が刻まれていて、包みに添付される湿った粘土板の上で転がされた。粘土板は乾くと硬くなり、権限のない人間が商品を開けようとすれば壊れてしまう。

粘土製のトークンや円筒形の印章に刻まれた印は、当初は実物を表す絵(絵文字)だった。その物を意味する言葉ではなく、物体そのものを表しているだけだった。だから、シュメールで使われていた2種類の言語のどちらでも読むことができた(2種類の言語とは、現在または過去のいずれの言語ともかかわりがないシュメール語と、ヘブライ語やアラム語につながるセム語の一種アッカド語である)。ウルクで発見された古代の粘土板には、約1200種類もの印が使われている。

やがて国家が大きくなると、行政官たちはいくつものトークンを粘土でできた球形の"封筒"に入れて管理し、だれにも触らせないようにした。最初のうちは、その"封筒"に各トークンの絵を描いて中身がわかるようにしていた(抽象的な数字の概念はまだ発達していなかった)。そのうちに、だれかがトークンそのものは必要ないと気づく。そこで"封筒"は平らな板になり、その板に品物の絵を刻むようになる。

紀元前3100年には、すでに史上初の抽象的な数字が出現し、品物を表す絵文字のそばに一緒に刻まれるようになっていた。最古の数字記号は次のようなものである。小さなくさびは1、小さな円は10を表す。大きなくさびは60だ。大きなくさびの中に小さな円があると600になる。一方大きな円は3600を表す。つまり、品物の絵を33回描く代わりに、小さなくさび3個と小さな円3個で33を表すことができる。一方、あまり大きな数を必要としない庶民は、相変わらず昔ながらのトークンを使って羊や穀物を管理していた。発見された最も新しいトークンの年代は紀元前1600年ごろで、文字が発明されてから2000年近くが経過

している。

初期の絵文字はやがて概念を表す記号に発展する。たとえば「足」の絵が「立っている」とか「歩く」のような状態や動作をも表すようになる。シュメール語には1音節だけの語が多く、それも母音ひとつだけの語がかなり多い。たとえば、「a」という文字(「ア」と発音する)は水を意味した。そこで、水の絵が「ア」という音を表す場合にも使われるようになる。これが音声表記の始まりで、特に人の名前を書く場合に必要だった。

書く道具も進化した。沼地から刈り取った葦の茎を使うだけの簡単な道具に始まり、やがてその葦の先端部分を斜めに切り落としていろいろな形に成形するようになる。結局はくさびの形に落ち着くが、シュメール文字が楔形文字と呼ばれるのはこのためだ。

計算の手段から本当の意味での文字体系(音声、音節、概念、実体のある物などを表す記号の複雑な組み合わせ)への変化は、紀元前3300年から紀元前3200年ごろにウルクの書記たちが共同作業をするようになって急速に進んだ可能性がある。あるいはもっと緩やかに変化していき、ついに紀元前2500年ごろ、近代的な意味で文学と呼べるようなテキストが現れるに至ったのかもしれない。最初の文学作品は、呪文、讃歌、英雄を主人公とした叙事詩、葬送歌などだった。歴史の記録は紀元前2700年ごろから始まったと考えられている。

文字の発明によって、人間社会のあらゆる局面が詳細に記録されるようになる。コレクティブ・ラーニング(集団的学習)が加速した背景には、社会全体で作り上げた知識が記録・保存されるようになったという事実がある。メソポタミアでは、読み書きの能力を会得したことで、特に天文学(暦)や数学(測量)の知識が急速に拡大した。シュメール人は、10進法と60進法を併用していた(動物その他の個別に数えやすい物は10を単位として数え、穀物などは60を単位として数えた。おそらく、60は11とおりの方法で割り切れる[60には1を除く約数が11個ある:2、3、4、5、6、10、12、15、20、30、60]からだろう)。また、12カ月を基準とする暦を考案し、1日を24時間に、1時間を60分に、1分を60秒に細分化した。円は360度に分割した。ギリシア数学はバビロニア経由でシュメール人の考え方を取り入れ、この優れた文化的慣習を西洋文明に移植した。それがやがては近代社会全体に広がることになる。

シュメールの楔形文字は、シリアからイラン南西部のエラムにかけての広大な地域で話されていた複数の言語で記録に使われた。シュメールが衰退した後も、楔形文字は依然として外交文書に広く用いられていた。紀元前7世紀か

ら紀元前6世紀にはアラム語に取って代わられるが、保守的な神官や学者は紀元後になってもしばらくは楔形文字を使っていた。

🔹 シュメールにおけるウルクの地位

紀元前3600年から紀元前3100年ごろの500年間で、ウルクは繁栄を続け、シュメールという都市国家を建設するまでになった。この都市国家には、専門的な職業、市民を時には威圧し、時には保護する各種制度、神殿や宮殿などの大建築、国家宗教、計算するための文字などの特徴が備わっていた。ウルクが近隣で唯一の大都市である限り、ウルクの産物はメソポタミア一帯に広がり、やがてはシリア北部、レバノン、パレスチナ、オマーンからアナトリア(トルコ)を経てイランにまで伝わった。ウルクの商圏の広さを表すものだ。

だが、この輝かしい"都市の発明"の時期は紀元前3100年ごろに終わりを告げる。それは、ウルクの文化を伝える文物が広い地域から姿を消したことから明らかである。シュメール全土のあちこちにその地域の中心となる都市が新たに生まれたため、ウルクの発達した官僚制度はその規模を縮小して各地区に受け継がれたようだ。新興の各都市は独自の領域と水源を管理し、それぞれウルクの社会制度を採用したが、神殿にはウルクとは異なる神や女神を祀っていた。

紀元前3000年ごろには、ウルクは南メソポタミアに多数ある都市のひとつにすぎなくなっていた[が、まだ隆盛期にあった]。南メソポタミアにはほかにもエリドゥ、ウル、ラッシュ、ニップール、ウンマ、キシュなどの都市があり、それぞれ領内での絶対的権威を主張する王に支配されていた。ただし、自らを神と同一視する王は、紀元前2254年から紀元前2218年にアッカドの王であったナラム・シンが最初である。各都市では耕作可能地のおよそ1/3が神殿の所有だったと推定されている。王族の所有地がどのくらいだったかは不明だが、やはり1/3程度ではないかと思われる。

戦争　シュメールでは少なくとも紀元前4000年ごろから**戦争**が起こるようになっていた。復元された最古の円筒印章に、戦いの場面や戦争捕虜が描かれている。ギルガメシュ以降は戦いが繰り返され7人の王が即位したが、やがて紀元前2560年にウルの王がウルクの王を倒す。その後の200年というもの、シュメールの各都市の人々は

最古の都市ウルクと最古の国家シュメール　**157**

ほとんど絶え間なく戦争に明け暮れていた。戦争はほとんどの場合、土地や水源の支配権をめぐる争いが発端となって起こる。このころシュメールの王たちは、金属製の兜や専用の武器を装備し、軍服を着用した常備軍を指揮するようになっていた。戦闘にはロバに引かせた四輪の戦車が使われることもあったが、主力は長い槍で武装した歩兵だった。絶えず武力衝突が起こるようになると、軍の指導者が広大な土地を所有し、政治的にも権力を持つことが容認されるようになる。また常備軍の兵士には本人と家族を養うだけの土地が与えられた。

カレン・ネメット・ネジャット著『古代メソポタミアの日常生活(原題：*Daily Life in Ancient Mesopotamia*)』によると、シュメールの各都市の生活水準は、往々にしてかろうじて食べていける程度だった。豊かさを感じられるのは、王と軍隊が他の都市を征服し、戦利品や貢ぎ物を兵士や官吏に分け与えるときだけだ。神殿や王宮は財力を蓄え、他国から贅沢品を輸入することもできるようになる。しかし繁栄は長くは続かない。やがて都市は荒廃し、住民は侵略者や市域外からの襲撃の餌食となった。

アッカドのサルゴン(在位紀元前2334年～紀元前2279年)がシュメール全土からユーフラテス川上流に至る地域を征服してチグリス＝ユーフラテス渓谷に最初の帝国を築いたとき、ウルクの城壁は再び破壊された。しかし、サルゴンの帝国は100年とは続かなかった。それはなぜだろう。現在わかっているのは、紀元前2250年ごろに一帯を未曾有の干ばつが襲ったということだけだ。これは、北メソポタミアのテル・レイラン遺跡から採取した土壌サンプルに、風に吹かれた土ぼこりの跡や、極端に雨が少なかったことを示す痕跡があることから明らかだ。この土地は突如見捨てられ、以後300年間無人となった。

干ばつに伴って土壌の塩分濃度が上昇し、シュメールでは農産物の収穫量が減少していく。灌漑によって農地に水が引かれると、かえって塩分が地表にまで上昇してくるのだ。小麦は塩分濃度0.5%にかろうじて耐えられる程度だが、大麦はその2倍の濃度でも栽培できる。小麦の栽培比率が減少することから、「塩類集積」が進んだと推測できる。紀元前3500年には、シュメールで産する穀物の半分が小麦だった。ところが紀元前2500年には小麦の比率はわずか15%になっている。穀物の収量全体も、紀元前2400年から紀元前2100年の間に40%減少し、紀元前1700年には66%の減少となっている。これ以後、シュメールは存在感をなくし、他の帝国の貧しい辺境の地としての立場に甘んずることになる。紀元前2400年～紀元前2000年のメソポタミアの記録に、過度の灌漑によって塩類集積が進み、地

力(土地の生産力)が低下したことが記されている。人々はここにきてやっと事態を理解したのである。環境の乱開発を伴わない長期的な持続可能性という問題は、以後4000年の時を超えて、複雑な社会を営む私たちを今なお悩ませている。

ウルクやシュメールの人々は、灌漑や文字などの技術を発明し、それによって食料供給量を、ひいては子孫を大幅に増やした。しかしこのような画期的発明も、土壌や気候の限界に直面したとき、人口減少を防ぐことはできなかった。シュメールの人口は、領土拡大期の後、急速に減少していくのである。人間の歴史上しばしば見られるこのようなサイクルを**マルサス的サイクル**という。イギリスの聖職者で経済学者でもあるトマス・マルサス(1766年～1834年)が19世紀初め、人口の増加は食料の増産を常に上回るため、やがては飢餓の時代を迎え、人口が急激に減少するという説を提唱したことによる。マルサスがダーウィンの思想に影響を与えたことを第3章で述べたが、彼についてはこの後も触れる機会があるだろう。

他地域の都市と国家

都市という形態を最初に生み出したのはウルクの人々かもしれないが、都市に住んでいたのは彼らだけというわけではない。影響力の強い様々な要因(人々を川の流域に追い立てる乾燥した気候、犂や灌漑設備による農作物の増産、肥沃な氾濫原の存在、出産と移住による人口増など)によって、ほぼ同緯度にあるナイル川流域とインダス川流域でもそれぞれ都市が誕生した。これらの都市は、かつては先行文明の伝播により生まれたと考えられていたが、現在ではそれぞれ独自に発生したという説が有力だ。ただし、この説も新たな発見によって覆される可能性はある。

🌀 ナイル川流域のエジプトとヌビア

エジプトでは、紀元前3100年ごろ、王朝による支配が始まった。ウルクで国家が成立したわずか数百年後のことである。最近まで古代エジプトは「都市のない文明」と考えられていたが、詳細な発掘調査の結果、ウルクが都市になったころにはエジプトでも一定規模の市街地が形成されていたらしいことがわかってきた。では、この市街地はメソポタミアの都市と同程度の規模だったのだろうか。それはまだわかっていない。

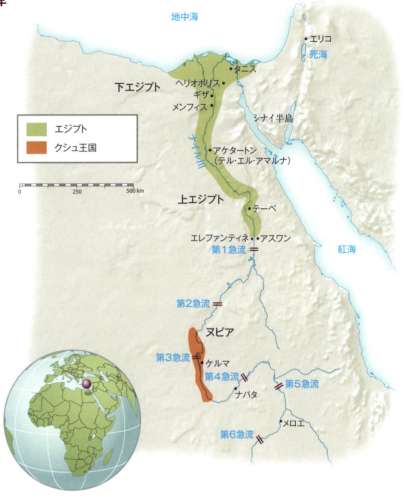

地図 6.2　ナイル川流域（紀元前 3000 年〜紀元前 2000 年）

クシュに比べてエジプトがはるかに広いことに注目。エジプトには地理的にどのような利点があったのだろうか。

　紀元前9000年ごろ、サハラ砂漠は現在ほど暑くはなく、雨量も多かった。湖や川、小川が点在する草原には、人間や野生の牛の食料になる穀物が自生していた。その後4000年の間にこの草原に住む人々は牛を飼い馴らし、独自にモロコシ（ソルガム）や瓜、西瓜、綿などを栽培するようになる。羊やヤギは、メソポタミアから移入された品種が、エジプトですでに家畜化されていた小型種に取って代わったと思われる。紀元前5000年ごろには、この草原地帯全域に首長制社会が発達していたが、その基盤は都市ではなく、世襲の首長（すでに神または神に近い存在とされていた）が治める豊かな村だった。

　気候が乾燥化するにつれてサハラは砂漠へと姿を変え、人や動物は追われるように、南のチャド湖周辺の地域、またはビクトリア湖に発して北へと流れるナイル川の流域に移動していった。ナイル川は6カ所の急流（早瀬や滝が続いて航行できない区域）で分断されているが、その流域2カ所に集落ができ、大きく栄えるようになった（地図6.2）。ひとつは地中海からアスワン近くの第1急流までの1000キロメートル以上に広がるエジプト、もうひとつは第1急流から第6急流までの、今日のスーダン北部を含む地域である。4世紀以降、この地域は**ヌビア**と呼ばれるようになるが、それ以前はクシュと呼ばれていた。

　最初にナイル川流域に移動してきた人々は、毎年耕作地を灌漑する時期に起こる洪水のおかげで土壌がきわめて肥沃であることに気がついた。最初のうちは灌漑も不要なほどだったが、急速な人口増により、洪水の恩恵を直接受ける氾濫原以外の場所にまで耕作地が広がり、灌漑用水を溜めておく貯水池や、灌漑用の水路を建設する必要に迫られる。紀元前4000年には、地中海から第4急流までのナイル川の両岸に農耕を営む村々が繁栄するようになる。これらの村は互いに定期的な交易を行い、協力して灌漑網を広げていった。エジプトが塩類集積を免れたのは、年に一度のナイル川の洪水が蓄積した塩を押し流すためである。

　紀元前3500年ごろ、サハラ地域の雨量が突然減少し、エジプトやヌビアの村落は小規模な首長制社会に変わっていく。そこではこれまでより規模の大きな組織や管理制度

他地域の都市と国家　159

が整えられたが、それでもまだ中心的な大都市ができたわけではない。各地の王は伝統に従って領地を治めたが、その伝統には王の埋葬に際して召使いを一緒に埋めるという風習[殉葬]も含まれていた。ただ、上ナイルの集落(コプトス、ナカダ、アビュドス)における最近の発掘調査から、以前に考えられていたよりも多くの人間が住んでいたことがわかってきた。つまり、大都市が存在していた可能性があるということだ。

統一

紀元前3500年以降、おそらく乾燥化が進んだ結果と思われるが、政治的にも経済的にも競争が激しくなった。紀元前3400年から紀元前3200年にはヌビア王国(タ・セティ)が繁栄し、第1急流の北まで領土を拡大したが、ヌビア人より豊かな土地に住むエジプト人の反撃に遭う。このころ上エジプトの3つの中心地が初めて統一された。ナカダ、ヒエラコンポリス、そしてアビュドスである。伝説では、紀元前3100年から紀元前3000年ごろ、メネスという首長(ナルメルとも呼ばれる)がエジプトの2つの地域(デルタ地帯の下エジプトとデルタから第1急流までの上エジプト)を統一したことになっている。統一国家の証を、壺や封印(シール)、標章(ラベル)に記された第1王朝の王の名前に見ることができる。これは、国として徴税するシステムがあったことを示している。

当時のエジプトで最大の都市は上(南)エジプトのヒエラコンポリスで、人口はおよそ1万人に達していた。統一を進めるため、メネス王はデルタの頂部、現在のカイロに近い場所にメンフィスという都市を建設する。このころのエジプトは、豪華な副葬品でわかるように、非常に豊かな富を蓄えていた。また、デルタから第1急流まで画一化された物質文化が発達していた。ナイル川の流れに乗れば1週間で地中海まで到達でき、絶えず南向きの風が吹いているので川をさかのぼって戻ることもできた。

信仰

エジプトは早くから、この地に以前からある農耕社会の伝統を踏まえて王権を神格化するようになる。王は正式に、この世に姿を現した神と見なされていた。王は「上にあるもの」を意味するホルス[エジプト神話に登場する神]と同一視され、ホルスのシンボルである黄金の隼(または鷹)は王のシンボルにもなった。王の役目は森羅万象の均衡を保ち、世界をあるべき姿にすることである。エジプト人にとっては、過去からの継続と、賢く信心深い王の治世によってもたらされる安定と繁栄が重要だった。

エジプト人は、女神マアトに象徴される「平衡状態」(すべてがバランスのとれた状態)を重んじた。マアトは上半身を露わにした乙女の姿で描かれ、渾沌とは逆の「均衡、秩序、真実」を表す。ナイル川で毎年起こる洪水は、エジプト人に、神々によってこの世の安定が保たれているという確信と安心感をもたらしたと思われる。

メソポタミアの人々は、死後の世界を永遠に続く暗闇[House of Dustと呼ばれる冥界]で死者たちがぼんやりした姿でうごめいていると想像したが、エジプト人は、死後も生前と同じ生活がそのまま続くと信じていた。そのため、暑くて乾燥した気候でのみ実現できるミイラ化という技術を生み出した。**ファラオ**と呼ばれたエジプト歴代の王たちは、自らの肉体を守り、死後の世界を確実なものにするために、豪華な墓を造ることに情熱を傾けた。第3王朝の初代ファラオだったジョセル(紀元前2650年ごろ)がサッカラに建設した階段ピラミッドは、この規模のものとしては世界最古の石造建造物である。その約75年後から始まる3世代のファラオの時代に最大規模のピラミッドが造られた。これらの墓はカイロ近郊のギザに現在も残っていて、中でも最大のクフ王(またの名をケオプス)のピラミッドには230万個の石灰岩の切石が使われている。切石1個の平均重量は2.3トンだが、最大のものは13.6トンに達する。このようなピラミッドの建設は国家事業でなければとうていできるものではない。推定では8万4000人の労働者が1年に80日働いて20年間かかったとされていて、しかもここには技師、工事監督、料理人とその家族は含まれていないのである。

エジプトでは、1年を365日とする暦が使われていた。それを30日ずつ12カ月に分け、さらに1カ月を10日単位(旬)で3旬に分けていた。1年のうちの残り5日は特に大切な神々を讃えるために捧げられた。

文字

古代エジプトでは墓が非常に重要な役割を果たしていたため、エジプト文明の出土品で最初に復元された文字のひとつも墓の標章(図章)だった。年代は紀元前3100年以前にまでさかのぼる。メソポタミアと同様、エジプトでも文字が使われるようになるきっかけは計算の必要があったためだ。メネス王の治世(紀元前3100年ごろ)にはエジプト文字が広く使われるようになっていた。文字が徐々に発達していった過程についてはまだほとんどわかっていないが、近年アビュドスで、文字による記録が始まったのはメソポタミアよりもさらに早かったことを示す発見があった。

メソポタミアと同様、エジプトでも最初は簡単な絵文字が使われていたが、まもなく、その絵文字に発音や概念を表すシンボルが付加されるようになり、最終的に数千種類もの記号ができ上がった。エジプト人は神殿などの建造物をこの記号文字で装飾したため、後にこの地を訪れたギリシア人はこの文字を「神聖な碑文」を意味するヒエログリフと呼ぶようになる。これらのシンボルはパピルスにも描かれた。パピルスとは、ナイル川沿いに繁茂していたパピルス草［和名カミガヤツリ］の内部組織を貼り合わせて作る記録媒体である。エジプトの暑くて乾燥した気候のおかげで、パピルスの記録を現在でも見ることができる。

紀元前2800年から紀元前2600年ごろ、パピルスに書くのに適した書体として、**ヒエログリフ**を簡略化した筆記体の「ヒエラティック(神官文字)」が使われるようになる。さらに後年になると、もっと簡単な「デモティック(民衆文字)」と呼ばれる書体が発達する。エジプトでは書記は特権階級だった。そのことを『職業風刺』という短い作品に見ることができる。ここでは、書記である父親が息子に、一生懸命勉強して書記になりなさい、と強く勧めている。というのも、書記以外の職業では何らかの惨めな経験をしなければならないからだ(第7章を参照)。だが、特権階級であるエジプトの書記でさえ、メソポタミアほど豊かで変化に富んだ文学作品を生み出すことはできなかった。

ヒエログリフは4世紀まで使われていたが、その後はアラビア語に取って代わられ、その意味も長らくわからなくなっていた。フランスの文献学者ジャン゠フランソワ・シャンポリオンがロゼッタ・ストーン(図6.4)を解読したと発表するのは1824年のことである。

ヌビア人もヒエログリフを使っていたが、やがてシンボルを自分たちの言語を表すアルファベット文字に変換する。この言語は、後述するクシュ王国の首都メロエ(現在のスーダンのベグラウィヤ付近)にちなんでメロエ語と呼ばれている。メロエ語の碑文は残されているが、解読には至っていない。この言語は他のどの言語ともまったく似ていないのである。

交易と交流

果たしてエジプト人はシュメール人の文字を借用したのだろうか。言語にも文字にも類似点がほとんどないため、エジプトの文字は独自に発達したとするのが定説である。ただし、エジプト人とシュメール人の間には古くから交流があった。円筒形の印章や、メソポタミア風の建築物への装飾(紀元前3500年〜紀元前3000年ごろ)がエジプトのデルタ地帯でも発見されているからであるが、

図6.4 ロゼッタ・ストーン

不規則な形をした黒い玄武岩の石で、1799年、アレクサンドリア近郊の町ロゼッタ(ラシード)でナポレオン軍によって発見された。この碑文は、13歳のプトレマイオス5世の王位継承を認める布告である。ヒエログリフ、デモティック、ギリシア語で書かれていたことが、シャンポリオンがヒエログリフを解読する手がかりとなった。現在、ロンドンの大英博物館に保管されている。

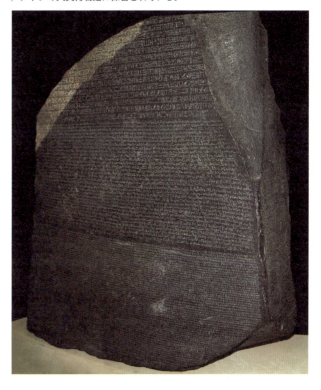

正確な交易ルートはわかっていない。

それに比べて南方との交易は比較的簡単に追跡できる。金、象牙、黒檀、貴石などはヌビアでしか手に入らなかったので、エジプト人はその交易を一手に握ろうとした。紀元前3100年から紀元前2600年にかけて、歴代の王はヌビアに対して少なくとも5回の軍事遠征を行い、紀元前3000年から紀元前2400年には第1急流から第2急流までの土地を征服した。一方、ヌビアの首長は、紀元前2500年には第3急流に強力なクシュ王国(最初の首都はケルマ[後にメロエに遷都])を築いていた。両国の交流はその後も続き、ヌビアの男たちがエジプト軍で頭角を現したり、エジプト人の女と結婚してエジプト社会に同化したりすることもあった。

衰退

紀元前2200年ごろ、エジプトは2世紀にわたって干ばつと洪水位の低下に見舞われ、ナイル川流域の人々は飢饉に苦しんだ。中央の王権は衰微し、地方の首長の力が相対的に大きくなる。シリアとの交易も衰え、近隣

地図6.3 インダス川流域の文明（紀元前2000年ごろ）

インダス川流域の文明とメソポタミア文明およびエジプト文明との規模を比べてみよう。
インダス川流域とメソポタミアの間に交易が実現するには、どのような条件や技術が必要だったろうか。

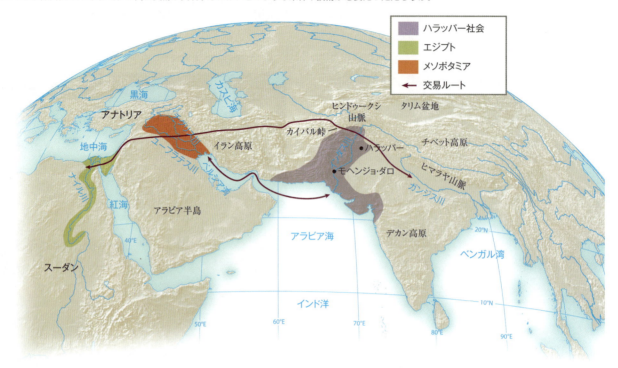

諸国から侵略を受けるようになる。再び統一王朝が生まれるのは紀元前2020年ごろになってからである。このマルサス的サイクルにより、神々に祝福されたエジプト文明の安定性は短期間中断するが、その後は独自のエジプト文明として、紀元前332年にアレクサンドロス大王に征服されるまで存続した。

古代エジプトに関する最近の疑問に、古代エジプト人の肌は何色か？　というものがある。アメリカでは、エジプト人といえば、アフリカ人のような黒い肌ではなく、主にセム系の人々（パレスティナやシリア出身者）を思い浮かべるのが普通である。1980年代半ばには、エジプト人はほとんどが黒人系アフリカ人だという主張もあった。必要な論議ではあったが、やはり誇張とも言える。もっとも、紀元前1千年紀初めの100年間［紀元前1000年から紀元前901年］は、エジプトのファラオはすべて肌の黒いヌビア人だった。

この問題を詳しく調査した後で学者が得た結論は、エジプトにはアフリカとアジアをつなぐ位置にある国に特有の性格があったということだ。エジプトにはさまざまな肌の色や髪質の人々が住んでいた。エジプト人が自分たちをどのように描いていたかを調べると、黒人系のアフリカ人とそれより色の白いアジア人の中間と考えていたことがわかる。最古の法律では、エジプトへの移住を抑制する条項は見つかっていない。ヌビア人だけでなく、セム系の人々もやって来た。エジプト人は人種の違いを認識していたがそれには寛容で、移住者がエジプトの文化を尊重することのほうにより強い関心を抱いていたように思われる。

インダス川流域

インダス川はヒンドゥークシ山脈とヒマラヤ山脈の高所に源を発し、広大な氾濫原を流れ下るが、時には大きく流路を変え、海までの経路を新たに刻むこともある。かつてはもうひとつの川サラスヴァティー（またはガッガル・ハークラー）がインダスと並行して流れていたが、山岳地帯で起こった地震によって支流がインダス川に流れ込むようになり、やがて干上がってしまった。古代、この2つの川の氾濫原は現在のパキスタンの大半と北インドの広大な地方を覆い、その面積はメソポタミアとエジプトを合わせたより広かった。メソポタミアやエジプトと同様、インダス川流域の氾濫原にも、高地、砂漠、そして海に囲まれた肥沃な農地が形作られた（地図6.3）。

他の地域と比べて、インダス川流域では都市や文明の発祥についてわかっていることが少ない。これは、最古の物

理的痕跡が今では水中に沈んでしまっているためだ。泥砂が堆積して陸地面が高くなり、それにつれて地下水位も上昇したのである。現在調査できる最古の遺跡は紀元前2500年ごろのもので、そのころにはすでに都市としての構造が確立していたが、それ以前の発達過程を知る方法は今のところ見つからない。

もうひとつの問題は、インダス文明の文字がまだ解明されていないということだ。約400種類の記号を刻んだ粘土の印章や銅版、その他の遺物が数千点も発見されていて、その一部は紀元前3000年にまでさかのぼるが、言語が消滅してしまっていて、その言語がどのようなものだったかについては意見が一致しない。26文字を超えるような長文の碑文がなく、ロゼッタ・ストーンのような2カ国語で記したテキストも見つかっていない。このような理由から、様々な試みを続けても文字の解読はおそらく無理だろうと考える学者が多い。

紀元前7000年には、メソポタミアの影響によると思われるが、インダス川流域でも穀物栽培が盛んになっていた。もっとも、早くに栽培化された植物の中で小麦以外はすべて、パキスタン領バルチスタンとその周辺の高地に今でも自生している。小麦、大麦、レンズマメ、黍（きび）を秋に洪水の水が引いた後に蒔き、春に収穫した。インダスの農民は、牛、水牛、羊、ヤギ、鶏を家畜として飼っていた。また、紀元前5000年以前に綿（わた）を栽培していたが、これは世界最古の例である。

紀元前3200年には、ヒマラヤ山麓に近い北インドのハラッパーと、そこから南へ約400キロメートルのモヘンジョ・ダロに最古の都市が形成されていた。紀元前4千年紀（紀元前4000年～紀元前3001年）にはこの一帯で乾燥が進んでいたことを示す痕跡があり、メソポタミアやエジプトの住民と同様、インド亜大陸の人々も気候の変化に伴って川の流域に集まってきたと思われる。その結果急速に都市化が進み、流域の人口は紀元前3000年から紀元前2600年の間に3倍になったと推定される。

モヘンジョ・ダロには、紀元前2500年から紀元前1900年の最盛期で約3.5万～4万の人が住んでおり、ハラッパーはそれより少し規模が小さかった。各都市は城壁と堅固な要塞で防御され、中には大きな穀物倉庫や、租税としての穀物を集めたり再配分したりする場所があった。街路は碁盤の目のように区切られ（これはすでに都市計画があったことを示すものだ）、市場や小規模な神殿、公共の建物が並んでいた。住居は1部屋だけの小屋のようなものから、十数室の部屋と複数の中庭のある豪邸まで様々だった。ほとんどすべての家に浴室の設備があっただけでなく、モヘ

ンジョ・ダロには大浴場があった。また道路の下には汚水を通すパイプが張り巡らされているなど、公共の設備がかなり整っていた。インダス川流域全体で度量衡、建築スタイル、ブロックの大きさの規格が統一されていたことははっきりしている。また、専門職としては鍛冶屋、陶工、織工、建築家、宝石細工師、商人などがあった。

インダス川流域の人々は、近隣の人々と盛んに交易を行い、現在のイランからは金、銀、銅や半貴石[宝石のうちダイヤモンドやルビーなどの貴石以外のもので、水晶（クリスタル）や瑠璃（ラピスラズリ）など]を手に入れた。紅玉髄（レッドストーン）のビーズ、象牙、材木をシュメールに運び、羊毛、皮革、オリーブ油と交換した。紀元前2300年ごろにはインダス地方の船がシュメールの港に入るようになり、紀元前2000年には、ハラッパーと中央アジアの古代都市との間でも交易が行われていた（この地方の人々は、北インドやシュメール、中国と交流があるにもかかわらず、十分な読み書きができなかった）。紀元前2千年紀の初めには、交易の範囲はアラビアの南海岸やアフリカの東海岸にまで広がり、香料やモロコシ、黍がインダス地方にもたらされた。

インダス川流域の人々の宗教観については、文字が解読されていないため詳しいことはわからない。絵や彫刻から判断して、特に創造と繁殖にかかわる神や女神が敬われていたようだ。インダス川流域とヒンドゥー教の豊饒の神が似ていることから、インダスの神々の一部が後年ヒンドゥー教の寺院に受け継がれたと考える学者が多い。ハラッパーの出土品にヨガのポーズを描いた画像がいくつか含まれていることから、古代のヨガもインダス文明の時代にまでさかのぼれる可能性がある。

インダス川流域の都市の出現に関して、他の文明との相違点は何だろう。これまでに武器や戦争、王、宮殿、あるいは大規模な神殿について何も触れていないことに気づいただろうか。政治的階層や中央集権的管理機構は存在しなかったようだ。インダス川流域は大規模な闘争のない土地だったらしい。芸術作品にも兵士や戦争の場面が描かれたものはない。矢じりや槍、短剣はいくつか見つかっているが、剣、棍棒、戦闘用の斧、兜、盾、戦車などは発見されていない。ただし最近の発掘で、以前に考えられていたよりは多くの軍事施設や経済的階層があったこともわかってきた。

インダス川流域の社会をまとめていたものは何だったのか、それについてはわかっていない。それを国家とみなせるかどうかについては疑問視する学者もいるが、一方で、地方分権的な組織が治めていたにちがいないという意見も

他地域の都市と国家 **163**

ある。また、後年のインドの特徴であるカースト制が紀元前3千年紀(紀元前3000年から紀元前2001年)に早くも発達していたと推測する者もいる。**カースト制**では、人々は血筋によって決められる階級に厳格に分類されるので、インダス川流域の文化が戦争によらずにあれほど広大な地域にどのように広がったかもカースト制なら説明できる。人々は結婚相手を同じカースト内で見つけなければならないが、地域社会は小規模であることが多いため、仲人たちは他の共同体にまで候補を探しに行く必要があり、それが遠く隔たった町同士を結びつけたというのである。

インダス川流域の文明を結びつけた要因が何であったとしても、結局それは失敗した。紀元前1900年以後しばらくして、流域の文明は衰退期に入る。紀元前1700年にはハラッパーやモヘンジョ・ダロは見捨てられ、住民はもっと小さな都市で暮らすようになっていた。紀元前1500年には、インダス川流域の都市はいずれも都会らしい特徴を失って完全に退化し、昔ながらの地方の共同体に逆戻りしてしまった。

このような結果になったのは、多くの要因が絡み合ったためと考えられる。紀元前2200年ごろの気候変動により干ばつが長く続いたが、これは紀元前1900年から紀元前1700年には終わったとされている。開墾や薪のために森林を伐採し、その結果土地が浸食され雨量が減少したことも考えられるが、一部の学者はこれに異論を唱えている。サラスヴァティー川は、前述のように、ヒマラヤ山脈で地震が発生して支流がインダス川に流れ込むようになった後、紀元前2000年から紀元前1000年の間に干上がってしまった。下水道が飲料水を汚染したため、都市部でマラリアやコレラが大発生した可能性もある。米や黍の栽培が伝わったため、インダス川流域の農民が他の場所に移動したのかもしれない。これらの作物は冬ではなく夏に生長するので、夏に洪水が起こる地域には適さないからである。

インダス川流域の文明の最も注目すべき特徴は、暴力や軍事活動の痕跡がなく、エジプトやメソポタミアに比べて富が平等に分配されていたことだろう。非暴力と生命の尊重は、歴史が記録されるようになって以来一貫して、インドの宗教や哲学の重要な主題[アヒンサー]だった。これをインダス川流域に初めて誕生した都市の遺産と見るのは飛躍しすぎだろうか。この農耕文明の研究者の一人(マッキントッシュ)は、この説には一理あると考えている。だが、一方で、インダスの人々もシュメール人と同じくらい暴力的ではあったが、シュメール人のように暴力を賛美したり儀式化したりすることはなかったと考える学者(カニンガムなど)もいる。

🔅 中国：二大河川の流域

中国で科学的手法による考古学が誕生してからまだわずか数十年なので、古代国家の構造についてはごく大ざっぱな輪郭しかわかっていない。今後数十年で様々な発見があると期待できる。

長い間、考古学者や歴史学者は中国最古の都市は黄河(ホワンハー)(こうが)流域で誕生したと考えてきた。発掘がこの地でしか行われていなかったためである。つい最近、ようやく長江(チャンチアン)(ちょうこう)でも発掘が実施された。このときの発掘で大規模な都市や豪華な副葬品が発見され、現在では、中国ではこの二大河川の流域でそれぞれ独立した農耕文明が同時期に発生したと考えられている。

黄河(ホワンハー)流域

ホワンとは中国語で「黄色」、**ハー**は「河」という意味である。レス(黄土)と呼ばれるパウダー状の土が水中に懸濁し、水が黄色く濁ることからこう名付けられた。黄河はチベット高原との境をなす山岳地帯に生まれ、5464キロメートルを流れて黄海に注ぐ。やはり近くに源流を持つインダス川と同様、黄河も暴れ川でたびたび大洪水を起こし、流路を変えることさえあった。流域に及ぼす破壊力の大きさは「中国の悲しみ」とも呼ばれるほどだった(地図6.4)。

約1万5000年前から1万2000年前、氷河が後退するときに岩が細かく砕かれ粒子状になり、それが黄土となって氷河が退いた後の中国平原に堆積し、ゴビ砂漠から吹く風に飛ばされて黄河流域全体に広がった。黄土は有機物を豊富に含み、ほとんど耕す必要がなく、少ない雨量でも水分を保持できるなど、農耕に適した特徴を備えている。

前章で見てきたように、紀元前7000年には黄河流域の人々はすでに黍(きび)を栽培していた。黍は干ばつに強く、デュラム小麦より多くのタンパク質を含む栄養豊富な穀物だ。紀元前5000年には黍の栽培を中心とした村々がこの流域に栄え、紀元前2000年には、メソポタミアから入ってきたと思われる小麦や大麦も栽培されるようになる。黍のほかにも、黄河流域の人々はヘンプ(麻[大麻(たいま)に似ているが混同してはいけない])を栽培して衣服に利用し、アブラナや大豆からは食用油を作り、肉を食べるために豚を飼っていた(人間の残飯も豚の餌になるので経済的だった)。

龍山(ロンシャン)文化と呼ばれるこの時期(紀元前3000年から紀元前2000年)は、黄河流域で都市生活が営まれる前段階として重要だ。紀元前2700年には、蚕(かいこ)(カイコガの幼虫)を飼ってその繭から生糸を取り出し、それを紡いで絹糸にして布を織る方法を知っていた形跡がある。また紀元前2500年の遺跡からは、城壁に囲まれた集落跡や"ろくろ"を用いた

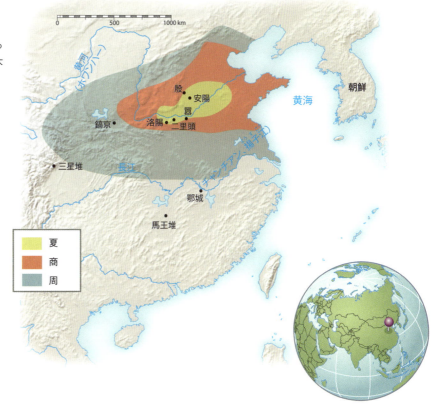

地図6.4 夏、商、周の各王朝（紀元前2200年〜紀元前256年）

時代とともに各王朝の領土が徐々に拡大していった様子に注目。古代中国の国家がこのように拡大する理由として何が考えられるだろうか。

製陶器が見つかっている。当時は複雑な灌漑システムがなくても作物を育てられるだけの降水量があったようだが、その一方で人々は川をさらったり運河を建設したりして洪水をコントロールしていた。この時代になると冶金術が発達し、洗練された陶器や翡翠の装飾品が見られるようになるが、これは専門の職人がいたことを示すものだ。社会的格差が大きくなり、争いが増えたのもこのころである。

この時期に、気候は暖かく湿気の多い状態から冷涼で乾燥した状態へと変化していった。紀元前2500年から紀元前1500年ごろに乾燥化がピークに達したことを示す証拠がある。黄河流域の人口が紀元前3000年から紀元前2000年にかけて3倍に増えたのは、気候が乾燥化するにつれ人々が隣接地域から黄河流域へと移住してきたためである。

紀元前1700年から紀元前1500年ごろには、黄河流域に「夏」と呼ばれる王朝が出現していた。夏王朝についてはまだ調査研究が始まったばかりだが、洛陽近くの二里頭という遺跡の発掘から、中国の考古学者はここが夏王朝の首都だったのではないかと推測している。宮殿のような構造物、質素な住居、陶器の工房、青銅器工場などの遺構が見つかっているからだ。これらが発見されたことから、中国の有名な歴史家である司馬遷（紀元前145年〜紀元前86年ごろ）による古代中国史の記述が正確であることが確認された。

紀元前1500年ごろには「商」王朝［殷王朝］が興って黄河流域で夏の領域を拡大する。それに伴って、都市としての生活と文化が急速に発展した。商王朝は、現在の河南省を中心に紀元前1045年ごろまで中国北東部の広大な地域を支配し、中国文明発展の基礎を築いた。

商王朝の時代に、中国北部では農耕文明の特徴がすべて出揃った。神の血統を引くと主張する世襲の王が国を支配し、選ばれた貴族階級の支持を受ける。法典は見つかっておらず、王がその都度布告や法令を発していたようだ。自分の土地を持たない小作農は、農地を借り、身分の保障や収穫物の一部を保有することと引き換えに、地主に奉仕した。軍隊や公共工事に徴用されることもあった。またかなりの数の奴隷が存在していたが、その多くは戦争で捕らえられた兵士であり、埋葬やさまざまな儀式では数百人もの奴隷が生贄にされた。

商王朝の支配階級は黄河流域の青銅器生産を独占した。職人を雇って青銅製の斧、槍、ナイフ、矢じりなどの生産量を増やし、馬が引く戦車にも青銅製の部品が使われた。戦車は中国最西端の新疆地方［現在の新疆ウイグル自治区］にインド＝ヨーロッパ系移民によってもたらされたもので、

そのことは、古代中国で車輪、スポーク、車軸、戦車を表す言葉がすべて印欧語にルーツを持つことからわかる。

商の王たちは5、6回に及ぶ遷都を行っているが、最後の数百年は儀式の中心地である安陽（アンヤン）に近い殷に都を置いていた［殷墟（インシュー）］。いくつかある都市国家の間では絶えず戦争が起こっていて、約1.3万の軍勢で3万の兵士を捕虜にしたという記録が残っているが、おそらく誇張したものだろう。メソポタミアやエジプトと違い、大規模な灌漑システムや国家宗教の存在を示す史料はほとんどない。

殷の発掘では、王宮と思われる複合施設、文字による記録文書、住宅の遺構、大規模な青銅器工場2棟、職人の工房、壮大な墓11基などが発見されている。墓のひとつでは、王の死に際して300人が生贄に供されていた。また1976年に発見されたある墓は、墓地ではなく宮殿内にあったため、盗掘を免れていた。この墓から、商の王・武丁（ウーディン）（紀元前1189年没）の妃である婦好（フーハオ）の骨が見つかった。同じく墓から発見された文書によると、婦好は自分の領土を持ち、生贄の儀式を主宰し、自らの意思で3000人の兵を動員できたという（婦好の墓については第8章を参照）。

商王朝では男子には公的権限が与えられていたが、王朝後期まで、その権利は母方の家系を通じて受け継ぐことになっていた。中国の上流階級は母系社会だったのである。女性が力を発揮できる機会は、他の古代文明社会よりは多かったように思われる。しかし商王朝も後期に入るころには、母系社会としての特徴は失われ、家父長制社会が優勢になる。

中国の人々は祖先を敬うので、中国では特に拡大家族［近親者を含む大家族で、複数の「核家族」からなる］が勢力を得るようになった。祖先の魂は別の世界に行ってしまっても、子孫が祖先を敬えば、この世に残った家族を守ってくれると信じられていた。家族の連帯という倫理には、生者と死者がともに働くという感覚があった。組織化された宗教や公認の聖職者は存在しなかった。一族の中で最年長の男性が祖先の霊を称えて儀式を執り行った。商王朝の文書や碑文から、商の貴族たちは祖先と絶えず意思を通じ合っていると感じていたが、人間社会に介在する神の存在までは想像していなかったことがわかる。

商王朝時代の中国の商人たちは広範囲で交易を行っていたが、何を輸出していたかははっきりしない。一方、東南アジアのマレー半島からは錫（すず）、ビルマ（ミャンマーの旧称）やインド洋のモルジブ諸島からは子安貝の貝殻（こやすがい）（原始的な貨幣として使用された）を輸入していた。紀元前2000年にはすでにオールで漕ぐ大型船を所有し、商王朝の時代にはその船で朝鮮まで行っていたが、帆を備えていたかどうか

はわかっていない。

最も頻繁に利用されたのが中央アジアとの交易ルートで、中国の人々が珍重する翡翠（ひすい）はここから入ってきた。紀元前2000年ごろには中央アジアに一群の交易都市が現れた。**オクサス**文明と呼ばれるこの一帯は、シュメールや中国、北インドばかりか、アジア内陸部の遊牧民とも交流があった。これを、紀元前2000年にすでにひとつのアフロユーラシア世界体系（資本の蓄積によって促進される、体系的な相互関連のあるネットワーク）ができ上がっていたと考えることはできるだろうか。歴史学者の間で大きな論争になっている問題だ。

中国の文字は、紀元前16世紀初めの商王朝の時代に広く使われるようになった。文字が生まれたのはそれよりずっと早かったはずだが、その証拠はほとんどない。個人の身元を表す単一の文字が紀元前3千年紀［紀元前3000年から紀元前2001年］にまでさかのぼれる陶器の破片に見つかってはいるが、米国の学者のほとんどは、これらは孤立した文字で、複数の文字からなる文章の一部ではないと考えている。商王朝やそれ以前の支配者が重要な出来事を竹簡や絹地に記録したことはわかっているが、それらはすべて、微生物の働きで時の経過とともに分解されてしまった。

中国では、メソポタミアやエジプトと異なり、記録に残された最古の文字表現は、会計のためではなく為政者の関心事のためだった。それがわかるのは、ある筆記媒体（いわゆる卜骨（ぼっこつ））が残っていたからだ。卜骨は雄牛または羊の肩甲骨、あるいは亀の甲羅で、貢ぎ物として宮廷に献じられた。復元された卜骨の大半は王宮の記録文書だが、それでも中国の文字が経済活動のために発明された可能性はある。ただ、そのような取引の記録は傷みやすい素材に記されたため消滅してしまったのである。

19世紀末、安陽近郊の畑で作業していた農民が地元で「竜骨」と呼ばれる骨を発見した。彼らはそれを製薬業者に売り、製薬業者はそれを挽いて粉末状の医薬品を作っていた。やがてそれが歴史学者や文学者の注意を引くようになる。それ以来同様の骨は10万個以上見つかっている。2008年に中国で開かれたオークションでは、20個の卜骨片が約7億円で落札された。

紀元前2千年紀（紀元前2000年から紀元前1001年）の中国では、この骨に易者が問いを刻みつけた。そのほとんどが宮廷の関心事である。たとえば、今年は豊作か、妃が産む子どもは男子か、隣国に攻め込むべきか、今後十日のうちに天災は起こるか、など。骨または甲羅にこの問いを刻みつけた後、易者はそれを網目状にひびが入って割れるまで加熱し、その割れ方によって答えを解釈し、しばしばそ

の答えを骨に記録した。

卜骨に記されているおよそ2000文字のほとんどに、それに対応する現代の文字がある。楔形文字やヒエログリフと違い、古代中国の文字は約4000年にわたって継続して使われてきた。始まりは絵(絵文字)だったが、後に絵を組み合わせて複雑な事象や抽象的な概念を表すようになる。たとえば、母の絵と子どもの絵を組み合わせると「好」(よい)になる[母親が子どもを抱く姿を表している]。他のほとんどの言語と異なり、中国語には音素や音声を表す要素は採用されなかった。単なる文字の表記が文学へと発展したのは、紀元前1045年から始まる「周」王朝初期のころである。

長江(揚子江)流域

黄河よりさらに長い川が、現在の中国南部を横切って流れている。揚子江だ(中国では「長い川」を意味する長江と呼ばれている)。チベットの青海山脈に源を発し、6300キロメートルを流れて東シナ海に注いでいる。北部に比べて温度、湿度ともに高い亜熱帯気候の南部では、米の二期作が可能である。長江では黄河のような洪水は起こらないが、作物が必要とする時期に長江の水を利用するためには灌漑設備が必要だ。米作は紀元前8000年ごろには長江中流の湖水地方で行われていて、それによって食料が安定して供給できるようになったことから人口が大幅に増加した。

城頭山で1990年代に行われた発掘調査で、紀元前4000年ごろの城塞都市の遺構と階級社会の存在を示す贅沢品がいくつか発見された。しかし最も劇的だったのは、四川省の三星堆(紀元前1400年に建設された城塞都市)で1986年に発見された、目を見張るような翡翠、金、青銅の工芸品で埋め尽くされた2つの立坑である。これらの品は商王朝の工芸品と同時代のものだが、独特の作風を持っている。三星堆では王族の墓はまだ見つかっていないが、これらの工芸品の発見から、中国南部にも安陽に匹敵する文明が生まれていたと考古学者は確信している。この文明は新しく長江文明と名づけられた。

「秦」王朝とそれに続く「漢」王朝が中国全土をひとつの法の下に統一したのは紀元前3世紀のことである。それ以来、中国の中央集権制と農業生産性は一貫して世界の人口のほぼ20%を支えてきた。農民は4000年以上にわたって同じ大地を耕してきた。今日の中国は、多くの人の目に、約4000年前に生まれた文明が目に見える形で受け継がれた国と映っている。これほど連綿と続いてきた文明は、現代世界では他のどこにも見られない。

🔆 アメリカ大陸の農耕文明

アメリカ大陸では、主に地理的な理由で、アフロユーラシアより遅れて農耕文明が始まった。農耕文明は北米では見られず、メソアメリカとアンデス地方のみの現象である。この両地方の文明は、その進化の過程がアフロユーラシアの文明と非常によく似ているという点で、きわめて興味深い。とはいえ、その発達の時期がアフロユーラシアよりかなり遅れたため、15世紀末にアフロユーラシアの人々がアメリカ大陸にやって来るようになったときにもまだ発展途上だった。

本書ではここまで、ほとんどアフロユーラシアのことばかり取り上げてきた。しかし第5章で、約1万年前に最終氷期が終わるとともに海面が上昇し、世界は海で隔てられた4つのゾーン(ワールドゾーン)に分かれたことを説明した。その4つとは次のとおりである。

1. アフロユーラシア(アフリカ大陸とユーラシア大陸、およびイギリスや日本など周辺の島々)
2. アメリカ大陸(北米、中米、南米、および周辺の島々)
3. オーストラレーシア(オーストラリア、パプアニューギニア島、および近隣の島々[メラネシアの一部または全域を含む]。ニュージーランドをここに含む場合もある)
4. 太平洋の島々(ニュージーランド、ミクロネシア、メラネシア、およびハワイを含むポリネシア)

これら4つの独立したワールドゾーンでは、16世紀初めにヨーロッパ人の航海によって世界が相互につながるようになるまで、人々は独自の生活様式を発達させ、独自の文化を育んできた。

メソアメリカにおける文明化の試み

メソアメリカとは、メキシコ中部からパナマまでと、グアテマラ、ベリーズ、エルサルバドルの全域、およびホンジュラス、コスタリカ、ニカラグアの一部を含む文化領域である(地図6.5)。ここでは紀元前2000年ごろには定住性農業共同体が形成され、トウモロコシ、豆類、南瓜などを栽培していたが、犬や七面鳥以外の家畜はいなかった。生産性の高い一部の地域では、社会の複雑さが急速に増大するとともに生産性が強化されコレクティブ・ラーニング(集団的学習)が進んだ結果、さらに人口が増えるという、循環的な社会変化が始まっていた。

紀元前1200年ごろには、現在のメキシコ合衆国のベラ

他地域の都市と国家　**167**

地図6.5 古代メソアメリカ社会（紀元前1200年〜西暦1100年）

これら古代メソアメリカ社会の地理的条件の違いについて考えよう。
地理的条件や環境はこの地域の社会の発達にどのような影響を与えただろうか。

クルス市近くの湾岸の低地にオルメカとして知られる、文明の芽生えが見られる社会が出現していた。オルメカの人々は記念建造物を建て、素晴らしい工芸品を作り出した。戦争や交易、徴税で富を蓄え、儀式の場を設け、権力者のシンボルにふさわしい、高さが最大で33メートルもあるピラミッドを墓として建造した（古代の農耕文明ではほぼすべてでピラミッドが造られたが、それはなぜだろう。おそらく、あれだけの重さを支えられる記念建造物としてはあの形がいちばん造りやすかったからだろう。あるいは、人工の山を築くことによって神々により近いところに到達しようとしたのだろうか）。オルメカの遺跡からは、初期の文字がマヤ文明のものとは違うことを示す発見があった。また、日時のシステムはその後のメソアメリカ社会に受け継がれたと考えられている。

　オルメカの人々は、自分たちの姿をほぼ永遠にとどめる作品を残した。玄武岩の塊から彫り出した巨大な頭部像である。重さが18トンを超えるものもあり、約60キロメートル離れた石切り場から運ばれた。このような頭部は17体見つかっており、正確な年代はわからないが紀元前1400年から紀元前400年のものと推定されている（図6.5）。

　この巨大な頭部から、オルメカの首長たちが力を持っていたことに論争の余地はない。ただ、それは合意性権力、つまり首長制社会を意味するのだろうか、それとも強制的

図6.5　オルメカの頭部像

この像は紀元前1000年〜紀元前600年に玄武岩の塊から彫り出された。こうした頭部像はこれまでにさまざまな推測を呼び起こしてきた。一部の像がかぶっているぴったりしたヘルメットは、球技の選手が着用した帽子だったかもしれない。唇が厚く、鼻が平たい顔が多いことから、オルメカはアフリカ人の訪問を受けた、あるいは、そもそもオルメカはアフリカ起源であるという主張が、アイヴァン・ヴァン・セプティマのようなアフリカ文化を研究している歴史学者から出されたが、広く支持されることはなかった。この頭部はおそらく支配者またはシャーマンの長を表していると思われるが、本当のところはだれにもわからない。

権力、つまり国家としての構造を伴う農耕文明に特有のものなのだろうか。紀元前800年には、オルメカの首長たちは海岸沿いの低湿地の島にあるラ・ベンタに壮大な儀式の場を設けるプロジェクトを進められるようになっていた。ラ・ベンタで玉座とともに豪華な墓と見事な副葬品が発見されたことは、オルメカの首長が人民と資源を動かす力を代々受け継いでいたことの証である。

オルメカ社会を国家ではなく首長制（酋長制）社会とする見方もある。メソアメリカの「母なる文化」と見なす学者もいれば、メキシコにたくさんある、複雑な社会的、経済的制度を急速に整えていった地域社会のひとつと考える学者もいる。紀元前300年にはオルメカ文明は衰退していた。代わって海岸沿いの低地に住むマヤ族が台頭し、やがて、どこから見ても農耕文明といってよい社会を作り上げていく（第9章を参照）。

アンデス山脈における文明化の試み

アンデス地方には独特の地形が連なっているため、ここで文明が発展するには大きな制約があった。プレートテクトニクスによって太平洋海底のナスカ・プレートが東へ移動して南米プレートの下にもぐり込んでいるため、太平洋岸から東にわずか100キロメートル足らずの地点に南北に走る2つの山脈が並行して形成された（地図6.6）。最高峰のアコンカグア山（標高6961メートル）より北の山々は、東から絶えず吹きつける風が西側の狭い海岸地帯に達するのを妨げる。そのため、アンデス山脈北部の海岸地帯は年間降水量が約50ミリメートルで、しかもそのほとんどが霧によって生じるという砂漠である。一方、山脈北部の東側には熱帯雨林が広がり、海岸から熱帯雨林の端までは様々な局地的気象条件がモザイク状に入り乱れている。動き続ける構

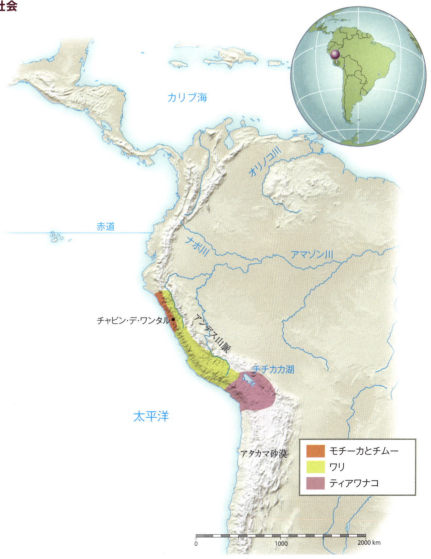

地図6.6　アンデス山系南部の古代社会（紀元前1000年～西暦700年）

メソアメリカとの交流が困難だったことに注目。この山岳社会が東に拡大しなかったのはなぜだろう。

他地域の都市と国家

造プレートによって、この地方には頻繁に地震が起こる。それに加えて、海洋の表面温度が上がったり下がったりする不安定な状況にも人々は悩まされてきた。この現象は現在では「エル・ニーニョ／ラ・ニーニャ」と呼ばれ、豪雨を引き起こしたり、魚の大量死や漁獲量の変動につながったりしている。

　ペルーのすぐ南、チリ北部の沿岸部に、地球上で最も乾燥した場所といわれるアタカマ砂漠がある。まったく雨の降らない場所もあるが、砂漠を貫いて流れる川はいくつもある。この地域に住んでいたチンチョロ族は、エジプトに先行すること2000年の昔に世界で初めてミイラを作っていた。250体のミイラが発見されていて、その年代は紀元前5800年ごろにまでさかのぼる。熱くて乾いた砂のおかげで人間の体は自然にミイラになるが、チンチョロ族は人体内部を火で乾燥させ、背骨や手足に副え木を当てて補強し、体全体に彩色粘土を塗って何年もの間、儀式にこのミイラを使用した。

　古代アンデス中心部（現在のペルーとボリビア）の大半が、紀元前2500年から紀元前2000年の間に農耕社会になった。海岸近くの農民は豆類、落花生、サツマイモなどを主要作物にし、さらに綿も栽培して衣服や漁網に利用していた。それに海産物も加わって食料供給が豊かになり、少しずつ複雑な社会ができていった。紀元前2000年を迎えるころには、海岸の共同体で発展途上の国家に特有のいくつかの技術が習得されていた。運河や灌漑システム、製陶術、神殿、石のピラミッドなどである。紀元前2000年以降は、高地でも農業共同体が営まれるようになり、タバコや各種のジャガイモが栽培された。高地の住民は食用としてラマを、そして、毛を採るためにアルパカを飼育した。ジャガイモは、十分な量さえあれば、これだけで人間が必要とする栄養素をすべて賄える優良食品である。

　古代アンデス社会は古代メソアメリカ社会と同時期に発生したため、両者の間に交流があったのではないかという疑問が湧く。だが、両者の地理的条件から、互いの行き来や交流が困難だったことは明らかだ。どちらの社会も、荷を運ぶ家畜を豊富に所有していたわけでもなければ、航海術を会得していたわけでもない（今日でさえ、パンアメリカンハイウェイはパナマとコロンビアの国境地帯［ダリエン地峡］が開通していない。沼地や山岳地帯がブルドーザーでの工事を阻むからである［工事が難しいのではなく、自然保護と不法移民防止のためとされている］）。だが何らかの接触はあったらしく、徐々にではあるが、トウモロコシやカボチャの栽培がメソアメリカからアンデスに伝播し、金銀銅の冶金術やタバコが北のメソアメリカまで普及した。

　紀元前1000年ごろ、アンデス山中の標高3180メートルのモスナ川沿いにチャビン・デ・ワンタルという町が生まれた。この町は紀元前300年にはすでに衰退していたが、最盛期には2000～3000人ほどの人々が住んでいた。ここには儀式を行う広場や倉庫、半人半獣（ジャガーなど）の彫刻で飾られた大規模な宗教施設があったようだ。チャビンは雨林地帯からの物資の物流センターの役目を果たし、アンデスの他地域に対して影響力を持っていたが、国家と考えるには規模が小さすぎる。チャビンの衰退後まもなく、アンデス地方には、大規模な公共建築や儀式用広場、広大な居住区域を備えた人口1万ほどの［チャビンより大きな］町がいくつか誕生した。

　大きな町の出現に伴って、海岸から丘陵地を経て高地まで、山中の谷間に地方国家が成立した。沿岸部では魚や綿、サツマイモを産し、丘陵地ではトウモロコシ、豆、南瓜を栽培した。一方、高地ではジャガイモ、ラマの肉、アルパカの毛を特産品にした。この多様な生態系のおかげで、増大する人口と複雑な社会制度を維持することができたのである。

😊 古代国家のその他の例

　世界には、サハラ以南（サブサハラ）のアフリカや太平洋の島々など、小規模の国家しか誕生しなかった場所がいくつかある。これらの例は農耕文明の反例として興味深く、成熟した文明の出現にはどのような条件が必要かを考える糸口を与えてくれる。

サハラ以南のアフリカ

アンデスの人々と同様、サハラ以南のアフリカに住む人々も過酷な環境に立ち向かわなければならなかった。サハラ以南の地域は、厳しい気象条件の砂漠によってアフリカ北部の海岸地帯から隔てられている。アフリカの河川の半数は海まで達することがなく、海まで到達する川でも、高地から海まで階段状に流れるため、流れが急で航行できない区間が何カ所もある。海岸線では風が岸に向かって吹くところが多く、これも航海が難しい原因になっている。陸地の大半は密林やマラリアの蔓延する雨林に覆われ、マラリア以外にも熱帯特有の病気が多かった。

　第5章で述べたように、バンツー族の人々が現在のナイジェリア東部やカメルーン南部から徐々に移動することによって、サハラ以南のアフリカ全域に少しずつ農業が広まった。バンツー族はヤムイモやアブラヤシ、後にはそれに加えて黍やモロコシを栽培し、牛を飼った。紀元前1000

地図6.7　バンツー族の移動（紀元前2000年〜西暦1000年）

鉄の生産地が2カ所しかないことに注目。
サハラ以南のアフリカに古代農耕文明が発達しなかったのはなぜだろう。

年ごろには鉄の道具や武器を作る技術を習得した。紀元前最後の数世紀には、密林や砂漠を除くサハラ以南のアフリカ全土で農業が行われるようになっていた。密林地域には、森の生活に適応したバトワ族（一般にピグミーと呼ばれる）が残り、森の産物をバンツー族にもたらした（地図6.7）。

西暦300年以降、サハラ砂漠の横断には馬やロバに代わってラクダが使われるようになった。ラクダは交易や通信にも使われ、遊牧民（ノマド）が力を持つようになった。砂漠を横断するキャラバンの中には、5000頭のラクダと数百人もの人々という大所帯もあった。ほとんどの場合、暑い日中を避けて夜間に移動し、一日に24〜40キロメートルを進みながら最大70日を旅に費やした。

4〜5世紀には、西アフリカに小さな国家、ガーナ王国が誕生していた。この王国は現代のガーナ共和国とは関係なく、セネガル川とニジェール川の間、現在のマリとモーリタニアの国境地帯に位置していた。ガーナ王国は、サハラ地方からラクダに乗ってやってくる遊牧民の攻撃からの保護を農民が求めるようになって、国家に発展していったと思われる。

アフリカで唯一の大陸横断経路が、サハラの南側にアフ

他地域の都市と国家　**171**

リカ東部から西部のニジェール川まで広がるサヘルと呼ばれる帯状の草原地帯を貫いていた。このルートを通って、西暦800年ごろにはイスラムの商人たちがガーナ王国に到達した。ガーナ王国は交易の中心地となって、南からもたらされる金を管理して徴税し、また象牙や奴隷を提供した。このようにガーナは9世紀から12世紀まで栄えたが、その最盛期でさえ、首都クンビ・サレーの人口は1万5000～2万にすぎなかった。北からの侵入者によってガーナ王国は弱体化し、13世紀初頭に崩壊した。

ガーナ王国の崩壊後に生まれたのがマリ帝国で、13世紀から15世紀末まで、西アフリカの交易のほとんどを支配して税を課した。しかし、全体としては小規模な地方国家と大小の王国が、一貫して1000年以降のサハラ以南のアフリカの特徴だった。そこから大規模な農耕文明が生まれることはついになかった。

太平洋の島々

太平洋の島々に人間が到達したのは、地球上で人が住める場所の中で最も遅かった。最東端の島ラパ・ヌイ（イースター島）に人が住み着いたのは西暦900年ごろのことである（ポリネシアへの移住については第9章で詳しく述べる）。ポリネシアの船乗りたちは、南米の西海岸に到達するだけの技術は持っていたようだ。その往来は定期的ではないが、サツマイモの栽培法をポリネシアに持ち帰るほどには頻繁だった（チリで発見されたポリネシア産の鶏の骨は、今では西暦1304年から1424年のものであることがわかっており、ポリネシア人がヨーロッパ人より先に南米に到達していた証になっている）。西暦1200年ごろにニュージーランドまで航海した人々にとって、サツマイモは特に重要な食料だった。ニュージーランドは人間にとって最後に残された広大な居住可能地域だったが、そこに移住した人々は、熱帯太平洋の主要作物（タロイモ、バナナ、ココヤシ、パンノキ、サツマイモ）のうち、比較的涼しいニュージーランドの気候でも育つのはサツマイモだけだと知り、サツマイモを主食にするしかなかったのだ（地図6.8）。

12～13世紀には、島の生態系が十分活用されるようになり、太平洋の島々では急速に人口が増加した。ラパ・ヌ

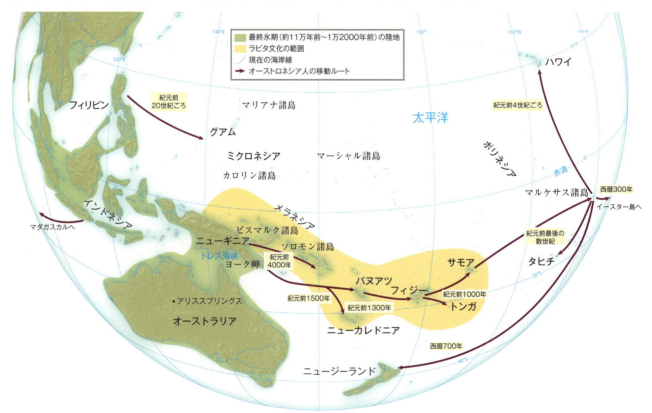

地図6.8　太平洋の島々の古代社会（紀元前1500年～西暦700年）

こうした航海を行うのに必要な航海術について想像してみよう（第9章を参照）。
人が住むようになった居住可能地のうちで、太平洋の島々が最も遅かったのはなぜだろうか［それぞれの移住時期ははっきりしないものもある］。

図6.6　ラパ・ヌイのモアイ像

モアイは、西暦1250年～1500年にラパ・ヌイ島（イースター島）で岩から彫り出された人間の姿を模した像である。直立している像の中で最も背が高いものは高さ約10メートル、重さ74トンに達する。どのようにしてここまで運ばれたかはまだ確実にはわかっていない。おそらく木を切り倒し、その上を転がして目的地まで運んだのだろう。この写真は、1990年代にチリの考古学者によってアフ・トンガリキに復元された15体のモアイ像のうちの6体である。像は内陸のほうを向いて自分たちの土地を見守っている。

イでは人口過密が大きな問題を引き起こしたが、住民にはそれを解決する術がなかった。西暦1500年にはいくつもの部族に分かれて互いに敵対し、戦いを繰り返すようになり、やがては文明以前の野蛮な社会に逆戻りしてしまう（図6.6）。

　他の島々はそれよりは恵まれていて、他の文明と同じような形で社会を形成していった。支配階級と庶民のほかに専門の職人が生まれ、さらに強大な力を持つ首長が現れた。トンガやハワイの首長は労働力を動員し、軍隊を組織して、神官と手を組み、力ずくで他の島を併合しようとしたが、たいていは失敗に終わった。

　これらの島々は、面積が小さく、資源が乏しく、孤立していたために、完全な農耕文明の成立に必要な条件を満たさなかった。とはいえ、住民は農産物による経済と、世界中の他の国家と同様の基本的特徴を備えた社会を作り上げた。環境と創意工夫によって人口増に十分対応できる余剰食物を生産できさえすれば、地球上のどこにでも同じような社会が誕生してきたという事実には驚かされる。

要約

　この章では、まず都市、国家、農耕文明を定義した。メソポタミアのウルクに世界最古の国家が出現したことについて詳しく述べた後、エジプト、ヌビア、インダス川流域、中国の二大河川流域に発生した農耕文明について説明した。次にメソアメリカの2つの国家、ペルーの海岸地方に興った2つの国家について調べ、サハラ以南のアフリカと太平洋の島々における国家建設の試みについても触れた。ただし、これらの例はアフロユーラシアでの例より遅れて発生した。この章での結論は、環境にかかわらず、人口密度が一定の水準に達したときには、世界中で同じように社会が複雑化するということだ。次の章では、ますます複雑になったこれらの国家が進化して大規模な農耕文明を主体にした時代に入っていく過程をたどることにしよう。

考察

1. 都市および国家の典型的な特徴とは何か？
2. なぜ人々は都市に集まるようになったのか？
3. 世界で最初に都市が現れたのはどこか？　なぜその場所に都市が現れるに至ったのか？
4. 四大ワールドゾーンにおける都市および国家の進化にはどのような違いがあるか？
5. 古代文明の再現に使われる証拠の種類にはどんなものがあるか？
6. この章では古代農耕文明の類似点に焦点を当てたが、では相違点にはどのようなものがあるか？

7. 都市および国家の出現に宗教はどのような役目を果たしたか？

キーワード

- ウルク
- カースト制
- 『ギルガメシュ叙事詩』
- 記念建造物
- 楔形文字
- 国家
- 国家宗教
- 租税（租庸調）
- 戦争

- 都市
- ヌビア
- 農耕文明
- ヒエログリフ
- マルサス的サイクル
- メソアメリカ
- ラパ・ヌイ
- ワールドゾーン

参考文献

Barber, Elizabeth Wayland. *Women's Work: The First 20,000 Years: Women, Cloth and Society in Early Times.* New York: Norton, 1994.（『女の仕事——織物から見た古代の生活文化』 エリザベス・ウェイランド・バーバー著 青土社 1996年）

Brown, Judith K. "Note on the Division of Labor by Sex." *American Anthropologist* 72 (1970) : 1075–76

Burroughs, William James. *Climate Change in Prehistory: The End of the Reign of Chaos.* Cambridge, UK: Cambridge University Press, 2005.

Coningham, Robin. "South Asia: From Early Villages to Buddhism." In Chris Scarre, ed., T*he Human Past: World Prehistory and the Development of Human Societies.* London: Thames & Hudson, 2005.

Johnson, Allen W., and Timothy Earle. *The Evolution of Human Societies.* 2nd ed. Stanford, CA: Stanford University Press, 2000.

Kemp, Barry J. *Ancient Egypt: Anatomy of a Civilization.* 2nd ed. London and New York: Routledge, 2006.

Leick, Gwendolyn. *Mesopotamia: The Invention of the City.* London: Penguin, 2001.

McIntosh, Jane R. *A Peaceful Realm: The Rise and Fall of Indus Civilization.* New York: Westview, 2002.

Mitchell, Stephen. *Gilgamesh: A New English Version.* New York: Free Press, 2004.

Nemet-Nejat, Karen Rhea. *Daily Life in Ancient Mesopotamia.* Westport, CT: Greenwood Press, 1998.

Ristvet, Lauren. *In the Beginning: World History from Human Evolution to the First States.* New York: McGraw-Hill, 2007.

Schmandt-Besserat, Denise. *How Writing Came About: Handbook to Life in Ancient Mesopotamia.* Austin: University of Texas Press, 1996.）（『文字はこうして生まれた』 デニス・シュマント＝ベッセラ著 岩波書店 2008年）

Sherratt, Andrew. *Economy and Society in Prehistoric Europe: Changing Perspectives.* Printon, NJ: Printon University Press, 1997.

Wolf, Eric. *Europe and the People without History.* Berkeley: University of California Press, 1982.

パート1

第7章

農耕文明時代のアフロユーラシア

全体像をとらえる

紀元前3000年から西暦1000年まで（約5000年前から約1000年前まで）

▶ 人間が、農耕文明と呼ばれる大規模で相互に関連し合った共同体で暮らし始めたのはなぜか？

▶ 農耕文明とそれ以前の共同体との主な相違点は何か？

▶ 農耕文明が数千年にわたって進化を遂げてきた間に起こった最も重要な長期的変化とは何か？

▶ 紀元前3000年ごろから西暦1000年ごろまでの間に、アフロユーラシアの農耕文明はどのような段階を経て拡大していったか？

177

新しいタイプの共同体

　前章で取り上げた様々な変化が引き金となって人間社会に新しいタイプの共同体（農耕文明）が生まれた。この第7章から第9章までは、第6章で考察した古代国家の時代以後、第10章で取り上げる近世の始まりまで、数千年にわたる農耕文明の進化について説明する。この時代になると人間の歴史はますます複雑になるため、世界の歴史を厳密に年代順に記述するという方法から離れる必要がある。とはいえ、世界の各地で同じような傾向が多くみられることも事実である。それは、共同体が違っても、同じような問題には同じような方法で対処しようとするからだ。生物学ではこのような現象を「収斂進化」という。

　この章（第7章）と次の章（第8章）では、農耕文明の時代全体を通じて各地の農耕文明を特徴づける主な傾向とパターンに焦点を当てるが、ワールドゾーンの中でも特にアフロユーラシアを重点的に取り上げる。ここでは農耕文明を「人間社会に特有で、世界各地で繰り返される特徴を備えた共同体」とみなす。アフロユーラシアの歴史的発展を考察すれば、世界全体に流れる大きな潮流がわかる。これは百年に及ぶ世界史研究によって積み重ねられた成果だ。世界最大のワールドゾーンであるアフロユーラシアに焦点を当てることで、この地域の農耕文明と、その支配を受けない（ただしその影響は受けることがある）多くの共同体についても論じることができる。

　第9章では、この時代の他の主要ワールドゾーンの歴史について考察する。この時代には、ワールドゾーンごとに分けて考えることにそれなりの意味がある。異なるゾーンの歴史に共通点も多いが、年代順に見ていくと、ワールドゾーン同士の結びつきが強くなる最近の500年間より前の何千年もの間、それぞれの歴史にはかなりの相違点があるからだ。異なるワールドゾーンを個別に論じることで、世界のあらゆる地域で人間の歴史を動かしてきたと思われる大きな傾向と、地域ごとの環境の違いや文化的・社会的構造の違いによって引き起こされる、その地方特有の様々な変化の両方を見ることができる。

農耕文明とは何か──共同体の分類

　これまでは最初の農耕文明がどのような過程を経て出現したかについて見てきたので、今度は少し離れたところから農耕文明を新しいタイプの共同体として考察していこう。もちろん、共同体のタイプと言ってもどうせ人為的な分類ではあるのだが、ますます複雑になっていく人間の歴史において、それらの主な違いに焦点を当てて分類すると理解しやすくなる。生物学では、様々な種を分類し、異なる種の間の関係を示す方法として**生物分類学**があることを知っている人もいるだろう。私たちもここで、人間社会の主要なタイプを分類してみよう。ただし、動物の種と違って人間の共同体には明確な境界線がなく、違うタイプの共同体がいつのまにか融合していることもある（表7.1）。

血縁社会　第4章で、狩猟採集社会の小規模な血縁共同体について取り上げたが、人間の歴史の大部分を占める旧石器時代には、このタイプの共同体しか存在していなか

表7.1　人間の主な共同体のタイプの簡単な分類

共同体のタイプ	主な特徴	時　期
1．血縁社会	小規模（50人未満）。非定住。仲間意識が強い。	旧石器時代。ただし一部は21世紀まで生き残っている。
2．初期の農村社会	独立した農村共同体。数百人規模。仲間とは緩やかなつながりになる。	最初の出現は、農業が行われるようになった約1万1000年前。世界の多くの地域に広がり、やがて4つのワールドゾーンすべてで見られるようになる。一部の地域は現在もこの段階にある。
3．遊牧民（ノマド）社会	遊牧民の独立共同体。仲間意識は強くはないが、時には結託して大軍を形成するだけの力がある。	紀元前4000年ごろ以降、副産物革命により大規模な家畜の群れをより効率的に利用できるようになったのに伴って出現。アフロユーラシアの（農業には適さない）乾燥地帯に特有の社会。
4．農耕文明	数百万人規模の巨大共同体。広大な地域に散在する農村や都市を結びつけて国家を形成。国家の特徴は税制、住民の読み書き能力、記念建造物など。	紀元前3000年ごろシュメールとエジプトで初めて出現。農業が普及した他の地域（アメリカ・ゾーンなど）でも見られる。19世紀まではこのタイプが主流だった。
5．近代のグローバル社会	互いに関連し合った世界規模の共同体。近代の産業技術を基盤とする。	アントロポシーンと呼ばれる近代になって初めて出現したタイプの社会。

178　第7章　農耕文明時代のアフロユーラシア

った。共同体としては最古のタイプで、有史以来ずっと存在し続けているタイプでもある。今日ではほとんど消滅してしまったが、真核生物の中の原核細胞のように［真核生物に取り込まれた原核生物の中にはミトコンドリアや葉緑体という形で今日まで生き残っているものもある、という生物学的事実のアナロジーとして］、近代社会の構成単位である「家族」という形で生き残っていると見ることもできる。

初期の農村社会

2番目の共同体は第5章で初めて取り上げたタイプで、初期農耕時代の村落共同体で構成されていた。農耕時代の末期には、これが地球上の共同体の最も一般的な形であり、ほとんどの人間はまだ村に住んでいたと思われる。しかしこのころには、大半の村が、農耕文明によって形成された、より大規模な集団構造に取り込まれるようになる。

遊牧民（ノマド）社会

3番目のタイプはここで取り上げる価値がある。すなわち、前章で触れたように、副産物革命［たとえば食肉を得るために飼育している牛、羊、ヤギなどから得られる繰り返し生産可能なミルク（乳）、羊毛などの副産物を利用することで生産力が増大したこと］の結果として出現した共同体だ。遊牧民（ノマド）とは、ある意味で移動する農民のようなものだった。村落共同体ほどの規模になることはなかったが、彼らが盛んに活動したワールドゾーン（アフロユーラシア）では、その規模からは想像できないほど大きな影響を及ぼすことがあった。

農耕文明

この単純な分類法では、農耕文明を4番目の共同体と考えることができる。農耕文明の出現を機に、人間は複雑さの新しい段階に入ることになった。農耕文明の社会は、規模が"少し"大きくなったという程度ではない。それ以前のあらゆる共同体よりも"はるかに"大きかった。何十万、ときには何百万という人間が比較的密集した大規模共同体に集まって生活するのが農耕文明だ。しかし、それは多様な社会でもあり、小さな村から、各地を移動する商人たち、そして農耕文明全体の中心となる大都市まで、様々な多数の共同体で構成されていた。農耕文明は、多数の農業従事者の生産性を基盤に成り立っていたが、それ以前の共同体に比べてずっと多様であり、農民や遊牧民、神官、醸造業者、商人、画家、蛇つかい、乳母、書記、兵士

など、様々な職業の人々が集まっていた。

農耕文明には、複雑な社会と聞いて思い浮かべる特徴の多くが備わっている。すべての複雑な社会に言えることだが、農耕文明ももろかった。その構成要素は精密に組み立てられていて、たとえば農民が農産物を都市に送ることをやめてしまったら、都市は機能しなくなる。また、様々な集団の間の正常な関係が壊れてしまったら、たちまち文明全体が崩壊することもあり得る。農耕文明は、それぞれに多様な特徴を持ちながら、共通点も多かった。現生人類のDNAを受け継ぐ私たちが多少の違いはあっても互いに非常によく似ているように、農耕文明も社会的にも歴史的にも同じDNAから生まれたと考えられ、互いによく似ていた。農耕文明の誕生とともに、新しいエマージェント・プロパティが次々に生まれてくる。巨大都市から王宮へ、強大な軍隊へ、文字により記される文学へと。そしてついに、すべての複雑な事柄がそうであるように、農耕文明も膨大なエネルギーの流れを要するようになった。この巨大で複雑な社会構造を維持するには、急速に拡大するエネルギーの流れを環境中の動植物、川の水、風などから取り出すため、何百万人もの労力が必要だった。

農耕文明の時代

最初の都市、国家、そして農耕文明の出現により様々な変化がもたらされたので、これを人間の歴史上で新たな時代の始まりと考えることは理にかなっている。本書ではこの時代を**農耕文明の時代**と呼ぶことにする。この時代は紀元前3000年ごろからほんの1000年前まで続いていた。ほぼ4000年に及ぶこの時期に、都市、国家、農耕文明は世界各地に広がって進化を遂げ、ついには最も重要なタイプの共同体になる。**農耕文明の時代**とは、人間の歴史上、農耕文明の社会があらゆる共同体の中で最も大きく複雑で、最も強力だった時代と定義することができる。

農耕文明の特徴を明らかにする

農耕文明はどこで起ころうと同じような特徴を示す。この特徴によって、農耕文明という共同体を定義し、識別することができる。古生物学者が人体骨格の特徴の一覧表を作るように、私たちもここで、農耕文明の特徴と思われる物事の簡単なチェックリストを作ってみよう。

農耕文明の時代　**179**

農業

農耕文明の基盤は、多数の小作農や農場主による農業生産性にある（この文明を「農耕」と呼ぶのはそのためだ）。旧石器時代の基本技術が狩猟採集だったように、この文明の基本技術は農業である［小作農は"農業"従事者であるが、農場主は地主（不労所得者）あるいは経営者であって"農業"従事者ではない。この非"農業"従事者を――商人をも――含めた大きな"農業システム"のことを本書では"農耕"と呼んでいる］。

都市

このタイプの共同体には、村より人口密度が高く、多様な職業や専門家を擁する都市が複数存在していた。周囲の農村から富や資源が集まり、都市には大きな富が築かれた。

国家

都市にはまた、権力も集中した。支配者が住居を構えたのも、大きな建造物や高い城壁、そして美しい神殿が見られるのも都市だった。都市とそこに住む指導者は、こうした威圧的な権力構造の中心にいた。このような構造を、前章で「国家」と呼ぶことにした。

専門化と労働区分

農耕文明の特徴は、それ以前の社会に比べて格段に多様な職業と役割だ。これは、複雑さが大幅に増大したことの現れだが、この時代に人々が様々な考えを持つようになり、コレクティブ・ラーニング（集団的学習）の相乗効果が増したことの説明にもなる。

軍隊

支配者と国家は権力も一手に握ったが、それが最もはっきりした形で現れたのが軍隊の創設だ。訓練を受けた戦闘部隊により、近隣諸国を征服したり、国内の反対派を制圧したりできるからだ。

文字

前章で見たように、農耕文明ではすべて何らかの形の文字を発達させていた。文字で表すこと自体が資源や抽象概念を制御する強力な方法だったからだ（前者は会計という形で、後者は法律や宗教上の布告、あるいは支配者がしばしば予言者や占星術師の補佐を受けて行う吉凶判断といった形で現れた）。

租税

農耕文明では、富は租税という形で移動するのが一般的だった。第6章で見たように、租税は交易とはまったく違う。租税は、主に脅しや強制による富や財産、労働力の流れである。租税の最も顕著な形が奴隷制であることからわかるように、租税を取り立てる社会では、多くの資源が力を背景にした脅しによって権力者のもとに集まる。多くの場面で暴力的行為が称賛され（つまり戦士の地位が高い）、各家庭での奴隷に対する暴力のみならず、家族同士の暴力でさえ許容される社会である。

⊗ エネルギーの流れとさまざまな特徴の相互関係

古代文明にとって都市がどのような意味を持っていたかを、『ギルガメシュ叙事詩』の最終節からある程度知ることができる。これは［古代メソポタミアの］都市ウルク（152ページ参照）の半ば伝説的な王ギルガメシュの物語で、ウルクの歴史については第6章で述べた。ギルガメシュは長い旅の果てに故郷に戻るが、ウルクに近づくと連れにこんなことを言う。

あれが地上に並ぶもののない都市、ウルクの城壁だ。
陽の光を受けて銅のように輝いている様（さま）を見てごらん。
想像もできないほど古くからある石の階段を上り、
イシュタル女神に捧げられたエアンナ神殿に近づこう。
大きさといい美しさといい、これに匹敵する神殿は
　どこの国にもない。
ウルクの壁の上を歩き、その通路に沿って
都市の周りを一周し、その強固な土台を見るがいい。
煉瓦がいかに精巧に積まれているか、調べるといい。
城壁の中に目を移すと、ヤシの木、庭園、
果樹園、壮麗な宮殿や神殿、商店や
市場、家々や公共の広場が見えるだろう。[1]

都市（ウルク、長安（チャンアン）、パータリプトラ、テノチティトラン、ローマなど）が威光と権力の中心だったとすれば、その資源のほとんどを供給するのが町や村だった。小作農は、ときには大地主のもとで農場労働者として働きながら、町や都市で消費される大量の農産物を生産した。あらゆる農耕文明で、大多数の一般市民から支配層へと富が流れていく様子が観察できる。このようなエネルギーの流れが、農耕文明の複雑な構造を支えていた。

農耕文明の進化と仕組みを理解するには、このエネルギ

図7.1　ナルメル王のパレット

エジプト古王国時代に儀式で使われたこのパレットは、上エジプトと下エジプトがファラオによって統一されたことを象徴的に示している。
左のパレットでは、王がいましも鎚矛(つちほこ)を振り上げて捕虜の脳天を打ち砕こうとしている。

一の流れを解明することが重要だ。この流れの一部は間違いなく商取引によるものだった。つまり、現代社会で売買するのと同じように、人々はほぼ同じ価値を持つ品物同士を市場で交換した。農民が小麦を陶器やビール、あるいは衣類と交換する場合、それは常に市場交換の一部になる。しかし農耕文明では、富のかなりの部分が徴税という形で移動したようだ。エジプトで発見された書記のための練習帳(紀元前2千年紀末、新王国時代のもの)には、徴税の実態が生々しく描かれている。これだから小作農に身を落としてはならないと著者は説くのである。

　小作農は昼間は農機具をふるい、夜は縄をなう。真昼でも畑仕事だ……さて、書記がやって来て収穫物を調査する。書記のあとには従者が従い、そのあとには棍棒を持ったヌビア人(エジプトの南にある国から来た傭兵)が付き従う。一人が(小作農に)言う。「穀物を出せ」。「ありません」(と小作農が答える)。すると彼はさんざん打ちのめされ、縛り上げられて逆さまに井戸に浸けられる。妻も彼の目の前で縛られる。子どもたちは足かせをはめられる。近所の住民は一家を見捨てて逃げていく[2]。

　これは一種の風刺だが、要点をついている。租税は、それを支払う者にとっては完全な強奪としか思えなかった。
　徴税の実態を知れば、多くの農耕文明における統治の本質がよくわかる。何らかの力(威圧的な力)を行使できる、すべての人間の上に君臨するのが支配者で、多くの場合軍隊の統率権をも握っていた。カイロのエジプト考古学博物館に展示されている**ナルメル王のパレット**は、古代国家の政治プロパガンダの典型とされる(図7.1)。このパレットには、支配者(統一エジプトの初代国王ナルメルと思われる)が捕虜を引き据えてまさに打つか殺すかしようとしている

図7.2 ウルのスタンダード

ウルの王墓から出土したこのスタンダード（図章）には、片面に平和時の出来事（右）、もう片面に戦争の様子（左）が描かれている［中空の木箱状で、大きさは幅約50cm×高さ約22cm］。

ところが描かれている。この種の絵は古代農耕文明のいたるところで見られ、支配者の重要な役目の中に「力で脅す」ことが含まれていたことを暗示している。国家による強制力の行使は、多くの場合、富（労働、財産、ときには人）が一般庶民から国家へと流れるのを維持するためだった。もちろん、もし支配階級の裕福な一員であったとすれば、物事はずいぶん違って見えたことだろう。富が自分のほうに流れてくるという事実は、自然の摂理のように思えたに違いない。有名な**ウルのスタンダード**（ウルの王墓から発掘されたモザイク画で、制作年代は紀元前2500年ごろ）は、片面には平和時の出来事が描かれ、もう片面には戦争の様子が描かれている（図7.2）。「平和」の面では裕福な人々の宴会の様子が見てとれるが、最下段の図では、彼らが食べる食物を農民がせっせと運んでいることがわかる。

農耕文明の時代における異なるタイプの共同体の共存

ここまで、農耕文明は単一の組織体であるかのように話を進めてきたが、実は、生命体のようには自己完結していなかった。もちろん、あらゆる共同体に言えることだが、農耕文明にも一種の境界があるにはあった。中の人間と外の人間の違い、「自分たちの仲間」と「あちら側の人間」の違いを完璧に把握していた当時の人々は、この境界についても十分理解していた。しかし、本章と続く二つの章で論じるように、この境界は決して絶対的なものではない。そのため、異なる農耕文明が互いに影響し合い、最終的には融合してひとつの大きな文明を形成したり、逆に分裂して複数の文明が誕生したりすることがあった。農耕文明はきわめて複雑で、その内部にはそれぞれ特徴があるいくつもの共同体（異なる都市、シュメールに見られるような異なる国家、様々な民族や言語の共同体）が存在した。そのうえ、境界を越えた交流も活発だった。それというのも、農耕文明には、交易を通じてであれ、征服によってであれ、自分たちの中心地から遠く離れた共同体との関係を求める立派な理由があったからだ。

境界線の向こうには、農耕文明として組織されていない共同体もあった。事実、先ほどの分類法で記載した主要な共同体がすべて同時に存在していることこそが、農耕文明時代の顕著な特徴なのである。これほど多様な人間社会が存在した時代はそれ以前にはなかった。農耕文明時代が末期にさしかかった時期でさえ、シベリアや南北アメリカ大陸、オーストラリアには、農耕文明とほとんど接点を持たない広大な地域が残っていたのである。この時代が始まったころには、まだ小規模で旧式の共同体（狩猟採集民族の群れ、遊牧民の集団、村など）が世界の大勢を占めていたが、それらが結びついて徐々に規模の大きな共同体が誕生していった。

農耕文明時代の長期的な傾向

本章の残りと次の章では、農耕文明時代の特に重要な長期的傾向について、アフロユーラシアの長い歴史から具体例を引きながら考察する。ビッグヒストリーの立場から見て最も重要なのは、次のような疑問を解明することだ。すなわち、様々なタイプの共同体が様々な方法で関係し合っているこの複雑な世界が、時とともにどのように進化していったか。そして、どのように今日の世界の基礎となったのか。

この疑問に答えるためには、まず、人間の歴史において

大規模な農耕文明が優占的であった［紀元前3000年から西暦1000年ごろの］4000年ほどの間に、アフロユーラシアで起こったきわめて大きな変化に目を向けなければならない。特に次の4つの傾向については、この時代とその意義について解明する手がかりになるので深く掘り下げる必要がある。

1. 農耕文明とその管理組織が拡大し、規模や力を増し、より効率的になること。
2. アフロユーラシアでは、特に**シルクロード**を経由する交易ネットワークが確立すること。このルートによって他文明との交流が盛んになり、「クモの巣」のようにアフロユーラシアの各地をつなぐ世界システムができ上がったこと。
3. 社会的な関係性や男女間の関係性が複雑さを増すこと。
4. 技術革新・人口増・マルサス的サイクルの速度と結びついた「変化の速さ（ペース）」が緩やかになること。

この章では、4つのうち最初のもの、すなわちアフロユーラシアにおける農耕文明の拡大について考えよう。第8章では、残り3つの傾向について、やはりアフロユーラシアの文脈の中で考察する。農耕文明時代を扱うこの2つの章では、各地でそれぞれに異なる文化的適応性と、地域を越えて共有される普遍的なパターンと傾向とを、バランスよく取り上げることにしよう。

第1の傾向：農耕文明とその管理組織の拡大、権力、および効率化

第6章で見てきたように、今から5000年前（つまり紀元前3000年ごろ）には、農耕文明はメソポタミアとエジプト以外、地球上のどこにも存在しなかった。当時、きわめて珍しかった新しいタイプのこの共同体には、人口が多くて人口密度も高く、しかも広大な土地を有しているという特徴があった。紀元前3000年のシュメールやエジプトの文明社会には、すでに数百万の人々が住んでいた。このころの地球の総人口が約5000万というから（J. R. ビラバンの推定による）、その集中ぶりがわかるだろう[3]。

紀元前2000年には、中央アジア、インド亜大陸の北部、

そして中国北部の黄河流域にも農耕文明が出現していた。アフリカの北東部では、ナイル川沿いに南下したスーダンまで農耕文明が広がり、西アジアでは、メソポタミア文明がチグリス川とユーフラテス川に沿って北上し、地中海沿岸地方に拡大していった。

紀元前1000年（今から3000年前）になると文明社会はさらに遠くまで広がり、地中海周辺の各地や中央アジア、そして中国では黄河流域から南の長江流域までの広大な地域で農耕文明が発達した。メソアメリカ、南米、西ヨーロッパの一部、西アフリカの一部にも、農耕文明が芽生えつつあった。

西暦1000年（今から1000年前）になると、農耕文明はメソアメリカでも広く見られるようになり、地中海沿岸地方やヨーロッパの大半に加え、西アフリカにも大きく勢力を伸ばしていた。メソポタミア、ペルシア、インド、中国など古くから文明を確立していた地域では、さらに多くの新しい地域へと、文明が広がりを見せていた。時期によっては、紀元前3千年紀の末（紀元前2001年に近いころ、すなわち今から4000年前）にシュメールの人口が大幅に減少するなど、衰退の兆候も見られるが、長期的に見れば拡大傾向にあったことは明らかだ。

エストニア系アメリカ人の学者レイン・タゲペラは、この拡大プロセスを統計的な手法で測定しようと試みた（表7.2）。彼の推定はかなり大雑把だが、結局のところ、私たちが把握しようとしているのは詳細よりむしろ大局的な傾向である[4]。

タゲペラは、農耕文明に属する土地の面積を平方メガメートル単位で推定しようとしている。1平方メガメートルは100万平方キロメートルで、現在のエジプトの面積とほぼ同じである。近代になるまで正式な国境というものはほとんどなかったため、タゲペラの推測には多分に当て推量が含まれている。それでもこの数値から、各プロセスの規模をだいたい知ることができる。

今から5000年前（紀元前3000年ごろ）、エジプトとメソポタミアの国家（農耕文明が国家という単位で運営されていたことを思い出そう）は、アフロユーラシアの中でほぼ0.15平方メガメートルの土地を占有していた。これは全世界の陸地［南極や北極の一部など人間が住めない陸域を除いた部分］の約0.1%という、ごくわずかな面積だった。アフロユーラシアでも、ほとんどの人間はまだ村に住み、昔ながらの農村の生活を送っていた。農耕文明の地域はまだ少なく、それだけに目を見張るような珍しさがあった。それから2000年が過ぎた紀元前1000年ごろには、農耕文明はこのときの10倍近い面積（1.61平方メガメートル）を占

表7.2　農耕文明の面積（平方メガメートル）			
時　代	年　代	農耕に使われた地域の面積 （平方メガメートル）	可住陸地面積に対する農耕 地の面積の割合（%）
農耕文明の時代1	紀元前3千年紀初め	0.15（すべて西南アジア）	0.1
	紀元前2千年紀～紀元前1千年紀半ば	0.36～1.61	0.3～1.2
農耕文明の時代2	西暦紀元ごろ（約2000年前）	8	6
	西暦1000年ごろ	16	12
近代への過渡期	13世紀	33（主にモンゴル帝国）	25
	17世紀	44（南北アメリカ大陸を含む）	34
近代	20世紀	130（概算）	100

[表中の「近代」の130平方メガメートルは地球の陸地面積（150平方メガメートル＝1億5000万平方メートル）のうち、南極や北極の一部などを除いた「人間が住める（農耕文明が可能な）」陸地の面積を表す]

めるようになっていた。これは地球の（人間が住める）陸地面積のほぼ1.2%に相当し、農耕文明にとっては大変な躍進だが、それでもアフロユーラシアの98%（およびそれ以外の世界すべて）はまだ農耕文明の**枠外**にあった。ただし、農耕文明における人口密度が飛び抜けて高いことを考えると、紀元前1000年には世界の人口のかなりの部分（4分の1または半分）が農耕文明社会に集まっていたことは間違いない。

2000年前［西暦紀元ごろ］には、農耕文明は8平方メガメートル、すなわち地球の（人間が住める）陸地面積の約6%を占めるようになる。5000年前のおよそ40倍である。このころには、南北アメリカ大陸でも農耕文明が出現し始めていた。今から1000年前［西暦1000年ごろ］には、農耕文明はさらにその2倍の約16平方メガメートル（地球の〔人間が住める〕陸地面積のほぼ12%）を占めるようになっていた。地球の可住陸地面積に占める割合は比較的小さいとはいえ、1000年前どころかおそらく2000年前にはすでに、人間の大多数が農耕文明の社会を営んでいたと推定するのは妥当だと思われる。

以上の推定がまったくあてずっぽうではないとしたら、ここからは、ほとんどの人間の生活様式が大きく変化してきたことが読み取れる。農耕文明はわずか数千年のうちに、風変わりな共同体から、地球上のほとんどの人間が属する共同体へと拡大してきたのだ。5000年前には、ほとんどの人間にとって、個別に点在する農村が自分たちの属する共同体だったが、その3000年後には、大半の人間が農耕文明という大きな社会の一員になっていた。たしかに多くの人間はまだ村に住んでいたが、その村自体はすでに農耕文明に組み込まれていた。つまり、農村住民の生活は、遠く離れた帝国や都市に住む権力者の意向や、その代理人が労働や租税を要求することによって、かなりの程度左右されたということだ。一方で都市住民の数はますます増え、社会全体の10分の1程度になっていた。言い換えれば、

大多数の人間の生活様式が大きく変わってからわずか3000年しかたっていないのである。5000年前から2000年前までの間に、農耕文明は、共同体の形として風変わりなものから標準タイプになった。20万年続いた旧石器時代のきわめて緩やかな変化を思えば、驚くほど急激な歴史的変化だったことがわかるだろう。

一方、人間の総人口は5000年前の約5000万から、3000年前には約1億2000万、2000年前には2億5000万と増加してきた。2000年前には全人口の少なくとも半数（約1億2500万）が農耕文明社会に住んでいたと仮定すると、それは5000年前の総人口（約5000万）の2倍を超えていたことを意味する。このような変化は、旧石器時代や農耕文明初期の時代とはまったく違う歴史のダイナミズムを表している。

農耕文明がこのように拡張してきたことを心に留めて、次に、アフロユーラシアの各地域または異なる地域間の交流においてこの歴史的成長がどのように起こったかをより詳しく見ていくことにしよう。第6章では、紀元前3600年～紀元前2000年ごろのメソポタミア文明、紀元前3100年～紀元前2020年ごろのエジプト文明、紀元前3200年～紀元前1700年ごろのインダス文明、農耕文明初期から周王朝末期（紀元前1045年ごろ）までの中国文明、西暦1000年ごろまでのサハラ以南のアフリカ各国など、それぞれの歴史をたどってみた。ここでは、これらの地域（およびいくつかの新しい地域）の、前章に続く時代を取り上げ、続く数千年に、それぞれの地域が3つの「拡大・縮小サイクル」に従って進化を続ける様子をたどることにする。

拡大と縮小の第1サイクル：紀元前2000年～紀元前500年ごろ

メソポタミアとエジプト

最初に取り上げるのはメソポタミアだ。「文

明のゆりかご」と呼ばれるこの地では、アッカドのサルゴンが建てた帝国が紀元前2150年にはすでに崩壊し、混乱の時代に入っていた。やがてバビロニアの征服者ハンムラビ（在位紀元前1792年〜紀元前1770年）が、首都バビロンからこの地域に対する支配権を再び確立した。ハンムラビは人間の歴史で初の成文法を公布し、自らを「世界四方の王」と称して権力を誇示した。しかし、この「世界」の富は、自国の拡大を目論む外敵を引きつけることになる。その中に、当時としては画期的な戦車を駆使して領土を広げてきたヒッタイトがいた。紀元前14世紀には、アナトリア（現在のトルコ）、シリア、メソポタミア北部の多くがヒッタイト帝国に併合されていた。

ヒッタイトの勢力が衰えると、新たな侵略者としてアッシリア人が登場する。アッシリア人は選りすぐりの軍隊を率いて（ここでも馬に引かせた戦車が圧倒的な効果を上げた）この地に侵攻し、それまでで史上最大の農耕文明を築いた。農耕文明の時代では、多くの場合、軍事力増強と領土拡大をその特徴とするが、その傾向がはっきり現れた最初の例が西南アジアである。この時代から約2000年前にシュメールのデルタ地帯に出現した世界最古の都市や国家は、いまや、ペルシア湾から地中海まで広がる大帝国の一部にすぎなくなっていた。紀元前1300年から紀元前612年まで、アッシリアは、エジプトと並んでアフロユーラシア西部の二大勢力をなしていた。アッシリア帝国最後の王で偉大なるアッシュールバニパル（紀元前668年〜紀元前627年）は、自らを「宇宙の王」と呼ぶことでハンムラビの呼称をしのぎ、同時に自国の領土のほうがはるかに広大であることを示したのである。

紀元前2千年紀のエジプトも同様に推移した。紀元前2040年に中央集権と国政の安定が回復され、以後400年間にわたって強大なファラオが資源重視の国家拡張に専念した。鉱物資源の豊富なヌビア領内への軍事侵攻である。ところが紀元前1640年から紀元前1550年に情勢は一転、エジプトは異民族の支配を受けることになる。この勢力をエジプト人はヒクソス（「異国の支配者たち」という意味）と呼んだ。この機をとらえてヌビア人がエジプトに反撃し、エジプトの勢力範囲は北のヒクソスと南のヌビアに挟まれた狭い地域に限られてしまう。しかし紀元前1540年ごろにはイアフメス1世（在位紀元前1550年〜紀元前1525年ごろ）がヒクソスをエジプトから放逐し、それに続く500年間は、権力を回復した歴代ファラオによって独立した豊かな文明社会が構築された。ファラオが戦争によって資源を増やそうと目論んだとき、エジプトは王国拡張の時代に入る。まずヌビアへの軍事遠征が再開された。また、トト

メス3世（在位紀元前1479年〜紀元前1425年）の時代には、東地中海沿岸に17回に及ぶ遠征を行い、ヒッタイトとの間で費用がかかるだけで成果の上がらない戦いを続けたあげく、結局は和睦した。このような軍事行動は、この時代の支配階級による、「すべてか無か」という拡張政策の実例といえる。国家が利用できる資源を国内の改革によって増やすことができない、または増やそうとしないヒッタイトおよびエジプトの両国は、軍事侵攻によって領土と富を獲得しようとし、互いに戦いを重ねて手詰まり状態に陥ったのである。

東地中海　エジプトとヒッタイトが争っている間にも、地中海周辺の土地には新しい国家が誕生していた。地中海（Mediterranean）という名前はラテン語に由来し、「大地の真ん中」という意味である。東はヘレスポント海峡[現在のダーダネルス海峡]で黒海に通じ、西はジブラルタル海峡で大西洋とつながっている。海岸線の長さは約4万6400キロメートルに達し、まさにこの広範な沿岸地域において、様々な共同体が新しい農耕文明に組み込まれていくのである。ヘブライ人、フェニキア人、ミノア人、ミュケナイ（ミケーネ）人などの共同体が生まれ、メソポタミア文明とエジプト文明の両方から影響を受けていた。

ヘブライ人の歴史に関する私たちの知識は、ほぼすべてがヘブライ語の旧約聖書から得られたものだが、その多くはいまだに考古学的に実証されていない。旧約聖書には、多くのヘブライ人がシュメール各地の都市に移動してきたこと、そのうちの一派が紀元前1800年ごろにエジプトに移住したこと、そして400年後にその子孫がモーセに率いられてエジプトを出て北に向かい、地中海の東南沿岸にあったパレスチナに移り住んだことが記されている。今ではイスラエルの民と呼ばれるこのヘブライ人の集団は、十数種の部族からなる緩やかな連合国を形成し、やがては政治的にひとつの王国に発展した。このイスラエル王国は紀元前722年にアッシリア人に敗れ、何万人というイスラエルの民がアッシリア領内に連行されたり強制的に移住させられたりした。これがいわゆるユダヤ人の**ディアスポラ**（ギリシア語で「離散」の意味）の始まりだ。以後2000年以上にわたり、この地域と離散した民は異国に支配され続けた。古代アフロユーラシアの歴史でヘブライ人が果たした政治的役割はささいなものだが、宗教思想に与えた影響は大きかった。世界の一神教の中で最も影響力の強い3つの宗教（ユダヤ教はもちろん、キリスト教とイスラム教も）はいずれも、ヘブライ人の信仰から大きな影響を受けている。

地図7.1　東地中海（紀元前1500年ごろ）

ミノア文明およびミュケナイ（ミケーネ）文明に関連のある主な地域と場所。

　イスラエルの北には、フェニキア人と呼ばれる別の移民集団が紀元前3000年ごろに地中海沿岸に定住し、いくつもの都市国家を建設した。フェニキア人は海上貿易に長じていたため、これらの都市国家は繁栄した。フェニキア人は紀元前1200年〜紀元前800年ごろには地中海の交易を支配し、地中海の沿岸や島々のあちらこちらに商業植民地を建設した。これはビッグヒストリーでこれから幾度となく目にする現象、すなわち軍事的な弱小国が大規模な商業「帝国」を建設することの初期の例である。フェニキアの船団は地中海を横断してフランス、スペイン、アフリカの大西洋岸や、さらにはイギリスの島々にまで航海しつつ、"大地の真ん中"である地中海を本拠地として商業活動を活発に行い、大規模文明社会と周辺の小さな国々を相手に高度な文化交流を展開した。

　フェニキア人の例は、農耕文明の時代から近世への歴史における意義ある進展、つまり比較的小さな商業国家が活躍する事例の先駆けだ。フェニキア人が各地に建設した都市国家は完全な商業国で、古代ギリシアの**ポリス**、インド洋沿岸の貿易都市、さらには近世イタリアの都市国家と本質的には同じだった。交易を中心に据えた商業都市国家は、税を徴収することで成り立つ大帝国に比べてはるかに革新的だった。また、地域を越えた交流に積極的に取り組む傾向があった。こういう国々は国内の資源が乏しく、都市に住む商業人口が多かったからである。最終的には、第10章で取り上げるように、地理的にはごく小さなこうした国が政治的にも軍事的にも強大になり、徴税を主体とする巨大ではあるが活力のない文明国に挑戦し、時には大国を打ち破ることになったのである。

　メソポタミアやエジプトでヘブライ人が活躍し、現在のレバノンの海岸地帯にフェニキア人が商業中心の都市国家

を建設したのと同時期に、東地中海のクレタ島に複雑な文明社会が新しく誕生した。紀元前2700年から紀元前1450年にかけて活躍したミノア人（この文明の伝説的な創始者ミノス王にちなんだ呼び名）は、フェニキア人と同様、海洋貿易を盛んに行った。クレタ島は東地中海の中央に位置するため、その地域の交易の一大中心地になった。ミノア人はフェニキア人の造船技術と設計を採り入れ、東地中海全域に船団を送り出した。そして交易で得た富で、クノッソスなどに見られる壮麗な宮殿施設を造営した。ところが東地中海は地震や火山の噴火が起きやすい場所であり、プレート移動やその他の地質学的な出来事によって、紀元前1700年以降のミノア人の拠点の多くは破壊されてしまった。それらの拠点は再建されたものの、ミノア人の財宝を目当てにやって来る侵入者が多く、紀元前1400年ごろにはクレタ島はミュケナイ人の支配を受けるようになっていた（地図7.1）。

ミュケナイ文明（ミケーネ文明、紀元前1600年～紀元前1100年ごろ）は、インド＝ヨーロッパ系の言語を話す移入民によってギリシアの半島部に建設された。この人々は頑丈な石の要塞がそびえる農業共同体を造り、文字の表記法や建設技術はミノア人から採り入れた。ミノア文字（線文字Aと呼ばれる）は解読されていないが、ミュケナイ人が使った線文字Bの粘土板は多数解読されており、紀元前1500年～紀元前1100年ごろにこの地域で起こった出来事について、歴史学者に貴重な情報を提供してくれる。後にギリシアの詩人ホメロスの叙事詩『イーリアス』で有名になったトロイ戦争を仕掛けたのは、このミュケナイ人である。戦後は東地中海全域が、いわゆる「海の民」の侵略を繰り返し受けるようになる。この時期の侵略では破壊の限りが尽くされ、ミュケナイ文明、東地中海文明、エジプトの青銅器文明は、一部の歴史学者に「恐ろしい暗黒時代」と呼ばれるほど衰退してしまう。なぜ、これほど多くの人間が突然移動し始めたのだろうか。どうして、これほど広範囲にわたって文化が衰退したのか。地中海全域が一種のマルサス的崩壊に見舞われたのだろうか。真相はわからない。ただ、こうした衰退があったことにより、それ以前のものとは根本的に異なる文化や文明が、この地域に新しく誕生したのだった。

南アジア

サルゴンがシュメールにアッカド帝国を築き、ミノア人がクレタ島を拠点とする商業国家を建設したのと同じころ、現在のパキスタン周辺ではインダス川流域にインダス文明が、大規模でよく組織され洗練された都市

型文化を生み出していた。インダス文明が栄えたのは紀元前2500年から紀元前2000年の500年間で、その最盛期の面積は約130万平方キロメートル（1.3平方メガメートル）に達していた。これは、メソポタミアとエジプトを合わせた面積よりはるかに広い。ところが第6章で述べたように、紀元前2千年紀の初めには各都市が衰退し始め、紀元前1700年ごろには放棄されてしまった。インダス文明そのものも、紀元前1500年ごろにはほぼ崩壊してしまっていた。

インダス文明衰退の原因は、かつては、紀元前1500年ごろ（つまりインダスの各都市の崩壊後）にこの地域を侵略するようになったインド＝ヨーロッパ語系の移動民（ノマド）によるものと考えられていた。彼らは自分たちのことをアーリア人（「高貴な民族」の意）と称していた。ユーラシアの古代史においてノマドが大きな影響を与えた例は数多くあり、これもそのひとつだが、しかし、彼らは決して意図的に［一気に］侵略したわけではなく、インダス川流域や北インドの農業共同体に少しずつ入り込んできたのである。アーリア人たちはこの地にやって来たときには基本的に遊牧民（ノマド）だったが、農業の知識も持っており、移住者と元の住民との間で土地の所有権をめぐってたびたび争いが起こった。世界史に登場する武装したノマド集団と同様、アーリア人も馬を効果的に活用し、特に馬に引かせた戦車は、定住型の農業共同体に破壊的な打撃を与えた。こうして先住の農業共同体は紀元前1500年から紀元前500年にかけてインダス川流域の支配権を徐々に失っていった。この時代を歴史では「ヴェーダ時代」という。

ヴェーダ時代という名前は、アーリア人の僧侶によって書かれた1000を超える讃歌を集めた聖典『リグ・ヴェーダ』に由来する。この聖典は、ヴェーダ時代の社会や政治に関する貴重な情報源となっている。アーリア人は同族間の争いを繰り返し、決して統一国家を造ることはなく、ラージャという強い支配者をいただく多数の首長国に分かれていた。アーリア人のインド亜大陸への侵入は紀元前1千年紀の間ずっと続き、ついにはインドのほとんどを占領するにいたった。したがって、帝国が着実に拡張するどころではなく、紀元前1千年紀の半ばになってもまだ、インドは政治的に分裂した地方分権社会で、小さな王国が権力と影響力を得ようと互いに争っていた。

中国

中国では事情が違っていた。中国では生え抜きの帝国が続き、この時期に権力と規模を劇的に拡大することに成功した。第5章と第6章で、古代中国の物語を旧石器時代から強大な商王朝（殷）の誕生までたどってきた。

第1の傾向：農耕文明とその管理組織の拡大、権力、および効率化 **187**

商王朝は紀元前1600年ごろから紀元前1045年まで続き、中国の中部および東部の大部分を制した。商の王たちは軍事力で他の地方政権を制圧し、それらの国々から貢ぎ物や奴隷を徴収した。商にとって最も手ごわい敵のひとつが周で、周は紀元前12世紀には商の首都を占領していた。周は商の王が女や酒に溺れ、暴政を行ったと非難し、王を倒して周王朝の成立を宣言した。紀元前1045年のことである。

中国の歴史を見れば、農耕文明の時代に管理機構がどのように進化を続けたか、政府の権力がどのように増大していったかがよくわかる。それに伴って、国家の規模も急速に拡大していったのが農耕文明時代の特徴である。周は、地上の出来事と天上の出来事は並行して進んでおり、天には地上の政治体制に権力を付与する機能があると主張して、自らの権力奪取を正当化した。この政権奪取を**天命**と主張したのである。為政者は、良心と道徳に従って統治し、秩序の維持に必要なすべての儀式を遵守する限り、天の加護を受けることができる。無能な為政者が出ると地上の領土と宇宙の両方が不安定になり、その場合には神意によって天の加護が失われる。天命という考え方は周によって初めて唱えられたが、その後3000年間、1911年に"ラストエンペラー"(最後の皇帝)が退位するまで、中国の皇帝政治に影響を与え続けた。

商に比べてはるかに広い領土を統治した周帝国では、地方分権的管理機構が採り入れられ、徴税と徴兵で周に貢献する限り、地方の首長はそれぞれの領土を独自に治めることができた。この体制は数百年間はよく機能したが、結局は、地方の首長が自前の官僚と軍事力を動かすだけの力を蓄えることにつながった。紀元前9世紀に中国で製鉄の技術が発達すると、地方軍の装備が改良され、周の指示に従わない場合も出てきた。紀元前5世紀には統一国家としての一体感が失われ、地方の首長国の間で頻繁に争いが起こるようになる。その後に続く殺伐とした戦国時代(紀元前480年~紀元前256年)は、各国の中で最も強大だった秦が敵対する国々を征服し、紀元前221年に自ら帝国を打ち立ててやっと終わりを告げた。

⊙ 拡大と縮小の第2サイクル:紀元前500年~西暦500年ごろ

東地中海とペルシア

数百年にわたる不穏な時代を経て東地中海に政治的秩序が戻ってくると、新しく要塞化した集落が各地に建設され、それが発展して完全に独立した都市国家になった。紀元前800年には、新興のギリシア文化圏で商業活動や政治体制が活気を取り戻し、**ポリス**と呼ばれる都市国家がその中心になっていた。ポリスは都市機能の中心として栄え、君主制、貴族政治、寡頭政治など、様々な政治体制で管理されたが、野心に燃えた人物が独裁者として統治するポリスも多かった。各ポリス、中でもアテナイ(アテネ)とスパルタの二大ポリスの歴史は、貴族、農民、そして台頭する商人や職人の間に新しい力関係が生み出されたところに特徴がある。この二大ポリスは政治的、軍事的、文化的にまったく異なっていて、ギリシア人が統一された農耕文明を築くことなく、むしろ小規模な国家に分かれて互いに競い合い、ペルシア人のような外部の文明社会と戦うのと同じくらい頻繁に内戦を繰り返していた事実を裏付けるものとなっている。結局はこの不統一が原因で、ギリシア文明は激しい内戦のあげくにいわば自滅することになる。

選挙で選ばれた将軍ペリクレス(紀元前461年~紀元前429年)に率いられたアテナイは、アフロユーラシア西部でも特に活気に満ちた商業と文化の中心地であり、後述するように、この世紀の初めにはペルシア皇帝ダリウスの侵略軍を打ち破るうえで指導的な役割を果たしていた。ところが、この勝利そのものが、アテナイは自ら帝国を建設しようとしているとの非難を呼び起こし、他のポリスの間でアテナイに対する不満が高まった。その結果、アテナイ陣営とスパルタ陣営との間でペロポネソス戦争(紀元前431年~紀元前404年)が勃発する。30年近くに及ぶ紛争と陰謀と疫病の後、スパルタ側が名目上は「勝者」となったが、そのころにはギリシア文化圏は分裂して弱体化し、北方の隣人マケドニア人に易々と侵略されてしまったのである。

ギリシア人は統一帝国としての文明は築かなかったが、一方で、植民地化によって商業面でめざましい勢力拡大を成し遂げた。紀元前750年ごろから紀元前250年ごろにかけて、ギリシアのポリスの多くが地中海沿岸や黒海沿岸に植民地を建設した。これらの植民地はフェニキア人やミノア人が確立した交易網に沿って築かれ、地域全体の一体化を進めることになる。ギリシアからの入植者にとっても植民地は本国以上に文化的で知的な生活を送れる場所であり、中でもイオニア植民地(現在のトルコのエーゲ海沿岸部)の学者たちは、自然界と形而上界[物質界と思考界]の両方を体系的に調べようと試みた。西ユーラシアで急速に勢力を拡大してきたアケメネス朝ペルシアとの直接対決にギリシア人を引き入れたのも、このイオニア植民地である。実は、この章でこれまでに考察してきた多くの地域(メソポタミアやエジプトはもちろん、東地中海や南アジアの一部など)の歴史をすべて統合して引き継いだのがペルシア人である。

ペルシア人が紀元前6世紀後半に建設した帝国は、人間の歴史上最大の規模と財力を誇る、壮大な農耕文明だった。

メソポタミアの東に位置するイラン高原は、西ユーラシアと中央ユーラシアの自然の交差点で、アフリカを出たホミニンや旧石器時代の人類を含む様々な種族がここを通って移動した。ここはまた、古代に栄えた商業国家（今日ではオクサス文明の名で知られている）の発祥の地でもある。オクサス文明は紀元前2000年ごろこの地方のオアシスを拠点に繁栄していた。青銅器時代、各地を移動していた2つの民族集団（メディア人とペルシア人）がこの地に定住し、緩やかな部族連合を形成した。両民族とも高い軍事力を誇り、バビロニア帝国やアッシリア帝国が衰えるにつれ、特にペルシア人はそのすぐれた武勇により独自の帝国を建設し始めた。

ペルシア人は、キュロス2世（在位紀元前559年〜紀元前530年）の指揮のもと、まずメディア人を制圧した。次にキュロス2世は、軍勢を率いてイラン高原から東へ西へと、領土拡大の軍事作戦を次々に展開した。さらにキュロス2世は西ユーラシアの多くを征服し、キュロス2世自身が初代国王となったアケメネス朝（**アケメネス**は、紀元前9世紀にキュロス王家を創設した半ば伝説上の人物）は紀元前539年にはアフガニスタンからトルコまでを支配下に収める大帝国になっていた。キュロス2世の息子カンビュセス2世（在位紀元前530年〜紀元前522年）はエジプトを領土に加え、その後を継いだダレイオス1世（ダリウス大王、在位紀元前522年〜紀元前486年）はさらに四方に領土を広げ、ついに東はインドの一部、西はヨーロッパ南東部までもの広大な土地を領有するようになる。約800万平方キロメートル（8平方メガメートル）という統治面積は地球上の可住陸地面積の6％にも達し、まさに史上最大の農耕文明社会だった［これは"統治"面積であり、必ずしも表7.2にあるような"耕地"面積とは一致しない］。

アケメネス朝では、複数の文明社会を含む広大な帝国を、中央集権と地方分権をバランスよく組み合わせて統治した。歴代の王は絶対権力を宣言し、新都ペルセポリスや旧都パサルガダエなどの都にいながら、官僚、外交官、書記の進言や補佐を得て領土全域を支配したが、「**太守**」（サトラップ）と呼ばれる総督を任命し、各地にある半自治的な領土（**太守領**）を管理させることによって、行政機構の地方分権を実現していた。帝国全体としての法体制を整備しようとはせず、地方または村落ごとに設けられていた現地法をそのまま有効とした。ただし、帝国の結束を固めるため、歴代の王は全長約1万3000キロメートルに及ぶ道路網を整備した。その中でも、帝国を東西に貫く約2600キロメート

ルのよく整備された道は「王の道」と呼ばれていた。これだけの規模の道路網を建設するには多額の費用がかかるが、ペルシアの支配者たちは、征服して帝国に組み入れたいくつもの属領から強制的に徴収した莫大な税を利用することができた。国家をいかに存続させるかという重要な課題に対処するために採用したこれらの施策によって、アケメネス朝ペルシアはかつてないほどの大帝国を管理する方法を見出し、同時にアフロユーラシアにその後生まれるさまざまな帝国のモデルを確立したのである。

アケメネス朝ペルシアは、ついにはイオニア海沿岸に点在する高度に発達したギリシア植民地を属領にしようとしたが、これが失敗のもとで、彼らの反撃に遭う［たとえば紀元前499年から紀元前493年の「イオニアの反乱」など］。ペルシア側はその報復としてギリシアの半島部に攻撃を仕掛けるが、紀元前490年にダリウス大王が送ったペルシア軍はマラトンの野で敗北を喫する。その10年後（紀元前480年）、ダリウス大王の息子クセルクセス1世は史上最大規模の軍勢を結集してギリシアに侵攻するが、よく知られているように「テルモピュライの戦い」でスパルタ軍に［ギリシア側の迎撃体制が整うまで］時間稼ぎされ、「サラミスの海戦」（紀元前480年）でアテナイ軍に敗北する。

ペルシア軍に対して結束して勝利を収めたギリシアだったが、その後勃発したペロポネソス戦争でギリシア統一の希望は打ち砕かれた。それから100年もたたないうちに、ギリシアの勢力は衰え、北方の隣国マケドニアの傑出した王ピリッポス2世（在位紀元前359年〜紀元前336年）に率いられたマケドニア軍に征服されることになる。紀元前336年にピリッポス2世が暗殺されると、マケドニアとギリシア世界全体の主導権は弱冠20歳の息子アレクサンドロス3世［アレクサンダー大王］の手に握られる。アレクサンドロス3世はただちに大胆な軍事遠征を開始し、ペルシア帝国に攻め入った。父からカリスマ的な指導力とすぐれた戦略的思考能力を受け継いだアレクサンドロス3世の指揮のもと、マケドニア＝ギリシア軍は数の上での圧倒的劣勢にもかかわらず、三度の戦いでペルシア軍を退ける。アレクサンドロス3世はペルシアの新しい「皇帝」アレクサンドロス大王となり、さらに中央アジアから遠くインダス川流域まで行軍を続けたが、結局はその後バビロンに戻り、紀元前323年に33歳の若さで世を去った。

アレクサンドロス大王の帝国は彼の死後、その遺臣［たとえば老臣アンティゴノスや若き親衛隊長セレウコスなど］の間で分割され、紀元前275年以降、ギリシアの文化は主に征服ではなく商業活動を通じて西ユーラシアの多くの地域に広まっていく。いわゆるヘレニズム時代である（ヘレ

第1の傾向：農耕文明とその管理組織の拡大、権力、および効率化　**189**

ニズムは「ギリシア風」の意）。かつてギリシアが商業活動と植民地建設によって地中海および黒海地域の文化的統合を進めたのと同じように、今度はギリシアの商人や外交官、行政官がインドからヨーロッパにかけての交流と統合を促進したのである。ギリシアはアンティゴノス朝マケドニアの支配下にあり、ギリシア領内に異国の支配に対する反発はあったものの、商業活動は盛んだった。一方、エジプトは財力のあるプトレマイオス王朝の時代になっていて、アレクサンドロス大王が築いた都市アレクサンドリアは、商業活動が盛んなこと、多様な文化が共存していること、国立図書館に世界中の知の資産が集められていることで名高く、この地域の中心都市として発展を遂げていた。

ペルシア、中央アジア

中央アジアは、紆余曲折の末に、アレクサンドロス大王の近衛歩兵部隊の司令官だったセレウコス1世の血を引くセレウコス朝の統治するところとなった。この地域にはギリシアから入植者や商人が大挙して押し寄せ、現在のアフガニスタンやパキスタンにヘレニズム社会を再現した。ギリシア語が大いに普及したため、インドのアショーカ王は、東地中海の主要言語であるギリシア語とアラム語で記した多言語碑文を掲示する必要があると考えた。セレウコス朝の領土の中心部にバクトリアという国があり（現在のアフガニスタン領）、紀元前250年ごろから100年間、武装したノマド（移動民）が移動してくるまで、ヘレニズム系（ギリシア系）の歴代の王がグレコ・バクトリア王国と、その滅亡後に王族がインドに移動して建てたインド・グリーク朝の王国をそれぞれ治めていた［グレコもグリークも"ギリシア"を指す］。このような様々な地方国家を併合する形で、いまやヘレニズム世界の商業や文化を体現する緩やかな「文明圏」として、かつてのペルシア人の巨大帝国が再形成され、ヨーロッパとアジアの空間的な架け橋として、またアケメネス朝の建国からローマ帝国誕生までの一時的な橋渡しとして、大きな役割を果たすようになった（地図7.2）。

アケメネス朝がアレクサンドロスによって滅ぼされ、後

地図7.2　中央および西ユーラシア（紀元前3世紀～紀元前4世紀ごろ）
広大なアケメネス朝ペルシアと、それに取って代わったヘレニズム系のセレウコス帝国の規模の大きさに注目。

継者によってその後ペルシア帝国が分割されたとはいえ、それでイラン（ペラスト）の野望が終わりを告げたわけではない。セレウコス朝は、西暦83年のローマ人到来まで縮小した領土をかろうじて維持するにとどまった一方、紀元前3世紀にイランに新しい勢力が生まれ、独自の帝国を建設しようとしていた。同じように草原で暮らす遊牧民（ノマド）の子孫であり、イラン東部に定住していたパルニ氏族が、紀元前238年にセレウコス朝に反旗を翻したのだ。ミトリダテス1世（在位紀元前170年〜紀元前138年）に率いられたパルニ氏族は、その高い軍事能力を生かしてイラン高原の東の端からメソポタミアの平坦地に至る地域に広がる一大国家［パルティア王国］を建設した。アケメネス朝の行政機構を採り入れ、度重なる内戦にもかかわらず、300年以上にわたって安定した帝国を維持し続けた。パルティア人［パルティア王国に住むようになったパルニ氏族；それ以前から住んでいたパルティア先住民とは異なる］はローマ人にとっては手ごわい敵だったが、一方で第一次シルクロード時代にアフロユーラシア全域の文化交流を盛んにするという功績も残した。これについては第8章で取り上げる。

西暦3世紀になると、ペルシア人の一派であるササン朝が台頭してパルティア人に取って代わり、西暦224年から651年まで400年以上にわたって独自の大帝国を統治した。最盛期には、その領土はチグリス川、ユーフラテス川の上流からアフガニスタンにまで広がっていた。アケメネス朝がヨーロッパと中央アジアの橋渡しとなったように、ササン朝はユーラシア全体の交易と交流を奨励して中国と西洋という異なる地域の架け橋の役目を担った。また同時に、以前の古代文明と、後に広大な乾燥地帯を支配するようになった新興のイスラム帝国という異なる時代を結びつける役割も果たした。ササン朝は7世紀に拡大するイスラム世界に飲み込まれたが、イスラム帝国がペルシアの政治や行政機構をモデルに採用したため、ペルシアの遺産が引き続きこの地方に影響を与えることになった。1000年を超えるこの農耕文明の時代には、はっきりした拡大と縮小の周期が3回あり、資源や権力、効率的な行政モデルを追い求めながら、最大規模の帝国を複数回築いたのがペルシア人だった。

インド

中央アジアの覇権をめぐるペルシア人とギリシア人の戦いは、インドの農耕文明にも広範囲にわたって影響を与えた。紀元前520年ごろ、アケメネス朝のダリウス大王は北西インドの一部を征服してペルシア帝国の領土に組み込んだ。その200年後、アレクサンドロス大王が

ヒンドゥークシ山脈を越えてインダス川沿いに軍を進め、その地方の首長を次々に打ち破ったため、一帯は権力者不在の力の真空地帯となり、その間隙をついて新しい王朝が台頭する。ここに至って、インドの大部分が初めてひとつの帝国に統一されたのである。

紀元前325年にアレクサンドロス大王が撤退すると、チャンドラグプタ・マウリヤの名で知られる地方豪族の王子がインド統一の野心を燃やし、小規模だがよく訓練された軍を率いて北インドの地方国家をいくつか征服した。幸運なことに、チャンドラグプタにはカウティリヤという政治上の補佐役がついており、チャンドラグプタが建てたマウリヤ朝（紀元前321年〜紀元前185年）が拡大するにつれ、効率的な行政機構を整えることができた。税の徴収、中央集権的官僚制度、地方総督、そして秩序と権力を維持するための機動力のある強力な軍隊。これらの制度を組み合わせることで、指導者は大規模農耕文明の管理にますます熟達することが、マウリヤ朝の支配階級を見るとよくわかる。最盛期、この帝国の勢力範囲はほぼ500万平方キロメートル（5平方メガメートル）に達していた。

チャンドラグプタの孫に当たるアショーカ（在位紀元前268年〜紀元前232年）は、インド史上最も名高い王のひとりである。アショーカはマウリヤ朝の拡大政策を引き継いだが、格別血なまぐさい戦いを経験した後は争うことに嫌気が差して仏教に帰依し、有能な官吏の補佐を得て新しくインドの首都と定めたパータリプトラから帝国を統治した。ペルシア人同様、アショーカ王も道路網の整備に努め、帝国内での交易はもちろん、バクトリアやペルシアなど近隣諸国との貿易も奨励した。しかし、アショーカ王の死後、マウリヤ朝は経済的に衰退し始め、紀元前185年にはすでに崩壊していた。

以後500年間、インドでは小国が並び立つ時代が続いた。北部にはノマド（移動民）が次々と侵入し、インド・スキタイ王国、クシャーナ朝など独自の国家を築いた。クシャーナ朝（西暦45年〜225年ごろ）はローマ帝国、パルティア文明、中国の漢王朝と同時代に栄え、中央アジアに380万平方キロメートル（3.8平方メガメートル）の領土を有した。これは現在のアフガニスタンとパキスタン全土、および北インドの大部分に相当する。次章でも説明するが、クシャーナ人はユーラシアの十字路［中央アジアとインドを結ぶヒンドゥークシ山脈のカイバル峠など］を支配し効果的に統治して、第一次シルクロード時代にアフロユーラシア全体の交易を大いに盛んにした。

グプタ王朝（西暦320年〜550年ごろ）の成立とともに、インドは再び一帝国の支配下に統一された。創設者のチャ

第1の傾向：農耕文明とその管理組織の拡大、権力、および効率化　**191**

ンドラ・グプタ（マウリヤ朝の王とは何の関係もない）がガンジス川流域に建てた活気ある王国は、後継者が有能であったために勢力を拡大し、ついにはかつてのマウリヤ朝の規模に迫るまでになった。マウリヤ朝の都だったパータリプトラが再び首都と定められ、デカン高原以北のほとんどの地に平和が戻ってきた。マウリヤ朝時代は中央集権的管理が際立っていたが、グプタ朝ではもっと緩やかな地方自治の制度が採用され、政治的にも、経済的、文化的にもインドは黄金時代を迎える。しかし5世紀には、「白いフン族」と呼ばれるエフタル族をはじめとするノマドの侵入が新たに始まり、グプタ朝の領土は徐々に縮小し、やがて消滅する。その後、一時は王子ハーシャ（在位606年～648年）がインド亜大陸の再統一を試みるが、地方豪族の力が強いため、単一の中央集権国家を造るには至らなかった。ハーシャが暗殺されるとインドは再び分裂国家の時代に戻り、9世紀にイスラム教が伝わってやっと商業で栄える時代を迎えるが、それは同時に政治的、宗教的緊張をもたらす時代でもあった。

ローマ

キュロス王とアケメネス王家が中央アジアに最初のペルシア帝国を建設しようと励んでいたちょうどそのころ、イタリア中部の小さな都市国家が異国の王を追い出し、君主制を廃して貴族階級による共和制国家に生まれ変わった。紀元前6世紀末のその時点で、イタリア半島にはラティウム人（古代ローマ人）やエトルリア人、ギリシア人の建てた都市が多数散らばっており、ローマもそれらの都市と同様まったく無名だった。この地には、紀元前2000年ごろからインド＝ヨーロッパ語族が住み着いていた。この人々はテベレ川に面したラティウム平原を取り巻く7つの丘の周辺にそれぞれの集落を建設した。住民は農業と交易を行い、紀元前1800年には青銅器を、紀元前900年には鉄器を使用するようになっていた。ローマの北にはエトルリア人が住み、トスカナ地方の要塞都市からイタリア北部および中部の大半を支配していた。南の沿岸地方とシチリア島にはギリシアの植民地が栄えていた。ローマは戦略上の要地にあり、そこに目をつけたエトルリア人に支配されるが、紀元前509年、ローマ人はついに最後のエトルリア王を追放する。以後1000年にわたり、この都市や国だけでなく、実にアフロユーラシア西部の大半が、ローマ市民の手に握られることになるのである。

　紀元前509年にローマ人が採用した政治体制は、2人の高官に行政権を与えるものだった。「執政官」と呼ばれたこの人々は、財産や軍の階級によって分けられるローマ市民によって選出された。執政官の決定は「元老院」によって承認される。つまり、元老院が共和国ローマの実権を握っていたのである。しかし、以後200年というもの、平民、騎士、貴族の間で権力のより公平な配分をめぐって争いが絶えなかった。その結果、貴族は不本意ながら権力の独占をあきらめざるを得なくなり、紀元前3世紀には、平民に自分たちの代表「護民官」を選ぶ権利が与えられていた。護民官は、執政官の不公正な決定に対して拒否権を行使できた。最終的に、全ローマ人に適用される法は「平民議会」の可決を必要とするようになる。このように様々な政治的妥協によって権力の裾野が広がり、全面的な社会闘争は当面避けられたが、貴族階級は残された特権にこれまでよりさらに激しく執着するようになる。

　対外関係では、ローマ共和国は外部からの様々な脅威に手堅く現実的な方法で応じた。ローマが急速に、そしておそらく期せずして、地中海地域の支配者に上りつめたのはこのためである。ローマは、少なくとも初めのうちは、税を徴収する大帝国の建設を目指していたのか、それとも国の安全を脅かす勢力に応戦しているうちに結果的に拡大していったのかという問題については、歴史学者の間でも意見が分かれている。紀元前309年、ローマはガリア人の一団に蹂躙された。ガリア人は現在のフランスから来たケルト系の民族で、ローマを占領し、彼らを退去させるのにローマは相当な賠償金を支払わなければならなかった。以後、ローマは軍を再編成して強力な軍隊を作り上げ、他のラテン国家やギリシアの植民地との戦いで数々の勝利を収めた。しかし、ローマ人は敗れた相手に厳しい制裁を科すことはせず、彼らが軍の賦役に応じ、ローマの対外政策に従う限り、それぞれの国に自治権を認めた。この穏便な方針が、後にローマ共和国がカルタゴとの戦いでこれまでにない苦戦を強いられた際に実を結ぶのである。

　紀元前270年になると、ローマにとって地中海中部で残っている競合国といえば、フェニキア人の植民都市カルタゴのみだった。カルタゴはこの時点でおそらくローマより多くの富を蓄え、明らかにローマより優秀な海軍を有していた。ここにもまた、二大勢力（かたや農業国、かたや商業国）のせめぎ合いがあり、どちらも相手を倒して自国の勢力を拡大する意欲に満ちていた。この両陣営が共存するには地中海は狭すぎたのである。こうして勃発した三度にわたるポエニ戦争（紀元前264年～紀元前146年）でローマ人はカルタゴ人を壊滅させるが、それは決して楽な勝利ではなかった。結局、ローマ人の実行力（一例として、カルタゴより強力な海軍を短期間で実現した）、外交方針（ローマが敗れる可能性が高いと見えたときでさえ、イタリア内

地図 7.3　ローマ

紀元前146年ごろのローマと西暦117年ごろのローマを見比べると、領土拡大の様子がよくわかる。

凡例（上の地図）：
- ■ ローマの領土（紀元前146年）

地図ラベル（上の地図）：大西洋、ガリア、アルプス山脈、ピレネー山脈、マッシリア、コルシカ島、イベリア、バレアレス諸島、サルディニア島、ローマ、ネアポリス（ナポリ）、アドリア海、マケドニア、黒海、アナトリア、エーゲ海、イオニア、シチリア島、アテナイ、クレタ島、ロードス島、キプロス島、カルタゴ、地中海、アトラス山脈、アフリカ

凡例（下の地図）：
- ■ 最盛期のローマ帝国
- 〜 ローマ街道　［西暦117年ごろ］

縮尺：0　500　1000　2000 km

地図ラベル（下の地図）：ブリテン、ロンドン、大西洋、ガリア、ゲルマニア、ドナウ川、リヨン、ミラノ、ローマ、イベリア、ピレネー山脈、エブロ川、マッシリア、コルシカ島、ダルマティア、アドリア海、マケドニア、ビザンティウム、黒海、カスピ海、アルメニア、マンジケルト、ローマ、サルディニア島、バレアレス諸島、ガデス、マウレタニア、アトラス山脈、カルタゴ、シチリア島、アテナイ、コリント、エーゲ海、アナトリア、エフェソス、タルスス、ロードス島、キプロス島、シリア、ダマスカス、パルミラ、パルティア帝国、メソポタミア、チグリス川、ユーフラテス川、バビロン、ペルシア湾、地中海、クレタ島、リビア、アレクサンドリア、エジプト、ナイル川、ユダヤ、エルサレム、アラビア、紅海、ベレニケ

の同盟都市国家のほとんどが離反しなかった）、忍耐（カルタゴの将軍ハンニバルが仕掛けたイタリア内地戦の16年を耐え抜いた）が勝利をもたらしたのである。その後は小規模な戦闘が何度かあったものの、紀元前133年にはローマは地中海の盟主となり、数多くの属国を従えるようにな

っていた（**地図7.3**）。

　広大な帝国を管理するために、ローマはペルシア帝国の「太守」をモデルにした州制度を採用し、各州には元老院階級から選んだ「総督」を配置した。しかし総督の多くは、特権階級の一員として自らに徴税の絶対的「権利」が与えられ

第1の傾向：農耕文明とその管理組織の拡大、権力、および効率化　　**193**

たと思い込み、私腹を肥やす好機ととらえたため、汚職が蔓延した。元老院議員はさらにポエニ戦争中に放棄されたイタリア領内の農地をも引き継ぎ、穀物などの主要作物の代わりにオリーブ油やワインの原料になる利益率の高い作物を栽培した。仕事を失った農民は都市になだれ込んで惨めな生活を余儀なくされ、貧富の差が拡大した。このような不満がたまる状況で、ローマは紀元前1世紀の大半が有力者間の内乱で明け暮れていた。そのひとり、ユリウス・カエサルが「終身独裁官」を名乗ったとき、共和制は事実上終わりを告げた。紀元前44年にカエサルが暗殺されると、養子オクタビアヌスが軍事・政治的に巧妙に立ち回り、ローマは共和制から帝政へと、それと気づかれぬまま移行した（紀元前27年）。内戦を終わらせ平和を取り戻したオクタビアヌスに感謝を込めて、ある元老院議員は彼を「尊厳ある者」（アウグストゥス）と呼んだほどだ。

　アウグストゥスの後継者たちは皇帝としてローマを治め、西暦4世紀末までに、英邁な君主から常軌を逸した者まで、約140人がローマ皇帝の座に就いた。ローマの領土はもはや急激に拡大することはなかったが、帝政になってからも200年間は少しずつ広がり続け、2世紀に最盛期を迎えたときには、人口は1億3000万、国土面積は約650万平方キロメートル（6.5平方メガメートル）に達していた。中心都市ローマには100万の人々が住んでいたが、その貧富の差には甚だしいものがあった。

　農耕文明に共通することだが、ローマの為政者も、軍隊の移動や通信伝達が迅速に行えるように、輸送基盤に相当な資源を投資した。ローマ街道の総延長は8万キロメートルを超えていたようだ。同時代の中国の諸王朝がすでに実行していたように、ローマも帝国内の各所を効率的に結び、交易関連の税や通行料を撤廃し、共通の法律を制定することによって、アフロユーラシアの広大な地域を比較的同質の文化国家にまとめることができた。次の章でも取り上げるが、紀元2世紀末までの200年間にシルクロードを利用した交易が盛んに行われ、その交流を通じて、アフロユーラシアというワールドゾーンの至るところで類似の文化が花開いた。同時代の農耕文明のそれぞれが、地球最大のワールドゾーンの各所を結ぶ機能的な交流ネットワークに組み込まれていたからである。

　ところが3世紀の初めになると、ローマ帝国には重大な経済問題が次々に起こり、領土拡大の勢いは弱まった。支配階級は何とか解決策を見つけようとするが、いわゆる**3世紀の危機**（西暦235年〜284年）の50年間、ローマはほぼ無政府状態となる。この時期に帝位に就いた皇帝は20人を超えるが、そのほとんどが暗殺されている。有能な皇

帝、ディオクレティアヌス帝（在位284年〜305年）の時代に行政の効率化と力強い統率力で一時的に危機を脱したものの、管理しやすいように帝国を東西に二分し、2人の皇帝［正帝］が共同で統治するという試みは失敗に終わった。続くコンスタンティヌス帝（在位306年〜337年）は首都をビザンティウム（改称してコンスタンティノープル）に移し、そこから帝国全体を統治することを決意する。

　こうした国内の政治・経済問題と同時に、ローマ人は外敵からの脅威にも立ち向かわねばならなかった。4世紀初頭からゲルマン民族の西への移動が始まり、これが帝国の北辺にかなりの緊張をもたらすようになっていた。5世紀半ばに中央アジアから半遊牧民のフン族が流入すると、その圧力に耐えきれず、多数のゲルマン民族が国境を越えてローマ帝国西部のあちらこちらに定住するようになる。現代ヨーロッパの多くの地域が、このときのゲルマン民族の定住地を起源として成立している。たとえばフランク族の定住地が現在のフランスであり、アングル族の定住地が現在のイングランドである。西暦476年、ゲルマン人の将軍オドワカル（435年〜493年）が「西側帝国」［後世になって「西ローマ帝国」と呼ばれた］の皇帝に任命された。従来の歴史学では、18世紀の英国の歴史家エドワード・ギボンの影響を受けて、この年をもってローマ帝国は「滅亡」したとされている。しかし、最近では、「ローマ帝国の衰亡」のような表現が使われることは少なくなっている。新しい歴史学では人間の歴史における「拡大と縮小のサイクル」に注目するので、「衰亡」とか「暗黒時代」のような一時代を切り取った表現は、歴史の継続性を強調するような表現（「古代末期」など）に置き換えられる傾向にある。

中国　　　　　　　　　　一方、中国では、周王朝末期の紀元前5世紀にはすでに統一国家は消滅し、至る所で地方国家間の争いが起こっていた。ここから始まる戦国時代（紀元前480年〜紀元前256年）が終わりを告げるのは、その中で特に強力だった秦が他の国々を征服し、紀元前221年に独自の帝国を築いたときである。

　周王朝後半の世の中が乱れた時代に、これ以後20世紀に至るまでの中国思想の指針となる三大哲学が誕生した。倫理的に優れた指導者が出て善政を行う鍵は教育にあると考える「儒家」、自然と宇宙との調和の中で生きることを重視して精神修養に努める「道家」、そして法と厳格な（ときには残酷な）刑罰が秩序ある社会を作ると主張する「法家」である。魯という国の下級貴族の家に生まれた孔子は、社会的地位の基準を見直して、より高潔な指導者階級を作り

194　第7章　農耕文明時代のアフロユーラシア

出そうとした。人格者とは必ずしも上流階級に生まれた者ではなく、高度な知的および倫理的教養を追求して「君子」の域に達した者であり、そういう人物なら、先例にならって国を率い、中国社会に秩序と調和を取り戻すだけの知性と徳を備えているというのである。

周王朝の末期に儒家、道家、法家が出現したことで思い出すのは、紀元前1千年紀半ばがアフロユーラシア全域で哲学思想が特に盛んな時代だったということだ。孔子（紀元前551年〜紀元前479年ごろ）とほぼ同時代に、ほかにも何人かの偉大な思想家が活躍している。豊かな知性を輩出したこの時代を、近代ドイツの哲学者カール・ヤスパース（西暦1883年〜1969年）は「枢軸時代」と呼んだ。ヤスパースが指摘するとおり、中央アジアの預言者でイスラム以前の宗教として重要なゾロアスター教の始祖であるゾロアスター（紀元前628年〜紀元前551年ごろ）、インドで仏陀となったガウタマ・シッダールタ（伝承では紀元前563年〜紀元前483年）、孔子が死んで10年後に生まれた古代ギリシアの哲学者ソクラテス（紀元前469年〜紀元前399年）などが、ほぼ同時代に生きていた。

ヤスパースの主張では、枢軸時代には「人間の精神的基盤が、中国、インド、ペルシア、パレスチナ、ギリシアの各地で同時多発的に、かつ、相互独立的に定められた。これらは今なお人間性の根幹であり続けている」[5]。ヤスパースによると、枢軸時代の主な特徴は、同じように人間の意味を追求する知識人が比較的唐突に出現したこと、新しい宗教や哲学の主唱者がほぼ同時期に現れたこと、教師や宗教家として町から町へ移動する諸国遊学の学者が生まれたことである。ただし、倫理や哲学の普遍原則を探求する方法は一様ではなく、神や宗教と関連づけられたものもあれば、合理的思考と結びついたものもある。

後世の歴史学者は、このような普遍的考えがほぼ同時に現れたのは、この時期に農耕文明社会の相互関係が強化されたことの反映だと推測している。ヤスパースは、社会環境が劇的に変わろうとしている時代（たとえば周王朝末期の中国）にこれらの思想が現れたと主張する。シッダールタやギリシアの哲学者と同様、孔子が最も関心を持っていたのは精神的・宗教的感応ではなく、社会的、政治的激動の時代において正しい人生を歩むうえでの基本的な義務を定義することだった。地球の起源について語ることにも、同時代人のために新しい宗教を生み出すことにも関心はなかった。儒教は純粋哲学であり、決して宗教を意図したものではなかったのである。

ところで、最終的に中国の再統一を成し遂げたのは儒家ではなかった。「軍事国家」のひとつで中国北西部に興った

図7.3　テラコッタ製の武人

中国の初代皇帝、秦の始皇帝の壮大な墓から出土した。紀元前3世紀末のものである。

強大な秦（チン）は、法家の権威主義思想を採用し、厳格な法と厳しい集団刑罰によって国をまとめようとした。法家の考えでは国力の基礎は軍備と農業であるため、できるだけ多くの人間を社会的に「無用」な職業（教育、哲学、商業など）から引き離してこの両部門に注ぎ込もうとした。秦は、時には残忍な手段を用いて中国を再統一し、後に漢王朝が長期政権を築く道筋をつけた。

秦王朝（紀元前221年〜紀元前206年）は、短命だが目覚ましい成果を上げた。強力な軍隊を整備して敵国を次々と打ち破り、中国の大部分を支配下に収めた。初代皇帝である始皇帝（シーホワンディ）あるいは秦始皇（チンシーホワン）［日本以外では"秦始皇"のほうが一般的］（在位紀元前221年〜紀元前210年）はペルシアやローマと同様の行政手段を採用し（政治的収斂進化の一例）、地方の貴族階級の代わりに行政官を配置する中央集権的官僚制度を確立した。アケメネス朝やローマ帝国の為政者と同様、軍隊の移動が容易にできるよう国中に道路を建設した。また、北部の防護壁をつないで最初の「万里の長城」を建設した。反対勢力の壊滅を決意した始皇帝は、地方の軍隊から武器を取り上げ、儒家の知識人を処刑してその批判を封じた。多民族からなる中国統一のために、度量衡、法制度、貨幣制度を統一し、最も重要な事業として、中国語の書体を全国統一した。最後に始皇帝は、現在の西安（シーアン）近くに壮大な自分の墓を建設した。その中には等身大のテラコッタ製の軍勢［兵馬俑（ビンマーヨン）、日本では"へいばよう"と読まれている］が納められ、死後も皇帝を守っている（図7.3）。

紀元前210年に始皇帝が死ぬと、秦はたちまち漢王朝（ハン）（紀

元前210年～西暦220年)に取って代わられた。漢はやがて、中国史上で最も栄えた王朝のひとつになる。秦は約260万平方キロメートル(2.6平方メガメートル)の土地を支配したが、漢の最盛期には、その領土は約650万平方キロメートル(6.5平方メガメートル)にまで拡大した。漢王朝初期に出た武帝(在位紀元前141年～紀元前87年)は大規模な官僚組織を使って統治し、優秀な官吏を確保するため紀元前124年に国立の高等学問所を設立する。また、国事を行うために高い教養を持つ学者兼官吏を継続して登用できるように、儒家を学問の中心に据えた。武帝は中央アジアやベトナム、朝鮮にも関心を向け、また紀元前1千年紀を通して北方の草原地帯から繰り返し攻めてきて中国の安全を脅かしていた匈奴[日本では"きょうど"と読まれている]を追い払うという偉業をも成し遂げた。

漢王朝の支配は西暦200年ごろまで続いた。中央アジアでの支配を維持することによって漢は引き続きシルクロードを管理下に置き、そのおかげで富を蓄えることができた。しかし不公平な土地の再配分に不満を持つ農民による暴動が頻発し、さらに党派の分裂が進んだことが原因で、西暦220年に滅亡する。その後350年間、中国では「縮小と混乱の時代」、そして地方の力関係が変化する時代が続いた。北部が完全に遊牧民(ノマド)に侵略されたのもこの時期だが、それはちょうど、ローマが西ユーラシアで同様の経験をした時期と重なる。

アフロユーラシア全域で、西暦1千年紀に入るこの第2サイクルでも農耕文明は規模と勢力を伸ばし、ますます効率的に運営されるようになっていくが、その後は「縮小の時代」が始まり、数百年間は成長傾向が緩やかになる。

⚙ 拡大と縮小の第3サイクル: 西暦500年～1000年ごろ

ローマとビザンチウム

ローマ帝国の西半分が西暦5～6世紀に多数の地方国家に分裂した後も、東半分は比較的安定した強さを保っていた。実際、その東半分に興ったビザンチン帝国[東ローマ帝国]はさらに1000年続き、西暦1千年紀後半に起こった新たな拡張の波では、唐(中国)や「ダール・アル＝イスラーム」(イスラム世界)とともに、アフロユーラシアの経済・文化の中心となった。首都ビザンチウム[後のコンスタンティノープル、およびイスタンブール]の繁栄は、初期の皇帝ユスティニアヌス(在位西暦527年～565年)の功績によるところが大きい。ユスティニアヌス帝は妃テオドラとともに国内の反乱を鎮め、コンスタンテ

ィノープルの防御を固めて、「ローマ法大全」を刊行する。さらには西側帝国の領土の一部を奪回することも試みたが、これは失敗に終わった。7～8世紀、コンスタンティノープルは拡大するイスラム勢力の包囲攻撃によく耐えたが、領土の多くがイスラム教徒に奪われた。しかし、帝国の中枢部は生き残り、11～12世紀には敵対勢力を打ち破り、その後は自らの戦略的地位を利用して領土を広げ、交易や革新的な工業生産を通じて富を蓄えた。これが、東地中海を代表する農耕文明社会として、農耕文明時代後期までビザンチン帝国がその地位を保つ原動力となった。

中国

西暦220年に漢王朝が倒れると、中国は350年に及ぶ「縮小と混乱の時代」に入るが、やがて隋によって再び統一される。隋王朝(西暦598年～618年)は短命に終わるが、中国の秩序を回復し、唐の繁栄へと続く基礎を築いた。唐の時代に、全農耕文明の中でも特に繁栄した文明社会が確立されたのである。隋は大規模なインフラ建設を実施したが、その中には当時としては世界最大の水運プロジェクトと言える大運河の建設が含まれる。

中国が地球上で最も豊かで強い国になったのは、唐王朝の時代(西暦618年～907年)である。唐の第2代皇帝太宗(在位626年～649年)は、隋が手がけた輸送・通信インフラの改良事業を継続した。整備された道路、官営の旅宿や駅逓(駅制、駅伝制度)および効率的な配送システムによって、中国はこれまでにないほど一体化した。太宗はまた、農地をその生産力と農家のニーズによって割り当てることで、土地をより公平に農民に再配分するという試みにも真剣に取り組んだ。初期の漢王朝と同様、唐も儒教の知識に基づく試験制度を設けて、教養ある高潔な人材を安定的に採用できるようにしようとした。やがて唐はその軍事力と行政官の力で領土を広げて大帝国になり、最盛期には、東および中央アジアの約1170万平方キロメートル(11.7平方メガメートル)を支配するようになる(地図7.4)。

帝政を採用した多くの国とは対照的に、唐政府は特に南部において、農業改革を積極的に推進し、それが中国の経済を牽引した。その結果、人口が増えて都市化が急速に進む。10世紀の唐は、農耕文明社会としては最も都市化が進んだ国になっており、首都長安は人口200万を擁する世界最大の都市だった。こうした大都市の工房では目新しい手工芸品が盛んに作られ、それにつれて市場経済が活発になる。シルクロードによる交易が復活し、中国の多くの都市で外国商人の存在感が増していく。唐にはアフロユーラシアで知られているほぼすべての宗教が入ってきていた。

地図 7.4　中国

350年間に及ぶ混乱の後、中国は隋王朝のもとで再統一され、続く唐の時代に領土を拡大して巨大帝国になった。

このように国際色豊かな巨大文明がアフロユーラシア・ワールドゾーンの東半分に栄えたのは、西半分がイスラム世界の拡大によって文化的にも政治的にも影響を受けていたのと同じ時期である。後代の皇帝たちの独善的な統治の結果として唐は崩壊するが、それは同時に、農耕文明が最も栄えていたこの時代の終わりを告げるものでもあった。もっとも、第10章で詳しく述べるが、唐の後を引き継いだ宋王朝はもう少しで産業革命を成し遂げるところまでいった。この王朝が長く続いていれば、近代世界の歴史は大きく変わっていたかもしれない。

イスラム文明

紀元前1千年紀半ばにはアケメネス朝ペルシアが各地を結ぶ役割を果たしたが、それと同様に、西暦1千年紀後半にはイスラム文明の拡大により、この章で論じた地域の歴史はその多くが互いにつながるようになった。イスラム教徒の兵士と行政官が作り上げる広大な**ダール・アル＝イスラーム**（「イスラム世界」の意）は、西暦1千年紀後半の経済・知識・文化構造の中で最も重要なもののひとつである。イスラム文明は、唐がアフロユーラシア・ワールドゾーンの東半分を支配したのと同じ方法で、その西半分を支配した。

イスラムの信仰と初期の文化的慣習は、いずれも、アラビア半島の環境とベドウィンの伝統から生まれたものだ。商人と遊牧民（ノマド）が住むこの乾燥した世界にムハンマド・イブン・アブドゥッラーフが生まれたのは、西暦570年ごろのことだった。ムハンマドは30代後半になったときに啓示を受け、仲間のベドウィン［アラブの遊牧民］が崇めている多数の神々ではなく、アッラーという名の全能の唯一神の存在を確信するようになる。ムハンマドの信仰は最初は精神的なものだが、やがて政治的、社会的要素を帯びるようになる。ムハンマドがこの新しい信仰について語るのを聞いた家族や友人の間に信奉者が増えていった。その説法の人気が高まったことが多神教の聖地メッカの支配者の不興を買い、ムハンマドとその信奉者はやむなくヤスリブという町に逃亡する。ヤスリブは後にメジナ、すなわち（預言者の）「町」と改名された。西暦622年のこの移住（「ヒジュラ」と呼ばれる）がイスラム暦の元年であり、ムハンマドが経験した啓示が強力な宗教的、社会的、政治的運動に形を変えたのもこのときである。

ムハンマドとその信奉者は、メジナでイスラム教信者（ムスリム）の共同体（ウンマ）を組織した。独自の法典（シャリーア）、社会福祉制度、教育機関を整備し、収入も確保した。ウンマの規模が大きくなり、社会的信用が確立されると、

地図 7.5　アフロユーラシアの中部および西部

7〜8世紀にイスラムの勢力範囲が途方もない勢いで拡大したことがわかる。

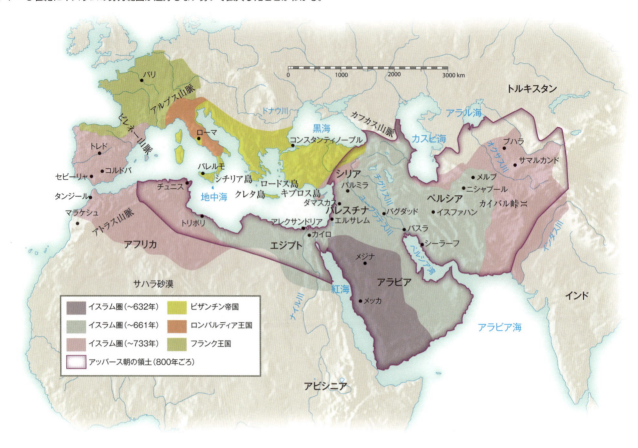

ムスリムは積極的に改宗者を探し出し、ジハード(いわゆる「聖戦」)に参加して信者の集まりや領分を拡大しようとした。これが神から与えられた命令として、農耕文明の領土拡大に対する新たな原動力となる。630年、ムハンマドはいまや強力になったウンマを率いてメッカに戻り、時の政府を倒して自らの信念に基づく神権政治を敷く。ムハンマドは632年に死ぬが、そのころにはアラビアの大部分がムスリムの支配下に入っていた。ムハンマドの有能な後継者アブー・バクルがカリフ(「代理人」の意)に選ばれる。カリフは国家の首長、軍司令官、首席判事、宗教指導者を兼ね備え、おそらく、農耕文明の時代で世俗の権力と宗教上、法律上の権力が一体となって進化した典型的な例と言えるだろう。アブー・バクルと歴代カリフのもとでジハードは継続される。アラビアに残っていた非ムスリム民族を征服後、ムスリム軍団は北に向きを変え、かつての勢いを失ったビザンチン帝国とササン朝ペルシアを激しく攻撃した。

これまで見てきたように、多くの大帝国が税収と土地、そして自国の栄光を求めて急速に規模を拡大した時代とはいえ、ダール・アル＝イスラームの場合はさらに前例がないほどの速さで広がった。ムハンマドの死後わずか5年の637年には、シリア、パレスチナ、およびメソポタミア全域がイスラム勢力に屈していた。640年代の10年間には、それに加えて北アフリカの多くの地域もイスラム圏に組み入れられた。651年にササン朝ペルシアの中心部がムスリムの手に落ちるころには、ダール・アル＝イスラームは地中海からアフガニスタンにまで広がっていた。8世紀初頭、イスラムの軍勢はジハードを再開する。711年には北インドのヒンドゥー教の王国がいくつか征服された。北アフリカにおけるムスリムの覇権はモロッコの大西洋岸にまで拡大し、ジブラルタル海峡を渡って718年にはスペインに達した。多様な文明が林立する時代に、イスラムの勢力圏は1300万平方キロメートル(13平方メガメートル)を超え、まさにそれまでの史上最大の大帝国を形成したのである(地図7.5)［これは"統治"面積であり、必ずしも表7.2にあるような"耕地"面積とは一致しない］。

ここでイスラムの統治者は、先達のアッカドやアッシリア、ペルシア、マウリヤ朝、ローマ、そして漢と同じ難問に直面することになる。すなわち、複数の文化圏を含む広

大な帝国をどうすれば効率的に統治できるかということだ。領土の主導権争いから、政治的に激しく対立する複数の党派が生まれたが、結局はカリフのもとに統合され、2つの安定した王朝が相次いで生まれる。ウマイヤ朝(西暦661年〜750年)とその後継のアッバース朝(西暦750年〜1258年)である。ウマイヤ朝は厳格な中央集権的行政組織を採用し、新しく征服した土地に上層階級のアラブ人を総督として派遣した。アラブ人はおおむね被征服民族が独自の宗教を信じるのを許可したが、非ムスリムには特別な宗教税を課して、改宗するよう強い圧力をかけた。領内全域で不満が高まり、ウマイヤ朝のカリフはますます強硬な態度をとる。その結果あらゆる方面で支持を失い、一族全滅の憂き目を見ることになる。

後継のアッバース朝は、1258年にモンゴルに滅ぼされるまでの500年間、ダール・アル=イスラームを統治した。アッバース朝の政治形態はウマイヤ朝より国際的で、権力と行政上の責任をアラブ人、ペルシア人、エジプト人、メソポタミア人の間で公平に分け合うようにした。広大な領土をより効率的に治める方法を考えるにあたっては、ペルシアが長期にわたって帝国を治めてきた経験を参考にした。バグダッドがイスラム世界の新しい首都となり、遠方の各地域を管轄する総督が任命された。官僚中心の制度を確立し、貨幣の鋳造や税の徴収を実施し、郵便制度を充実させて、常駐の職業軍団を組織した。イスラム世界全域から確実に入ってくる租税収入で、バグダッドは壮大な建造物やモスク、広場で美しく飾られ、商業、金融、工業、学問の一大中心地となった。英邁なカリフ、ハールーン・アッ=ラシード(在位西暦786年〜809年)は芸術を大いに保護し、ヨーロッパの主立った統治者との外交関係を築く。国は富み栄え、世情も安定していた。9世紀のムスリムの歴史家ムハンマド・アッ=タバリーによると、ハールーン・アッ=ラシードが死んだとき、首都バグダッドには9億ディルハム[当時]もの莫大な財産があったという。

アッバース朝の主導によりダール・アル=イスラームの領土拡張は続くが、その勢いは以前ほどではなくなった。これはアッバース朝の方針を反映したものであり、さらに言えば、自治権のある地方のムスリム軍団による軍事行動の結果でもある。751年、中央アジアを舞台にアッバース朝と中国唐王朝の軍勢が激しく戦った。この「タラス川の戦い」は数日間続き、ムスリムの大軍は数においてはるかに劣る中国とその同盟国の軍勢を打ち破って、シルダリヤ川流域を制圧しようとした。結局は中国側が敗れて唐の西方への拡大は終わりを告げ、中央アジアの大部分がムスリムに門戸を開く。イスラムの信仰はさらに拡大して、この地方のチュルク語族の間に浸透していくのである。

ハールーン・アッ=ラシードの治世がアッバース朝の最盛期だった。その死後、後継者をめぐる争いとその結果として起こった内乱で国内は乱れ、地方総督は税収で私腹を肥やし、ダール・アル=イスラームの各所で独立した権力基盤を築くようになる。アッバース朝の「帝位」は10世紀にペルシア人貴族に引き継がれ、11世紀半ばには実権はセルジューク朝に移っていた。セルジューク朝はイスラム教に帰依したトルコ系遊牧民の武装集団で、当時はカリフ領の大部分を占拠していた。13世紀にモンゴル人がやって来ると、トルコ人はアナトリア地方に新しく造った本拠地に退却し、ダール・アル=イスラームは巨大なモンゴル帝国の一地方にすぎなくなる。2700万平方キロメートル(27平方メガメートル)の広大な領土を有するモンゴル帝国(第10章を参照)は、全世界史上かつてないほどの大帝国だった。

要約

この章では、第6章で初めて取り上げた新しいタイプの共同体(農耕文明)について、その政治的進化を3000年にわたって追跡した。農耕文明は、長い目で見れば絶えず拡大を続けてきたが、それは、成長を実現するには他国を征服する必要があるためだった。農耕文明国家の支配階級は、ほとんどの場合、商業や農業の刷新には無関心だった。これでは、戦争によって自国の拡大を図るしかない。成長は、国内の生産性を高めようとするよりも、他国の産物を奪い取ることによって達成するゼロサムゲームだった。この時代を通じて、常にどこかで戦争や隣国征服による領土拡大の試みが行われていたのはこのためである。本章では、アフロユーラシアの農耕文明の歴史を、3期にわたる「拡大と縮小のサイクル」(紀元前3000年〜紀元前500年ごろ、紀元前500年〜西暦500年ごろ、西暦500年〜1000年ごろ)にしたがって考察した。5000年前に西南アジアとアフリカ北東部に農耕文明が初めて現れたとき、そこに属する人間は全人口のごく一部だけだった。ところがこの時代が終わるころには、最も人口密度の高い共同体はもちろんのこと、全人口の圧倒的多数がいずれかの農耕文明に属するようになっていた。

要約 **199**

しかし、文明の成長とその行政構造での権力拡大は歴史の一面にすぎない。行政構造が拡大するにつれ、それは他の構造とつながってさらに大きな文明間のネットワークを作り上げた。このように文明と文明が徐々につながっていくことで、人間の典型的な特徴である情報交換とコレクティブ・ラーニング（集団的学習）の能力の発達が促された。さらに多くの民族と民族ごとに異なる生活様式や文化をコ

レクティブ・ラーニングのプロセスに加えることにより、農耕文明は、人間が技術的、社会的、政治的、精神的な改革を起こす能力を劇的に進化させた。次の章では、農耕文明の時代にアフロユーラシア全域の文化交流の結果生まれた文化的実例、近代世界に通じる目を見張るような新しい道筋に沿って人間の歴史を急旋回させた事例について考察しよう。

考察

1. 農耕文明の典型的な特徴をいくつか挙げてみよう。
2. この時代の領土拡張の主な動機または原動力について検討しよう。
3. ペルシア人はどのような方法で、当時としては史上最大規模の農耕文明社会を作り上げ、統治したのか？
4. アフロユーラシア西部のローマ帝国とユーラシア東部の唐王朝は、その広大な領土をどのように統治し

たか？
5. 南アジアで長期的な帝国を建設しようとする試みがことごとく失敗したのはなぜか？
6. ジハードの意味と、それがどのように広大なダール・アル=イスラームの構築に結びついたかを説明しなさい。

キーワード

- シルクロード
- ダール・アル=イスラーム
- ディアスポラ

- 天命
- 農耕文明の時代
- ポリス

参考文献

Andrea, Alfred J., and James H. Overfield. *The Human Record: Sources of Global History*, Vol. 1 to 1700, 4th ed. Boston, MA: Wadsworth, 2008.

Bentley, Jerry, and Herbert Zeigler. *Traditions and Encounters: A Global Perspective on the Past.* 5th ed. New York: McGraw-Hill, 2010.

Biraben, J. R. "Essai sur l'evolution du nombre des hommes." *Population* 34 (1979).

The Cambridge Ancient History. 14 Volumes, 2nd ed. Cambridge, UK: Cambridge University Press, 1970.

Fernandez-Armesto, Felipe. *The World: A History.* Upper Saddle River, NJ: Pearson Prentice Hall, 2007.

Jaspers, Karl. *The Way to Wisdom: An Introduction to Philosophy.* New Haven, CT: Yale University Press, 2003.
（『哲学入門』　カール・ヤスパース著　新潮社　1954 年）

Mitchell, Stephen, trans. *Epic of Gilgamesh.* New York: Free Press, 2004.
（『ギルガメシュ叙事詩』　矢島文夫訳　筑摩書房　1998 年）

Strayer, Robert. *Ways of the World: A Global History.* Boston: Bedford/St. Martin's Press, 2009.

Taagepera, Rein. "Size and Duration of Empires: Growth-Decline Curves, 3000 to 600 BC." *Social Science Research* 7 (1978):180–96.

注

1. Stephen Mitchell, trans., *Epic of Gilgamesh* (New York: Free Press, 2004), 198–99.
2. Alfred J. Andrea and James H. Overfield, *The Human Record: Sources of Global History*, vol. 1 to 1700, 4th ed. (Boston, MA: Wadsworth, 2008), 23–24.
3. J. R. Biraben, "Essai sur l'evolution du nombre des hommes,"

Population 34 (1979).
4. Rein Taagepera, "Size and Duration of Empires: Growth-Decline Curves, 3000 to 600 BC," *Social Science Research* 7 (1978):180–96.
5. Karl Jaspers, The Way to Wisdom: *An Introduction to Philosophy* (New Haven, CT: Yale University Press, 2003).

パート2

第8章

農耕文明時代のアフロユーラシア

全体像をとらえる

紀元前2000年から西暦1000年まで（約4000年前から約1000年前まで）

▶ 農耕文明時代には、大規模な交易ネットワークの確立によってコレクティブ・ラーニング（集団的学習）がどのように強化されたか？

▶ 人口密度の増加が、農耕文明時代に富、権力、性別に基づく階級格差の拡大につながったのはなぜか？

▶ 農耕文明時代、変化と成長の速さはどの程度だったか？

前章では農耕文明時代を紹介し、その特徴と言える4つの主題（パターン）のうち第1の主題について考察した。すなわち、3回の「拡大と縮小のサイクル」を通しての、農耕文明の規模・権力・効率性の拡張と増大、および徴税中心の為政、である

この章では、アフロユーラシア・ワールドゾーンを特徴づける残り3つの重要な主題について考えてみよう。その3つとは、（特にシルクロードやインド洋を経由しての）文明同士の交易ネットワークが確立されたこと、農耕文明内部における社会や性別による関係がより複雑になったこと、

そして、この時代全体を通じた変化のペースである。前章で、農耕文明時代では技術革新のペースと規模は近代の爆発的な進歩と比べてゆるやかだったと論じたが、それでも重要な変化はいくつかあった。大きく発達したのは商業活動、文化的交換、哲学的思考、そして社会および男女間の関係（ジェンダー）であり、それがこの時代を人間の歴史において大いに魅力的な時代にしている。これらの変化はその後に続く近代世界の土台にもなった。この章では、アフロユーラシア・ワールドゾーンで起こった様々な進展について、そのいくつかを掘り下げていく。

第2の傾向：
アフロユーラシアの農耕文明間における重要な交換ネットワークの確立

農耕文明は各地に孤立して存在していたわけではない。その勢力範囲が大きくなると、別の文明社会と連携してさらに大きな社会を形成する。ときには、それぞれの境界が接したり混じり合ったりしたという理由だけで結合することもあったが、多くの場合、その結びつきはもっと自由だった。つまり、他地域と交易したり、旅をしたり、他地域から様々なアイデアを採り入れたり、あるいは戦ったりしていたということだ。実は、農耕文明社会に厳密な意味での国境があったという考え自体が間違いだ。地図で識別できるような、警備隊が配属されている国境は、ほとんど近代世界の産物である。農耕文明社会の国境は、一定の広さを持つ漠然とした地域であることが多く、そこでは統治者の権力が届きにくかったり、徐々に衰えていったり、近隣社会や現地の支配者に取って代わられたりした。

このような複雑な状況ではあったが、各地の農耕文明がゆっくりとつながっていくことは非常に重要なプロセスだった。それによって、コレクティブ・ラーニング（集団的学習）がさらに普及し、これまで以上に多くの人間や多様な社会がそこに含まれることになるからだ。交換ネットワークが拡大すると、コレクティブ・ラーニングも強化され、新しい方法で自然界や他の人間と交わるという、いかにも人間らしい能力が高められる。この時代の末期には、広大なアフロユーラシア・ワールドゾーンに属するほぼすべての人間が、活気に満ちた交易網（ウェブ）の中で互いにつな

がりを持つようになっていた。ただし、これは個々のワールドゾーンの内部においてのみ当てはまることだ。次の章で見るとおり、この時代には南北アメリカ、オーストラレーシア、太平洋の各ワールドゾーンも大きな発展を遂げている。しかし、農耕文明時代には、これら4つのワールドゾーンは互いに遠く離れていたため、それぞれのゾーンの住人は別のゾーンの出来事については何も知らなかった。

◐ 交換ネットワークとコレクティブ・ラーニング

アフロユーラシア・ワールドゾーンの農耕文明が拡大し、その勢力範囲が広がった結果、アフロユーラシア内の各地域の間で物資や知識を交換する機会が増えた。この時代の大都市は星になぞらえることができる。周辺の地域を支配する方法が恒星に似ているからだ。大都市はその地域の中ではいちばん力の強い存在であり、その「引力」が広範囲に影響を与える。惑星や衛星が公転するように、町や村は大都市の周りの軌道を回り、大都市の恩恵を受けて活気づく。大都市はたえず知識や品物、新しい技術、そして人を引き寄せていた。こうして、農耕文明とその中心に位置していた大都市に刺激され、交換とコレクティブ・ラーニング（集団的学習）が盛んに行われるようになる。

アフロユーラシア・ワールドゾーンでは特に、すべての文明社会が、その外側で独自の生活を送っていた様々な集団と一緒になって、最終的には互いに連結した巨大ネットワークを形成することになる。このネットワークの中では、交易品は言うに及ばず、社会的・宗教的・哲学的思想、言語、新技術、それに病気までもが行き来した。農耕文明時代に至る所に存在した交換ネットワークの中で最も重要な

のが、いわゆる**シルクロード**だったが、それよりずっと昔から、規模は小さいが重要な交易路が多くの農耕社会同士を結んで発達していた。また、最後にはインド洋を渡る主要な海路も開かれた。このようなつながりがあったことから、世界史の専門家の間には、農耕文明は、その登場の瞬間から**世界システム**というはるかに大きな地政学的構造に組み込まれていたとする説もある。世界システムとは、2つ以上の社会がその間だけですべてを賄うことのできる自己完結型の関係性である。

　1970年代より前の時代には、マクロの視点で歴史を理解する場合、その基本単位は文明だと考える歴史学者が多かった。これは、20世紀初頭のオスヴァルト・シュペングラーとアーノルド・トインビーの著作に強い影響を受けた考え方である。文明は、それぞれ独立した個別の実体として研究できるというのが彼らの意見だった。文明同士の**関係性**は目立たない実体であり、それほど関心が持たれなかったのである。しかし、1970年代になると、イマニュエル・ウォーラーステインがいわゆる**世界システム論**という理論上の枠組みを提唱した。それ以前の理論と違って、ウォーラーステインのモデルでは、文明同士の相互関係やつながりに重点が置かれた。世界全体が実際につながったのは20世紀になってからだが、この用語は、[必ずしも全世界規模でなくても]一定規模の社会と社会が何らかの関係（交易、戦争、文化的交換など）でつながっていた歴史上の多くの時代や地域に応用できる。農耕文明時代について学習すると、こういう新しいタイプの共同体が出現したそのときから、非常に広範囲にわたる「世界システム」へと短期間のうちに進化していく関係が確立されたことがわかってくる。

　さらに時代が下ると、ウィリアム・マクニールとジョン・マクニールの父子により、人間の相互関連ネットワークを再び概念化した「人間の結びつき」（ヒューマンウェブ）という考え方が提唱される。マクニール父子によると、人間の歴史が始まって以来、人間は大きいものや小さいもの、緩やかなものや厳格なものなど、様々なウェブを作り上げてきた。このウェブの中に、歴史学者は相互作用と交換、協調または競争の様々なパターン（歴史を容赦なく近代へと加速させるパターン）を認めることができる。古代農耕時代初期の「細くて局地的な」ウェブから、巨大農耕文明の「密度と相互作用性の高い、地域社会を越えたウェブ」を経て、今日の「電化された地球規模のウェブ」まで、世界システム論の提唱者がそうであるように、マクニール父子も、世界史を分析するにはこのような大規模なつながりに注目する必要があると主張した。農耕文明時代のビッグヒストリー

的分析には「世界システム論」と「人間の結びつきの進化」の両方の理論が採り入れられている。

⚙ 戦争による文明同士の結合

　この時代の特徴として、ほとんど常にどこかで「戦争」が起こっていたことが挙げられるが、あまり離れていない農耕文明社会同士が接触するとしたら、それは戦争がきっかけとなる場合が多かった。たとえば、ローマ人が広大な地域を支配下に収めたのも戦争によってである。国境の向こうに存在する国や民族（実際は帝国に組み込まれなかったゲルマン人やパルティア人も含めて）に絶えず戦いを仕掛けることによって、辺境の異邦人をもローマが支配するひとつの世界システムに組み込むことができたのである。また、イスラムの軍勢がヨーロッパのピレネー山脈から遠く中央アジアの唐王朝との国境まで広がる広大なダール・アル＝イスラーム（イスラム世界）を建設したときには、フランク族の王国やビザンチン帝国、中国など、隣接する様々な民族集団をも、アフロユーラシア全体に広がる巨大なウェブに包み込んだ。このような軍事的関係は文明同士のつながりを確立するうえで重要であったことに違いないが、しかし、最も効果的で、結果として最も影響が大きい世界システムを築いたのは「交易」によってである。

⚙ 初期のアフロユーラシア交易ネットワーク

　農耕文明のごく初期の時代から、各地、特に互いに離れている地域を結びつける強力な手段となったのは、貿易商人の中継、または各種の仲介者（「仲買人」）による交易だった。紀元前2千年紀初めにはすでに、エジプト、メソポタミア、インダスの各文明の間で交易が行われていた。紀元前2千年紀半ばになると、東地中海にも強固な交易ネットワークができ上がっていた。フェニキア人、エジプト人、ミノア人、ミュケナイ（ミケーネ）人、さらに小規模ないくつもの民族が、多種多様な商品を売買していたのである。

　この時代に沈没した交易船（ウルブルンの沈没船）が発見されたことから、この交易ウェブの実態を知るまたとない機会が訪れた。この小型船は、紀元前14世紀にフェニキア、アナトリア（トルコ）南部、エーゲ海、エジプトを結ぶ通常の交易ルートを航行中、トルコの南西海岸沖で沈没した。船倉からは、実に多彩な積み荷が発見された。たとえば、銅とスズのインゴット（後に合金にして青銅製武器の製造に使う予定だったと思われる）、コバルトブルーやターコ

イズブルーのガラス、テレビンノキの樹脂（香水の原料）、エジプト産の黒檀の丸太、象牙、カバの歯、ダチョウの羽根、カメの甲羅、珍しい果実や香辛料、キプロス製の見事な陶磁器、エジプト女王ネフェルティティの黄金のスカラベ、ミュケナイ製の武器などだ。また新品の筆記用ボードも発見されている。先のとがった筆記用具で表面のロウをひっかいて文字を刻む方式で、商取引には文字で書いた記録が必要だったことを示すものだ（文字にはフェニキア式のアルファベットが使われていた）。

🔖 シルクロードの意義

　交易ネットワークや交易関係は、この時代のアフロユーラシアには大小様々なものが無数に存在していたが、最も重要な交易ウェブといえば「シルクロード」だろう。これまで見てきたように、人間の歴史が始まって以来、異なる民族や文化における「情報や思想の交換」こそが、コレクティブ・ラーニング（集団的学習）による変化促進の原動力となっていた。農耕文明初期の小規模な交換が拡大し始めると、続いてコレクティブ・ラーニングが盛んになり、それが人間の物質、芸術、社会、精神の各分野を大きく進化させた。その中でも最も影響力の大きな交換ネットワークが、アフロユーラシアの多くの地域を結ぶシルクロード沿いの、中央アジア奥地に位置する交易拠点の周辺に現れた。この拠点を中心に異なる文化同士が接触し、その結果、人間がそれまで経験したことがないほど大規模なコレクティブ・ラーニングが実現することになった。

　何千年もの間、人や物はこのルートを通って行き来してきたが、シルクロードが真に重要な役割を果たした最初の時期はおよそ紀元前50年～西暦250年で、この時期には中国、インド、クシャーナ朝、イラン、草原の遊牧民、そして地中海といった各地域の間で物資や知識の交換が行われていた。西暦1千年紀の初めに西ローマ帝国と中国漢（ハン）王朝が滅亡すると、その後数百年にわたって定期的な接触は少なくなる。だが、600年～1000年ごろには第二次「シルクロード時代」が到来し、中国、インド、東南アジア、ダール・アル＝イスラーム［イスラム世界］、ビザンチン帝国［東ローマ帝国］が、陸上および海上の交易路を基盤とするさらに広大なウェブを形成する。この両時期とも、シルクロードの主な役割は「交易」を促進することだったが、シルクロードを通って運ばれたのは物資だけではない。知的・精神的・文化的な思想、生物学の知識や様々な技術もこの経路で伝わった。むしろ、このような目に見えない知識や思想の「交換」こそが、世界の歴史でより大きな意味を持っ

たと言えるだろう。これから、その例をいくつか紹介しよう。

　商業活動によって促進された重要な**知的**交換の一例は、5世紀にアラブ商人がインドに行くようになったときに起こった。歴史学者リンダ・シェイファーが**南方交易**（有形無形の文物がアフリカやインドからユーラシア北部に移入されたこと）と呼ぶ現象の結果、アラブ商人は、ローマ数字の代わりに柔軟性に優れたインド式の数字体系を用いるようになる。インドの数字体系、特にインド人が発明したゼロの概念のおかげで、複雑な計算がすばやくできるようになり、この方法はやがて世界中に広まった。西洋にはアラブの商人や学者を経由して伝わったためヨーロッパではアラビア数字と呼ばれるが、アラブ人はインド数字と呼んでいた。この交換は世界史にとってきわめて重要な出来事であり、近代経済発祥に大きく貢献した。

　シルクロード経由の物質的交換の最も重要な**精神的**成果といえば、アフロユーラシア・ワールドゾーン中に広まった宗教の普及だろう。特に大乗仏教は、インドから中央アジアを経由して中国および東アジアに伝わった。コレクティブ・ラーニング（集団的学習）の強化につながる**文化交流**としては、芸術的な思想や技術の普及が挙げられる。特に、2世紀にガンダーラ（パキスタン）やマトゥラ（インド）の工房で盛んに制作された混合様式の彫刻が東へと拡散した意義は大きい。こうした場所で初めて釈迦の姿が表現されたのである。（「**シンクレティック**」（混合、折衷）または「**シンクレティズム**」（混合主義、折衷主義）とは、様々な文化の特徴を取り入れて新しい文化を創造することをいう）（図8.1）

　シルクロードの交易がもたらした**生物学的**結果として重要なのは、疫病の拡散である。シルクロードを行き交う商人が運ぶ病原菌は、漢王朝やローマ帝国の人口減少とそれに続く衰退に重要な役割を果たしただけではない。膨大な数の人間がこれらの病原菌にさらされたということは、アフロユーラシア・ワールドゾーン全域にそれに対する抗体が広まり、各地の民族集団に免疫ができたことをも意味する。近代以前の時代には、この免疫性がきわめて重要だった。というのも、イスラムや中国、とりわけヨーロッパの商人や探検家がアフロユーラシアの病気を別のワールドゾーンに持ち込み、それが先住民に悲惨な結果をもたらしたからである。これらの簡単に述べた4つの例［数字、宗教、シンクレティズム、疫病］からも、シルクロードとインド洋のネットワークが人間の歴史全体のその後の形と方向性に深くかかわっていたことがわかるだろう。

図8.1 ガンダーラ仏（2世紀ごろ）

ガンダーラの彫刻は、第一次シルクロード時代に中央アジアで発達した混合文化の様式をよく表している。

シルクロードの起源

　これだけの規模の商業的、文化的交換が実現したのは、アフロユーラシアの河川沿いに分散していた国家が統合されて広大な農耕文明社会が成立してからのことであるが、この統合が主に「戦争」の結果であることは前章で述べた。主要な文明社会はその後も拡大を続け、第一次シルクロード時代にはわずか4つの帝国（ローマ、パルティア、クシャーナ、漢）がシナ海からグレートブリテン島に至る広大なユーラシア大陸の大半を領有していた。このような巨大帝国が並び立つことで、以前は多数の国家が分立していた広大な地域に秩序と安定がもたらされた。帝国内の道路網はますます整備され、冶金や輸送の技術も大いに進歩した。農業生産高は増加し、貨幣制度が初めて導入された。紀元前1世紀半ばには、アフロユーラシアはかつてないほど円熟した物質と文化の「交換」（およびコレクティブ・ラーニングの充実）の時期を迎えていた。

　このような交換を促進するうえでは、遊牧民（ノマド）の役割も大きかった。遊牧民とは、共同体を形成して主に家畜（牛、羊、ラクダ、馬など）を利用して生計を立てていた人々である。家畜の飼育がいつごろ始まってどのように広がっていったのか、正確なところはわからないが、紀元前4千年紀の半ばから末にかけての時代にはすでにユーラシア内陸部の草原地帯に埋葬塚が散らばっていたところから、家畜の群れを飼育して暮らす共同体の一部は半遊牧生活をしていたことがうかがえる。具体的な遊牧生活の様子はあまりわかっていない。遊牧生活といってもその程度は様々で、定住地をまったく持たない集団から、主体は定住で生活の拠点を持っていた、いわゆるアンドロノヴォと呼ばれる共同体まで含まれていたようだ。スキタイ人や匈奴（ションヌ）のような騎馬民族に代表される、武装してユーラシア内陸部を広範囲に移動する遊牧民集団が現れるのは、おそらく紀元前1千年紀初めになってからである。

　アフロユーラシアでは、最初の都市や国家が出現するころにはすでに、副産物革命（第6章を参照）の技術によって牧畜の生産性向上に成功していた。特に生産性の高い産物があれば、共同体全体がほぼ家畜の飼育だけで暮らしていけるようになったのである。そうして牧畜への依存度が高まると、広大な地域を移動して家畜に新鮮な草を与える必要が生じたので、共同体は移動生活を余儀なくされた。その結果、数千年という長い時間をかけてゆっくりと、遊牧生活が定着していった。アフリカ北西部から西南アジア、中央アジアを経てモンゴルまでの帯状の地域に広がる乾燥した土地を利用するのに、この生活様式は最適だった。

　紀元前1千年紀の半ばには、近隣の定住型農耕社会を制圧するだけの高度な軍事力と、忍耐および機動性を兼ね備えた大規模な遊牧民社会が次々と誕生するようになっていた。そのうちの一部（スキタイ人、匈奴（ションヌ）、月氏（ユエシー）、烏孫（ウースン）など）は国家に似た強大な連合体を組織して、農耕文明社会の間

地図8.1 ユーラシア内陸部の遊牧民国家と定住性国家

紀元前200年～紀元前100年ごろにこの地域に存在した主な遊牧民連合体と農耕文明国家を示している［地図中の「？」は原書の記載と同じ］。

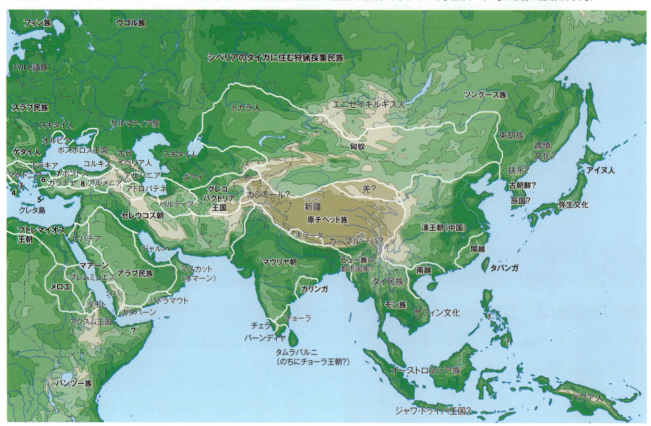

に横たわる草原地帯を支配した（地図8.1）。これらの国家は農耕文明とはみなされていない。大都市や大規模な定住人口など、農耕文明社会に欠かせない特徴の多くが見られないからだ。しかし、このような国家の存在は、牧畜を主体とする遊牧民に、アフロユーラシア内陸部の苛酷な乾燥地でも繁栄する能力があることを実証するものだ。このような共同体が現れたために、アフロユーラシアでは様々な生活様式や共同体の結びつきが強まることになる。この辺境の地で遊牧民が栄えるまでは、農耕文明社会は互いにかなり離れて分散していた。シルクロードその他のネットワークによって盛んになった交易や交換を仲介したり保護したりする役割は、結局は遊牧民（ノマド）が担ったのである。

第一次シルクロード時代

こういう状況のもと、中国の漢王朝が西に隣接する国々と交流して長距離通商に乗り出そうと決意したことが、地域ごとの小規模な交易活動がアフロユーラシア全域に及ぶ大規模な商業ネットワークに変わるきっかけとなる。漢が西域に関心を持ったのは、武帝（ウーディ）（紀元前141年～紀元前87

年）が張騫〔チャンチェン〕〔日本では"ちょうけん"と読まれている〕を外交と調査を目的として中央アジアに派遣してからのことだ。12年にわたる困難な旅を終えて帰国した張騫は、皇帝に、中央アジアの国々の多くは「漢の商品を渇望している」ため、良好な関係を結ぶことができると報告した。交易に熱心でない国々は力で征服し、漢の交易と徴税ネットワークに有無を言わせず組み込めばよい。こうして10年たたないうちに、漢は中央アジアの36の都市国家と属国関係を結び、古代の移動経路をたどって中国から中央アジアへと商品が流通するようになった。前章で述べたように、漢が西域と交流するようになった半世紀後に、ローマでは100年に及ぶ内戦の末アウグストゥスが権力の座に就いた。これでアフロユーラシア西部の大半の地域に平和と安定が戻り、ローマでは贅沢品（特に香辛料や、絹などの異国の織物）に対する需要が急速に高まった。

中国の輸出品のうちローマで特に需要が多かったのが絹である。優美で体にまとわりつくような半透明の素材は、すぐに裕福な貴族の女性たちに最高級のファッションとみなされるようになった。絹の生産を独占することの商業的価値に気づいた中国は、絹の製法の秘密を厳重に保護し、

商人たちが蚕そのものを国外に持ち出さないように国境で目を光らせた。中国の鉄も、きわめて硬いことから、ローマで珍重された。珍しいスパイスもアラビアやインドからローマに輸入された。中でもナツメグ、クローブ、カルダモン、コショウは、香辛料としてだけでなく、媚薬、麻酔薬、香水としても利用された。中国や中央アジアとの貿易でこのような高価な品々を手に入れるため、ローマは巨額の費用を注ぎ込むことになる。65年、ローマの政治家だった大プリニウスは、アジアとの貿易で毎年1億セステルティウスもの金が国庫から消えていくと憤慨している(セステルティウスはローマで使われていた大判の青銅貨)。この数字は大げさかもしれないが、シルクロードを介した商取引がいかに大々的に行われていたかがこれでわかるだろう。高価な輸出品と引き換えに中国が輸入したのは、ブドウを始めとする各種の農産物、ローマのガラス製品、インドやエジプトの美術品、草原地帯で産する馬などである。

シルクロード陸路の主要ルートは漢の都である長安を起点に、甘粛[かんしゅく]回廊とタリム盆地を経由して中央アジアの奥地へと続いていた。アフロユーラシアの東部と中部では、フタコブラクダを使うことで交易の旅が可能になった。もともと中央アジアの草原で暮らしていたフタコブラクダは、その環境に適応した進化を遂げていた。厳しい冬を乗り切るために長くて縮れた毛を生やしているが、この毛は暖かい季節になるとたちまち抜け落ちる。2つある背中のこぶには脂肪が蓄えられ、長いまつ毛と開閉自由な鼻孔は頻繁に起こる砂嵐で巻き上がる砂塵を防ぐ働きをする。足には太い2本の指があるが、その割れ目は足の裏までは達していないため、指を大きく広げると足裏の面積が広くなり、砂の上を楽に歩くことができる。シルクロード陸路による交易品の多くは、まさしくこの非凡な動物の背に載せて運ばれたのである(図8.2)。

一方、西ユーラシアでは、陸路の主要ルートはローマ領シリアの大規模な交易都市(たとえばパルミラ)から出発してユーフラテス川、チグリス川を渡り、イラン高原を横断してアフガニスタン(当時はバクトリアと呼ばれていた)に向かう。シルクロードの西側部分の地理については、西暦1年ごろに著された文書「パルティアの駅程」(著者はカラクス[パルティア王国の支配下にあったペルシア湾岸のカラケネ王国の港]のイシドロスというギリシア人地理学者)から有益な情報を得ることができる。「パルティアの駅程」が書かれたころには、海路を利用してアフロユーラシア各地に運ばれる物資の量も増えてきていた。特にローマ領エジプトとインド沿岸部の間では海運が盛んだった。1世紀の船乗りの必需品だった『エリュトゥラー海案内記』という

図8.2　フタコブラクダ
フタコブラクダは中央アジアの環境に完璧に適応しており、シルクロードの交易品の多くはこの動物の背に載せて運ばれた。

ガイドブックが現存しており、それによって当時の海上通商の様子を詳しく知ることができる。この案内記によると、船乗りたちは季節風である「貿易風」の特徴を知っていた。この風は夏には確実に南西方向から吹くので、積み荷で重くなった商船も、アフリカ海岸からインドまで風に乗ってインド洋を横断できる。冬になると風は反対方向から吹くので、新しい荷を積んだ同じ船が楽に紅海まで戻ることができるのだ(地図8.2)。ただ、私たちの知る限り、陸路でも海路でもシルクロードを起点から終点まで通して旅する商人は、この時代にはまだいない。東や西の主だった文明社会からやって来た商人は、ある地点まで品物を運んだ後はそれを仲介人に引き渡した。仲介人には、クシャーナ朝の領内やインド洋沿岸の港を根拠地にする商人もいた。

アフロユーラシアの十字路

シルクロード・ネットワークの中心にあり、陸路と海路の両方にまたがり両方に影響を与えたのがクシャーナ朝(45年〜225年ごろ)である。クシャーナ朝は世界史上最も重要な文明社会のひとつに数えられるにもかかわらず、ほとんど知られていない。クシャーン族はローマ人、パルティア人、中国人、インド人、草原地帯の遊牧民のいずれとも比較的良好な関係を築いていた。この第一次シルクロード時代に異文化間の交換が盛んに行われるようになったのは、クシャーナ朝の存在が大きかったため、この時代をクシャーナ時代と呼ぶこともできる。クシャーナ朝の歴代皇帝は

地図8.2　シルクロード

ここでは、西暦100年ごろの陸海の交易ルートを示す。

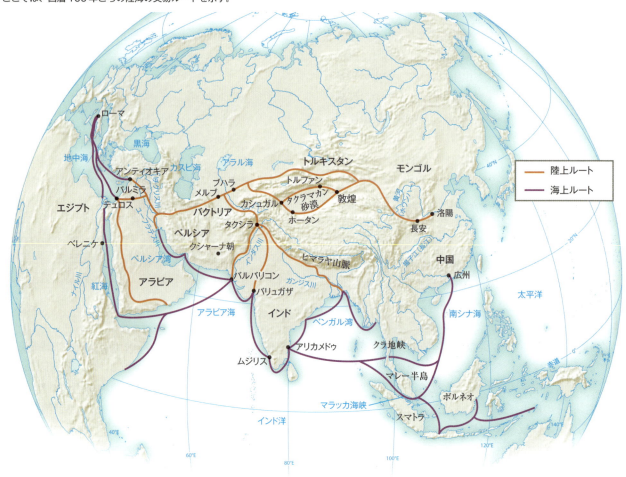

政治上、軍事上の実権を握っていただけではない。芸術に対する理解も深く、斬新な彫刻作品を制作する領内の工房を手厚く保護した。これらの工房から生まれた作品には、当時のコレクティブ・ラーニング（集団的学習）の典型とも言える、異なる要素の統合が反映されている。

クシャーナ朝時代にガンダーラ（パキスタン）やマトゥラ（インド）の工房で制作された彫刻は、中央アジア、インド、そして（おそらく）ヘレニズム時代のギリシアの彫刻家それぞれの天分が混じり合った結果である。彼らは、釈迦の崇高な精神性をよみがえらせることを自らの使命と考え、崇拝の対象としてまったく新しい種類の彫像を作り出した。それまで、釈迦が人間の姿で描かれることはなく、代わりに何らかのシンボル（傘や砂の上の足跡など）で表されることになっていた。ガンダーラ（現在のパキスタン領）で初めて表された釈迦の姿は、ギリシア＝ローマの神々の姿の影響を受けていた。こうして生まれた仏像はシルクロードを経由して広がり、南のスリランカや、東の中国、日本、朝鮮、そして東南アジアへと伝わった。

思想や伝統の交換例として同じように重要なのが、仏教理論の普及である。仏教は紀元前6世紀に北インドで生まれた。古代中国の仏教文書によれば、その800年後、クシャーナ朝のカニシカ王（129年～152年ごろ）がカシミールで重要な会議を招集し［いわゆる仏典結集］、その場で仏教の経典をもっと一般的で理解しやすい言葉に書き直す決定が下された。**大乗仏教**（「大乗」は「大きな乗り物」の意）が誕生し、普及したのは、ひとつには、経典が宗教指導者にしか読めない言葉ではなく、庶民が理解できる言葉で書かれるようになったためである。

インドからクシャーナ朝の領内を経て中国に至る交易路は旅人の往来も多く、仏教思想を広めるには適していた。仏教は、カーストや地位に関係なくすべての人が救済されると説いたことから、すでにインド商人の間で支持者を増やしていたのだ。絹の取引に熱心な中国商人も仏教に関心を持ち、帰国すると仏教の教えを広めた。65年と70年に中国で出された布告には、仏教の普及と、それに対する宮廷の儒学者たちの反発が記録されている。166年には漢の

皇帝［後漢の桓帝］自らが仏教に帰依するに至り、179年には「完全なる霊知」（般若波羅蜜）に関する経典［西域からの訳経僧・支婁迦讖（しるかせん）による『道形般若経』等の漢訳をさす］が中国語に翻訳された。中国が分裂の時代に入る4世紀末には、中国北部の住民の多くが仏教に帰依していたし、6世紀には南部でも仏教が普及した。仏教は朝鮮、日本、チベット、モンゴル、東南アジアでもさほどの抵抗なく受け入れられた。

　シルクロードはキリスト教、マニ教、後にはイスラム教の普及にも一役買った。キリスト教の宣教師は整備されたローマ街道や海上輸送経路を利用した。たとえば、タルスス［現在のトルコ中南部の地中海沿岸部にある歴史的な都市］のパウロ［聖パウロ］は東ローマ帝国領内の街道や海沿いの道をたどって約1万3000キロメートルもの距離を移動し、少数のキリスト教信者の集まりで説教したとされる。キリスト教はやがてさらに東へと広がり、メソポタミアやイランを経てインド、そして最後には中国まで達する。キリスト教の一派であるネストリウス派は、シルクロードの中部や東部で特に勢力を伸ばした。中央アジアの宗教である**マニ教**も、3世紀にメソポタミアで生まれて以降、シルクロードの恩恵を受けている。開祖のマニ（216年〜272年）は布教に熱心で、自ら国中を広く旅したり、弟子を派遣したりした。マニ教の基本は、人間の歴史を通してずっと、この世では善（光の精神世界）と悪（闇の物質世界）が戦っているという宇宙論にある。仏教と同様、マニ教も特に商人の信仰が厚く、その結果、シルクロードに面した主要な交易都市のほとんどにマニ教信者のコミュニティがあるという状態になった。

🔯 第一次シルクロード時代の衰退

　3世紀に入ると、シルクロードは徐々に使われなくなる。前章で考察した縮小サイクルに入って、中国とローマ帝国双方がアフロユーラシア全体のウェブから撤退したためだ。皮肉なことに、その原因の少なくとも一端はシルクロードの交易自体にあった。交易によって恐ろしい伝染病［疫病］が各地に広がったのだ。天然痘、はしか、腺ペストの蔓延で、これらの病気に抵抗力がなかった交易路両端の国々の人口は激減した。古代世界の人口を推定するのは困難だが、ローマ帝国の人口は1世紀半ばから2世紀半ばまでの100年間で、6000万から4500万に減少したと考えられる。2世紀末に地中海世界で天然痘が大流行したときに人口は再び減少し、西暦400年には4000万になっていたと推定される。中国でも西暦200年には6000万程度だったと思わ

れる人口が、600年には4500万に減少していた。

　このような大規模な人口減少と同時期に、これまで安定していた農耕文明諸国が衰退し（220年に漢王朝が倒れると、その後まもなくクシャーナ朝がササン朝の侵入によって崩壊。ローマ帝国も3世紀を通して様々な危機に見舞われた）、続く数百年は、アフロユーラシアの多くの地域で大規模な通商活動の後ろ盾となる国が生まれる政治状況ではなかった。しかし8〜9世紀にダール・アル＝イスラーム（イスラム世界）が生まれ、同時期に中国で唐王朝が成立すると、シルクロードによる活発な交換が陸路でも海路でも復活した。

🔯 第二次シルクロード時代

　唐王朝（618年〜907年）とそれに続く宋王朝（960年〜1279年）の時代に、中国では市場経済が盛んになる。農業や工業の専門化が進み、人口増と都市化、およびインフラの発達によって国の内外で交易が活発に行われた。また、大規模な商業活動を後押しするために、新しい金融制度（印刷紙幣の導入など）が取り入れられた。ちょうどこの時期に、バグダッドに安定した政権を立てて栄えていたアッバース朝を後ろ盾とするアラブ商人が、有利な取引を求めて中国商人と接触するようになる。多数のイスラム教徒の商人が実際に中国に移り住み、中国の主要な交易都市にできていたビザンチン帝国やインド、東南アジアからの移民の共同体に加わった。海上輸送による取引量が徐々に増えて陸上輸送をしのぐようになると、広州や泉州など南部の港湾都市にはアフロユーラシア全域から商人や船乗りが集まってきた。

　9世紀にインドネシア付近の海域で沈んだアラブの船（ダウ船）が近年発見され、中国とイスラム世界の間で商業活動が盛んだったこと、その促進のために海上ルートが大きな役割を果たしていたことが実証された。船には厳重に梱包された唐の陶磁器（椀や鉢）のほか、多数の金・銀製品が山と積まれていたのである。「ブリトゥン島の難破船」と呼ばれるこの船は、唐時代に大量生産が行われていたことと、輸出産業が台頭していたことをはっきりと示している。商品の大半はアラブ市場向けだった。1千年紀末におけるアフロユーラシアの二大勢力の商業関係は、驚くほど近代的であった。

　ウルブルンの沈没船［紀元前14世紀］で発見された高価な工芸品と違い、ブリトゥン島の難破船から見つかった唐の椀・鉢は、実用的で9世紀のいわゆる「大衆市場」向けの品である。ほとんど工場生産品に近いこれらの製品は、よ

第2の傾向：アフロユーラシアの農耕文明間における重要な交換ネットワークの確立　**211**

図8.3　長沙（チェンシャー）（唐）の椀・鉢

長沙の食器は唐王朝時代の9世紀に、イスラム教カリフ領の市場に輸出するために製造された。この椀・鉢はブリトゥン島（現インドネシア領）沖に沈んだアラブのダウ船で発見された。

く整備された商業インフラがすでに存在していたことを示すものだ（図8.3）。青い絵付けをするときにはコバルトを使う必要があり、中国の生産者はこれをイランから大量に輸入していた。船の積み荷目録にはこれらの椀・鉢を焼いた日付が詳細に記録されている。積み荷には規格化されたインク壺、香辛料の容器、水差しも大量に含まれており、これらは明らかに特定の市場を意識して製造された輸出品と思われる。各種の品物に描かれた装飾文様（仏教、イラン、イスラムなどのモチーフ）で、どのような市場に向けた商品だったかがわかる。中国とダール・アル＝イスラーム（イスラム世界）はこの第二次シルクロード時代に緊密な商業関係を築き、1千年紀末のアフロユーラシア全域を覆うウェブの活性化には、長い時間をかけて海上を行き来するアラブの船乗りが大きな役割を果たしていた。

　第一次シルクロード時代と同様、物質的な交換は重要で印象深いが、文化的交換はそれよりさらに意義があるように思われる。その格好の例が、アラビア語の物語集『千夜一夜物語』だ。物語の多くはもともとインドが起源であり、インド洋の交易ネットワークを往復する商人たちによってペルシアに持ち込まれ、それが広まったと推測する学者もいる。おそらく当初はごく少数の物語で構成されていたのだろうが、ダール・アル＝イスラームに広まっていく過程で、ペルシアやアラビアの伝説上の物語がいくつも追加され、やがて様々な文化が混じり合った、世界文学としても優れた物語集が生まれた。

　この第2期にも宗教はシルクロードを経由して各地に伝わった。これまで述べてきたように、中国で唐王朝が権力を握る以前から、東アジアには様々な異国の宗教が入ってきていた。7世紀にイスラム教が伝わり、その後数百年の間にイスラム商人の共同体が各地にできてくると、中国の多くの都市でも「モスク」[イスラム教の礼拝堂]が見られるようになる。もっとも、中国が受け入れた他国の宗教の中で儒教の領分にまで入り込んだのはただひとつ、仏教だけだった。600年から1000年にかけて中国に建設された仏教の**ストゥーパ**（死者の遺骨を納める丸く盛り上がった建物）や寺院の数は、数千とは言わないが数百はあっただろう。魂の救済を約束する仏教は、多くの中国人の心の支えである道教や儒教と激しく対立した。結局は、それぞれが折り合った信仰として禅宗（日本の禅）が生まれ、人々の間に広まっていった。

　シルクロードは、陸路でも海路でも、農耕文明時代に文明社会が相互に関連し合う典型的な例である。地球上で最も苛酷とも言える地域を通るこのルートは困難も多かったが、それでも商人や冒険家、外交官や宣教師が、それぞれ商品や思想とともに、アフロユーラシア・ワールドゾーンを横断する長大な距離を行き交った。いろいろな形の交換があったが、それぞれが重要で、次の時代の大きな変革、すなわち近代革命へと社会を推し進める力になった。なかでも最も重要だったのは、宗教、特に仏教の伝播だった。この時代の南アジアおよび東アジアで、仏教は主要な思想的・精神的信条のひとつになり、今日に至るまで、数百万のアジアの人々を結びつける文化的な絆となっている。これも、シルクロードが近代社会に残した数多くの遺産のひとつと言えるだろう。このような相互作用の結果、多様な文明が存在したにもかかわらず、アフロユーラシアの歴史はある程度似通ったものになり、技術、芸術様式、文化と宗教、それに病気と免疫のタイプにまで共通項が多くなった。

第3の傾向：
複雑化する社会的関係とジェンダー関係

　農耕文明時代を定義する第3の大きな傾向は、社会的関係がますます複雑になったことである。人口増加と生活様式の多様化によって人間の歴史上それまでなかったほど活発なコレクティブ・ラーニング（集団的学習）ゾーンが生まれたのと同様に、都市化、人口密度、相互依存、文化間の交換の規模が拡大することによって、同一社会内、および異なる社会間での人々の相互関係が大きく変化した。この項では、農耕文明時代にアフロユーラシアで起こった主要な社会的変化について取り上げる。

　一般的に言えば、紀元前2000年以降人口密度が増加するにつれ、たくさんの人々が一緒に暮らすにはもっと複雑な方法を工夫する必要があった。つまり、ビッグヒストリーの中心的なテーマのひとつである、どの段階でも、どのレベルでも複雑さが増すという考え方は、社会的プロセスでも起こっていた。農耕文明では、富による、あるいは異なる職業や民族に認められる地位、さらには「ジェンダー」［男女の生物学的性差ではない、男女間の社会的関係性］による階級社会がますます強化され、この時代の末期には、地球上のほぼすべての社会が厳格な階級制および家父長制に組み込まれるようになっていた。都市や人口の規模が増大するにつれ、社会やジェンダーにおける「関係性」が向かっていった形はかつてシュメールで始まったものだった。では、この傾向を3000年にわたって追跡してみよう。これらの傾向を分析する中で、ある程度一般化せざるを得ない場面も出てくるが、実際には男女の暮らしぶりははるかに多様性に富んでいた。この時代の遺物からは、ますます複雑化する傾向がはっきりと見てとれる。

◐ 社会的関係およびジェンダー関係の傾向
　　（紀元前2000年～紀元前500年ごろ）

メソポタミアとエジプト

　メソポタミアでは、紀元前2千年紀に「富と権力の階層化」が急激に進んだようだ。バビロニア、ヒッタイト、アッシリアの社会はすべて、半ば神格化された王を頂点に、その王を支持し、王の要求に応えて軍事力を提供する強力な地主貴族がその下に位置するという階層構造になっていた。この時代に初めて成文法が出現したのは、おそらく社会の緊張に対処する必要があったためだろう。ハンムラビ王によって巨大な石碑に刻まれた282条の判例

法［ハンムラビ法典］は、バビロニア国内での社会的関係がわかる非常に興味深い例である。ハンムラビは、この法律を制定するのは「この国に正義があまねく行われるため」であり、「強者が弱者から略奪するのを防ぐため」であると述べているが、この法律には多義的な一面がある。たとえば、「人の目を潰したらその目を潰す」とか「人の骨を折ったらその骨を折る」という条項は平等主義的のように思えるかもしれないが、刑罰は当事者の財産や地位によってかなりの違いがある。しかし、これがまだ農耕文明時代の初期であることを思えば、この多義性もある程度はやむを得ないと言えるだろう。この時代はまだ、合意性権力が完全な強制的権力へと進化する途上だったからである。ハンムラビ法典は、この両タイプの権力が複雑に作用し合っていたことを示している。統治者は一方では全市民を保護しなければならないことを承知しているが、実際には、自分の権力基盤になっている上層階級に手厚い保護と支援を与えなければ自分の権力そのものが危ういことも十分認識している。こういう緊迫した状況が何度も繰り広げられた時代だったのである。

　ハンムラビ法典からは、バビロニアでは成人男性に公私にわたる権利が与えられていたことが推測できるが、同時にジェンダーによる二重基準（ダブルスタンダード）がすでに存在していたこともわかる。不貞の罪を犯した女は溺死させられることもあったが、妻のある男が愛人や奴隷と性的関係を持つことは許容された。女は家の外では頭や体を覆うことが求められた。この文化的慣習は最初にメソポタミアで生まれ、後にはイスラムをはじめとする他の文化にも広がった。ただし、女性を明確に保護する規定もあったことが、それはそれでジェンダー関係の複雑さを表している。たとえば、女性にいわれのない非難を浴びせた男は罰せられた。処女を犯せば死罪になることもあった。また、男はその妻に十分な食事を与えることが求められた。メソポタミア社会では、多くの女性が影響力を行使できる地位に就き、さらには権力の座にまで上り詰めた。ある者は巫女になって特定の神や女神に捧げられた広大な土地を管理し、ある者は書記になって自分の才能によって高い社会的地位を得た。また、産婆やビール醸造人、パン職人、小売店主などの専門職を目指す女性も多かった。

　古代エジプトでも、底辺にはあらゆる農業労働に従事する小作農や奴隷がいて、頂点には支配階級がいるという、明確な階級社会が形成されていた。ただし、絶対的権力を持つただ一人の統治者が全土を支配しているエジプトでは、地主貴族が誕生する余地はほとんどなく、ファラオのすぐ下の上層階級を構成するのは、神官や、書記を中心とする

8

図8.4 クレオパトラ

エジプト女王（紀元前69年〜紀元前30年）。プトレマイオス王朝最後の統治者。

行政官だった。このような上級官僚の地位は多くが各階層の出身者に開かれていたため、中流階級の人間や、平民でさえ、行政能力を発揮して社会的地位を高めていくことが理屈の上では可能だった。

紀元前2千年紀のエジプトの女性には、メソポタミアの女性より多くの機会が与えられていたようだ。女性も自分の財産を所有し、それを管理したり売ったりすることができた。また、訴訟を起こしたり、奴隷を解放したり、養子をもらったりすることもできた。女性が結婚するときに自分の財産を持ってきた場合、その財産は彼女自身のものであり、離婚が成立した場合には取り戻すことができた。エジプトの娘たちは一般に14歳ぐらいになると結婚し、父親の家を出て夫の家に入ることによって新しい地位を得た。離婚は様々な理由で男女どちらからでも申し出ることができ、通常は行政が介入することなくそれぞれ個人的に解決された。エジプトの女性たちは、このような異例とも言える法的権利を享受しただけではない。ファラオとして国を治めることさえできたのである。女王として有名なのは、ハトシェプスト（在位紀元前1473年〜紀元前1458年）と、ローマがエジプトを支配した時代にその地位に就いたクレオパトラ（紀元前69年〜紀元前30年）だ。それ以外にも、古王朝、中王朝、新王朝の時代にそれぞれひとりずつ、少なくとも3人の女王がいたことがわかっている（図8.4）。

インド

インダス文明の考古学的調査から、紀元前3千年紀後期には社会的な階級制度が存在していたと推定されている。この階級制度はその後も維持され、1500年後のインドにカースト制度が生まれるきっかけを作った。インダスの各都市では支配階級が自分たちより下の階級から徴税していた。手に職のある職人は陶器や道具を作り、商人は国内や国家間の交易に携わっていた。ハラッパーやモヘンジョ・ダロで発掘された住居からは、富める者と貧しい者の差がよくわかる。支配階級は、十数もの部屋と複数の中庭がある2階建て以上の大邸宅に住んでいたが、貧しい者は1部屋だけの家が密集している地区に住んでいた。とはいえ、ここではすべての住居にシャワーとトイレを備えた専用の浴室があり、汚水は精巧に作られた地下の下水システムに流す仕組みだった。

紀元前2千年紀半ばにアーリア人がやって来ると、インダスの社会制度がアーリア人の血縁社会と混じり合い、インドに混合主義的な社会が誕生する。『リグ・ヴェーダ』（讃歌集）では、初期のアーリア人について、将軍またはラージャ（藩王）を頂点とする部族社会を形成する民族と記している。この移民がインドの多くの地域に広がるにつれ、このような部族構造はさらに複雑な、相互依存の政治制度へと進化し、社会的階級制度が確立する。紀元前1000年ごろには厳格な階級体制ができ上がっていた。インドではこれを**ヴァルナ**（サンスクリット語で「色」を意味する）と呼んでいたが、ポルトガルの貿易商人や宣教師が後に「カースト制」と翻訳する。カーストの最高位はヴェーダに基づく宗教［バラモン教］の聖職者（**バラモン**）である。その次が世俗の統治者および戦士（**クシャトリア**）で、商人、職人、平民（**ヴァイシャ**）、土地を持たない小作農と奴隷（**スードラ**）と続く。後に5番目の階級として「不可触賤民」が加わった。熟練を必要としない雑用に従事する人間や、動物の死骸を扱う人間がこの階層に入れられた。この階層の人間に触れられると汚れるということから「不可触賤民」と宣告されたのである。ヴァルナ制度（カースト制）は農耕文明時代から現代に至るまでインド社会のあらゆる面に影響を与え続けてきたが、公式には厳格に見えるカーストの掟も、実生活では常にある程度柔軟に運用されていた。

インド社会の混合主義的基盤は、ジェンダー関係に影響を与えた。特に家父長制のもとで3世代が同居する旧弊な家庭では、女性は男性に従うものだとされた。娘は結婚す

ると父の家を出て新しい義父(夫の父)の家に入る。結婚でできた子どもたちは、法律上は父親だけの所有物で、母親のものではない。また女性には必ず男性の保護者(父、義父、夫、兄弟、さらには息子)が必要だった。宗教上の法律によれば、女性は財産を相続できず、ヴェーダの宗教儀式に参加することもできなかった。女性の出席は儀式を汚す行為と考えられていたのである。

中国

社会およびジェンダーの階層制度は、中国でも紀元前2千年紀の初めには定着していた。夏王朝に関する記録によれば、小作農は支配階級の管理下にあり、支配階級に属する人々は複雑な儀式を利用して自分たちの地位を固めようとしていた。続く商王朝の上層階級、特に王たちは、徴税によって強大な権力を獲得し、その権力を行使して小作農に都市や宮殿、墳墓などを建設させた。商王朝のピラミッド型社会階層の頂点には王が君臨し、地位の高い順に王族、貴族、宮廷官吏、地方豪族、平民、奴隷と続いていた。エジプト社会と同様、国家の規模が大きくなりその仕組みがますます複雑になると、書記その他の行政官は自らの技能を駆使して地位や身分の向上を図るようになる。このように、社会的身分の移動は理論上は可能だったが、ほとんど権利を持たず、劣悪な環境で働いている小作農にその恩恵が及ぶことはない。しかも、これはあらゆる農耕文明社会に言えることだが、そういう小作農が中国でも人口の大半を占めていた。商王朝の歴代の王は、我こそは中国民族とそれに対応する精神世界(絶対的な存在である「帝」が支配する)を結ぶ唯一の環であると主張して、最上位の社会的地位を保持しようとした。

中国のジェンダー関係に関する最古の記録は、やはり商王朝時代のものである。商の甲骨には700ほどの名前が記されているが、そのうち170が女性の名前である。上流階級の女性は宗教儀式を監督したり、宮廷に高価な贈り物をしたり、収穫の責任を負ったりしていた。神託の文言の中に、商の王「武丁」の宮廷でかなりの権力と影響力を誇った女性「婦好」に関するものがある。2基の碑文に、王が企てた重要な軍事作戦で軍勢を率いる将軍として記録されているのだ。1976年、婦好の墓が発見された(図8.5)。遺体とともに見つかった副葬品は、儀式用の青銅器400、彫刻を施した翡翠の装飾品600、タカラガイの貝殻7000(商の時代には貨幣の代わりに用いられていた貝貨)など、その富と権力を裏づけるものだった。だが、これだけの富と名声を得た女性であったにもかかわらず、甲骨文のひとつに「彼女は子ども運には恵まれなかった。娘しか生まれなかった

図8.5 婦好(フーハオ)の墓

婦好は商王朝で富と権力を持っていた女性で、その墓は、盗掘されていない状態で考古学者に発見された数少ない墳墓のひとつである。

のだから」という意味のことが記されているのだ！ 女性に対する見方がいかに矛盾していたかを示す例と言えるだろう。

東地中海

前章でも触れたが、地中海の島々や沿岸部に複雑な社会が出現するのは紀元前2千年紀のことである。ミノア文明(クレタ文明)の場合、考古学上の証拠から当時の様子を再現することはむずかしい。ミノス王が創設したという伝説があり、考古学者アーサー・エヴァンズは、クノッソスの玉座の間を復元するにあたって政治だけでなく祭祀もつかさどる王という説をとった。しかし、後世の学者は、たったひとりの男性の王がミノアを治めたことを疑問視している。当時のフレスコ画からは、特定の集団または複数の個人がそれぞれ特定の役目を指導する地位に就いていたことが推測され、強力な支配階級や階層制度が存在した証拠は現在に至るまでほとんど見つかっていない。

クノッソスで発掘されたフレスコ画に色鮮やかに描かれた情景が当時の様子を表しているとすれば、ミノアの上流階級の女性たちには驚くほどの自由が与えられていたようだ。家庭に縛られるどころか、女性たちは運動競技会や宗教行事などの公的なイベントで少なくとも男性と同様の役割を果たしている。手の込んだ模様を施したドレス(ウエストのところまで開いて胸をあらわにするデザインのものもある)や、美しくカールしたり結い上げられたりした長い黒髪は、その女性たちが最新の流行を追う時間と財力と

第3の傾向:複雑化する社会的関係とジェンダー関係　215

社会的自由を持ち合わせていることを示している。雄牛乗りのような競技に男女が同じように参加している様子が描かれているところから、多くの歴史家は、男女が対等であったうえに母系相続すら行われていたのではないかと推測している。クレタでは男の戦士階級が存在した形跡がないことも、その根拠になっている。

ミノアの宗教の中心は女神だったようだ。宗教儀式で女性が中心的な役割を果たしていたことは間違いない。主神は美しい地母神で、多くの場合肩ひものないぴったりした胴着など、最新流行の衣服を身にまとっていた。体に密着した衣服が見られるのは、歴史上これが最初である（図8.6）。インダス文明の豊饒の神が後にヒンドゥー教の女神に受け継がれたように、ミノアの地母神も後に古代ギリシアの女神（アテナイ、デメテル、アフロディテなど）が生まれる際の着想のヒントになった可能性がある。

ミュケナイ（ミケーネ）文明はミノア文明ほど謎に満ちているわけではなく、階層制社会制度をとっていたことがわかっている。王を頂点として、その下に明確に規定された社会政治的集団がいくつかあった。たとえばミュケナイの都市国家ピュロスの王は、広大な地所を所有し、半神半人と見られていたようだ。この王は行政上の重要な地位に適切な人物を任命し、**エケタ**（「臣下」の意味）と呼ばれる代理人や役人の補佐を受けていた。こうした貴族や行政官階級の下に、農業や、布製品および金属製品の生産に携わる労働者階級があった。物品の交易はミュケナイ文明にとって欠かせない要素だったが、これまでに発見された粘土板に、商人階級について書かれたものは1枚もない。このことから、この実入りのいい活動を上層階級が独占して自分たちの富をさらに増やしていたと推測される。

交易や征服によってミノア文明の様子が伝わると、ミュケナイの女性はミノア文明のファッションの一部を取り入れるようになるが、化粧品や宝石類でミュケナイ独特の雰囲気を出すこともあった。ただし、ミュケナイ文明のほうが明らかに家父長的傾向が強かった。上層階級の女性は男性が戦争で家を空けている間は地所の管理を任されていたが、上流階級でも庶民階級でも、普通に描かれるのは様々な家事（洗濯、穀物の収穫と粉挽き、男性戦士の体を洗って香油を塗るなど）をこなしている女性の姿だった。

社会的関係およびジェンダー関係の傾向（紀元前500年〜西暦500年ごろ）

インド　社会的関係とジェンダー関係が複雑化する傾向は、農耕文明時代の初期から始まっていたが、紀元前1千年紀半ばになるとますます強まった。紀元前1千年紀後半以降、インドのヴァルナ制度（カースト制）は社会の隅々にまで大きな影響を与えるようになっていた。人々はそれぞれのカースト内で結婚し、交際し、仲間を気づかって、カースト内での結束を固めていった。インドにやって来た外国人は、その職業によって自動的にふさわしいカーストに組み込まれるため、インド社会ではすぐに居場所を見つけることができた。職業を変えたり、社会的地位が自分より上または下の相手と結婚したりして、別のカーストに移ることはある程度可能だったが、下層カーストに属する多くの人々は、自分たちの地位が低いことに不満を持つようになった。この時代、インド社会の都市化が進むようになると、特に商人の間で、自分たちが置かれている従属的な立場を拒否する機運が高まった。

図 8.6　ミノアの地母神
この美しい女神からインスピレーションを得て、後のギリシアの女神たち（アテナイやアフロディテなど）が生まれた可能性がある。

この時代のインドで仏教の人気が高まった理由のひとつは、幸福で充実した生活を送る鍵はバラモンだけが握っているのではなく、すべてのカーストの男女にニルヴァーナ（救済）への道が開かれていると説いて、格差の少ない社会概念を提供したことである。この教義のために、特に商人が熱心な信者になり、シルクロード経由で中国に信仰を広めた。一方、インドではマウリヤ朝のアショカ王が仏教を強力に支持したものの、それに続くグプタ朝の王たちは、旧来の伝統的な慣習（土着宗教）を保護し、バラモンにこれまでどおりの土地所有を認め、さらには王家の鉱山の所有権まで与えてしまうほどになった。このような手厚い保護の結果もあって、この土着宗教はヒンドゥー教に進化し、仏教を抑えてインドの民族的宗教となり、さらに、この宗教と結びついたヴァルナ制度（カースト制）がインド社会に深く根を下ろし、その状況は現在も続いているのである。

この時代のインドのジェンダー関係の実態は、その多くをマヌ法典（紀元前500年ごろ）から知ることができる。女性に対してあたかも庇護を与えるかのような条項も見られるが、条項の多くは家父長の権利に関するもので、未亡人にサティー［寡婦殉死、寡婦焚死］の風習に従うよう勧める法律は、女性には完全に男性に依存して生きるしか道がないことを示している。夫を亡くした妻たちは、夫の遺体を火葬する薪の上に自発的に身を投げて、自ら望んで死ぬべきだとされた。インドの道徳学者は、社会的地位のある男性の未亡人は特にこの風習に従うようにと主張した。そうすれば家父長制社会がさらに強固になると考えたからである。

中国

周王朝の統治者は、商王朝時代の不平等をある程度は正そうとした。相続だけではなく購入によっても土地を入手できるようにして、中流階級にも世襲貴族に匹敵する地位に上る道を開いた。とはいえ農民は当然ながらそのような恩恵にあずかることはできず、支配階級の土地を耕す小作農として、生まれた村に縛りつけられていた。しかも割り当てられた土地はごく狭いため、余剰作物を作ることもできない。孔子は、優れた人間とは必ずしも高貴な家柄に生まれた者ではなく、高度な知的教養と倫理観を追い求めていわゆる「君子」の域に達した者であると説いて、社会的地位の基準を見直そうとした。孔子は一方で上流階級を頂点とする階級社会の維持を認める議論を展開しながら、他方では、だれもが優れた教育と高い倫理基準によって上流社会の地位を手に入れることができる社会を目指していた。

周時代後期に、ジェンダー関係はますます複雑になった。

一部の哲学者の間で、宇宙は相反すると同時に補完し合う2つの主要な力（陰と陽）で構成されているという思想が広まったからだ。陽が太陽とすべての男性的で暖かい、そして積極的なものと関連づけられ、陰が月とすべての女性的で暗い、消極的なものと関連づけられるようになると、この思想は様々な社会的影響を持つようになっていく。この考えはもっと複雑な哲学を単純化したものだった。つまり、自然界のあらゆる力には陰と陽の両方の要素が存在し、この2つの力は対立するものではなく、むしろ互いに補完し合って理想的な存在を作り上げるものだということだ。それにもかかわらず、男性的な陽が積極的とみなされ、女性的な陰が消極的で受容的とみなされたために、以後の中国の思想家はこの思想を安易に利用して、従順な女性を男性が支配することが宇宙の自然法則にかなうものだと主張した。

漢王朝でも引き続き女性は社会で重要な役割を果たしていたが、このころになると**理想的な女性像**というものが形成され、女性の役割をさらに細かく規定するようになる。漢の皇帝は、宮廷に出仕する男や（ときには）女の学者に意見を求めるが、その進言が相反するものであることも多かった。武帝（ウーディ）は、側近の儒学者の影響で、陽の力のほうが陰の力より優れていると信じていた。『礼記』（最初は周王朝後期の儒学者によって編纂され、漢時代に大幅に改訂された）では、若い男女はその性にふさわしい別々の教育を受けるべきだと強調されている。紀元前1世紀には、貞淑で賢く、徳が高くて模範的な歴史上の女性125人の伝記シリーズが、劉向（リュウシャン）（紀元前77年〜西暦6年）の編集によって刊行され、漢王朝の宮廷で模範的な女性像を示すものとされた。

漢王朝時代のジェンダー関係に関する文書で最も重要なのは、宮廷お抱えの歴史学者の地位に女性でただひとり任命された班昭（バンジャオ）（45年〜116年）が著した『女誡』である。班昭は、教育者および学者としての能力を認められ、女性に課せられる様々な制約を乗り越えて高い地位を得た女性で、和帝（フディ）（89年〜105年）によって歴史、天文学、幾何学、書道の師として召し抱えられた。亡き兄の班固（バングー）が始めた漢代初期の歴史書『漢書』を完成させたのも班昭の功績だ。『女誡』は約2000年の間、中国をはじめとする東アジア諸国に広く浸透し、大きな影響を与えた。この書は家父長制と男性に対する女性の従属を強く支持しているように見えるが、何百年と読み継がれるうちにその解釈は多様に変化してきている。

班昭は、理想の女性は「婦徳、婦言、婦容、婦功」の「四行」（4つの資格）を備えている必要があると説く。つまり、女性は貞淑にしてしとやかでなければならず、汚い言葉を使わず、身ぎれいにし、人の悪口を言わない。酒食の準備を

し、縫い物や織物に専心すべきであるというのである。しかし班昭は、『礼記』に反論して、男の子にも女の子にも同様に教育を授けるべきと主張する。女性がしかるべき振る舞いを身につけるには教育によるしかないというのである。

古代ギリシア

一方、地中海地域の古代ギリシアでは、どこでも見られた階級社会にいつも格差是正が求められたように、貴族と平民の間の緊迫状態が数百年にわたって続いていた。最も重要な政治・社会制度としてポリス（都市国家）が出現したとき、その主導権はまもなく貴族階級に独占された。これら貴族（「最良の者」）または寡頭政治の独裁者（「数少ない者」）は、平民の集会を廃止したり、貧しい農民を債務奴隷の身分に落としたりした。ポリスで商業や手工業が盛んになると、中産階級が生まれ、貴族の特権に対する不満を平民と共有するようになる。しかし紀元前508年と紀元前502年にクレイステネスが改革を実施するまでは、社会的・政治的平等を求める運動が目に見える成果を上げることはなかった。クレイステネスは貴族の権力を制限し、新しく10部族制を採用して、各部族の集会に法律を可決する権利を与えた。また、民主的な五百人評議会（地区ごとに選出された評議員で構成される）を設置した。こうしてアテナイは当時の農耕文明社会で最も民主的な政治形態を確立し、続く黄金時代、特にペリクレス（紀元前469年〜紀元前421年）の統治下では、最も貧しい市民でさえ政府に意見を言うことができた。ただし、より平等な社会を作ろうとするこれらの試みにも限界はあった。政治に参加できるのは男性の市民だけで、女性や外国人、そして奴隷には参政権はいっさい認められていなかった。

古代ギリシアの世界でも家父長制が確立していた。少なくとも原則としては、家庭では男性の家長に絶対的支配権があり、新しく生まれた子どもを生かすか殺すかさえ、家長に決定権があった。上流階級の女性はほとんど家の中だけで過ごし、男性の付き添いがないと外出できなかった。その場合もたいていはヴェールで顔を隠す必要があった。女性は法律で財産の所有を禁じられていたが、中流階級や下層階級の女性の中には、ささやかな商売（商店など）をしたり、宗教的儀式で巫女の役割を演じたりする者もいた。

ギリシアの女性にとって、女だけの儀式は重要な表現の手段だった。それ以外に表舞台に立つことはできなかったからである。農業の女神デメテルの儀式は女だけのものだった。年に数日、ギリシア全土の丘陵地に女たちが集い、生贄を捧げて踊り歌い、豊作を願うのだ。劇作家エウリピデスは戯曲『バッカイ』の中で、酒の神ディオニュシオス（別

図8.7　スパルタの女性

このブロンズ像は、スパルタの若い女性アスリートが競技の前にストレッチをしているところを表している。

名バッカス）を崇拝する女性だけの集まりを描いている。自分たちの裸身と狂態を見られたと気づいた女たちは、のぞき見をしていた男を八つ裂きにしてしまうのである！

これまでにわかっているところでは、アテナイとスパルタでは女性の扱いに興味深い違いがいくつかあり、歴史学者にとっては、物事を安易に一般化することの危険性を示す好例となっている。アテナイでは、女性は公共の場に姿を現すことはほとんどなく、家に閉じこもっているのが普通だった。家族以外の男性と話をすることは禁じられていた。一方、スパルタでは、女性も公共の場での体操や運動競技に積極的に参加した（図8.7）。アテナイでは、女性は14〜15歳で結婚したが、スパルタでは18歳で結婚した。アテナイでは女性が財産を持つことは禁じられていたが、スパルタでは女性の多くが財産を所有し、ほとんどの女性が自分で家庭を切り盛りした。スパルタでは女性も読み書きを教えられたが、アテナイではそれは思いもよらないことだった。アテナイの男は売春婦のもとを訪れても何ら非難されなかったが（一般に外国人女性はアテナイ市民と同じ社会規範に従うことはなかった）、女性の不倫は決して許されなかった。スパルタでは、夫が戦争であまり長く家を空けている場合、女性には別の夫を受け入れる権利があ

った。ただし、このような違いを大げさに数え上げるより
は、スパルタの女性もやはり支配階級の男性に支配されて
いたことを記憶しておくほうがよい。そしてアテナイ人の
夫婦も多くが心から幸せで、互いに慈しみ合っていたこと
が、墓碑銘から想像できるのである。

ローマ

異なる社会集団がよ
り平等な社会を求めて
長年争うという構図は、共和制ローマの歴史でも見られ、
この時代の社会的関係が複雑で緊迫していたことを物語っ
ている。最後のエトルリア王を放逐した後、ローマでは、
上流階級の中でも**パトリキ**（"父"と呼ばれる「血統貴族」）に
属する階層が元老院の議席を占めて強大な権力を握った。
民衆議会も保持されてはいたが、そのメンバーは、主人で
あるパトリキの希望どおりに投票するよう強要された。紀
元前287年、パトリキに制約を課す法律を通す権利が**平民
会**に与えられてからも、パトリキらの上流階級は農地を所
有することによってその特権的な地位を維持し、属州で賄
賂を受け取ることによって相変わらず私腹を肥やし、平民
が選んだ官吏の票を「買う」ことができた。しかし大量失業、
貧しい都市住民の増加、ますます影響力を増した商人階級
の要求などに対し、パトリキが適切に対処できなかったこ
とが、結局は共和制の崩壊につながり、より独裁的な政治
体制（帝政）が生まれるきっかけとなったのである。

ローマ都市部の貧困層の人口が紀元前1世紀半ばにどの
程度だったかについては統計が残っている。ユリウス・カ
エサルは実権を握るとイタリアの外に復員兵のための植民
地を建設し、同時に、元老院議員の地所で働く労働者の3
分の1は自由民でなければならないという法律を制定した。
このおかげで、政府による支援穀物（「施し」）を受ける人数
が32万から15万に減少した（全人口は約50万）。法律制
定以前は、政府からの施しがなければ生きていけないほど
困窮した人間が都市人口の約64％を占めていたのである。

共和制の初期のころから、ローマの家族制度も法律上は
家父長制をとっていた。最年長の男性が**家父**のすべての権
利を持って家庭内を支配する、文字どおり「家族の父」だっ
た。法律上、父親は結婚を取り決める、仕事を割り当てる、
罰を与えるなどのほか、子どもを間引いたり家族を奴隷と
して売ったりすることまでできたが、実際には、共和国時
代の**パトリキ**の家庭はほとんどがもっと平等で、夫が商売
や政治など外向きの業務に携わっている間、妻が家事を監
督することも多かった。しかし、ジェンダー史学者のほと
んどはローマの家父長制社会を批判的に解釈する。女性
はその教育程度にかかわらず事実上家庭に閉じ込められ、

対外的なすべての地位は男性専用で、男性は、自分たちが
国の仕事で忙しいからという理由で妻が家庭内の退屈な仕
事を管理することを「許可」したにすぎないというのである。
上流階級の女性は、自分たちが家庭に閉じ込められ、あら
ゆる機会を奪われていることに不満を募らせることも多か
った。女性に開かれている公的な立場で本当に名誉あるも
のといえば、女神ウェスタの聖火を守る「ウェスタの処女」
しかないのが実情だった。

上流階級以外の女性は別の問題を抱えていた。子どもの
死亡率が1000人あたり約300人という高さなので、人口
が右肩上がりに増えていくためにはローマの女たちは平均
5〜6人の子どもを産む必要があった。農耕文明時代には、
世界中至るところで女たちは同じような状況に置かれてい
た。女性の第一の役割が子どもを産み育て、新しい労働者
や兵士、市民を次々と供給することだったので、女性はど
うしても生涯の大部分を家に縛られて暮らすことになる。

共和制から帝政に変わると、社会の仕組みの一部は変わ
ったが、貧富の格差は広がったままだった。中流階級（**エ
クィテス**［騎士階級］、パトリキの次の階級）にはこの時代
になると商取引で財をなした解放奴隷までが含まれるよう
になり、財力にものを言わせて権力と地位を手に入れよう
とする。貴族（パトリキ）や騎士（エクィテス）といった富裕
層は**プレブス（平民）**を管理する術を知っており、十分な食
べ物と、不平等に対する不満をそらす娯楽を常に与えるこ
とで、暴動を防いでいた。1世紀の風刺詩人ユウェナーリ
スは、「パンとサーカス」という言葉でこの新しい社会体制
を見事なほど痛烈に表現している。

初代皇帝アウグストゥスの治世から始まる帝政初期のロ
ーマでは、上流階級の女性にもある程度の利得があった。
なによりもアウグストゥス自身の妻リウィア・ドルシッラ・
アウグスタ（紀元前58年〜西暦29年）が当時のローマで最
も影響力のある女性だった（図8.8）。しかし、アウグスト
ゥスの時代にローマは血統貴族の人口が大きく落ち込むと
いう人口統計上の危機に直面する。この減少の本当の原因
はアウグストゥス以前の時代に100年にもわたって続いた
内戦だったが、非難の矛先は女性に向けられた。女性が娯
楽と不倫にうつつを抜かして子どもを産もうとしないから
だというのである。この「手に負えない女」が増えた社会で、
アウグストゥスは道徳律や不貞裁判所の判決によって上流
社会の女性たちの私生活を規制しようとしたが、これは不
幸にも彼自身の身内（そこには娘や孫も含まれる）をも巻き
込むことになった。

アフロユーラシアで起こったジェンダー闘争の最も過激
な例が、紀元前195年にローマで勃発した。上流階級の女

図8.8 リウィア・ドルシッラ・アウグスタ（紀元前58年～西暦29年）の胸像

初代皇帝アウグストゥスの妻で、当時のローマ女性としては最大の権勢を誇っていた。

性たちが**レックス・オピア**(オピア法)を継続しようとする元老院に公然と反対したのである。この法律はカンナエの戦いでハンニバルに大敗を喫した結果、紀元前215年に制定されたもので、女性が金銀宝石類や高価な衣装を身に着けること、および馬車や高価な乗り物で外出することを禁じていた。20年後、この法律を維持しようとする動きに上流階級の女性たちが事実上反旗を翻したというわけだ。女性たちは広場や周辺の道路に繰り出して、ローマ中心部に通じる道をすべて封鎖した。当時の執政官カトー・ケンソリウス(大カトー)をはじめとする保守的な元老院議員は女性が公の場に集まっていることに憤慨してこのような問題を決めるのは男の仕事であると主張したが、法律は廃止され、女性が勝利を収めた！

社会的関係およびジェンダー関係の傾向（西暦500年～1000年ごろ）

中国

1千年紀後半には、縮小サイクルに入っていた王朝に代わって登場した新しい王朝で、社会的関係は発展を続けていた。第7章で取り上げたように、東アジアでは数百年に及ぶ分裂の時代を経て7世紀に唐王朝が成立し、中国の政情はやっと安定期に入った。唐は社会の不平等解消に努め、均田制を導入して農地を公平に分配しようとした。農地は個々の農家や農村の必要に応じて割り当てられるようになり、この制度は、その後100年ほどの間は、土地の所有権が貴族階級の手に集中するという漢(ハン)王朝を悩ませた問題をある程度解決することに成功した。ところが8世紀の初めになると、制度全体が崩壊してしまう。不正が行われたり、広大な土地が仏教寺院に寄進されたりして、この制度の対象外になって特定の集団に渡る土地があまりにも多くなったからである。それでも、あらゆる地位を貴族が独占していた状態を打破するという点では、唐は一定の成果を収めたといえる。唐では官僚は厳しい試験［科挙のこと］に合格した候補者の中から選ばれた。士大夫(したいふ)と呼ばれるこの有能な新興階級が上級官吏となり、以後1300年にわたって権力を握ることになる。

中国のジェンダー関係に全般的によく見られる相反した状況は、唐の時代のジェンダー関係にも反映されている。法律上は厳格な家父長制が実施され、不貞はもちろんのこと、従順でないという理由だけで女性には厳しい罰が与えられたようだ。女性には離婚、財産所有、再婚などの権利はほぼなかった。唐に続く宋王朝の時代になると、女性にはさらに苛酷な法的および社会的束縛が課せられるようになる。纏足(てんそく)はその一例だ。しかし唐の時代には、宮廷で影響力のある地位に就いた女性も多かった。宮廷生活で重要な役割を果たしたのが楽人で、自身で歌を作ったり、著名な男性詩人が作った詩に曲をつけたりした。中国史上唯一の女帝が出たのも唐時代である。この武則天(ウージェーティエン)(則天武后(ツェーティエンウンホー))は並々ならぬ女帝で、最高権力者として20年間(685年～705年)唐王朝を支配した(図8.9)。ひとりよがりだとか弱々しいといった「女らしい」ところはまったくなく、旧来の貴族階級をさらに弱体化し、仏教を庇護し、官僚の登用試験制度を強化した。また、軍事遠征で朝鮮王国を破ることさえした。音楽や文学をたしなみ、著名な女性の伝記を執筆させるという業績も残した。

唐が権力を握る以前に作られた『木蘭詩』は、当時の女性に対する考え方が垣間見られる非常に興味深い作品である。この詩は木蘭(ムーラン)という娘の物語で、木蘭は父親が軍に徴兵されたとき、老いた父に代わって北方遊牧民との戦いに赴く。勇気と才能に恵まれた木蘭は男装して12年間、仲間の兵士とともに軍務に服し、彼女が女ではないかと疑う者はだれもいない。戦争が終わると、皇帝自らがその武勇を称え褒美を授ける。その後、木蘭は故郷の村に戻り（女性の服

図8.9 武則天

中国史上唯一の女帝で、685年から705年までの20年間、絶対的権力者として君臨した。

った。ヒンドゥー教では畏怖の念を起こさせる女神が数多く存在し、人々に崇拝されると同時に恐れられていた。シヴァ神の妃であるパールヴァティ、ヴィシュヌ神の妃ラクシュミー、ヒンドゥー教のミューズ（芸術の神）サラスヴァティー、戦いの女神ドゥルガー、ドゥルガーの額から生まれたカーリーなどである。これらの個性的な神々は、総じて、家族（または忠実な信奉者）に対する優しい母親、家族を脅かす者に対する猛々しい戦士、美術や音楽に対するインスピレーション、性的対象など、女性の一面を理想化した存在である。

ところが、このように力のある女神がいたにもかかわらず、グプタ朝でヒンドゥー教が王室の保護を受けるようになるのと同時期に、ジェンダー関係の法律がこれまで以上に家父長的になる。女の子は家族が選んだ相手と8〜9歳で婚約させられ、思春期に達すると正式に結婚するという極端な早婚が一般的になった。このため、実質的には子どもといっていいほど若い妻は年長の男性の監督下に置かれ、公的なことにかかわらず家事にだけ専念するよう強いられたのである。

イスラム文明

農耕文明時代に社会が複雑さを増した現象の例として最後に紹介するイスラム文明では、この現象を一般化することの難しさをこれまで以上に思い知らされる。前章で考察したように、旧来の農耕文明を含むアフロユーラシアの多くの地域が、1千年紀に登場した広大なダール・アル＝イスラーム（イスラムの家）に組み込まれていった。もともと家父長制の長い歴史があるアフロユーラシアの各地に、アラブ人のイスラム教徒によるイスラムの信仰と政治支配が広がっていくと、これら古代文明が新興のイスラム社会に影響を与えることになった。イスラムの聖典にもイスラム社会での女性の役割と地位について多くのことが書かれていたため、そのイスラムの考え方と古代文明から取り入れた考え方が混じり合い、今日までイスラム社会に影響を与え続けている。

イスラム教が生まれる前のアラブ系ベドウィン族の女性の地位について、学者の間には相反する説がある。「比較的平等だった」（預言者ムハンマド自身の妻ハディージャが商人として成功していた）と説く学者もいれば、「厳格な家父長制社会だった」（女児の間引きや無制限の一夫多妻が認められていた）と主張する学者もいる。初期のコーランには女性の地位について混乱した記述が見られる。女性は［誰かに所有される］"財産"ではなく"尊敬すべき同志"とみなされることが多く、ムハンマドは自分の妻たちに優しく敬

装に戻った木蘭を見て仲間たちは驚く）、儒教の教えに従って娘としての務めを果たす。この詩が伝えるメッセージは明らかに相反する要素を含んでいる。一方では、並外れた独創性と勇気、それに男の世界を統率する能力にも勝る戦場での武勇を兼ね備えた女性がいる。他方、自分の能力が認められた（そして父に対する子としての義務が全うされた）後に彼女が望むのは、班昭（パンジャオ）が『女誡』で述べた女性の役割に戻ることなのだ。結局、この詩が言いたいのは、命を危険にさらすような場面では、男と女の間に特性や技能の目に見えるほどの違いはないということのように思われる。

雄のウサギには力強く跳ねる脚があり、
雌のウサギにはキョロキョロ動く目がある。
だが2羽が並んで駆けていたら、
それが雄か雌か、だれにわかるというのだろう。

インド

インドでも、1千年紀にヒンドゥー教の信仰が普及するとともに、ジェンダー関係はさらに複雑にな

意をもって接していた。コーランは女児の間引きを禁じ、持参金は夫ではなく妻のもので、女性には自分が持ってきた財産を管理する権利があると定めていた。結婚は一種の契約であり、それには妻の同意が必要とされた。このような規定から、ジェンダー史学者の中には、イスラム法は同時代の他の多くの社会と比較して女性に相当な権利を与えていたと考える学者がいる一方で、イスラム法の明らかに家父長的な側面を指摘する学者もいる。イスラム法には、女性の性生活や社会生活を厳しく規制する条項や、女性は夫を1人しか持つことが許されないのに対し、男性は4人まで妻を持つことができるといった規定があるからだ。

　8世紀にイスラム教がペルシアやメソポタミアといった古代文明の中心だった地域に進出すると、カリフ制のもとでイスラム教徒はすでにその地域に根づいていた文化的慣習の多くを取り入れた。女性のヴェール着用はメソポタミア社会では過去数千年にわたって普通に行われてきた風習だった。また、上流階級の女性はほとんど家から出ず、ヴェールで顔を隠し、男性の付き添いがあるときに限って外出が許されるというのも長年の習慣だった。子孫が純血であることを重んじるイスラム教徒の男たちはすぐさまこの風習を取り入れ、イスラム法でも尊重するようにした。

　カリフが統治するイスラム教の社会では、1千年紀から2千年紀に入るまで、高等教育を受けることができる上流階級の女性の多くが、半公共的な役割を担うことができた。859年、ファティマ・アルフィーリが高等教育機関として重要なアル・カラウィンを設立する。またダマスカスでは、12～13世紀に女性が慈善信託を通じて26のモスクやマドラサ[宗教学校]に資金を提供している。しかし、歴史学者の推定では、12世紀になっても女性の学者は全体のせいぜい1％を占めるにすぎず、しかも彼女たちが出講することは、保守的な人々から厳しく非難された。ダール・アル＝イスラーム（イスラムの家）では中流および下層階級の女性も仕事に就くことができ、社会での活躍の場は上流階級の女性よりは開かれていた。たとえば、農業に従事したり、建設労働者や看護師、仲買人、金貸しなどの職業に就くことができた。また、織物産業の染色、機織り、刺繍といった部門は女性に独占されていたといってよい。女性の看護師も、多くのイスラム教の病院で採用されていたし、12世紀のムワッヒド朝には2人の女医がいたという記録もある。ただし当然ながら、女性の医療スタッフが必要なのは、男性患者と女性患者が厳しく隔離されていたからである。

　以上のように、ほぼ紀元前2000年から西暦1000年まで

のアフロユーラシアに展開していた農耕文明社会の例からは、農耕文明時代において社会的関係およびジェンダー関係が文明ごとに複雑な様相を呈していたことがわかる。すでに見た最古の都市ウルクでも、分業化や相互依存性、社会的階級制度といった傾向が見られたが、それはこの時代の大都市や国家でさらに強固になった。富、出身階級、職業、ジェンダーによる区別がますます明確に規定されるようになり、やがてそれが厳格な社会構造となって定着する。そこでは権力者が「力と法」を背景に自分たちより下層の人々に対して威圧的に振る舞った。この状況は近代に入ってもしばらく続くことになるが、やがて平等主義や男女同権主義の理想を掲げる様々な政治イデオロギーが生まれ、世界の多くの地域で大規模な政治的・社会的革命が勃発する。

第4の傾向：全体的に緩慢な変化と成長

　ここまで、農耕文明時代の傾向を大きくいくつかに分けて論じてきた。「農耕文明とその管理組織の規模、権力、効率性の拡大と増加」、「文明間の重要な交易ネットワークの確立」、そして「複雑化する社会的関係およびジェンダー関係」である。ここでは第4の傾向について簡単に述べる。第4の傾向とは、イノベーションと成長およびマルサス的サイクルのゆっくりしたペースに連動した、この時代全体の緩慢な変化である。第6章で述べたように、農耕文明の歴史に現れる上昇と下降の緩やかなパターンはマルサス的サイクルで説明できる（図8.10）。何が原因でこうなるのだろうか。

　農耕文明時代には、それに先立つ初期農耕時代に比べれば社会は大きく成長し、旧石器時代と比較すればその成長はいっそう急激だった。この時代に人口は5倍になり、商業的にも技術的にも多大なイノベーションが起こった。特に貨幣制度、数学、科学、航海術、織物産業、軍事技術（戦車やあぶみの発明）の分野は著しい発展を遂げた。農業でも、複雑な灌漑設備や新種の作物など、重要な改革が成し遂げられた。この時代に成長や革新が進んだ要因には、人口増（これによって周期的に需要が高まった）、政府の施策（道路建設や舶来品の探索など）、都市内および都市間の商取引、アフロユーラシア内の交易ネットワークの拡張などがある。これらすべてが、高度なコレクティブ・ラーニング（集団的学習）を推進した。

図8.10　中国、インド、およびヨーロッパのマルサス的サイクル（紀元前400年〜西暦1900年）

農耕文明時代の変化のリズムは、主にマルサス的サイクルによって作り出されていた。

　一方、近代の章に入るとわかるが、農耕文明時代の成長とイノベーションは近代の基準から見ればきわめて緩やかだった。これはなぜだろう。この時代には成長を阻害する大きな障壁があったのである。その中でも大きかったのは、緩やかな成長そのものが一般的な傾向だったことで、これがイノベーションを妨げ（見返りが得られるまで100年も待たなければならないとわかっているなら、だれが新しいことに投資するだろう？）、代わりに政府が軍事力による領土拡張を通じて徴税を図ることが推奨された。2つ目の障壁は、都市や町で定期的に病気が蔓延したことである。これはひとつには都市の衛生状態が非常に悪かったためであり、また、交易ネットワークの拡大によって、様々な病気がその病気に免疫のある地域から免疫のない地域に持ち込まれたためでもある。壊滅的な流行の例として14世紀のペストがよく知られているが、それ以外にも、この時代の初期以来多くの事例があった。

　しかし、最大の障壁は、近代以前の国家を支配した権力者のほとんどが軍事力を背景にした「徴税」を国家経営の基本に据えていたことだ。一部に例外はあるが、農耕文明の支配者たちが一般に商業や農業のイノベーションに反対だったことにはさまざまな証拠がある。生産性向上のための投資は不確かで、成果や利益が上がるかどうかがすぐにはわからないため、政治的に役に立たないとみなす風潮が一般的だったのである。徴税によって成り立つ社会では、富を蓄えることは主として他者の財産を奪うことと考えられていた。そのため、資産を増やしたい支配階級の人々は戦争によって国を成長させようとする。成長はゼロサムゲームと考えられていて、そこでは国内の生産性向上に努めるより他者が生産したものを奪う必要があった。この時代はいつもどこかで戦争が起こっていて、隣国を征服し領土拡張しようとする国が後を絶たなかったことが、これで説明できる。また、イノベーションに投資する意欲がほとんどわかなかった（ただし、軍事力増強につながるイノベーションについてはたまに例外がある）理由も、これでわかるだろう。その結果、長い間生産性は人口増に追いつくことができず、人口減少とともに隆盛の時期は終わり、都市は過疎化し、交易も衰退して新しく建物が建設されることもなくなり、文明そのものが崩壊していく。マルサス的サイクルは、農耕文明時代に変革の速度が緩やかだったことの結果であり、この時代にも繰り返し現れる。

　ここまで、アフロユーラシアの農耕文明が拡大してきた様子を解説してきた。5000年前に初めて西南アジアとアフリカ北東部に出現した農耕文明は、当初は人間のごく一部の人々のものにすぎなかったが、その後急速に広がり、この時代の終わりには広大なアフロユーラシア・ワールドゾーン（明らかに最も人口密度の高い地域）に住む人々の大半が、何らかの農耕文明社会に暮らすようになっていた。

　次の章では、アフロユーラシア以外の3つのワールドゾーン（南北アメリカ、オーストラレーシア、太平洋）の同時期の歴史について考察する。各ワールドゾーンに属する農耕文明の特徴について述べ、主な類似点と相違点について解説する。アフロユーラシアも含めた4つのワールドゾーンの歴史には共通点も多いが、最近の500年で各ゾーンの結びつきが強まるまでは、それぞれの歴史の規模と年代記

には大きな相違があった。そしてこの違いは、今後の章で取り上げるように、以後の地球の歴史に重大な意味を持つのである。

要約

この章は農耕文明時代を取り上げた3つの章の2番目で、およそ紀元前2000年～紀元前1000年にアフロユーラシア・ワールドゾーンで展開された時代に関し、本書としての結論を述べている。ここでは、接触と交換の意義、特にシルクロードの交易ネットワークに焦点を当てた。接触や交換は、農耕文明同士だけでなく、農耕文明の共同体の間と、同時になおも存続していた従来型の狩猟採集や遊牧民の社会との間でも行われた。また、農耕文明内部で発達した複雑な社会的関係およびジェンダー関係についても考察した。この関係は人口密度が増加し、社会の細分化と相互依存性が高まった結果生じたもので、これが富や地位、民族、ジェンダーに基づく、さらに厳格な階層社会へとつながっていく。

考察

1. 歴史学者は、**世界システム**と**ヒューマンウェブ**という用語でどのようなプロセスを表しているか？
2. アフロユーラシアを横断する主要な交易ネットワークの確立を促進するために遊牧民が果たした役割はどのようなものだったか？
3. 中国はシルクロードの交易にどのようにかかわったか？
4. 物質的交換と物質以外の交換の中で、最も重要なものは何か？
5. 1千年紀の後半にシルクロードが相対的に使われなくなるのはなぜか？
6. 農耕文明が拡大するにつれて、より厳格な階層社会ができ上がっていったのはなぜか？
7. この時代の成文法は、女性の暮らし方とジェンダー関係についてどのように規定しているか？
8. マルサス的サイクルとは何か。また、農耕文明時代の成長が全体に緩やかだった理由は、マルサス的サイクルでどのように説明できるか？

キーワード

- シルクロード
- 世界システム論
- 大乗仏教

- 南方交易
- マニ教

参考文献

Anderson, Bonnie S., and Judith P. Zinsser. *A History of Their Own: Women in Europe from Prehistory to the Present.* New York: Harper and Row, 1988.

Anthony, David W. *The Horse, the Wheel, and Language: How Bronze Age Riders from the Eurasian Steppes Shaped the Modern World.* Printon and Oxford: Printon University Press, 2007.

The Ballad of Mulan, Asia for Educators, Columbia University, http://afe.easia.columbia.edu/ps/china/mulan.pdf.

Benjamin, Craig. "Hungry for Han Goods? Zhang Qian and the Origins of the Silk Roads." In M. Gervers and G. Long, *Toronto Studies in Central and Inner Asia,* Vol. 8. Toronto: University of Toronto Press, 2007, 3–30.

Bentley, Jerry H., and Herbert F. Ziegler. *Traditions and Encounters: A Global Perspective on the Past.* 4th ed. New York: McGraw-Hill, 2008.

Brown, Chip. "The King Herself." *National Geographic,* April 2009, 88ff.
(「男装の女王」 チップ・ブラウン著 『ナショナルジオグラフィック日本版』2009年4月号所収)

Christian, David. *A History of Russia, Central Asia, and Mongolia,* Vol. 1. Oxford: Blackwell, 2004.

Garnsey, Peter. *Famine and Food Supply in the Greco-Roman World.* Cambridge, UK: Cambridge University Press, 1988.
(『古代ギリシア・ローマの飢饉と食糧供給』 ピーター・ガーンジィ著 白水社 1998年)

Juvenal. *Satires,* Ancient History Sourbook. Translated by G. G. Ramsay. www.fordham.edu/halsall/ancient/juv-sat1eng.html.

224 第8章 農耕文明時代のアフロユーラシア

（『風刺詩集』 ユウェナーリス著 岩波書店 2012年）

Laws of Manu. Indian History Sourbook. Translated by G. Buhler.

McNeill, J. R., and William H. McNeill. *The Human Web*. New York: Norton, 2003.

（『世界史I・II——人類の結びつきと相互作用の歴史』 ウィリアム・H・マクニール、ジョン・R・マクニール著 楽工社 2015年）

Shaffer, Lynda. "Southernization." *Journal of World History 5*, no. 1 (1994): 1–21.

Stearns, Peter N., Stephen S. Gosch, and Erwin P. Grieshaber. *Documents in World History*, Vol. 1, 4th ed. Upper Saddle River, NJ:

Prentice Hall, 2006.

Toner, Jerry. *Popular Culture in Ancient Rome*. Cambridge, UK: Polity, 2009.

Wallerstein, Immanuel. "The Timespa of World-Systems Analysis: A Philosophical Essay." *Historical Geography* 23, nos. 1 and 2 (1995).

Weisner-Hanks, Merry E. *Gender in History: New Perspectives on the Past*. Oxford: Blackwell, 2001.

Worrall, Simon. "Made in China." *National Geographic*, June 2003, 112ff.

パート3

第9章

農耕文明時代の
その他の
ワールドゾーン

全体像をとらえる

紀元前1000年から西暦1000年まで（約3000年前から約1000年前まで）

▶ アメリカの農耕文明にはどのような特徴があるか？

▶ オーストラレーシアおよび太平洋ワールドゾーンの歴史で最も顕著な特徴とは何か？

▶ 世界最大のワールドゾーンであるアフロユーラシアの歴史と、これら規模の小さなワールドゾーンの歴史ではどのような違いがあるか？

▶ ワールドゾーンの間に接触がなかったにもかかわらず、4つのワールドゾーンすべての歴史に類似点があるとすれば、それは何か？

第5章と第6章で、ワールドゾーンという考え方を紹介した。ワールドゾーンとは世界を大きく4つに分けたそれぞれの地域——アフロユーラシア、アメリカ、オーストラレーシア、太平洋——で、旧石器時代および農耕時代にはほぼ独自に進化を遂げてきた。各ゾーンの内部では、異なる共同体の間にいくらかの接触があり、そのため思想、人、技術、宗教、さらには風習までが広い範囲（時にはゾーン全域）に普及することもあった。しかし、異なるゾーン間にはほとんど交流がなかった（もちろん、人間があるゾーンから別のゾーンに初めて移動したときには少なくとも何らかの接触はあっただろうが）。ジャレド・ダイアモンドが『銃・病原菌・鉄』で指摘したように、ワールドゾーン間の接触がほとんどない状態は、自然発生的な社会実験だ。この4つのゾーンの歴史を顧みれば、人間が異なる環境でどのように進化したか、歴史的変化のうち環境特性に起因するものがどのくらいで、人間全体に共通の特性によるものがどのくらいかが見えてくる。

ワールドゾーンはそれぞれ、地理、大きさ、ゾーン内部のつながり、気候、動植物に違いがある。その結果、まるで人間を様々な惑星に移住させたかのように、各惑星（ゾーン）で歴史がどのように展開してきたかを観察することができる。4つのワールドゾーンそれぞれの歴史を学ぶことが、人間の歴史に長期的な普遍性があるかどうかを知る有効な方法になるのだ。一方で、私たちは次のような疑問を抱くことがある。農耕時代の歴史にも、人間の定住に伴って必ず見られる大きな傾向があったのではないか。コレクティブ・ラーニング（集団的学習）という基本的なメカニズムによって、異なる社会に似たようなイノベーションが生まれることがあったのではないか。エネルギーの管理強化、人口増、共同体の規模拡大、連携ネットワークの強化、そして社会の複雑化に関して、各ゾーンで同じような傾向が見られたのではないか。しかし他方、人間はその生活様式、信仰、コミュニケーション方法において驚くほどの多様性も発揮してきた。それは、新しい方法を生み出す人間特有の能力のおかげである。このような特徴は、生物種としての人間の卓越した創造力を表しているが、人間の歴史全体を通じて見られる基本的特徴のすべてというわけでもない。そこで、各ゾーン・各地域の歴史が個人の意思や嗜好といった「付随的」な要因、または地理や文化の変遷といった偶然によってどの程度影響を受けるかについても考えてみよう。

第7章と第8章では、地球上で最も古く、最も広大で、最も人口が多いワールドゾーンであるアフロユーラシアの農耕文明時代に焦点を当てた。アフロユーラシアは、規模が大きくて年代が古く、共同体の数が多いことから、人間史上きわめて重要な役割を果たしてきた。実際、歴史書では他のワールドゾーンの出来事が無視されたり省略されたりすることも珍しくない。この章では、時間を戻して同じ時期の他の3つのワールドゾーンに焦点を当てる。農耕文明時代の歴史を俯瞰して、アフロユーラシア・ワールドゾーンに特有の要素がどの程度で、すべてのワールドゾーンに共通して見られる要素がどの程度か、分類してみよう。

特に注目したいのは、2番目に広く、2番目に人口が多いアメリカだ。ただし、2番目に古いというわけではない（2番目に古いのはオーストラレーシアで、最初に人間が定住したのは5万～6万年前である）。

アメリカの農耕文明

この節では、アメリカの4つの地域（メソアメリカ、アンデス、アマゾニア、北アメリカ）における部族社会と農耕文明の発達について説明する［Americas：この章では、単に「アメリカ」という場合、（建国前の）アメリカ合衆国ではなく、南北アメリカ大陸と周辺の島々、場合によってはグリーンランドも含む地域を指す］。アメリカでは、人間はアフロユーラシアの出来事とはまったく無関係に独自の文化を育んでいた。1500年代初めまでは、太平洋と大西洋が容易に突破できない障壁となって立ちはだかっていたからだ。アフロユーラシアとは異なり、アメリカ各地にそれぞれの文明を構築した社会は、他の社会と積極的に交わることもなく、アフロユーラシアで非常に大きな役割を果たした大型の家畜や製鉄技術も持っていなかった。

⚙ メソアメリカの農耕文明

メソアメリカは中米のメキシコとその隣接地域を指す名称で、高温多湿の雨林地帯から気温が低く標高が高い高地まで、地理的変化に富んでいる。西暦紀元の初め（1年ごろ）、メソアメリカにはすでに人口5万の都市が少なくともひとつと、文化的な共通点もあった。具体的には主食（トウモロコシ、豆、トウガラシ、カボチャ）が共通していたほか、

市場での物々交換、儀式用の記念建造物、類似の神を崇める宗教、一定の周期で創造と破壊が繰り返されるという世界観、人身御供、一年が260日の典礼暦［後述するマヤ暦には260日の"短暦"と365日の"長暦"があった］、象形文字による4種類の筆記法などが共通していた。西暦1千年紀には、小規模な都市国家が多数出現し、主導権争い、あるいは豊作か不作か、干ばつの発生、などに伴う戦いを繰り返していた。つまり、このころまでは、アメリカとアフロユーラシアの間には事実上交流がなかったとはいえ、アメリカでも農耕文明の基本要素がすべて見られたのである。

第6章で、メキシコ湾岸地域のオルメカ文明（紀元前1500年～紀元前300年）について簡単に述べたが、ここでは、都市テオティワカンのマヤ族の文明とトルテック族の文明について簡単に説明した後、メキシコ盆地に居住したアステカ族と呼ばれる集団について取り上げる。

ユカタン半島とグアテマラ

オルメカ文明の後継者として最も古いのはマヤ族で、ユカタン半島およびグアテマラの東部と南部を居住地にしていた。広さは米国のコロラド州またはイギリス程度である。この地方の気候は高温多湿で乾期と雨期がはっきりしている。大きな川はなく、土地は痩せていた。マヤの領地には早くも紀元前2000年には儀式の場が設けられていたが、マヤ文明が最盛期に達したのは西暦250年～900年ごろである（168ページの地図6.5を参照）。

マヤ族は、トウモロコシ、豆、カボチャ、トウガラシなどを基本食にしていた。最近の調査では、マニオクの根（キャッサバ）も重要な食材だったことがわかっている。また、贅沢品として交換するためにカカオ豆も栽培していた。これは大変貴重な作物で、通貨として使われることも多かった。贅沢品にはほかに翡翠、金、貝殻、鳥の羽などがあり、すべて簡単に持ち運べて美しく輝くものばかりである。厳しい環境ではあるが、沼地を排水したり、山の斜面に段々畑を作ったり、水を管理するシステムを整備したりして農業生産性を高め、西暦750年には急増する人口を養えるまでになっていた。このころ、主要都市ティカルには約5万人が住み、その周辺地区にもさらに5万人が住んでいた。

マヤの創世神話『ポポル・ブフ』（現存するバージョンは16世紀半ばのものだが、それよりはるかに古い時代の信仰を物語っている）では、神々がトウモロコシと水から人間を作る。これは、人間の生活に農業が重要な役割を果たしていることを暗示している。最古の神話の中に、神々が自らの血を流して太陽と月を動かすという話がある。マヤの人々は、人間の犠牲と引き換えに神々がこの世界を動か

図9.1　血の捧げ物

この石のレリーフでは、マヤの王が王族の女性の上にたいまつを掲げている。女性は舌に開けた穴に棘状のものを埋め込んだ紐を通して血を流し、それを神々に捧げる。

し続けてくれると信じていたようだ。特に人間が自身の血を流すことで、神々が雨を降らせてくれると考えられていた。重要な儀式では、王が骨で作った針または釘で自分のペニスや手を傷つけ、滴る血を樹皮紙（アマテ紙）にしみ込ませた。樹皮はタバコその他の幻覚誘発剤と一緒に燃やされ、その煙を吸い込んだ王は幻覚症状に陥った。多くの場合、煙の中から蛇が現れるという幻覚で、蛇は祖先の化身と考えられた。季節ごとの変化が激しい環境に暮らすマヤの世界観では、死と再生、そして渾沌を支配することが大きなテーマだったのだ（図9.1）。

マヤの知識人（おそらくシャーマンや神官）は二十進法を基準とする数体系を考案し、そこにはゼロの概念も含まれていた。ゼロの存在を示す最古のマヤ碑文は西暦357年ごろのものだが、それより古いオルメカ文明でこの概念が知られていた形跡がある（第8章で見たように、インド亜大陸の学者は紀元後の早い時期にゼロの概念を作り上げていたが、それが初めて小さい円の形で表記されるようになる

図 9.2 マヤ暦

260 日の暦（左）と 365 日の暦（右）の関係がわかる。結合した日は 52 年ごとに再現され、その年は非常に重要で危険が多い年とみなされて盛大な儀式が行われた。

のは 9 世紀である）。

マヤの神官は時間のサイクルを熟知しており、惑星の周期を記録したり、日食や月食を予測したりしていた。マヤには 3 種類の暦があった。地球が太陽の周りを回る公転周期に基づく 365 日の太陽暦、金星の軌道を基にしたと思われる 260 日の第 2 の暦［短暦］、そして「長暦」と呼ばれる第 3 の暦である。長暦は、任意に設定した 3000 年以上昔の基準日からの経過日数を表すものだ。マヤの人々は太陽暦の 1 年を 365.242 日と計算していたが、これは現代の天文学者が計算した数値よりわずか 17 秒短いだけである。

ある特定の日を表すマヤ暦の日付は、365 日暦と 260 日暦の両方を使って計算できる。この 2 つの暦があらゆる組み合わせを経てそれぞれの開始点に同時に戻るのに 52 年かかる（図 9.2）。

マヤでは、西半球で最も複雑で表現豊かな文字体系が発達していたが、メソアメリカに居住していた他の民族集団（後期オルメカ族、ミステク族、サポテカ族、アステカ族）もそれぞれ独自の文字を持っていた。マヤの人々にとって、文字は古代メソポタミアの支配層にとっての楔形文字と同様に重要なものであり、行政上の記録や天体の記録、系図、詩、歴史などがこの文字で記された。記録は石に碑文を彫りつける場合と、たたいた樹皮、鹿皮などを漆喰にくぐらせて折本の形に畳んだものに書く場合があった。石に刻まれた碑文は 1 万 5000 以上が現存するが、書物は歴史と暦に関するものが 4 冊残っているだけだ。これは、スペイン人の征服者や宣教師が先住民固有の信仰を根絶やしにしようと、見つけ次第すべての書物を破壊したためである。

マヤの表記法には、象形文字（表意文字）の要素と、音または音節を表す表音文字の要素の両方があるが、表音文字といってもアルファベットとは異なる。この文字を解読するには長年にわたる粘り強い学術的研究が必要で、その努力は 1960 年代に始まって、1990 年代にようやく完成を見た。文字記号は、中央の絵と、それを取り巻く複雑な接頭辞や接尾辞という形になっているものが多い。

マヤ遺跡に共通する特徴のひとつに、おそらくオルメカ文明から受け継いだものと思われるが、細長い長方形のコートと傾斜した壁を備えた球技場がある。ここでマヤの人々は、重くて硬いゴムのボールを、手も足先も使わずにこの壁（一種のエンドゾーン）の高いところに取り付けた石のリングに通すという球技で勝敗を競った。ゴムのボールは直径が最大 30 センチメートル、重さは最大で約 7 キログラムあり、粘りの強いゴムノキの樹液にアサガオの汁を加え

て作られた。ヨーロッパや北アメリカでは、19世紀半ばまでゴムの製法は知られていなかった。

　この球技に女性が参加した形跡はない。2人の男性の個人戦か、各チーム2〜4人の団体戦のいずれかだったようだ。球技場によっては、コートの脇に頭蓋骨を置く台が用意されている場合があり、この球技を行う理由のひとつに残酷なものがあったことを暗示している。考古学者によると、この球技は様々な理由で行われた。単なるスポーツとして、賭けの対象として、条約締結の儀式として、そしてときには身分の高い捕虜同士を無理やり戦わせる場として。この最後の場合、負けたほうはその場で処刑される運命だった。敗者の首は競技場の台の上に飾られたことだろう。これも人間の血を流すことによって神々を喜ばせる方法のひとつだったのである。

　球技以外にも、マヤの人々は意外な娯楽を考え出した。子どもたちのために粘土でミニチュアのジャガーを作り、その脚に粘土の棒をつけ、その棒に粘土の円盤（車）を取り付けたのである。言い換えれば、彼らは車輪付きのおもちゃは作ったが、そのアイデアを大人が使う車輪付きの乗り物に発展させることはなかった。もちろん、車輪付きの乗り物も、それを引く大型の家畜がいなければあまり役に立たないだろう。それでも、陶工のろくろや、川が流れていれば石臼を回す水車に応用できたはずだ。ところがマヤでは、おもちゃ以外に車を利用した証拠は見つかっていない。アフロユーラシアでは、車輪のない歴史は想像すらできないというのに。

　マヤには喫煙の習慣があり、タバコは気晴らしにも儀式にも使われた。マヤ人や神々がパイプをふかしているところを詳細に描いた絵画が発見されている（図9.3）。植物遺伝学の研究によれば、タバコは紀元前5000年から紀元前3000年にペルーからエクアドルにかけてのアンデス山中で初めて栽培され、アメリカ大陸では北極圏をのぞくすべての文明社会に共通する特徴になっている。タバコは嚙む、嗅ぐ、食べる、飲む、体に塗る、目薬や浣腸として使う、煙を吸うなど、さまざまな方法で楽しまれた。戦いに赴く戦士の顔に、種をまく前の畑に、セックスの前には女性の体に、煙を吹きかける風習もあった。また、神々への捧げ物としても使われた。タバコはシャーマンの訓練にも重要な役割を果たしていた。大量に摂取すると、幻覚やトランス状態、臨死状態を引き起こすため、新人シャーマンはこれによって死をも克服する能力があることを証明したのである。

　マヤの社会は厳格な階級制を採用していた。王族と貴族が頂点に立ち、その下に人口の80％から90％を占める農

図9.3　葉巻を吸うマヤの王子

ジャガーの毛皮にすわったこの王子は、足元の貝殻から頭をのぞかせている蛇（幻覚）のほうに手を伸ばしている。この絵は、タバコが個人の気晴らしや瞑想に使われたことを表しているようだ。ほかに、喫煙が神々と交信する儀式的な機能を持っていたことを表す絵も見つかっている。

民がいた。奴隷がいた証拠は見つかっていない。支配者の役目は、神々や死者と交信すること、儀式を行う施設を建設すること、そして戦争を遂行することだった。儀式で神の代弁者となり、神々の住まいを建設する王は、恐ろしげな名前を名乗ることが多かった。たとえば、偉大なるジャガーの足、荒れ狂う空、ジャガーのペニス（これには「王者ジャガーの親」という意味合いがある）など。マヤ族は、ジャガーを森で最も危険な肉食動物と考えていたのである。王に適切な男子の後継者がいない場合は、女性が摂政または女王になることもあった。

マヤ文明の領域には45〜50の都市国家が散らばり、中央政権は存在しなかった。都市国家が政治的に統一されることはなく、中国やローマのような帝政よりむしろ、メソポタミアやギリシアの都市国家に近い文明社会を形成していた。アフロユーラシアの文明社会と同様、マヤ文明にも記念建造物があった。各都市国家の中心部には、ピラミッド型の神殿や王宮、広大な広場、球技場などが集まっていた。しかし、このような中心都市の中には100年も経たないうちに衰退したところもある。地域全体が政治的にも人口の面でも不安定で、マヤの歴史の中で盛衰を繰り返していた。

1940年代から1960年代までの考古学上の通説では、マヤ文明はまれに見る平和的な社会だったと考えられていた。ところが絵文字が解読され、様々な軍事施設や都市の破壊、集団埋葬の跡が発見されるにつれ、実際の様子がわかってきた。考古学者はそれまでの説を撤回し、今では、マヤ族の間で戦争は、敵を捕虜にしたり生贄にしたりという行為も含めて、珍しいことではなかったと考えている。様々な考古学的証拠が明らかになるにしたがって、マヤ文明も、文書の記録がよく残っている他の古代農耕文明とますます似ていると思われるようになってきた。

マヤ文明は世界史上珍しいほど急速に衰退した。西暦760年ごろにはユカタン半島の南半分に住むマヤ族の多くが自分たちの都市を放棄するようになり、それから150年もたたないうちに、千年近く続いた伝統が縮小し、ほとんど消滅してしまったのである。ただしユカタン半島北部では、チチェンイツァが西暦900年から1250年ごろまで栄えた。それ以後、スペイン人が到来するまで、ユカタン半島は小規模な部族社会が互いに争う時代が続く。これらの社会には文字はないが税制や交易、ピラミッドなどは備わっていて、いわばマヤ文明を弱体化したような状態だった。

考古学者や歴史学者はこの急激な衰退について、様々な可能性を考えてきた。土地の侵食、森林破壊、土壌の疲弊、地震、反乱、病気、最も新しいところでは干ばつなど。たしかに西暦840年ごろから広範囲にわたって干ばつが見られるようになるが、社会的・政治的衰退は乾燥した北部台地ではなく、より湿潤な低地で起こっている。学者の多くは複数の要因がかかわっていると考える。特に人口過密と農業環境の悪化は飢餓や病気、人口移動の原因となる。また、無意味な戦争が増えたことで支配者への信頼が失われた可能性もある。つまり、ここで起こったことは、農耕時代を通じてアフロユーラシアで周期的に発生したのと同様の古典的な「マルサス的危機」だったということになる。実際に何が起こったかはともかく、マヤの衰退は、中央集権

的大帝国であろうと地方分権的都市国家であろうと、人口過密には危うさがあることを示している。

メキシコ盆地

メソアメリカで大人数を養うことのできる地域がもうひとつある。メキシコ中部のメキシコ盆地だ。メキシコ盆地は標高2100メートルの台地に位置し、周囲を取り巻く山々から発する川が複数の大きな湖に流れ込んでいた。ここでは紀元前1600年ごろから肥沃な火山灰土を利用した農業が行われ、高地に適応した作物が栽培されていた。紀元前400年ごろには人口は約8万まで増え、人々は5、6カ所の都市国家に分かれて暮らしていた（地図9.1）。

メキシコ盆地を取り巻く火山群が噴火したのは紀元前350年から紀元前250年のことである。おそらくこれが原因で、現在のメキシコシティの北東50キロメートルの地点への移住が進み、大きな都市が形成された。「テオティワカン」と呼ばれたこの都市は急ピッチで発展し、西暦紀元の初めごろには5万〜6万の人口を擁していた。西暦500年ごろの最盛期には約20万人が住んでいたと考えられるが、これは当時のアメリカ大陸で最大の複合都市であり、世界でも6大都市のひとつとされる規模だった。

テオティワカンの統治制度についてはよくわかっていないが、壁画や絵画で王位よりむしろ神のほうが強調されていることから、神権政治であったことが推測される（神権政治とは、神の権威を託されたと主張する神官による統治形態で、古代シュメールはその一例だ）。西暦300年から600年まで、テオティワカンは中心都市として神殿、王宮、市場、および広大な広場を備えていて、灌漑システムおよびメソアメリカの他地域との交易によって維持されていた。テオティワカンでは文字による記録が残っていないため、その社会および政治構造についてはわからないことが多い。

テオティワカンは「崩壊」するのも急だった。西暦550年から750年のある時期に侵入者によって焼き払われ、人口が以前の4分の1にまで減少したのである。それから千年近くたって、アステカ人がこの都市を発見し、現在知られているテオティワカン（「神々の都市」という意味）と命名した。アステカ人はここを"世界はここから造られた"という聖地として崇めた。メソアメリカで広く信じられていた、裕福な人々が暮らし、慈悲深い神官や王が統治する神話上の大都市（現実世界でも作り上げたいと願っていた理想像）と一致するところが多かったためである。

テオティワカンが勢力を失った直後、メキシコ盆地には戦いに終止符を打ち、秩序を回復するだけの強力な国家は

地図9.1 トルテカ帝国とアステカ帝国（950年～1520年）

マヤ帝国の領土が大幅に縮小していることに注目。アステカの支配者は広大な領土からどのように徴税したのだろうか。

存在しなかった。西暦700年代になると、テオティワカンの後継都市として、現在のメキシコシティから北西に80キロメートルほど離れた2つの川の合流地点にトゥーラが建設された。トゥーラは国際的な都市で、住民はその後やって来るアステカ人の言葉である**ナワトル語**を話していたようだ。テオティワカンと同等とまでは言えないが、数カ所の拠点とおそらくメキシコ盆地全体からも徴税していた。しかし、西暦1150年から1200年に何らかの大災害に見舞われる（焼失した建造物から推測される）。それでもトゥーラは、アステカに従属する小都市として16世紀初頭まで存続した。

トゥーラが重要だったことは、この都市をアステカ人がどう意義づけていたかを知ればわかる。アステカ人はここを、熟練した職人が住み、支配者は金・銀・トルコ石・貝殻などで飾られた王宮に住んでいる伝説の都市と考えていた。トゥーラをトゥラン、その住民をトルテカ人と呼び、彼らは慈悲深い主神**ケツァルコアトル**を崇めていると信じた。この神は捧げ物として果物や木の実以外は要求せず、その庇護のもとで、畑には常に作物が実り、様々な色の綿の実が採れた。アステカ人は、邪悪な神がケツァルコアトルをだまして東の太陽が昇る国に追放し、トゥランは滅び

たものと信じていた。

トゥーラの衰退後、内戦やノマド（移動民）による侵入の時期が続き、その後やっと**アステカ**の名で知られる民族が歴史に登場する。ドイツの博物学者で探検家でもあるアレクサンダー・フンボルト（1769年～1859年）が19世紀初め、テスココ湖の周辺で同盟関係にあった3つの都市国家をこう呼んだのである［三都市同盟、いわゆる"アステカ帝国"］。このグループは神話上の都市アストラン（「シラサギの土地」という意味）を父祖の土地として共有していた。この人々は最初のころは自らを「アステカ」と呼んでいたが、やがて現在のメキシコ中部への旅が始まると、民族神**ウィツィロポチトリ**によって「メシカ」という名が与えられた。

アステカ族は、もともとはメキシコ北部に興ったノマドや半ノマドの小集団で、自分たちのものと言える土地は所有していなかった。他のグループに追い立てられ、西暦1325年にテスココ湖の岸に近い小さな無人島に定住した。周辺では数十もの小規模な都市国家が互いに争っていて、その中でアステカ人は都市を建設し、軍事力を養った。まず近隣諸国の軍隊に傭兵として雇われ、やがて自前の都市を築いて、自らをメシカ＝テノチカ、その都市を「サボテ

ンの実る場所」を意味するテノチティトランと称した。その後わずか数世代で、このノマド集団は広大な農耕文明社会に君臨するようになっていた。

メシカ族（アステカ族）が定住した島は標高2100メートルに位置する浅い湖の湿地帯にあり、綿やカカオ豆の栽培には向かなかったため、彼らは現状を活用する方法を工夫しなければならなかった。ただし、水が豊富にあること、魚やカエル、水鳥など食料に不足しないこと、防御が容易であることという利点はあった。

農地を広げるため、メシカ族は湖の底から肥沃な泥や植物をさらって小さな浮き島（**チナンパ**）を作り、いくつかのチナンパをまとめてその周囲に柳を植えた（チナンパ農法については第5章を参照）。チナンパでは、一年を通してトウモロコシ、豆、カボチャ、トウガラシ、トマト、アマランサスやチーア（どちらも穀類の一種）を栽培していた。種子はアシの浮き桟橋の上に並べた苗床で発芽させ、チナンパに新しい作物を植えるときにはその浮き桟橋をカヌーで引っ張っていった。チナンパの最古の記録は西暦1150年から1350年で、テノチティトランの周囲にはこのようなチナンパがびっしり並んでいた。

メシカ族が飼っていた家畜は犬と七面鳥だけで、どちらも食用になった。また、様々な虫を食べたり、目の細かい網で湖面から青緑のスピルリナ（藻の一種）を集めて固め、高たんぱくの食品を作ったりしていた。自然の幻覚剤をいくつか持っていて、古代の農民の例に漏れず、糖度の高い植物を発酵させてアルコールを抽出した。主な原料になったのはサボテンである（現代ではこれが**テキーラ**の原料になっている）。

1428年、メシカはテスココ湖周辺の他の2つの都市国家（テスココとトラコパン）と三都市同盟を結成し、周辺地域の征服に乗り出す。増え続ける人口を養うために徴税する必要があったのだ。このときからスペイン人がやって来るまでの91年間に、三都市同盟（アステカ帝国）は400もの小さな町や都市を征服した。その結果、盆地内の人口だけで少なくとも20万〜30万、広大な帝国全体ではおよそ300万〜1000万、という大帝国ができ上がった。

アステカは、被征服民族に対し、貢ぎ物として穀物や、織物、ウサギの毛の毛布、刺繍した衣服、宝石、黒曜石のナイフ、ゴムボールなどの手工芸品を大量に納めさせた。また、**プロテカ**と呼ばれる専門の商人が、帝国内外に遠征して交易を行った。その旅は、個人的な商用の場合もあれば、支配階級に委託されて進貢品を現地の特産品（ジャガーの皮、オウムの羽、半透明の翡翠、エメラルド、貝殻、バニラビーンズ、カカオなどの贅沢品も含まれる）と交換

するのが目的の場合もあった。

アステカ族もメソアメリカに共通の伝統とイデオロギーを持っていた。つまり、球技や儀式での流血と人身御供、創造と破壊が周期的に繰り返されるとする宇宙観などである。ある時期、テノチティトランを統治していたトラカエレル（1398年〜1480年）は、こうした要素をもとに、テノチティトランの他国征服を正当化する立派な理由を考えだした。トラカエレルは50年以上にわたって内務の長を務めた人物で、三都市同盟の成立を指揮してアステカを宇宙秩序の番人の地位に据えた。アステカ族は長年、自分たちより前には「太陽」と呼ばれる4つの時代があり、それぞれの太陽は破壊されて現在が5番目の太陽に相当すると信じていた。また、戦争と人身御供を好む神ウィツィロポチトリが広く信仰されていた。そこでトラカエレルは、太陽が輝き続け、地震や飢饉によって5番目の世界が破壊されないようにするために、ウィツィロポチトリには生命力がほとばしる血が必要なのだと説いた。豊富な血液を提供できるのは人間の生贄だけなので、他国を征服して生贄に捧げる捕虜を獲得しなければならない、とアステカの人々に教えたのである。後年になると、戦争がない場合は常に、テスココ湖周辺の各都市の統治者が手はずを整えて「花戦争」を行ったという。各陣営があらかじめ決められた戦場に若者を派遣し、生贄に必要な囚人を獲得することが目的だった。

生贄の儀式は身を清めた神官によってピラミッドの上で行われた。湾曲した石の台に犠牲者を横たえ、両手両足を押さえつけて、黒曜石の刃物で胸を切り裂く。胸に手を入れてまだ動いている心臓を取り出すと儀式用の水盤に投げ込み、まだ血を流している死体をピラミッドの階段から転がり落とす。この儀式の間に限って、支配階級の人々が人肉を食べることがまれにあったようだ。何人ぐらいが犠牲になったのか、正確にはわからない。人身御供はメソアメリカその他世界各地で文化の一環として長年継承されてきたが、テノチティトランでは特にそれが目立っていた（図9.4）。

1970年代に人類学者のマイケル・ハーナーが、アステカで人身御供が盛んに行われたのはタンパク質を必要としたからであって、人肉食は単なる儀式ではなく、タンパク質不足を補うためでもあったという仮説を発表した。この仮説はかなりの注目を集めたが、現在では支持されていない。アステカ人の食生活について詳しく調べたところ、明らかなタンパク質不足は認められなかったためだ。むしろ、人身御供の比較文化研究によると、この風習は人口圧力や領土および資源獲得のための戦争と深く結びついているようである。食料の入手しやすさには直接関係しない一方で、

図9.4　アステカの生贄

この挿絵は、生贄の祭壇に横たえられた犠牲者の様子を描いたものだ。神官が胸を切り開き、まだ動いている心臓を取り出してウィツィロポチトリに捧げている。ピラミッドの下で待機している列席者は先に犠牲になった生贄の遺体を動かしている。アステカで人身御供が広く行われていた理由を考えてみよう。

物資が少なく互いの信頼感も希薄な状態のまま人口が増加し、そのことで緊張感が増したこととは、直接関係があったと言えそうだ。

アステカは戦士を重用する社会だった。2人の指導者（外務担当と内務担当）は、最も功績のある100人の戦士による会議で選出された。また、アステカ人が崇める主神は、戦の神ウィツィロポチトリと雨の神トラロックである。戦士には、死後4年間は太陽の朝の旅に同行し、その後はハチドリになって甘い果汁を吸うことができる来世が約束された（出産で命を落とした女性には戦士と同等の地位、つまり太陽の昼の旅に同行し、その後は女神になることが約束された）。アステカには軍事要塞や、徴税のための管理組織はなかった。軍事的な報復を恐れる被征服民族は、言われるままに従ったからである。常備軍の制度はなかったが、いざというときにはすべての男がすぐに持ち場につける態勢は整っていた。

アステカの社会生活の基本単位は**カルプリ**だった。「大きな家」という意味で、長い年月の間に血縁や地縁でつながった数家族の集団を指す。カルプリの上層部が内部メンバーに土地や職を与え、メンバーは労務を提供したり貢ぎ物を差し出したりした。カルプリの長は終身制だった。テノチティトランには約20のカルプリがあり、それぞれが兵士や将校を提供した。男女を問わず、10歳〜20歳の間に一般教育を受けさせるのもカルプリの役目だった。16世紀初頭にこのような教育制度を実施していたのは世界でもここだけだろう。平民の男の子は戦士になるべく訓練を受け、女の子は歌や踊り、家事の技術を学んだ。これ以外に第3の学校があり、貴族階級の子弟が行政やイデオロギー、文字の読み書きを教わっていた。

帝国が拡大し、農耕文明が生まれると、やがて社会的秩序がもたらされ、市場が大きく成長して、アステカの支配層はますます知的な生活を送るようになる。だが、その代償は大きかった。社会階級の格差が広がり、大勢の奴隷が生まれた（そのほとんどは、貧困のせいで子どものときに売られた人や捕虜である）。人身御供が際立って増え、1450年から1454年の干ばつでは数千人が犠牲になった。そして上流階級にも平民にも、男性の生活には徴兵制が影を落とすようになった。

アステカ文明では戦争が重視されたが、同時に神官や貴族階級の人々は詩作や哲学に耽り、真実は往々にして「花と鳥」を通して現れると考えた。「花と鳥」は詩を象徴する存在であり、最高の芸術であると考えられていたのである。

ところで、私たちはアステカ族についてこれほど多くの知識をどこから得ているのだろうか。アステカの人々は、マヤ族ほど表現豊かではなかったが文字を発達させていた。それは絵にキャプションをつけたようなもので、碑文は数多く残っているが、書物はほんの数冊しか残っていない。ほとんどの書物はスペイン人に破壊されたのだ。私たちが現在得ている知識の多くは、アステカの生活を記した12巻に及ぶ百科事典によっている。16世紀半ば、フランシスコ修道会のスペイン人修道士、ベルナルディノ・デ・サアグン（1499年〜1590年）が40年かけて収集したものだ。

サアグンはナワトル語を流暢に話せたので多くのアステカ人と面談して辞書、風習の記録、詩や戯曲のコレクションを蓄積した。この12巻本はまず1829年にメキシコで出版された。最終的には1950年から1982年にかけて「フィレンツェの写本」として米国で出版され、サアグンは世界で最初の人類学者、または民族学の「父」と評判になった。ナワトリ語は今でも数十万の人が話す生きている言語である。この人々はメキシコに住み、現代のメキシコ文化にアステカの風習を持ち込んだ。ナワトル語から英語に入った言葉には、オセロット(ocelot)［ネコ科の中型肉食獣］、コヨーテ(coyote)［イヌ科イヌ属の中型獣］、トマト(tomato)、チョコレート(chocolate)、タマーリ(tamale)［トウモロコシ粉やひき肉などをトウモロコシの皮にくるんで蒸したメキシコ料理］などがある。

1517年にテノチティトランを破壊した後、スペイン人はその廃墟の上にメキシコシティを建設した。1978年、メキシコシティで電気工事をしていた作業員が直径3メートルを超える楕円形の石を発見する。石の保存状態は良好で、これがきっかけとなってメキシコ政府は発掘作業を行い、テンプロ・マヨールと呼ばれるピラミッド型の巨大神殿が姿を現したのである。この建物は、アステカ帝国の聖なる場所の中心に建っていたと考えられている。この発掘によって、帝国の儀式、遠方の土地からの租税、アステカの宇宙観について多くの新事実がわかった。発掘された石に彫られていたのは、首をはねられ、手足をばらばらにされた女神コヨルシャウキの姿である。この女神は戦の神ウィツィロポチトリの姉だが、ウィツィロポチトリは生まれてすぐに姉をずたずたに切り裂くのである。女神の血は貴いものとして、女神が身につけている宝石で表されている。スペイン人による征服の直後に記録された聖歌によって、この石がアステカの信仰の中心だったことがわかっていた。

メキシコ盆地に興ったアステカ文明では、発展途上の農耕文明の姿を見ることができる。それは、メソポタミア、エジプト、インダス川流域、および中国の古代文明より、現代の私たちの社会にはるかに近い。しかし、その一方で、灌漑設備、厳格な社会階級制、神格化された王、神官と複雑な宗教儀式、強制的な租税、ピラミッド、文字による記録、戦争、奴隷制などの変化の過程で、アステカと古代文明の間には明らかな類似点もある。このような変化は、食料の供給量が増え、各地に人口密集地ができ、社会の複雑さが増すにつれて起こったものだ。細部は異なるにしても、全体のパターンは、アフロユーラシアで観察した普遍的傾向と驚くほど似ている。

🔷 アンデス地方の農耕文明

南米の歴史はメソアメリカ以上に解明が困難だ。というのも、南米では少なくとも一般的な意味での文字体系が発達しなかったうえに、メソアメリカの場合と同様、目を見張るようなインカの文物をスペイン人が略奪し破壊したためだ。

インカ帝国以前(プレ・インカ)の歴史

第6章でも触れたが、アンデス地方の地理は世界でも類を見ないほど特異なものだ。二列の山脈が平行して南北に走っているため、山脈北部の東側では卓越風［東から西へ吹く東風、貿易風］によって大量の雨が降り、西側の沿岸部では雨量が少なくなる。乾燥した沿岸部にも人が住めるのは、山岳地帯から50本ほどの小河川が流れているからだ。海岸から山岳地帯までは約100キロメートルしか離れていない。太平洋海底の構造プレート(ナスカプレート)が東に移動して大陸プレート(南アメリカプレート)の下に沈み込むことにより陸地が押し上げられるためで、これがこの地方にしばしば地震が起こる原因となっている。

第6章で述べたように、ペルーの沿岸部および内陸部には、少なくとも紀元前2000年ごろから新興の国家が建設されていた。海から上がるカタクチイワシ(アンチョビー)を乾燥して粗挽きにしたものが十分なタンパク源およびカロリー源になり、それと内陸から運ばれてくる農産物(特に漁網の材料になる綿)を組み合わせれば、人口増に対応できたからだ。これらの社会には儀式のための施設やピラミッド、専門職、灌漑設備などが見られるため、考古学者の多くはこれを「複雑な社会」と考えている。ただ、この地方の新興国家は地震、洪水、豪雨などの災害によって何度も破壊されたので、さらに規模の大きな国家(帝国)にまで発展することはなかった。

内陸部で発展したチャビン・デ・ワンタル文化(紀元前900年～紀元前300年)、次いでモチーカ文化(あるいはモチェ文化、西暦300年～700年)が消滅した後は、内陸部や高地には地方自治的な地域国家が発展した。

高地では、西暦650年から1000年ごろにかけて、2つの国が勢力範囲を広げていた。山岳都市アヤクーチョから北部を支配したワリ帝国と、チチカカ湖畔の首都から南部を支配したティワナクだ。ティワナクは標高3200メートルの高地に築かれたため、主食はジャガイモに限られていた。またアルパカ、ラマ、ビクーニャ(いずれもラクダの仲間)を飼っていた。ワリの方が標高の低いところに位置していたため、トウモロコシを栽培することができた。こ

地図9.2　インカ帝国（西暦1471年～1532年）

インカ帝国はコロンブス到達以前のアメリカで最大の帝国である。南北にこれだけ長大な帝国をインカ族はどのように統治したのだろうか。

の地方では、西暦1050年ごろから数百年にわたって乾燥化が進み、経済が沈滞したために宗教や政府への信頼が薄れ、やがてどちらの国も少数の集団に分裂してしまう。

西暦10世紀、現在のペルーの海岸沿いに、チムー族によりチムー王国が建設された。首都は現在のトルヒーヨに近いチャン・チャンである。チムーは1470年ごろインカ族に征服されるが、その直前の人口は5万～10万にまで達していた。

インカ族　インカ族は最初は閉鎖的な民族集団で、チチカカ湖付近が発祥の地と考えられる。1200年ごろ、標高3400メートルのクスコに定住するが、その近辺には、半径100キロメートル以内に十数もの民族集団が住んでいた。この地域の人口が大幅に増えるにつれ、土地をめぐって絶えず争いが起こるようになり、住民は、たとえ労働を強制されたとしても、平和で安定した暮らしがほしいと考えるようになっていた（地図9.2を参照）。

そこでインカ族の支配者は他民族の高貴な女性と結婚し、ここに地域の連携が生まれた。こうして中心部の安全を確保したうえで、インカ族は3世代かけて周辺地域を征服していき、領土を拡大した。この領土拡大は1438年ごろ、パチャクテク（「世界を震撼させる者」の意、在位1438年～1463年）によって開始され、孫の時代に完結した。パチャクテクは25年間も軍事遠征を指揮したが、その後は一線から退いてクスコに留まり、帝国の政治機構を整え、クスコを帝国にふさわしい壮麗な都に仕立てることに専念した。

インカ帝国は、最盛期には南米大陸の西端に沿った約4000キロメートルに及ぶ地域を支配した。ここには沿岸部と高地が含まれ、エクアドルのキト［緯度0度］の北からチリのサンティアゴ［南緯33.5度］の南まで緯度で36度に相当する広さだった。これは、サンクトペテルブルグからカイロまで、あるいはカイロからナイロビまでの距離とほぼ同じである。インカ帝国は南北アメリカ大陸に出現した

アメリカの農耕文明　**237**

先住民国家のうちで最も大きく、民族的にも言語的にも異なる80の行政区からなっていた。人口は合計で約1000万にも達していた。1491年［コロンブスによる"新大陸発見"の前年］のインカ帝国は、環境の多様性と適応性において当時最も進んだ帝国だった。世界的には、中国の明が内向きの政治に転じ、オスマン帝国の勢いが頂点に達し、アフリカ大陸ではグレートジンバブウェやソンガイ帝国がごく限られた地域で繁栄し、ヨーロッパの海洋国家（バルセロナ、ジェノバ、ベネチア）が衰退していった時期である。

インカ族は行政区を4つの地理的区域にまとめ、それぞれを「スウユ」と呼んだ。領土全体は「4つの地域をまとめる」という意味のタワンティンスウユと呼び、その象徴が、首都クスコ（「へそ」という意味）から放射状に延びる四大街道「カパック・ニャン」だった。商用にはインカの言葉ルナ・シミ（スペイン語で**ケチュア**）が使われた。ルナ・シミ語をアルファベットで表すと、インカ(Inca)は「Inka」、クスコ(Cuzco)は「Qosqo」のようになる。私たちはいまだにスペイン語による名称を使い続けているが、世界各地で現地での名称が使われるようになってきているので（たとえば、ペキンではなくベイジン、イースター島ではなくラパ・ヌイ、マッキンリー山ではなくデナリ山）、これもいずれは変わる可能性がある。ケチュア語（ルナ・シミ）は現在でもエクアドルからチリまでの地域に住む数百万の人々の母語であり、ペルーでは第2公用語になっている。

インカ帝国では、皇帝は創造神ビラコチャの子孫で太陽神インティの息子と称し、神として君臨した。すべての土地、家畜、財産は皇帝のものだった。皇帝は住民に対し、貢ぎ物ではなく、労務（**ミタ**）を課した。平民は男女とも、自分たちに割り当てられた土地のほかに政府や神殿の所有地を耕作し、作物を育てて収穫した。さらに、女には布を織る仕事が課せられ、男は建設作業に従事した。インカの人々は、見事な織物の技術を身につけており、また、モルタルを使わずに石造建築を完成させた。何人かの「選ばれた女性」は織物だけに専念した。一方、男たちは、神殿や軍事施設はもちろんのこと、各地を結ぶ3万〜4万キロメートルに及ぶ街道（カパック・ニャン）の建設にも携わった（図9.5）。

インカの道路は、一部ではスペインの騎兵8騎が並んで通れるほどの幅があった。飛脚が情報や品物を携えてこの道を走り、皇帝は300キロメートル以上離れた海岸から新鮮な魚を2日で取り寄せることができたという。ヨーロッパの諸文明と違い、商人という職業は発生しなかった。食料や商品の収集と分配を、政府の役人が行っていたからだ。

支配階級は、自分たち生者ばかりか死者の生活まで平民

図9.5 機を織るインカの女性

このような簡単な織機を木に結びつけ、複雑な模様の織物を制作していた。

の労働に頼っていた（これについては後述する）。しかし、余剰生産物を保管して、平和時には未亡人や貧しい人々に、戦争中や自然災害のときにはすべての人々に分配するのは、統治者の務めだった。さらに、統治者は盛大な祭祀を行う義務があると感じていて、そのようなときには大量の飲食物が提供された。このような体制から一種の中央指令型経済、すなわち垂直社会主義［「市場」という仕組みがなく、成果物はすべて統治者のもとに集められ、そこから分配される制度］が生まれ、厳格な階層制の中で支配層が平民の生活を保証する社会ができ上がった。

インカの人々は毛を刈るため、また荷物を運ばせるために、ラマやアルパカ、ビクーニャを飼っていた。トウモロコシ、豆、ジャガイモ、キノア、トウガラシを主要食物とし、犬やアヒル、テンジクネズミの肉を食用にしていた。トウモロコシはわずかでも収穫できれば軍隊、巡礼者、王家の食料として、さらには儀式に使うビールの原料として、すべて保存していたようだ。ジャガイモの栽培には熟練していて、数百もの品種を開発し、凍結乾燥（フリーズドライ）の方法を編み出して何年間も保存できるようにしていた。

インカ帝国では通貨は使われず、一般的な意味での書き言葉もなかった。その代わり、**キープ**（結縄）［結び目の付

図9.6 キープ（結縄）

紐の意味は、結び目の種類と位置、紐の色、親紐上の位置、および親紐上での並び方によって決まった。

いた紐]による記録体系が発達していた（図9.6）。キープで読み書きができるようになるには4年間の教育が必要だったが、それが途絶えてしまったため、もはやキープは完全には読めなくなった。キープで数値データだけでなく言語情報も記録できたことは、16世紀の現地の人々の証言によって確認されている。そのひとりであるワマン・ポマは、スペイン語を学んでスペイン王フェリペ3世に1179ページに及ぶ手紙を書き、インカ帝国時代の良き統治を復活させるように提言した。その中で彼は、「キープで記録されていることはあまりにも多く、それをアルファベットで表現することは困難だ」と述べている[1]。

インカの神官は王家または支配階級の一族から選ばれ、生涯独身で、禁欲的な生活を送ったようだ。インカ族は太陽神インティと月の女神ママ・キジャを崇拝していて、男性の神官は太陽の神殿で儀式を執り行い、女性たちは月の神殿で儀式を行った（金は太陽の汗、銀は月の涙と考えられていた）。インカの人々は、自分たちの土地を神聖で気がみなぎっていると考えていた。周囲の山々は雨と水の源で、その怒りをしずめるために山頂には高価な犠牲（品物やラマ）が捧げられた。特別な儀式では、汚れがなく美しい子どもが生贄に捧げられることもあったが、人間を生贄にする頻度は、アステカの生贄に比べればはるかに少なかった。

この地域の最古の文化[170ページのチンチョロ文化]にまでさかのぼる伝統に従って（第6章を参照）、インカでは統治者が死ぬとその遺体をミイラにして、生きているかのように室内に安置し、召使いにかしずかせた。王族のミイ

ラは、死後もその権利と土地を保有した。重要な意思決定の会議では、ミイラが臨席する中で国家の方針が話し合われたのである。

1911年、イェール大学の考古学者ハイラム・ビンガムが、ペルー山中の険しい尾根筋でインカ帝国の傑作ともいうべき遺跡を発見する。マチュ・ピチュ（「老いた峰」という意味）の名で知られるこの場所は、インカの支配者が数世代にわたって利用していた保養地ではないかと考えられている。標高は約2400メートルで、首都クスコより低いところにあるため暖かく、スペイン人の探索をも免れた隠れ里だったからだ。

遠くから見ていると、アステカ文明もインカ文明もぼんやりかすんでいて区別がつきにくい。たしかに類似点は多いが、近寄って見ると、際立った違いが目に飛び込んでくる。

アステカの標高2100メートルはインカの3400メートルとはまったく異なると言えるが、アステカもインカも高地に興った文明という点では共通していた。食生活では、動物性のタンパク源が限られていたこと、1種類の主要作物（トウモロコシまたはジャガイモ）への依存度が高かったことが共通点として挙げられる。文化的には、基本技術（アーチ建築、車輪と車軸、鉄のどれも使われていないこと）に共通点がある。また、宇宙の秩序の象徴である都市景観（幾何学的および左右対称に建物を配置する）も似通っていた。どちらも帝国とみなしてもよいほどの規模があり、戦争で領土を拡大し、宗教儀式では人身御供を捧げることもあった。ただし、人身御供の規模はアステカのほうがインカをはるかに上回っていた。さらに両文明とも、農耕文明に共通して見られるその他の特徴（記念建造物、厳格な階級制度、専門職、徴税や賦役など）を備えていた。多くの点でアフロユーラシアの初期の農耕文明と似ており、どちらもほぼ同じ時期（15世紀）に出現した。

アステカとインカの違いは、政治・宗教・芸術に見ることができる。アステカの支配者は戦士たちの会議における投票で選ばれたが、インカでは王が後継者を選んだ。メキシコでは政治権力が分散されていた。つまり、テスココ湖周辺のアステカの諸都市が権力を分け合っていた。徴税の対象地域に常備軍を駐屯させることはなく、住民を強制的に移住させることもめったになかった。一方、インカでは、中央の権力が比較的広い地域に直接行き渡っていた。敵対する町は破壊され、住民の強制移住もしばしば行われた。アステカでは神殿の中央に戦の神を安置していたが、インカでは太陽と恵み深いそのエネルギーが主神として崇められていた。アステカの絵画や彫刻は生き生きとした自然な

地図9.3 アマゾニア（アマゾン川流域）

アマゾン川の流域面積は、南米大陸の40％に相当する。アマゾニアは、この流域を中心に、西はアンデス山脈、北はギアナ高地、南はブラジル高原までの広大な地域を指す。

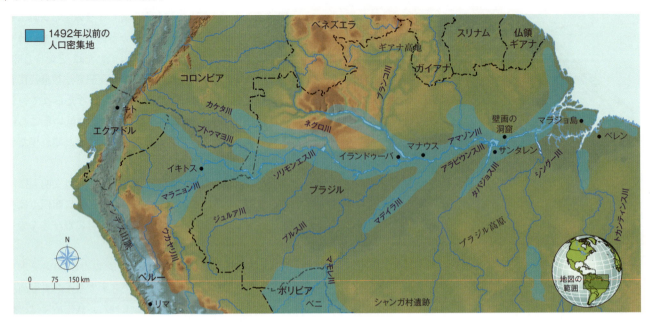

デザインが多いが、インカでは抽象的で非写実的なものが好まれたようだ。しかし、これらの違いは、共通点に比べれば小さなことのように思われる。

アマゾニア

アマゾン川は流量では世界最大の河川である。世界中の海洋に流れ込む淡水全体の約20％がアマゾン川の河口から注がれる。アマゾン川の幅は、海に開けた河口部分では320キロメートルを超え、全長の3分の2のところまで、河口から外洋航海用の大型船でさかのぼることができる。ブラジルとペルーの地理学者はアマゾン川のほうがナイル川よりわずかに長いと考えているが、この主張が広く一般に認められているとは言えない。測定するたびに違う値が出るからだ（地図9.3）。

アマゾン川の河口は赤道直下にあり、両岸の熱帯地方では年間約4000ミリメートルの雨が降るところもある。これは一日あたり100ミリメートルを超える雨量である。この雨林地帯には世界中の生物種の3分の1以上が生息していると考えられている。ただし、アマゾン川流域（アマゾニア）の3分の1は雨林ではなくサバンナである。

長年の間、考古学の世界でアマゾニアは無視されてきた。うっそうと茂る植物、石が少ないこと、水路が頻繁に変わること、あらゆるものが腐敗しやすい暑くて湿潤な気候などを考えると、何らかの痕跡を見つけることは難しいと思われたからだ。

考古学者がアマゾニアの調査を始めた1970年代以来、アマゾニアはもともと大規模な定住人口を養うことができないのか、それともその環境収容力が過小評価されてきたのか、という問題について議論されてきた。最近の調査で、アマゾニアには予想以上に多様な文化や生態系があったこと、ヨーロッパから病気が持ち込まれたせいで人口が減り、昔の狩猟採集生活に逆戻りさせられるまでは、人口が集中していた地域も一部にはあったらしいことがわかってきた。後世の探検家の目にはうっそうとした熱帯ジャングルに見えた場所が、実はよく手入れされた果樹園の残骸だった可能性もある。

第5章で述べたように、アマゾニアでは紀元前5000年にはすでにマニオクやサツマイモ、カボチャが栽培されていた可能性がある。紀元前2000年には初期の農村が形成され、やがてそれが拡大して地域間のつながりができる。魚その他の淡水生物が豊富なタンパク源となり、マニオクの根（キャッサバともいう）が主食であることに変わりはなかった。この太い根はどこでも栽培でき、焼く、炒める、発酵させる、挽いて粉にするなど、様々な方法で調理できる。今日でも、ブラジル北東部では、カリッと焼いたキャッサバ粉を料理の上にふりかけなければ食事が完成しないほどである。

西暦1000年から1500年にかけて、アマゾニアにも定住

地ができてきた。高度な技術を持ち、土塁や土壁を備え、階級制度のあるこれらの定住地は、「文明」といってもよいと専門家の意見は一致している。ただし、アマゾニアの社会は強制的な徴税の仕組みは持っていなかったと見られるため、農耕文明ではなく酋長国と呼ぶことにしたい。

アマゾニアの土壌が農業に向かないことはよく知られており、そのため、アマゾニアには本来多くの人口を養うだけの地力はないという意見が以前は主流だった。赤茶色の土壌の表面は熱と雨で侵食され、栄養分は洗い流されて、あとには強酸性の土が残る。栄養分は落ち葉などに蓄えられ、そこから植物の根に再び吸収される。

ところが紀元前350年ごろ、アマゾニアの人々は肥沃な土壌を作る方法を発見した。木々を焼いて炭を作り、その粉を排泄物、魚やカメの骨、野菜くずなどと混ぜると**テラ・プレタ**(黒い土)ができるのだ。この土壌は今でも確認できる。黒い土の場所は、たいていは20〜60ヘクタール[最大360ヘクタールという報告もある]、アマゾニア全土の各所で見つかっている。たとえばサンタレンでは、長さ約5キロメートル、幅約1キロメートルにわたって広がっている[単純計算すれば500ヘクタールだが、実際には幅がもっと狭い場所もあって、面積ももっと狭くなる]。黒い土は、たとえ人工物が何も見つからなくても、そこが定住地だったか、少なくともその近くに定住地があったことを示している。それではここは長期にわたっていても小規模なままの定住地だったのだろうか。それとも大規模な社会生活が営まれていたのだろうか。それはまだわからないが、一部の考古学者は、アマゾニアの森林面積の12%から50%が古代には果物や木の実を栽培していた果樹園であり、かつては人の手が加わっていたと考えている。

北アメリカの農耕文明

北アメリカの多くの地域では、狩猟採集生活が紀元前3000年から西暦1000年にかけて、ヨーロッパ人がやって来るまで続いていた。その地域とは、北極圏および北極圏に接する地域、人々がバイソンを狩って生活していた"グレートプレーンズ"、漁村が点在していた太平洋岸、遊牧生活が主流だった南西部の乾燥地などである。他地域の似たような場所と同様に、人々は小規模な社会を形成していた。野生の食物だけでは多くの人口を養うことができなかったからだ(地図9.4)。

それ以外の地域では、**半定住**生活(ワシントン州立大学の歴史学者ジョン・E・キクザの命名)が営まれていた。この地域の人々は、農業に従事し、一カ所に定住して永久的または半永久的な村を構成していた。しかし、彼らの農法はメソアメリカやアンデス地方に比べれば生産性が低く、それを補うために狩猟や採集も引き続き行われていた。それでも、完全定住社会ほど多くの人口を養うことはできなかった。北米でこのような半定住生活を送っていた民族の例として、現在の米国南西部に住んでいたアナサジ族(今では古代プエブロと呼ばれている)と、現在の米国東部の森林地帯に興ったマウンド文化の2つを取り上げる。

地図9.4　北アメリカ（紀元前500年〜西暦1200年）

物資や情報の交換が最も盛んだったのはミシシッピー川流域である。

古代プエブロ

米国南西部地方の北寄りに位置するコロラド高原に住む人々は、紀元前2000年から紀元前1000年ごろ、メソアメリカからトウモロコシの栽培法を取り入れた。紀元前1000年には水管理システムを作り上げていたが、定住生活に必要な食料を収穫できるようになるには約2000年もの歳月が必要だった。西暦600年から800年ごろに永久的な村が出現すると、その後400年間は農業拡大の時期に入る。これまでにおよそ125ヵ所の遺跡が発見されているが、中でも、ニューメキシコ州北西部に位置するサンファン盆地のチャコ・キャニオンには最も壮大な遺跡がある。

チャコ・キャニオンでは、大きなプエブロ(集落)が5つ発見されている。それぞれ数千の部屋がある4階建ての大規模集合住宅を有し、西暦860年から1130年にかけて建設された。チャコ・キャニオンの人口は推測するしかないが、2000人から1万人の間と見られている。チャコはトルコ石(ターコイズ)産出の中心地であると同時にその地域の儀式の中心地でもあったらしく、住居ではなく神殿として使われていた建物もあるが、これについては考古学者の意見は一致していない。戦争が起こったこと、時には人肉を食べる風習があったことが記録に残っている。

西暦1300年には、チャコ・キャニオンの定住地はすでに放棄されていた。コロラド高原ではこの時代までに多くの人間が暴力的な死を迎えており、農業共同体の間で激しい戦いがあったことをうかがわせる。西暦1276年から1299年にこの地を襲った深刻な干ばつによって人々は狩猟採集生活に逆戻りし、さらに外部からやって来た狩猟採集生活者とも争わなければならなかったと思われる。西暦1300年から1500年の間に米国南西部の農業人口は全体で70%も減少したという事実は、乾燥地での農業がいかに危ういかを示すものだ。

マウンド文化

現在の米国東部の森林地帯に見られる最古のマウンド(埋葬塚)は紀元前2000年のもので、この地方で植物の栽培品種化と農業が独自に行われていたことを示

図9.7 カホキア
発掘をもとに、カホキアの最盛期(西暦900年～1250年ごろ)の様子を描いた想像図。

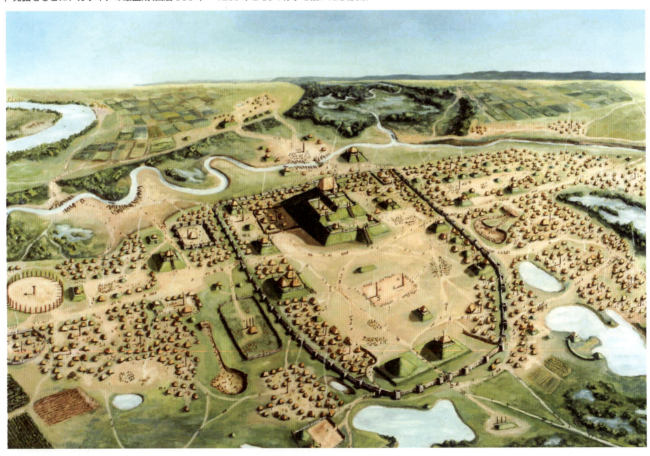

している。人々は、ヒマワリ、ニワトコ、アカザ、カナリークサヨシの仲間、アーティチョークの一種などを栽培して、狩猟採集生活を補っていた。トウモロコシ主体の農業が伝わる以前に、最も複雑で最も勢力範囲が広かったのはホープウェル文化（西暦200年〜400年）である。これは現在のオハイオ州南部（チリコシーの近く）に住んでいた昔の農夫にちなんだ名前で、チリコシーではマウンドのひとつが発見されている。ホープウェルのマウンドは、複雑な埋葬儀式の中心だった。また、発見された人工遺物の中には、アパラチア山脈の雲母、イエローストーンの火山ガラス（黒曜石）、メキシコ湾のほら貝やサメの歯、五大湖の銅など、遠くは約2300キロメートルも離れたところから運ばれてきた品物もある。特に贅を尽くした墓には、おそらく支配階級の一員と思われる多数の男女が埋葬されていた。

東部森林地帯にトウモロコシが伝わったのは西暦800年ごろで、その数世代後には豆やカボチャも入ってきた。その結果、以前より多くの人数を養うことができるようになり、200年もしないうちに、各地に酋長国が建設された。動植物の種類が豊富な土地を手に入れた首長（酋長）は、その優位性を生かしてそれほど豊かでない地域の首長（酋長）に対して影響力を行使した。こうしてミシシッピー川以東の地域の多くは、ひとつの複合的文化圏を形成し、儀式や文化、経済面での交流が盛んになった。

森林地帯に住む人々はマウンドを築き、式典や宗教儀式の舞台として、住居の土台として、また埋葬場所として利用した。マウンドの大半は、近代農業や道路建設、不動産開発によって破壊されてしまったが、オハイオ州南部、ピーブルズ近郊のグレート・サーペント・マウンド（西暦1000年ごろの築造）など、少数が今も残っている。

イリノイ州イーストセントルイス近くのカホキアには100以上のマウンドがあるが、そのひとつが現存する最大のマウンドだ。高さは30メートルを超え、ほぼ5.7ヘクタールの面積を占めている。頂上は平らで、そこに支配者の住居、共用の建物、支配階級の祖先の遺骨を納める構造物、ときには人身御供も捧げられる儀式用の場所があった（図9.7）。

カホキアは西暦900年ごろから1250年ごろにかけて栄え、人口は数千人から4万人の間と推測されている。イリノイ川、ミズーリ川とミシシッピー川（いずれも氷河が溶けることによって形成された）の合流地点に位置し、港町として大いに賑わった。カホキアの住民はしばしば起こる洪水に悩まされていたが、町に大打撃を与えたのは、13世紀初めの地震だった。1350年には、町に人の姿はほとんど見られなくなっていた。

では、カホキアを国家とみなすことはできるだろうか。それとも酋長国に分類すべきだろうか。カホキアは、この両者を区別することの難しさを具体的に表した例と言える。カホキアは他のマウンド社会より規模が大きく、支配者を盛大に埋葬し、その死を悼む記念の式典を行っていた形跡がある。これはどちらも国家の特徴だ。しかし、同時代の他の社会と構造的に違いがあるか、また徴税や強制的権力による支配が行われていたかを判断することは難しい。酋長国のような比較的ささやかな権力体制と、これまで農耕文明と呼んできた巨大システムの間に明確な線を引くことは実は不自然であることを、南北アメリカの事例は思い出させてくれる。

北アメリカと他地域の接触

北米と他地域との間には、ごく限られた形ではあったが接触があった。西暦1000年にニューファンドランド島にヴァイキングの植民地が建設されたのだ（ただし長続きはしなかった）。また、メソアメリカや南米から北アメリカへ2種類の作物の栽培が伝わった。

ひとつはメソアメリカのトウモロコシで、北米大陸の南西部に徐々に浸透していった。おそらく旅人によって陸路を運ばれたものだろう。もうひとつは南米から伝わった作物で、こちらは急速に普及した。タバコである。

タバコは紀元前5000年から紀元前3000年ごろにペルーからエクアドルにかけてのアンデス地方で初めて栽培され、紀元前2500年以前に早くも北方へと広まっていた。これは各地の遺跡から簡単なパイプが見つかっていることから明らかだ。1492年には、沖合いの島々を含む北アメリカ大陸の隅々にまで到達し、凍ったツンドラ地帯に住む種族を除くほぼすべての種族に行き渡っていた。その中には、アラスカのトリンギット族、大平原に住むブラックフット族やクロー族など、タバコの栽培以外の農業には無縁の種族もいた。プエブロ族は粘土製の管を使ってタバコを吸った。マウンド文化では、埋葬場所に芸術的なパイプ入れ（容器）が残されていた。石の箱に、鳥やアヒル、ビーバー、カエル、そして喫煙者と向かい合う人間の頭などの精巧な彫刻が施されている。この最後の図柄は、死者と対話しているところだろうか（多くの種族では、喫煙は男だけの習慣だった）。

北アメリカ大陸の北東の端はヨーロッパ北部に向かって延びている。グリーンランドの東に位置するアイスランドはノルウェーの海岸から約800キロメートルしか離れていない。緯度はほぼ同じで、どちらも北極圏のすぐ南にある。ノルウェーでは、西暦800年から1070年ごろヴァイキン

アメリカの農耕文明　**243**

グの文化が栄え、勢力を拡大していた。ヴァイキングは造船が巧みで、商人たちは遠くバグダッドにまで至り交易を行っていた。では、彼らは北アメリカ大陸にもやって来たのだろうか。歴史学者の間では何年にもわたってこの問題が議論されてきた。

その答えは1960年に出た。ニューファンドランド島海岸部のランス・オ・メドーでヴァイキングの集落の跡が発見されたのだ。ここでは草で厚く覆われた住居の壁の残骸を見ることができる。発掘によって西暦1000年ごろの建物8棟が見つかり、これで70人～90人を収容できたと考えられている。この移住地は長く使われることはなかったようだ。この地を去るとき、ヴァイキングはほとんど何も残していかなかった。残されたのは船を修理する鉄の釘だけである。ただ、発掘ではランス・オ・メドーで鉄の製錬が行われていたことが明らかになった。北アメリカで最初の製錬である。

これまで簡単に見てきたところでは、北アメリカではメソアメリカや南アメリカのような農耕文明は発達しなかったと言える。北アメリカの気候で利用できる作物や動物では大規模人口を養うことはできず、したがって、人口増に伴う社会の階層化や強制による徴税なども実現しなかった。メソアメリカや南米との接触は不規則で限られたものだった。北米が借用した作物のひとつ、トウモロコシは冷涼な気候では栽培がむずかしく、徐々にしか普及しなかった。もうひとつの作物であるタバコは、栽培が簡単で人々を喜ばせたが、人々の生命の維持には役に立たなかった。

結論

20世紀半ばごろまでは、1492年以前の西半球は、荒涼とした南北アメリカ大陸のところどころに古代と変わらない狩猟採集生活を送っている人々の集団があり、文明の兆しはメソアメリカとアンデスの2カ所でしか見られなかったと考える歴史学者が多かった。

今日では、その考えは大きく変わっている。天然痘の流行によってアメリカ各地の社会が急速に衰退した後にヨーロッパの探検家がやって来たため、彼らが発見したのは、"かつて大規模で複雑だった社会の名残り"ということがわかってきたのである。現在では、考古学者や歴史学者たちは、南北アメリカ大陸には以前に考えられていたよりはるかに多くの人が住み、多くの古代文明社会と同程度に複雑で堂々とした農耕文明社会が少なくとも2つは発達していたと考えている。

では、想像上の飛行機に乗って1491年[コロンブスによ

る"新大陸発見"の前年]の西半球上空を飛んでみよう。アマゾン川の河口を出発すると、まず河口のマラジョー島に大きな都市があるのが見えるだろう。さらに進むと、サンタレンにも都市がある。ここは川沿いの村々や果樹園を結ぶネットワークの中心地だ。現在のボリビア領に入ると、ベニでは人々が土塁を築いているのが見える。やがて山の頂上に達すると、インカ帝国の壮麗な都、クスコを望むことができる。立派な石の街道が四方に延びているこのタワンティンスウユ[インカ帝国の正式名称]は、南北にほぼ4000キロメートルも広がっている。

メソアメリカではメキシコ盆地の上空を飛んでみよう。ここでは、三都市同盟(アステカ帝国)がインカより少し小さな帝国から租税を取り立てたり、敵対するメキシコ西部のタラスコ帝国を撃退したりしている。ユカタン半島ではマヤ族の村が見えるが、その勢力範囲は全盛期に比べてずいぶん小さくなっている。北上して北米大陸に入ると、カホキアはすでに地震で衰退し、最盛期の痕跡はあまり残っていない。また、北米ではメソアメリカや南米に比べて人口がはるかに少なく、多くの人がまだ狩猟や採集を中心に、それを補うものとして作物を栽培するという生活を送っていることに気づくだろう。ただし、グレートプレーンズや北極圏に住む人々は、完全な狩猟採集生活を営んでいた。

多くの地域で、人々は旅行や交易で広い範囲を行き来した。北米東部やアマゾン流域(アマゾニア)の川では頑丈なカヌーが使われた。メソアメリカの沿岸部では、マヤ族が40人～50人は乗れる大型の丸木舟を使っていた。カリブ海の人々は外洋も航行できるカヌーを建造し、ペルー沿岸部に住むチンチャ族も同様だった。メキシコからアンデスまでは、荷物を運ぶ動物も使わずに高く険しい陸地を歩くより、海路を行く方が明らかに楽だっただろう。しかし、木でできた船はほとんど残らないので、海上の旅がどの程度行われたかを知ることはできない。文化的交流から判断して、北米の五大湖やミシシッピー川上流からアンデス地方まで、ごく緩やかな交流ネットワークが広がっていたと推測される。アフロユーラシアで発達して、長期にわたるイノベーションを支え続けた強固な交流ネットワークは、アメリカではほとんど生まれなかった。

アメリカでは、人間社会は独自に発達を遂げ、1492年までは世界の他の地域と定期的または継続的に交流することはなかった。アフロユーラシアで発達した農耕文明と比べれば、農耕文明社会もそれぞれ独立していた。この比較では、一般的なパターンが一致し、基本的なところで類似点が見られるため、結論は、人間の文化的進化はその発生する場所にかかわらず規則性があるということになる。ち

なみに一致したパターンとは、社会が徐々に複雑になっていくこと、階層制度がより厳格に運用されること、資源の管理が強化されることである。

ただし、アメリカとアフロユーラシアを比較するといくつか目立った違いがある。アメリカの国家が租税を取り立て、強制的権力を行使し、また長い年月安定を維持する力は、アフロユーラシアの帝国には遠く及ばなかった。またネットワークや交流の規模、その影響が及ぶ範囲、運ばれる物資の量も、アフロユーラシアとは比べものにならない。最後に南北アメリカの人口は、様々な説があるが、アフロユーラシアの規模に達しなかったことは間違いない。最近の推定では、西暦1000年の北米の人口は、世界人口の0.8％、南米は6％だという。同じ研究で、アフリカは15％、ユーラシアは77％と推定されている。実際に、これだけの大きな違いがあったということだ。

アメリカの農耕文明が、アフロユーラシアの農耕文明より小規模だったのはなぜだろう。これまでに見つかった証拠に基づいて仮説を立てることはできる。人間がアメリカ大陸に入ったのがアフロユーラシアより遅かったため、いろいろな物事を工夫する時間が少なかった。簡単に種子が採取できる植物も、家畜化できる大型動物も見つからなかった。そのため、犂を使った耕作や牧畜ができなかった。南北に長く緯度の違いによって気候が変化するため、東西の交流（緯度の違いがほとんどない）に比べて共有や交易が難しい。そして、おそらくアメリカのほうが全体的に環境が過酷だった。西半球と東半球の人々が1492年に初めて出会ったとき、これらの違いは非常に大きなものだっただろう。だが、ヨーロッパ人の到来に先立つ数世紀で農耕文明の規模が急に大きくなったことを考えれば、ヨーロッパ人の征服によって進化が断ち切られることがなかったなら、いずれはアフロユーラシアと同様に農耕文明が栄えていただろうと推測できる。

太平洋ワールドゾーンとオーストラレーシア・ワールドゾーン

アフロユーラシアとアメリカを比較すると、規模が大きくなった結果、より複雑な社会に向かうという歴史一般の傾向が、どちらにも顕著に現れている。どちらのワールドゾーンでも、社会が複雑になると同じような現象が起こってくる。その時期が多少違うだけだ。

この傾向は、人間が社会生活を営んでいるところならどこにでも見られるものだろうか。一見したところ、太平洋、オーストラレーシア両ゾーンの歴史は上記の結論と相反するように思えるかもしれない。このどちらのゾーンでも、大規模な農耕文明は発達しなかった。そのため、これまでの数章とこの章のアメリカ大陸の項で考察してきた傾向の多くがこの両ゾーンには当てはまらない。では、この地域の歴史はまったく独自の道筋をたどっているのだろうか。詳しく調べてみると、大きく違うというのは誤解を招きやすい表現だということがわかる。アフロユーラシアやアメリカ大陸で見られる、より複雑な方向へと向かう傾向の多くは、その同じものが、たとえそれほど進化しなかったとしても、この両ゾーンにも存在したからだ。長期にわたる変化においてはその時期に大きな違いがあり、また個別の文化にも様々な違いがあるが、それを無視すれば、これらの地域にも、他地域でおなじみの長期的傾向（資源の管理強化、人口増、共同体の人口密度増加、交流ネットワークの拡大、社会の複雑化など）が見られる。

⚙ 太平洋ワールドゾーン

太平洋に多数散在する小さな島々、および、さほど小さくない島々への移住は、旧石器時代に始まった地球規模の移動の最後の段階だ。太平洋地域への移住には大きく2つの波がある。第1の波は旧石器時代後期に発生し、**サフル**大陸への移住と同じ大移動の一部と考えられる（オーストラレーシア・ワールドゾーンを構成するパプアニューギニア、タスマニア、オーストラリアは氷期にはひとつの大陸であり、この大陸をサフルと称する）。フィリピンやメラネシア西部の島々に人間が到達したのは、「ニアオセアニア」とも呼ばれるビスマルク諸島やソロモン諸島も含め、オーストラリアの最初の移住後しばらくしてからのことで、同じような航海術を利用したものと思われる。このようにして現生人類（人間）は4万年前にすでにソロモン諸島に到達していたが、その後何千年もの間、太平洋の探索はそれ以上進まなかった。おそらく、さらに旅を続けるのに必要な航海術が発達するには、新石器革命まで待たなければならなかったためだろう（地図9.5）。

およそ3500年前（紀元前2千年紀半ば）から新しい移住の波が始まり、人間は太平洋をさらに遠く、「リモートオセアニア」と呼ばれる地域にまで進出した。この波は、東南アジアに遠洋航海に長じた文明が出現したことから加速される。この文明社会の人々は、言語学者が**オーストロネシア**語族と呼ぶグループに属する言語を話していた。こ

太平洋ワールドゾーンとオーストラレーシア・ワールドゾーン　**245**

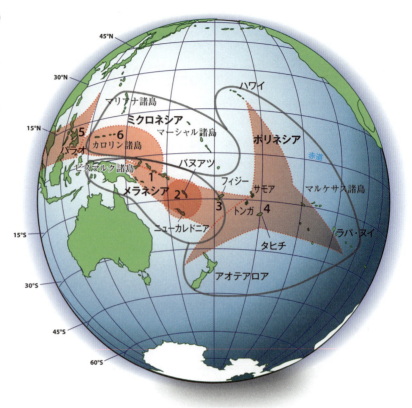

地図9.5　第4のワールドゾーン（太平洋）への移住

(1)ビスマルク諸島から太平洋中部のフィジー、トンガ、サモア各諸島へ。(2)ポリネシア人の「本拠地」（現在の西ポリネシア）。(3)西ポリネシアから東ポリネシア中部へ。(4)東ポリネシア中部からハワイ、ラパ・ヌイ、アオテアロア[ニュージーランドのマオリ語名]へ。(5)フィリピン諸島からミクロネシア西端へ。(6)一連の主な移住地から北上してミクロネシアに至り、その後ミクロネシアを西に横断。

の言語グループは中国、もっと具体的に言えば台湾から発生したようだ。紀元前2千年紀以降、いろいろな民族集団が東南アジア経由で広い範囲に移動していった形跡がある。この集団は黒曜石を使い、魚を捕る技術が発達していて、家畜として犬・鶏・豚を飼っていた。また、特徴のある文様のある、丸みを帯びた壺（考古学ではラピタ土器という）を使っていた。以上がいわゆる**ラピタ文化**の主な特徴である。紀元前2千年紀半ばまでには、この民族の痕跡を台湾、フィリピン諸島、およびビスマルク諸島に見ることができる。東南アジアという広い地域からのこの移住は、私たちの知る限り最も短期間で成し遂げられた移動だった。

次の数百年で発生した新たな移動により、これらと同様の文化が太平洋をさらに遠くまで伝えられることになる。ただし、すでに多数の住民が暮らしていたパプアニューギニアは避けていたように思われる。あえて、簡単に移住できる無人島を探して移動していたのかもしれない。同時代のフェニキア人とギリシア人の移住に似ているが、移動距離は太平洋のほうがはるかに大きい。最終的に、ラピタ文化はほぼ5000キロメートル先にまで伝わった。紀元前1000年には、バヌアツ、ニューカレドニア、さらにはフィジーやサモア、トンガにまでラピタ文化が浸透していたことがわかっている。ミクロネシア東部への移住は、アジアからではなく、南方のメラネシアから行われた。おそらくソロモン諸島か、あるいはさらに遠いフィジーやサモアからやって来た可能性もある。このように西太平洋の真ん中まで到達するには、航海術が大きく進歩する必要があるが、フィジーからニューブリテン島やボルネオまで黒曜石が運ばれて取り引きされていた形跡があり、当時の航海術が高度に発達していたことがうかがわれる。つまり、移住目的で海に乗り出すという、一度だけの片道航海ではなかったということだ。当時の船には三角帆が装備されていたにちがいない。この帆によって常に南東方向から吹いている風に船首を近づけて帆走することができ、それさえできれば間違いなく出発地に戻れるからである。シングルまたはダブルのアウトリガー[舷外浮材]が発達したことも、画期的なイノベーションだった。船を安定させるこの工夫は、紀元前2000年にはすでに使われていたようだ（図9.8を参照）。

太平洋ワールドゾーンで最後に残ったポリネシアには、メラネシアのいちばん東に位置するトンガとサモアから渡ったようだ。西暦400年から1200年ごろにはついにポリネシアにも定住地が生まれる。この航海はそれまでよりはるかに長く、そのほとんどが片道だったと思われる。メラネシアからの人々はまずソシエテ（ソサエティ）諸島（キャプテン・クックがロイヤル・ソサエティに敬意を表して名づけたもので、タヒチもその一部）に定住し、次にピトケアン島、さらに東のイースター島（ラパ・ヌイ）に移住した。

図9.8　ポリネシアの船

ホクレア号は、ポリネシアの伝統的な双胴船（カタマラン）型の遠洋航海用カヌーを再現したもので、ポリネシア航海協会によって1975年に建造された。1976年、ポリネシアの伝統的航法を用いてタヒチまで航行したのをはじめとして、主なものだけでも太平洋各地で10回に及ぶ航海を行っている。

北に向かった人々はハワイ諸島に定住し、最後に、西暦1000年から1250年の間にはるか南西のニュージーランドに到達した。ニュージーランドへの移住がこれほど遅くなった理由は、風の吹き方によって説明できる。フェリペ・フェルナンデス=アルメストが指摘するように、北から南下してくると、ニュージーランドはいわゆる「航行上のブラックホール」にあり、2つの卓越風［ひとつは赤道付近の低緯度帯で東から西へ吹く偏東風（貿易風）；もうひとつはニュージーランド付近の中緯度帯で西から東へ吹く偏西風］のために見つけることも到達することも困難なのだ。このころの航海は、数千年の間に蓄積された航海術（ナビゲーション）の知識と技術の伝承に頼っていた。ポリネシアの船乗りは星や風、さらには海上のうねりの感触を手掛かりに船を導く方法を知っていたし、太平洋上の数千キロの範囲をカバーする地図を頭の中に描けるなど、膨大な量の地理情報を記憶してもいた。

4つの異なるワールドゾーンの存在が「自然発生的な歴史の実験」をもたらすのと同様、ポリネシアへの移住もやはり「自然の実験」ということができる。というのも、ここでは様々な環境が互いに遠く隔たっているためにその独自性を保ち、移住者たちは、やがて各地で独特の文化を発達させることになる。特に目立つのが、環境への適応がときには社会的・技術的な複雑さを増す方向ではなく、文化の単純化に向かうという事実である。ラピタ文化の特徴だった土器は、サモア以遠に移住する過程で消滅してしまったようだ。これは、「適応」が必ずしも複雑さの増大や資源の管理強化を意味するものではないことを物語る貴重な一例だ。また、環境によっては、長い年月生き残るために社会制度や技術の単純化が必要になる場合もある。

ニュージーランドの歴史は、異なる地域で見られる多様

な進化のパターンを表す好例となっている。温暖な南島(サウスアイランド)では、せっかく農業技術と農作物を携えて移住して来たにもかかわらず、熱帯の気候に適応して狩猟採集生活に逆戻りしてしまい、ヨーロッパ人の到来までその状態が続いた。ニュージーランドの東にあるチャタム島では、さらに著しい単純化が見られた。ここは、ポリネシアから持ち込んだ熱帯の作物が育たなかったので、移住者は狩猟採集生活に戻るしかなかった。農業を放棄し、沿岸の資源(アザラシ、貝、海鳥など)を狩猟採集して暮らすようになる。共同体の規模は小さくなり、組織的な戦争も忘れられてしまった。1835年にマオリ族の大規模な襲撃を受けたとき、チャタム島の人々が簡単にマオリ族の餌食になったのはこのためだ(この襲撃についてはジャレド・ダイアモンドの著作[『銃・病原菌・鉄』のこと]に詳しく説明されている)。熱帯作物の栽培が可能だったニュージーランド北島(ノースアイランド)の歴史は、南島とはまったく違う。ここでは、ポリネシアから来た移住者が複雑な農耕社会(人口が多く厳格な階層性を採用し、組織的な戦争ができる酋長国)を発達させた。

　ポリネシアでは、多様な環境と、それぞれが地理的に孤立しているという状況から、[ニュージーランドの北島と南島の例と]同じような対照的事例が至る所に見られる。ポリネシアの島々の中でどの島からも遠く離れているイースター島(ラパ・ヌイ)では、小規模な村落共同体が生まれた。彼らは約30トンもの石でモアイと呼ばれる像(この島はこれで有名だ)を建造し、独自の筆記法を生み出した。最盛時には島の人口は7000に達していたと思われるが、その後は衰退していく。おそらく乱伐が原因で材木がなくなると、火をおこすことも家を建てることも、漁に必要な船を造ることもできなかった。共同体の崩壊後に生き残った人々は、原始的な狩猟採集生活に逆戻りしてしまった。一方、ハワイ諸島の中でも西側の島々では、高い山と川の流れによって豊かな土壌が育まれ、集約的な灌漑農業でタロイモを1ヘクタールあたり54トンも収穫でき、養豚や魚の養殖も行って、大規模な人口を養うことができた。ハワイの人口密度は1平方キロメートルあたり115人と非常に高く、シュメールの初期都市国家に匹敵するほどの酋長国や王国が生まれ、3万人もの住民を支配下に置いていた。遠く離れたチャタム島の人口密度が1平方キロメートルあたり2人だったのと対照的である。

　太平洋ワールドゾーンには、環境の違いによって様々な生活様式や社会的進化が生まれることを示す実例がたくさんある。

🌀 オーストラレーシア・ワールドゾーン

　先ほども述べたとおり、最終氷期に海面が下がったため、パプアニューギニア、オーストラリア、タスマニアは陸続きになり、ひとつの大陸(サフルと呼ばれることもある)の一部になっていた。農業は、この大陸の一部、すなわちパプアニューギニアの高地で独自に発達した。しかし高地が地理的に分断されていることと、収穫した根菜類を大量に保存できなかったこともあって、農業から一定の政治構造が生まれ、それが村々を包み込む形で大きくなるということはなかった。とはいえ、パプアニューギニアの高地に生まれた社会は同じパプアニューギニアでも海岸地方の社会に比べればはるかに複雑で、豊かな芸術や複雑な戦争および儀式を生み出した。

　オーストラリアの南にあるタスマニアでは、海水面が上昇してオーストラリア本土と切り離され、4000人ほどの住民が他の共同体から完全に孤立した後に、より小規模でより単純な社会構造に逆戻りした形跡が随所に見られる。それ以前には確かにこの島に存在していた技術の一部(針その他の骨製の道具の使用、漁業など)は、ヨーロッパ人が到着する千年ほど前にはすでに消滅していたようだ。その理由のひとつは、単に、小規模で孤立した集団内で新しい技術を生み出したり、その技術を保持したりすることは難しかったからだろう。つまり、コレクティブ・ラーニング(集団的学習)に欠かせない相乗効果が限られてしまったのだ。だが、このような変化を技術の衰退と考えることは必ずしも正しくない。気候の変化や孤立した社会という現実に効果的に適応した結果と見ることもできるからである。たとえば、魚を捕ることをあきらめて、代わりにもっと脂肪の豊富な食料(アザラシや海鳥など)を食生活の中心にすることは、環境に適した賢明な選択だったのかもしれない。

　オーストラリア本土はタスマニアよりはるかに大きいが、やはり他の人間社会からはずいぶん隔たっていた。北部のクイーンズランドとパプアニューギニアの一部との間には定期的な交流があったようだが、オーストラリアでもやはり農業は発達しなかった(この問題については第5章を参照)。狩猟採集生活に比べて農業のほうが明らかに有利な地域がここにはなかったからだ、という仮説は説得力がある。全体として、オーストラリアの土壌は痩せていて人口密度も低かった。18世紀末にヨーロッパ人がやって来た時点で、大陸全体の人口は数十万にすぎなかったと思われる。もっとも、特に海岸沿いには、内陸よりずっと人口密度が高い地域もあった。また、たまたまオーストラリアには、メソポタミアと違って容易に栽培できる植物が進化しなかったという事情もある。固有植物で近代になって栽培

図9.9 カラバリ

オーストラリアではこの1000年でイノベーション（技術革新）が加速していた。イノベーションとコレクティブ・ラーニングの推進力のひとつが、各地の共同体が定期的に集まるカラバリという集会だ。この集会で、贈り物やアイデアの交換、儀式や踊りにより人々交流し、それが共同体から共同体へと広がっていった。

化されたのは、マカダミアナッツだけなのだ。栽培できる可能性がある植物（タロイモやヤムイモの仲間）は、パプアニューギニアでは農場で栽培されたが、オーストラリアでは自然から採集するだけだった。

ただし、オーストラリアを旧石器時代のまま進化しなくなった社会と考えるのは間違いである。考古学の調査で、気候変動など様々な変化に画期的な工夫で適応してきた長い歴史があることがわかってきたためだ。3万年前から2万年前の岩絵を見れば、時代が下るにつれて気候の変化に対応して生活様式が大きく変わったことがわかる。たとえばアーネムランドでは、海水面の上昇によってかつての乾燥地が海岸沿いの沼地や潟湖に変わったため、岩絵からはヤムイモや有袋類の姿が消え、代わりに魚や亀が描かれるようになる。現在では"虹蛇"（第1章を参照）と呼ばれているが、おそらくヨウジウオの一種を描いたと思われる絵が初めて現れるのもこのころである。

さらに、過去数千年に関する考古学調査から、オーストラリアにも世界の他地域（たとえば肥沃な三日月地帯）で農業が始まる以前に見られたのと同様の、様々な集約化が起こっていた地域があることを示す証拠がいくつも見つかっている。特に降雨量が多い南東部および南西部、または東部の海岸沿いの地域だ。第5章では、オーストラリアで見られる代表的な集約化の形（マレー・ダーリング水系の精巧なウナギ養殖池の建設、野生のキビの種子利用の増大など）について考察した。考古学遺跡の数が増えているということは、ヨーロッパ人到来以前の2000年間で人口が2倍または3倍に増加した可能性があることを示唆する。特により集約的な漁業が行われるようになった地域では、貝殻で作った釣り針などの新しい道具も出現した。さらに、広範囲にわたって接触が増えていたことを示す証拠も見つかっている。南部のクイーンズランド原産の麻酔薬や、マウント・アイザ山岳地帯で使われていた石斧が、南オーストラリア州の遺跡で発見されたのはその一例だ。また、オーストラリア西部のウィルギー・ミアにある大規模な黄土鉱山が大量の鉱石を産出していたのは、地元の需要よりむしろ、他地域との交易に必要だったためらしい。このように見てくると、ヨーロッパ人の干渉を受けずに、もうあと数百年独自の歴史が展開していれば、オーストラリアでも、初めて農業が生まれた当時のメソポタミアと同様の発達が見られたのではないかと考えたくなる（図9.9）。

結論：オーストラレーシアおよび太平洋ワールドゾーン

概して言えば、ジャレド・ダイアモンドが熱心に主張するように、世界の中で農業が発達しなかったこの地域を無視することも、農耕文明の進化速度の違いを誇張することも、どちらも間違いだ。農業が普及**しなかった**地域を研究することからも、人間の歴史全般の経路について学ぶことはたくさんある。農業を独自に進化させた地域について研究するだけでは、農業および農耕文明の進化について半分を知ったことにしかならない。異なる地域の歴史を体系的に比較してわかるのは、人口増加や集約化はそれらを阻害する環境や地理的、社会的条件によって大きくスローダウンする可能性がある一方、独自に農業を発達させなかった地域もその多くは進化の途上にあり、ヨーロッパからの移住者による迫害がなかったら、いずれはなんらかの形の農業社会を構築しただろうということである。

このような考え方は、たとえ地域によって発展のペースが異なったり、文化や芸術、宗教に違いがあったりしても、

これまでの数章で説明してきた大きな傾向は、多かれ少なかれ全世界に共通であることを示すものだ。イノベーションとそれに伴う技術的および社会的な変化は世界中どこででも見られる。ただ、ある地域では、イノベーションが「農業」というメガ・イノベーションの手前で止まっていて、「農耕文明」という次のメガ・イノベーションにも至らないままだった。しかし、十分な時間さえあれば、そうした地域でも、最終的には独自の農業が発達したことだろう。

そうはいっても、これらの過程（プロセス）が起きた時期と場所の違いが重要だということも真実である。それによって地球規模での人口分布に違いが生じ、権力と富が偏在することにもなった。つまり、現代人が所有する巨大な富の配分が地域によって著しく偏っていることは、この農業プロセスの時間と場所の違いによって説明できる。

ここから先は、現代世界を築いた数々の大変革について学ぶことにしよう。農耕文明の時代とはまったく異なる世界の始まりである。

要約

この章では、紀元前1000年以降の3つのワールドゾーンについて、アフロユーラシアと比較しながら論じてきた。アメリカ・ワールドゾーンでは、2カ所の農耕文明（メソアメリカのアステカと南アメリカのインカ）について調べ、アフロユーラシアの初期の農耕文明と多くの点で似ていることを発見した。北アメリカについては、農耕文明を維持できるほど人口が増えなかった一方で、トウモロコシやタバコの栽培が行われ、酋長国が形成されたことがわかった。太平洋およびオーストラレーシア・ワールドゾーンでは、

地域によって環境が異なることと他から孤立した環境が多いことから、様々な生活様式が生まれた。農耕文明にまで達した社会は存在せず、一部の社会ではそもそも農業が発達しなかったが、なんらかのイノベーションや適応は常に行われていた。結論としては、人間にはコレクティブ・ラーニング（集団的学習）と適応の能力があり、そのために社会の進化には一定の普遍的パターンがあるが、同時に地理上の位置やその地方の動植物といった付随的な要素にも左右されるということである。

考察

1. 4つの異なるワールドゾーンを比較することが有益なのはなぜか？
2. 人間の歴史で共通の傾向とは何だと思うか？
3. ワールドゾーンによる地理や生態系の違いによって、

どのような傾向の違いが生まれたか？
4. アステカとインカの農耕文明を比較せよ。
5. 太平洋およびオーストラレーシア・ワールドゾーンの歴史で最も目立つ特徴とは何か？

キーワード

● アステカ
● インカ

● ウィツィロポチトリ
● オーストロネシア（語族）

- ケチュア語
- ケツァルコアトル
- サフル
- ナワトル語

- 半定住
- 『ポポル・ブフ』
- ラピタ文化

参考文献

Bellwood, Peter. The First Farmers: *The Origins of Agricultural Societies*. Oxford/Malden, MA: Blackwell, 2005.

Bellwood, Peter, and Peter Hiscock. "Australians and Austronesians." In Chris Scarre, ed., *The Human Past: World Prehistory and the Development of Human Societies*. London: Thames & Hudson, 2005, 264–305.

Brotherson, Gordon. *Book of the Fourth World: Reading the Native Americas Through Their Literature*. Cambridge, UK: Cambridge University Press, 1992.

D'Altroy, Terence N. *The Incas*. Malden, MA: Blackwell, 2002.

Davies, Nigel. *Human Sacrifice in History and Today*. New York: William Morrow, 1981.

Diamond, Jared. *Guns, Germs, and Steel: The Fates of Human Societies*. New York: Norton, 1997. (『銃・病原菌・鉄：1万3000年にわたる人類史の謎』 ジャレド・ダイアモンド著 草思社 2000年)

Fernandez-Armesto, Felipe. *Pathfinders: A Global History of Exploration*. New York: Norton, 2007.

Gately, Iain. Tobacco: The Story of How Tobacco Seduced the World. New York: Grove Press, 2001.

Gillmor, Frances. *Flute of the Smoking Mirror: A Portrait of Nezahualcoyotl, Poet-King of the Aztecs*. Salt Lake City: University of Utah Press, 1983.

Leon-Portilla, Miguel. *Fifteen Poets of the Aztec World*. Norman: University of Oklahoma Press, 1992.

Mann, Charles C. *1491: New Revelations of the Americas before Columbus*. New York: Knopf, 2006.

Marcus, Joyce. *Mesoamerican Writing Systems: Propaganda, Myth and History in Four Ancient Civilizations*. Princeton, NJ: Princeton University Press, 1992.

Milner, George R., and W. H. Wills. "Complex Societies of North America." In Chris Scarre, ed., *The Human Past: World Prehistory and the Development of Human Societies*. London: Thames & Hudson, 2005, 678–715.

Moseley, Michael E., and Michael J. Hechenberger. "From Village to Empire in South America." In Chris Scarre, ed., *The Human Past: World Prehistory and the Development of Human Societies*. London: Thames & Hudson, 2005, 640–77.

Scarre, Chris, ed. *The Human Past: World Prehistory and the Development of Human Societies*. London: Thames & Hudson, 2005.

Smith, Michael E. *The Aztecs*. 2nd ed. Malden, MA: Blackwell, 2003.

Webster, David, and Susan Toby Evans. "Mesoamerican Civilization." In Chris Scarre, ed., *The Human Past: World Prehistory and the Development of Human Societies*. London: Thames & Hudson, 2005, 594–639.

注

1. Gordon Brotherson, *Book of the Fourth World: Reading the Native Americas Through Their Literature* (Cambridge, UK: Cambridge University Press, 1992), 81 より引用。

スレッショルド直前

第10章

近代革命に向けて

全体像をとらえる

西暦1000年から1700年まで

- 現代の世界と、それ以前のすべての時代にはどのような違いがあるか？

- 農耕文明は、「近代革命」への道をどのようにたどったか？

- 過去1000年で変化のペースを加速したのはどのような力だったか？

- 人間がコレクティブ・ラーニング（集団的学習）を通じて次々にイノベーションを起こし、その成果を持続する能力を持っていたがために、近代革命は必然的に起こったのだろうか？

253

近代革命への道

　この章では、第8スレッショルド直前の時代について考察する。第8スレッショルドのことは、あえて漠然と、**近代革命**と呼ぶことにする。

　ビッグヒストリーという広角レンズで見ると、近代の特徴は、生物圏の資源に対する人間の支配力が急増したことである。そのきっかけとなるのが「産業革命」だが、これについては次章で取り上げる。私たちはすでに、1万年以上前に始まった「農業革命」でも同様のことを経験している。生物圏のエネルギーや資源に対する人間の支配力が、突然大きくなったのだ。より多くのエネルギーや資源を利用することで、人間は、これまでより大規模で人口が多く、より複雑でより多様な社会、これまでには見られなかった新しいエマージェント・プロパティを備えた社会を築くことができた。近代革命もそれと似ているが、それまでと違うのは、今度は何もかもがそれまでよりずっと急激に、はるかに大きな規模で起こったということだ（図10.1）。

　利用できる資源が急に増えるということは、社会が成長するスピードが以前より速くなること、生産性が増大すること、そして社会がこれまでよりはるかに複雑になる可能性があることを意味する。その結果、様々な変化が生じる。2000年、ノーベル化学賞（1995年）受賞者のパウル・クルッツェンは、19世紀初めに地球は地質学上の新時代に入ったと主張し、その時代を**アントロポシーン（人新世）**と名づけた。この言葉には、「人間が地球を支配する生物種になった時代」という意味が込められている（この説については第12章で詳しく説明する）。私たちは、無意識のうちに、大気圏の化学組成、動植物種の生息範囲・多様性および分布、水循環や地質学上の他の基本プロセス（浸食など）を変えようとしている。これらの変化は、何百年、何千年が経過するうちに生物圏の働きを変えてしまう可能性がある。多くの変化はその結果が目に見えるようになるまでに長い年月がかかるし、そのうちの一部（たとえば種の絶滅）は起こってしまったらもう元に戻せない。地球の歴史上で、ただひとつの生物種がこれほど大きな力を持った時代はかつてなく、私たち人間が自ら解き放った変化を起こす力を制御できるかどうかはまったくの未知数だ。

　この章では、西暦1000年以降の時代で近代革命のルーツを探してみよう。第8スレッショルドを踏み越えるための道筋はどのように準備されたのか。地域によって受ける影響が異なったのはなぜか。そして、これらの変化はコレクティブ・ラーニング（集団的学習）とどのような関係があるのか。

　この最後の質問への答えは簡単だ。すべてが関係している！ 資源に対する人間の支配力強化を可能にした技術および社会構造は、情報の共有による古代のイノベーション（技術革新）プロセスから生じたものだ。情報の共有は、人間の歴史上最も顕著な特徴である。だが、コレクティブ・ラーニングのペースや相乗効果が近代になってこれほど急激に加速したのはなぜだろう。また、変化のスピードが地域によって著しく異なったのはどうしてだろう。この章では、主にこの2つの疑問について考えてみよう。答えを出すためには、コレクティブ・ラーニングとイノベーションを促進または阻害する可能性のあるいくつかの要因について、さらに詳しく見ていく必要がある。

図10.1　世界のエネルギー消費量（西暦1850年～2000年）

1850年には、人間が使うエネルギー源の大半がまだ従来のものと変わっていなかった。すなわち人や動物の労力、水力、風力、木材に閉じ込められたエネルギーである。2000年にはエネルギー使用量は何倍にも増え、そのエネルギー源は圧倒的に化石燃料の3つの主要形態（石炭、石油、天然ガス）に変わっている。

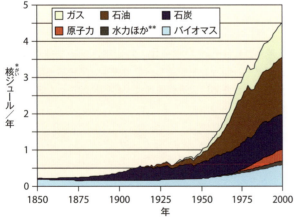

* ジュールで測定した人間のエネルギー消費量。1ジュールは1ワットの電力を1秒間発生させるのに必要な力、1垓ジュールは10^{20}ジュール。
** 水力、風力、太陽光、地熱などの自然エネルギー。

イノベーションが加速した理由：イノベーションの推進要因

　時代や場所によってイノベーションの速さと強さに影響を与える要因は様々だが、その一部についてはすでに見てきた。ここではこの要因を**イノベーションの推進要因**と呼ぶことにする。最近の数世紀では、3つの強力なイノベーションの推進要因がますます重要になってきている。

この3つの要因は、進化するにつれて相互作用し、その結果、強力な相乗効果を新たに生み出すのである。

推進要因1：交換ネットワークの強化

人間は、交換ネットワークを通じて品物やアイデアを交換する。この場合、100万人の共同体のほうが100人の共同体より多くの情報を交換して蓄積できると考えるのが妥当だろう。数学的に表現すると次のようになる。すなわち、ネットワーク内の「ノード」（この場合は人）の数が多くなるほど、ノード間をつなぐことができるリンクの数（人と人との交流）は急激に増える（図10.2）。（数学好きの人のために式で表すと、ネットワーク内のノードの数をnとすると、リンク数$(l) = n*(n-1)/2$となる。これはn個の集合から2個を取り出すときの「組合せ」すなわち$_nC_2$に相当する）。つまり一般的に、イノベーション（宗教、芸術、道徳、技術を問わず、新しい考えを生み出すこと）の速度は大きな社会のほうが小さな社会よりずっと速いと考えてよい。一般に、人口増そのものがコレクティブ・ラーニングを促進するというのはこのためだ。

さらに、情報を交換する共同体に属している人々に多様性があるほど、交換ネットワーク内で新しいアイデアが生まれやすいとも考えられる。全員が狩猟採集生活者だったら、おそらくすでに知っていることしか話題に上らないだろう。ところが狩猟採集生活者と農業生活者が出会えば、どちらもまったく新しい知識を得ることができる。したがって、内部構造が多様で、資源や技術、文化が異なる地域間に幅広いつながりがある大規模で複雑な社会のほうが、コレクティブ・ラーニングが強力に作用すると言えるのである。

都市（特に交易都市）は、様々な背景を持つ人々が出会い、商品だけでなくアイデアや情報を交換する場を提供する。広い範囲に点在する多くの都市が互いにつながっているところでは、そのような交換の可能性が大きくなる。常識的に考えても、商品や人、アイデアが広い範囲を自由に行き来し交換される複雑な社会のほうが、より多くのイノベーションが期待できる。アフロユーラシアでは、交易が盛んな都市国家がシルクロードなどのネットワークを通じて広大な地域から集めた情報を蓄積することが珍しくなかった。1000年前（西暦1000年ごろ）に中央アジアの都市（ブハラやサマルカンド）が世界の科学技術の中心として栄えていたのは、ひとつにはそのためである。

図10.2　簡単な数学

ネットワーク内の人数が増えるにつれ、そのネットワーク内の集団的学習による相乗効果の可能性は急速に大きくなる。これは、グラフ理論による簡単な数学で説明できる。

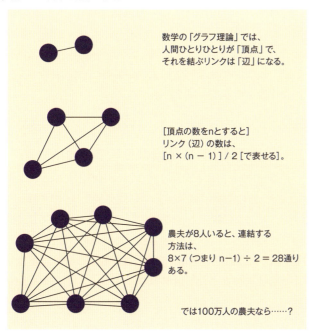

数学の「グラフ理論」では、人間ひとりひとりが「頂点」で、それを結ぶリンクは「辺」になる。

［頂点の数をnとすると］
リンク（辺）の数は、
$[n \times (n-1)] / 2$［で表せる］。

農夫が8人いると、連結する方法は、
8×7（つまり$n-1$）$\div 2 = 28$通りある。

では100万人の農夫なら……？

推進要因2：情報伝達と輸送の改善

コミュニケーション（情報伝達）とは、人々が情報やアイデアを交換するための技術を意味し、トランスポーテーション（輸送）とは、人や品物をある場所から別の場所に移すための技術を意味する。伝達と輸送の技術が向上すると、社会が情報を蓄積して普及させる能力が高まり、したがって、コレクティブ・ラーニングを加速させ、イノベーションを促進することができる。

推進要因3：イノベーションを誘発する力の強化

イノベーションへの誘因とは、イノベーションを奨励したり、あるいは妨げたりする社会的要因のことである。イノベーションを起こしたり、新しい情報を探し求めたりする直接的な誘因があれば、コレクティブ・ラーニングの力は強まると期待してよい。現代の私たちがイノベーションを当然のことと思うのは、教育や研究を通じて、また様々な種類の誘因によって、イノベーションが積極的に奨励される社会に暮らしているからだ。そのため、古い時代の社会では、新しいアイデアや新しい方法、新しい宗教や技術、イノベーション全般に対して風当たりが強かったことを忘れがちである。ほとんどの社会では保守的傾向が強いのが

普通だが、どんな時代にも好奇心の塊のような人はいる。また、新知識や新しい方法の探索を奨励した社会構造や社会全体の傾向、社会的関心が見られることも珍しくない。

たとえば、政府や支配者は新しいものを疑いの目で見ることが多いが、その一方で、新しい軍事技術（戦車、銃など）を見出したり、軍や商人のために道路を建設したり、新しい収入源を考えたりする必要も感じていた。また、宗教や哲学の中にも、他派と比べてイノベーションを結果として後押しした流派があったようだ。古代ギリシアでは哲学に大きな変革が起こったし、ドイツの社会学者マックス・ヴェーバー（1864年〜1920年）が、プロテスタントのほうがカトリックより起業活動に抑圧的でないと主張したことはよく知られている。

だが、イノベーションへの誘因のうち最も強力なのは商業だろう。特に、商品、サービス、労働に向けた競争市場が存在することが重要だ。商業がなぜイノベーションへの強力な誘因なのか、その理由は簡単に想像できる。仮にあなたが、商品またはサービスを、ほかにも同様の商品またはサービスが提供されている市場で売っているとしよう。自分の商品を人々に無理やり買わせることができないとすれば、競争相手より優れた商品を提供しなければ利益を上げられない。つまり、競争市場ではイノベーションが促進される。もっと安く衣服を作る新しい方法、もっと短期間で家を建てる方法、もっと効果的な治療法、現金を保管したり、別の場所に送ったりするもっと良い方法など。競争市場はイノベーションを刺激するが、独占（ある商品が1社からしか供給されない環境）は競争がないためイノベーションの抑制につながるというのは、近代経済学の基本原理のひとつである。競争市場で市場取引に参加する人の数が多いほど、穀物や手工芸品を売る小作農が多いほど、労働者を雇う実業家や農場主が多いほど、利息を取って資金を融通する金融業者が多いほど、イノベーションの可能性は大きくなる。もちろん、常に、いつの時代もそうなるとは限らないが、全体としては、商業がより発達した社会こそ、コレクティブ・ラーニングによるイノベーションの実現と普及がより簡単に行われる社会だと考えてよい。一方、独占市場ではイノベーションが抑えられる傾向がある。市場を一手に収めた独占者は、製品を改良したり安くしたりするための誘因はないが、自分の収入を脅かす新アイデアを抑圧する誘因なら山ほど見出せるからである。

農耕時代の多くの社会にも、活発な市場活動はあった。だが住民のほとんどは小作農で自給自足の生活を送っていて、市場との接点はあまりなかった。そのうえ、農耕文明では政府が商人や競争市場を支援することも少なかった。

統治者自身が資源や労働力の多くを独占していたからである。市場が活発になると、自分たちが法の力や実力行使によって取り立てる「租税」が脅かされる可能性があるため、そのような活動には冷淡になる。農耕文明の支配階級は、商人など、租税を取り立てる権利または権力を持たない人々を見下す傾向にあった。つまり、市場活動全般を見下し、ほとんど支援しなかったということだ。そのため、一般論では農耕文明は、「租税取り立て社会」（徴税社会）と称される。

支配階級や政府が商業活動を積極的に支援する社会のことを、本書では資本主義社会と呼ぶ。今日では、世界中の社会の大半がこの意味での資本主義に分類される。税金を含む資源のほとんどが、市場活動、すなわち売買によって流通する仕組みになっているからである。個人は他者に品物や労働力を売り、政府は商業活動を奨励する。そこから利益を得ることが期待できるためである。

要するに、イノベーションの主な推進力となるのは次の3つの要因である。これらの要因は近代に入るとますます重要になり、最近の数世紀でイノベーションが劇的に増大した理由もこれで説明できる。

1. 交換ネットワークの規模と多様性の増加
2. 情報伝達と輸送のシステムの効率化
3. 商業活動、競争市場、資本主義の拡大

西暦1000年の世界

これら3つのイノベーションの推進要因は、1000年前（西暦1000年ごろ）、農耕時代の末期に向かっているころにはどの程度重要だっただろうか。この質問について考えることで、近代以前の人々の生活や労働状況、交易、情報交換の全体像を知ることができる。

◎ 推進要因1：交換ネットワーク

西暦1000年には、交換ネットワークのほとんどはまだ脆弱で一定の地域に限られていた。歴史学者デイヴィッド・ノースラップによると、世界史は、考え方によってはわずか2つの時代、「西暦1000年以前とそれ以後」に分けられるという。西暦1000年より前は、人間社会は分断と多様性が進む傾向にあった。西暦1000年以後は、再びつながり始め、そのスピードはますます速くなっている。

これが非常に単純化した図式であることは、ノースラッ

256　第10章　近代革命に向けて

プ自身も認めている。だが、この図式には多くの真実が含まれている。西暦1000年当時、今日に比べて世界各地のつながりが希薄だったことは事実である。さらに、主要なワールドゾーンはまだ互いに孤立していた。西暦1000年以前でも、個々の航海者が大西洋を横断したり、インドネシアの水夫がたまにオーストラリア海岸に上陸したり、ポリネシアの船乗りがアメリカ大陸に到達したりということはあったかもしれない。しかし、そのような接触はきわめてまれで、しかも短期間であったため、状況を大きく変えるには至らなかった。ほとんどの人は、シルクロードのような大規模な交易ネットワークから離れたところで、他地域とのつながりなどほとんどない小さな共同体で暮らしていた。地球の陸地面積の大部分を占めていたのは狩猟採集や牧畜で生活する人々か、小規模な農業を営む人々だった。このような共同体が、人間の文化的多様性の大部分を占めていたのである。たとえば言語は、一般に定住率の低い地域のほうがはるかに多様だった。伝統的な多くの言語が消滅してしまった現在、パプアニューギニアの高地のかつては遠く隔たっていた農村に、現在も話されている言語の約25%が集中していると推定されている。

ただし、事態は変わろうとしていた。ジョン・マンによると、西暦1000年ごろ、やろうと思えばメッセージが地球を一周することが、史上初めて、原理的に可能になったのである。マンは思考実験で、アフロユーラシアのイスラム世界の中心部にある主要都市（たとえばバグダッド）からメッセージを送るところを想像する。バグダッドから発信されたメッセージは、ナイル川の河口から遡上する交通によって上流域（南）に伝わるか、ラクダの隊商に託されてサハラ砂漠を横断する。その後は各地の共同体を経てバンツー族の農村や遊牧民の村を経由し、南アフリカのコイサン族のところまで達するだろう。同じメッセージを北に送ることもできる。ビザンチン帝国からロシアに達すれば、ロシアに建国したばかりのヴァイキング（ノルマン人）の手でスカンジナビアに運ばれ、そこからは別のヴァイキングによってアイスランドやグリーンランドにあるヴァイキングの移住地に、次いでニューファンドランド島のヴィンランドに新しくできた移住地に届けられる。アメリカ大陸に達すれば、地元の住民がメッセージを南に運んでくれるだろう。まずメソアメリカへ、そこから中米の熱帯林を通ってアンデス山脈へ、そしておそらくは南米でも最南端のティエラ・デル・フエゴ（フエゴ諸島）まで。また、メッセージを北のカナダに運ぶこともできる。カナダからはチューレ［現在はカナック］のイヌイットが西のアラスカからベーリング海峡へとメッセージを運ぶ。ベーリング海峡からシベ

リア東部に渡るのは簡単だ。シベリア東部から南下すると、日本、朝鮮、中国に到達できるし、ユーラシア内陸部のステップ地帯を横断して西へ向かうこともできる。あるいは中国の商人が東南アジアまで運び、そこからはナマコを求めてオーストラリアの北海岸に出かける交易商人に託して、オーストラリア各地に建設されるようになった現地の共同体に渡すこともできるだろう。インドネシア諸島の海洋民族なら、メラネシアの島々からポリネシアまで運べるかもしれない。そこでは、移民がまさに移住したばかりの新しい土地（ハワイやニュージーランド）にメッセージを運んでくれるだろう。一方、中国やインドからは、ユーラシア内陸部の草原地帯、またはアフガニスタンやイランを経由して、バグダッドに戻ってくることも可能である。

もちろん、上記はいずれも実際に起こったことではない。しかしマンが言いたいのは、西暦1000年にして人間史上初めて、こういうことを想像できるようになったということだ。これは、まだ漠然としてはいるが、より大きな新しい交換ネットワークを紡ぎ、やがて全世界へと広がることになる千年単位のプロセスの始まりなのだ。このプロセスを、現代の私たちは**グローバリゼーション**と呼んでいる。

🔄 推進要因2：情報伝達と輸送の技術

農耕文明の間につながりがなかったのは、ひとつには、昔からある情報伝達と輸送の技術が非効率だったためだ。

文字による記録は、メソアメリカおよびアフロユーラシアで農耕文明の中心地や各都市でのみ普及していたが、そこでも特権階級の技術で、ほとんどの場合、文字が書けるのは書記、官吏、学者、修道士や神官に限られていた。紙が普及する以前は、パピルス（エジプトの場合）または羊や子牛の皮（羊皮紙や子牛皮紙（ベラム））に書くしかなかった。どちらの材料も高価だったので、手書き文書は大切に保存され、ゆっくり丁寧に、何度も手で書き写された。文字を書く素材を複数回使い回すこともよくあった。元の字句を削ってその上に別の字句を書き記すのである。判読がむずかしいこのような文書を「パリンプセスト」と呼ぶ。最初の印刷（機械的な複写）は、おそらく8〜9世紀に朝鮮半島で開発された（細かく彫った木のブロックを使用）が、中国では長い間、石のブロックを用いて文書の複製を複数作成していた。活字を利用した最初の印刷は、11世紀の朝鮮で始まる。木のブロックひとつに1文字が彫られ、それをロウでできた印刷用フレームに並べて固定する方式だった［木版印刷の起源は不明］。

書物は、手書きであっても印刷されていても情報の宝庫

西暦1000年の世界　**257**

である。バグダッドには、西暦900年に約100軒の本屋があった。当時、イスラム世界は世界中の知識が集まる情報センターの様相を呈していた。ユーラシアの広大な交換ネットワークの中心に位置し、イスラム教の聖典コーランを筆頭に、書物が大変な尊敬の念を持って扱われていたからである。また、11世紀初頭のカイロ図書館には10万冊の蔵書があったと推定されている。その多くは紙の本だった。紙は1千年紀の初めに中国で発明された新しい媒体で、751年の「タラス川の戦い」(このときアラブ[アッバース朝]の軍勢が初めて中国軍[唐]と戦った；199ページ参照)で捕虜となった中国の製紙工から西方へと伝わっていた。

それにしてもカイロ図書館は突出していた。中世ヨーロッパの修道院付属図書館のうち最大規模だったドイツのライヒェナウ図書館でも蔵書は450冊しかなく、そのすべてが羊皮紙に書かれていた。農耕文明の中心地から離れたところでは、太鼓やのろしでごく単純なメッセージ(危険！ 戦争！ 火事！)を短時間で広い範囲に伝えていた。それでよかったのだ。情報伝達システムとしてはそれで十分だった。

次に旅と輸送について述べると、陸上ではほとんどの人が歩いて移動した。裕福な人(または遊牧民)でアフロユーラシア・ワールドゾーンに住んでいる場合は、馬または荷馬車に乗ったり、担いかごで運んでもらったりすることもあっただろう。乾燥地や砂漠に住んでいる人々は、ラクダの隊列を組んで旅をする場合もあった。たとえば13〜14世紀には、2万5000頭ものラクダの隊列がティンブクトゥ(トンブクトゥ、現在の西アフリカ、マリ共和国)からサハラ砂漠を越えて北へ、金や奴隷を運ぶということがあった。道路はほとんど整備されていないので、隊列はわだちの跡をたどって進むことになる。当時最も整備された道路は、大帝国が自国の軍隊のために建設したものだ。ローマ

帝国は数百年かけて総延長8万キロメートルの道路網を建設した。その技術は非常に高く、一部は現在まで残っている。幹線道路は排水のために中央が盛り上がった形になっており、強度と耐久性を高めるため、砂、平たい石、コンクリートで固めた砂利、そして丸石の層を繰り返し数フィートの厚さに敷き詰めて造られていた。それでも、早足以上の速度で旅をする人はまれだったので、スーサ(現在のイラン)からエフェソス(現在のトルコ)まで約2600キロメートルにわたって延びていたペルシアの「王の道」(第7章を参照)を旅するのに、通常は3カ月かかった。一方、インターネットに相当する古代の通信手段で情報を伝達する最も速い方法は、早馬だった。アケメネス朝ペルシアでは、騎手が数キロごとに馬を替え、交替しながら走って、必要な場合には「王の道」をわずか1週間(徒歩で旅行する場合の約12倍の速さ)で走破できた。そうはいっても大半の人間は、商人や兵士、巡礼、あるいは捕虜(奴隷)ででもない限り、近隣の市場町より遠くに出かけることはなかった。

人や商品を最も安く、最も速く運ぶ方法は、水(川、運河、海岸沿い、または外洋)を利用する方法だ。人力で荷物を運ぶ場合(アメリカ大陸ではこれが主な輸送方法だった)、遠くまで運べる量は20キログラムあまりが限度だった。中世の頑丈な荷車なら、蹄鉄を打ち、首当てをつけた栄養十分な馬に引かせれば1トン近くの荷物を運ぶことができた。ところが、季節風を利用してインド洋を横断するインドとアラブのダウ船は、西暦1000年には馬に引かせた荷車1台の100倍以上、西暦1500年には400倍の荷物を運ぶことができたのである。イスラム教徒の旅行家イブン・バトゥータ(14世紀)がインドで目撃した中国のジャンク船はさらに優秀で、最大約1000トンの荷を運ぶことができたという。これは荷車の1000倍に相当する。

水上で短距離を移動する最も速い方法は、オールで漕ぐ

表10.1　陸路および海路による輸送力	
輸送方法	**積載量(概算)**
人力(アンデス)	20キログラム 超
ラマ(アンデス)	30キログラム 超
30頭のラマと監督1人	1000キログラム ＝1トン
駄馬(体重の30%の荷物を運搬可能)	150キログラム
北アラブ様式の鞍(紀元前500年ごろの発明)をつけたラクダ	300キログラム 超
馬が引く荷車(ローマ時代)	300キログラム 超
馬が引く荷車(中世。パッド付き肩当ての発明後)	1000キログラム ＝1トン
インドとアラブのダウ船(1000年)	10万キログラム ＝100トン
インドとアラブのダウ船(1500年)	40万キログラム ＝400トン
中国の大型ジャンク(1500年)	100万キログラム ＝1000トン

船である。3段オールを備えたアテナイのガレー船は、短時間なら時速20キロメートル以上も出すことができたが、建造するにも動かすにも相当な費用がかかるため、通常は戦争でしか使われなかった（表10.1を参照）。

商用の船は、風力を利用したり、時には人力（ロシアの有名な「ヴォルガの舟曳き」のように）または動物の力で引っぱったりして、運河や川を航行した。西暦紀元ごろのローマの貨物船は、追い風を受けてシチリアからエジプトまで1週間で到達したが、帰りは向い風になるため、1〜2カ月かかることもあった。中国では、河川を利用した輸送が安全で費用も少なくてすむため、隋王朝の時代（581年〜618年）に南の揚子江と北の黄河を結ぶ運河[京杭大運河]が掘削され、北京に米その他の品物を運ぶために利用された。しかし12世紀に水門というシステムが発明されるまでは、川の水位が変わるたびに船を引き上げて陸上を運んだり曳いたりする必要があった。

全体的に見て西暦1000年では、品物、人、情報ともに、その千年前と比べて移動距離も移動の速度もそれほど変わっていなかった。

推進要因3：イノベーションへの誘因

これまで見てきたように、農耕文明の時代には近代と比べてイノベーションの速度がきわめて緩やかだった。

農耕時代のイノベーションの限界

農耕時代には、イノベーションへの誘因はほとんど存在しなかった。資源の多くを独占していた政府や貴族階級は、失敗したり思いがけない結果を引き起こしたりするおそれがある新しい方法より、従来どおりの方法で物事を行うことを好むのが常だった。商人や職人も同様に保守的な傾向が強く、また特許法が存在しない時代には、新しい物や方法を発明してもそれをすぐに真似されたり、強力な「ギルド」（ヨーロッパにおける同業者組合）に潰されたりした。このような環境では、新しい技術を発明する価値がほとんどなかったのである。

ときには重要な発明が生まれることもあったが、それらは無視されるか、それ以上の発達を見ないまま終わってしまう。たとえば第9章で、アメリカ大陸で車輪が発明されたもののおもちゃにしか使われなかったと述べたが（231ページ参照）、これはおそらく、荷車や荷馬車を引く大型の家畜がいなかったためだろう。また中国では、木炭に硝石（硝酸カリウム）と硫黄を混ぜると火薬ができることが西

暦1000年にはすでに知られていた。ところが火薬を使った高性能の武器を開発するにはその後何百年もかかり、しかもその開発のほとんどは絶えず戦争状態にあったユーラシアの西端で行われることになる。

農耕時代を通じて技術的変化のペースは緩やかだったが、そのこと自体がイノベーションを阻害する原因になっていた。何かを発明しても、その報酬を生きているうちに受けられる可能性は低いからである。大商人にとっては、実力行使や法律によって絹や貴石などの貿易品に対する独占権を守るほうが、より効率的な交易方法を探るより有意義だった。政府にとって意味があるのは、近隣諸国の富を奪って自国の経済を豊かにすることだった。研究機関や競争相手がない社会では、戦争のリスクより、利益が出るまでに何十年、何百年かかるかもしれない不確かな技術に投資することのリスクのほうが大きいと思われていた。

小作農という仕組みもイノベーションには不利だった。食料、燃料、織物のほとんどを供給していたのは小規模な小作農家だったが、彼らは従来どおりの技術を使い、資本や高度な新しい技術を入手する機会がほとんどなかったからだ。小作農の大半が、都市という"知の震源地"から遠く離れた田舎に住んでいて、必要な食料や燃料、織物のほとんどを自分で生産していたため、市場に行ったり新しい情報に接する機会は限られていた。おまけに、政府や地主は勝手きままに小作農に重税を課すのだから、小作農自身に農作業の改善への意欲がわくはずもなかった。余剰分は全部地主に取り上げられることがわかっているのにどうして生産高を上げる必要があるのか。当時の小作農は、最大で生産量の半分を支配者や地主に引き渡していたと推定される。小作農が人口の大部分を占め、農耕文明の富の大半を生産しているのに、その生産性が低いということは、全体の生産性も上がらないということだ。農業生産性が低いと、町や都市の大きさも制限される。大ざっぱに見て、農耕時代の多くの都市では、通常1人の都市住民を養うのに9人の小作農が必要だったからだ。つまり、これでは人口の10％の規模の都市しか生まれないことになる。西暦1400年には、5000人を超える規模の都市に住んでいる住民の数は、全人口の約10％にすぎなかった。

エネルギー供給量が限られていたことも生産性の低さの一因だった。人間社会で使用されるエネルギーはほぼすべて、光合成によって植物に取り込まれた太陽エネルギーだった。炉やかまどで燃やす薪や木炭の原料となる木々だけでなく、馬、牛、ラクダなどの家畜と、その主人である人間の食料となる作物が育つのは、日光があるからだ。太陽光によって発生する気流（風）は、帆船や初期の風車（西暦

西暦1000年の世界　**259**

1000年ごろペルシアで初めて使用された）の動力源にもなった。太陽エネルギーを［植物の光合成に始まる食物連鎖を通して］利用する主な方法は、家畜（犂や荷馬車を引かせたり、荷物を運ばせたりする）または人間の動力を活用することだ。捕らえられ奴隷として使役される人間は、"知能のある動力源"としてしか扱われないのが普通だった。このため、近代以前の世界では多くの場合、奴隷制がきわめて重要だった。奴隷はいわばどんな用途にも使える蓄電池だ。だが、この方法で膨大な量のエネルギーを作り出すためには、たくさんの人や動物を一カ所に集める必要があり、それはコストがかかり困難なことだった。

　光合成から取り出したエネルギーを利用する世界では、資源を集められるのは、技術革新の成果ではなく政治および行政上の成果だった。最も成功した国とは、最大規模の軍勢を動員し、輸送し、養って、最も壮大な記念建造物を建てた国である。農耕時代を通じて、国家の成長は一般に生産性の増加ではなく近隣諸国の富の略奪によって成し遂げられるが、そのもうひとつの理由がここにある。利用できる資源が多かれ少なかれ決まっている世界では、成長はゼロサムゲーム［参加者の得点と失点の総和（サム）が零（ゼロ）になるゲーム］と見られていたのだ。

商業と市場とイノベーション

ただし、農耕時代にも少なくともひとつは、イノベーションが成功につながる分野があった。競争市場が存在する社会である。

　これまで、農耕社会の経済を支配していたのは租税の取り立てと独占であることを見てきた。しかし、どんなに強大な帝国でも、国外で生産される品物を管理することはできない。中国の漢王朝（前漢）の武帝（紀元前156年〜紀元前87年）が中央アジアのフェルガナ産の名馬「汗血馬」を手に入れたいと思ったとき、まず考えたのは軍隊を派遣することだった。だが、それは費用がかかりすぎると思い直し、結局、絹を馬と交換すればよいと思いつく。そのためには、競争市場で円満な取引をすることに慣れている商人を派遣する必要があるということだ。これは国外だけでなく、国内市場でもときには競争の余地があったことを意味する。競争では効率が重要だ。一般に、最高の仕事を最も安く提供する"効率的な"商人や職人ほど、"売れる"からである。

　多くの場合、大帝国の辺境やそのすぐ外側の土地で、独立した都市または国家が誕生することがある（フェニキア人の大規模な都市国家はその一例）。そこでは支配階級が率先して他国との交易に乗り出していた。このような都市は、地域間の交易ネットワークの中心になることが多く、

そこには民族意識や血縁で結ばれた商人たちが集まっていた。西暦1千年紀には、アルメニア人とユダヤ人の商人がヨーロッパ、地中海から中央アジアやインドまでを交易の範囲に含む広大なネットワークを作り上げた。第8章で述べたように、13世紀後期には、中国の泉州に住むイスラム商人が磁器の一大産地である景徳鎮の陶工にペルシアのコバルト釉薬を伝え、それを使って生産された有名な青白磁はイスラム世界で非常に珍重された。イノベーションが生まれる可能性が最も高いのは、このように、野蛮な実力行使より巧みな商取引がものを言う交易ネットワーク内でのことだった。

　交易が盛んになるきっかけとして特に大きかったのが、様々なイノベーションによって「現金」が使いやすくなったこと、そして長い距離でも携帯しやすくなったことである。貨幣が出現するまでは、交易といえばほとんどが物々交換で、双方とも相手が望む物を生産する必要があり、さもなければ取引は成立しなかった。発行者の刻印が押された正式な貨幣が初めて登場したのはアナトリアで、紀元前1千年紀の半ばである。それが西暦1000年になると、ユーラシア全域で貨幣が使われるようになっていた。貨幣は品物の価値を表す汎用の"トークン"とみなされたため、貨幣を使うことによって取引が簡単になった。商人は、十分に信用できる買い手には、特定の日までに支払うことを記した紙片や「借用証書」など、支払うという約束だけで品物を売ることもあった（買い手のほうは、支払いの遅延を補償する意味で若干の金額を上乗せすることが多かった）。この借用証書は売買することができ、この方法で資金を遠くまで運ぶことができる。1024年、中国の宋王朝は青銅貨や銀貨の不足に対処しようと、独自に紙幣の発行を始めた。これはいわば政府が保証する借用証書、すなわち支払いの約束だった。政府が約束を守っていつでも額面の金額を支払ってくれるという信用がある限り、この紙幣はどこででも使用できた。もちろん、いつもそうなるとは限らないが、この方式が機能すれば、交換のコストを下げて市場の規模を拡大することができ、その結果、政府の税収も増えることになる。

　要するに、農耕時代を通して市場は存在したが、その影響力は限られていて、支配者に冷遇されることも多かった。農耕文明の時代にイノベーションに対する市場の影響力が限定的だったのは、このためである。

緩やかなイノベーションとマルサス的サイクル

農耕時代全体がそうだが、西暦1000年になっても、新しいアイ

デアや方法、技術を導入する意欲は概して現代よりずっと弱かった。この章で特徴づけたイノベーションの3つの推進要因が今日ほど重要視されていなかったことが理由のひとつだろう。ただし、それがまったくなかったというわけではない。ある程度はあったからこそ、農耕時代を通じて少しずつでもイノベーションが進んできたのである。

すでに論じたように、農耕時代を通じてイノベーションのペースが緩やかだったのは、「マルサス的サイクル」(人口と生産高は長期にわたって増えていくように見えるが、その後、突然崩壊する)が浸透していたことを示すものだ。多くの場合、マルサス的サイクルはイノベーションから始まる。中国南部でより生産性の高い米の品種が開発されたことや、ヨーロッパで馬の首当てが改良されたこと、そして、そのことで馬に犂を引かせて固い土をより深く耕せるようになったことなどがその例である。生産高を向上させるイノベーションが普及すると、人口が増え、人口が増えると需要が増えて経済活動が活発になる。農地が拡張され、人間と家畜のエネルギー供給量が増大する。このような成長期には、交換ネットワークを介した商業活動が刺激され、町や建物が大きくなるばかりか、芸術や文学の活動も活発になるのが通例である。

しかし、そのような急成長は最後には必ず崩壊する。利用できる資源が増加するより人口増加のスピードのほうが速いため、土地が酷使され、やがては飢饉が起こる。町はそれまでより汚れ、その結果、住民の健康に悪影響が出るようになる。資源の減少に悩む国家は、戦争によって近隣諸国から資源を奪うという、以前からなじみのある戦略に逆戻りするだろう。戦争に伴う残虐行為や荒廃で、多くの地域では生産性が低下し、病気が蔓延して死亡率が高くなる。農耕時代の歴史に大きな影響力を持っていたマルサス的サイクルは、イノベーションがなかなか進まなかったことに起因するのである。

これから先は、二度の大規模なマルサス的サイクルの時期に、イノベーションの3つの推進要因が、最初はアフロユーラシア・ワールドゾーンで、次いで世界中で、重要性を増してきた経緯をたどってみよう。最初のマルサス的サイクル(**古代以後のサイクル**と呼ぶことにする)は、古代の大帝国が崩壊した後のアフロユーラシアで、1000年よりかなり前に始まり、黒死病(ペスト)の流行で潰滅的な打撃を受ける14世紀半ばまで続いた。第2のサイクル(近代初期のサイクル)は、14世紀に始まり、1700年ごろまで続いた。

古代以後のマルサス的サイクル：西暦1350年以前

1350年までの数百年で世界は大きく成長したが、とりわけ最大のワールドゾーンであるアフロユーラシアの成長は著しかった。その原因はイノベーションだけではない。西暦800年から1200年にかけては地球全体の温暖化が進んだ時期であり[いわゆる中世温暖期]、その結果、多くの地域では雨量が増え、食料その他の農産物の収量が増した。これは特に、主要文明の中心地から離れた辺境の地に著しかった。とはいえ、新技術が成長を促したことも事実である。たとえば、ユーラシアの中心に位置するイスラム世界では新種の作物が登場した。具体的には、モロコシと綿(わた)(どちらもアフリカ原産)、そして柑橘類(東南アジア原産)が広く栽培されるようになった。これらの作物の収量が増えると(モロコシは丈夫で生産性が高いため、黍(きび)の代わりに栽培されることも多かった)、それに応じて織物の生産も盛んになった。

古代以後のマルサス的サイクルでは、長期にわたる上昇期に起こった人口増によって都市化が進み、特に東ヨーロッパや中国の南部および西部といった辺境の地で新しい土地が開拓された。スカンジナビアでも農業が盛んになり、人口が増えたためにヴァイキングが大挙して北欧域外へ移住するようになった。地方が豊かになるととともに、ヨーロッパ(地中海周辺)、アフリカ(サハラ砂漠以南)、インド、東南アジア、中国では都市が増え、規模も大きくなった。ちょうど、カンボジアではアンコールワット、ヨーロッパではゴシック教会が建設され、西アフリカにはマリ帝国が栄えていた時代である。

中国では、特に南部の成長が大きかった。西暦750年には中国の人口の60%が北部地域に住んでいたが、1000年にはその割合は40%に低下し、中国の重心は南方に移動していた。サハラ以南のアフリカでも、1千年紀の間に人口が約1100万から2200万に増加した。バンツー族の移動によって製鉄やバナナの栽培技術が南方に伝わったためである。地中海北側のヨーロッパや東南アジアでは、人口増によって都市化が進み、イングランド、フランスなど新興の地方国家が誕生した。最後に、1200年以後の数十年で、中国の北に広がる草原地帯を本拠地にしていたモンゴル族が、かつてないほどの広大な領土を所有する大帝国(モンゴル帝国)を建設し、やがてはイランと中国を征服することになる。

アメリカ大陸では、西暦800年以降に気候が暖かくなった結果、メソアメリカでもアンデス地方でも人口が再び増

加に転じたようだ。第9章で述べたように、メソアメリカでは、トルテカ族の間で10世紀に初めて新しい国家体制が誕生した。ボリビアのアンデス地方（チチカカ湖の近く）や、さらに北上してペルーの海岸地方にも新しい国家（10世紀以降はチムー王国）が出現した。

この長期にわたる世界的回復期においては、前節で述べたイノベーションとコレクティブ・ラーニング（集団的学習）の推進要因がさらに強く働いたと思われる。

⑤ 交換ネットワークの拡大

人口が増えた結果、交換ネットワークが拡大し、それまでの定住地から離れた辺境の地にも入植が行われるようになった。

西暦1000年までの数百年で、ポリネシアへの移住がほぼ完了した。具体的には、ハワイやイースター島に到達したのが西暦500年ごろ、ニュージーランドと近隣の島々に到達したのが1000年ごろと思われる。イースター島など、最も遠く離れた島の中には、ポリネシアの交換ネットワークから切り離されたところもあるが、西太平洋のラピタ文化が伝わった島々の間では交流が続いていた。このことは、4500キロメートルに及ぶ交易ルートを黒曜石が移動した様子を追跡した考古学者によって明らかにされた。また、サツマイモが南米から西ポリネシアに伝わったことから、南米と東太平洋の島々との間にも何らかの接触があったと考えられる。一方、ハワイとタヒチの間には12〜13世紀に交流が復活した。

アメリカ大陸に目を移すと、トルテカ族の都市トゥーラはメソアメリカの広大な地域と物資を交換していた。1500キロメートル南にあったマヤ族の都市チチェンイツァもその中に含まれている。メソアメリカのトウモロコシや、その地方でよく知られている球技など様々な文物がミシシッピー川沿いに北へと広がっていったことから、メキシコとはるか北の土地（現在の米国内）に少なくとも断続的な交流があったことがわかる。一方、アンデス地方では、標高が異なる様々な土地から産出される資源も変化に富んでいた。そのため、魚介類が豊富な海岸地方と、トウモロコシやコカ、ジャガイモが栽培され、ラマやアルパカが飼育されている高地との交流が盛んだった。ただ、アメリカ大陸の交流ネットワークで特筆すべきなのは、人口の二大密集地であるアンデスとメソアメリカの間に大規模な交流がなかったということだ。

北大西洋では、西暦1000年ごろに2つの大きな移住の流れがあり、世界の二大ワールドゾーンである南北アメリカとアフロユーラシアを一時的に結びつけた。チューレ・イヌイット（現在のイヌイットの祖先）として知られる、クジラやアザラシを捕獲していた民族がグリーンランドに移住したのは、気候温暖化によるものだろう。彼らの移動手段はカヤック、またはそれよりずっと大型の**ウミアック**という船で、これなら最大10人と荷物を運ぶことができた。また、温暖な気候と海流の向きによって、860年代にはスカンジナビアのヴァイキングがアイスランドに渡ることもできた（アイスランドには、これより先にアイルランドから修道士が渡ってきていた）。その後10世紀になると、ヴァイキングはグリーンランドやニューファンドランド（カナダ東海岸の島）にも進出する。しかしヴァイキングの大西洋探検は、あまりメリットがないとわかったため、限定的なものとなった。ニューファンドランドの移住地は地元住民の襲撃に持ちこたえられず、さらに14世紀になるころには、気候が寒冷化したためにグリーンランドは農業に適さない土地になった。

ヴァイキングは別の土地ではより大きな成果を上げることができた。アイルランドやブリテン島、フランス、地中海地方を襲ったのは、最初は略奪のためだったが、後には新しい定住地を求めることが目的になり、ノルマンディー［フランス北西部の沿岸地域］からアイルランド、シチリア島に至る各地にヴァイキングの王国が建設された。また、ヴァイキングの商人はルス（ルーシ、現在のロシア）の水系を探索して東へ向かい、ハチミツ、琥珀、毛皮、その他北方の品々を中央アジアやビザンチウムの銀製品や工芸品と交換した。このことは、中央アジアからスカンジナビアまでの間に点在するヴァイキングの貯蔵庫で中央アジアの銀貨が大量に見つかったことからもわかる。ヴァイキングの活動は、この時代のヨーロッパ全体の歴史を形作っていた拡大と植民という大きな潮流の一部だった。東ヨーロッパの農民はさらに東方の過疎地に移住し、オランダでは干拓が行われた。

アフリカでは、サハラ交易が盛んになった。西暦800年には、イスラム商人がラクダの隊商を組んで定期的にサハラ砂漠を横断していた。旅の目的地はサハラの南にある新興国（ガーナ王国など）で、ニジェール川とセネガル川に挟まれたこれらの国は、8世紀に「黄金の国」として初めてイスラム世界に知られるようになった。以来、様々な品物がこのルートで取引され、馬、綿（わた）、金属製品、塩などと引き換えに、西アフリカからは象牙や奴隷が送られた。北行きのモロッコ方面であれ、東行きのカイロ方面であれ（この場合はサハラ南部のステップ地帯を渡った）、わざわざサハラ砂漠を渡ってまで交易が盛んになった真の理由は、ガ

ーナ王国の金だった。西アフリカは当時、アフロユーラシアの西側全域で最も金の産出量が多い土地だったのである。ガーナ王国の統治者は1000年ごろにはイスラム教に改宗していた。13世紀初め、この地にはガーナ王国に代わって、英雄スンジャータ（1230年〜1255年）を王にいただくマリ帝国が誕生する。1324年から翌年にかけて、マリ帝国の王ムーサ（在位1312年〜1337年）は有名な巡礼の旅に出る。その途中に立ち寄ったカイロで大量の黄金をばらまいたため、アラブ人の歴史家アル＝ウマリーによると、カイロでは金の価格が暴落したという。

インド洋の交易は、西暦1千年紀の間に船乗りがこの地域の季節風を利用することを知ってから拡大した（地図10.1）。アラブの商人はアフリカの東海岸沿いに活動し、この地域に交易拠点を確立して商人の町を建設した。またそれと意識せずに、アラビア語、ペルシア語、バントゥー語の要素を組み合わせて新しい言語（スワヒリ語）を創造することにもなった。8世紀には、ジャワの船がカンボジアやベトナムの海岸を襲うようになっていた。ジャワ島にある壮麗な仏教寺院ボロブドゥールは交易で得た利益によって8〜9世紀に建設されたもので、そこにはこのような航海の様子が描かれている。ほぼ同じころ、東南アジアで初めて開発され、ポリネシアへの大移動に使用された「アウトリガー」（舷外浮材、第9章246ページ参照）という仕組みを利用することで、現在のインドネシア領の島々から、多くの住民がインド洋を渡ってマダガスカル島へと移り住んだ。

9世紀には、イスラム商人はペルシア湾から中国や朝鮮まで定期的に出かけて行き、広東には大規模な居留地ができるようになっていた。インド洋で交易の中心となったのは、大帝国ではなく、むしろ東アフリカから中東にかけての沿岸に散らばる小規模な都市国家だった。かえってそのために、この地域では商業上の公正な競争が実現していた。つまり、商品や交易ルートを独占できる強者によって競争がゆがめられることはめったになかったのである。

このようなネットワークはイスラム教の普及にも役立った。イスラム教は、普及するにつれて各地に共通の文化地区を開設するようになる。その地区内では、どこでも同じような金融や商業の慣習（遠距離ネットワークを介した信

地図10.1　インド洋の交易ネットワーク（西暦600年〜1600年）

インド洋の海上ルートとシルクロードの陸上ルートの組み合わせによって、アフロユーラシアは世界で最も連携が進んだワールドゾーンになった。

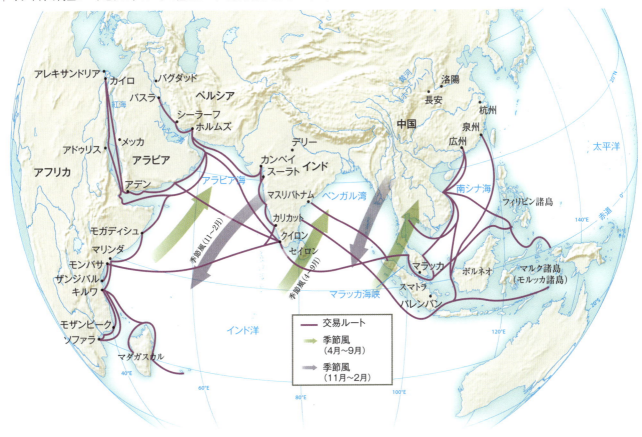

古代以後のマルサス的サイクル：西暦1350年以前　　263

用貸しを含む）、法制度が実施され、同じような礼拝の設備が整っていた。イスラム世界ではメッカへの巡礼が半ば必須とされているため、旅と文化的交流はますます盛んになり、インド洋を行き来する商人の共通語としてアラビア語が生まれた。豊かで変化に富み、活気に満ちたこの文化圏は、『千夜一夜物語』をはじめとする当時の文学作品で生き生きと描写されている。西暦1000年ごろからは、アフロユーラシアの東端で中国商人が交易に参入し始める。当時の宋王朝は、女真族や西夏といった北方の敵国によって陸上を通るシルクロードの通行を妨げられていたため、インド洋経由で交易に参加するようになったのだ。割れやすい磁器の輸送は陸路よりも海路のほうが簡単なので、磁器の輸出が拡大した。

西暦1000年には、インド洋のネットワークによって中国、インド、ペルシア、アフリカ、地中海の各経済圏が結びつき、世界で最も豊かで最も活発な交易システムが生まれていた。

シルクロードでも旅や交易が盛んになった（地図10.2）。その要因はいくつかあるが、ひとつには、各地の統治者の交流に対する関心が高まり、旅人を保護し、旅人が休んで物資を補給できる隊商宿（道路沿いの旅館）を整備したこともある。これには宗教の慈善活動としての支援が含まれている場合もあった。シルクロードの陸上ルートでは、ペルシア語が商業および交易の主要言語としての立場を確立した。13世紀には、モンゴル帝国の支配階級が交易にかかわり、中国から地中海に至る全行程で交易を保護するようになる。その結果、ここで初めて、商人や旅行者が地中海から中国までを完全に往復できるようになった。

ユーラシアを横断した旅人の中で最も有名なのはイタリア人の商人、マルコ・ポーロだろう。彼は1271年に叔父たちと一緒に中国に向けて出発し、中国に17年滞在した後、インド洋を横断する海路で帰国した（地図10.3）。14世紀初めになると、イタリアでは中国への旅を計画している商人向けのガイドブックが出版されていた。それは、インド

地図10.2　シルクロード

シルクロード経由の交流とインド洋経由の交流が組み合わさって、アフロユーラシアは最も連携の強いワールドゾーンになった。

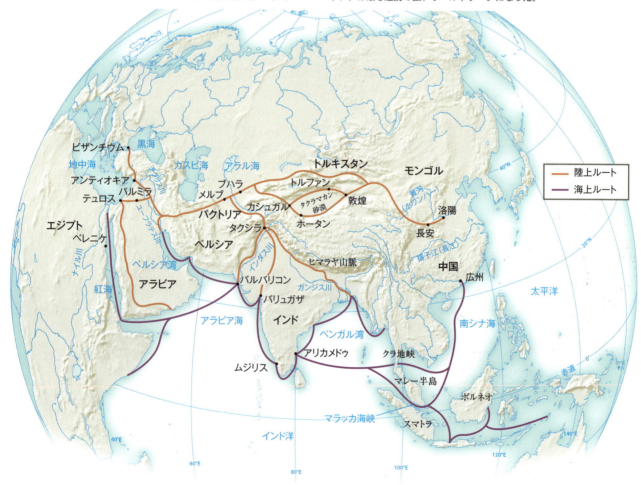

洋についてすでに普及していた航海ガイドと類似のものだった。さて、私たちはこのマルコ・ポーロの旅と比較できる旅（逆方向だが）を少なくともひとつ知っている。中国北部出身でチュルク語を話すネストリウス派キリスト教の修道士、ラッバーン・サウマによる13世紀末の旅だ。ラッバーン・サウマはモンゴル人がペルシアに建国したイルハン朝の使節として西へ向かい、最終的にはローマとパリを訪問した。

ジャネット・アブー＝ルゴドによれば、モンゴル帝国が最盛期を迎えた13世紀半ばには、これらの巨大で互いに重なり合う交流ネットワークによってアフロユーラシアの多くの地域がつながっていた（地図10.4）。13世紀までに、ユーラシア全域と東南アジアおよびアフリカの大部分が、互いにつながりを持った一連の交流ネットワークに参加するようになっていたのである。地球上の人間社会のネットワークとしては最大規模であり、それまでにこれほど大きなネットワークは存在しなかった。

🌀 情報伝達と輸送の改善

交換ネットワークの拡大は、情報伝達および輸送技術の改善によっても後押しされた。中国で発明され、イスラム世界全体に広まった紙と製紙の技術によって、情報の保管と伝達にかかるコストが引き下げられた。また木版印刷によって、中国政府が灌漑や農業技術の改善に関する情報を広く伝えることができるようにもなった。

輸送面でも重要なイノベーションがあった。中国では12世紀に初めて運河に水門が設置され、南部と北部をつなぐ広大な運河網を利用した輸送が大変便利になった。羅針盤の発明により、陸から離れたところでも、そして曇天でも航海が簡単にできるようになったことも大きい。羅針盤は中国では11世紀から使われていたが、13世紀にはインド洋航路や地中海でも使われるようになり、ここで初めて、海岸から離れた沖合を安全に航行できるようになった。北方でヴァイキングが使っていたロングシップ（長艇）は、海上でも川でも高速で移動でき、必要なら川から川へと陸路を運ぶこともできた。中国では造船技術も発達して、船尾舵や防水隔壁を備えた大型ジャンク船（帆船）が建造された。

様々なイノベーションによって、農村地帯では馬が以前にもまして重宝されるようになった。まず、エンバク［オート麦；ヨーロッパで雑草から栽培品種へ改良された］やアルファルファなどの飼料が栽培されるようになり、馬を養うコストが低くなった。馬の首当てがのどではなく肩を締めるように改良され、馬の引く力がずっと強くなった。この馬具は中国で発明され、1千年紀の終わりからヨーロッパ中に普及した。これによって、農地を耕す場合も、（ブレーキと方向転換可能な前車軸を備えた改良型荷車が発明されてからは）輸送においても、馬の価値が高まった。11世紀以降は中国でもヨーロッパでも釘を打った蹄鉄が使われるようになり、これで馬の踏ん張る力が強化され、足裏の表面積が大きくなった。飼料の改善と品種改良によって馬が引くことのできる荷物の量が増え、陸上輸送のコストが削減されたため、長距離の交易に弾みがついた。ローマ時代には、重い荷物を160キロメートル輸送するとコストは100％増（2倍）に跳ね上がったが、13世紀にはわずか33％増で済むようになっていた。

🌀 市場と商業の拡大

都市部でも地方でも、世界の多くの地域で市場活動が活発になった。イスラム諸国では、預言者ムハンマド自身が商人だったこともあって、他の農耕文明に比べて常に商業の地位が高く、政府が熱心に交易を支援し、そこから経済的な利益を得ていることが多かった。10世紀には、カイロとアレキサンドリアがインド洋と地中海の間で取引される商品の二大交易センターとなっていた。中国では、宋王朝［北宋］が1125年に北部から追放されて南遷し、南部で再興すると［南宋］、すでに商業が発達していた南部の影響を受けて、それ以前の王朝（伝統的な儒教の考え方から商人を軽視する傾向があった）より商業に関心を持つようになる（地図10.5）。宋は北方の満州を支配する女真族と争っていて、その戦費を捻出するために商取引から収益を上げようと考え始めていた。そこで、新しい港を外国商人に開放したり、貨幣の供給量を増やしたりして外国との貿易を奨励した。市場活動が社会生活に浸透し始めると、小作農も特定の作物に注力することを考え、農法や灌漑方式の改良に進んで投資するようになった。

宋王朝［南宋］では、商業活動に対する国家の後押しと、社会の様々なレベルで経済成長と商業化が急速に進んだことがきっかけとなって、11世紀から13世紀までの間にイノベーションが大きく進化した。11世紀には鉄が大量に生産されるようになったが、産業革命以前にこれを超えるほどの鉄を産することができる国は世界のどこにもなかっただろう。官製の工場では何千もの武具が大量生産された。銅の生産量も急増し、宋も女真族も戦争で火薬を使うようになる。紙幣が大量に発行され、絹の生産を機械化することまで試みられた。それはさらなるイノベーションを期待

地図 10.3 アフロユーラシア横断の旅

モンゴル帝国によって初めて、マルコ・ポーロ（13世紀）やイブン・バットゥータ（14世紀）のような個人がアフロユーラシアの全域を旅行できるようになり、アフロユーラシア・ワールドゾーンの各地域が一層緊密に結ばれるようになった。

古代以後のマルサス的サイクル：西暦1350年以前　267

地図 10.4　ジャネット・アブー＝ルゴドによる、13世紀の世界システムの地図

それぞれの円は、活発で相互につながりのある交易ネットワークを表す。アフロユーラシア各地のネットワークが互いに接近してきている様子に注目しよう。

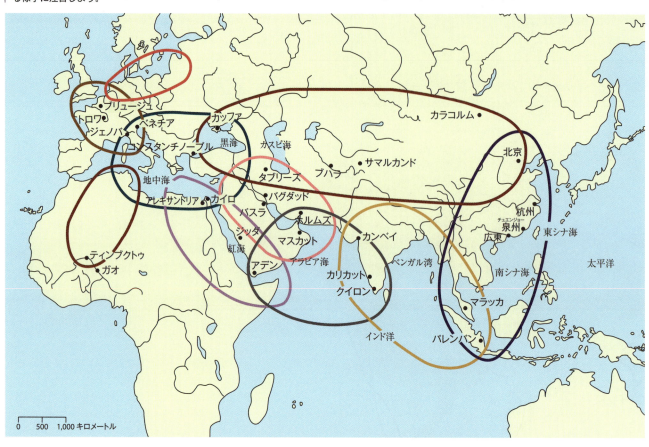

地図 10.5　宋時代の中国（西暦960年〜1279年）

200年以上にわたり、中国は複数の帝国に分かれて争っていた。その中から、軍事的・技術的・経済的に重要なイノベーションが生まれたのである。

してのことだったが、それが実現するには700年以上後の産業革命まで待たなければならなかった。

アフロユーラシアの他の地域では、商業化はもっと自由な形で、急激な経済成長と独立志向の強い商人に支えられて拡大した。ユーラシアの人口密集地では、都市の数が増え、規模も大きくなった。1400年当時で世界最大の都市はおそらく南京だっただろう。その次が南インドのヴィジャヤナガルで、カイロとパリがそれに続いていた。中国は、宋と元の時代に世界で最も都市化が進んだ地域になった。1400年当時の上位25までの大都市のうち9都市が中国にある。地中海地域とインド洋で特に目立つのが、ベネチアやジェノバなど商人の都市国家が力をつけてきたことだ。これらの都市は商圏を広げ、軍事力を増強することによって、イスラム教やキリスト教の大帝国とほぼ対等に取引することができた。アフロユーラシアでは、小作農が商品を市場で売りさばいたり、贅沢品を買ったりすることも増えていった。税負担が増えたことや、人口増によって農地が不足し、一家で新しい収入源(手工芸品の販売や町での賃金労働など)を確保する必要があることから、小作農も市場に引き寄せられたのである。

🔅 14世紀の危機

残念だが、これまで幾度となく起こってきたように、長いブームの後には破綻がやって来る。14世紀に入ると気候の寒冷化が始まり、飢饉が頻繁に起こるようになった。特に1315年から1317年にかけてヨーロッパを襲った大飢饉では、人口の15%が死に絶えたとされる。しかし、それよりも恐ろしいのが黒死病(ペスト)だった。この疫病は1330年代に初めて発生し、ユーラシアの交易ネットワークをたどって東[中央アジア]から西へと勢力を伸ばした。黒死病が流行した地域では、最大で人口の3分の1が犠牲になったという。黒死病の正確な性質は、今日なお議論の的になっているが、現代の梅毒などと同種の病だという説には信憑性はなくなっている。ただ、その出自が何であろうと、この病が主に2つの理由でユーラシア全土に急速に広まったことははっきりしている。第一に、交換ネットワークの拡大が商品ばかりでなく疫病の流布をも促し、その対象は全大陸、全文明社会に及んだこと。第二に、ユーラシアの多くの地域でこの疫病に対する免疫がなかったことである。このことは、これ以前の交換ネットワークが限られたものに過ぎないことの象徴である。つまり、黒死病が甚大な被害を引き起こしたという事実そのものが、この時代の交換ネットワークによるユーラシア各地のつながりが

これまでになく広がり、これまで以上に重要になってきたことの証なのである。

近代初期のマルサス的サイクル：西暦1350年～1700年

黒死病が去った後のアフロユーラシアでは、人口稠密地域のほとんどで、住民や都市・町・村の数が減り、農地が放棄され、経済活動が縮小した。農地の減少は甚だしく、ウィリアム・ラディマンによると、かつて辺境の村々に生い茂っていたような森林が再び姿を現して盛んに二酸化炭素を吸収し始めたため、大気中の二酸化炭素が大幅に減少したという。

ただし、これも以前に何度も起こっていることだが、1～2世紀後には再び成長期に入り、新しいマルサス的サイクルが始まった。このサイクルは17世紀まで続くことになる。このサイクルの拡大期には、前述したコレクティブ・ラーニング(集団的学習)の3つの推進要因(交換ネットワークの拡大、情報伝達と輸送技術の改善、商業化の増強)すべてにおいて、重要な進歩が見られる。

人間の歴史上初めて、交換ネットワークが世界全体を網羅するまでに拡大し、過去最大のネットワークを形成するに至ったのである。再び人口が増加し始めたこと、そして、輸送手段(特に遠洋航海において)や情報伝達(特に印刷)の改良をはじめとする新技術が発達したことによって、交換ネットワークの拡大にはさらに拍車がかかった。最後に、国家間の競争が増すにつれて市場が活気を帯び、世界初の国際市場の中で商取引の機会が拡大したことにより、商人やそれぞれの国の領主たちが競って新しい蓄財の方法を模索するようになった。商業化は、新しく生まれたグローバルな交換ネットワークにかっちりと組み込まれた社会で特に顕著だった。

イノベーションに欠かせない3つの推進要因のうち、この時代で特に重要なのが、交換ネットワークの急激な拡大である。だが、この要因も輸送技術の変化や情報伝達の強化と非常に密接に結びついているため、この節では、3つの要因をそれぞれ分けて扱うことはしない。

🔅 世界初のグローバルな交換ネットワークの構築：西暦1500年以前

1350年から1700年までの時代に、交換ネットワークは

近代初期のマルサス的サイクル：西暦1350年～1700年　**269**

地図 10.6 中国およびヨーロッパの探検航海（1405年〜1498年）

15世紀には、重要な探検航海がアフロユーラシア・ワールドゾーンの両端から行われた。どの航海も、インド洋の豊かな交易ルート［地図 10.1］に結びつくことが目的だった。この地図を見れば、ヨーロッパの一部の航海者が大西洋を西に向かって航海することでインド洋に到達しようとした理由がわかる。やがてコロンブスがアメリカに至ることになったのも、こうした試みによるものだった。

近代初期のマルサス的サイクル：西暦1350年〜1700年

図10.3 鄭和(ていわ)の宝船(全長120メートル)とコロンブスのニーニャ号との比較

西暦1405年から1433年にかけて、中国王朝はインド洋を横断する海洋遠征隊を何度も送り出した。遠征には、当時としては最大クラスで最高の装備を誇る船が用いられた。この遠征を指揮したのがイスラム教徒の宦官、鄭和である。

人間の歴史上、最も大きく広がった。つまり、この時代に人間は初めて本当の意味でのグローバルな、世界の至るところに生息する生物種になった。すべてのワールドゾーンの社会が、それ以前には存在しなかったほど大規模で変化に富んだひとつの交換ネットワークに取り込まれたためである。

西暦1500年を迎えるまでに、世界は黒死病を克服して再び成長期に入っていて、多くの地域で交易や旅が盛んになっていた(地図10.6)。この過程で統治者や上層階級の人々が積極的な役割を果たすことが多かった。15世紀初めの一時期、中国の明朝では朝廷が大船団を送って諸国の港を公式訪問し、東南アジア、インド亜大陸、中東、東アフリカの国々と外交関係を結んだ。特に永楽帝(治世1403年～1424年)が1405年に始めた海外遠征は7回に及び、1433年まで続いた[いわゆる"西洋下り"]。船団を率いたのはイスラム教徒の宦官、鄭和(チェンハー)提督で、最初の艦隊では317隻の船に2万8000人の兵士が乗り組んだ。鄭和の旗艦は当時としては最大規模の艦船で、4層の甲板を備え、全長は120メートルに達していた(図10.3を参照)。

中国にはこのような遠征ができるだけの組織的、財政的、技術的能力があったのだから、その気になれば、そして外洋の風や海流についての知識があれば、間違いなくアメリカ大陸に到達することもできただろう。ただ、インド洋の豊かな市場が手近にあり、北部以外に危険な敵もほとんどおらず、中国国内にも巨万の富があるというのに、アフリカを回って大西洋に出るか、または真東に針路をとりほとんど何もない太平洋に乗り出すか、いずれにしても危険な向かい風に立ち向かう勇気や意欲が持てるものだろうか。実際その意欲が上辺(うわべ)だけだったことは、永楽帝の死後、帝位を継いだ洪熙帝(ホンシーディ)と宣徳帝(シュエンダーディ)がこれらの遠征を中止したことからも明らかだ。費用がかかりすぎるうえに、危険に見舞われている北部辺境に向けるべき人員と注意が"西洋下り"に奪われていたからだ。実はこれらの遠征から中国が得た利益は政治的にも経済的、軍事的にもほとんどなかったので、この決定は理にかなっていたと言える。

規模の大小はあれ、同様の拡大傾向は他の多くの地域でも見られた。たとえばアメリカ大陸では、15世紀に強力なアステカ帝国が築かれ、ほぼ同時期に、アンデス地方ではインカ帝国がそれよりはるかに広大な地域を統合しつつあった。アフリカでは、マリ帝国が勢力範囲を広げ、西ア

フリカの熱帯地域に散在する共同体との交易関係を確立しつつ、モロッコやエジプトとも関係を築いていた。イスラム教徒で旅行家として有名なイブン・バットゥータは、何年もかけてイスラム世界（メッカはもちろん、キプチャク・ハン国と中央アジア、インド、さらにはおそらく中国まで）を旅した後、1352年から1354年までマリに滞在した（地図10.3を参照）。

地中海では、政治的にも軍事的にも混沌としていたアナトリアに13世紀末にオスマンという支配者が現れ、オスマン帝国を建設する。黒死病（ペスト）の流行が終わって数十年の間に、オスマンの後継者であるトルコ人はバルカン諸国の一部を奪い取り、高度な訓練を受けた軍隊「イェニチェリ」を創設する。この部隊は、主にバルカン諸国のキリスト教徒の子どもを連れ去って訓練した兵士で構成され、オスマン帝国のみに忠誠を誓う集団だった。1453年、オスマン帝国はコンスタンチノープルを陥落させ、16世紀初めにはエジプト、アラビア、およびメソポタミアの大部分を征服する。やがてオスマン帝国の艦隊がインド洋西部の海域を巡回するようになり、東南アジアから運ばれてくる香辛料を主体とした"旨味（うまみ）のある"交易がオスマン帝国に独占されてしまう。16世紀初頭には、オスマン帝国は地中海を支配し、世界最強国のひとつになっていた。

ヨーロッパは、アフロユーラシアの大規模な交易ネットワークの西端に位置し、中国、インド、オスマン帝国といった超大国からはかなり遠かった。黒死病の流行が過ぎた後のヨーロッパは、中規模の国家が互いに激しい競争を繰り返す地域になる。これらの国の統治者はしばしば資金難に陥ったため、利益が見込める商業活動に好意的だった。このような環境で市場経済と資本主義が花開いた。地中海地方で最も交易が盛んだったのがイタリアの都市国家、中でもジェノバ［現在のイタリア北西部にあった海洋国家］とベネチアである。この両都市の商人は中東全域と黒海地方、さらには成長してきた北ヨーロッパの市場まで出かけて行き、商取引で蓄えた富で強力な陸海の軍勢を雇うことができた。オスマン帝国の台頭後も、ベネチアは東地中海でどうにか交易を続けることができたが、ジェノバ商人は西方の西ヨーロッパや大西洋を目指すほかなかった。

熱心な布教活動、マリに黄金があるという知識、ヨーロッパで魚の需要が増えてきたこと、オスマン帝国によって東地中海からインド洋に至る交易ルートが封鎖されたことなど、いくつかの要因が重なって、西ヨーロッパの統治者や事業家、そして彼らに投資する（多くの場合イタリアの）金融業者は、これまでより熱心に大西洋航路の探索に取り組んだ。最初のうちは、大西洋に乗り出してアフリカの海

岸線に沿って南下するという小規模な航海を繰り返し、その経験をもとに、他地域からの技術も借用して、船の設計（たとえば風に逆らって航行できる三角帆の使用）、砲術、航海術を改良していった。その結果、ポルトガルでは15世紀半ばに非常に扱いやすい船が開発された。これを**カラベル船**という。

1340年代までに、ポルトガルの船乗りはカナリア諸島に上陸していたが、15世紀、（今のスペイン北部の）カスティリャ人がこの島々を占有する。カナリア諸島にはもともと先住民が暮らしていたが、カスティリャの人々は、ここには奴隷の売買や染料などの特産品、さらには漁業や大西洋沿岸を航行する他国の船に対する物資の供給など、様々な商機があることに気がついた。1380年代には、イベリア半島やマジョルカ島の船乗りは大西洋の他の島々（マデイラ諸島、アゾレス諸島など）についても知識を持っていた。アゾレス諸島が発見されたという事実は、カナリア諸島への往路は北東貿易風を受けて南西に行けば簡単だが、スペインやポルトガルあるいは地中海への帰路は、来た道を戻るのではなく、いったん北上して大西洋の沖合いに向かい、偏西風に乗って帰るのがよいという知識を、多くの船乗りが共有していたことを示す［アゾレス諸島はその帰路上にある］。

1420年代以降、ポルトガルの船乗りたちは、イスラム商人を介することなく直接に西アフリカの黄金を入手すべく再び模索するようになった。1450年代には、ポルトガルのエンリケ"航海王子"を後ろ盾とするジェノバの船がガンビア川とセネガル川をさかのぼってマリ帝国に到達した。さらに多くの船がその後に続き、金や象牙、胡椒、ときには奴隷を積み込むようになり、黄金を運ぶ隊商も、サハラ砂漠を横断する曲がりくねった陸上ルートを避けて西アフリカ海岸沿いの海上ルートをとるようになる。そこにはポルトガルの商人がジェノバの船を待ち受けていた。1482年、ポルトガルは西アフリカ海岸に要塞を築き、やがてマリの交易の大半は南に向けられるようになる。ポルトガルの商人たちが黄金、綿（わた）、象牙、奴隷などと引き換えに織物や武器を提供したからだ。一方、1450年代には、ジェノバの投資家の支援を受けたポルトガルの開拓移民が、マデイラに砂糖のプランテーション［大規模工場生産の方式を取り入れ、熱帯、亜熱帯地域の広大な農地に大量の資本を投入し、単一作物を大量に栽培する（モノカルチャー）大規模農園またはその手法を指す］を開いた。ここでは奴隷を労働力に使い、まもなく相当な利益を上げるようになる。砂糖のプランテーションはカナリア諸島にも建設された。これらのプランテーションをモデルにして、やがてはアメリカ

近代初期のマルサス的サイクル：西暦1350年〜1700年　**273**

大陸にはるかに規模の大きなプランテーションが生まれるのである。

　このような初期の商業実験がそれなりの成功を収めたため、ヨーロッパの船乗りは大西洋の風や潮流を利用する方法をどうにか修得できるようになった。1492年、スペインを共同統治していたフェルディナンドとイサベル（後の"カトリック両王"）は、西に向けて航海すればアジアの豊かな市場に到達できるのではないかと考える探検隊に資金を提供した。これが成功すれば、オスマン帝国が独占するインド洋航路を迂回できるからだ。この探検を指揮したのがジェノバ生まれの船乗り、クリストファー・コロンブスである。コロンブスはカナリア諸島を経由して航海を続け、1492年10月12日にバハマ諸島に達し、その後数カ月をかけてカリブ海の大部分を周遊した。そして帰国後、アジアに到達したと主張する。

　その5年後、[やはりジェノバ生まれの]イタリア人ジョヴァンニ・カボート（英語圏ではジョン・カボット）に率いられたイングランドの探検隊がブリストルからニューファンドランド島までの航海に成功した。これがやがてはアメリカ大陸北東岸の豊かな漁場開拓につながるのである。1498年にはヴァスコ・ダ・ガマが指揮するポルトガルの探検隊がインドに到達する。この探検隊は、インドの商人や支配階級の目を引く品物はほとんど積み込んでいなかったが、それでも主に胡椒やシナモンといった、有利に取引できる品物を積み込んで戻ってきた。ヴァスコ・ダ・ガマがオスマン帝国の仲介を受けずに商品を安値で購入したため、その積み荷は高い利益を上げることができた。たとえば、インド産胡椒の仕入れ価格は、ヨーロッパで売られている値段のわずか20分の1である。この航海でインド洋交易の大きな商業的可能性が明らかになり、財政難にあえぐポルトガル政府やその他の投資家予備軍の注目を集めた。

　1519年、ポルトガルの航海家でスペイン王家に仕えていたフェルディナンド・マゼランがアメリカ大陸の南端を回って太平洋を横断した。マゼランは1521年にフィリピンで殺害されるが、副官のファン・セバスチャン・デル・カーノが1522年、出発時の5隻の船のうちわずか1隻と、生き残った少数の乗組員を率いてセビーリャに帰港し、初の世界一周航海を成し遂げた。ただし厳密には、デル・カーノと仲間の船員が世界一周を成し遂げた最初の人間とは言えないようだ。というのも、この航海に通訳として同行していたマレー人の奴隷"マラッカのエンリケ"がその後、故郷に戻っていたからだ[1]["マラッカのエンリケ"はまず、この世界一周航海の前にマラッカからポルトガルに連れてこられた。その後、この航海に同行してポルトガルから西

回りでアジアに到達した。フィリピンでマゼランが殺された後、故郷に戻っていたとすれば、デル・カーノらの帰還より早い可能性があり、彼が最初の世界一周旅行者ということになる]。ユーリ・ガガーリンが宇宙空間で地球を一周した最初の人間であったように、"マラッカのエンリケ"は海路で地球を一周した最初の人間だったと考えられる。

　ヨーロッパの航海者とその経済面および政治面での後援者は、アフロユーラシアの西端に位置していながら、意図しないまま、また自分たちの行為の結果についてほとんど理解しないままに、人間の歴史で初の地球規模の交換ネットワークを完成させたのだ。結局はこれが、ヨーロッパの商人や統治者が莫大な富を得るきっかけとなる。そのうえ彼らは、サヤ取り（ある場所で商品を安く買い、別の場所でそれよりはるかに高い価格で売ること）に多くの新しい可能性があることに気づいたのだ。以後数百年の間に、大きく広がり、驚くほど多様化されたこれらのネットワークから、初の世界経済が生まれることになる。また、このおかげでヨーロッパおよび大西洋地域は最初の国際交換ネットワークの中心になり、豊かで、地球上で最も交流が盛んな地域になるのである。

❺ 西暦1500年以後：グローバルな交換ネットワークの誕生

　ヨーロッパの航海者は各国政府の支援を受け、世界各地の社会を連結してひとつのシステムを作り上げることによって、交易ネットワークや知的交流、富と権力の構図を見直し、さらにはグローバルな交換ネットワークの地図をも塗り替えるきっかけを作った。これがいかに重要な変化だったかがわかるのは、数百年後のことである。カール・マルクスが19世紀に『共産党宣言』で述べたように、「世界規模の貿易や市場が生まれたのは16世紀で、近代資本主義の歴史はそのときから始まる」のである。

新たな商機　　　　ヨーロッパの政府や商人はやがて、世界初のグローバルな交換ネットワークで自分たちが占める中心的な地位を利用する新しい方法を考え出した。

　当時の世界で最も豊かな交易システムといえばインド洋交易だったが、ヨーロッパ人はここで地元商人の興味を引く商品をほとんど持っていなかった。だが、相手はほとんどが交易で成り立っているだけの中小国または都市国家なので、商品が魅力に欠けていても武力で取引を強要できることがすぐに明らかになった。数十年もしないうちに、ポルトガルの艦隊は、東アフリカ海岸のキルワ、ペルシア湾

274　第10章　近代革命に向けて

岸のホルムズ、インドのゴア（1510年に征服）、最後に東インド諸島のマラッカと、インド洋ネットワークの重要拠点に次々と要塞を築いていった。これらの重要拠点から、ポルトガルは現地の香辛料交易の一部を占有した。量はそれほど多くはなかったが、これで、インド洋から地中海までの交易路を独占していたオスマン帝国の頭越しに現地と直接取引できるようになったのだから、その価値は大きかった。

　17世紀初めには、オランダ人、次いでイギリス人が、どちらもポルトガルを上回る人材と資金を投入して、力ずくでインド洋の交易ネットワークからポルトガル人を締め出すようになる。オランダ東インド会社は世界初の大規模な貿易会社で、政府の支援と軍事力、それに巧みな商才が一体化することで多くのメリットがあることを世に示した。オランダ人は16世紀後半にスペインの支配から抜け出した後、東南アジアとインドネシアでポルトガルに取って代わる。一方、イギリス人は同様にインドでポルトガルに取って代わった。とはいえ、18世紀までは、これらの侵略的な植民地帝国ですら、アジアの交易ネットワークに及ぼす影響はごく限定的なものだった。

　アメリカ大陸にやって来たヨーロッパの植民地開拓者は、交易だけでなく征服をも目的にしていた。16世紀から17世紀にかけて、スペイン人とポルトガル人がアメリカに広大な帝国を作り上げた。スペイン人はしばしばその地方の帝国（アステカなど）に敵対する勢力と同盟を結び、容赦ない軍事作戦を展開して、短期間のうちにメソアメリカおよびアンデス地方に以前からあった文明社会の中心部を掌握した。一方、ポルトガル人は、大きな抵抗勢力のなかったブラジルで、新たな植民地の建設に取りかかった。

　ヨーロッパ人がなぜアメリカ大陸の国々をこれほど簡単に征服できたかは、この時代の大きな疑問のひとつである。その答えを出すには、主要なワールドゾーン間に蓄積された様々な違いについて考慮しなければならない。スペイン人は馬を乗りこなし、銃器を使って一時的に軍事的優位に立ったが、先住民の部隊もやがて馬と銃の両方を使いこなすようになった。スペイン人は、絶えず戦争状態にあるヨーロッパ各国の軍事的、政治的ルールに従って身につけた政治力を駆使し、侵略する国の流儀を考慮する必要などはないと考えていた。メキシコを征服したエルナン・コルテスも、ペルーに侵攻したピサロも、敵の指導者を捕虜にしたり虐殺したりして、その社会の外交上・倫理上のルールを踏みにじることで、ある程度の成功を収めたと言える。最後に、そしてこれがおそらく最も重要だが、ヨーロッパ人が成功したのは、アメリカ大陸の住民に免疫がない新し

い疫病を持ち込んだためである。アステカ帝国もインカ帝国も、この侵略戦争の間、複数の疫病の大流行に苦しんだが、それらの疫病はスペイン人が期せずしてアメリカ大陸に持ち込んだものだった。

　17世紀以降は、他のヨーロッパ諸国（中でもオランダ、フランス、イギリス）の商人や事業家もカリブ海や北米大陸に自国の植民地を建設するようになる。

グローバルなサヤ取り

　16世紀半ばには、スペイン人をはじめとするヨーロッパの人々は、グローバルネットワークの中心という自分たちの新しい地位には、サヤ取り売買の真のメリットがあることに気づき始めていた。それは、そのネットワークの特定の地域を開発することではなく、異なるワールドゾーンの間で商品を動かすことによって得られる利益だった。つまり、世界で最初のグローバルな交易システムに膨大な商売上の可能性を見いだすようになったのである。

　このグローバルなサヤ取り売買という新しいシステムにおける、当時の2つの重大要素は、ペルーの「銀」と急速に拡大しつつあった中国経済だった。15世紀になると、中国では人口が増えて商業活動が活発になった。それに伴って、中国政府は貨幣鋳造のためにそれまで以上の銀を必要とした。最初のうちは必要な銀を日本から輸入していたが［たとえば世界遺産の「石見銀山」など］、16世紀に人口がさらに増えると（この時代にトウモロコシ、サツマイモ、落花生など、アメリカ原産の作物が食料として栽培されるようになった）、銀の需要が供給を上回るようになった。中国政府が税金を銀で支払うよう要求し始めるとともに銀の相場が上昇し、日本からの輸入だけではまかなえなくなった。

　そのような時、太平洋に出たスペイン人は、インカ帝国を征服後、1540年代にポトシ（現在のボリビア領）で銀山を発見した。すでにメキシコでもペルーでも金や銀を大量に発見していたが、ここはこれまでにない規模の宝の山だった。スペイン人は現地の住民を強制的に労働力として使って（「ミタ」という、インカに従来からある強制労働の仕組みを引き継いで）ポトシ鉱山の開発を始め、次第にアフリカからも奴隷を連れてきて働かせるようになる。ポトシは急成長を遂げ、1600年には世界最大規模の都市になっていた。このポトシで、ヨーロッパ人はとうとう、東アジアの豊かな市場で本当に高い需要がある商品「銀」を見つけたのである。

　銀はメキシコに運ばれ、その多くはメキシコでスペインの通貨ペソに鋳造された。また一部はメキシコから大西洋

近代初期のマルサス的サイクル：西暦1350年〜1700年　**275**

上を輸送され、スペイン政府によって、主にハプスブルク家のカール5世（神聖ローマ皇帝、在位1519年～1556年）とフェリペ2世（カール5世の子、スペイン国王、在位1556年～1598年）が広大な帝国を治めるための軍事作戦に使われた。その結果、銀はスペインやオランダ、イギリスなどの銀行家の手に渡り、その大半がインド洋での交易に投資された。そして最終的にはその多くが中国に流れていった。ポトシで産出された銀の一部は"マニラ・ガレオン船"で太平洋を横断し、スペインの植民地だったマニラで、中国産の絹や磁器などの商品と交換された。このルートで運ばれた銀も、大半がやはり中国に流入することになり、1500年～1800年の間にアメリカ大陸で産出された銀の実に75％が最終的に中国に行き着いたとも推定されている。

　銀の価格が中国では高く、アメリカ大陸では低い（低い理由は銀が豊富にあったため、そして過酷な労働条件を強いられた奴隷によって掘り出されていたため）ことが、世界初のグローバルな交換システムを推し進め、世界で最初のグローバルな金融ネットワークを作り上げる契機となった。このシステムで主に使われたのが、世界初の国際通貨、メキシコ・ペソである。1540年代には、銀は中国ではヨーロッパの2倍の価格で取引されていたが、一方、中国の絹製品や磁器は同種のヨーロッパ製品よりはるかに安価だった（しかし品質ははるかに優れていた）。そのため、グローバルなサヤ取り売買を大規模に行うことで、通常では考えられない膨大な利益を得られる可能性があった。

大西洋の交易システム

1492年までは交換というシステムが存在しなかった大西洋地域にも、後にグローバルな交易拠点となる場所に、まったく新しい交換ネットワークが整備された。

　このシステムは、ある地域で安く生産でき、他地域で高値で販売できる商品を見つけるのに利用された。このシステムで最初に高収益を実現できた商品が「砂糖」である。砂糖のプランテーションでは労働力に奴隷を使うため、安く生産できるうえ、ヨーロッパやアメリカには膨大な需要があった。砂糖以外の甘味料といえばハチミツしかなかったからだ。

　15世紀には、キプロス、クレタ、シチリアなど地中海の島々に砂糖のプランテーションが開かれ、その後は新しく植民地化した東大西洋の島々にも導入されるようになる。これら初期のプランテーションは、奴隷を過酷な環境で働かせるという効率のよいシステムで、後にアメリカ大陸を開拓する際のモデルになった。コロンブスは、義父がカナリア諸島で砂糖のプランテーションを所有していたことも

あり、二度目の航海でサント・ドミンゴに砂糖を持ち込んだ。16世紀半ばには、ポルトガル人がアフリカ奴隷を使ってブラジルで砂糖農園を経営するようになっていた。17世紀初めになると、オランダ、イギリス、フランスからの入植者がカリブ諸島で砂糖を栽培するようになる。砂糖のプランテーションが軌道に乗ると、精製装置への投資はもちろんだが、それに加えて大量の安い労働力が必要になる。やがて、必要な労働力は新しく生まれたアフリカの奴隷貿易によってまかなわれるようになる。特にカリブ海のように、ヨーロッパから疫病が入ってきたことによって現地住民の大部分が死に絶えてしまったところでは、奴隷貿易が重要な役割を果たした。ヨーロッパの投資家は資金の大半を提供し、アフリカの奴隷商人は労働力（黒人奴隷）を提供し、そしてヨーロッパの消費者は需要を提供した。このようなプランテーションシステムは、16世紀以後はタバコ、18世紀には綿（わた）など、他の作物にも広まっていく。

　プランテーションシステムはアフリカとヨーロッパとアメリカをひとつの交換ネットワーク内で結びつけた。アフリカの奴隷商人はヨーロッパの商人に黒人奴隷を売り、その見返りに金属製品や武器、織物、ぶどう酒その他ヨーロッパ産の商品を手に入れた。奴隷貿易が盛んになると、アフリカ全土で、ときにはヨーロッパ製の武器で武装した集団による戦争まがいの奴隷狩りが行われるようになり、勢力地図が塗り替えられた。ヨーロッパの商人は黒人奴隷をアメリカに運んだ。アメリカ、特にカリブ海地域のプランテーション経済は特定の産物にのみ偏っていたため、食料や衣類はヨーロッパまたは北米の農業植民地から輸入する必要があった。その一方、主製品の砂糖は北方に運ばれ蒸留されてラム酒になったり、急速に発展するヨーロッパ諸都市で甘味料として販売されたりした。こうして、ヨーロッパ、アフリカ海岸、カリブ海および北米のイギリス植民地の間には、非常に収益性の高い三角貿易のシステムが成立した（地図10.7）。商人と投資家（イングランドおよびニューイングランド）、プランテーション所有者（カリブ海）、奴隷商人（西アフリカ、中央アフリカ、南アフリカ）の三者がすべて巨万の富を得た。犠牲となったのは品物のように取引された何百万人ものアフリカ黒人奴隷で、その安価な労働力があればこそ、プランテーションは莫大な利益を上げるシステムとして機能したのである。

グローバルな交換ネットワークが生態系および文化に及ぼす影響

　旧来のワールドゾーンが連携することで、世界は商業面

だけでなく、生態系や文化の面でも変貌を遂げた。

コロンブス交換

商品やアイデア、富、人々、技術、宗教、動植物、そして疫病（病原菌）がワールドゾーンを越えて移動し始めると、世界の環境は再びつながりを持つようになった。歴史学者アルフレッド・クロスビーは、このように動植物や病原菌がグローバルに行き来することを「コロンブス交換」と名づけた。クロスビーが指摘するように、世界がこのような形で連携したのは、主要な大陸がすべてつながってパンゲアという巨大なひとつの"超大陸"を形成していた2億年前（地図3.2などを参照）以来のことである。

このコロンブス交換で初めて、羊や牛、馬、豚、ヤギがアメリカ大陸に渡った（馬は旧石器時代にはアメリカに生息していたが、最初に人間が渡ってきてまもなく絶滅してしまった）。その結果、アメリカの環境は大きく変化した。北アメリカでは、農業や採集で暮らしを立てていた先住民が馬に乗って狩りをするようになり、平原に住む部族の騎馬文化が形成された。アメリカの輸送手段や農業も、馬によって大きく進化した。動物の牽引力を初めて利用できるようになったため、これまでの鍬による農業に変わって犂が用いられるようになる。連れてこられた牛や豚、羊は、荒野や広大な地所に放されて繁殖し、ときにはその土地の固有種に取って代わったり、それほど大量の家畜の群れを養ったことのない草原を食い尽くしたりした。17世紀には、700万～1000万頭もの有蹄類[ウマ（ウマ目）とウシ、ヤギ、ヒツジ（ウシ亜目）を指すと思われる；現在は"有蹄類"という分類群は使われていない]が、何千年もの間このような動物の存在を知らなかった土地で草を食んでいたのである。小麦やライ麦、砂糖など、新種の作物も到来した。

ヨーロッパから持ち込まれた家畜が増えたことで、ほとんどがヨーロッパ出身の入植者は完全な「ネオ・ヨーロッパ」を建設できるようになる。それは、ヨーロッパの農業、政治、文化、生活様式をそのまま移した社会だった。このような新しい社会は最初はアメリカに建設されたが、のちにはオーストラレーシアや、太平洋とアフリカの一部にも出現した。

［コロンブス交換における］生物種の移動には逆方向もあった。アメリカ固有の作物であるトウモロコシ、ジャガイモ、タバコ、トマト、サツマイモ、マニオク、カボチャなどがアフリカやユーラシアに輸出されたのだ。栽培に最も適した土地で育てられていた多種多様な作物が、世界各地の農耕社会で利用できるようになったのだ。その結果、世界中で農業革命が起こり、その恩恵を受けてその後200年間は人口が増加した。コーヒー、タバコ、砂糖などの刺激物も一般消費者に手が届くようになり、以前には存在しなかった「嗜好品」という別世界が開けたのである。

疫病もグローバルになったが、この場合はほとんどが一方通行だった。かつてアフロユーラシアの交易ネットワークを通じて伝染病が蔓延し、免疫のなかった地域の人口が激減したように、今度はそれが世界中に広がり、さらに壊滅的な結果になった。アメリカ大陸で特に猛威を振るったのが、天然痘、はしか、発疹チフスなど、多くのヨーロッパ人にはすでに免疫があった病である。その流行には、比較的小さなワールドゾーンなら破壊するほどの力があったが、アフロユーラシアでは疫病とそれに対する免疫を交換できたのに対し、他のどのゾーンもその経験がなかった。予想されることだが、人口密度が高く、病気が急速に広がる可能性があるところほど、影響は甚大になる。一説によれば、メソアメリカの人口稠密地帯では16世紀に人口が90％～95％も減少し、アンデス地方では70％減少した。人口が減ると、それまでに確立された社会や政治、宗教の仕組みが崩壊する。それに乗じてスペイン人は、イベリア半島の郷土や作物、文化をモデルにした帝国を容易に築くことができた。同じことが以後数百年の間に何度も繰り返される。アフロユーラシアから入ってきた伝染病がその地域を席巻し、その後にヨーロッパからの入植者が自国と同じ作物、人、宗教、政治機構、農法を持ち込むという構図である。

文化的、政治的影響：資本主義への道

新しくできたグローバルな交換ネットワークは、ヨーロッパや"ネオ・ヨーロッパ"を変えただけではない。作物、銃火器、新しい組織、農業技術の改良、印刷、商業といった要素は至るところで拡散し、政府の力を大きくする方向に働いた。強大になった権力を背景に、各国政府は自国の人口と収益を拡大するためにできることは何でもやろうとした。とりわけ、かつては辺境と呼ばれていた地域の人口を増やし、その富と税基盤を強固にして、最終的に、ますます競争が激しくなる世界の舞台で自国の力を拡大しようとした。政府が奨励した拡大政策とは、耕作地や森林、漁場、湖、および他の生物種に対する人間の支配力を増すことだった。

最も目覚ましい例は、おそらくモスクワ大公国の発展だろう。黒死病が猛威を振るっていた時代、モスクワ大公国は、今日では「キプチャク・ハン国」の名で知られているモンゴル人国家の支配下にあるキリスト教の公国だった。ところが1700年には、ポーランドから東へ、シベリア東部

近代初期のマルサス的サイクル：西暦1350年～1700年　**277**

地図10.7 大西洋の奴隷貿易（1500年～1800年）

奴隷貿易は、アフリカ・西ヨーロッパ・アメリカをつなぐ大規模交易ネットワークの一部で、人間・工業製品・農産物の交換ルートだった。

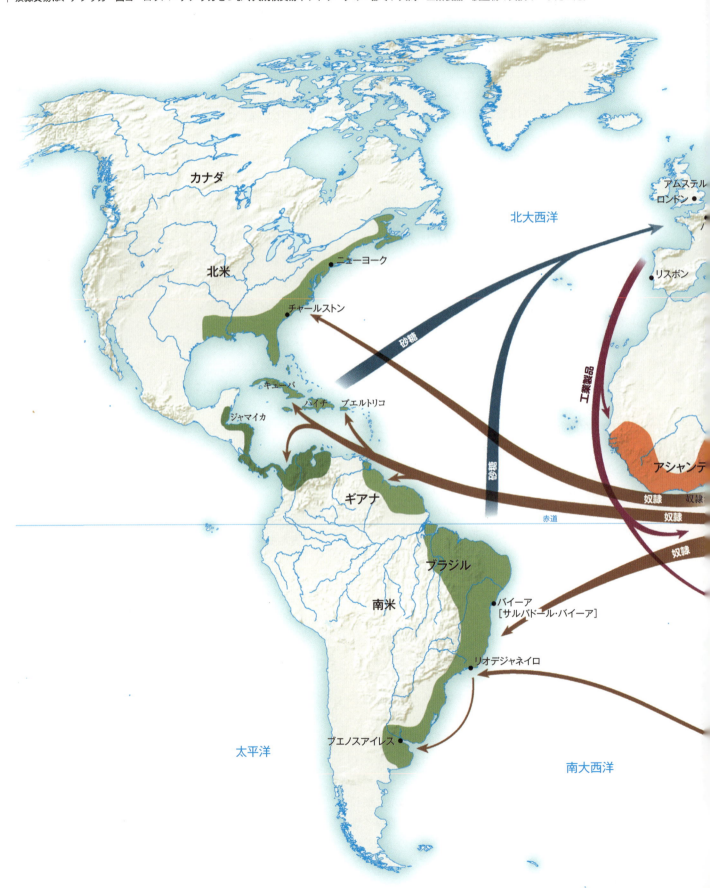

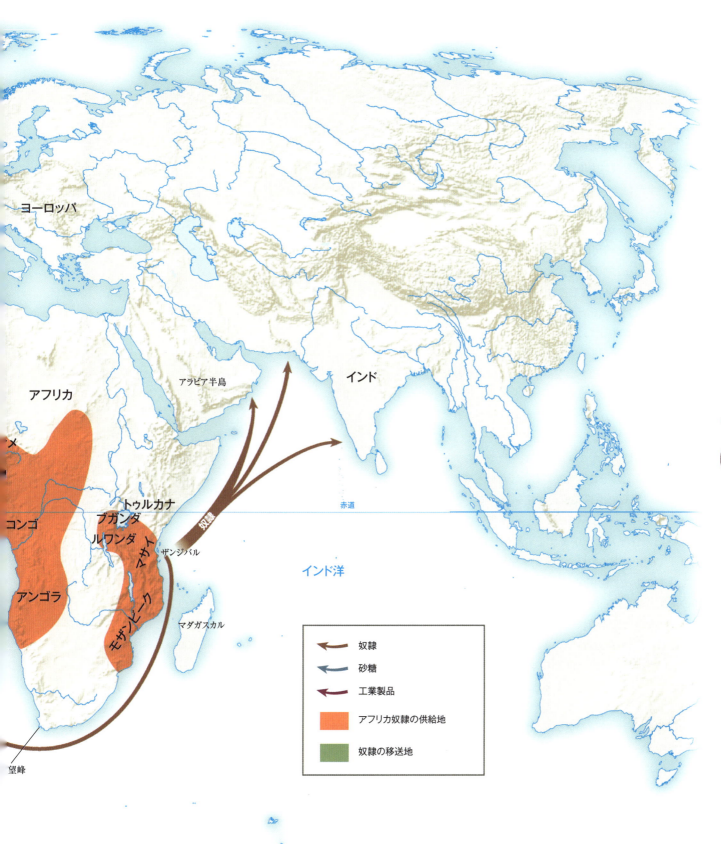

近代初期のマルサス的サイクル：西暦1350年〜1700年　279

の太平洋岸に至る広大な土地を支配する世界最大の国になっていた。国土が拡大するにつれ、モスクワ大公国は新たに領土となった森や草原を小作農とその主人が開墾することを奨励した。同様に交易（特に毛皮の取引）も奨励し、その影響力は、北京からシベリアの森林地帯を経由して東地中海、西ヨーロッパ、さらには北アメリカにまで及んだ。

世界の交易ネットワークが拡大するにつれて様々な新しい商機が生まれ、それに呼応して世界中至るところで市場規模が大きくなった。交易の影響は、様々な形で各地に浸透した。アフリカでは奴隷とヨーロッパの工業製品が交換され、アメリカでは毛皮貿易が盛んになり、プランテーション経済が構築され、そしてロシアやシベリア、中国の辺境の村々では、政府が課す重税のため小作農や狩猟採集生活者までが地元産の商品を売買せざるを得なくなった。市場が拡大すると、取引を仲介する商人は毛皮や魚、鯨、銀、砂糖、タバコなどの商品を求めてますます遠くまで出かけていくようになる（特に毛皮は、ロシアのシベリア進出や、ヨーロッパの北アメリカ入植を促すきっかけとなった）。

このようなプロセスによって世界中で環境が変わり、生物圏に人の手が加わるケースが急激に増えた。入植者はこれまでに開墾されたことのない土地に定住して農業を始めたり、在来生物種の生存を脅かすほどの勢いで野生動物を狩ったり魚を獲ったりした。また、動植物をそれまでとはまったく異なる環境に移すこともした。そのようなことをするのは、ほぼ決まって、森や草原、川や海の資源を新しい方法で管理し、そこから利益を上げたいと考えるアフロユーラシアの政府や事業家の支援を受けてのことだった。ジョン・リチャーズによれば、16～17世紀は、世界各地で生物圏の資源の開拓がますます熱を帯びた時代である。これまで開拓が進んでいなかった地域を、新たな熱意をもって従来の方法で開拓することで、地球の資源に対する人間の支配力はまた一段と大きくなった。

不思議なことに、情報伝達は商品や人や疫病に比べて遅れることが多かった。特にアフロユーラシアの古くからの中心地では、統合された世界の文化的影響が目に見えるほど大きくなるまでに数百年を要した。

ところが、グローバルな交換が始まってすぐに大きな文化的影響を受けた地域が2つある。南北アメリカとヨーロッパである。アメリカでは、その影響が主に破壊的な形で現れ、伝統的な文化や政治形態が徐々に衰退したり、時には伝染病や征服の結果、完全に破壊されたりした。宗教の伝統は多くの場合潜伏して表には出なくなったが、後に、アメリカ古来の宗教的伝統を独自に加味したアメリカ風カトリックとして復活する。

図10.4　フランシス・ベーコン著 Great Instauration（『偉大なる回復』）の口絵

ベーコンは、この有名な著作の中で、地理上の発見をはじめとする科学的発見は、過去の学者の説だけではなく、実際の世界を研究することによってなされると主張する。引用文は聖書のダニエル書からで、「多くの者は、あちこちと探り調べ、そして知識が増すでしょう」と記されている。

グローバルな交換ネットワークはヨーロッパ社会にも文化的影響を与えたが、その主な理由は、ヨーロッパが世界各地から情報が集まる一種の情報センターになっていたことだ。ヨーロッパは情報ネットワークの中心に位置していたため、新しい情報が入ってくることの影響を最も強く受けることになった。アメリカ大陸の発見、新しい星の観測、これまで知られておらず聖書や古典作品にも記述されていない民族や文化・宗教・作物の発見は、伝統的な知識に対する信頼を揺るがす知的大変動だった。1537年に「新しい島、新しい土地、新しい海、新しい民族、そのうえ新しい空や新しい星までも」と書いたのは、ポルトガルの数学者ペドロ・ヌネシュである[2]。教養あるヨーロッパ人の間では、伝統的な知識に対する懐疑主義が高まり、知識の土台を固める

情報を新しい方法で集めようとする試みが進むことになる（もっとも最初のうちはまだ手探り状態だった）。

イギリス人学者フランシス・ベーコン（1561年〜1626年）が唱えた経験主義には、探検や直接観測によって得られた新しい知識が真実に迫る鍵になるという認識が見られる。ベーコンは、当時の地理的発見を、科学が進むべきひとつのモデルだととらえていた。すなわち、目指すべきなのは、古典テキストの研究ではなく、現実世界の探検と綿密な調査を通して示すものだということである（図10.4）。フランスの哲学者ルネ・デカルト（1596年〜1650年）の哲学からは、既存の権威に疑問を呈して、より堅固な新しい土台の上に知識を建て直すことが重要だという考えが読み取れる。新しい知識から生まれた懐疑主義と、知識は探索によって求めるべきだという信念によって、ヨーロッパの知的視野が広がり、いわゆる17世紀の「科学革命」との連携が実現する。初めてのグローバルな知的ネットワークにおけるヨーロッパの主導的な位置から、科学革命の基本的な特徴を知ることもできる。その特徴とは、「普遍主義」と、応用が利き、特定地域の文化的伝統に縛られない「知識」を重んじることだ。

西暦1700年の世界

ここまで、この章の冒頭で述べたイノベーション（技術革新）の3つの原動力について、その重要性が増してきたことを考察した。すなわち、交換ネットワークが拡大し、情報伝達と輸送については大幅に改善され、世界の多くの地域で競争市場がますます重要になってきた。これだけの変化が起こると、基本的には、イノベーションが急激に増加し、地球規模で大きな変化が起こったはずである。実際はどうだったのだろうか。

❖ イノベーションへの影響

実は、この章で述べた様々な変化にもかかわらず、1〜2世紀の間はイノベーションのペースにほとんど影響はなかった。ヨーロッパの航海者が15〜16世紀に使っていた船舶や大砲、航海術に関するイノベーションのほとんどは、しばらく前から利用されていたもので、三角帆や羅針盤など、ヨーロッパ以外の土地で発明され、すでに広く普及していたイノベーションも多かった。トルコ人、ムガル人、ロシア人はそろって火薬の技術を他の分野に応用し、成功

を収めていた。大砲は、ポルトガル人がインド洋に進出したときに普及した。マムルーク朝やオスマントルコの艦隊がインド洋で使っていたガレー船の船首には大砲が取り付けられていたが、肋材の間や舷側に大砲を設置することで調整射撃ができるようになったポルトガルのカラベル船には太刀打ちできなかった。

私たちがこの時代で注目するのは画期的なイノベーションではなく、交換ネットワークの拡大によって技術や作物や組織化の方法がどれだけ効果的に伝播し、その過程でどのように改良され、その土地に合うように調整されたかということだ［これもまたコレクティブ・ラーニング（集団的学習）の効果である］。経済史学者のジョエル・モカーは、この時期について「接触効果の時代。技術の変化が主に、未知の技術や作物を観察し、それを他の場所に移植するという形で現れた時期」[3]と述べている。

真のイノベーションの最有力候補は、おそらく、金属製の可動活字を使った印刷術がヨハネス・グーテンベルクによって再発見されたことだろう。1453年のことである。金属製の可動活字を使った印刷術は朝鮮で発明され、1377年以降に作成された朝鮮仏教のテキストが、この技術を用いた最古の印刷物である［異説もある］。しかし、この技術が最も普及したのは、ヨーロッパなどアルファベットを使う地域だった。アルファベットなら必要な字体が少なくてすむため、ヨーロッパでは、印刷の普及とともに読み書きの能力が向上し、情報伝達が加速した。1500年には、ヨーロッパの236の町に印刷機があり、すでに累計で2000万冊の書物が印刷されていた。さらに100年後、印刷された書物の数はその10倍にも達していた。この印刷術のおかげで、イスラム世界がかつてアフロユーラシア・ワールドゾーン内の知識の保管庫であったように、ヨーロッパは地球全体の知識の保管庫になった。印刷は、まずヨーロッパで、次いで世界中で、コレクティブ・ラーニングを推進する強力な原動力になった。

しかし、この時代には、イノベーションが躍進したとまでは、まだ言えない。グローバルな交換ネットワークによって様々な技術や作物、ビジネス手法が普及し、利用されるようになったとはいえ、その多くは長い間、世界の一部地域にとどまっていた。こうして16世紀には異なるワールドゾーンが連携し、技術が拡散するスピードが増したが、新しい技術が爆発的に普及するのは19世紀になってからである。

変化の直前

イノベーションの進み具合は緩やかで、そのため1700年になっても、世界の大部分はそれまでと変わらないように見えた。人口の大部分は依然として小作農で、ほとんどの政府が伝統的に物事を考え、伝統的な方法で国を治めていた。エネルギー源も古代からほとんど変わらず、イノベーションのペースが急に加速することもなかった。

1700年になっても、いちばん速くメッセージを届ける方法は人が運ぶことだった。まとまった荷物を運ぶのは、馬か牛に引かせた荷車か、船に頼っていた。たしかに約2000年前に比べれば、小作農といえども完全な自給自足の生活ではなくなっていた。貨幣を手にする機会も増えただろうし、地元の市場で商品を売ったり、賃労働を探したりすることも多くなっただろう。それでもまだ、ほとんどの場合、食べるものと着るものは自家製だった。たしかに市場の規模と重要性は増していたが、今日ほど人々の生活に大きな位置を占めていたわけではない。生産者のほとんどが小作農だったという事実は、都市や大きな町が増えたとはいっても、そこに住む人はまだ少数派であり、多くの場合、人口の10％～20％にすぎなかったことを意味する。農耕文明のごく初期の時代とあまり変わっていないのである。

一方、既存のアイデアや商品、人、作物、疫病が交換ないし取引される規模は大きく変わった。交換や商取引の規模がここまで拡大したことこそ、18世紀末以降のイノベーション大隆盛の下地を作ったのである。その理由のひとつは、資源の限界に直面する社会が次第に増えていったことだ。利用できる土地が少なくなり、木材やエネルギー源の不足が頻繁に起こるようになり、毛皮も不足する。1700年には、世界の森林や耕作可能地、川、海は未曾有の規模で開発されていたが、技術はまだ昔のままだった。市場の拡大によって世界各地の商業活動が刺激され、商業化が進むようになると、ますます多くの商人や政府、小作農までが市場での交換に集まってくる。アダム・スミス（1723年～1790年）が指摘したように、市場が大きくなると専門化が進み、それに伴って効率性が高まる。このプロセスは、大西洋地域に新しく興ったプランテーション経済で特に著しかった。

この時代には、富と権力の世界全体での配分にも大きな変化が起こり始めていた。1500年以前には、ユーラシア大陸の大西洋岸といえば辺境の地で、アフロユーラシア・ワールドゾーンの巨大な交換ネットワークの末端だった。ところが1500年を境に突然、歴史上最も大きく最も変化に富んだ交易ネットワークの中心に躍り出たのである。そ

れでも2～3世紀の間は、新発見のルートで輸送される商品の量と価値より、従来のネットワーク（地中海からインド洋を通って東アジアに至るルートなど）を経由して取引される商品の量と価値のほうが大きかった。しかし、ヨーロッパが交換ネットワークの中心に位置することの学問的および商業的なメリットは、徐々に増していった。ヨーロッパの各国政府がグローバルな交易ネットワークの中心的地位を獲得するようになり、グローバルな交易の量が増え、ヨーロッパの知識人がアカデミーや大学、商業事務所を経由して流入する途方もない量の新情報に接する機会も増えたからだ。

1700年の世界は、まだ多くの点で従来の伝統を守っていたが、次の200年でイノベーションの爆発的発展を起こすためにあらゆる要素が結集している時代でもあった。その変化は、新たに大西洋の拠点となった地域を見るとよくわかる。

中規模国家が激しい競争を繰り広げていたヨーロッパでは、グローバルな交換ネットワークが商業・経済・政治に及ぼす影響は明白だった。これらの国では、支配階級や銀行家・政府が商取引に注目するようになった。グローバル市場における"サヤ取り売買"で、16世紀にはスペイン帝国、17世紀初頭にはその敵対勢力であるオランダ共和国が、覇権を得た。のちに資本主義と呼ばれるようになる概念のルーツがここにある。商取引によって、政府も上層階級も相当な収益を得ることができた。貴族の多くは交易に投資し、一方、政治家は、市場が拡大すれば、塩・酒・織物・砂糖などの商品で莫大な利益を上げられることに気づいていた。1700年には、イギリス政府の歳入の大部分を各種の関税および物品税が占めていた。イギリス政府が海外領土を守れるような強力な海軍を組織し、またイングランド銀行を創設して新事業への投資を支援して、交易に対する国家的なバックアップを惜しまなかったのはこのためである。

イギリスをはじめ、西ヨーロッパの一部の国では、ますます多くの人々が市場経済や賃金労働に依存するようになり、それに伴って社会の構造そのものが急激に変化していった。イギリスの先駆的な統計学者グレゴリー・キングの人口統計調査を現代の手法で分析すると、17世紀末には、イギリスの地方人口の約半数が自給可能な土地を持っていなかったと推測される。つまり、彼らは田舎で大農場主に雇われて働くか、町に出て賃金労働者になるか、いずれにしろ労働力を売って生活するしかなかった。キングの統計からは、17世紀後半、イギリスの国家収入は過半数が商業、工業生産、賃貸およびサービスから発生していたことがわ

かる。商業活動が盛んな社会のほうがそうでない社会より イノベーションを起こしやすいという説が事実なら、これ は変化が間近に迫っていたことの証と言えるだろう。17 世紀末には、イギリスとその強力なライバルであるオラン ダはどちらもますます「資本主義的」な様相を呈するように なる。両国とも経済を制する主体は市場だったが、それだ けでなく政府や支配階級も様々な種類の商業活動に深くか わっていた。

この時代の交換ネットワークが驚くほど大規模で多様性 に富んでいたこと、および商業の重要性が増したことこそ、 おそらく、18世紀の産業革命に始まるイノベーションの 大爆発に向けた地ならしとして最も重要なポイントだった と考えられるのである。

要約

この章では、イノベーションの主要な3つの原動力(交 換ネットワークの拡大、コミュニケーション(情報伝達)と 輸送の改善、商業化の進展)が、二度の大規模なマルサス 的サイクルの間にますます重要性を増した様子を考察した。 1700年には、世界はグローバルなひとつの交換ネットワ ークの中で連携するようになっていたが、まだ多くの点で、 旧来の伝統的手法にしばられていた。真の近代化が成し遂 げられるのは18～19世紀になってからである。次の章で はその時期の変化について記述する。

考察

1. 成長の三大原動力(交換ネットワークの拡大、コミュ ニケーション(情報伝達)と輸送技術の改善、商業化 の進展)がコレクティブ・ラーニング(集団的学習)と イノベーションを促進する方向に働くのはなぜか?

2. 16世紀以降、主要なワールドゾーンが統合された結 果として最も重要なことは何か?

3. 18世紀になって世界で資源が枯渇し始めたのはなぜ か?

4. 16世紀に世界初のグローバル市場が出現して以降、 ヨーロッパ社会が富と影響力を増し始めたのはなぜ か?

5. 18世紀初めは世界の大半はまだ「伝統的」であったと 呼ぶのが適切であるとは、どのような理由からか?

6. 1700年に世界が抜本的変化の直前にあったことを示 す兆候とは何か?

キーワード

● アントロポシーン
● イノベーションの原動力
● イノベーションへの誘因
● 近代革命
● グローバル化
● 交換ネットワーク

● コミュニケーション(情報伝達)
● サヤ取り売買
● 資本主義社会
● 独占
● 輸送

参考文献

Bentley, Jerry H., and Herbert F. Ziegler. *Traditions and Encounters: A Global Perspective on the Past.* 2 vols. 2nd ed. Boston: McGraw-Hill, 2003.

Clossey, Luke. "Merchants, Migrants, Missionaries, and Globalization in the Early-Modern Pacific." *Journal of Global History* 1(2006): 41-58.

Crosby, Alfred W. *The Columbian Exchange: Biological and Cultural Consequences of 1492.* Westport, CT: Greenwood Press, 1972.

Crosby, Alfred W. *Ecological Imperialism: The Biological Expansion of Europe, 900-1900.* Cambridge, UK: Cambridge University Press, 1986.

(『ヨーロッパ帝国主義の謎——エコロジーから見た10～20世紀』 ア ルフレッド・W・クロスビー著 岩波書店 1998年)

Fernandez-Armesto, Felipe. Pathfinders: *A Global History of Exploration. New York: Norton, 2007.*
(『世界探検全史　道の発見者たち』　フェリペ・フェルナンデス＝アルメスト著　青土社　2009年)

Headrick, Daniel. *Technology: A World History.* Oxford, UK: Oxford University Press, 2009.

Man, John. *Atlas of the Year 1000.* Cambridge, MA: Harvard University Press, 1999.

Marks, Robert. *The Origins of the Modern World: A Global and Ecological Narrative from the Fifteenth to the Twenty-First Century.* 2nd ed. Lanham, MD: Rowman & Littlefield, 2007.

Northrup, David. "Globalization and the Great Convergence." *Journal of World History* 16, no. 3 (September 2005)：249–67.

Pomeranz, Kenneth, and Steven Topik. *The World That Trade*

Created: Society, Culture, and the World Economy: 1400 to the Present. 2nd ed. Armonk, ME: Sharpe, 2006.
(『グローバル経済の誕生: 貿易が作り変えたこの世界』　ケネス・ポメランツ、スティーヴン・トピック共著　筑摩書房　2013年)

Richards, John. *The Unending Frontier: An Environmental History of the Early Modern World.* Berkeley: University of California Press, 2003.

Ringrose, David. *Expansion and Global Interaction, 1200–1700.* New York: Longman, 2001.

Ruddiman, William. *Plows, Plagues, and Petroleum: How Humans Took Control of Climate.* Princeton, NJ: Princeton University Press, 2005.

Tignor, Robert, et al. *Worlds Together: Worlds Apart.* 2nd ed., Vol. 1. New York: Norton, 2008.

注

1. Luke Clossey, "Merchants, Migrants, Missionaries, and Globalization in the Early-Modern Pacific." *Journal of Global History 1* (2006): 58.
2. J. H. Elliott, *The Old World and the New 1492–1650* (Cambridge, UK: Cambridge University Press, 1970), 39–40.

(『新世界と旧世界　1492-1650』　J・H・エリオット著　岩波書店 2005年)
3. Joel Mokyr, *The Lever of Riches: Technological Creativity and Economic Progress* (New York: Oxford University Press, 1990), 70.

第8 スレッショルドに歩み入る

第11章

モダニティ（現代性）へのブレークスルー

全体像をとらえる

西暦1700年から1900年まで

- 産業革命とはどのようなものか、それはなぜイギリスで始まったのか？

- 産業革命は当初どのようにして、どこで拡大していったのか？

- 産業革命はどのような影響をもたらしたのか？
  それによって人間の得たものと失ったものは何か？

- 産業革命はどのような意味で、ヨーロッパの現象というよりは、グローバルな現象となったと考えられるか？

西暦1750年ごろには近代に向かう条件が整っており、イノベーション（技術革新）をうながす誘因が増大しつつあったが、世界は依然として圧倒的に農業を主体とした伝統的な営みを続けていた。近代化に向けた革命に点火し、世界の背中を押して、新たなスレッショルドへと歩み入り、近代へと向かうよう促すにはどのような刺激が必要だったのか。

そうした刺激は、石炭の効率的な燃焼と拡大するイノベーションという形で、ユーラシア大陸北西部の半島のさらに沖にある小さな島で生まれた。この島の住人たちは、1700年の世界人口の1％にも満たなかったが、産業革命のパイオニアとなり、それから200年とたたぬうちにそれまでの歴史で、ひとつの社会集団としてはどんな人々も成し遂げたことがないような、世界をまたにかけた覇者となったのである。その結果、産業革命は世界に変革を引き起こした。こうしたことを誰が予見できただろうか？

第8スレッショルド：近代世界／アントロポシーン（人新世）

まず次の問いから始めよう。産業革命とはどのようなものなのか、また、なぜそれが近代世界へとつながり、アントロポシーンの幕開けとなる画期的な出来事（ブレークスルー）と考えられるのか？

◎ 第8スレッショルドの理論的根拠

産業革命とは、製造やコミュニケーション（情報伝達）、輸送などにおいて、それまでの人間や動物の力の代わりに、化石燃料を組織的に活用するようになったことを受けて起きた多様な変化、と定義されるだろう。化石燃料には、太古の太陽エネルギーを蓄積した石炭、原油、天然ガスなどがある。石炭は約3億年前に繁茂していた樹木が化石化してできたもので、原油は約6億年前から1000万年前にかけて海洋に生息していた単細胞の植物および動物が埋積して生じたものだ。天然ガスは、生物の遺骸などから放出されたメタンが主成分となっていて、通常は原油の近辺で採取される。

化石燃料から得られる、新しい膨大なエネルギー源の導入は、産業（製造業、鉱業、建設業）のイノベーションと生産性の劇的な増進を呼び起こし、そのいずれもが社会的・経済的な体制を一変させた（図10.1を参照）。機械は手工具に取って代わり、家内工業や工場制手工業に代わって機械による工場での大量生産が行われるようになった。化石燃料（最初は石炭、20世紀に入ると原油と天然ガスも）は、それまでの水車や、動物および人間の動力に取って代わり、桁違いに大きなエネルギーをもたらした。そして、機械・工場・ばい煙といったものが、新たな生活様式の出現を視覚的に示した。

イギリスにおける産業革命は織物工業から始まった。新たに発明された機械（力織機）が手繰りによる紡績やはた織りに取って代わり、石炭を燃焼して力織機に動力を供給する蒸気機関も開発された。産業革命はその後、鉄鋼の生産にまで発展し、さらに鉄道や蒸気船の製造に及んだ。イギリスにおける産業革命の主要なプロセスは、およそ1780年から1870年までの100年に満たない期間で完了した。

産業革命を第8のスレッショルドと考える理論的根拠は、それが人間社会に引き起こした急速な変化にある。約1万年前に農業におけるブレークスルーがあった（すなわち第7のスレッショルドであり、これもまた利用できるエネルギーと資源の急増がその推進力となった）が、人間社会はそれ以降の長い期間見られなかった根本的な変革をここで経験したのだ。石炭・石油の燃料がこの変化の基盤となり、人間の歴史にかつてなかったような、新たなレベルのエネルギーが供給されるようになった（第8のスレッショルドのまとめ参照）。

第8スレッショルドのまとめ

スレッショルド	構成要素 ▶	構造 ▶	ゴルディロックス条件 =	エマージェント・プロパティ
8. 現代世界／アントロポシーン	グローバリゼーション；コレクティブ・ラーニング（集団的学習）の急激な加速；イノベーション；化石燃料の使用	生物圏を扱う能力の急激な加速とともに、世界全体で結びつく人間のコミュニティ	地球規模で加速するコレクティブ・ラーニング	人間による資源利用の大幅な増大→まったく新しい生活のあり方と社会関係→生物圏を変化させる能力を持つ、地球の歴史上初の単一の種

この余剰エネルギーの出現は、人口の急激な増大と破滅的事態に関するマルサス的サイクルという呪縛を解いた。これまで見てきたように、工業化以前の様々な社会における人々はみな、植物が行う光合成によって貯蔵される太陽エネルギーにほとんど全面的に依存してきた。そのため、人口は、利用可能な土地と、石油や石炭などの地下資源（埋蔵資源）でない"地表資源"によって制限されてきた。工業化の到来は、化石燃料に蓄積された太陽エネルギーを利用できるようにすることで、一時的にせよグローバル規模でマルサス的サイクルを克服した。2012年現在、世界は70億人もの人々を養うための資源をしぼり出している。1700年の時点で、それまで用いられてきたエネルギー源では約6億7000万の人口を養うのがやっとだった。こうして、産業革命のおかげでわずか300年ほどの間に、世界人口が10倍以上に増大しても、それをまかなえるだけの食料を生産できるようになったのだった。

なぜイギリスと西ヨーロッパに？ グローバルな背景

世界の少なくとも7つの異なる地域で別々に起こった農業革命とは違い、産業革命が始まったのはただひとつの地域、イギリスだけだった。いくつかの他の地域社会、特に大西洋に面した地域は同様のブレークスルーに近づいていたが、工業技術の伝播が急速であったため、他の地域では独自に産業革命が起こる機会が訪れなかった。この理由について、歴史学者および社会学者が多くの考証と議論を重ね、グローバルな要因と地域的な要因が収束してこのような結果をもたらしたのではないか、という結論でほぼ一致している。

産業革命が始動するには、少なくとも次のような要素がある程度そろっている必要があった。すなわち、余剰資本（資金）の大規模な蓄積、大量の安価な労働力、商品の需要がある新たな市場、新たな発明、新たな動力源、新たな原料、交通輸送システムの向上などである。これに加え、背景となる社会的およびイデオロギー面の変化が重要な役割を果たしていた。

産業革命の初期の主要な発明である蒸気機関は、西ヨーロッパより3世紀も前に、初歩的な形態のものがすでにトルコに出現していた。トルコの技術者、タキ・アルディンが記した1551年の著書によると、この発明は富豪の晩餐で羊をまるごとローストできる串を回転させるためだったとされる。この蒸気機関はトルコでも、そして、イスラム世界の三大帝国（現在のトルコ領を基盤としていたオスマン朝、ペルシアのサファヴィー朝、およびインドのムガール朝）でも注目されることはなかった。イスラム圏の発明家は、所望するあらゆる消費財や、工芸家が製作した商品を手に入れることができる富裕階級を顧客としており、そうした社会的・イデオロギー的条件のもとでは、起業家が革新に取り組む意欲をいだく機会はほとんどなかった。

では、産業革命が中国で起こらなかった理由は何だろうか？ それまでの長い歴史において、中国は数多くの技術で世界をリードしてきた。中国では、炭を燃やして鉄鋼を製造する産業さえ10世紀に開発していたが、しかし14世紀までにこの分野は廃れてしまった。中国［北宋］の博学者であった蘇頌（1020年～1101年）は1094年に初の鐘を鳴らす時計を開発したが、北方からの侵入者によって破壊されてしまった。前章で述べたように、中国［明］の統治者は1433年に外国への通商使節の派遣を取りやめた。民間の商人たちは交易を続けていたものの、政権からの支援は得られなくなっていたのである。それでも18世紀における中国の生活水準は、平均余命や砂糖あるいは織物の消費量などの統計から、ヨーロッパの生活水準と比べて遜色のないものだったと推測される。

中国が工業化の面で先行しなかった理由を説明するために、多くの地理的、文化的特性が原因として言及されてきた。そうした仮説のいくつかを以下に手短に列挙してみよう。さらに研究が進めば以下の内容に今後変動があること

に留意されたい。

・中国では西暦1300年から1700年にかけて人口の増加が
イギリスよりも急速に進み、そのため機械を使うよりは、
労働集約的なやり方のほうがよいと考えられた。
・中国には石炭層があったが、主として北部に分布してお
り、一方で経済活動が盛んな地域は南部に偏っていた。
・中国は国家レベルでエリート層の教育と一般人民の思想
を統制していた。したがって、実験精神や権威に対する
疑問の姿勢が広く育たなかった。
・中国では体制面・文化面の安定が重視されていたので、
工業化は階級差を助長し、儒教的な価値観に反する地域
間の不平等を増大させる、混乱要因と考えられた。
・中国は常に外敵、特に遊牧民族による北方方面の脅威お
よび侵入に対抗せざるを得なかった。
・中国は、大西洋における交流や通商の新たな交通路にな
く、巨大な成長への機会から隔てられていた。
・12世紀は世界全体の相互のつながりが今よりもずっと希
薄な時代であり、したがって中国での発明は18世紀の
イギリスにおいて開花した発明のようには、迅速に伝播
することがなかった。

イギリス、およびフランスやオランダなどの西ヨーロッ
パ諸国は、中国が行った2つの主要な政策決定のおかげで
利益を得ることになった。そのひとつはインド洋における
交易からの撤退で、そのおかげで1600年にイギリスが設
立した東インド会社、および、オランダとフランスの同様
の会社が東南アジア市場に参入する機会がもたらされた。
もうひとつは、中国が1400年代にその貨幣制度の基幹と
して銀本位制を敷く決定を行ったことが、イギリスその他
のヨーロッパ諸国に有利に働いた。ユトレヒト条約の締結
(1713年)後、イギリスは、アフリカで集めた奴隷をアメ
リカ大陸内のスペイン植民地に売り渡す権利を得たことで
[つまり「奴隷貿易」に参入したことで]、ペルーのポトシ(現
在はボリビア領)およびメキシコのサカテカス[どちらも当
時はスペインの統治下]で採掘された膨大な量の銀の一部
も得ることができるようになった。中国では経済が急成長
する中で銀貨を大量に鋳造する必要があったため、イギリ
スは、こうして獲得した大量の銀のおかげで大量の中国産
の茶・絹・磁器などを仕入れることができた。
　銀の流通の背景には、もちろん、イギリスが運命を左右
する切り札を手にしているという事情があった。つまり、
イギリスはヨーロッパの主要国を巻き込んだ七年戦争に
1763年に勝利し、スペイン、フランス、オランダを押し

のけて、大西洋世界における通商体制の新たな軸となった
のだ。これにより、イギリスには膨大な量の原料が流入し、
また持続的な新しい市場がもたらされた。銀の他にもアメ
リカ大陸はイギリスに、産業労働者向けの安価な食料(魚、
ジャガイモ、砂糖など)と奴隷農場で生産され織物工場に
供給される綿を提供したし、さらに、植民地が必要とする
ありとあらゆる物、すなわち揺りかご、棺おけ、奴隷用も
含めた衣類などの市場も提供したのだ。イギリスの起業家
たちは、これらへの投機的事業により資本を蓄積していっ
た。さらに、北アメリカのイギリス領植民地では、イギリ
ス本土では生産できない産物を供給することができた。イ
ギリスのかつての北アメリカ植民地(現在のアメリカ合衆
国)は、1830年ごろには、大量の綿、砂糖、木材を生産す
るようになった。それは、仮にイギリスで生産するなら、
実際の2倍の国土面積が必要になるほどの量であった。歴
史学者のケネス・ポメランツとロバート・マークスは、こ
のようなアメリカの土地をイギリスの「ゴースト・エーカー」
[消費を支えるために必要な国外の土地]と呼んだ。
　イギリスの工業化を促進した要因として、地球規模の気
候の変動も重要だ。およそ1250年から1900年にかけての
時期は小氷期(LIA)として知られ、世界の多くの地域で
寒冷な気候が続いた(図11.1参照)。この原因としては、
火山活動が広範囲にわたって活発化したこと[火山活動で
大量のCO$_2$が(火山ガスとして)放出され、それで地球が温
暖化するということもあるが、ここでは火山灰その他のダ
ストのせいで日光が遮られて地球が寒冷化したというシナ
リオを指す]、および、大気中の二酸化炭素とメタンの濃
度が低くなっていたことが考えられている。あらゆる地域
の人々が暖をとるため、たきぎを燃やす量が増大した。狭
い島国であるイギリスでは森林資源が枯渇し、それが動機
となって、石炭を効率的に採掘する方法を考案することに
つながった[1]。
　イギリスが世界に先がけて工業化を果たしたのはなぜか、
他に考えられる理由をさらに簡単にまとめておく必要があ
るだろう。まず16世紀に、スペインが戦争に巨額の銀を
投入したにもかかわらず、ヨーロッパ全体の覇者となるこ
とができなかったこと。ヨーロッパが統一されないまま、
国家間および市場間で競合する体制が続き、そこで七年戦
争(1756年～1763年)に勝利したイギリスが支配権を握る
ことになった。ヨーロッパを統一する政権が存在しなかっ
たため、国家あるいは宗教的体制が人々の思想を統制する
ことがなかった。宗教的な寛容、および実験精神と権威へ
の挑戦の姿勢(啓蒙運動)が主流となり、多種多様なイノ
ベーションをうながした。第10章で説明したように、金融

290　第11章　モダニティ(現代性)へのブレークスルー

図11.1　過去2000年にわたる地域ごとの気温変化

西暦1年～2000年の世界各地の気温変化を、30年単位のグラフで表した。このグラフは24カ国の専門家による調査に基づいて作成されており、調査資料として氷床、花粉、年輪など複数の異なる種類の指標をよりどころとしていて、現時点で最も包括的な記録となっている。特に注目すべき点として、(a) 2000年前の気候が温暖であったこと、(b)最近までの1000年間は長期にわたり冷涼な時期であったこと、(c) 20世紀に入って急激に気温が上昇していることが挙げられる（アフリカを含めた一部の地域については、十分なデータが得られなかったため、グラフに記載されていない）。

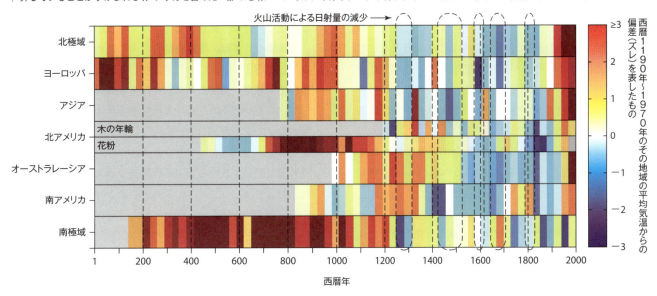

表11.1　イギリスの工業化の理由

- 燃料となる木の不足が石炭の採掘をうながした。
- 実用的な場所に炭鉱があって低いコストで採掘できた。
- 海岸線や河川が石炭その他の物品の安価な輸送に適していた。
- 島国であることが、外敵の侵略に対する自然の防御となっていた。
- 商業を重視する貴族政治があり、したがって自由な企業活動の体制が生まれた。
- 商業的な事業を支援するのに意欲的な政府。たとえば、大がかりな海軍の艦隊を編成して、植民地との通商をイギリス艦船で行うことを求めた。
- 統治者の権力は限定的で、統治者の意向を強要できなかった。
- 農奴制が早期に廃止された（1574年に最後の農奴を解放）。
- ギルド制が抑制されていた。
- 強力な海軍が商船団の護衛を務めた。
- アメリカ大陸における植民地の存在。
- 北アメリカの奴隷が生産する安価な綿。
- 技術革新の対価として報奨金や利益が得られた。たとえば、正確な経度の測定が可能となる、精密なマリン・クロノメーターに対して賞金が与えられた［1714年の"Longitude Prize"（経度賞）を指す］。
- 熟練した計器類の製造業者の存在（世界一の懐中時計など）。
- 入り組んだ道路や運河。
- 多数の移民の貢献（オランダ人、ユダヤ人、ユグノー教徒など）。
- 賃金水準が高い状況で、賃金労働者の代わりに機械を導入することが経費削減につながり、綿のような産業製品に対する大きな消費者の需要を生み出した。
- 識字率の高さ；中産階級文化の興隆。
- 鉱物資源は政府ではなく、土地所有者のものとなった。
- 非国教徒（イギリス国教に従わない者）は、大学や政府の役職から締め出されていたため、実業にたずさわることになった。

機関もまた資本を動員するためのしくみを発展させていった（表11.1参照）。

経済史家はイギリスの成功の主な要因として、石炭と植民地の重要性を強調する。文化史の研究者は、特定の技能、商業を奨励した議会制および自由思想を重視する。どの要因もそれぞれ有力に思われるが、変化に向かうあらゆる力が複雑に作用し合って、単にイギリスだけに終わらず、そのすべてが複数の中心を持つグローバルな舞台で役割を果たしたのだった。そうした変化をもたらすあらゆる力について考察していこう。

イギリスにおける社会、農業および産業の革命

この節では、イギリスの産業革命について述べる前に、それに先立って起こった社会関係と農業における変化を取り上げておきたい。

社会関係の変化

19世紀半ば、産業革命が完了したころまでには、イギリスはもうすでにまったく新たなタイプの社会へと変貌を

とげていた。すなわち、農耕文明から産業国家へ、徴税中心の社会から商業によって動く社会へと変わっていたのだ。つまり、重要な変化の一部はすでに機械による工業化に先立って起こっていて、むしろ工業化への道を準備する役割をはたしていたのだ。

17世紀後半になってもイギリスは伝統的な農耕文明の段階にあり、農業が経済における最も重要な分野となっていて、全人口のほぼ半分が農業に従事していた（第10章、282ページ参照）。ほとんどの貴族は、自分たちが領有する土地で他者[小作人]の生産した富を租税として受け取る権利があると考えていた。

18世紀半ばになると、こうした社会的構図は劇的に変化した。多くの人々が都市部に移住し、ロンドンだけでもイギリスの人口の10%を占めるようになった。農場にとどまった農民もほとんどが貢納するより賃金労働者となる道を選び、また小作農として領主の土地で耕作し領主に地代を納めるより、雇われ農民として賃金を得る道を選ぶようになった。ほとんどの貴族は自分たちの領地を、生計を立てるための農地ではなく、利益を生みだす手段と考えるようになった。少なくともイギリス国内の所得の半分が工業・商業・賃貸業・サービス業によって生み出されるようになった。関税を含めた通商が政府の収入源となり、国として陸軍および海軍を動員して商業活動の保護につとめた。イギリスが大西洋交易の新航路における主軸として台頭したことが、こうした通商活動を可能にした。つまり、18世紀半ばごろには、イギリスは世界でも最も商業の盛んな資本主義的社会のひとつとなっていた。ここにきて第10章で述べたイノベーションが推進力となって、新しい形態の商業と生産および新たなイノベーションを促進する上で、しだいに重要な役割を果たすようになったのだ。

農業における変化

18世紀から19世紀にかけての英国の農業は、商業的な手法により変貌していった。生産の場がほぼ自給自足的だった荘園から、市場向けに特化した農産物を生産する近代の資本主義的な農場へと転換したのだ。「土地の価値を高める地主」と称された、富裕な地主がさらに多くの土地を購入し、農地の所有権が統合されていった。そのため多数の小作農が自分たちの土地を追われ、より規模の大きな農場あるいは都市部の賃金労働者となった。

イギリス議会の富裕な土地所有者たちは、全部合わせると数千〜数万平方キロメートルもの土地に関わる何百ものエンクロージャー法案（囲い込み法案）を通過させて、こう

した動きを促進した。伝統的な農業では、多くの個人が土地を共同利用する形をとっていたが、エンクロージャー法は、地主がそれまで共用だった土地を買い取り、自身の耕地を拡大する権利を認めるものだった。多くの零細農家は、共用の土地の権利を失ったことで生計を立てることができなくなり、賃金労働者とならざるを得なかった。

大規模な地主は、単に自給自足するための作物を生産することはあまり考えておらず、むしろ農作物を売ることに関心を向けた。地主たちは徐々に市場向けの農作物を増やしていったが、そのため生産性向上と生産コスト削減を目指すようになった。富裕な地主たちは、新たに農地を取得・拡大していく過程で、フランスやオランダをはじめとする諸外国で開発された農業上の改良策を導入することができた。たとえば、ターニップ[蕪]・タウンゼンド子爵（1674年〜1738年）は、オランダから輸入した新しい作物「蕪」とクローバーをノーフォークの自領で試験的に栽培した。収穫した蕪を貯蔵することで、子爵は冬季の家畜の飼料を確保することができ、それまで冬の到来する時期に慣例として行われてきた家畜の食肉処理（殺処分）を回避することができた。また、クローバーは土壌中に窒素を固定することができる植物で、農地の養分を豊かにする。タウンゼンドは4年を1サイクルとして同じ農地で4種の作物、すなわち蕪、大麦、クローバー、小麦を栽培する手法[四輪作のノーフォーク農法]を考案したが、この手法は多くの農地で標準的な農法として急速に普及した。こうした農業技術の多くはかなり以前からあったが、農作物が"売れる"ようになってくるとそれらを導入する地主が続出し、さらなるイノベーションをうながす機運が高まっていった。

大地主はさらに、農産物の生産高を大幅に伸ばす他の技術を実施していった。ある地主は人手による種まきの代わりに、馬に引かせた「すじまき機」でうねにそって種をまく手法を考案した。また交配により体重が倍増する羊の血統を生みだし、見ばえのする肥えた肉を市場に提供できるようになった者もいる。大地主がイノベーションに投資する資本を蓄積し、その動機づけとなる状況が強まるにつれて、肥料、灌漑、水路の整備などが進歩していった。

こうした技術を用いることにより、イギリスにおける農業生産高は急速に向上していった。1700年から1850年にかけて生産高は3.5倍に増大し、より安価に食料を供給できるようになり、農場労働のコストも低下していった。この間農業で雇用される人員の比率も、全人口中61%から29%に減少し、したがって余剰人員は農場から解放され（あるいは追放され）、都会へと生活の場を移し、産業労働者となり、また消費者となる可能性が生まれた。これにより、

新たな都市部の労働者たちは、かつては自らが生産していたものを、今では買わねばならない立場となったため、労働力供給と消費財市場がともに拡大していった。1750年から1800年にかけて、イギリスの人口は倍増している。農業における革命は、産業革命よりも若干早い時期に始まり、産業革命への道すじを整えたという意味で、両者は表裏一体の関係にあると言えるだろう。

◎ 産業における革命

　2つの分野で同時に起きた発展、すなわち蒸気機関と綿織物[力織機]が結びついて、イギリスにおける工業化の最初ののろしを上げることになった。蒸気機関が石炭を燃焼させて以降、もはや年ごと・季節ごとに変動する太陽エネルギーの制約を受けない[太陽光のエネルギーを光合成によって短期的に貯蔵したとみなされる農作物の生産、すなわち農業生産の年ごと・季節ごとの変動に影響されない]スレッショルドへと人間社会が足を踏み入れたのは、こうした蒸気機関の利用によってであった。

蒸気機関の発達　石炭は長期的に貯蔵された太陽エネルギーとも言えるもので、「炭素または石炭を産する」という意味の**カーボニフェラス(石炭紀)**と呼ばれる時代にあたる3億4500万年から2億8000万年前にかけて埋積したものだ。植物は太陽から与えられたエネルギーを貯蔵する。植物が枯死すると分解が起こる。それは枯死した植物の有機化合物と空気中の酸素が結合し、二酸化炭素と水へと戻す酸化的分解反応であり、その際にバクテリアや菌類が植物成分の一部を自身の成長に利用する。ところが枯死した植物が埋没した場合は、酸素がないために酸化的分解が進行しない。枯死した植物が深く沈みこむにつれて、その上を覆う物質[土砂や岩石]の重みによる圧力が徐々に植物の遺骸を圧迫してピート(泥炭)へと変成し、さらに石炭へと変成していく。石炭は、海岸線の変化があった、あるいは、非常に長い年月にわたり陸地と海が交替した地域や、樹木が最大50メートル以上の高さまで成長した地域で形成される。石炭が形成された時代[石炭紀だけではない]の一時期[ペルム紀〜三畳紀]に、すべての大陸が寄り集まってひとつの大陸、すなわちパンゲアと呼ばれる超大陸となっていた。そのため、アメリカ東部に横たわる炭鉱と同じ鉱脈で形作られた炭鉱がイギリス中部で見つかったりしている。

　数は少ないが、地球上には石炭が地表に露出している場所がいくつかあり、人々はそれを燃やして利用していた。

マルコ・ポーロは中国で黒い石が燃えているようすを目撃したが、それは初めて見る光景だった。イギリスでは16世紀にすでに、地表に露出した石炭を燃やしてガラス細工・金属細工・醸造・レンガやタイルの製作などに使っていたが、すすなどの汚れがひどいため料理や暖房には使わなかったし、薪やたきぎが採れているうちは、それらを使えばすんでいた。しかし、薪やたきぎを採る森は、樹木が建築や造船、燃料、製鉄用の木炭などに利用され、森林全体が伐採されつくして枯渇し、イギリスでは木材が手に入らない状況がやってきた。1600年ごろには、ロンドンの暖房と調理の需要にこたえるために、イギリス南部の森林資源はほとんどが採りつくされていた。18世紀末には、イギリスの森林面積は国土の5〜10%にすぎず、政府はイギリス海軍用の木材の大部分をバルト諸国から購入しなければならなかった。

　エネルギー需要の増大は、いくつかの重要なイノベーションをうながすことになった。建材や木炭のために森林を残すことを考えて、イギリス人は暖房や調理に(樹木の代わりに)石炭を使うことにした。地表近くの石炭鉱脈を使い果たすと、鉱夫たちは立て坑をさらに深く掘り下げていき、しまいに地下水がしみ出して立て坑が浸水するまで掘っていった。鉱夫たちはバケツで水をくみ出すか、馬を使ってポンプを動かし、水をくみ上げなくてはならなかった。もっとよい方法が求められていたのである。

　1698年、トーマス・セイヴァリ(1650年ごろ〜1715年)は、石炭を燃焼して水を熱し、蒸気を発生させ圧縮することで真空状態を作りだし、ポンプを作動させるという装置を考案して特許を取った(ほぼ同じ時期、フランスのユグノー教徒でオランダに亡命していたドニ・パパンも同様の装置を開発していた)。約10年後、トーマス・ニューコメン(1664年〜1729年)が、蒸気によってピストンを押し込むしくみを持つ最初の蒸気機関の実物を設計したが、あまりにも燃焼効率が悪く、実用的ではなかった。ただ、燃料となる石炭がほとんど無料で入手できる炭鉱では活躍の場を見いだした。

　一方で、主にミッドランド地方のバーミンガムを中心とする地域で工場群が発展しはじめていた。イギリスの最初の工場、ソーホー・マニュファクトリーが1755年に操業開始したのは、バーミンガムから北へ3キロメートルほどしか離れていない土地であった。工場内には、金属や合金、石材やガラス、エナメル、べっ甲などを加工する400人もの工具が働く作業場に置かれた機械とともに、水力により稼動する金属圧延機が設置されていた。

　グラスゴー大学で計測器製作に取り組んでいたスコット

図 11.2　ワットの蒸気機関

ワットの蒸気機関は、英国の工業力の向上に重要な貢献をはたした。この機械は現在、バーミンガムの科学館で見ることができる。

ランド人技術者、ジェームズ・ワット（1736 年～1819 年）は、蒸気機関の機構を改良し、炭鉱以外でも利益を生みだす蒸気機関をはじめて設計した。分離した復水器を備えた蒸気機関というワットの着想は、1765 年に散歩中に思い浮かんだものだったが、実際に最初のモデルを製作したのは1776 年になってからだった。ワットは、発明家や地域の製造業者の社交クラブ「ルナー・ソサエティ」のメンバーであったことから、バーミンガムの産業資本家たちと知り合っていた。このクラブにはチャールズ・ダーウィンの二人の祖父、すなわち父方の祖父エラスムス・ダーウィンと母方の祖父ジョサイア・ウェッジウッドも所属していたのである（クラブの会合は、帰宅する際に十分な明かりが得られるように、満月の夜に開かれた）。ワットはバーミンガムに移り住み、当地の友人たちの支援を得て、分離型の復水器を備えた蒸気機関をソーホー・マニュファクトリーで開発した。新型機は、炭鉱の排水用に使われていた効率の低いニューコメンの蒸気機関にとって代わるものとなった（図 11.2 参照）。15 年後、ワットは自身の蒸気機関を回転運動に応用し、産業用の車輪を駆動できるようにした。こうして富を築いたワットは、3 つの農場を買い、ヨーロッパ中を旅行した。

蒸気の応用

ワットが蒸気機関を開発するのと並行して、綿織物の増産をもくろむ人々がいた。当時は西インド諸島およびアメリカにあった植民地から、奴隷の労働力で栽培された原料綿が大量に輸入され、おりしも賃金労働者の増加とともに需要が拡大しつつあった時期であった。それまでの生産方式は、商人が原料綿を家内制の紡績工や職人に引き渡して加工を依頼するというものだった。1700 年代のはじめに、イギリス議会はインドからの比較的安価な綿織物の輸入禁止を決議し、これによりイギリス国内の織物業者にとっては国内市場での成長の可能性が高まった。このこともイノベーションを後押しする要因となったのである。1700 年代半ばに、イギリスの発明家たちは紡績と織布の作業を高速化する数種類の機械を考え出した。アメリカでは 1793 年にイーライ・ホイットニーが綿繰り機（コットン・エンジン）を考案した。アメリカ南部で「コットン・ジン」と略称されたこの機械によって、綿の種を取り除くことが可能になった。1790 年代から 1800 年代のはじめにかけて、ワットの蒸気機関が紡績機と織機の動力源として利用されるようになり、綿織物業界はイノベーションの最終段階に至った。

蒸気機関は綿織物産業のあり方に変革をもたらした。こ

図11.3　産業に従事する女性たち

1835年制作のこの版画には、織物工場で働く女性たちが描かれている。機械力による製造への移行は織物工業で始まることが多く、イギリスだけでなく、アメリカや日本でも同様の動きが見られた。

れがなければ、綿織物がイギリス経済に変革をもたらすこともなかった。1780年から1800年にかけて、綿織物の価格は80%も値下がりし、大衆市場での流通が可能になった。1850年の時点で、イギリスの綿産業における原綿の使用量は1800年の約10倍に達し、アメリカ南部の大農園(プランテーション)での奴隷制による綿生産の利益を生み続けることを着実なものとしていた。また1820年から1840年にかけて、イギリスとインドの綿織物産業の関係は逆転しており、イギリスからインドおよび東南アジアへの綿製品輸出高は15倍も増大した。18世紀前半の時点でもインドが推定でも世界全体の織物製品の25%を占めていたことを考えると、これが業界の勢力図を大きく書きかえたことはまちがいない。

　蒸気機関はまた新たな生産方式の急成長をうながした。すなわち、蒸気機関が多数の機械を稼動させる工場内で、労働者が集合して管理者のもとで作業を行う**工場制度**というやり方である。それまで自宅で、自分のペースで働くことになれていた人々が、定められた時刻に一定の場所に出かけなければならなくなった。多くの労働者は時計を持っていなかったため、雇用主は朝の暗いうちから使いの者を送って家の窓をたたいてまわらせた(図11.3)。

　また、もうひとつの工業化の波は、蒸気機関によるイギリスの鉄鋼業界と輸送の変革にも見てとれる。産業革命以前においても、イギリスは鉄製の大砲や銃器、軍用重装備などの製造と輸出で世界をリードしていた。製鉄を目的として、従来は燃料を調達するため森林の近くに、あるいは、ふいごを動かすため川のほとりに小規模な炉をかまえて木炭を燃やしていた。

　18世紀初頭に、エイブラハム・ダービー(1678年〜1717年)は、バーミンガムからさほど遠くない場所で、木炭のかわりにコークスを燃やす製鉄法を考案した。ダービーは酸素を制限して部分的に石炭を燃焼させることで、鉄の品質に影響する不純成分を除去し、コークス[石炭より高発熱量]を製造した。イギリスの鉄の生産量は18世紀のうちに10倍の規模に増大し、鉄は建物や橋などの建設に使われはじめた。19世紀に入ってもイノベーションは継続し、1856年にはヘンリー・ベッセマー(1813年〜1898年)が、鉄よりも硬く強度の高い鋼を安価に生産できる溶鉱炉を製作するまでに発展した。

　ワットの蒸気機関は、輸送するには割に合わないほど大量の石炭を消費するものだった。ワットの蒸気機関の特許が期限切れとなった1800年になると、燃費が向上した高圧機関を設計する者が現れた。1835年になると、北イングランドでは蒸気機関車が日常的に見られるようになり、1840年には大西洋航路で蒸気船が定期的に運航されるようになっていた。イギリスの起業家は、1830年から1870年にかけて2万キロメートル以上の鉄道を敷設し、低料金の輸送を実現して旅客および原料と製品を運び、これがさらなる産業化を推し進めた。1900年になると、蒸気機関は1800年の時点に比べ10倍もの効率を達成しており、出力1ワットあたりの蒸気機関の重量は5分の1に縮小していた。イギリスの石炭産出量は1830年から1870年の間に約4.5倍に増大していた。

　以上から、蒸気機関と製鉄に石炭が用いられたことが、

図11.4　1851年のクリスタルパレス(水晶宮)
この名高い産業博覧会では、イギリス帝国全体から集められた優れた手工芸品および工業製品が展示された。

工場での機械力による紡績と機織を実現し、さらに鉄道と蒸気船の登場につながり、100年の間にイギリスでの生活様式にめざましい変革をもたらしたことがわかる。簡潔に言うと、産業革命は石炭を基盤とする蒸気動力と、機械の改良、および工場制による組織化を構成要素として成立したものだ。現代の私たちには、こうしたイノベーションはずいぶんゆっくり進んだように思われるだろうが、当時の人々にとってはまったく前例のないものだった。

農業と工業における生産増大は、マルサス的サイクルをくつがえした。人口が増加しても、マルサスが1798年に予言したような人口超過による死滅が始まる限界点には達しなかった(マルサスが過去のパターンを明らかにした、ちょうどその時代に、少なくとも一時的にそれが変化したのだ)。生活水準もまた向上した。イギリスの人口は1740年代から1860年代にかけて、600万人から2000万人へと3倍以上の増加を示した。にもかかわらず、同じ時期にイギリス人の一人あたり所得は、1780年から1860年にかけて倍増した。1700年の時点で町に住むイギリス人は6人に1人の割合だったが、1800年には3人に1人となった。1851年には人口の大半が都市部に住むようになり、1899年になるとロンドンが600万の人口をかかえる世界最大の都市となった。新しい種類の世界、すなわちモダニティ(現代性)がこの小さな、湿気の多い島国に出現したのだ。

1851年、ロンドンで世界初の万国博覧会が開催され、イギリスの産業発展の祝典として、その技術を内外に誇示する場となった。1837年から1901年にかけて在位したヴィクトリア女王は、「万国産業製作品大博覧会」[ロンドン万国博覧会。水晶宮博覧会ともいう]をクリスタルパレス(水晶宮)で開催した。クリスタルパレスは、構造設計の粋を結集した傑作として鉄とガラスで構成され、ハイド・パークの樹木も取り込んで約8万平方メートルに及ぶ敷地をしめる一大建築だった。この時点でイギリスは、織物・冶金・鉱山業・機械製造で世界をリードする存在となっていた(図11.4参照)。

産業革命の波及

ホモ・サピエンスがすべてアフリカの共通の祖先から発しているのと同じように、世界の産業社会はすべてイギリス社会を共通の源流として発達し、それぞれが独自の特徴を備えるようになった。イギリスの産業革命は、誰も意図しなかったような力が結集した結果として起こったものだが、精力的な起業家や、強力な政権が実行する計画によって、あるいはその両方が協働すれば、他の地域でも再現できる性質のものだった。

最初に産業革命の模倣が起こったのは、イギリスに地理的・文化的に近い国々、すなわちベルギー、フランス、ドイツ、それにアメリカなどであり、これが第二次産業革命とされる。1880年代に入ると、ロシアおよび日本で第三次産業革命が始まった。

西ヨーロッパ

イギリス政府は、産業上のイノベーションが海外に流出するのを防ごうと試み、国法により新技術の輸出と熟練労働者の海外移住を禁止した。しかし、諸外国は技術上の秘密を学ばせるための人員をイギリスに送り込み、工場を建設するために起業家にわいろを贈ったり、ボートで機械類を密輸したりした。

イギリスの次に工業化が進んだのがベルギーだった。ベルギーには石炭と鉄鉱石の鉱山が互いに近い場所にあり、起業家たちは密輸した機械類を用いて国内での事業を立ち上げた。1834年、ベルギー政府は国有鉄道網の運用を開始した。

フランスにおける産業革命は、ヨーロッパでも比較的遅かったが、工業化そのものはスムーズに進んだと考えられる。フランスは、相対的に時代遅れの農業の仕組み、断続的に起こる革命と戦争の動乱［たとえば1789年のフランス革命］、比較的乏しい石炭の埋蔵量などに足を引っぱられていた。また、普仏戦争（1870年～1871年）に敗北した後に、国内で唯一の石炭と鉄鉱石の産地アルザス・ロレーヌ地方をドイツに割譲しなくてはならなかった。それでもフランスは、1830年代にパリ市内で世界でも初のデパートのオープンにこぎつけた。

新たな産業を興すには、新技術と同じくらい、元手となる「資本」も重要であることが明らかになった。イギリスでは、17世紀末に設立されたイングランド銀行が、比較的低利で投資資本を準備するための力となった。工業化が加速するにつれて、その流れの中で大銀行が果たす役割は大きくなっていった。ドイツのユダヤ人銀行家マイアー・アムシェル・ロートシルト（1744年～1812年）の5人の息子たちは、19世紀のヨーロッパを股にかけた金融業の創始者となった。5人の息子たちは、ロンドン、パリ、フランクフルト、ナポリ、ウィーンという主要な都市において一人ずつ金融業者としての地位を固め、それぞれの国において投資を促進する役目をになった。たとえばパリのロートシルト家は、フランス政府が1842年に国有鉄道網の建設を決定したのを受けて、イギリス資本をフランス国有鉄道に投資するよう交渉し、1860年代には大部分の建設が完了した。

ドイツは1871年の統一まで、ひとつの国家の形とはなっていなかった。それ以前は、諸邦国がそれぞれ独自の関税を商品に課していて、1830年代に関税同盟の形を取るまでその状態が続いた。ドイツ諸邦では農奴制の全面的な撤廃が遅れ1840年代にようやく実現した。その結果、ドイツでは産業革命がフランスよりもやや遅れて起こり、鉄

鋼・石炭そして化学産業に重点を置くものとなった。政府が深く関与した形で、鉄道が建設されたのは1850年代だった。ただ、イギリスやフランスとは異なり、政府主導というより、大企業あるいはカルテルが多様な産業分野を支配する形態となった。1830年から1840年にかけて、ドイツでの石炭産出量は倍増し、さらに1840年から1870年にかけては7倍もの増産を達成した（地図11.1参照）。

アメリカ合衆国

［1776年に］新たに独立を宣言したアメリカ合衆国政府は、当時の世界において独自の有利な立場にあった。おりしもヨーロッパ人の持ち込んだ未知の伝染病のために、激減した先住民が持っていた広大な土地を自国の領土として手に入れ、イギリスと同様の帝国を築くことになった。そうした領土で、アメリカ政府が新たに確立した文化は、そもそも農業的要素がなかったため（スペインの侵略によりメソアメリカやペルーから農業文化が一掃されてしまったケースとは異なり）、農耕文明の伝統のせいで変化のペースが遅くなることはなく、旧来のエリート層による抵抗もなかった。貴族の肩書きを持つ者はなく、権威のある教会もなく、法で定められた明確な階級もなかった。入植者は、白紙と言ってもよい状態から、植民地政策を始めることができた。したがって、技術的な変革をすぐに採用することができた。アメリカは、ヨーロッパの政治的かけひきと戦争の混乱から比較的独立した立場を守ることができ、入植者は豊富な機会に恵まれることになった。アメリカはイギリスを成功モデルとする工業化を再現したが、その適用範囲は本家よりもずっと広範なものだった［本章で「アメリカ」という場合、それは「アメリカ合衆国」を指す］。

アメリカでは1820年代に織物産業で工業化が始まったが、主導したのは政府ではなく民間の起業家だった。イギリスの機密はサミュエル・スレイター（1768年～1835年）とフランシス・カボット・ローウェル（1775年～1817年）という2人の人物を通じてアメリカの手にわたった。スレイターはある実業家の資金援助を受けて、1789年にイギリスからアメリカにわたり、書面による資料（イギリスで没収された可能性がある）を持たず記憶をたよりに、ロードアイランドにアメリカ初の織物工場を建設した。ローウェルは1810年から1812年にかけてイギリスを訪れた後、［1814年、マサチューセッツ州のウォルサムに］最初の力織機を設置、機械的な紡績とはた織りを統合した初の［自動織機］工場を設立した。1850年代になると、アイザック・シンガー（1811年～1875年）が商業的な成功をもたらす初

産業革命の波及　**297**

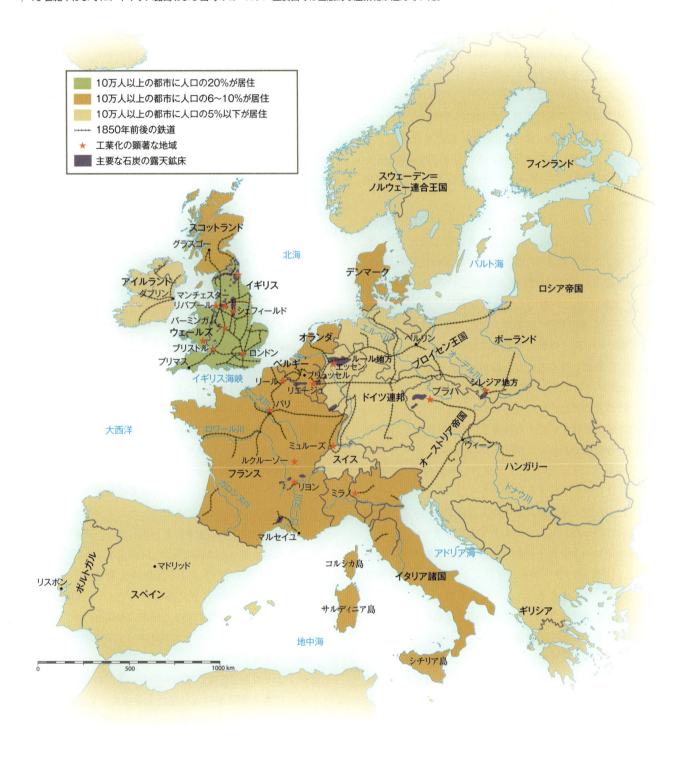

地図 11.1　1850年前後のヨーロッパにおける産業化

19世紀半ばまでに、イギリス諸島および当時のヨーロッパ主要国では全般的な産業化が進んでいた。

のミシンを製作し、織物産業はさらに盛況を迎えることになった。

アメリカの鉄道建設は1830年代から1870年代まで続いた。鉄道開発をスタートさせるにあたって政府が用地を供与し、民間会社が建設資金を調達し、そのためにヨーロッパの銀行家から融資を得るケースもあった。アメリカ合衆国のように広大な国(後のロシアにも当てはまる)では、輸送のコスト低減という面で、鉄道の存在が大きな影響力を持っていた。

南北戦争(1862年〜1865年)は、産業が実質的にものを

言った最初の戦争であり、特に武器製造に重点をおいて北部諸州の工業化に拍車をかけた。戦後になると、アメリカの武器製造業者は国外市場に商機を求めた。そのほかにも南北戦争は国際的な影響をもたらし、たとえばエジプト綿は南北戦争中に（南部諸州の綿に代わるものとして）生産高が急上昇したが、戦後は破綻した。キューバも南北戦争中に綿とタバコの輸出を増やしたが、戦後にやはり不況に陥り、それが伏線となって脱スペイン支配につながる反乱が発生した。

南北戦争後、アメリカの工業化は合衆国政府による規制をほとんど受けることなく、爆発的なペースで進展した。1870年代にアンドリュー・カーネギーは、鋼鉄の価格引下げを実現したベッセマー製鋼法を導入する。1901年のUSスチール・カンパニーの年間予算は、合衆国政府の予算の3倍に達するほど巨大化した。アメリカの工業化の発展に対する資本の約3分の1はイギリス、フランス、ドイツからの出資でまかなっており、アメリカは第一次世界大戦までは対外債務国となっていた。1870年代から1890年代にかけて、アメリカの工業生産高の成長が需要を上回ったため［生産過剰＝供給過剰となり］、複数の銀行破綻を引きおこし、ヨーロッパおよびアメリカで深刻な不況が発生した。それでも1900年までにアメリカは、製造品の総生産高でイギリスを上回るようになり、世界全体の総生産高に占める割合で、イギリスの約19％に対して24％を占めるに至った。

1870年までに、西ヨーロッパのほとんどとアメリカ合衆国は工業化がかなり進展していたが、例外的にイタリア南部、スペインの大部分およびアメリカ合衆国南部は取り残されていた。西ヨーロッパ諸国およびアメリカ以外の国々では、まだ真剣に工業化に取り組んでいなかった。ロシアを支配していた貴族たちはまだ、機械類と製造品を輸入し、穀物と材木で支払うというやり方をよしとしていた。ラテンアメリカ圏の地主たちも、自分たちで製造するよりも輸入ですますことを選んだ。イギリスはエジプトの反植民地闘争を鎮圧し、関税の引き下げを余儀なくさせ、エジプトの産業を麻痺させていた。インドでは、鉄道分野においてのみ工業化が開花していた。中国ではイギリスが規制を押しつけ、さらに国内の守旧派のエリート層が抵抗したため、工業化の進展が限られていた。

🔅 日本とロシア

1870年以降日本とロシアでは、ともに政府が工業化を推進する決定を行ったことから状況に変化が現れた。正確

に言えば、どちらの国も決定は自主的なものではなかった。ロシアはフランス、イギリス、トルコとのクリミア戦争（1853年〜1856年）に敗れ、また農奴制がもはや近代の生活に合わなくなっているという事実に直面せざるを得なかった。日本では1853年、大砲を備えた戦艦を含むアメリカの蒸気船の艦隊［黒船］が江戸湾に来航し、先進国との通商のための開港を日本に迫った。原料となる資源が豊富ではなかった日本は、競争できるための方策を打ちださねばならなかった。

日本ではそれほど大がかりな破壊を伴うことなく、短期間の内戦［戊辰戦争］をへて1868年に幕府による支配に終止符が打たれた。直後に15歳の若さで明治天皇が即位（1868年〜1912年在位）し、新たに明治時代が幕をあけた。従来の日本では通貨が統一されておらず、国軍も存在しなかった。それまでは各地の封建的な君主（**大名**）が自前の軍事力（**サムライ**、すなわち**武士**）、藩ごとの法律（家法）および税制を有していた。明治政府による統治が確立され、封建制度が廃されると、政府はあらゆる方面で近代西洋の文物を手本として日本を改革する文明開化の政策に着手していった。当時の日本にはその資金を提供するような資本家が存在しなかったため、政府自体がその資金のほとんどをまかなった。

封建時代の貴族階級の一部は新時代に適応して、ビジネス・リーダーとなり、新しい産業のエリートとして成功を収めた。農民は自分の土地を所有できるようになり、新しい肥料や農機具を得て、農業生産高を飛躍的に伸ばした。絹の生産を機械化した結果、まだ手工業で絹を織っていた中国よりも安い価格で提供できるようになった。しかし、都市部の労働者は、自分たちの意思表示を厳しく抑圧されていた。1920年代まで労働者たちには選挙権がなかったのだ。

天然資源、特に石油が乏しかったことから、日本は早い段階ですでに拡張主義的な傾向があった。まず1894年から1895年にかけて、朝鮮での主導権をめぐって日清戦争を起こし、勝利の結果、台湾を獲得した。次に同じように工業化を進めていた大国ロシアと、1904年から1905年にわたる日露戦争に突入し、その国力をためすことになった。日本は勝利をおさめ、朝鮮および満州での影響力を拡大し、それらの地域において自国では乏しい資源の獲得に乗りだした。

1900年の時点で、ヨーロッパ（ロシアを含む）とアメリカ合衆国は世界の工業生産高の85％を占めており、同時期の日本は2.5％ほどだった（中国の生産高は6％を若干超えていたが、これは工業化の水準よりは国の規模を反映し

産業革命の波及　**299**

たものだった。また同時期のインドは２％にも満たなかった）。それでも日本は、政府が政策と投資の面で直接かかわる形で、大きな社会的混乱もなく、ロシアや西洋諸国に比べ、つとめて早い足取りで工業化を推進することができた。また日本は、足早の工業化の過程でもその独裁的な君主制（天皇制）を維持していけるように、その体制を近代化していた。

　ロシアでは工業化の道すじは平坦なものではなかった。工業化の過程に入ると、それは暴力的な社会・政治改革とかかわる形で進められた。農村社会としての性格が根深く、伝統的な徴税制に基づく専制政治が支配していたロシアは、近代世界における社会的・政治的発展を19世紀まで遅らせることになった。ツァーリ（皇帝）と呼ばれる専制君主による支配は、誰にも改善できなかった。貴族の称号を持つ者たちが社会の中心であったが、その多くは西欧化していて、ロシア語よりもフランス語を話し、それでいて公的に政治に参与することがなかった。1861年に農奴解放令が公布されるまで、ロシア人のほとんどは農奴であり、その身分は領主の意のままに領地にしばりつけられ、実質的に奴隷に近い状況におかれていた。

　クリミア戦争（1853年〜1856年）に敗北してようやく、皇帝アレクサンドル２世は1861年に2200万人の私有のロシア人農奴を解放し、さらに1866年に2500万人の国有農奴を解放した。皇帝は工業化に向けた改革に着手し、民間抜きでほぼ国家が主導する形で、手始めに鉄道の開発計画に取り組んだ。政府は銀行を創設し、外国から技術者を招へいし、新たな産業を保護するために関税を課すなどした。1892年には財務省が、シベリアおよび極東地域まででロシア全土を結ぶ大がかりな鉄道計画に着手した。1900年の時点で、世界の製造業におけるロシアの生産高は8.9％に達し、国家としてフランスを上回って、ロシア帝国は世界で第４位の実績をあげるようになった。

　にもかかわらず、ロシア帝国は根本的な矛盾を抱えていた。すなわち、ツァーリと貴族ではうまく機能しないことが判明したにもかかわらず、彼らによる支配を維持したまま工業化を進めようとしたのである。日本の明治天皇の場合と異なり、ロシア皇帝ニコライ２世は商工業のエリートたちと緊密に協力することができなかったため、専制的な体制内において非常な緊張関係が生じていた。19世紀末になっても、ロシアの全人口のうち工業労働者の割合は約５％にすぎず、そうした労働者たちは１日13時間も働くことが珍しくなく、しかも自分たちの不満を公的に訴えるはけ口もなかった。1905年に日露戦争に敗北すると、ロシア国内ではモスクワおよびサンクトペテルブルグでの大規模な労働者のストライキをはじめとして、暴動が勃発するようになった。ニコライ２世の政権はこうした反乱を武力により弾圧したが、一方で限定的な政治改革を行わざるを得なくなった。しかし、その公約は実行されなかったため、政治的には不安定なままだった。その結果、政権側はロシアの農民や工業労働者だけでなく、知識人や商工業エリート層の大部分の不満にも対処しなければならなくなった。機能不全に陥った体制の危機は、第一次世界大戦の期間中に頂点に達した。1917年のロシア革命は、最終的に共産主義者の党（共産党）を権力の座につけた。悲惨な内戦を経て、統制された結束力のあるエリート集団を創出した共産主義者は、後進的なロシアを工業化するという難問の解決に乗りだした（第12章参照）。

　さて、ここまで私たちは工業化の３つの波を振り返ってきた。最初の波は18世紀後半に、イギリスで始まった。第２の波は1820年から1840年にかけて発生し、ベルギー、スイス、フランス、ドイツ、そしてアメリカ合衆国といった国々に及び、19世紀末まで続いた。第３の波は1870年ごろに始まり、工業化はロシアおよび日本にも及んだ。20世紀に大きな勢力を持つことになる国々はみな、19世紀のうちに工業化の道を歩んでいたと言える。

政治的革命：
近代国家の興隆

　工業化が進展し政府が活用できる資源が増大したことから、政府の性格が変わり、権力の形態も合意性権力から強制的権力へとバランスが変化した。農耕文明の構図がくずれ、新たに登場してきた国民国家、言いかえれば近代国家の構図がこれに取って代わった。実業家は、自分たちの果たす貢献によって、政権における発言権を要求できるだけの財力と権限を獲得した。かつて人口が増加し、いっそうの中央集権的な調整が必要となったとき、文明は部族長による支配から農耕社会へと移行した。今度は、人口の増加が農耕社会から近代国家への移行をうながしたのだ。初期の国家は、初期の都市を維持するために登場した。近代国家は、あふれかえる富と増大し続ける産業の経済力を支えるために登場したと言える。

　近代国家では、国家権力がより直接的な形でその国民の生活に及ぶようになったため、それまでの臣民は市民へと変貌をとげた。国家権力の機関、すなわち常備軍、警察、官僚機構、聖職者、司法機関などが大いに拡張された。近

代国家は、傭兵に代わり(国民)皆兵制による国民軍を編成した。また税制を強化し、土地利用を規制し、通貨供給量と信用の供与を統制し、親たちには子どもに教育を受けさせることを義務づけた。さらに、国民の忠誠心を得るため、国家のリーダーたちは言語と歴史の共有に基づく国民社会を想定した、国家としてのイデオロギーを育成した。

近代国家は規制するだけでなく、国民に対して社会基盤の整備、保護、教育、貧民施設、病院の提供といった、さまざまな奉仕を行うようになった。国家は「規制と奉仕」のバランスを取ることに努め、常にその市民からの忠誠心と支持を保つことを必要とした。国民に対する規制にせよ、新たな奉仕にせよ、農耕文明の時代に比べて近代国家ははるかに大きな強制力を必要とするものとなり、同時に合意を基盤とする力の増大も欠かせぬものとなった。

❂ フランスにおける最初の近代国家

ルイ16世のアンシャン・レジーム(旧体制)のフランスには、選挙制度に基づく議会も、政府の財務・会計(歳入と支出)を統括する機関も存在しなかった。1780年代までに、フランス政府は財政破綻に近い状態となっていた。

1789年にフランスでは社会的・政治的革命[フランス革命]が勃発し、予想だにしない急激さで貴族階級(封建領主)の権利、地方の特権、自由都市およびギルドの独占権、および州ごとの制度、すなわち伝統的な徴税制をとる旧体制における権利をはく奪していった。1793年にはフランス国王(ルイ16世)が処刑された。カール・マルクスは1871年に著書『フランスにおける内乱』の中で、フランス革命について、伝統的な政権を一掃し、国民議会のもとに樹立された近代国家へ、さらにその後のナポレオン1世による第一帝政へと向かう道をひらいた「巨大なほうき」と記している。

フランス革命と第一帝政(1804年〜1814年および1815年)を経て、市民が好むと好まざるとにかかわらず、フランスは国家として、市民生活に対して以前より直接的な影響を及ぼすようになっていった。行政機関の再編成により、政府は人民と資源の動員機能を増強した。改革を経た国家は多くの点でより民主的であったが、また多くの点でそれが退けた王国よりも強権的であり、こうしたパラドックスはほとんどの工業化社会で、様々な形でくりかえし現れるものだった。

ナポレオンが失脚したのち、フランスでは(ブルボン朝による王政復古、ついで「ブルジョワ」王政、第二共和制、第二帝政、第三共和制というように)何度も体制の変遷が

あったが、なかには自由主義的な議会制による政治統制を構築しようとする動きもあった。といっても、実質的な力を秘めていたのは"国家市民"を中心とした社会構造であった。フランスの"国家市民"とは、中央集権化された専門的な官僚機構と、ひとにぎりの大資産家と多数の中小の資産家であり、彼らが実質的な力を持つような独特の社会構造があったのだ。フランスの工業化で特徴的だったのは、"国家市民"がその方向性を決定する主要な力だったこと、そして、その一方で、フランスは依然として農業国であり続け、工業化は徐々に進展し、大多数の農民は自分たちの土地を離れようとしなかったことである。

フランス政府はまた、一般的な近代政治の重要な特質の多くを示しているという点で際立っている。広範囲に行きわたった中央集権的な官僚制と、代表制民主主義による議会は、近代国家の性格を決定するのに不可欠な要素と考えられる。この背景には、ヨーロッパ人の意識の根本的な転換、すなわち18世紀にはぐくまれた、「共感」へと向かう新たな能力があったのだ。どういうわけか、いまだに明確に理解されず、多くの議論を要する課題となっていることだが、多くの人々が前世紀までは当然と受けとめていた奴隷制、拷問、および無慈悲な刑罰といった残酷性に対し、嫌悪の念をいだくようになった。また、どういうわけか、多くの人々が他者の気持ちや感情を自分のことのように感じるようになり、普遍的で、平等な、本来あるべき人権の存在を主張しはじめたのだ。こうした理念はまず、1776年にトマス・ジェファーソン大統領とアメリカ議会が宣言し、さらにもっと大きな影響力を持つ形で、人間と市民の権利の宣言(フランス人権宣言)として1789年に採択された。それから5年後に、フランス国民議会はフランス全土にわたり奴隷制を撤廃した。他の国々では当初、デンマークで1804年、イギリスで1807年、アメリカで1808年に、奴隷の売買だけを禁止する動きがあった。1842年までに、大西洋地域の奴隷貿易は法的には停止された。しかしながら、同地域における奴隷の密輸は途絶えることなく、またアフリカ東海岸ではアラブ人およびエジプト人による奴隷貿易が大っぴらに続いていた。

❂ その他の近代国家

ほとんどの歴史学者は、フランスが革命の期間を通じて迅速かつ果断に近代国家を樹立した点を評価して、最初に近代国家を実現した国と考えている。しかしそれ以外の国々では、異なる道すじを通って近代国家が古い体制に取って代わっている。

政治的革命：近代国家の興隆 **301**

イギリスの政治革命が始まったのは17世紀半ば、内戦[第一次イングランド内戦]が勃発した1642年のことであり、そこから半世紀にも及ぶ政治的に不安定な時期が続くことになった。イギリスでは、伝統的な資本家である地主階級で構成される議会が勢力を増しており、彼らは王権に制約を加え、自分たちの事業利益を増進するために政府の権限を利用していた。イギリス議会は、まだ地方行政のほとんどをつかさどっていた地方政府と結びついていた。したがって、イギリスはフランスよりも1世紀早く代表制による議会を機能させていたが、近代的な中央集権的行政機関を形作るまでに、より時間を要することになった。

フランス革命にさきがけて起こったアメリカ独立革命は、フランス革命を促進する役割を果たした。アメリカ軍の支援に駆けつけたフランス軍兵士たちは、自由の理想をいだいて帰還し、またフランス政府がイギリスとの競争における対立を動機としてアメリカの独立支援へと動いた結果、フランスの国家財政は破綻に瀕することになったからである。とはいえ、アメリカ独立革命は、植民地アメリカと強権的なイギリス帝国との緊張関係が火をつけたものであり、国内の激烈な社会的闘争によって引き起こされたフランス革命とは大いに異なっている。アメリカには、打倒すべき中世的な秩序というものはなかったし、大陸における当時の人口密度は非常に希薄だったために、中央集権的な官僚制の発達もゆるやかなものだった。

ドイツは王政を維持したまま、1848年に国民議会を実現した。オットー・フォン・ビスマルク（1815年〜1898年）は、選挙で選ばれた人民代表を無視して、1871年にドイツ諸邦国の統一を達成した。ビスマルクは王権を強化するために世論を操作したが、その一方で近代的な行政を発展させた。ビスマルクは社会民主党と対立していたが、労働者階級の忠誠心を維持しようと努め、1880年代半ばに社会保障の草分け的な法案を通過させ、疾病保険・災害保険・老齢年金を実現している。

1914年の時点で、世界のほとんどの国々において近代国家としての政治形態の再構築が始まっていた。アフガニスタンにおいてさえ、ある種の国勢調査が制度化され、ほとんどの国で少なくとも所得への直接課税が、従来の資産評価と土地への課税に代わって実施されるようになった。国民はそれに対して、何らかの代償を期待した。たとえば、当時はほとんどの農民は子どもを学校に通わせることができなかったにもかかわらず、多くの社会で国民のための初等・中等教育という理念が根づいていった。

2つの世界の出現
——先進国と発展途上国

私たちは産業革命がイギリスで始まり、おもな西ヨーロッパの国々と、ロシアおよび日本に波及したことを学んだ。では、それ以外の世界では何が起こっていたのだろう。工業化の進展した地域は経済的・政治的・軍事的に強力になったことが明らかだ。したがって、19世紀を通じて、世界の他地域のほとんどの人々は、工業化社会を実現した国々による新たな脅威、すなわち、アメリカ、ヨーロッパ、日本の帝国主義という現実に直面しなくてはならなかった。帝国主義とは、工業化した強国の拡張および工業先進国によるアフリカ、ラテンアメリカ[南北アメリカ大陸のうち、メキシコ以南の地域]、アジアといった地域の征服および植民地化の動きを指す。1800年の時点で、ヨーロッパ各国が占領あるいは支配する地域は、全地表面積の35%を占めていた。1878年にはこの割合が67%に増大し、さらに1914年の時点で84%を超えるに至った。16世紀から17世紀にかけて起こったヨーロッパによるアメリカ大陸の侵略をヨーロッパ人による征服の第1波とするなら、19世紀に起こった動きは第2波と言える。

イギリスは、最初に工業化を実現した国として19世紀の世界征服の先頭に立ち、その結果、19世紀末には各大陸にまたがる史上最大の帝国を築き上げた。中国やオスマン帝国などの一部の地域については、直接支配することはなかったが大きな影響力を及ぼした。インド、東南アジア、アフリカ諸国といった植民地においては、直接支配の経費とリスクを負担していた。イギリスその他の工業先進国の工業力と軍事力に直面した住民たちは、単に消極的な受難者あるいは受益者として対応しただけでなく、抵抗あるいは適応など、様々な課題とスタイルをともなって対応した。

19世紀末までに、世界の最も豊かな国々と貧しい国々の格差は途方もなく大きなものとなった。産業革命以前の時代には、それぞれの地域内の階級間でかなりの格差があったにしても、地域と地域の間では豊かさのレベルにそれほど違いはなく、あってもせいぜい3、4倍の差がつく程度だった。ところが、産業革命後になると、最も裕福な地域と最も貧しい地域の格差はおよそ50倍に達するほどだった。特に中国とインドは、1750年には世界の経済生産高の上位にあったが、1900年の時点では世界で最も工業化が遅れた貧しい地域と化していた。一部の歴史学者は、歴史的に世界の富の多くはアジアに集中する傾向があったと考えているのに対し、一時的なことかもしれないが、産業革命後の西洋の興隆はそうした傾向をくつがえしたのだ。

この節では、イギリスその他の工業先進国によって公式に、あるいは実質的に植民地化された各国の実情を簡潔にふりかえることにする。合わせて、ヨーロッパ人たちがこうした過程において自身をどのように見ていたかを検証し、またヨーロッパ人による征服および先進国と発展途上国の格差の拡大について考えられる説明を試みることにしよう。

公式および非公式［事実上］の植民地

インドはイスラム化したテュルク・モンゴル系の一族が1526年に建国したムガール王朝がそのほとんどを征服したことで、1500年代半ばに、政治的に統一された［1555年のムガール帝国の再建］。その後、ムガール帝国が衰えると、インドは1700年代半ばにふたたび分裂状態となった。1600年に設立された、イギリス東インド会社（EIC）は、1765年にベンガルで地税を徴収する権利を獲得し、軍を編成できるだけの収入を得た。これによりEICは、現地の代々の支配者による支持も取りつけて1800年代半ばまでにインドのほとんどの地域を掌握した。イギリスのインド総督がより低価格のイギリス製織物の輸入を許可したことから、イギリス製品がインド市場を席巻することになり、伝統的なインドの織物産業は壊滅的な打撃を受けた。製品を輸出する代わりに、インド人の多くは農業に転向し、藍、サトウキビ、綿花、さらにアヘンの原料となるケシなど、現金収入が得られる農産物を輸出するようになった。インドは、アメリカの社会学者イマニュエル・ウォーラーステイン（1930年〜）が考えた「世界システム」における主な実例となった。世界システムにおいては、工業先進国は安い原料を他の国々から供給させるようにしむけて、自国に依存せざるを得なくする構図がある（第8章参照）。「自由貿易」はイギリスの政策と化した。なぜならイギリスは1830年代に、製造品に関してあらゆる国を生産高で上回り、他国を原料生産国へと押しやる力を持っていたからである。イギリスは、インド産のアヘンの大半を中国で売りさばいて大変な収益を上げ、その影響は世界貿易の構造を一変させてしまうほどだった。長年にわたりイギリスは中国への代金を銀で支払っていたが、アヘン貿易のために銀の流れが逆転してしまった。

インドとヨーロッパの間には、現在のトルコを領土の中心として広がるオスマン帝国があった。その前にイスラム世界の盟主の座にあったアッバース朝が、1258年にモンゴル軍によって首都バクダッドを破壊され、滅亡の憂き目に遭った。その後、1299年にオスマン帝国が建てられた（アッバース朝崩壊後に、ほかに2つのイスラム帝国、すなわちインドのムガール朝、ペルシアのサファヴィー朝が登場した）。第10章で学んだように、コンスタンティノープルを1453年に攻略してから、オスマン帝国はヨーロッパ側から東地中海、黒海に通ずるルートをさえぎり、また中国およびインド洋に抜ける交易路を遮断できるようになった。オスマン帝国は、エジプトからアルジェリアに至る北アフリカ沿岸一帯を含め、地中海に沿った地域に版図を広げていった。この帝国は、支配者が徴税できるだけの余剰生産物を生みだす豊かな農業経済を基盤とする農耕文明国だった。帝国は、領土全体に配置された忠実な官吏たちによる官僚制により支配されていた。

オスマン帝国は徐々に衰退していった。ヨーロッパ人は中国、インドおよびインドネシアと直接交易できる海路を発見したことでコンスタンティノープルを迂回するようになり、さらに1840年代になると蒸気船でも行けるようになった。オスマン帝国内では、地方の行政府や軍閥が権力を握るようになり、中央の権威が失われていった。フランスが1820年代にアルジェリアを占領し、1869年にスエズ運河を完成させ、ヨーロッパ人たちがアジア市場により速く到達できる道をひらいた。イギリスは1870年代に運河の管理権を獲得し、1882年にはエジプトに対する軍事介入を行った。オスマン帝国はドイツおよびオーストリア＝ハンガリー帝国と同盟を結んで第一次世界大戦に参戦したが敗北し、勝者となったイギリス、フランス、ロシア、セルビア、アメリカにより、地中海における広大な帝国領土を分割されるに至った。

中国では、アメリカ大陸からもたらされた穀類、サツマイモ、ジャガイモ、ピーナッツなどの植物によって農産物の増産が可能になった結果、17世紀半ばと比べて19世紀半ばには人口が4倍以上と急成長した。しかし、余剰労働力を吸収するような工業化が進展しなかった中国では、増大した人口を"食わせる"ため、さらに労働集約的な農業を発展させる道をとった。中国はすでに綿の生産国であり、自国民のために綿の衣料品を製造していたが、その一方で絹・陶磁器・茶を輸出していた。

イギリスには中国で需要がある輸出商品がこれといってない一方、中国は通貨体制を立て直すために銀を必要としていた。1800年の時点でイギリスは大量の銀を中国に送っていた。銀による支払いで輸入された中国茶に、イギリスの織物業および炭鉱で働く労働者は収入の5％を使っていたが、その銀はイギリスがアフリカで集めた奴隷をアメリカ大陸のスペイン人植民者に売り飛ばすことで得たものだった。イギリスは奴隷貿易を廃止したのち、中国からの輸入超過に対処する新たな方策を見いださねばならなかっ

2つの世界の出現──先進国と発展途上国　**303**

た。そこでイギリスは、中国政府のたびたびの禁令にもかかわらず、インド産のアヘンを中国に輸出する策をとった。ヴィクトリア朝の後期に、イギリスは大がかりな密輸事業を行っていたが、これが19世紀の最後の四半世紀においては、世界経済システムの破綻をふせぐ重要な役割を果たしていた。

1830年代にイギリスは、海からアジアの川をさかのぼって戦うために設計された鋼鉄戦艦ネメシス号を建造した。ネメシス号を投入して、2回にわたる「アヘン戦争」(1839年〜1842年および1856年〜1858年)に勝利したイギリスは、力ずくで中国にアヘン貿易の港を開かせた。1800年代後半には中国人の約10%が常習性のあるアヘン使用者で、およそ4000万人が実質的な中毒者というありさまだった(これらの数値はおおざっぱな推定である)。19世紀末の時点で、中国は全世界のアヘン供給量のうち95%を消費していた。

その間ずっと中国の政権は弱体化していった。中国の人口はわずか200年たらずの間に4倍以上にも増加していたが[しかも、その多くは農民だったが]、彼らを統治するはずの官僚制度は拡張していなかった。広範囲にわたって勃発した農民反乱「太平天国の乱」が引き金となって、1850年から1864年にかけて恐るべき内戦が荒れ狂い、およそ2000万人の犠牲者を出した。国際貿易システムは1873年から1896年にかけて大不況と呼ばれる落ち込みを経験したが(イギリスの物価は40%下落した)、先に述べたように、おそらくアヘン貿易のおかげで、かろうじて世界経済システムの破綻はまぬがれていた。中国では1899年から1901年にかけて、新たな農民反乱、いわゆる「義和団の乱」が起こり、西洋の列強と日本の出兵により鎮圧された。1911年には中国の帝政が崩壊した[1912年1月1日、清朝の最後の皇帝が退位し、中華民国が樹立された]。

1800年代前半、アメリカもまたトルコで栽培されたケシを使ってアヘン貿易に関与するようになった。歴史学者のロバート・マークスは次のように述べている。「アヘン貿易で得た利益は、アメリカ東海岸の名門大学群の基金に寄与し、ボストンのピーボディ家(およびピーボディ博物館)やニューヨークのルーズベルト家をさらに裕福にし、アレクサンダー・グラハム・ベルによる電話開発に資金を提供することになった」[2]。

19世紀を通じて、イギリス本国は深刻な社会不安をかかえていたが、部分的には植民者の移住先、すなわちネオ・ヨーロッパ(世界各地の温暖な地域で、特にカナダ、オーストラリア、ニュージーランド、南アフリカなどの植民地)の人口を増やすことにつながった大がかりな移民により、

それを解決した。アメリカ合衆国へのイギリスからの移民も、そうした動きの一環として生じたものだ。アメリカはイギリスによる投資のいちばんの受益者となり、またアメリカ中西部はヨーロッパの穀倉地帯と化した。イギリスがそれらの植民地に対して優先的に資本投下を行い、比較的ゆるやかな通商条約を結んでいたため、ほとんどのイギリスからの植民者は経済的にうるおった(**地図11.2参照**)。

イギリスの名高い帝国主義者のひとり["アフリカのナポレオン"の異名をとった]セシル・ローズ(1853年〜1902年)は、イギリス人植民者に新たな土地を提供する植民地政策を推し進めることが、イギリス国内で内戦などが起こらないようにする上で有益だと信じていた。ローズは南アフリカのダイアモンド採掘業を支配し、イギリス人植民者のために、のちにザンビアとジンバブエとなる土地を取得した。ロンドンの失業者による集会に出席したあとで、ローズは次のようにある友人に書き送っている。

イギリスの4000万人の住民を、血で血を洗う内戦から救うために、植民地政策者は過剰な人口を吸収する新たな領域を開拓し、鉱山や工場の製品を流通させる新市場を創出しなくてはならない。……大英帝国はパンとバター(生活の糧)のためにある。内戦を避けたいのであれば、帝国主義者とならざるを得ない。[3]

ラテンアメリカでは、スペインとポルトガルの植民地が、国家としての形をととのえ、アメリカ合衆国の独立に比べるとかなり長い闘いとなったものの、1810年から1825年にかけてヨーロッパ支配からの政治的独立を勝ち取った。しかし、経済的な独立は、ラテンアメリカの新興国にとっては容易に達成できるものではなかった。ラテンアメリカ諸国の政府のほとんどは近代的な産業を発展させることができず、結果的にヨーロッパ資本に依存して原料を生産する形となったからだ。1850年以降60年ほどの間に、ラテンアメリカからの輸出は約10倍にも達する急激な伸びを見せ、主な品目としては銀、銅、硝酸肥料、グアノ(肥料となる鳥のふん)、ゴム、サイザル麻、バナナ、チョコレート、コーヒー、砂糖などがあった。ヨーロッパおよびアメリカ合衆国の事業家たちは、ラテンアメリカに大がかりな投資を行っており、1910年の時点でアメリカ本拠の事業者がメキシコの資産の90%を支配し、またメキシコの石油の半分を生産していた。

19世紀になると、アメリカおよびヨーロッパ各国は通貨制度として金本位制を徐々に導入することにより、世界

304 第11章　モダニティ(現代性)へのブレークスルー

地図 11.2　19 世紀から 20 世紀のはじめにかけての帝国主義と移民の動き

イギリスからの大がかりな移民は、世界各地の温暖な地域、特にカナダ、オーストラリア、ニュージーランド、南アフリカなどの植民地への入植者を増やすことにつながった。

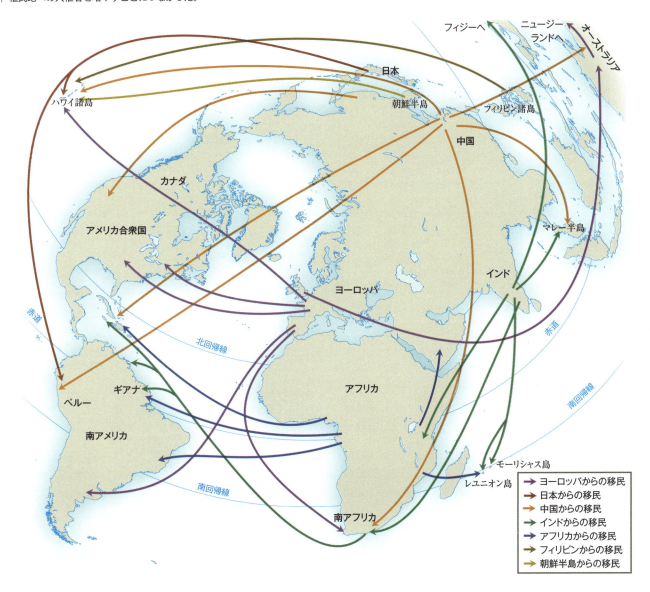

規模で自由貿易を推進する動きを見せた。しかしながら、1873 年にウィーンの株式市場が暴落し、ヨーロッパ全体に及ぶ大不況の引き金となった。多くの工業先進国は関税を新たに設けて自国の産業と製品を保護しようとしたが、これは自由貿易に反する動きだった。さらにこうした国々は、植民地にした地域の市場と原料に対する特権強化を図るべく、直接的な植民地支配の権利を競って握ろうとした。アフリカでは植民地の奪い合いが起こり、1880 年から 1900 年という短い期間に、ヨーロッパ各国はアフリカ大陸をすっかり分割してしまった。

ヨーロッパ各国がいっせいにアフリカに進出できた背景には、2 つの重要なイノベーションがあった。まず、南アメリカに原生する木の樹皮から発見されたキニーネがマラリア［熱帯から亜熱帯で見られる感染症］の特効薬であると判明し、これによりヨーロッパ人たちはアフリカのサハラ砂漠以南でも生存できるようになった。もうひとつのイノベーションは、ハイラム・マキシム（1840 年～1916 年）が発明した安定して作動する機関銃「マキシム機関銃」である。アメリカ生まれでイギリスに移住したマキシムは、1880 年代半ばに自身が開発した機関銃を発表し、1890 年までにイギリス以外のヨーロッパ各国もこぞって導入するに至った。イギリス軍はまずインドでマキシム機関銃を用い、

地図 11.3　1914年ごろのヨーロッパ列強によるアフリカ分割

1914年までに、アフリカのほとんどの地域がヨーロッパ列強による植民地支配の体制下に置かれた。

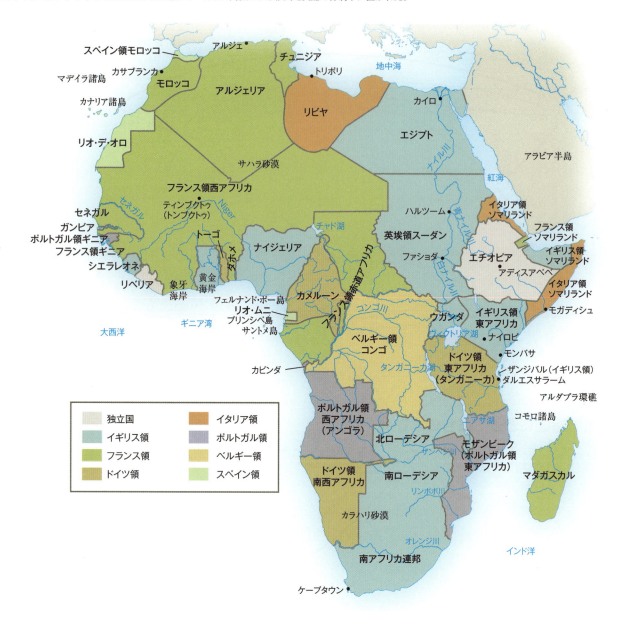

のちにアフリカでもスーダンでの戦いに使用した。スーダンの戦いでは、たった5時間でスーダンの原住民約1万1000人が殺害されたのに対し、イギリス軍の戦死者はわずか20人だった。

1900年の時点で、ポルトガルが17世紀に植民地化したアンゴラをかろうじて保っていたほかは、イギリス、フランス、ドイツ、ベルギーがアフリカ大陸のほとんどを分割してしまっていた。イギリスだけでアフリカの60%を支配していた。エチオピアはヨーロッパで最も軍事力の弱いイタリアに勝利して、リベリアとともに数少ない独立を保つことができた（地図11.3参照）。

アフリカの分割により、ヨーロッパは世界を2つの領域に区分することになった。一方は工業化の進んだ先進的世界、もう一方は工業化していない発展途上の世界である。大西洋沿岸諸国に富をもたらした工業化の進行は、世界のそれ以外の多くの地域における経済を破壊したのだった。1750年には世界の総生産高の約75%を非工業国が占めていたが、1900年の時点でその割合はわずか11%に低下している（表11.2参照）。

ヨーロッパの議会は帝国主義への道を進む際にどれほど関与したのだろうか。植民地の必要性と帝国主義のコストをめぐって指導部の間で激しい議論が交わされたが、その

表11.2　世界の製造物の総生産高にしめる国・地域ごとの割合（パーセント表示）

	1750	1800	1860	1900
ヨーロッパ全体	23.2%	28.1%	53.2%	62%
イギリス	1.9	4.3	19.9	18.5
フランス	4.0	4.2	7.9	6.8
ドイツ	2.9	3.5	4.9	13.2
ロシア	5.0	5.6	7.0	8.8
アメリカ合衆国	0.1	0.8	7.2	23.6
日本	3.8	3.5	2.6	2.4
上記をのぞく世界全体	73.0	67.7	36.6	11.0
中国	32.8	33.3	19.7	6.2
インド・パキスタン	24.5	19.7	8.6	1.7

出典：ロバート・ストレイヤー著、世界のすう勢—グローバル・ヒストリー概説、第2巻（ボストン—ベッドフォード、セント・マーチンズ出版、2009年版）548ページ [それぞれに四捨五入して数字を "丸めて" あるので、それらを足し合わせても必ずしも100％ちょうどにはならない]

一方で政府には国内の社会的対立、軍備、財政の均衡化などをはじめとする、取り組まなくてはならない多くの懸案事項があった。セシル・ローズのような現場の帝国主義者が、とにかく活動し、あとから議会がその行為を是認するというケースが珍しくなかったようだ。

西側諸国にとって都合のよい考え

ヨーロッパ人は、ヨーロッパの内外における力と生産性が増大するにつれて、自分たちについての認識を劇的に変えていった。自分たちは、自然界の秘密（たとえば蒸気から動力が得られること）を解き明かすことで、これまでに見たことも聞いたこともないような富と軍事力を蓄積しつつあるのではないか？　自分たちは、過去のあらゆる国家がそうしたように、他の地域の犠牲の上に自分たちの富を積み増しつつあるのではないか？　このような自問を通して、ヨーロッパ人は他の地域の民族や文化を劣等なものとみなし、自分たちがあらゆる他者に優越する存在であると、ごう慢にも信じるようになった。多くの場合、こうした信念は、彼らがすでに持っていたキリスト教が他の宗教より優れているという信念によっても強められた。

ヨーロッパ人は、科学的な見地から人種差別的な考え方を表明するようになった。1735年に植物と動物の基本的な分類を行ったスウェーデン人のカール・フォン・リンネは人種の分類にも取りかかった。18世紀末には、ドイツ・ゲッティンゲン大学のヨハン・ブルーメンバッハが、頭蓋骨の測定に基づいて人間を5種類に分類したが、そのうちコーカソイドが人間の元となった人種で、それ以外は派生的な人種であると主張した。その後の人種系統図では、肌の黒い「人種」はチンパンジーに近いものとされた（実際のチンパンジーの体毛の下には明るい色の皮膚があるのに！）。一方で、白人種は発展の最終段階の優越的な種であるとされた。科学者の間で「人種」の数が確定することはついになく、20世紀半ばには、このような人種分類には科学的根拠がないと認識されるに至った。しかし、少なくとも半世紀の間、多くのヨーロッパ人が人種差別的な考え方を科学的で自明のこととみなしていた。

多くのヨーロッパ人が、アジアと地中海の文明社会が世界史において長い間中心的な地位をしめていたことを忘れ、自分たちの人種と文明をそれらに優越するものと考え、なかには「より弱い人種」に対する責任感を感じたり、「劣等人種」を文明化する必要を感じたりする者もいた。またダーウィンの「適者生存」の思想を社会に適用して、ヨーロッパ人が後進的な民族、言いかえると「不適応な人種」を押しのけたり滅ぼしたりすることは道理にかなうと結論する者さえいた。

個人個人が社会において個々の強みや弱みによって浮き沈みがある、また社会全体も多かれ少なかれ適応していくと考えられるという仮説は、20世紀において「社会進化論」と呼ばれるようになった（第12章参照）。ダーウィンが最初に生物学的な進化論を提唱したのは、ちょうどイギリスおよびヨーロッパで急速に工業化が進展していた時代だった。その時代には、ダーウィン自身の母方の祖父ジョサイア・ウェッジウッドのように、一介の見習い陶芸職人から莫大な富を築くという、空前のスケールでの急速な出世をはたす個人が現れるようになった。こうした時代に、一部の個人や一部の社会が生物学的により生存に適していると考えることは、容易でまた納得されやすい時代的背景があった。

以上から、ヨーロッパ各国の植民地政策は、自国内の中心的な価値観およびその実践と著しく矛盾するものだった。イギリスやフランスは、自国内では男性市民の政治参加などである程度まで民主化していたのに対し、植民地経営では "国家の独立" という大義名分に反して独裁制をしいていた。植民地主義者たちは、本国で自分たちが恩恵を受けていた近代化を、植民地統治の不安定化というおそれから、自分たちの植民地では推進しなかった。こうしたあからさまな矛盾が、20世紀におけるヨーロッパの植民地統治を根底から揺るがす状況につながっていく。

帝国主義と2つの世界

ここでは、ヨーロッパの産業革命と世界規模での植民地

化の全体像を振り返りながら、人間の歴史のわずか2世紀の間に起こった途方もない変化について説明してみよう。その根底にある要因は、それまでにない規模での石炭の燃焼と考えられる。日々与えられる太陽エネルギーのほかに、この余剰のエネルギー源が機械類に加えられたことから、すべての変化が始まった。石炭の生みだす余剰エネルギーが、人間の生活体系に流れ込む激流となって大きな渦巻を、すなわち世界を一変させた工業化という渦巻を引き起こしたのだ。

石炭が基本的な要因であるとする視点に立つと、そこからもたらされた新たなエマージェント・プロパティによって、次々と近代化が進展していく様子を見てとれる。工業化がもたらした生産性は、新たな素材と農産物の需要を生みだし、それと並行して新しい市場と新しい投資の場も必要になった。ヨーロッパでは人口の増加が顕著になり、国内の動乱や極端な抑圧を避けるように数百万人規模の移民が世界の他の地域に渡っていった。これにより、工業先進国の国内問題が開発の遅れていた諸国へと効果的に転嫁されていった。ヨーロッパ諸国の国境は安定してきて、それぞれが通商と植民地をめぐって競争しながら、近代の国民国家の構造が明確な形となってきた。こうした競争は新たに生まれてきた人種的な自己概念と、キニーネ、鉄道、蒸気機関を用いた艦船、機関銃、その他の機械類といった、強力な新技術の導入によって拍車がかかった。

19世紀後半の気候変化もまた、工業先進国の帝国主義のあり方に影響した。1870年代後半から、赤道域およびその周辺域で3回にわたって大干ばつが発生した。インドおよび東アフリカではモンスーンによる[雨季の]雨が降らず、またブラジル北西部にも中国北部にも雨季が訪れない状況が干ばつのたびに数年間継続した。エル・ニーニョ現象[赤道付近のペルー沖から太平洋中部にかけて数年に一度、海水温が高くなる現象]と呼ばれる、南アメリカの太平洋岸沖での海流の変化が、こうした降雨量減少の原因になったと推定されている。この影響は工業先進国による帝国主義がもたらした社会的・経済的な"負の影響"によって増幅された。3000万から6000万とも言われる人々が落命し、関係する地域の国民生産は大きく落ち込み、"負の影響"を受けた国々は発展から取り残され泥沼の状況にあえぐことになった。

近代の工業化の根本的な要因について歴史学者たちは、たえず新たな仮説を提起してくる。最近ではダニエル・スメールが、近代の発展の基盤には、"より快適な気分へと導くために身体の化学反応を変化させたい"という人間の"欲求説"を述べている。スメールによると、タバコ、茶、コ

ーヒー、砂糖、カカオ、コカ、アヘン、マリファナ(大麻)といった、世界中から集められた「気分転換」という新しい習慣の増加に、近代の基本的な様相を見いだすことができるという。たしかに、アメリカ大陸とインドに通じる航路が開かれてから、ヨーロッパ人たちのもとには新しい嗜好品、すなわちタバコ、砂糖、チョコレート、茶、コーヒーといった「ソフト・ドラッグ」が流入するようになり、大量消費財の市場を形成した。この時代になってはじめて、人間は気分転換をもたらす嗜好品(ソフト・ドラッグ)の幅広い選択肢を与えられるようになった。それ以前は、どのような社会でも、そうした嗜好品は何かひとつ主なものがある程度だった。スメールの考えでは、物を買うという行動(ショッピング)でさえ、ストレス緩和の神経伝達物質を放出させ、またこうした自身の化学反応を変化させたいという"欲求"が、近代の消費社会の核心となる部分にあるという。歴史の解釈はたえず変化している。現在は奇抜に思われるような考え方も、将来はもっと広く受け入れられるようになるかもしれない。

産業革命のさらなる余波

産業革命は多方面にわたる影響をもたらしたが、世界の総人口についても、人間の歴史において前例のないペースでの増加が見られた。1700年の時点では6億1000万人ほどだったのに、わずか200年間で3倍も増加して、1900年には16億人に達した[その後の100年間、すなわち20世紀にはさらに4倍も増えたが]。この驚くべき急増の主な原因として、食料となる動植物種が世界規模で交換されて食事の栄養価が向上したことが挙げられるが、それに加え、世界の主要な地域で免疫性の知識が共有され、腺ペストのような伝染病が、以前のように致命的ではなくなったことも挙げられる。

産業革命は歴史学者にとっては特に明快な分析が難しい分野だ。なぜなら、人間はいまだ産業革命のただなかにあって、その結果が最終的にどのようになるのかわからないからだ。私たちは、全世界的な工業化に向かっているのかもしれないし、あるいは持続不可能な時代の終わりを迎えつつあるのかもしれない。そうした結果がわからないかぎり、産業革命の影響を評価することは困難だ。以下、本章の最後の2節では、20世紀以前の産業革命の社会、女性の社会的地位、および環境面の影響について、考察してみようと思う。まず、工業先進国(イギリスおよびヨーロッパ

308　第11章　モダニティ(現代性)へのブレークスルー

北部の主要国、アメリカ合衆国、ロシア、日本)をとりあげ、ついでこれら各国の植民地すなわち非工業国へと進むことにする。

工業先進国における影響

ここまでの工業化についての説明は、その政治的・経済的側面、つまり、工業化のもたらす金銭的利益、資本家と中産階級の台頭、新しい地域との接触・交易といった内容に重点を置いたものだった。この節では工業先進国における社会的問題と女性の社会的地位および環境面の影響を中心として考察する。

社会問題

産業革命が発生したいずれの国でも、社会的な生活面において著しい変化が起こった。すなわち、田園風景の代わりに工場群が、季節の代わりに時計が、大家族の代わりに小家族が、安定の代わりに変化が出現することになった。多くの人々がその一生の間に、急激な社会面および技術面の変化を実感する、というかつてない状況が生まれたのである。

都市部に住む人口の割合が、工業化のひとつの目安となる。1821年から1831年にかけての10年間だけで、工場が集中するリーズ、バーミンガム、シェフィールドといったイギリスの都市では40%も人口が増大した。ロンドンの人口は1801年には約100万人だったのが、1899年の時点で600万人を数えるまでになり、世界最大の都市となった。イギリス全体では、1850年の時点で人口の50%が都市部に居住するようになっていたが、これと同じ水準に達するのは、ドイツでは1900年、アメリカ合衆国では1920年、日本では1930年になってからだった。

工業先進国の誰もが、工業化による影響を同じように受けたわけではない。イギリスでは、起業家や製造業者、銀行家が隆盛となったのに対して、貴族階級の地主たちは没落していったが、それでも19世紀半ばの時点で、数千の地主が国の耕地の半分ほどを所有しており、その大部分を小作農に貸していた。産業革命の恩恵を最も受けたのは中産階級であり、1832年には選挙法改正が実施されて多くの中産階級市民が選挙権を得ることになった。これに対し労働者階級は、産業革命の恩恵を受けることはほとんどなく、最もしいたげられた立場にあった。特に1830年以前の初期の段階では、労働者たちは都市部のばい煙と、過密な人口、劣悪な衛生、水不足、単調な生活、そして時間に追われ、遅れると罰金を払わされるような厳しい監督下に

置かれるといった環境にあった。老後に備えるような仕組みもなく、また、いったん都市部に移住するともう帰れる土地は残されていなかった(図11.5参照)。

こうしたイギリスにおける社会状況は、チャールズ・ディケンズ(1812年～1870年)の著名な小説で詳しく知ることができる。たとえば『オリバー・ツイスト』(1837年～1839年)、『クリスマス・キャロル』(1843年)、『デヴィッド・カッパーフィールド』(1948年～1950年)、『ハード・タイムズ』(1854年)などの作品における様々な人物像を通じて、産業革命がもたらしたいたましい社会の犠牲者を描きだした。ディケンズの小説には自身の体験が反映されている。12歳のときに父親が負債のために収監され、一時期ディケンズは少年労働者として、箱にラベルを貼る仕事をしなければならなかった。

産業革命により辛苦を味わった人々の中には、抵抗したり抗議の声をあげたりする者もいた。まず、雇用者たちは高価な機械類を最大限に活用しようとし、ついには土曜日も含めて一日16時間の操業を続ける織物工場も現れた。すると、イギリスでは1810年から1820年にかけて、ノッティンガムから発生した一連の暴動がひろがり、工場労働者たちが工場を襲って織機などの機械を打ち壊す騒動を起こした。シャーウッドの森に拠点があるとされた空想上のリーダー"ネッド・ラッド"の名前から、こうした反乱は「ラッダイト運動」と呼ばれた。シャーウッドの森は、かの伝説の義賊"ロビン・フッド"が、貧しい者のために金持ちを襲撃するための根城にしていた場所だ。しかし、機械類の追放を目指したラッダイト運動は、失敗に終わった。

そのほかにも多くの人々が工業化に反対した。ウィリアム・ワーズワースやウィリアム・ブレイクといった、イギリス・ロマン派の詩人たちは、工場から立ちのぼる黒煙を、「緑豊かなここちよい」イギリスに襲いかかる邪悪なものと考えた。スコットランドの資本家のひとりであったロバート・オーウェン(1771年～1858年)は、自身の経営するニュー・ラナークの織物工場に、公民館や幼児学校、雑貨店などの"人間的な"施設を併設した。オーウェンは社会主義および協同運動の創始者のひとりと考えられている。

新たな資本家による生産のあり方に最も根強く抗い続けたのは、上記のような暴動ではなく、カール・マルクス(1818年～1883年)とマルクスの終生の協力者フリードリッヒ・エンゲルス(1820年～1895年)という、二人のドイツ人(プロシア出身)による著作の力だった。マルクスの祖父はユダヤ教のラビを務めており、父は弁護士としての職務を続けるためにプロテスタントに改宗していた。エンゲルスの父は、イギリス・マンチェスターの織物工場の共同経営者

産業革命のさらなる余波　**309**

図11.5　ロンドン、ホワイトチャペルのウェントワース街の様子

フランスの挿絵画家、ギュスターヴ・ドレ（1832年～1888年）による1872年作の素描画。19世紀の長い期間を通じてロンドンで見られた、産業革命初期の都市における貧困と人口過密という特質が表現されている。

だった。エンゲルスは若いときにその工場で働いており、工場の労働条件の過酷さを身をもって知っていた。1844年に彼は24歳で『イギリスにおける労働者階級の状態』と題する著書を出版している。同じ年にパリでマルクスと出会い、その4年後の1848年2月21日、二人はヨーロッパの資本家たちに対する新たな挑戦状となる、『共産党宣言』を発表したのだった。

　妖怪がヨーロッパに出没している――共産主義という妖怪が……これまでの社会の歴史は階級闘争の歴史である……私たちの新時代が……この際立った特質を……明らかにした、すなわちそれは階級間の対立をわかりやすく示したのだ。社会が全体として2つの敵対する巨大な陣営、お互いにじかに対立する2つの階級、すなわち**ブルジョワジー**〔資本家階級〕と**プロレタリアート**〔労働者階級〕へと、いよいよ分断の度合いを強めている……ブルジョワジーが生みだすものは、ほかでもない自分自身の墓掘り人なのだ。その没落とプロレタリアートの勝利は同じように避けられない定めなのだ。[4]

この薄い書物で、マルクスとエンゲルスは自分たちの共産主義思想の綱領ともいうべき考えを表明している。彼らは社会階級間の闘争が歴史的変革のプロセスを推し進めると考え、また私有財産、競争、階級間の対立という障害があるために、社会はその富を労働者に分配しようとはしないだろうとも考えた。したがって、富裕層と貧困層の格差が広がり続け、最終的に革命が起こることになるという考えに至った。その結果、資本主義は必然的に崩壊し、それを受けて台頭してくる共産主義のもとで、工業技術により生産される富がすべての人々により共有され、富める者と貧しい者との間の歴史的な闘争に終止符が打たれるであろ

うと結論づけた。

『共産党宣言』が出版された翌日、パリでデモと暴動が発生し、その2日後にはフランス王ルイ・フィリップが退位した。これを受けて新たな憲法が起草され、フランスは再び共和国となった。

1848年の数カ月の間だけ、マルクスとエンゲルスの予言は実現するように思われた。労働者たちの反乱はイタリア諸国、ハプスブルク帝国、スイスでそれぞれの政権を転覆し、またスペイン、デンマークの支配体制をゆるがし、アイルランドやギリシア、イギリスの政情を不安定にした。そうした混乱の原因は多様で複雑なものだった。ドイツとイタリアで政治的統一を求める動きがあったのは、ナショナリズムに鼓舞されたものであったし、ハプスブルク帝国では民族的な問題から自治を求める動きが表面化した。自由主義的な政治家は、君主の権限を制限し、封建制の権利を廃止する（そこから近代国家の確立につなげる）憲法の制定、および参政権の改革を要求し、さらにフランスでは労働権の保証を求めた。経済の状況が社会の困窮を悪化させていった。疫病菌によるジャガイモ被害［アイルランドの大飢饉（1845年～1852年）などを含む欧州のジャガイモ飢饉。このときのジャガイモ病の病原（blight）は"虫"ではなく"疫病菌"だった］は深刻で、1846年には西ヨーロッパの穀類の収穫が落ち込み、1840年代前半に鉄道建設によりもたらされた景気も1847年までにはしぼんでしまった。食料品の価格と失業率も上昇していった。

「1848年の革命」はどれも失敗に終わり、君主は権力の座に復帰した。中産階級や資産家は革命を脅威と感じてその鎮圧を支持し、ロシアやオーストリアの皇帝、あるいはナポレオン・ボナパルトの甥にあたるフランスのルイ・ナポレオン・ボナパルトのそれぞれの兵士たちは依然として忠誠であり続けたからだ。ナポレオンは当初選挙で大統領に選ばれたが、その後ナポレオン3世として皇帝に即位している。これらの君主たちは［体制維持のため］資産家や商業の有力者と妥協したが、それにもかかわらず、革命家たちの目標の一部は20年以上後になって、イタリアやドイツの統一、フランスの第三共和制といった形で実現することになった。マルクスとエンゲルスの思想は、その後長年にわたり社会民主主義的な政党に強い影響を及ぼし、また結果的に20世紀の共産主義運動を突き動かす力となった。

「移民」はヨーロッパの貧困層の一部にとって、窮状を脱出する手段のひとつとなった。蒸気船と鉄道の発達のおかげでヨーロッパ人の移民の波が大きく広がることになり、アメリカ合衆国およびカナダ、アルゼンチンおよびブラジル、オーストラリアおよびニュージーランドが主要な移住先となった（地図11.2参照）。こうした移民の動きは、本国の政府にかかる社会的重圧を緩和し、移住先となった世界各地のネオ・ヨーロッパと呼ばれる植民地の強化につながった。同時に、こうした移民は移住先の地域において現地の先住民や動物に悲惨な影響を与えた（314ページの「環境問題」を参照）。

その一方で、ヨーロッパの各国政府は新たな政治的・社会的な立法を推し進め、自分たちの政権の民主化をようやく実現し、革命を起こす要因になるとマルクスが見ていた社会的緊張を部分的に緩和することになった。労働組合が合法化され、労働条件および賃金を管理する労働法が発効し、幼い子どもたちの酷使を禁止する児童労働法が施行され、投票権（参政権）も徐々に拡大し、また、最も重要なこととして、公的な初等教育が義務化された。

アメリカ合衆国では、最低賃金の設定、児童および女性の労働の制限、労働時間や公衆衛生に関する規制、初等教育の義務づけといった法律が順次施行されていった。しかし、こうした法案は合衆国全体ではなく、州ごとに成立させていたため、州によって内容に相当の違いがあった。初めて義務教育法を可決した州はマサチューセッツ州で、1852年のことだった。

ロシアと日本では、専制君主制のもとで社会立法の余地はきわめて限られていた。ロシアでは、1861年の時点で国民の60％が農奴の身分にとどまり、議会あるいは代議士制度による政府が成立したのは1906年以降のことだった。1897年までは、工場における労働時間が1日13時間というのが普通だった。日本は工業国となったが、従来からの少数独裁政治と専制的な体制は維持されたままだった。1883年から1884年にかけて政府関連の庁舎が襲われるなど、抗議活動が盛んになったが、強権的な立法措置により労働運動の芽はつぶされていった。日本で参政権が拡張され、労働組合が合法化されたのはようやく第一次世界大戦の後になってからだった。

女性の社会的地位

産業革命によってどの程度まで男女間の不平等が緩和されただろうか。男女格差による不平等には、程度や形態の違いが多々あり、またその意味合いが時代によって変化することから、この問いに対する明快な答えはない。

農場や職人の工房などでは女性は男性に対して少なくとも建前上は従属的な立場にあったが、実際の作業では比較的対等な立場であることも多かった。工業化にともなって、女性の中には中産階級市民として、男性から隔離された主

婦という地位につく人々も現れ、資本主義下の過酷な競争から退避するやすらぎの場としての家庭を築く役割を与えられた。彼女たちは品行と慈愛という徳性の中心的な存在となり、また消費の管理者という立場についた。19世紀後半になると、中産階級の女性の中には隔離され変化のない主婦業からぬけだして、教師や事務員、看護師といった職業に就く人々も現れた。しかし、そうした女性たちは、仕事と家庭の両立という重荷を背負い、しかも同様の職務に就いている男性に比べると収入が低く、昇進の機会も少なかった。

ヨーロッパの労働者階級の間では、多くの少女や若い女性が工場労働者や家政婦・メイドとして働きに出た。彼女たちは結婚すると定職を離れたが、下宿人の世話をしたり、洗濯や縫い物などで引き続き収入を得ることが多かった。

日本では、それまでの武家社会から中央集権的な工業立国へと、急速な社会的変革を経験したが、早期の工業化は顕著な弊害をもたらすことになった。多くの地方の農家は貧困におちいり、幼児殺害（間引き）、娘の身売り、飢餓などが避けられない状況となった。都市部の織物業に従事した労働者の多くは地方出身の若い女性たちで、過酷な条件で働かされ続け、そのあげくに不治の病に倒れる者も少なくなかった。

それでも時とともに、人口の増加よりも速いペースで資源利用の効率が向上した結果、工業化のもとで男女両方にとっての全般的な生活水準が改善されていった。ヨーロッパでは19世紀半ばごろには、産業革命当初の悲惨な状況が緩和されていた。子どもが資産というよりは金のかかる存在となるにつれ、多産の傾向が薄れていったが、それは女性の負担を軽減することになった。他の国々も、工業化の過程では似たような道すじをたどった。

環境問題

ひとつの工業先進国の首都として、ロンドンは環境面の影響をよく表す典型例となった。19世紀のうちにグレーター・ロンドンの範囲となる面積は、人口増の3倍のペースで拡大していった。労働者たちは3頭立ての乗り合い馬車で職場に通勤したが、馬一頭あたり年間約3～4トンの糞を路上に落としていた。こうした問題に対処するため、初の地下鉄の建設が1859年に開始された。

ロンドンの下水はテムズ川に流れ込んだが、海の満ち潮がそれを押し戻し、潮が引いたあとに泥中に汚水が残されるため、たえがたい悪臭が発生することになった。特に1858年に起こった「大悪臭」の時期には、議会が一週間休会となるはめに陥った。飲料水が排泄物で汚染されたこと

から、1832年、1848年および1865年に伝染病であるコレラが流行した。1891年までにロンドンでは下水道および水の供給設備が改善され、当時大陸で蔓延していたコレラがまた流行する事態をまぬがれることができた。

ロンドンでは家ごとに複数の暖炉がしつらえられており、1880年の時点で約350万もの暖炉で石炭が燃やされ、工場から発生するばい煙に加えて大気を汚染し、スモッグが街を覆っていた。ある年の12月には、死亡率が通常の2.2倍にものぼり、すすを含んだ雨が降り注いだために樹木や茂みはどす黒い外観となってしまった。

🌀 植民地世界における影響

19世紀にヨーロッパ、アメリカ、ロシアおよび日本で起こった工業化の波は、他の地域にも深い影響を及ぼしていった。20世紀に世界各地を結んだグローバル・システムは、蒸気船や鉄道、電信などにより19世紀に構築が始まっていた。工業化の進まなかった国々は、工業先進国向けの原料生産の役割を担うことになった。

社会問題

工業先進国は安価な原料を求めていたため、植民地に対して鉱石の採掘と商業用の農作物の生産を要求し、時には強制することもあった。そのため農作物については、自給自足用に構成された伝統的な農産物がないがしろにされた。鉱石として特に望まれたのは金、銀、銅、スズ、ダイアモンドであった。商業用に好まれた農産物としては、コーヒー、茶、砂糖が増産されたほか、綿、ココア、ピーナッツ、パーム油、熱帯産の果実、ゴム、麻などもあった。こうした作物の栽培は、結果的に農地の拡大、地方における飢饉、新たな耕作地を開拓するための森林の伐採といった事態を引き起こした（314ページの「環境問題」を参照）。ヨーロッパ資本の広大なプランテーションが開発され、そこでは貧困にあえぐ労働者たちが遠方からやってきてサトウキビ、ゴム、茶、タバコ、麻などの栽培に従事したが、彼らの疾病率の高さは植民地内の住民に比べると2倍にもなった。

ヨーロッパ列強による植民地獲得は、直接的にせよ間接的にせよ、征服の過程においてもその後の統治においても際立った暴力性を特徴としていた。しかし、ヨーロッパ人が行政府としての機能を遂行するためには、現地のエリート層に仲介者としての役割を果たしてもらうことも必要だったので、協力的な行動をとることもあった。これにより、インドの王族、アフリカ人の酋長、イスラム教徒の君主や

太守は自分たちの地位と特権を維持し、伝統的な階級構造を強化する手段とした。

ヨーロッパ人がやってくると、行政官の業務および宣教師やボランティアの活動を通じて、彼らの価値観も持ち込まれた。一部の現地の人々に対しては、政府系およびミッション系の学校が西洋的な教育を受ける機会を授け、政府やキリスト教機関および企業もよりよい条件の職を得る手立てを与えた。19世紀になると、ローマ・カトリック系とプロテスタント系のいずれの布教活動も顕著となった。イギリスにおける奴隷制廃止を目指す運動は、西アフリカでの布教活動を手始めに、イギリス帝国全体に広がっていった。フランスでは1815年以降、ローマ・カトリック教会の活動がふたたび興隆し、1850年以降のカトリックの布教団体によるアマゾン原住民の保護活動へとつながっていった。1910年までに、アフリカだけで1万人を超える布教者が現地を訪れている。

ヨーロッパ人たちは、植民地での教育を促進しようと努める一方で、人種的なおそれからそれに制限も加えた。東アフリカでは、ヨーロッパ人たちは日ごろからアフリカの男性を「ボーイ」と呼んでいた。たとえ高度な教育を受けていても、アジア人やアフリカ人は、植民地の公務員として上級職に就くことはめったに許されなかった。南アフリカのように白人の定住化がかなり進んだ地域では、ヨーロッパ人たちは厳格な人種隔離の制度を築いており、「ホームランド」への隔離、公共施設や文教地区、居住地区での人種の分離といった政策をとっていた。インドでは、イギリス人たちが古来のカースト制度を強化し、ヨーロッパで教育を受けた新世代のインド人エリートのより平等主義的な考えを「非インド的」と冷笑していた。

多くの植民地で、住民があえて植民者に協力することなく、ときにはあからさまな反乱を起こした。そうした反抗の中でも、1857年から1858年にかけて起こった「インド大反乱」はよく知られているし、中国での2度の農民反乱すなわち「太平天国の乱」（1850年〜1864年）および「義和団の乱」（1899年〜1901年）も無関係というわけではなかった（304ページ参照）。

インド大反乱（イギリス側からは「シパーヒーの乱」などと呼ばれる）は、イギリス人が弾薬筒に牛と豚の脂を潤滑油として使ったことが発端だった。ヒンドゥー教徒にとって牛は神聖な動物で、またイスラム教徒にとって豚は忌み嫌われる動物なので、いずれの宗教の信者もこの新技術の導入をキリスト教への改宗を迫るものだと考えた。まずベンガルの傭兵部隊が暴動を起こしたことから反乱が始まり、そこから他の地域や社会集団へと拡大していった。イギリ

ス当局はこの反乱を武力で鎮圧し、イギリス東インド会社を解散させ、それ以降はイギリス本国の政府が直接統治することになった。

工業化されなかった世界でも、大西洋を渡った移民と同時期に、同じような規模で人々の移動があった。インドおよび中国南部から、多くの人々が東南アジア、環インド洋地域および南太平洋地域へと移住した。北東アジアおよびロシアからは、多数の移民が中国東北部（満州）、シベリア、中央アジア、日本へと向かった。1820年代以降、長距離あるいは海をわたるような移民が徐々に増えていたことに加え、鉄道や蒸気船の発展により移動の便が向上したことから、19世紀の最後の四半世紀には移民がさらに増加した。世界経済の拡大と統合においては、ヨーロッパ人以外の人々もヨーロッパ人に劣らぬ役割を果たしたと言える（地図11.2参照）。

女性の社会的地位

ヨーロッパ人と植民地の先住民とが接触した結果、性差に基づくルールや振る舞いが異なっていたため、互いの緊張感が高まったり、ルールが変更されたり、あるいはルール変更への抵抗が起こったりした。当時の、すなわちヴィクトリア時代のヨーロッパ人の女性観によれば、女性は夫を家長として家庭にとどまり、家事を果たすべきだとされた。この女性観が先住民に押しつけられた結果、先住民の中にはヨーロッパ人の男性優位主義に同調する者も出てきたが、その一方でいくつかの複雑な問題も生じた。そうした複雑な事情の一部を、インドやサハラ砂漠以南での事例から知ることができる。

インドでは、イスラム教・ヒンドゥー教のいずれのしきたりでも、離婚や夫の死後に女性が再婚することは許されず、また結婚していなければ女性の財産所有も認められなかった。それに対し、ヨーロッパでは理想の家庭という観点から、夫の死後の再婚を推奨していた。1853年にヨーロッパ人はこれを再婚法として成文化したが、これに対する抵抗も1857年のインド大反乱の一因となった。

サハラ砂漠以南では、ヨーロッパ人は女性たちが家庭にとどまり、従来の自給自足の農作業にたずさわらないことを望んだ。しかし、男性の多くが家を出て鉱山や農園で働くには、女性を家に残して畑仕事をもっと担ってもらわねばならないという矛盾が生じた。南アフリカでは、労働に従事できる健康な男性の約40％から50％が居住地域を留守にして出かけ、女性が中心となって家事の大部分をこなす状況だった。

アフリカの女性はこうした動きに対して、様々な対応を

産業革命のさらなる余波　**313**

見せた。自分たちの出身の家族との関係をより親密なものとし、自助努力のための会合を持ち、食品や織物を販売する方法を考えだした。学校教育を機会として、女性が田舎の男子家長制から脱するケースも見られた。これに対しアフリカの男性たちは、法律により婚外交渉を禁止し、女性を所属する村にしばりつけることを請願した。アフリカ人女性の［女性人権に対する］意識の高さを危惧したヨーロッパ人は、ヨーロッパ風の［かわいらしい女性的な］衣装を着せようとしたが、アフリカの気候には実用的でないとしてほとんど拒否された。

環境問題

19世紀には、3つの地球規模の損失、すなわち、森林の消失、動植物の消失、そして先住民の消失が大きな暗い影を投げかけていた。先住民とは、明確な国家の枠組みを持たずに原住していた民族とされる。19世紀の半ばにはすでに、現地の人々が自分たちの問題に気づいていたのに加え、ヨーロッパの一部の科学者たちも、こうした問題は国家が介入すべき世界的な問題であると認識していた。

工業先進国による食料と原料の需要は、広大な面積の森林と自然生態系の消滅をもたらした。インドでは、森林を切り開いてコーヒーや茶のプランテーションのような単作（長年にわたり連続して広大な土地で単一の作物を栽培する農法）が行われるようになった。こうした単作の多くでは、それまで現地になかった作物種が栽培された。ブラジルを例にとると、19世紀にコーヒー栽培のために3万平方キロメートルを超える広さの森林が破壊された。改変された土壌は、元の状態へ戻すことが不可能になった。輸出向けの需要が非常に大きかったため、ブラジルではこれに対して1930年代までは何の抗議の声もあがらず、政府が事態に対処する政策を打ち出したのはようやく1970年代に入ってからだった。

早くも18世紀後半に、南大西洋のセント・ヘレナ島およびインド洋のモーリシャス島で進められた森林伐採をめぐって、環境悪化を批判する声があがった。これらの島について、フランスとイギリスの植物学者たちは森林伐採がもたらす深刻な影響を見てとり、森林・水産資源の保護および水質汚染の防止に関する初期的な実験に着手することができた。イギリス東インド会社に雇われたスコットランドの科学者グループは、1852年に熱帯林の破壊がもたらす可能性のある影響について、森林消失・飢饉・生物絶滅・気候変動などの地球規模の脅威にまで言及した報告書を作成している。こうした初期の森林保護主義者たちは、当時

の植民地支配の状況に対して、現代の環境問題をきわめて的確に予見していたと言える。

動物の損失は、森林の損失に劣らず世界的に急激に進行していった。ロシアのステップ地帯やアメリカの大草原地帯に生息していた毛皮を持つ哺乳類は、1710年から1914年にかけてあらかた絶滅してしまった。南洋の魚類および鯨類の生息数は大規模な減少に見舞われた。アフリカ、インドおよび太平洋諸島の鳥獣は、生息地の破壊や狩猟のために多数が犠牲となった。アフリカでは、イギリスのハンターたちが多くのレイヨウ、ゾウ、キリン、サイなどを射殺した。当初イギリス人はアフリカの先住民に銃を与えて、こうした殺りくに加わるよう仕向けたが、後に自分たち以外の銃の使用を規制するようになる。インドでは、イギリス人ハンターたちがゾウの背中に乗ってトラを撃つ狩りを行ったが、1857年以降こうした狩猟のやり方を自分たちだけが行えるものとした。こうしてインドでは20世紀初頭にはライオンもトラも非常に少なくなり、また同じころチーターは絶滅してしまった。

こうした状況にある程度の対策が講じられた。イギリス人はインドで象を保護するための規制案を1870年代に採択した。ロンドンの外務省は1900年に、アフリカの野生生物に関する初の国際会議を開催した。そこで得られた合意に効果的なものはなかったが、20世紀以降に進められた実りある努力のさきがけにはなった。アメリカの外交官で言語学者でもあったジョージ・パーキンス・マーシュ（1801年〜1882年）は、こうした問題を初めて扱った注目すべき研究書『人間の活動が改変する地球（Earth as Modified by Human Action）』を1874年に出版したが、その原型となる思想はすでに1864年の『人間と自然（Man and Nature）』に記されていた。

19世紀には、流入する植民者の居住地がおそるべき勢いで拡大するにつれ、森林と動植物だけでなく、先住民もまた限られた地域に押し込められるという苦難にさらされた。アメリカ合衆国では、ヨーロッパからの植民者が、1830年のインディアン強制移住法により、すべてのネイティブ・アメリカンをミシシッピ川以西に移住させると決定した。これにより、先住民たちは強制的に移住させられ、1838年から翌年にかけて、東部の森林地帯からオクラホマまで1300キロメートルの、いわゆる「涙の道」として知られる旅を強いられた。その後、白人たちはミシシッピ川を越えて徐々に領地を拡大していった。スー、コマンチ、ポーニー、アパッチの各部族は、火器や騎兵を駆使して抵抗し、局地的な勝利を収めることもあったが、最終的には大砲や速射可能なガトリング砲を用いた合衆国政府軍が勝

利した。

オーストラリアおよびニュージーランドへのヨーロッパ人の移住は、まず主として移民たちが持ち込んだ天然痘やはしかなどの伝染病により、大きな災厄を先住民にもたらした。アボリジニと呼ばれるオーストラリアの原住民の人口は1800年には約65万人だったのが、1900年には約9万人にまで減少してしまった。ニュージーランドでも、先住のマオリの人口が1800年の約20万人から、100年後には4万5000人にまで減少した。1900年までに、イギリス人はオーストラリア先住民のほとんどをそれまでの居住地から追いたて、大陸内の各地に分散させてしまった。ニュージーランドでは19世紀半ばから終わりにかけて戦乱が続き、それが終結すると、イギリス人たちは自分たちの社会とは隔離された地方の貧困なコミュニティに、先住民(マオリ族)の多くを閉じこめた。

次の章では、引き続き"工業社会化"の成長と変化のペースが世界規模で加速していくありさまを取りあげることにする。

要約

政治経済学的な見地から、産業資本主義と近代的国民国家という形で現れた、現代性へのブレークスルーは、織機の動力となった石炭を用いる蒸気機関というイノベーションとともにイギリスで始まった。産業資本主義の手法は、1900年までにヨーロッパの主な地域とアメリカ合衆国および日本、ロシアに広がった。経済面の変革とともに、市民の政治参加の拡大と市民生活への国家関与の深化という、政治的な変革も実現した。市場と原料の必要性は、技術力の差もあって、ヨーロッパによってそれ以外の世界の大部分が植民地化されるという事態を招き、ヨーロッパ以外の国々を従属的な立場に追いやり、先進国と発展途上国の間に非常な富の格差を生みだすことになった。また、社会、女性の社会的地位、環境などの各方面で工業先進地域と従属的な地域の両方に多大な影響が現れた。1900年の時点で、世界の人口は歴史上かつてないペースで増加しており、同時に世界の運命を左右する「石炭の燃焼」という選択を行った産業革命の影響はまだまだ続いていたのだ。

考察

1. イギリスでは産業革命がどのように展開していったか、概要を述べなさい。
2. 産業革命がどのようにして、どんな地域に広がっていったか述べなさい。
3. 封建的な君主制国家は、どのようにして近代国家へと変化していったのか？ 君主制国家と近代国家との違いは何か？
4. 産業革命の影響、すなわち経済、政治、社会、地球、女性の社会的地位、環境といった各方面への影響について述べなさい。また、それらの影響についての評価を述べなさい。
5. 第8のスレッショルドはどのような意義を持つか？
6. 産業革命という枠組みの中で、あなたの家族の歴史はどのようなものだったか述べなさい。

キーワード

- 化石燃料
- 近代国家
- 工業化の3つの波
- 工場制
- 産業革命
- 蒸気機関
- 小氷期(LIA)
- 先住民
- 帝国主義

参考文献

Allen, Robert C. *The British Industrial Revolution in Global Perspective*. Cambridge and New York: Cambridge University Press, 2009.

Ansary, Tamim. *Destiny Disrupted: A History of the World through Islamic Eyes*. New York: Public Affairs, 2009.
（『イスラームから見た「世界史」』 タミム・アンサーリー著　紀伊國屋書店　2011 年）

Bayly, C. A. *Birth of the Modern World, 1780–1914: Global Connections and Comparisons*. Malden, MA: Blackwell, 2004.

Bin Wong, Robert. *China Transformed: Historical Change and the Limits of European Experience*. Ithaca and London: CornellUniversity Press, 1997.

Cho, Ji-Hyung. "The Little Ice Age and the Coming of the Anthropocene." In Barry Rodrigue, Leonid Grinin, and Andrey Korotaev, eds., *From the Big Bang to Global Civilization: A Big History Anthology*. Berkeley: University of California Press.近刊予定

Davis, Mike. *Late Victorian Holocausts: El Niño Famines and the Making of the Third World*. London: Verso, 2001.

Headrick, Daniel R. *The Tools of Empire: Technology and European Imperialism in the Nineteenth Century*. (New York: Oxford University Press, 1981.
（『帝国の手先──ヨーロッパ膨張と技術』 ダニエル・R・ヘッドリク著　日本経済評論社　1989 年）

Hunt, Lynn. *Inventing Human Rights: A History*. New York: Norton, 2007.
（『人権を創造する』 リン・ハント著　岩波書店　2011 年）

Marks, Robert B. *The Origins of the Modern World: A Global and Ecological Narrative*. 2nd ed. Lanham, MD: Rowman & Littlefield, 2002.

McNeill, William H. *The Shape of European History*. New York: Oxford University Press, 1974.

Pomeranz, Kenneth. *The Great Divergence: Europe, China, and the Making of the Modern World Economy*. Princeton, NJ: Princeton University Press, 2000.
（『大分岐──中国、ヨーロッパ、そして近代世界経済の形成』 ケネス・ポメランツ著　名古屋大学出版会　2015 年）

Ruddiman, William F. *Plows, Plagues, and Petroleum: How Humans Took Control of Climate*. Princeton and Oxford: Princeton University Press, 2005.

Smail, Daniel Lord. *On Deep History and the Brain*. Berkeley: University of California Press, 2008.

Strayer, Robert W. *Ways of the World: A Brief Global History*, 2 vols. Boston and New York: Bedford/St. Martin's, 2009.

Uglow, Jenny. *The Lunar Men: Five Friends Whose Curiosity Changed the World*. New York: Farrar, Straus and Giroux, 2002.

注

1. Ji-Hyung Cho, "The Little Ice Age and the Coming of the Anthropocene," in Barry Rodrigue, Leonid Grinin, and Andrey Korotaev, eds., *From the Big Bang to Global Civilization: A Big History Anthology* (Berkeley: University of California Press, 近刊予定).

2. Robert B. Marks, *The Origins of the Modern World: A Global and Ecological Narrative*, 2nd ed. (Lanham, MD: Rowman & Littlefield,

2002): 127–28.

3. Robert W. Strayer, *Ways of the World: A Brief Global History*, vol. 2 (Boston and New York: Bedford/St. Martin's, 2009): 562.より引用。

4. Marks, 139, from Karl Marx and Friedrich Engels, *The Communist Manifesto* (New York: Washington Square Press, 1964), 57-59, 78-79.より引用。

アントロポシーン

第12章

グローバリゼーション、成長と持続可能性

全体像をとらえる

西暦1900年から2010年まで

- 工業化は、現代の世界をどのように変えてきたのか？

- 資本主義は20世紀においてどのように変化したのか？

- 20世紀の最も重要な革新は何か？

- 人間は、私たちの世界で起こっているめまぐるしい変化を制御できているか？

- 私たちが直面している主な危機と好機はどのようなものか？

- アントロポシーン（人新世）は、私たちの地球の歴史において最も重要な意味を持つ転換期のひとつとなるか？

第11章では、従来「産業革命」として知られてきた時期に各国で起こった、"近代革命"の始まりについて述べた。西暦1900年の時点で、工業化の進んだ西洋あるいは「西」は、世界で最も富裕な地域であるだけでなく、政治的・軍事的に圧倒的優位に立っていた。世界は二分された状態だった。すなわち、一方は主に大西洋沿岸の、新しい技術と組織化された方法論により増大した資源の恩恵を受けた地域であり、これに対してほかの大部分の地域は衰退、独立と富の喪失、文化の崩壊などに見舞われていた。

また、いずれの地域においても、富裕層と貧困層との格差が拡大しているように思われた。イギリスのように工業化の進んだ社会では、19世紀初期の主要工業都市における状況があまりに悲惨だったために、新たな**社会主義的**イデオロギーが助長されることになった。それは、資本主義そのものを廃して、資本家とプロレタリア[賃金労働者]の「貧富の差」をなくすことが目標だった(近代社会主義のほとんどの形態は、カール・マルクスがその著作で表明したイデオロギーである**マルクス主義**の影響を受けている)。人間の歴史(ひいてはおそらくビッグヒストリー全体)における大きな変化がみなそうであるように、"近代革命"もまた創造的な側面と破壊的な側面の両方を有していたと考えられる。

20世紀前半に工業化を進める各国が市場・原料・植民地をめぐって、増大しつつあったそれぞれの財力と武力を用いて争い、破滅的な事態を招いた。そのためグローバル・ネットワークがくずれ、世界の交易が衰え、世界全体の経済成長のペースが落ちた一方で、近代兵器が恐るべき力を持っているにもかかわらず紛争は増加していった。こうした紛争は、世界の歴史で最も破壊的なものとなった2度の世界大戦で最高潮に達したが、その結果、世界は資本主義と**共産主義**の2つの敵対する陣営へと深く分断された(共産主義は資本主義と対立するものであり、カール・マルクスの社会主義的イデオロギーに影響を受けている)。大戦後40年にわたり世界は、**核兵器**が投入されるような「熱い」戦争へと突入しかねない脅威に絶えずさらされながら、超大国とその同盟諸国が世界を二分して対峙する**冷戦**によって分裂した状態にあった。核兵器が開発されたのは第二次世界大戦のさなかであった。核兵器は原子核の中にひそむ大きな力を解放するものであり、ごく短時間のうちに生物圏の大部分を破壊してしまう力を持つほど強力な兵器となった。

20世紀後半になると、グローバル・ネットワークが復元され、世界のグローバリゼーションと成長の歩みが再開された。資本主義は、ほとんどの社会主義者が思っていたよりしたたかだった。かつての主要な帝国主義国家は、19世紀的な帝国支配をやめ、新たな工業化の波がさらに広い世界へと"近代革命"を伝えていった。日本の急速な工業化は、成長はもっぱら西洋にとどまらないことを示した。その他のアジア諸国にも、資本主義陣営か共産主義陣営かを問わず、急速な産業革命がようやく訪れてきた。

1991年にソビエト連邦(ソ連)が崩壊した。これにより冷戦が終わりを告げ、商業主義と資本主義に基づく経済活動を行う国々が大多数となって世界統合のペースが速まった。ベトナムや中華人民共和国(中国)のように共産主義の体裁をとっている国々も含まれているが、世界の大部分において資本主義が勝利を収めたかに思われた。しかし資本主義自体の景気の波により、あるいは世界の地域間の格差増大により、また根深い文化的相違により、世界には新たに不安定な状況が出現した。

本章の第1部では、帝国主義の隆盛からその終わり、さらに新たな統合や分裂を見せている20世紀の政治的・軍事的変化を概観する。

第2部では、20世紀における成長を促進し、ほんの一、二世紀前は想像もつかなかったような物質的な繁栄を、段階的に実現していった主要な技術のいくつかを取り上げてみようと思う。

第3部では、物質的な富の増大によって、社会および生活のあり方がどのように変貌していったかを考察してみよう。大多数の人々の生き方を、急速な経済成長がどのように変えていったのだろうか?

最後の第4部では、生物圏全体を見通した観点から、成長について振り返ってみたい。20世紀には、生物圏に対する人間の影響が急激に強まったために、生物圏の変化については人間が最も強い力を及ぼす存在となった。「アントロポシーン」(人新世)の時代に入ったいま、地球の45億年もの歴史において初めて、単一の生物種が生物圏を改変するだけの力を持つに至ったのだ。私たちは、自らが獲得した巨大な力を本当に管理していけるのだろうか? こうした疑問は、未来について発する問い、すなわち私たちの未来はいったいどこに向かうのだろうか、と問う第13章のテーマへと目を向けることにつながる。

第1部：
政治的・軍事的な変化

　20世紀の政治史および軍事史は、2つの主要な時期にわけられる。すなわち、軍事競争が激化する一方で産業成長が鈍化した時期と、その後の新たなグローバリゼーションと成長の時期である。

⚙ 帝国主義と軍事競争：
　　1900年〜1950年

　20世紀前半は、かつてない規模の紛争が地球をおおった時期だった。

　何が狂ってしまったのだろうか。この時期の矛盾について納得のいく答えを得るには、次のような事実を思い起こすとよいだろう。農耕文明の時代を通じてほとんどの国家は、市場経済の力よりも、主に武力（軍事力）の行使あるいは武力による威嚇をもって支配力としていた。こうした時代のほとんどにおいて、あらゆる政府は戦争を主要な事業として遂行してきたように思われる。そうした直接的な、時には強制的な政府のやり方は、過去には有効であったが、近代の資本主義社会にあまり通用しなくなったことを、支配者たちはなかなか理解できなかった。また、資本主義社会において成長を管理し促進するには、政府による直接的な介入と不介入との微妙なバランスをとらねばならない、ということも政府はなかなか学べなかった。たとえば、道路や鉄道などのインフラストラクチャー（社会基盤）の整備、金融システムの保護、特許制度による新知識の保護、法と秩序の維持といった分野には政府の介入が必要であり、その一方で、たとえば資本主義社会におけるイノベーション（技術革新）の原動力となる企業競争を抑圧してしまわないように、不介入の姿勢をとるべき場合もある。政府は市場活動を支援すべき立場にあったが、過度に介入すると、資本主義に驚異的な創造力を発揮させる"競争力"をそこなってしまうおそれがあった。

　20世紀には、政府による介入・不介入のバランスを取るための一連の実験的試みがなされた。一部の政府は経済の変化が推し進められるのを市場の力にまかせ、またそれとは対極的な政策だが、（主に共産主義陣営において）農耕文明時代における徴税中心の帝国よりもさらに直接的に、時にはさらに苛烈に社会を管理するために、産業革命の技術と経営手法を用いようとする政府も見られた。

　とはいえ、どのような国や地域でも、政府の権限と存在意義は大きくなっていった。政府の財政は豊かになり、繁栄しつつあった産業経済が必要とする物理的なインフラストラクチャー［道路や橋、上下水道など］および金融、教育、法制面の社会基盤の建設・整備を援助する過程で、政府はその統治下におかれる人々の生活にいっそう深く関与するようになった。経済における政府の役割は最小限にとどめるべきだと考える国民が多いアメリカ合衆国でさえ、すべての商品・サービスの総額（統計上は**国内総生産[GDP]**として表される）に対する財政支出の割合が1913年には8％だったのが、1938年には20％、1973年には31％へと拡大していった。1999年には若干落ち着いて30％となっている。イギリスでは、この比率が1913年には13％だったのが、1938年には29％、1973年には42％というぐあいに上昇していったが、1999年には40％に落ち着いている。日本とドイツでは、第二次世界大戦後にこの割合がいったん低下したが、その後ふたたび上昇に転じて1999年には日本で38％、ドイツで48％となっている。共産主義国の場合、そうした事情はさらに極端なものとなっており、ソ連を含む一部のケースでは、政府が経済全体を管理しようとしたために、1930年代後半にはGDPに対する財政支出の割合が100％に近いものとなっていた。おなじ共産主義国でも、かなりの民間部門が存続あるいは復活した国（中国など）では、この割合が高いといっても、スターリン主義［ソ連の第2代最高指導者スターリンによる強圧的な恐怖政治］下のソ連ほどではなかった。

20世紀前半の戦争：
第一次世界大戦

　20世紀初頭を迎えて、国際関係を暴力的な、生死をかけた競争の場と見るような傾向が増大しつつあった。すべての主要な工業先進国で、それぞれの国が自国の権益を、必要ならば武力を行使してでも守るべきだとする主張がまかり通っていた。**保護主義**、すなわちたいせつな市場から関税を掛けて、あるいは必要ならば武力に訴えてでも、ライバルとなりそうな諸外国をしめだす政策を支持する声が高まりつつあった。かつてアダム・スミスは、自由貿易とすみやかな成長は生産性向上とコスト低下をもたらすので、すべての人々に利益をもたらすと説いた。だが、保護主義者はあいかわらず、まるで農耕文明期の古臭い支配者のように、それぞれの国家や国民は自分たちの取り分となる原料と市場を得なければならず、さもなければ破滅するしかないとして資源の限られた世界観に囚われていた。こうした態度の典型的な例として、イギリスの著名な議会人であるジョゼフ・チェンバレンの1889年の発言が挙げられる。

外務省および植民地省は、主に新たな市場を発見し、従来の市場を守ることにつとめている。陸軍省および海軍省は、主としてこれらの市場の防衛とわれわれの通商の保護に向けた準備に追われている。[1]

　急進的な社会主義者たちもまた、成長には限度があると主張していた。しかしそれは、資本主義者がいくら商品の生産量を増やしても、どうせ市場を確保できないでいることは、資本主義そのものが最終的に崩壊する前兆である、とする彼らの希望的な見方だった。1917年のボリシェヴィキ革命に先立つ1916年、ウラジミール・レーニン（1870年〜1924年）は、『資本主義の最高の段階としての帝国主義』と題する帝国主義論を執筆した。そこでレーニンは、イギリスの経済学者ジョン・ホブソンの思想を取り入れ、1914年に始まった大戦は、縮小しつつある市場をめぐって主要な資本主義国家の間で発生した紛争が原因となっていると主張した。しかしながら、資本主義者間の争いにおける真の犠牲者は、資本主義者本人ではなく、世界中の労働者と植民地なのだとレーニンは訴えた。

　保護主義の高まりがもたらした結果のひとつは、国際貿易の著しい落ち込みだった。ある有力な推定によると、世界の輸出総額は1870年から1913年にかけて年率約3.4％のペースで成長しつづけていた。それが1913年から1950年にかけては0.9％へと鈍化し、1950年から1973年にかけては7.9％と上昇に転じ、1973年から1998年までは5.1％のペースとなっている。こうした値から、20世紀の前半と後半では世界の結びつきに大きな違いがあったことがよくわかる。20世紀前半の国際貿易の落ち込みは、全般的な経済成長率の鈍化と関連があった。ある推定によると、1870年から1913年にかけて、世界の一人あたりGDPが毎年1.3％ずつ上昇していたのが、1913年から1950年にかけては、毎年0.91％ほどの上昇でしかなかったという。その後1950年から1973年にかけてはふたたび高い成長率となり、年に2.93％の伸びとなった（図12.1および12.2参照）。

　20世紀はじめごろに保護主義的な風潮がひろまるにつれ、主要な工業先進国の政府は戦争の準備を進めていった。ヨーロッパの強国は連携して軍事同盟を組み、ロシア、フランス、イギリスは連合国（協商国［これらの国は三国協商を結んでいた］）として、ドイツ、オーストリア、トルコによる同盟国（中央同盟国）と対立した。

　1914年の夏に、それまでおよそ100年間も比較的平和な時期が続いていたヨーロッパで、これら2つの陣営の間に戦争がぼっ発した。戦争は数カ月程度で終結するだろうという大方の予想を裏切り、実際には1918年11月まで4年以上も続く長期戦となった。帝国主義によりヨーロッパ列強が世界進出していたことから、世界各地で戦いの火の手があがった。日本、イギリス、フランスはアフリカ、中国および太平洋のドイツ植民地を獲得し、インド、アフリカ、オーストラリア、ニュージーランドからの派兵は、ダーダネルス海峡や西部戦線でトルコ軍と衝突した。1917年には世界一の工業生産国となっていたアメリカが［連合国側として］参戦し、第一次世界大戦の大勢が決した。この戦争では、工業技術が発達した結果、流血の犠牲が格段に大きくなった。しかし、医療の向上により、兵士たちが前線にとどまる時間はこれまでになく長くなった。また機関銃が投入されたために大量殺りくが容易になった。さらに、ドイツの化学者フリッツ・ハーバー（1868年〜1934年）は爆薬を大量に生産することを可能にする「アンモニアの合成法」を発見した［330ページ参照］。ハーバーはさらに、ヨーロッパの重要な戦場で恐るべき威力を発揮した毒ガスの開発にも関与していた。

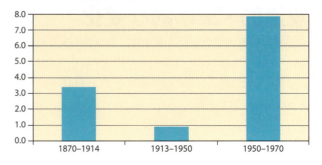

図12.1　1870年〜1970年の国際貿易額の年平均成長率（％）

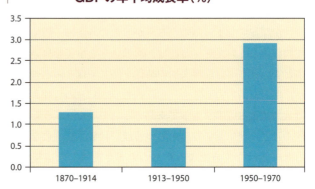

図12.2　1870年〜1970年の世界の一人あたりGDPの年平均成長率（％）

大戦間期および第二次世界大戦

1918年に中央同盟国が降伏した。しかし、戦後処理の困難な状況

から、第一次世界大戦終結後も戦争の要因となった世界の分裂状態が存続することになった。1919年のヴェルサイユ条約では、初の公式の世界統治機構である国際連盟および関連機関が創設されたが、平和を維持するだけの力はなかった。この時代の武力にものをいわせた競争の風潮のなか、戦勝国側はドイツとオーストリアに厳しい和平の条件を突きつけ、巨額の賠償金支払いを科すことで、自分たちの優位を確保しようとした。ヴェルサイユ条約の過酷な条件はドイツおよびオーストリア＝ハンガリー帝国を土台からゆるがし、両国の経済を不安定なものとし、そのためうっ積した国民の不満は結局、第一次大戦の戦後処理［賠償金と植民地喪失］の無効化を目指して台頭してきたドイツのナチ党（ナチス）のようなファシスト組織を利することになった。**ファシズム**は、帝国主義時代の社会進化論のイデオロギーを特に露骨な形で体現するもので、国際関係を人種および国家間の容赦ない闘争と見なしていた。1930年代に、アドルフ・ヒトラー（1889年～1945年）とナチスが再軍備と領土拡張政策を推し進めた背景にはこうした政治姿勢があった。それが最も端的に現れたのが、ナチス・ドイツによる、約600万人ものユダヤ人の大量虐殺「ホロコースト」であった。

　国際貿易が落ち込み、敗戦国が賠償金支払いのため多額の負債をかかえこんだことから、国際的な金融システムは大きな重圧に曝されることになった。アメリカの銀行は賠償金支払いの仕組みを維持するために多額の融資を行っていたが、そのアメリカで1929年に金融恐慌が起こり、負の連鎖反応が資本主義圏のほとんどの国々に波及していった。この「大恐慌」（世界恐慌）は多くの社会主義者に資本主義体制の破滅を確信させた。

　世界一広大な国であるロシアでは、第一次世界大戦の混乱から伝統的なツァーリ政権（帝政）が打倒され、レーニン率いるボリシェヴィキ［社会主義左派、後のソビエト連邦（ソ連）共産党］による1917年10月の革命的な権力掌握［ロシア革命の十月革命］への道がひらかれたことにより、こうした確信がいっそう強固なものとなった。ボリシェヴィキは世界初の社会主義国家、すなわち不平等が緩和され、労働者階級が集団として社会資源を所有し管理する社会を建設することを決意した。1917年から1921年にかけて、ボリシェヴィキは血で血を洗う破壊的な内戦を経て、かつてのロシア帝国の大半をめぐる権力を掌握したが、そうした混乱のせいもあって、ボリシェヴィキにしても敵対する勢力にしても、国際関係を血まみれの武力闘争の場とする視点は残されたままだった。

　ボリシェヴィキ（1918年に共産党へと改称）は、新たな

形の社会を建設するための内戦を通して、強制的な手段であっても勝利を得るためであれば厭わない姿勢を明らかにした。ただ、ナチスが"競合する人種間で世界が分裂している"と考えたのとは異なり、共産主義者は"世界は資本主義陣営と社会主義陣営に分かれている"と見た。そして、自分たちを労働者や農民など、全世界の被抑圧階級のリーダーであると見なしていたのである。よりよい社会を建設する試みにおいては、搾取と不平等の根源と見なしていた資本主義を推進力とせずに近代的な産業経済を確立しようと努めた。イノベーションも商取引も促進しない非競争的な市場だけで、政府自身が資源の管理運営という複雑な任務に当たらなければならなかったのだ。しかし、こうした任務を効果的に遂行するには、政府は強大な権力をもって、敵対勢力に直面したら、暴力的な支配力をも行使しなければならなかった。

　1929年に、共産党は農民たちの土地を没収し、大規模な集団農場へと強制的に移住させた。これには大がかりな抵抗が起こり、農業生産がとどこおり、恐るべき飢饉が発生した。1930年代には新しい指導者となったヨシフ・スターリン（1878年～1953年）のもと、共産党は新しい近代的な工業部門確立の推進力となった5カ年計画において、厳格な産業面の規律を課した。そこで導入された新技術の多くは、資本主義の西側諸国から取り入れたものだった。反対者に対する処遇として、共産党は広大な国土を利用して懲役のための流刑地や政治犯収容所を設置した。ソ連の工業化推進の結果できあがった社会は、徴税国家のような独裁政権の強制的手法と20世紀の技術を組み合わせた奇妙な混合社会だった。1937年にピークに達した迫害で、収容所や流刑地で死亡した人々は数百万人にのぼり、その一方で近代的な工業化社会と呼べるような社会が建設されたのだった。

　世界における資本主義圏と共産主義圏の分断は、帝国主義諸国と植民地社会の分断に類似したところがある。植民地支配への反発と、アメリカおよびソ連の反帝国主義的なレトリック（宣伝工作）が、アジアとアフリカの反植民地闘争を呼び起こした。これまで植民地に君臨してきた列強諸国、特にフランスとイギリスが第一次世界大戦で国力を損ねたという事実は、反植民地運動もついには帝国主義者の支配を打破できるという希望を抱かせた。一部の植民地では、インドの政治家マハトマ・ガンディー（1869年～1948年）のように国民精神を高揚させる指導者が出現した。

　極東地域では、日本が19世紀後半から20世紀はじめにかけて急速な工業化を進めたが、国内だけでは入手できる原料が限られていた。20世紀に入ると、日本は国家的な

第1部：政治的・軍事的な変化　**323**

力と威信および国富を高めるべく、帝国主義へと傾倒していった。1894年から1895年の日清戦争で日本軍は中国（清）に勝利し、台湾を領土とした。さらに1904年から1905年にかけての日露戦争で、日本軍は満州でロシア軍に勝利した。満州は日本が国家主義的な観点から朝鮮半島と合わせて領有すべきと考えていた地域だった。1910年には日韓併合を行い、1931年に満州を占領［満州事変］、日本の支配のもとに満州国を建国した［1932年］。1937年に日本軍は中国への武力侵攻に踏み切った。1940年には、ドイツをはじめとする「枢軸国」と同盟条約を結び、東南アジア方面に勢力圏を拡大する路線へと走りだした。日本の国威を見せつけ、近代的な軍とそれを支える産業にとって不可欠な原油やゴムなどの原料を獲得するためだった。1942年の暮れまでに日本軍は、フィリピン、インドネシアをはじめ東南アジア地域のフランス、オランダ、アメリカ、イギリスなど、各国の植民地を手中におさめた。

　見方によっては、第二次世界大戦は1931年の日本軍による満州事変の時点で始まったと考えることもできる。1939年9月には、ドイツがポーランドに侵攻したのを見て、フランスとイギリスがようやく重い腰をあげてドイツに宣戦布告し、ヨーロッパで重ねて戦火が燃えあがった。第二次世界大戦は、第一次大戦に比べてさらに世界の広い範囲を巻きこんだ戦いとなった。1941年6月、400万人の兵力を擁するドイツ軍がソ連領内に侵攻し、12月には陸軍大臣と首相を兼任していた東條英機（1884年～1948年）率いる日本政府が、太平洋地域における最大のライバルを挫くべく、ハワイのパールハーバー（真珠湾）に対する爆撃に打ってでた。これにより、世界最大の経済力を有する大国アメリカが参戦することになった。

　第二次世界大戦では、ヨーロッパ、北アフリカ、ソ連とならんで、太平洋および東南アジアが主戦場となった。その惨劇がクライマックスを迎えたのは、1945年8月6日のアメリカによる広島への世界初の原爆投下であろう。ソ連だけでおよそ700万人の軍人と、推定約2000万人の民間人が犠牲になった。しかし、ソ連は大戦の終結に伴い、ドイツ東部を含む東ヨーロッパの大部分について支配権をにぎることになった。大戦から5年後、世界一人口の多い中国が共産圏に加わることになり、ソ連がそれまでにない強国となったように思われた。1950年の時点で、世界は3つの大きな領域、すなわち資本主義圏、共産主義圏、そして、その2つのブロック間で何とか活路を見いだそうとする、もとはその多くが植民地だった多数の国々の3つに分かれることになった。

❻ 再統合、成長の再開、新たな紛争の形：1950年～2010年

　アメリカもソ連も、経済成長——相手より多くの［人的・物的］資源を動かして軍事的優位に立ち、また、生活水準を向上させるだけの力——こそが、現代世界を勝ち抜くための鍵であると理解していた。アメリカとソ連および連合国諸国は、その生産力で枢軸国を上回り、それこそが大戦に勝利したおもな理由であった。

　とはいえ、20世紀に経済が成長し続けてこれたのは、どのような要因によるのだろうか。これに関して、冷戦期の2つの超大国は異なる結論を出しているが、いずれもそれぞれの体制を自画自賛するものだった。アメリカは二度の世界大戦において、主要参戦国の中で最も小さな損害しか受けなかったこともあり、最も強大で富裕な資本主義国として浮上してきた。アメリカ政府は成長を生みだすために、競争力のある市場と国際貿易が生みだす創造力をふたたび活用できるよう、世界の資本主義体制の変革に乗りだした。その一方で、いわゆる「大祖国戦争」での勝利で士気が高まったソ連は、指導者たちが"市場の力をほとんど排除したソ連の制度は生産・生活水準および政治・軍事力において資本主義世界を凌駕することになるだろう"と主張した。

資本主義世界　　アメリカは大戦が終了した時点でその経済的・政治的・軍事的な力を大いに高めていた。第二次世界大戦の犠牲者数も、経済的損失も他の主要参戦国に比べ少なかった（アメリカの大戦中の死者数は約40万人で、兵士と一般市民合わせて約2700万人のソ連、700万～800万人のドイツに比べると、大幅に少ない）。1950年にその経済力は、世界GDPの4分の1を超えるまでになっていた［GDPは国内総生産を指すが、ここでは世界各国のGDPの合計を「世界GDP」と呼んでいる］。また、アメリカは実質的に第二次世界大戦の火種となった第一次大戦の戦後処理の過ちを繰り返すまいとした。その代わりにアメリカは、アダム・スミスの中心的な理念、すなわち、国際貿易がすべての人々に利益をもたらすという考えに賭けることにした。アメリカ政府は国際貿易をふたたび盛んにし、かつての敵国を含めた他の国々の経済を建て直すことが、自国にとっても、また世界全体にとっても持続的な成長を図る上で最善であると判断したのだ。また、アメリカはこの戦略によって、共産主義の限界を露呈させ、平等主義を標榜する共産主義による訴求力を弱めようとしたのだった。

　1944年に資本主義下の金融秩序を新たに確立し、いっ

そうの安定化を図るために国際通貨基金（IMF）とともに世界銀行が設立された。また1945年6月26日には、サンフランシスコ会議において国際連合憲章への署名が行われ、新たな世界機関として国際連合が設立された。ハリー・トルーマン大統領（1884年～1972年）による政策の一環として、ジョージ・マーシャル国務長官（1880年～1959年）の提案したマーシャル・プラン（欧州復興計画）のもとで、アメリカは、戦争によって荒廃したヨーロッパおよび日本の再建のために100億ドル規模の資金を融資あるいは無償援助にあて、積極的に国際貿易の復活を奨励した。

1950年代後半になると、西ドイツを含む西ヨーロッパの経済は急成長をとげ、洗濯機・冷蔵庫・車などの消費財の量産は、すでにアメリカで20世紀前半に出現していた大量消費市場に類する新市場を創出しはじめていた。日本経済も資本主義を推進する民主的な政権のもとで繁栄した。強制的に非武装化が進められたおかげで、日本の軍事予算は軽微になり、その代わりに日本は巨大で生産的な民生部門の構築へ投資を振り向けることになった。こうして世界貿易の飛躍が始まった。1913年には世界貿易の総額のうち商品の輸出が占める割合は約8％だったものが、1950年にはそれが約5.5%にまで低下した。ところが1973年には輸出額が世界GDP全体の約10.5%を占めて、それまでにない水準にまで高まり、1998年の時点で世界貿易は世界GDPの17%強を占めるまでになっていた。

日本は産業立国に基づく資本主義経済において世界でも有数の存在となったが、日本に続いて他の東アジア諸国［および東南アジアの一部の国］もおおむね同じような道をたどった。なかでも韓国、台湾、シンガポールの「アジアの虎」と呼ばれた国々の成長はめざましかった。1965年から1989年にかけて、世界の総生産高のうち東アジア［および東南アジアの一部の国］が占める割合は14%から25%へと拡大してきた。さらにイスラム圏、アフリカおよび南アメリカといった地域の多くの国々で、急速な経済成長につながる新たな産業が確立されていった。しかし、そうした国々の多くで、利益が腐敗した権力者や海外の投資家の手中に収められ、成長がさまたげられてしまった。とはいえ、20世紀後半には世界で最貧困とされる国々でもある程度の工業化が実現した。ペルシア湾岸では、豊富な石油資源が発見されたことから、かつてオスマン・トルコ帝国とヨーロッパによって植民地化されていた地域に途方もない利益がもたらされ、それまでで最大級の"富の移動"が起こった。

植民地帝国の終わり

アメリカもソ連も帝国主義への反対を表明していたが、その理由は異なっていた。アメリカ自体が、ある意味で帝国主義的な強国だった。北アメリカの原住民を征服した地に建国したアメリカ合衆国の政府は、19世紀末にはフィリピンを植民地化している。それにもかかわらず、アメリカが反植民地主義の力強い象徴のように語られるのは、18世紀に植民地支配打倒を目指した独立戦争を経て成立したからである。ソ連もまた帝国主義的な側面があり、かつてロシア帝国の植民地であった中央アジアの領土を併合し、第二次世界大戦後には東ヨーロッパ諸国の傀儡政権をバックアップした。しかし、ソ連の支配者たちは、植民地支配により抑圧された人々を含めて、搾取・抑圧にさらされている人民を自分たちが代表していると強弁してきた。

その一方で、イギリス、フランス、ドイツといった、主要な帝国主義国家は大戦により国力が低下し、拡大しつつあった現地の抵抗に対して植民地を維持しようにも、そのための資源も意欲も乏しくなっていた。そのうえ帝国主義は大戦後の世界においては、もはや正当なものとは思われなくなっており、反帝国主義闘争がアフリカ、インド、東南アジアなど各地で盛んになるにつれ、植民地の維持がより困難で、大きな代償を伴うものとなってきた。

ドイツと日本の場合は、敗戦により植民地帝国が崩壊した。第二次世界大戦後の数十年の間に、イギリス、フランスをはじめ、まだ植民地帝国を維持していた国々もその植民地をようやく手放すに至ったが、それまでに、しばしば長年にわたり流血の犠牲を伴う反植民地戦争が繰り広げられた。中国は日本の敗戦により、直接的な外国による支配から脱したが、その後の内戦を経て最終的に毛沢東（1893年～1976年）が率いる共産党が勝利を収めた。アルジェリアとベトナムでは、フランスがかつての支配権の回復を企てた。これに対しアルジェリアでは長年にわたり凄惨な反乱が続き、フランスは1960年にようやくアルジェリアの独立を認めるに至った。ベトナムでは、ホー・チ・ミン（1890年～1969年）の率いる社会主義者の北ベトナム軍が1954年にフランス軍を破ったが、すぐさまアメリカの後押しを受けた資本主義志向の南ベトナムの政権との戦いに直面することになった。長きにわたり多大な犠牲を伴うゲリラ戦を展開したのち、1975年にやっとベトナムは共産主義政権のもとに再統一を果たした。朝鮮半島では、同じように南北の分裂が起こったが、中国とソ連が支援する北の共産主義政権［北朝鮮］と、アメリカおよびその同盟国が支援する資本主義に基づく南の政権［韓国］が内戦へと突入し、結局2つの対立する国家へと分断されたまま、両国とも21世紀の現在に至っている。

第1部：政治的・軍事的な変化　**325**

1947年、イギリスはインド亜大陸における植民地の独立を容認した。インドでの独立運動はほぼ戦乱を伴うことなく進められたが、それまでにない「非暴力の抵抗」を唱え実践したマハトマ・ガンディーが偉大な役割を果たして独立に寄与した[非暴力＝アヒンサー、第6章164ページ参照]。その一方で、インドの独立はヒンドゥー国家とイスラム国家、すなわちインドとパキスタンの対立を浮き彫りにし、その後数十年のうちに主なもので3回も戦火を交えることになった。イギリスはまた、アフリカの植民地も手放したが、時にそれは武力衝突を伴う場合もあった。ケニアにおける反植民地戦争は10年にも及んだが、イギリスは1963年にようやくその独立を認めた。ケニアの新しい統率者は国民的な抵抗運動の指導者のひとりだった、ジョモ・ケニヤッタ（1893年〜1978年）である。1945年から1970年までのわずか25年の間に、植民地帝国の瓦解から70カ国を超える新しい国家が生まれた。

新たに独立した国々は、まもなく新たな問題に直面する。ナイジェリアのような国は、その国境線を国内に住む人々の慣行や伝統によって決定したのではなく、19世紀の帝国主義諸国の都合によって決定された過去を持つ。そうした国境線は往々にして、新たに独立した国民国家にとってはほとんど意味のないものであった。ナイジェリアでは、北部のイスラム教徒と、南部のキリスト教徒あるいは昔ながらの伝統を守る人々との間の統合、国全体の多様な部族の集合体間の連帯を維持することが、ことのほか困難であることが明らかとなった。そして1967年から1970年にかけてナイジェリアは内戦状態に陥ったが、かろうじて国としての統一を保った。内戦終結後、沖合に油田が発見され、そこからの巨大な収益が近代的な工業化社会の建設に必要な歳入を保証するものとなった。しかし、あり余る石油のもたらす富は、腐敗した権力者の手にわたり、あるいは対外債務の償還にあてられ、ナイジェリアの国としての統一は依然として脆弱である。

かつての植民地の多くで、帝国主義者による圧政が消えた代わりに"市場"という目に見えない圧力がかかるようになった。多くの新興の独立国は、期待に反し、主要な工業先進国があらゆる主導権を握っている商業資本主義市場を生き抜くために、苦闘せざるを得なくなった。帝国主義の政府が植民地の経済をバランスよく発展させたことはなく、代わりにマレーシアのゴム、ケニアのコーヒー、ナイジェリアのパーム油などのように、本国で最も価値の高い産物ばかり生産するように仕向けられていた。さらに、植民地時代には、教育・医療機関などを含む重要な社会基盤の整備がなおざりにされることも珍しくなかった。結局、迅速

かつバランスのとれた産業の発展に必要な専門的人材・資本・市場を確保しつつ、そのような政策を作って遂行することは、独立したばかりの多くの国々にとって、非常に困難な課題だった。

共産主義陣営

新興独立国の一部に対してソ連は、西側の資本主義社会に代わる魅力的な選択肢を提示した。ロシア時代の債務（借金）のせいで、旧ロシアのままだったら「西側の半植民地」にされていたかもしれないし、旧ロシアのままでは荒々しい闘争を経て資本主義陣営のくびきを脱し、あらゆる困難を排して強力な近代的経済を確立することもなかったかもしれない[しかし、ソ連になったおかげでそうならずに済んだ]。ソ連はこうした思想を、キューバ、ナイジェリア、エジプトといったかつての植民地世界の同盟国を経済的・技術的、ときには軍事的に支援することで奨励した。こうしたやり方は、実際に劇的な成果をあげる場合もあった。中国、北朝鮮および東ヨーロッパの各地で、近代的な産業経済の基礎を確立するためにソ連のやり方が取り入れられたのである。

20世紀半ばのある時期、確かに共産主義は近代性に至る、いかにも前途有望で、おそらく資本主義よりも平等主義的な道すじを指し示すものとして、多くの人々の目にうつった。1950年代の半ばになると、戦時中にもたらされた恐るべき荒廃からおおむね立ち直り、新たな指導者となったニキータ・フルシチョフ（1894年〜1971年）のもとで、スターリン主義的な体制の抑圧的な性格を部分的にそぎ落とし、強制収容されていた囚人たちの数を大幅に減らした。ソ連は西側諸国に劣らぬ軍事力を持つように思われ、近代的な教育制度と強力な工業部門を誇りとしていた。ソ連の科学技術は1950年代に原水爆を開発し、また1957年に宇宙に初の人工衛星を打ち上げて世界を驚かせた。さらに1961年4月12日、ソ連は空軍パイロットのユーリ・ガガーリンを乗せた初の有人宇宙船を打ち上げた。1960年代はじめには、フルシチョフ政権が都市部のアパートメント、洗濯機、テレビ、冷蔵庫などの消費財により多くの資源をつとめて投入する政策をとったおかげで、産業の成長がソ連市民の生活水準を押しあげることにもなった。

中国や東ヨーロッパの工業も急成長をとげた。フルシチョフは、共産主義体制が経済成長のペース、イノベーションの創出、市民の生活水準向上の急速さといった面で上回ることにより、資本主義体制を「葬り去る」と豪語し、実際にそれが実現するかと思われた時期もあった。かつて植民地だった国々はこの競争を注意深く見守り、その多くが融

資と技術的な支援を両陣営から受け入れていた。

しかし1970年代に入ると、共産主義体制のほうがすぐれているというソ連の主張は、しだいに実質を伴わなくなってきた。現代世界を理解する上で、非常に重要な鍵がここにある。前時代的な「お役所的」で強制的な手法が商業資本主義的な手法と同じように首尾よく成長をもたらすと考えられるのだろうか？　そんなことでソ連が主導する経済について有意義なメッセージを発信できたのだろうか？ソ連は、成長とイノベーションのための新たな推進剤を見いだしたとでも言うのだろうか？

1930年代のソ連の工業は急速な成長をとげ、1950年から1973年にかけての時期でも年率約3.4%のペースで成長し続けていたと推定される。しかし、成長率は鈍化しつつあり、その内容も大半は生産性の向上ではなく、大量の石油や天然ガスが発見されたことによるものだった。1973年から1990年にかけては、年平均成長率が約0.75%に落ち込み、結局のところこうした成長率でさえ、言ってみればまやかしだったことが明らかとなった。1980年代に新たに指導者となったミハイル・ゴルバチョフ（1931年～）は、当時の経済成長は主に石油の輸出とウォッカなどの売上げにより支えられていたことを認めている。ソ連では生活水準の向上が望めなくなり、指導者も軍事計画者もソ連が資本主義陣営に、技術面でも軍事面でも遅れをとりつつあることに気づいたのだった。

ソ連における成長率鈍化の原因は目立たないが根深い部分にあり、近代世界における成長の性質について重要な教訓を残している。この問題についてひとつ言えることは、ソ連の主導する経済は、コレクティブ・ラーニング（集団的学習）とイノベーションを活性化するのにあまり適していなかったということだ。よく統率され高度に規律を保ったエリートが支配するソビエト経済は、急速な工業化や戦争という大事業のために、世界最大国の巨大な人的・経済的資源を動かすには適していた。だが、こうした体制では下からの創造的な新プロジェクトを生む意欲は乏しくなるものであり、ソ連のエコノミストはこの問題をよく認識していた。本章に先立って考察してきたように、封建的な政治体制はイノベーションを促進するのにまったく不向きなのである。その理由は人間の根本にかかわるものだ。人をむち打って溝掘りをさせることはできるが、人をむち打って創造的なイノベーションに向かわせることはできない。現代の産業経済は軍隊のように運営するにはあまりに複雑すぎる。それに対して、競争的な市場は、多数の人々が下す無数の"個々の意思決定"を反映しつつ、価格とコストのバランスを調整できるのだ［いわゆる"見えざる手"］。計画

経済では、こうした複雑な調整をすることはまったく不可能であり、それを無理にしようとしてかえって不適切な価格を生み、莫大な規模で経済資源を不適切に配分する結果となってしまった。

生産性を高める必要があることは認識していたが、ソ連政府は社会に対する手綱を緩めたら、自分たちの権限が損なわれかねないと感じており、そのため文学や芸術でさえ現体制を脅かす恐れがあると見ていた。実際彼らは、電子革命および、それによる新技術が国家によって統制しきれない思想や情報を広める新たな手段になり得ることから、コンピューター、複写機やファクシミリなどの電子製品を脅威とみなしていた。

1980年代になると、ソ連の体制が生き延びるには、競争的な市場の再導入から始めるしかないことが明白だった。1980年代半ばに権力の座についた新世代の指導者たちは、ソ連の経済と軍事力が衰退しつつあることを理解し、政府の経済活動における役割を、さらには政治活動においてさえ、縮小しようと試みた。しかし、彼らの体制変革の試みは崩壊への道をたどり、1991年にはついにソビエト連邦が分裂して、連邦を構成していた多様な国家がそれぞれの市場を基盤とする新たな社会建設に着手することになった。だが、これらの国家群には、資本主義的な市場活動を支えるための法制面・経済面・文化面の社会基盤、すなわち財産法、金融機関、信用ネットワーク、起業慣行といった基盤のほとんどが欠けていたため、非常な困難に直面することになった。

中国の支配者たちも同じような社会変動を経験したが、政治的崩壊を招くことなく、これを切り抜けた。1976年に毛沢東が死去したのを受けて、後継者の鄧小平（1904年～1997年）は1978年に市場改革に乗りだした。中国で資本主義が排除されていたのはせいぜい一世代の間にすぎなかったこともあり、ある意味で市場経済への転換は比較的容易と言えた。これに対し、ソ連ではほぼ三世代という長期にわたって資本主義が排除されてきたため、資本主義の文化面・法制面の伝統はほとんど失われてしまっていた。中国の市場改革は急速な経済成長につながった。1973年から1998年にかけ、中国の1人当たりGDPは年率約5.4%という顕著なペースの成長をとげた。

共産主義主導の経済が崩壊したことは、近代世界における競争的市場の重要性、そして政府の権限と市場の自由のバランスの重要性を浮きぼりにした。ソ連主導の経済が示したように、政府による過剰な制御は、資本主義社会のイノベーションの基本的な推進要因である起業家の創造性を殺してしまいかねない。善きにつけ悪しきにつけ、競争的

市場を持つ資本主義経済のほうが、持続的な経済成長を確保する上で最適の仕組みを持っていたことが、20世紀末の時点で明らかになったのだと考えられる。

第2部：
成長——より多くの人間による、より多くの消費

これまで述べてきた政治的・経済的・軍事的な変化のもとに、別のさらに深い変化が進行していた。とりわけ工業化と経済成長のおかげで、生物圏全体にわたり人間の生態学的な勢力が増大した。ひとつの生物種の生態学的な勢力をはかる明確な尺度のひとつに、個体数の増大がある。個体数（人口）が増大するには、前提としてそれをまかなうための資源の増大があるからだ。1913年に約18億だった地球上の人口は、2008年の時点で67億にまで増加した。一世紀とたたぬうちに世界人口は4倍近くにふくれ上がった。人間の数が10億人に達するまでにおよそ20万年もの時を要したのが、20世紀の100年間だけで新たに約50億人もの人口が増えたのだ。そればかりか、平均寿命が20世紀の間に31歳から66歳にまで伸びて倍以上となり、ほとんどの人々が昔よりも長生きするようになった。一世紀前と比べて人口が約4倍、平均寿命が約2倍ということは、たとえ各個人の資源消費が1900年と同じペースで続くと仮定しても、資源消費の全体量は約8倍にのぼることになる（図12.3参照）。

ところが各個人の平均的な資源消費量もまた上昇しており、しかも大幅に拡大している。もちろん、以下に挙げるような統計は不正確な部分が多々あり、家事や育児［いわゆる"シャドウワーク"］、そして、人間活動の環境への影響など、経済行動の重要な要素が考慮されていない。ただ、そのような統計であっても、生産の増大にはより多くの労働とより多くの原料が必要となることは間違いないのだから、人間による資源消費量の変化をおおまかに知る手立てにはなる。

比較的広く受け入れられている統計資料のひとつによると、すべての国々の総生産高（1990年の国際ドルを単位とするGDP）は、1913年に2兆7000億ドルだったのが、1998年には33兆7000億ドルと、12倍以上にも増大した。2008年には世界生産高はさらにその2倍にのぼった。こうした統計がよほど的外れでないかぎり、2008年の時点で、人間は100年前に比べておよそ24倍前後の資源を使用し

ていたと考えられる。それは地球のエネルギーと資源に対する人間の支配力が、わずか一世紀の間に驚異的に拡大したことを物語っている（図12.4および12.5参照）。

資源消費量が増大したのはイノベーションのペースが特に20世紀後半に加速したためである。このように広範囲かつ急速に、また予期せぬ形で、これほどイノベーションが盛んになったことはかつてない。イノベーションは単に生産方式を変革しただけでなく、生産体制の組織化と資金繰りの方法、商品の輸送と広告および売買の手法も変革した。イノベーションにより、プラスチックからインターネット、核兵器に至るまで、まったく新しい製品、サービス、技術が生みだされた。生物圏の資源に対する人間全体の支配力を増大させた新たな手法と技術のいくつかについて、以下に項目別に述べていくことにしよう。これらの新技術にはみな、生産のコストを下げ、それによって市場を拡大し、それが生産と研究への投資を促進し、さらなる市場の拡大につながるという、強力なフィードバックの循環をもたらす効果があった。地図12.1から12.4までは、現代に至る2000年の間に起こった、世界の地域ごとの富の変動に関する概要である。

食料　　1900年以降、食料生産は人口増加のペースを上回る伸びを見せた。人口が約3.5倍に増える一方で、穀物の生産高は年間約3億6000万トンから約18億トンへと、約5倍に増大した。その間に、一定の耕地面積における生産性は約3倍に向上した。この著しい食料生産の増加は、耕地を3倍に広げるやり方で達成できたわけではない。なぜなら、20世紀以前と違って新たに開墾できる土地が、もはやほとんど残されていなかったからだ（ただ大きな例外となる土地として、ユーラシア大陸のステップがあった。その地域で、ソ連政府は1950年代に「処女地」計画と呼ばれる開拓事業を進めた）。1900年以降の食料生産増大のほとんどは、新たな生産性向上技術によるものだった。

農業は大がかりな規模で営まれるようになり、巨額の投資と先進の科学をよりどころとする工業的な事業となった。化石燃料によって動く機械類は、初期には石炭を燃やす蒸気機関であったが、ガソリンの燃焼による内燃機関へと進化し、収穫作業のような骨の折れる仕事を（トラクターなどが）人間に代わって行うようになった。化石燃料革命がもたらしたエネルギー資源の大発見は、古来の灌漑技術をも再活性化した。化石燃料を動力とする土木作業の機械は、ダムや灌漑用水路を建設するコストを軽減し、またディーゼルポンプのおかげで井戸や帯水層（地下水層）から水をく

328　第12章　グローバリゼーション、成長と持続可能性

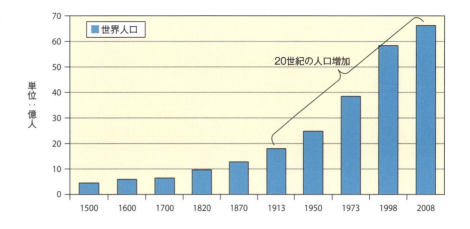

図12.3　1500年～2008年の世界人口の増加

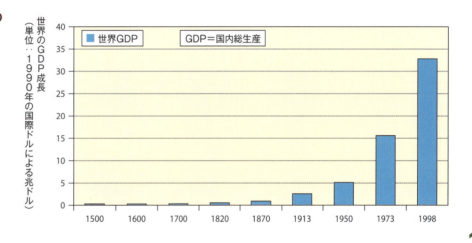

図12.4　1500年～1998年の世界GDPの成長

このグラフは過去500年間の世界GDP［各国GDPの世界全体の合計］の伸びを示している。20世紀だけでGDPが12倍にも増大している点に注目。

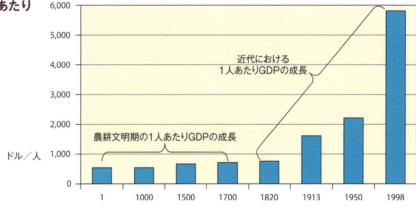

図12.5　西暦1年～1998年の1人あたりGDPの成長

み上げることが容易になった。1950年から2000年にかけて、灌漑農地の面積は9400万ヘクタールから2億6000万ヘクタールへと増加し、現代では水利用全体の64％が灌漑用となっている。漁業においても、より強力なエンジンが装備され、航海計器の性能が高まり、漁網が大型化してより効率的なトロール漁により大量に漁獲できるようになった。1950年以降の半世紀の間に、世界の漁獲量は年間1700万トンから8500万トンへと増大した。人間があまりにも漁獲の腕をあげすぎたために、いまや何種類もの魚が絶滅の危機に瀕している。

　陸地における生産性も同様に向上した。数千年もの間、土壌の地力を回復するには、耕作を一時休止する（休閑）か、動物や人の排泄物で肥やすしかなかった。しかし、天然の肥料は、特に人糞の肥料使用を好まなかった西洋では、備蓄に限りがあった。19世紀初頭に発見された南アメリカの豊富なグアノ（鳥糞石）の堆積でさえ、1900年の時点で

地図 12.1　2000 年前(西暦 1 年ごろ)の世界の GDP

この地図上に示された各地域の面積は、それぞれの推定に基づく当時の経済規模を反映している。2000 年前の超大国としてインドと中国が目立つ存在だった。

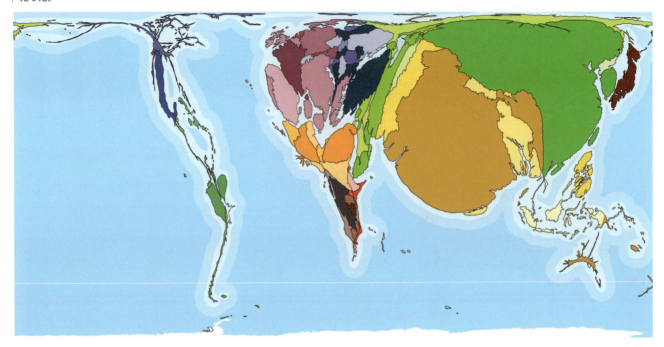

地図 12.2　500 年前(西暦 1500 年ごろ)の世界の GDP

500 年前でもまだ、東アジア地域が世界経済の中心地であったことに注目。

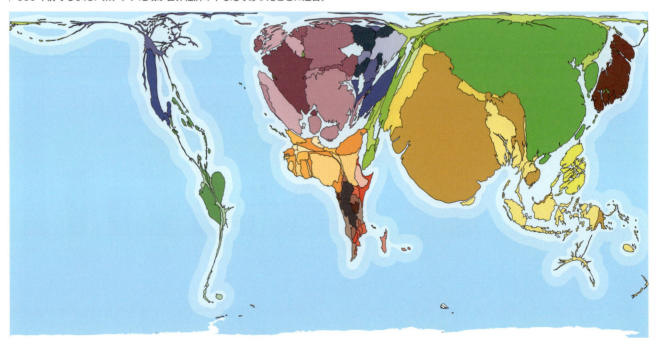

ほとんど枯渇しかかっていた。そうした状況で、フリッツ・ハーバーが 1909 年に大気中の窒素と水素からアンモニアを工業的に合成する方法を見いだしたのは画期的な発見だった［322 ページ参照］。なぜなら土壌を肥やすのに役立つ硝石を大量に生産するのに、アンモニアが使えるからだ。ジョン・マクニールの主張によると、ハーバーの発見は 20 世紀において食料の供給を拡大する上で最も大きな成果をもたらしたという。おかげで新たに約 20 億の人口を

| 地図 12.3　100年前（西暦1900年ごろ）の世界のGDP

産業革命がどれほどヨーロッパおよび北アメリカの富を増大させ、東アジアの富を相対的に急激に縮小させたかが見てとれる。

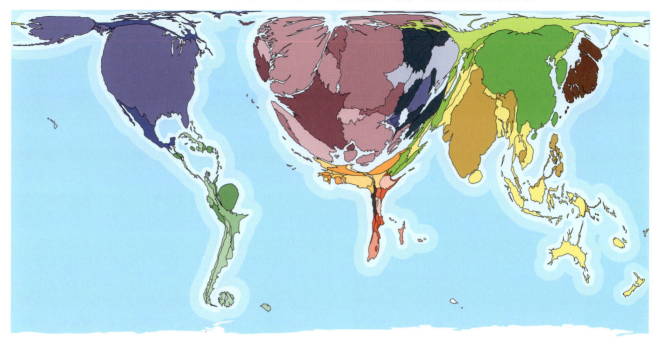

| 地図 12.4　現代の世界のGDP（2015年現在の推定）

21世紀初頭に、東アジアが急速に経済的な地位を回復してきたことが目立つ。

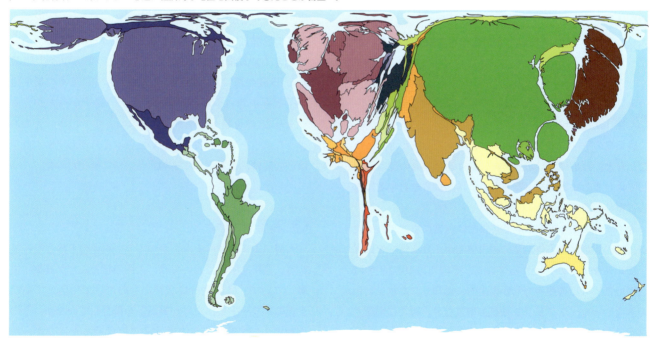

養うだけの食料増産が可能になったとされるが、これは従来のままなら世界の耕作可能な土地を30％拡張してやっと達成できるほどの増産であったという[2]。応用化学者により生みだされた農薬もまた農業の生産性を高めるのに貢献したが、DDTのように土壌を汚染し食物連鎖を通じて人体に摂取されることにより、有害な副作用をもたらすものが多いこともものちに明らかになった。

　各国の農産・畜産の生産性を高める手法に関する知識も

増進した。それまで伝統的な手法で行われてきた人為選択の方式も、たとえば従来よりも収穫量の多い小麦の新品種を生みだした1960年代の「緑の革命」など、大規模で潤沢な資金に基づく研究プロジェクトでより効率的になされるようになった。こうした品種は施肥を増やしただけ収穫量も増えるもので、根や茎などよりも、植物の可食部のほうにより多くの養分がいくようになった。1960年代にインドおよびパキスタンだけでも小麦の生産量が50%超の増加を記録し、メキシコでも1940年代から1970年代にかけて、小麦の生産量が約6倍にも躍進した。

ジェームズ・ワトソンとフランシス・クリックが1953年にDNAのメカニズムを解明したことから、生物学は自然選択の仕組みという領域に踏みこむようになった。1970年代前半から、生物学ではある品種から遺伝物質の一部を切りとって別の品種に組みこむ手法が見いだされ、異なる品種の有用な遺伝子を利用して農作物や動物を意図的に改変することが可能になった。たとえば、肥料が少なくてすむ穀類、あるいは肥料が不要な穀類や、害虫を防ぐ性質を備えていて殺虫剤がほとんどいらない穀類などを開発できるようになった。遺伝子組み換え作物は、従来の品種に比べてより収穫量が多く、また味もよくなっていると主張する意見もある。アメリカでは、こうした新技術が熱狂的に迎え入れられ、2000年に栽培されたトウモロコシの15%、大豆の30%、綿の50%以上が遺伝子組み換えによる品種だった。

🔆 健康と長寿

感染症の危険性や衛生の重要性に関する知識が進歩したことなど、医療におけるイノベーションは心身の健康に関してめざましい影響をもたらし、特に高齢者や若年者に対して寄与した。

廃水処理と衛生的な飲料水の供給は非常に重要であったが、その実現は地方自治体の担当機関が十分な資金を確保しているかどうかにかかっており、そのため1980年の時点でも世界人口の約半分しか衛生的に処理された水を利用できなかった。アスピリンや抗生物質など、新たに開発されたり改良されたりした医薬品もまた、疾病のもたらす災厄を軽減した。アレクサンダー・フレミング(1881年～1955年)は1928年に、感染症の治療のためにアオカビが産生するペニシリン[世界初の抗生物質]が有効であることを発見した。その後、1940年代にハワード・フローリー(1898年～1968年)が抗生物質の量産を可能にする信頼性の高い方式を開発し、抗生物質は第二次世界大戦中に兵士たちの

健康を守るために広く使われることになった。抗生物質は戦後さらに普及して多数の人々の健康に貢献し、さらに飼育動物(家畜、ペットなど)の医療にまで用いられることになった。しかしながら、後天性免疫不全症候群(AIDS)を引きおこすヒト免疫不全ウイルス(HIV)から黄色ブドウ球菌に至るまで、伝染性の病原体はそれへの化学的および生物学的な武器(薬剤)に対して巧妙に耐性を獲得できることが明らかになりつつあり、疾病との闘いはまったく終わりを告げる見通しがないことも私たちは承知している。臓器移植や脳外科手術など、高額な高度医療は人間全体の健康に対してはまだ限定的な効力しか持っていないが、最終的には多様な形態の疾病を克服し、老化の原因も除去して、数十年という長さで平均寿命を延ばせるという期待を抱かせるものでもある。

食料の増産と医療および衛生の向上のおかげで、多くの人々がより健康でより長い寿命という恩恵にあずかれるようになった。だが、相対的に豊かな国と貧しい国との間には、依然としてかなりの平均寿命の格差がある。2000年の時点で、生誕時の平均余命は世界全体で男性が65歳、女性が69歳となっているが、アメリカではそれが男性で74歳、女性が80歳なのに対し、アフリカのサハラ以南の地域ではそれぞれ46歳、47歳となっている。それでも、後者のような短い平均余命でさえ、私たちが「寿命」という言葉で理解しているものの変革を物語っているのだ。過去10万年もの期間について見ると、ヒトの平均寿命は25歳から35歳の間であった。ここから、非常に多くの新生児や子どもが幼いうちに死亡したという事実がうかがえる。つまり35歳を超えて生きていたなら、すでにボーナスのような余生を享受していたといえる。それがわずか100年ほどの間に、世界全体で平均余命が倍に延びたのだ。

🔆 消費

人間による消費もまた、かつてない規模のものとなっている。農耕文明期においては、人間のほとんどが農業に従事していて、ほぼ生計に必要なものだけで生活していた。少数のエリート集団だけが贅沢品を消費していたが、その人数が人口全体の5%を超えることはめったになかった。農業の生産性は低く、農業以外の職業を支えるにしても、ほとんどの場合そうした職業に就く者は人口の5%から10%の範囲にとどまった。現代では生産性の向上に伴い、非農業部門への従事者の割合が増大しつつあり、商品の生産と消費は人口の増加を上回る規模となった。かつてなかったほどの富を享受する新世代の中産階級が世界規模で台

332 第12章 グローバリゼーション、成長と持続可能性

頭してきている。

　化石燃料革命が生みだしたエネルギーが電線・石油・ガス管を通じて、工場だけでなく家庭にも送りこまれ、農耕文明期の人間の奴隷に代わって、洗濯機などのようにもっと強力で、従順で、より効率的な機械の召使いがもたらされた。電気は照明、電話から洗濯機、コンピューターなどの小型機器を使うのに必要なエネルギーを安く、正確に計算できる量だけ供給することを可能にした。マイケル・ファラデー（1791年〜1867年）は1821年に、磁界内で金属コイルを動かすと電流が発生することをつきとめたが、これがエネルギーを上記のように輸送可能なものとする重要な手がかりとなった。1860年代には蒸気機関や水力で稼動する強力な発電機がドイツおよびベルギーで設計され、巨大な電流を発生させることができた。1890年代には交流発電が開発され、長距離の送電がより容易に、また安価になった。1889年にニコラ・テスラ（1856年〜1943年）が初の安価な電気モーターを設計し、ついで20世紀初頭には電灯や電動機械が消費者の生活を変革しはじめていた。ソビエト連邦のボルシェヴィキ政権は、社会主義の建設にあたり電化を不可欠の要素と見なしていた。1920年代から1930年代にかけて、電気は比較的工業化の進んだ社会で一般消費者の生活を変革しはじめていた。1930年代半ばには電気を利用する家庭の割合が、日本で約90％、アメリカで約70％、イギリスで約50％に達していた。

　石油と電気が安くなれば、自家用車、洗濯機、暖房・冷房器具、空調機器、テレビ、そしてついにはコンピューターなどを動かすのに利用できる。内燃機関は、燃料を直接シリンダー内で燃焼してモーターを駆動できる仕組みであることから、蒸気機関よりも効率的だった。ガソリンを燃料とする初の内燃機関は、1883年にカール・ベンツ（1844年〜1929年）によって製作された。しかし、初期の自動車は高価で、手工業の職人が作り上げる贅沢品だった。1913年にヘンリー・フォード（1863年〜1947年）がライン生産による車の製造を開始、これにより成長しつつあった中産階級でも手が届くほどの低価格で車を販売できるようになった。フォードは、銃器製造で始められた交換可能な部品の製造という技法を取り入れることで生産コストを削減した（交換可能な部品は同じ形状なので、大量生産が可能で、個別の加工が不要となった）。これと合わせて、食肉包装の業務で始められた生産技法である「流れ作業」方式を導入することでもフォードはコストを低減した。

　かつては贅沢品と見られていたが、大多数の消費者が購入できるほどの低価格で、かつ大量生産されるようになった商品の品目がしだいに増加していった。プラスチックや合成ゴム（天然ゴムの入手先を容易に確保できなかったドイツで開発された）など、新しい安価な原料を組み合わせることによっても、コスト削減が実現された。その一方で、宣伝広告は新製品を買える層の購買意欲をかきたて、銀行はこうした製品を現金で買えない消費者向けにローンを提供した。市場が拡大するにつれ、価格および金利がいっそう引き下げられた。その結果、経済学者にはおなじみのフィードバック効果による好循環がもたらされた。すなわち、最初は高価であった製品も、より多くの人々が購入することで生産コストおよびローンの金利が下がり、そのためさらに多くの消費者が製品を購入できるようになるのである。

輸送とコミュニケーション（情報伝達、通信）

　輸送とコミュニケーション（情報伝達、通信）のイノベーションは、成長と革新を実現する上で常に欠かすことのできない推進力となった。輸送方法が改善され、生産者から小売業を経て消費者に消費財を届けるコストが削減されることで、その価格を下げることができた。

　19世紀に鉄道と蒸気船が登場したことにより、輸送革命が始まった。1877年以降、多くの蒸気船が冷凍室を備えるようになり、おかげで新鮮な農産物を地球の裏側にまで届けることができるようになった。1815年から1900年の間に、蒸気船だけでも大西洋横断の船荷運賃を95％近く削減しており、また鉄道が陸上輸送の費用をさらに劇的に削減することになった。20世紀に入ると、自家用車およびトラックが新たな輸送形態として登場する。いずれも舗装された道路網を必要としたが、政府は輸送の改善がいかに経済成長を促進する上で効果的かを理解していたので、そのための予算を積極的に投入した。自家用車、トラックおよびバスは、中・短距離の人および物の輸送をかつてないほど容易にした。第二次世界大戦が終わると、郵便物などの小型の物資輸送に商用空輸が活用されるようになり、スピードアップに貢献した。1950年代以降は、輸送トラック、貨車、船舶などの間で容易に積み降ろしができる統一規格の金属容器である貨物コンテナが導入され、重量級の物資輸送のコストを大幅に削減した。

　人間を宇宙に運ぶ乗り物として「ロケット」が発明されたのも20世紀のことだ。初めて宇宙空間に有人ロケットを打ち上げたのはソ連だったが、それに対しアメリカ合衆国は初めて地球外の天体［月］に人間を着陸させることに成功した。ニール・アームストロング（1930年〜2012年）が、月面を踏んだのは1969年7月20日［日本時間では同年7

第2部：成長——より多くの人間による、より多くの消費　**333**

月21日]のことだった。ささやかなものであるが、これにより人間は地球外を行き来する生物種となったのだ。宇宙から撮影された地球の写真を見ることは、多くの人々が自分たちの住む惑星の小ささと"はかなさ"を実感するよすがとなった。

　情報の交換と保存に関するテクノロジーの変革は、輸送の変革よりもいっそう重要であることが明らかになった。産業革命以前、情報伝達（通信）の速さはそれを伝える個々の人間の速さにほかならなかった。情報革命（通信革命）が始まったのは、1837年に電荷を帯びた針金を利用して情報を伝えられることがわかってからだ。同じ年にサミュエル・モールス（1791年〜1872年）が電信用の信号を開発し、実用化への道をひらいた。1876年には、アレクサンダー・グラハム・ベル（1847年〜1922年）が電話の発明により特許を取得している。

　長距離通信は、グリエルモ・マルコーニ（1874年〜1937年）が、電波を利用して空間を越える通信を「無線」で行う技法を実証したことから始まった。商業輸送業者および海軍は、固定ケーブルを用いる有線電信を利用することができなかったために、特に無線技術への関心が高かった。1899年にマルコーニはイギリス海峡を越えてモールス信号による無線メッセージを送り、また1901年には大西洋を越える無線通信を行った。1910年代半ばには、音声や音楽を送ることが可能になった。1920年には、ピッツバーグに初の商業ラジオ放送局KDKAが開設された。動画の無線放送はさらに難しい取り組みであり、映写装置を使って動画を上演する技術は19世紀末にすでに開発されていたが、テレビ放送がうまくいきはじめたのは第二次世界大戦後のことだった。

　20世紀後半のコンピューター革命の結果、通信はもう一段の変革を迎えることになる。コンピューター技術は、第二次世界大戦中にロケットの弾道計算や暗号解読のために開発が始まった。しかし、初期のコンピューターは大型で信頼性の低い真空管で作動するもので、巨大で高額、不安定で扱いにくいマシンであった。車と同じように、コンピューターが社会を変革する存在となるには、大多数の消費者の手の届く価格となるまで待たねばならなかった。1947年に発明されたトランジスターがそれを可能にした。トランジスターの性能は、そのコンパクト化と価格の低下に反比例するかのように飛躍的に高まっていった。大衆市場向けの最初のコンピューターは、1975年にMITS社が発売したアルテアと呼ばれるマシンだったが、当時の価格で約400USドルだった。1980年代に、コンピューター間をネットワークで接続する試みが始まり、その能力が大幅に

拡張され、さらに1989年にティム・バーナーズ＝リー（1955年〜）が、アマチュアでも「インターネット」を利用できるようになるプログラムを作成し、これにより世界中の大小のコンピューター間に巨大な情報網が張りめぐらされることになった。光ファイバーケーブルの普及でコンピューターを接続するコストが削減され、メッセージを送るコストはほとんどゼロに近くなった。情報はほとんど自由に入手できるようになっていった。1930年にニューヨークからロンドンまで3分間の電話をかけるには300ドルもの料金が必要だったが、1970年にはそれが20ドルになり、2007年には0.3ドルにまで下がった。いまやEメールならほとんど無料だ。コレクティブ・ラーニング（集団的学習）は、わずか100年前には想像もつかなかったようなスピードと効率をもって機能するようになった。

🛠 戦争と破壊のテクノロジー

　イノベーションは、軍用の機械類の威力と性能も高めた。内燃機関が戦車に搭載され、航空機やロケットが爆弾を投下できるように改造された。同時に爆発物の威力もけた違いに大きくなった。1866年にアルフレッド・ノーベル（1833年〜1896年）は、従来黒色火薬を用いていた爆薬を、ニトログリセリンを用いたダイナマイトを開発することで進化させた。

　20世紀のはじめごろ、アルバート・アインシュタイン（1879年〜1955年）は、**一般相対性理論**を発表し、その中で質量を巨大なエネルギーに転換できる可能性に言及した。第二次世界大戦のさなか、連合国と枢軸国の双方が原子核に秘められた恐ろしい力を引きだす兵器の開発を、それぞれの科学者たちに競って研究させていた。アメリカ政府のマンハッタン計画により開発されていた、「ウランの核分裂」に基づく初の原子爆弾が、1945年7月にニューメキシコ州のトリニティ実験場で爆発した。マンハッタン計画の科学部門リーダーであったロバート・オッペンハイマー（1904年〜1967年）は、爆発が起こった瞬間を目の当たりにして、ヒンドゥー教のヴィシュヌ神が宣言したという『バガヴァッド・ギーター』の次の一節を思い起こしたと述懐している：「われは死なり、世界の破壊者なり」。この実験の3週間後に、日本の広島市が1発の原子爆弾により破壊され、約8万人がほぼ即死し、さらに1年以内に原爆のもたらした放射能およびその他の負傷によって、犠牲者数は約15万人にのぼった［当時の広島市には軍人・市民合わせて約35万人がいた。1945年末までの推定死亡者数は約14万人。広島の3日後に原爆が投下された長崎市の当時の人口は約

24万人で、1945年末までの推定死亡者数は約7万4000人、重軽傷者数は約7万5000人と推定されている]。

1950年代に入ると、アメリカ合衆国とソビエト連邦が、太陽の熱源となるエネルギー放出と同じ仕組みである、「水素核融合反応」を利用したいっそう強力な核兵器（水爆）を競って開発しはじめた。1980年代半ばまでに、両国は合わせて約7万発の核弾頭を配備する能力を持つようになったが、その破壊力は全体で、地球上の人間ひとりひとりが3.4トンのTNT爆弾を持つのに等しい規模となった。人間は、6500万年前に恐竜を絶滅に追いやった小惑星の衝突と同等の規模で[この小惑星衝突のエネルギーは広島・長崎型原爆の数十億倍という推定もある]、自分たちと生物圏を破壊できるレベルの威力を持つ武器を手にしてしまったのだ。

こうした資源に対する人間の支配力増大の陰で、二つの根本的な変化が起きていた。すなわち、エネルギーに対する支配力の増大と、イノベーションそのものに対する支配力の増大である。

⚙ エネルギー

個々の消費者にまで本当の意味で化石燃料革命の恩恵が及んだのは、（石炭燃料による蒸気機関か水力か、いずれを動力源とするにせよ）安価に電気を供給できる発電機の発明のおかげだった。また、内燃機関の発明は、第2の重要な化石燃料である石油の大量消費をもたらした。石油は石炭よりも輸送が容易であり、また石炭よりも濃縮された形でエネルギーを保持していた。1859年に初めて大規模な埋蔵石油（油田）が発見されたのは、ペンシルバニア州のタイタスヴィルであった。当初、石油は主にランプ用の燃料である灯油として利用されていた。20世紀初めごろになると、原油から精製されたガソリンが内燃機関の燃料として使われるようになった。これに加え、天然ガスが主要化石燃料"御三家"の一つとして登場した。図10.1[254ページ参照]は20世紀に利用できるようになったエネルギーの大幅な増加の様子と、それぞれの種類のエネルギーが占める割合の変化を示している。ゴールドラッシュのエネルギー版ともいうべき、化石燃料革命による大躍進は、この100年ほどの間に実現した成長の根幹ともいうべき推進力となった。エネルギーが非常に豊富なものと実感されるようになったことから、人間はそれをあたかも自由財のように扱いだした。20世紀の人々は、熱に浮かされたようにエネルギーをやみくもに消費していた。

もっぱら化石燃料にばかり依存することが、長期的な展望を欠いていたのではないかと20世紀の終わりに認識されるにつれ、エネルギー多様化の重要性が増しているようだ。原子核に秘められたエネルギーを戦争だけでなく平和的に利用する道も開かれたが、そのエネルギーの制御は容易なことではなかった。1954年にソ連が世界初の民生用の原子力発電所を稼働させた。西暦2000年の時点で、世界中で約400基の原子炉が稼動しており、フランスでは総発電量に占める原子力発電の割合が約80％にのぼり、韓国および日本では約40％を占めていた。いくつかの深刻な犠牲と危機をもたらした事故がなければ、原子力はもっと大きな役割をになっていたことだろう。なかでも1986年にウクライナのチェルノブイリ原子力発電所で発生した爆発事故は最も過酷なものだったが、2011年3月の大地震の際に地震動（揺れ）と津波によって引き起こされた福島第一原子力発電所の事故もまた、原子炉の危険性を再認識させるものとなった。また、原子炉で発生した高濃度で半減期の長い放射性廃棄物の処分方法にも不安が残っている。

その一方で太陽光発電や風力発電など、エネルギーを得るための代替法を発展させようとする試みも積極的に進められてきたが、いずれも未だに化石燃料と商業的に競争できるだけの低価格と生産性を実現できていない。そのうえ、大きな商業的・政治的勢力が化石燃料をめぐる巨大な権益を守ろうと努めている。核融合エネルギーは、安全に制御され処理されるなら、こうした問題の多くを解決する可能性があるが、実用的な核融合発電はまだまだ先の段階にある。核融合は太陽が熱を発生するのと同じ原理で行われるが、まず核融合によって放出される巨大なエネルギーをうまく制御する方法が見つかっていないという問題がある。目下のところ、強力な磁界の利用が最も有力な解決策と見られているが、その実現にも途方もない困難が待ち受けている。

⚙ イノベーションの体系化：科学と研究

20世紀におけるイノベーションのもうひとつの重要な推進力となったのが、イノベーションそれ自体を奨励するシステムだった。政府、企業、教育機関の支援を受けて、人間の歴史で初めて、イノベーションは人間社会の主要なひとつの目標となった。

近代における最初の科学分野の学会は17世紀に創設された。まずイギリスで1660年にロンドン王立協会が、1666年にはパリ王立科学アカデミーがそれぞれ設立された。いずれも王室からの勅許状を得た団体であり、こうした動きは科学の重要性が社会的に認知されてきたことを示すものだった。

第2部：成長―より多くの人間による、より多くの消費　**335**

イギリスでは航海術の理解を深めるため、グリニッジ王立天文台が設立され、1714年にはイギリス政府が、長期航海に不可欠な経度測定に対して、必要な精度を提供する時計の開発に高額の賞金を提供した。これに応えてジョン・ハリソンが十分な信頼性を有する時計を製作したのは、ようやく1760年代に入ってからだった。この時計を初めて使用したのは太平洋に向かったキャプテン・クックだった。まもなくスウェーデン、プロシア、ロシアその他の国々でも、政府が支援する科学団体が設立されていった。こうした団体は、研究成果を発表する科学的な学術調査と刊行物を共有するネットワークを構築していた。科学は人間の幸福に貢献すべきものという思想は、18世紀の啓蒙主義においてはごくふつうの考え方だった。しかし、産業革命を迎えた最初の世紀でさえ、科学的および工業技術的に重要な画期的成果は、そのほとんどが熱心な個人の発明であり、ジェームズ・ワットの場合のように、時にそれは裕福な起業家の支援を受けるという形をとった。

19世紀に入ると、科学とテクノロジーはもっと体系的に連携するようになった。たとえば、ダーウィンの自然選択説（1859年に初版）やジェームズ・クラーク・マクスウェル（1831年〜1879年）が1860年代に行った電磁エネルギーの定式化あるいは熱力学の発展など、いずれも深遠な理論は、かつてまったく別個の分野と考えられていたが、それらは根底においてつながりを持つことが明らかになるにつれ、科学自体が根本的な変化をとげた。その一方で、政府および大企業は科学を“イノベーションと富と力を生みだす大いなる源泉”と認識するようになり、科学的な研究をより体系的に組織化するようになった。特にドイツでは、1810年にヴィルヘルム・フォン・フンボルトにより創設されたベルリン大学をはじめとする諸大学で、科学がより重要な地位を占めるようになった。1826年にユストゥス・フォン・リービッヒ（1803年〜1873年）は、世界でも最初期の教育・研究用の化学実験室を大学内に立ち上げ、これによって大学の学者たちが、学生に講義を行うだけでなく、イノベーションにつながる研究にも力を注げるようになった。その後、19世紀のうちに、企業が自前の研究所を設立しはじめた。1874年にはバイエル社がドイツにおける初期の商業研究所のひとつを設立し、その2年後にトマス・エジソン（1847年〜1931年）が個人的な研究所をニュージャージー州のメンローパークに設立した。

20世紀になると、すぐれた科学とテクノロジーが軍事、経済および政治的な力に欠かせない要素であることが明白になった。各国政府は兵器・弾薬を改良する研究を後押しし、なかでもアメリカ政府のマンハッタン計画は、それま

でに知られた国家主導の研究計画でも最大規模のプロジェクトだった。その最盛時には、核兵器開発の任務を遂行するため、40カ所近い研究機関にわたって総勢4万人を超える関係者がプロジェクトのために雇用されていた。ソ連政府もまた、これに近い規模と同じような緊急性をもって研究を後押しした。資本主義陣営のより商業色の強い環境では、主要な政府プロジェクトはまず何よりも軍事目的で推進されたものの、そこから派生したテクノロジーが民間転用されることはしばしばである。レーダー、コンピューター・チップ、コンピューター、人工衛星、その他多数の電子革命が実現したテクノロジーは、もともとは各国政府の軍事的要求による研究がもたらしたものだ。

今日の工業化社会において、科学研究は主要な地位を占めている。ある推定によると、人間の歴史において科学者として活動したすべての人々のうち、80％から90％もの人物が今も存命であるという［それほどに多くの学者が出現したのはごく最近の出来事ということ］。21世紀初頭に登場した、欧州原子核研究機構（CERN）の大型ハドロン衝突型加速器（LHC、第1章でとりあげている）は、科学研究の主流となりつつある大規模な国際共同研究の代表例である。CERNのアトラス［ヒッグス粒子の発見に貢献したLHC実験装置のひとつ］だけでも、それに取り組んで研究を進めているスタッフは35カ国、164カ所の研究機関からやって来た1900人を超える科学者で構成されている。ここで特筆すべきは、CERNは構想段階から純粋に学術的な研究を目的として設立されたことだ。

第3部：
生活様式および社会に及ぼされた成長と工業化の影響

成長と工業化は人々の生き方を一変させた。21世紀に入った現在でも多数の人々がいまだに貧困から脱けだせないでいるが、それでもそれまでの人間の歴史においてはずっと夢に見るしかなかったような水準の物質的な繁栄を、驚くほど多くの人々が享受するようになった。

◎ 小作農階級の衰退

1994年に高名なイギリスの歴史家であるエリック・ホブズボーム（1917年〜2012年）は次のように述べている。「20世紀後半に起こった最も劇的で深い影響力を持ち、ま

336　第12章　グローバリゼーション、成長と持続可能性

た私たちを過去の世界からずっと隔てることになった社会的変化は、小作農階級の消滅だ」[3]。

農耕文明期を通じて、ほとんどの人々は小作農であり、そうした農民が社会資源の大半を生産していた。もし農耕文明期に生まれていたら、おそらくは、領主によって耕作を許可された土地の、つつましい一区画を耕して家族を養う小作農の家で生活し、労役、現物あるいは金銭によって貢ぎ物や地代を領主に納める人生を送る可能性が高かったことだろう。1800年の時点でも、推定で人間全体の97％は人口2万人未満の居住地に住んでおり、そのほとんどが小作農であったと考えられる。しかし、その後まもなく、産業革命により世界の状況が一変し、小作農は販売農家［自給農家に対する営農形態で、主に商品作物を生産する］に太刀打ちできなくなって自分たちの土地を手放さざるを得なくなり、農村で、あるいは急速に成長しつつあった工業都市において、やむなく賃金労働に従事するようになって、小作農階級は崩壊していった。そして20世紀に入ると、決定的な変化が現れた。20世紀の半ばには人間全体のうち人口2万人未満の居住地に住む割合が75％に低下し、2000年になると、こうした小規模なコミュニティに暮らす人々の割合が、人間の歴史で初めて全体の半分にまで減った。人間は都市型の生物種へと移行したのだ。それまでの1万年を通じたほとんどの期間、人間の大半の生活体験を形作ってきた小作農としての生き方が姿を消しつつあった。

耕地を追われた小作農たちは多くの場合、都市部の貧困で危険かつ不衛生な環境に移動したが、こうした生活上の変化は破壊的で容赦ないものだった。それでも彼らの子孫は増え、こうした変化は結果的に物質面の生活水準向上へとつながった。都市自体が富を蓄積し、インフラ整備が進み、浄水と電気の設備が利用できるようになり、医療および教育がさらに普及し、就職の機会が増えていったからである。当初は農民を陥れる罠のように悲惨な移住先となった都市部も、農村部に比べるとより多くの好機と、よりよい生活条件をもたらす環境へと徐々に変化していった。

🔄 資本主義の進化

人口が増えたにもかかわらず、なぜ生活水準が向上したのかを理解するには、消費者資本主義とでも呼ぶべき新しい種類の資本主義の進展を考えてみるとよい。19世紀後半から20世紀前半にかけて、カール・マルクスをはじめとする社会主義者は「資本主義は賃金労働者、すなわちプロレタリアに対する暴力的な搾取を強めることで富を生み出しているため、いずれ崩壊する運命にある」と主張した。

社会主義者の主張によれば、資本主義の工場で生産が増大しても、それを購入できるだけの収入がある労働者は減る一方であり、売り上げが減れば収益も減り、最終的に体制全体が崩壊に至る。さらに社会主義者は「生活と労働の条件が悪化すれば、労働者階級全体がいっそう革命を志向するようになる」とも主張した。資本主義には労働者を豊かにする余地がないということだ。

このような主張の背景には、ある意味で農耕文明期の名残りとも言える考え方、つまりヨーロッパ列強が植民地・原料・市場をめぐって激しく争うようにしむけた考え方と同様の思想があるようだ。社会主義者にしても帝国主義者にしても、利用できる資源が限られているために、入手できるものを奪い合って階級間あるいは国家間で争わなくてはならないと想定している。しかし、これまでに述べてきたように、19世紀から20世紀にかけてのめざましい生産性の増大が、こうした旧来の考え方をくつがえしはじめ、「商業的な競争が推進力となって、最終的に経済成長がより多くの人々に恩恵をもたらす」というアダム・スミスの望みが現実のものとなりだしたのだ。

20世紀には、誰も予想できなかったようなペースで生産性が向上した。生産性が高まるにつれ、資本家および政府を潤し続けるのと同時に、中産階級および労働者階級のより広範な層に富を分配することも夢ではなくなった。アメリカ合衆国では、こうした変化が20世紀前半にすでに進行していた。たとえば自動車など、かつては贅沢品と見られていた商品が、一般の労働者でも購入できるほどの安いコストで生産されるようになり、銀行も融資（ローン）を容易にすることに前向きで、労組の活動に応じて賃上げが認められるなどの条件がそろうことで、なおさらその傾向が顕著になった。消費者資本主義は、とても生産性の高いタイプの資本主義であるがゆえに安価な製品を生産し、その価格は、その製品を生産した賃金労働者でも買えるほど安価だった。労働者階級の生活水準が改善されるにつれ、消費財の市場が拡大すると同時に、労働者階級の疎外と敵対の状況が緩和されたことで、革命を志向する社会主義者のイデオロギーの訴求力も低下していった。20世紀後半に最も先進的な資本主義社会において、持続的な成長と政治的な安定の両立が可能になった図式をここに見ることができる。

小売事業・広告業界・消費者ローンはみな何世紀にもわたって存在してきたが、それらがこぞってより多くの人々にサービスを提供するようになり、消費者資本主義を支えた。アメリカ合衆国で初の広告代理店が設立されたのは1870年代のことだった。初のデパートがパリで開業した

第3部：生活様式および社会に及ぼされた成長と工業化の影響　**337**

のは 1830 年代にさかのぼる。デパート事業は 1850 年代にはすでにロシアの都市で日常的に展開されており、1890 年代には東京の銀座に、さらに 10 年後には上海にも登場することになった。こうしたデパートは、当初富裕な中産階級以上に向けて営業していたが、20 世紀に入るとずっと広範な顧客層を迎えるようになっていった。消費者資本主義は、従来の農民社会において美徳とされてきた質素と倹約のすすめに代わって、消費と贅沢を美化したことから、倫理面の変革をも体現することにもなった。

✪ 人口構造の変化

人間のコミュニティのなかで最も親密な形態である家族も、近代の都市化した産業社会に適応するにつれ変貌していった。

ほとんどの農民社会では、できるだけ多くの子どもをもうけることが大事だった。なぜなら、子どもは農民でも支配できる“生産財”だったからだ。子どもたちは年少のうちから農業に従事させられるという理由で価値があった。しかし、どのような農民社会においても乳幼児の死亡率が高かったため、生まれる子どもの一部が早死にすることをほぼ承知した上で、女性は 3、4 人ほどの子どもを持てるように、できるだけ長期にわたって子どもを生むことを求められた。これまでに述べてきたように、そのような義務にしばられた結果、農耕文明期を通じてほとんどの社会において、女性はその生涯の大半を出産と子育てに費やしたのだった。それは出生率が高いと同時に、乳幼児死亡率も高い「多産多死」の状況だった。

19 世紀以降、衛生・食料生産・医療の改善、また特に免疫の知識の普及などのおかげで、工業化の比較的進んだ地域において、乳幼児の生存率が向上した。多くの農村部で死亡率が低下し、無事に成人となる子どもが増えたことから、人口が飛躍的に増加した。それを受けて出生率、すなわち女性が出産する子どもの数がようやく低下しはじめた。それについては複雑な原因が考えられる。工業化の進んだ環境では、子どもたちによる家計への貢献は小さくなったが、学校へ通わせなくてはならない場合は貢献どころか負担になりかねなかった。子どもたちの生存率が高まるのと同時にその養育費もかさむようになり、それにつれて子どもを多めにもうける意欲も衰えていった。

新しい形の産児制限も、出生率の低下傾向を加速した。工業製品としてのゴム製避妊具は 1830 年代から生産されはじめた。20 世紀に入ると 1960 年に発売された避妊用のピルなど、新たな避妊法も利用できるようになった。時代

が進むにつれて、女性は自分の意志で子どもの数を選べるようになり、ますます多くの女性が出産数を減らすようになっていった。出生率の低下は、19 世紀後半から工業化および都市化の進んだ地域において始まり、その後 20 世紀後半には一段と明確な低下傾向が現れ、世界各地に波及していった。こうした変化は、人口転換と呼ばれ、その結果世界の人口動向はそれまでにない「少産少死」の状況を迎えた。少子化の傾向が強まり、1960 年代にピークを迎えた人口増加率はその後ペースを落とし、2000 年の時点でゼロ成長に至った国は 30 カ国を超えた。人口学者の予測によると、21 世紀のいずれかの時点で世界人口の増加がストップし、90 億から 100 億人の間で安定する時期を迎え、その後世界人口はおそらく減少に転ずるという。

✪ 人権および生活水準の向上

出産と子育ての重圧の緩和、義務教育の普及、対人暴力に対する批判の強まりといった動きが、男女の関係を変えていった。女性は賃金労働者として、あるいはかつて男性がほぼ独占していた教育、医療、さらには政治などの専門職で、家庭外の社会で活躍するいっそう多くの機会を得るようになった。民主政治において、女性はニュージーランド（1893 年）を皮切りに選挙権を獲得し、以後オーストラリア（1902 年）、帝政ロシア領フィンランド（1906 年）、ロシア（［帝政ロシアからソ連への過渡期のロシア臨時政府］、1917 年）、イギリス（1918 年）、ドイツおよびアメリカ合衆国の一部の州（1919 年）というぐあいに選挙権を得ていった。20 世紀末の時点で、世界の民主主義および擬似民主主義体制をとる国々のほとんどで女性は選挙権を有している。農耕文明期の生活を形作っていた、男性と女性の役割における明確な区分が崩れはじめたのであり、それは特に工業化の進んだ地域で顕著であった。しかし、そうした地域においてさえ、21 世紀になった今でも、女性の賃金率は依然として男性よりも低い水準にある。

本書において述べてきた長期的な傾向は、ほとんどの読者に肯定的な印象を与えていることだろう。福祉、財産、そして自由がますます多くの人々に対して増大する流れとなっているからだ。しかし、私たちはこうした成功を過大に評価してはならない。現代の世界人口が膨大なものとなった結果、かつてないような悲惨な貧困にあえぐ人々が増えているという矛盾もある。2005 年の時点で、31 億人、言いかえれば 100 年前の世界の総人口の倍にあたる人々が、1 日あたり 250 円程度の収入で生活している。富裕層と貧困層の格差もまた産業革命以降、特に 20 世紀において拡

338　第 12 章　グローバリゼーション、成長と持続可能性

大してきた。1800年には、最富国の一人あたりの平均所得は最貧国のそれの2倍から3倍だったと推定される。それが1900年には12倍から15倍に差が開き、さらに2002年の時点では50倍から60倍にも達する格差が生じた。2005年には、世界人口の所得上位20％に属する富裕層による個人消費額全体に占める割合は77％だったのに対し、下位20％の最貧層の支出が占める割合はわずか1.5％しかなかった。

　このような状況ではあるが、明るい報告もある。すなわち、中流の快適な生活を享受する人々の絶対数、および全人口のうちそのような生活を送る人々の**比率**が、かつてないほど高まっている。人間という生物種の観点から、これはテクノロジー・組織・倫理のそれぞれの側面から達成された偉業であると考えてもよいだろう。20世紀に起こった変化は、世界中の人々の生活水準を高める上で、それまでのどの時代よりも大きな貢献を成し遂げたと考えられるのだ。

第4部：生物圏に対するアントロポシーンと人間の影響──成長は持続可能なのか？

　しかし、こうした20世紀の進歩はどれほど安心できるものなのか？　**成長**という言葉は人間中心の視点を反映している。すなわち、この成長とは人間が自分たちの利益のために支配する資源の増大を意味している。ところが、生態系という観点からすると、20世紀の大局的なストーリーは、人間というひとつの生物種がいかに急激に生物圏全体のエネルギーと資源を支配し始めたかを物語るものとなる。人間にとっての「成長」は、他の種にとっては利用できる土地・食料・生息場所（ハビタット）の減少にほかならない。さらに人間の活動は、水循環や気候変動パターン、あるいは太古からの炭素・窒素の生物地球化学的な循環に影響を及ぼすことで、非生物的な地質および気象システムまで不安定化し始めている。

　人間は今後もずっと生物圏から資源を引きだしつづけることができるのか？　あるいは人間の成長は現代社会が依存している生態系を脅かしているのだろうか？

　人間の驚くべき創造力から生みだされる巨大な力を、私たちが現実的に制御できるのかどうか、確実なことはまっ

たく言えない。人間が獲得した中でも最も恐るべき危険な力は、おそらく核兵器だろう。1986年の時点で、世界には約7万発の核弾頭が存在し、その大部分がアメリカとソ連の武器庫に格納されていた。仮にそれらが使用されたなら、生物圏に凄惨な損害をもたらしたことだろう。また20世紀には全面的な核戦争の勃発寸前という危機があった。1962年にソ連は、フィデル・カストロ（1926年〜）率いる社会主義政権が1959年から支配していた同盟国キューバを保護するため、同国への核ミサイルの配備に同意した。これに対し当時のアメリカ大統領ジョン・F・ケネディ（1917年〜1963年）は、核兵器の搬入を阻止するためキューバ周辺の海上封鎖を命じ、その前後2週間、世界は核戦争の瀬戸際に立たされる事態となった。どたん場になって、ニキータ・フルシチョフ（1894年〜1971年）率いるソ連政府は譲歩し、自国の船団に引き返すよう命じた。その後も何度か、時には単なる誤解もあって、超大国の間には衝突の危機があった。21世紀に入った現在でも、核兵器の廃絶は実現していない。2010年の時点で、ロシアとアメリカは数百発の核弾頭を依然として「反撃即応態勢」、すなわち発射までにわずか15分しかかからない態勢で常に配備していることを意味する。これまで私たちは核戦争を回避してきたが、それは"かろうじて踏みとどまってきた"にすぎないのだ。

　人間による生態系への他の影響力は、核兵器に比べるとそれほど顕著ではなかった。人間に役立つ化学製品の人工的な合成は19世紀に始まった。20世紀には1000万種類もの新たな化学物質が合成され、そのうち15万種類ほどが、殺虫剤・肥料・合成ゴム・プラスチック・合成繊維などとして製品化・販売された。1980年代になって、そうした化学物質のうち、主にエアロゾル製品（スプレー）、エアコン、冷蔵庫などに使用されていた「フロンガス」（クロロフルオロカーボン類＝CFC類）が大気圏に拡散し、地表を有害な紫外線から保護する薄いオゾン層を破壊し、いわゆる「オゾンホール」ができていることが明らかになった。オゾンホールの存在が科学的に確認されると、それを契機に国際的な対応がなされ、1987年に国連がバックアップする「オゾン層を破壊する物質に関するモントリオール議定書」が採択され、CFC類を段階的に削減する国際的な取り組みが実現した。それ以降、代替フロンやノンフロン製品の開発によりCFC類の生産は世界的にほぼゼロに抑えられ、現時点での観測ではオゾンホールの拡大は止まっているようである［オゾンホールがなくなったわけではない］。この事例から、私たちが対処すべき潜在的な地球規模の問題とそれへの国際的な対策のあり方を読み取ることができる。

人間の活動は地球の土壌も変えつつあるが、農耕だけがその要因となっているわけではない。内燃機関がいっそう強力になったおかげで、鉱業・道路建設・ダム建設などの人間活動による「土の移動」の規模は、浸食、氷河作用、造山活動などの自然の営みを合わせた規模を超えるまでになっている。20世紀の間に人間による水の使用量は9倍に増大した。現在の私たちは帯水層（地下水層）にたまっている水も利用しているが、帯水層に水が補充されるペースの10倍ものペースで水を採取している。このままでは今後数十年のうちに、世界各地の大規模な帯水層の多くが枯渇してしまうと予測されており、アメリカのノースダコタ州およびサウスダコタ州からテキサス州にかけて横たわるオガララ帯水層にも枯渇のおそれがある。

人間が生物圏の資源をとればとるほど、人間以外の生物種は追い詰められていく。なかでも最も打撃を与えているのが、道路整備や都市開発のために土地を大規模に舗装し、森林を伐採し、土地を耕すなどして、他の種の生息場所（ハビタット）を利用し改変してしまう人間の営みの拡大だ。どれほどのペースで生物多様性（異なる生物種の数）が失われているのか、従来は大雑把にしか推定されなかった。しかしここ数十年の間に、この問題に取り組む研究がさかんに行われるようになった。国際自然保護連合（IUCN）による2010年のアセスメントでは、完新世（最近の約1万年）以前の時代に比べると、現代［アントロポシーン］はおよそ1000倍もの速さで種の絶滅が進行しているとされる。そのペースは、過去6億年の間に発生した生物多様性の急速な損失の中でも、最も急激だった5回の大量絶滅のペースに近づいているという。これまでに4万7000種を超える種について絶滅危機の度合いが評価されてきたが、そのうち約3分の1にあたる1万7000種あまりが近い将来に絶滅が危惧される種と認められている。約5500種の哺乳類のうち、700種（13％）以上が「近絶滅種（CR）」あるいは「絶滅危惧種（EN）」とされており、さらに約500種（9％）が「危急種（VU）」に分類されている（図12.6参照）。また地球上で最も生物多様性の高い環境のひとつであるサンゴ礁の約70％が、現在、存続の危機に瀕しているか、すでに死滅してしまっている。生物圏を維持する上で多くの種が重要な役割を果たしていることから、生物多様性の衰退は単なる景観悪化や風情の劣損という問題にとどまらない。たとえば、ミツバチは人間の食料となる作物の受粉に不可欠な役割を担っている［のに、そのミツバチが姿を消しつつあるのは由々しき問題のはずである］。

数千年もの間、気候が安定していたおかげで農耕文明の繁栄が続いたが、人間活動が大気に及ぼす影響のせいで、22世紀には気候変動や海面上昇など甚大な問題が懸念されている。二酸化炭素やメタンなどの温室効果ガスの大気中濃度が上がっていることは、重大な変化と見られている。こうしたガスは太陽の熱を吸収・保持し、宇宙空間への放射熱量［地球放射］を少なくする作用があるので［ただし、世界の平均気温が"高止まり"してもう上がらなくなると、地球放射も元に戻って安定する］、こうしたガスが増加すると世界の平均気温の上昇傾向をもたらす。化石燃料の使用が増大したために、数億年もの歳月をかけて化石の形で蓄積された炭素を、わずか数十年のうちに大気中に大量に送りこむことになった。20世紀の間だけで二酸化炭素の排出量は13倍に増大している。

大気の組成の長期的な変化を研究した結果、西暦1800年以降の二酸化炭素の濃度が、過去80万年間の"自然"の変動範囲を超えて上昇しだしたと考えられるようになった（図11.1および第13章を参照）。1900年から2000年にかけて、大気中の二酸化炭素濃度は約295ppmから約370ppmへと上昇したが、これは過去100万年間の変動範囲を超えたものである。こうした変化がもたらす長期的な影響について予測するのは難しいが、気象学者の間では次のような見解でおおむね一致している。すなわち、現在のような水準が続くと平均気温の長期的な上昇は避けられず、そうなると世界全体で海面の上昇（極域の氷床の融解、あるいは水温上昇による海水の膨張などが原因となる）および気候変動といった事態が引き起こされるだろう。

最も憂慮すべき点として、過去数十万年にわたる気候変動史の研究によると、気候変動は必ずしも穏やかに進行するものではないということが挙げられる。気候変動には急激な変化を伴う変わり目があり、［約1万年前の］最終氷期の終わりごろがそうであったように、変化が変化を呼ぶ「正のフィードバック」による環境激変期に入る。たとえば、極域の氷床が融けだすと日光を反射する白い表面が縮小し、その地域における日射熱の吸収力が高まって、氷床融解にいっそう拍車がかかることになる。同じように、ツンドラ地帯の凍土が解けると、二酸化炭素と同様に温室効果ガスとなりうるメタンが大量に放出され、それが温暖化の進行を加速し、さらにツンドラの融解に拍車をかけるという「正のフィードバック」に陥ることになる。

人間が環境を変える力はあまりにも急激に増大しているので、その影響を見積もることができないし、経済活動を変更する［たとえば化石燃料依存から脱却して太陽光などの自然エネルギーへ移行する］こともできないように思われる。

図 12.6　生物多様性の衰退

マダガスカル島の北東部だけに生息するキツネザルの一種シルキーシファカは地球上で最も希少な哺乳類の一種で、野生で数百頭が生存しているだけで、動物園では見ることができない。人間による狩猟と生息場所の破壊により、野生におけるこの種の存続が危ぶまれている。

要約

　アントロポシーンという時代区分は、20世紀に起きた加速的な変化をより深く理解する上で役に立つ考え方だ。第4章および第10章でも述べたように、オランダの気象学者パウル・クルッツェンの主張によれば、私たちは1800年以降、人間という種が生物圏を支配しだした新たな地質時代、すなわちアントロポシーンに入ったのだという。2008年には、学界のトップレベルの科学者たちが、国際層序委員会(ICS、地質年代の決定に関して公式に議決する団体)の場でこの新たな時代区分を地質学上の時間軸に組み入れることを公式に検討すべきであると主張した。彼らの主張によれば、アントロポシーンをそれに先立つ地質時代である完新世と区分する論拠として、人間が自分たちの行為について十分に理解しないまま、次のような変化を引き起こしているという事実を見ればよいという。すなわち、大気圏の化学的性質、動植物種の種数・多様性・分布、水循環のあり方、土壌の浸食・堆積などの基本的プロセスを変え始めたという事実である。生物の約40億年の歴史において、私たち人間は生物圏を単一種の力で変化させてしまうほどの力を持った初の生物種となったのだ。

　人間は、光合成により生物圏に達するエネルギー全体の25%から40%に影響を及ぼす可能性があるという。言い換えると、地球の生物圏に割り当てられたエネルギー全体の4分の1から半分近くが、単一種によって恣意的に使われている状況だ。こうしたことから、人間という種の出現

は単に私たち自身の問題にとどまらず、地球の歴史において も重大な意味を持つ出来事、すなわちスレッショルドだ と考えられる。ジョン・マクニールは、20世紀の環境史 に関する著作で次のように主張している。「人間は、自分た ちがその手の事柄について何も意図しないまま、地球に対 して制御のきかない巨大な実験を始めたのだ。思うに、こ のことはいずれ20世紀の歴史の最も重要な側面として認 識されるようになるだろう。その重要性は第二次世界大戦、 共産主義の企図、マスリテラシー［大衆教育］の進展、民主 主義の拡散、あるいはウーマンリブ［女性解放運動］の興隆 といった動きに勝るとも劣らない」[4]。

先に述べたような数字について悲観的な解釈をすれば、 人間はもはや自分たちで制御できない変化にすでに踏み出 してしまったのではないかと思わされる。ジェームズ・ラ ブロックは、もはや状況は手遅れであると主張する。ラブ ロックといえば、生物圏を受動的な対象と考えることはで きないと長年主張してきた張本人である。彼によれば生物 圏とはむしろ複合的で進化しつつある超生命体であり、人 間の活動に対して必ずしもいつも都合よく対応するわけで はない。擬人化するなら、それは必要とあれば人間に対し て自衛的な対応を行うものなのだ。

悲観論者の見方が正しければ、私たちは現在「地球規模 の交通事故」のさなかにいるようなものだ。事態の動きは、 政府や企業および消費者が適切に対応するには速すぎるし、 どう対応するかの世界的なコンセンサスを得るにも速すぎ る。成長自体がもはや持続できないものなのだろうか？ そうであるならば、中国やインドのように、しだいに多く の国民が"近代革命"の成果を享受しだしている国々は、そ うした成果を生みだしている成長を止めなくてはならない のだろうか？ あるいは、いち早く工業化を果たした、と 同時に多くの環境問題の一因となった国々が、ことによる と部分的な産業空洞化を招いてでも、代償を支払うべきな

のか？ あるいはまた、世界全体が、近現代の諸革命の成 果を放棄し、農耕文明期の状態に復帰しなくてはならない のだろうか？ その状態とは、限られた資源をめぐって隣 人の資源を横取りする「戦争」が「成長」の源であったような 時代の状態のことだ。

これに対し、人間を決定的に特徴づけるもの、すなわち コレクティブ・ラーニング（集団的学習）には、生態系の壊 滅を避けるための新テクノロジーと新戦略を生みだす力が あるとも考えられる。遺伝子工学は、石炭から直接的に天 然ガスを発生させたり、生ごみからエネルギーを引きだし たり、大気中の二酸化炭素を吸収する新バクテリアを出現 させるだろうか？ あるいは核融合炉が低価格のエネルギ ーを生産できるようになるだろうか？ ナノテクノロジー は、産業革命が生んだ巨大な機械よりも強力でありながら、 はるかに安い運用コストを実現する微小機械を創出できる だろうか？ 政治家たちは、直面する問題に対処すべく世 界規模で共同作業するための新たな仕組みをつくれるだろ うか？ さらに、人口増加のペースを鈍化させる「人口転換」 に合わせた消費のペースダウン、すなわち「消費転換」とで もいうべき動きが起こるだろうか？

楽観主義者は、人間は、直面する問題に対処する上で、 かつてないほど豊富な情報を有し、また備えができている と語る。ほんの50年前でさえ、環境問題の緊急性につい ての認識はごく限られたものだった。今日では、こうした 認識は世界的に共有されており、各国政府は問題解決のた めに国際的な共同作業が必要であると認めている。こうし た共同作業に伴う困難はまだ克服されていないが、問題そ のものは確かに認識されている。人間が生みだしたこれら の問題を解決できる生物種があるとすれば、それは地球全 体で70億超の個体からなるコミュニティの中で、アイデ アと知識を共有するコレクティブ・ラーニングが可能な、 この地球におけるただひとつの生物種にほかならない。

考察

1. 20世紀史において、あなたが最も重要と考える単一 の出来事は何か。またその理由は？

2. 20世紀を通して生物圏と人間の関係はどのように変 化したか？

3. 資本主義と共産主義の間で20世紀に長らく続いた競 争から学ぶことのできる、最も興味深い教訓につい て述べよ。

4. 20世紀の資本主義の性質における最も重要な変化は どのようなものか？

5. 20世紀に人間社会が獲得した最も重要なもの、また 最も重要な失ったものは何か？

6. 20世紀のテクノロジーにおいて最も重要なイノベー ションは何か、また人間の生活様式における最も重 要な変化は何か？

キーワード

- 核兵器
- 共産主義
- 国内総生産（GDP）
- 社会主義
- 消費者資本主義
- 人口転換
- 生物多様性
- ファシズム
- 保護主義
- マルクス主義
- 冷戦

参考文献

Berkshire Encyclopedia of World History. Edited by W. H. McNeill et al. 5 vols. Great Barrington, MA: Berkshire, 2004.

Bulliet, Richard, et al. *The Earth and Its Peoples: A Global History*. 2nd ed. Boston: Houghton Mifflin, 2003.

Christian, David. *Maps of Time: An Introduction to Big History*. Berkeley: University of California Press, 2004.

Crosby, Alfred W. *Children of the Sun: A History of Humanity's Unappeasable Appetite for Energy*. New York: Norton, 2006.

Crutzen, Paul. "The Geology of Mankind." *Nature* 415 (January 3, 2002): 23.

Diamond, J. M. "Human Use of World Resources." *Nature* 6 (August 1987):479-80.

Ferguson, Niall. *Empire: The Rise and Demise of the British World Order and the Lessons for Global Power*. New York: Basic Books, 2004.

Headrick, Daniel. *Technology: A World History*. Oxford: Oxford University Press, 2009.

Hobsbawm, Eric. *Age of Extremes: The Short Twentieth Century: 1914 -1991*. London: Little, Brown, 1994.
（『20世紀の歴史——極端な時代（上・下）』　エリック・ホブズボーム著　三省堂　1996年）

Maddison, Angus. *The World Economy: A Millennial Perspective*. Paris: OECD, 2001.
（『経済統計で見る世界経済2000年史』　アンガス・マディソン著　柏書房　2004年）

McNeill, John. *Something New under the Sun: An Environmental History of the Twentieth-Century World*. New York: Norton, 2000.
（『20世紀環境史』　Ｊ・Ｒ・マクニール著　名古屋大学出版会　2011年）

Tignor, Robert, et al. *Worlds Together: Worlds Apart*. 2nd ed., Vol. 2. New York: Norton, 2008.

注

1. Niall Ferguson, *Empire: The Rise and Demise of the British World Order and the Lessons for Global Power* (New York: Basic Books, 2004), 210.より引用。
2. John McNeill, *Something New under the Sun: An Environmental History of the Twentieth-century World* (New York: Norton, 2000), 25.
3. Eric Hobsbawm, *Age of Extremes: The Short Twentieth century: 1914-1991* (London: Little, Brown, 1994), 289.
4. McNeill, *Something New under the Sun*, 4.

さらなるスレッショルド？

第13章

未来のヒストリー

全体像をとらえる

これからの世界

▶ これからの100年間に私たちはどんな期待を抱けるだろうか？

▶ 来るべき100年のうちに起こるできごとに、人間はどれほどの影響を与えられるのだろうか？

▶ これからの数千年についてどのような予測が可能だろうか？

▶ 太陽系の未来について、あるいは宇宙のヒストリーについて何かを予見することはできるだろうか？　できるとすればどのようにすればよいだろうか？

未来のヒストリーというと、歴史本来の意味からすれば矛盾した言い方と思われよう。未来にヒストリーがあるとはどういうことなのか？　未来がどのように展開するのか記述することは、はたして合理的なのだろうか？　昔から歴史学者の仕事は過去に目を向けるものであって、未来について推測することではなかった。

しかし、従来通りの歴史学者は、未来について考えようとしない少数派にすぎないかもしれない。自然選択（自然淘汰）の結果、人間およびその他の動物には予測する能力が備わった。実際のところ記憶力自体、単に過去の出来事を覚えるためだけでなく、未来を予測するために発達したと言える。「あたりにヒョウがいるだろうか」といった懸念についての正しい読みが、（私たちの祖先も含め）多くの動物にとって、生存を左右する能力となるからだ。株式ブローカー、ギャンブラー、占星術師、あるいは競馬で賭ける人々はみな予測の能力をよりどころとしている。政治家は自分たちが施行する政策がもたらす影響を先読みしなくてはならない。たとえば、エネルギーに課税することで、二酸化炭素排出のペースを抑えることになるのか、あるいは経済成長を鈍らせることになるのか？　また、自分たちの子孫の幸福のためにはどちらの影響を重視したらよいのか？　といった予測が必要となる。私たちが決定し、取る行動は、私たちの子や子孫たち、ひいては社会全体に影響を及ぼすものであるから、人は未来について考えないわけにはいかないのだ。

ビッグヒストリーは、未来について真剣に考える上で、この上ない展望をもたらすものである。ここまでの138億年にわたる長大な期間について、巨視的な動向について考察してきたのだから、人間が危機に瀕した状態のまま放っておいてもかまわないというのでもないかぎり、未来への見通しを探ることは理にかなった、必然的な試みと言えよう。さらに言えば、今こそ、歴史上初めて、ビッグヒストリーの展望を活かせるときなのだ。

本章では、未来を3つの期間に区切って論ずることにしよう。最初の期間として近未来、すなわち今後100年間について考察し、それに続く期間として中期的な未来（これからの数千年間）、およびはるか先の未来（数10億年といった単位の遠い未来）を扱うことにする。近未来の動向を予測することが最も容易で、それに比べると中期的な未来はあまりに遠すぎて見通しが立てにくい。しかし、奇妙なことに、はるか先の未来となると、人間が存続してそれを確かめることなど考えられないにもかかわらず、宇宙物理学者はそれについてある程度の確信をもって語ることができる。

こうした未来のどの期間についても、私たちは非常に慎重に考察を進めなくてはならない。未来予測は非常に難しいものであり、確実に的中するような予測はあり得ないからだ。進行中の現実でさえ不確定要素にまみれているのだから、未来はなおさらである。量子力学は、極小レベルにおける粒子の位置と運動量を同時に確定することは不可能であると教えている［不確定性原理］。もっと大きなスケールでは、複雑性理論の研究者によると、ある系の内部における乱れが大きくなるほど、偶発性ないし偶然性の役割が大きくなるという。大きくはずれた予測の例は簡単に見つかるが、そのうちいくつかを以下に挙げておこう。

1900年当時、自動車が効率と信頼性を高めつつあった一方で、エドワード・W・バーンは人間が馬に頼らずに生活していくことは無理だと考えていた（彼はある意味正しいと言えるが）。

1952年当時、近い将来には、電子頭脳が結婚相手を決めるようになり、もっと幸せな結婚が実現すると予想する向きがあった。

1976年当時、未来学者のハーマン・カーンは、21世紀になれば、どの地域でも（カーン自身が住んでいた）ニューヨーク市郊外の高級住宅街スカースデールなみに生活水準が向上し、快適なハイテク生活の世界が実現すると予言していた。

予言が当たらないことは珍しくないが、それでも未来について慎重に考察する人々は、時に未来の重要な問題を突き止めることができる場合もある。

1896年、スウェーデンの化学者スヴァンテ・アレニウスは大気中の二酸化炭素（CO_2）が地球を包む温室効果ガスとしてはたらくという考えを述べ、その数年後に化石燃料の燃焼が地球の温暖化につながることに気づいた。

1962年、生物学者レイチェル・カーソンは『**沈黙の春**』を出版し、殺虫剤による環境への悪影響について警鐘を鳴らした。

1971年、作家のフランシス・ムア・ラッペは『**小さな惑星の緑の食卓**』を著し、人間がもっと肉を減らして、より多くの植物を食べるならすべての人々に食料が

行きわたることを示した。

1974年、もともとニュージャージーでトマト農場を経営していた環境活動家レスター・R・ブラウンは、拡大する一方の人間のフットプリントによる環境への影響を監視するため、ロックフェラー財団の支援を受けてワールドウォッチ研究所を設立した。

以上の例から、未来について責任をもって考察する基本的な手順は、まず既存の動向を見極め、それを未来に向けて合理的に投影できるかどうか考えることであろうと思われる。肝要なのは、既存の動向を正確に分析するという点であることは論を俟たない。それこそが本書で私たちが目指したものであり、これから取りかかる近未来についての考察に適用したいやり方なのである。

未来予測その1：近未来

人間の歴史における農耕文明期のなかで、くりかえし出現したパターンのひとつにマルサス的危機（第6・第10章参照）がある。これは人口増加が食料生産を上回ると、飢饉・戦争・人口減少につながるというものだ。さらに大きなパターンとして、複雑さの増大というパターンも見られる。これは、システムを流れるエネルギーが増大するにつれ、内在する構成要素の数も増加するというものだ。現代においても、新たなマルサス的危機に私たちは遭遇するだろうか？　人間社会はさらに複雑化すると、たとえば故障などの事故に対していっそう脆弱になるだろうか？

21世紀のはじめにあたり、現代の人間全体の文明を根底から支えてきた化石燃料が枯渇しはじめていることから、人間が大規模なマルサス的危機に直面するだろうと思わせる兆候が数多く見られる。より大きなスケールで見ると、おそらく、これまで1万年前後にわたって続いてきた比較的安定した気候が終わりを告げる、と言えるほど地球の気候は急変しつつある。つまり、私たち人間ははるかに不安定で、急激な変化の時期にさしかかっている、と考えられる。

同時に、前章で触れたように、地球に対する人間の活動の影響が非常に大きくなり、そのため地質学者の一部には完新世（最終氷期以降の約1万年間）が終わりを告げ、アントロポシーン（人新世）が始まったと主張する向きもある。

近未来を論ずるにあたり、まず長い時間軸で見た私たち自身の立ち位置について語り、ついで未来の暗い側面と希望の持てる側面について検討する。そののち、来るべき100年のうちに対処すべきいくつかの重要な課題について結論を導きたいと思う。

現在の状況

人間はこれまでどおりの日常的な営みをもはや続けることができない。化石燃料の燃焼を活動基盤として"終わりなき成長"に賭けてきた工業化社会のすべての企業がもはや持続することができず、また長期的な未来図を描くこともできない。そうした主張を裏づけようとする多くの意見が続々とまとめられている。

こうした結論に至った数々の理由は複雑多岐にわたり、また相互に入り組んだ関係を有する。その詳細については「不吉な傾向」の項で述べることにするが、簡潔にまとめれば次のようなものだ。人口は、ペースダウンしてはいるものの、まだ増加し続けており、これに対して食料供給は徐々に不安定化している。石油供給はだんだん縮小するだろうし、産油量のピークはすでに過ぎているという見方もある。動植物その他の生物の絶滅ペースも非常に速く、「第6の大絶滅」と呼ぶ向きもあるほどだ。人間による生態系の破壊活動は持続可能性を維持できないまでに拡大し、その一方で化石燃料の燃焼による二酸化炭素排出は、地球の急激な気候変動の一因となっている。

前述の段は**人間のフットプリント**という用語で表現することができる。これは、私たちの惑星の再生能力、すなわち地球の「環境収容力」に対する人間の全体的な要求量を意味している。全米科学アカデミーによる2002年の研究では、人間のフットプリントが地球の環境収容力を初めて上回ったのは、おそらく1980年前後だったとしている。

人間は今後数十年のうちに、これまでどおりの道を突き進んで地球規模での文明崩壊へと向かうのか、あるいは、そうした危機を回避する道を見いだすのかという選択を迫られることになると、多くの科学者が結論している。また、危機を回避するにしても、さらに完璧に自然界を支配するのか、あるいは資源に対する人間の欲求に歯止めをかけるのか、またはその両方の戦略をミックスしたやり方によるのか、という選択がある。

文明崩壊を主眼とする学説で著名なのが、アメリカの生理学者ジャレド・ダイアモンドで、2005年に『文明崩壊：滅亡と存続の命運を分けるもの』を出版して注目された。同書でダイアモンドは、戦争・疾病・飢饉・環境破壊といった破滅的事態を招いた社会の例（グリーンランドのヴァイキング、北アメリカのアナサジ、イースター島のラパ・ヌイ、古典期の低地マヤ）について述べ、合わせてそうした破局を回避した社会の例（グリーンランドのイヌイット、インカ帝国、徳川幕府時代の日本）も紹介している。ダイアモンドによる過去の成功と失敗の判定に疑問を投げかける歴史学者もいるが（マカナニー、ヨフィー著『文明崩壊を問い直す』）、人間が実際に深刻な危機に直面しているという点ではほとんどの歴史学者が同意している。

来るべき100年間に、何らかの地球規模の文明崩壊がどれほどあり得るのかは知るすべはない。以下の2つの項で、文明崩壊の方向を指し示すような不吉な傾向と、それを回避できる希望を持てる傾向と、両方について述べてみたい。

不吉な傾向

新聞が販売部数を伸ばすために、あるいは、NPOなどが支援者に訴える材料とするために誇張していることを念頭においても、実際のところ人間の危機と不吉な未来を示す傾向が多く見られることは認めなくてはならない。この節では、そうした傾向を4つのグループ、すなわち人口増加、化石燃料の限界、気候の不安定化、生態系へのダメージに分けてまとめることにする。

人口増加

近代における人口増加はかつてないハイペースで進行した（第12章参照）。世界の人口は1950年から1990年までのわずか40年間で倍増した。増加率は1990年以降低下してきており、総人口は約58年ごとに倍増するほどまで下がった［増加率2.1%だと33年で倍増、増加率1.2%だと58年で倍増］（図13.1）。かつて人間の歴史で、個々の人が一生を送る間に人口が倍増するなどということはありえなかったが、現在60歳以上の人はみなこうした倍増の時期を経験しているのだ。

将来の人口がどれほどになるか確実な見通しはないので、国際連合は幅広い人口予測を行っている。最新の予測では、2050年までに世界人口が89億人に達するとする中位推計値を導きだしている。また国連によると、2050年の人口の高位推計値は106億人とされる一方、低位推計値は、74億人となっている。これは、短期間のうちに全世界の出生率が人口置換水準を下回る（合計特殊出生率が人口維持に必要な水準に満たない）ようになることを想定した数値だ。

仮に出生率が人口置換水準（合計特殊出生率、つまり一夫婦あたりに生まれる子どもが約2.1人の水準）に落ち着いた状態であるなら、それでも2080年ごろまでは人口増が続く。これは近年の人口増の結果、現時点での人口構成において乳幼児および若い出産適齢期の人数が高い比率を占めていることによる。これは「人口統計上の突出」あるいは「人口モメンタム」（人口変動の慣性）と表現される現象だ［つまり、夫婦あたり2.1人という低水準でも、夫婦の数そのものが多いので出生数の絶対値も多いということ］。

人口予測は国によってかなり違いがある。スペイン、日本、ロシア、ドイツなどを含む33カ国からなるグループ

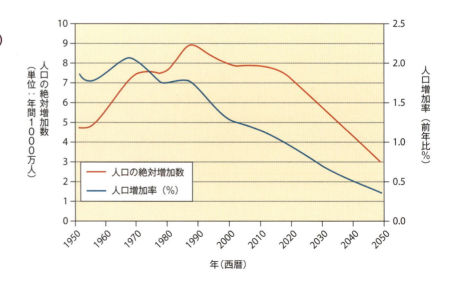

図13.1　1950年～2050年の世界の人口増加率（推計値）

世界の人口増加率（世界で新たに増加した人口の全人口に対する割合）は、最近の数十年はほとんどの国々でペースダウンしている。1967年に2.1%の増加を記録したが、2010年には約1.2%の増加にとどまった。それでも年間に新たに生まれた人数は世界全体で、1967年の絶対増加数より1割多かった。

では、出生率の低下により人口は安定もしくは減少の道をたどると予測される。アフリカのレソト、スワジランドなどを含むグループでは、死亡率が上昇しているため人口はすでに減少傾向にある。中国とアメリカを含むグループでは人口置換水準にまで出生率が低下しているが、先に述べた人口統計上の突出のためにまだ人口増が続いている。さらにアフリカおよびその他の開発の遅れた地域の国々では、ひところよりもペースが落ちたとはいえ、いまだに人口が急増している。しかし、このまま出生率低下の傾向が続くなら、こうした国々の人口増も2050年までに人口置換水準にまでペースダウンするものと考えられる。

2000年から2100年までの100年の間に、世界の人口分布は劇的に変化するものと見られている。たとえばヨーロッパの占める割合は12.0％から5.9％に縮小、アフリカはほぼ倍増の13.1％から24.9％に拡大すると予測されている。北アメリカは移民の影響により2050年までは人口増が続くと見られるが、国連の予測ではその後の移民は見込めないという。国連はさらに、2100年の世界人口が高位推計値でおよそ140億人、中位で90億人、低位推計値が56億人と予測している。

世界人口の絶対数は人間のフットプリント(人間の要求量)の一要素だが、個々の人間の消費水準ももうひとつの要素となる。先進国の市民は発展途上国の市民よりもはるかに消費が多い。仮に中国が2005年のアメリカ合衆国なみの消費水準に追いついたとすると、人間のフットプリントは倍増すると推定される。したがって消費水準は、生物圏に対する人間の影響を測る上で、人間の絶対数と同様に重要なものだ。

化石燃料供給の限界

この見出しに続く一連の文章の趣旨をあからさまに述べるなら、「安い石油の終わり」ということだ。石油の生産はすでにそのピークを過ぎたのだろうか？　それは誰にもわからない。楽観論者は早くても2020年までにピークに達することはないという。悲観論者はおそらくすでに生産のピークは過去のものとなったという。石油が完全に枯渇するということはないだろう。ただ採掘するための費用は増大する一方となり、同時に需要に対して供給が乏しくなることから価格の上昇は避けられないだろう。

第11章で述べたように、石油は氷河が解けて低地に流れ込んだ太古の温暖な時代に生成された。微小な海洋生物(コッコリス、珪藻、有孔虫など)の遺骸が海底に沈んで堆積し、上部に重なった岩石層の圧力と地球内部からの熱による作用で石油ができたとされる。

主要な油田は地球でも限られた地域に形成されている。世界の原油の約15％程度がサウジアラビアに埋蔵され、現在世界に残存する石油のうち60％以上を中東地域が占める。世界全体で年間に流通する石油の量は、100年前には約1億バレル[約160億リットル]だったのが、現在では200億バレル[約3.2兆リットル]にまで増大している。

原油価格は市場における需給関係の動向により決定される。しかし、供給量は様々な産油国の政府によって設定される。1960年に5カ国が加盟して**石油輸出国機構(OPEC)**を設立した[2016年現在、14カ国が加盟]。これは一種のカルテルであり、世界の石油市場における主導権をめぐってソ連とアメリカに対抗するために組織されたものだ。OPEC加盟国は産油量の水準について合意につとめているが、その中でもサウジアラビアは安い原油の生産における余力が大きく、短期間のうちに産油量の増減を調整することで原油価格に影響を及ぼすことができる。近代以降、産油量が著しく縮小した時期が3回ほどある。まず、第四次中東戦争を受けて1973年から1974年にかけてアラブ諸国が禁輸措置をとった第1次石油危機[オイルショック]、次に1979年のイラン革命前後に起きた第2次石油危機、そして、1991年には湾岸戦争による急激な減産があった。そのたびにアメリカに、ひいては世界的に、一時的な景気後退の局面が現れた。

すべての化石燃料(石油・石炭・天然ガス)を合わせると、2009年の時点で世界で生産される全エネルギーの実に80％を占めることになり、これに対して**再生可能エネルギー**(太陽光・風力・水力などのように自然に再生できる資源から得られるすべての形態のエネルギー)は12％、原子力は8％にすぎない。アメリカの人口は世界全体の4.5％ほどだが、石油消費量は世界全体の20％を占め、またその電力の半分近くを石炭による火力発電でまかなっている。日本およびドイツでは、国内で原油をほとんど産出しないため、より経済的なエネルギー使用を奨励するエネルギー効率政策を実施しているが、そうした国々でもかなりの石油を消費している。

化石燃料は電気を生みだし、自動車を走らせるだけでなく、世界の70億の人々に食料を供給する上で役立っている。化石燃料はまず近代農業に用いられる肥料の生産に必要なエネルギーを供給する。地下水をくみ上げるポンプ、また耕作用のトラクターや、作物をキッチンまで届ける輸送車の動力源にもなる。殺虫剤や除草剤の生産と流通にも用いられる。しかしいずれ、残存する化石燃料を合理的な費用で採掘することが不可能となる日が到来するだろう。石油に比べれば、石炭と天然ガスがこうした状況におちいるの

未来予測その1：近未来　**349**

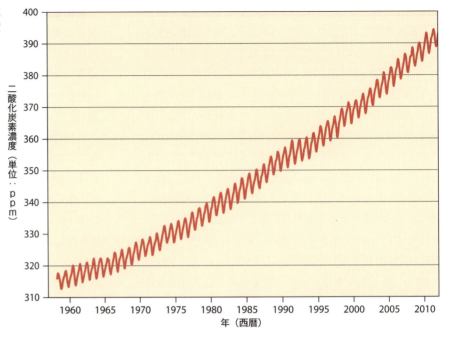

図 13.2　1957年から2010年にかけての大気中の二酸化炭素濃度

キーリング曲線として知られるこのグラフは、大気中の二酸化炭素濃度を示しており、測定はハワイのマウナロア観測所で行われた。チャールズ・デーヴィッド・キーリング（1928年〜2005年）は、カリフォルニア大学サンディエゴ校のスクリップス海洋研究所で研究生活を送った。初めて二酸化炭素濃度の定期的な測定を行ったのがキーリングであり、その長期的な増加を初めて世界に知らしめたのも彼だった。2013年5月に、過去300万年間で初めて二酸化炭素濃度が400ppmに達した＊［もっと過去、たとえば億年単位の過去はCO_2濃度は数千ppmあったとされている］。

はもっと先のことと考えられる。世界の人々が、化石燃料から他の形態のエネルギー（代替エネルギー）への転換を先送りすればするほど、その転換から生じる状況はより不穏で無秩序なものとなり、いっそうの混乱と暴力を伴うだろうことはまちがいない。現代の産業文明を混乱させることなく化石燃料依存から脱却することは、文明を"はじめの一歩"から発展させるのと同じくらい困難であることははっきりするだろう。

気候の不安定化

地球における生命の中核的な元素である炭素はいまや、これまで約1万年にもわたって人間社会を支えてきた"比較的安定した気候"を脅かすものになってしまった。どうしてこんなことになったのだろうか？

氷床コアサンプリングや長期にわたる大気中二酸化炭素の濃度測定など、近年の気候研究手法の進歩は、地球の歴史という大きなスケールで見れば気候変動は周期的にくり返されること、また若干の寒暖の変化はあったものの、これまでの1万年間は比較的安定していたことを明らかにした。一部の科学者は、化石燃料からの二酸化炭素排出が気候温暖化を引きおこす可能性があることを20世紀の早い時期に指摘していた。彼らは温暖化をむしろ歓迎していた。なぜなら、それまでの気候パターンから、この"温暖な1万年"の後に新たな氷期の到来が予想されたからだ。ウィリアム・F・ラディマンのような現代の研究者らは、農耕が始まった時期からの森林伐採、および産業革命以降の石炭燃焼による二酸化炭素排出の増大は、氷河拡大期（寒冷期）への回帰を食い止めた可能性があると考えている。

気候の自然変動はよくあることなので、いま起きている変化のほんの一部であれ、人間たち自身に責任があると考えることはなかなかできなかった。しかし、1970年にはすでに、二酸化炭素が1958年以降、ずっと増加してきた様子を直接示せるようになっていた（図13.2）。科学者たちは、人間活動による二酸化炭素の排出が温室効果を引きおこし、気候変動に深刻な影響を与えるようになっているとして、警鐘を鳴らしはじめた。1988年には国連環境計画（UNEP）と世界気象機関（WMO）が共同で世界のトップレベルの気象学者からなる組織「気候変動に関する政府間パネル（IPCC）」を立ち上げ、気候変動の監視に乗りだした。地球温暖化については政界および財界のリーダーたちの間で広く認識されるに至っているが、多くの一般市民はそれを現実的な問題として受けとめていない。

温室効果を理解するには、陽に当たっていた車に乗ることを考えるとよいだろう。太陽エネルギーが車内から放出されるよりも車内に入り込むほうが容易という点で、それは温室と似たところがある。地球大気に含まれるある種の微量ガスは、地球に到達した太陽熱が宇宙空間に放射されるのを引きとめる働きがあり、地球を温室に変えてしまう。仮にこうした微量の温室効果ガス（水蒸気、二酸化炭素、メタン、オゾン、CFCなど）が大気中になければ、地球上の平均気温は−18℃という、氷点よりもかなり低い温度になってしまうと考えられる。なぜなら地球大気の主要な成

地図13.1　地球規模の海水の大循環

北極地方で海水が冷却されると、凍結した部分は周辺の海水に塩分を排出する。排出された塩分を引き受けた海水は比重が大きくなって沈降し、より温かくてより軽い海水を南方から引きこむ。こうした海水の動きから、ベルトコンベヤーにもたとえられる地球をめぐる循環のパターン[海洋大循環]が形作られており、このうち大西洋で北に向かう暖流がアメリカの東海岸地域およびイギリス諸島の気候を温暖にしている。北極地方で凍結する海水量が減ることになれば、こうした海流のパターンが乱れ、気候が不順となるおそれがある。

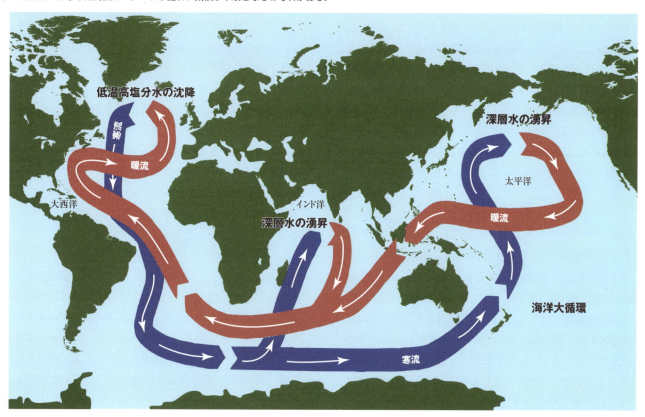

分である窒素および酸素は、地表から反射される赤外線放射を吸収しない性質を持つからだ[現在の地球の平均気温が−18℃ではなく15℃であるのは、主に大気中の水蒸気による温室効果のおかげであると考えられている]。

　二酸化炭素は現在のところ地球大気において、質量比でほんの0.04％を占めるにすぎず、体積比にして380ppmほどである（気体の場合、ppmは体積比で100万分の1を表し、理想気体なら体積比はモル比[分子数比]と同じになるので、この値は乾燥空気の全分子数に占める二酸化炭素分子数の割合を示す）。大気中の二酸化炭素濃度は長い地球史を通じて変動してきており、原始的な大気では大部分が二酸化炭素だった時期があり、旧石器時代にはそれが190ppmにまで低下し、産業革命が始まった時点では280ppmとなっていた。過去80万年にわたる二酸化炭素濃度は、氷床コアサンプルを採取し、それに閉じこめられている先史時代の大気の状態を保存している気泡という微小な試料から知ることができるが、その変動幅は180ppmから300ppmの間となっている。この測定から得られた値を、2011年の

年間平均400ppm近い二酸化炭素濃度と比較すると、過去80万年でこれを上回る時期を見いだすことはできず、さらに過去2000万年前までさかのぼっても、これ以上の濃度の時期はなかったと推定されている[図13.2の＊参照]。

　地球の気候は温室効果ガスの増大に対応するように、陸地でも海洋でも温暖化現象を起こしている。海洋は陸地に比べて気温の自然変動が比較的小さいため、温暖化の指標として信頼性が高い。アメリカ海洋大気庁（NOAA）は2009年の報告書で、仮に大気中の二酸化炭素がいきなり減少しはじめたとしても、それまで熱を吸収することで気候変動を遅らせてきた海洋が、蓄積した熱を放出して大気中に戻すことになり、その影響は1000年ほども持続するとしている。

　地球の気候をつかさどる因子は、現在の人間の理解を超えるほど複雑なものだ。たとえば太陽光を宇宙空間に直接反射する氷床や、大気中の二酸化炭素を取りこむ一方で温暖化が進めば生育が鈍化する藻類など、様々な要因が存在する。水蒸気は温暖化を助長する一方で、雲が空を覆えば

温度は下がる。海水が凍結すれば、含まれていた塩分が周辺の海水に吐き出され、周囲の海の水は比重が大きくなって沈降する。この沈降水のあとに遠くから温かい水が引き寄せられ、この動きが連なって地球をめぐるベルトコンベヤーのような「海洋大循環」が確立されている。この循環の一部にメキシコ湾流があり、フロリダや北ヨーロッパを温暖な気候としている。今後さらに温暖化が進めば海流の大循環に変化が生じ、メキシコ湾流のおかげで比較的温暖に保たれている西ヨーロッパ沿岸地域が急激に寒冷化するおそれがある（地図13.1）。

世界の二酸化炭素排出量は依然として増加しており、この10年間で2.7％の年平均増加率を記録している（二酸化炭素の1人あたり排出量を見ると、2011年に中国では9％増加して6.5トンに、EUでは3％減少して6.8トン、またアメリカでは2％減少して15.7トンとなった）。現状では大気中の二酸化炭素濃度が2050年に550ppmに達するものと予測されている。過去に500ppmの濃度となっていた時代は、今から約3000万年前までさかのぼる。気象学者は当初、450ppmないし550ppmで濃度が安定すれば、気候変動は生物の適応できる範囲内に収まると考えた。しかし2008年以降、北極域や山岳氷河の融解および海の酸性化が予想よりも早く進行したため、主だった気象学者は、これまでのように生物にとって安全な気候を確保するには、二酸化炭素濃度を **350ppm** にまで低下させることが必要と考えるようになった。

地球の平均気温は1970年から0.6度上昇している（図13.3）。IPCCによる2007年度報告書では、2100年までに最大で6度の気温上昇が予測されている。それに対して科学者たちは、6度どころかたった2度を超える気温上昇があれば、深刻な気候変動は避けられないと警告する。なかにはIPCCが人々の不安をかきたてないよう、ひかえめに予測しており、実際の危機は公表されているものより深甚だとする科学者もいる。

気温上昇の影響は世界各地に及ぶと予想されるが、一部の地域では特に大きな悪影響が現れるという。気温の上昇は、いっそう不順な天候をもたらし、農産物の不作を招き、灌漑用水を供給する河川の水源となる氷河を融かして消失させ、海面の上昇も引きおこす。暴風雨はこれまでより破壊的になり、洪水が増加し、干ばつは激化し、山火事が頻発し、熱帯地方の病気が広がり、海洋は酸性化し、そして、各地の生態系が変わってしまう。人間の"熱病"における体温と同じように、地球上の温度が1度上がるごとに、その住民たちの生存に対する脅威が高まっていく。従来の生活水準を維持することは、温暖化による環境激変においてはもはや不可能になるだろう。

傷ついた生態系

人間は温室効果ガスを大気中に送りこむ一方で、自分たちの生活を支える生態系の別の側面をも痛めつけている。**傷ついた生態系**の中でも、最も重要なものとして、人間が文明を築く基礎となった水と土壌がある。

地下水は現在世界各地で枯渇しつつあり、また汚染にさらされている。たとえば、インドの食料品の15％は地下水をくみ上げて生産されている。またアメリカ中部では灌漑に利用された結果、地下水面が30m以上も低下している。今後、氷河が融けると多くの地域が洪水に見舞われるようになり、氷河が融けてしまった後は一転して極端な水不足に悩まされるようになるだろう。世界の耕地の多く

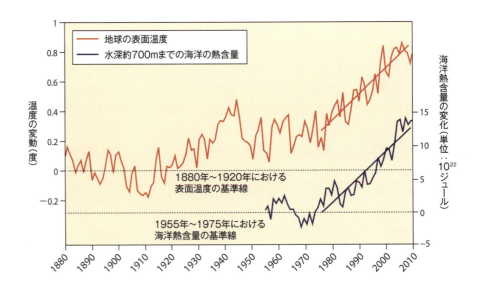

図13.3　地球の平均表面温度と海洋の熱含量

このグラフの左軸は地球の平均表面温度の変動を刻んでおり、右軸は海洋における熱含量の変化を示している。

で、表層土が非常な速さで浸食されつつあり、地質学的なプロセスによる土壌の再生がまったく追いつけない。そうした状況は、ハイチ、レソト、モンゴル、エチオピアなどに見られる。中国およびアフリカの一部では砂塵嵐が多発するようになった。アメリカ・アイオワ州では、最初にヨーロッパからの移民が訪れたころに比べて、表層土の厚さが半分にまで減少しており、農家は代わりに化学肥料を使うようになった。生物学的なプロセスによって土壌の劣化を防ぐ方法は知られているが、化学肥料を使うよりコストが割高となってしまう。

次に目を向けるべき傷ついた生態系として、海洋と漁場がある。海洋は温暖化の熱を吸収するだけでなく、大気中の二酸化炭素が表層水に溶け込むと、アルカリ性が弱まって酸性化する。海洋が酸性化すると海水中の炭酸イオンと重炭酸イオンが減少するので、プランクトン、藻類からサンゴ、カニ類に至るまで多数の海洋生物が、炭酸カルシウム質の外骨格や殻を作りにくくなる。人間の営みで海洋の化学的性質が変わりつつあることは、地球温暖化よりも重大な問題になるかもしれない。その一方で、乱獲により漁業も崩壊しつつあり、カナダのニューファンドランド島沖のタラ漁が1990年代に直面した事態はその一例と言える（図13.4参照）。海洋漁業の4分の3の漁場で持続可能な漁獲量の限界またはそれを超える漁が行われているか、乱獲からの回復途上にある状況だ。1996年以降、海産食品の供給量の伸びはほとんど養殖によるものであり、魚のエサとして穀物や大豆が使用されているため、農地や水の供給にかかる負担が増大している。

森林の消失、そして、絶滅による生物多様性の損失もまた問題である。森林は開発により、恐るべきスピードで大規模な牧場や農場に姿を変えている。失われた森林の約半分は再生事業により回復しているが、面積にして年間700万ヘクタール（7万平方キロメートル）もの正味の損失は、地球上の残る40億ヘクタール（4000万平方キロメートル）の森林に対する脅威となっている。地球上の全生物種のうち、最大で半数もの種が21世紀中の絶滅の危機に直面している。絶滅自体は自然界の営みでも起こるものだが、現代の絶滅はかつてほとんど見られなかったようなペースで進行している。過去6億年の間に主要なもので5回の急激な絶滅の時期があった（第3章参照）。多くの専門家が、人間が主体となって地球史上6回目の大規模な絶滅を引きおこしつつあると指摘している（第12章参照）。

人間の食料供給は多くの点で危機に瀕している。先にも述べたように、表層土および水の供給が危うくなっている。化学肥料は空気中の窒素を天然ガスまたは石油由来の水素と化合して製造されており、私たちは文字通り"石油を食べている"と言える。1985年に、人間の食料に含まれるエネルギーの約3分の1が化石エネルギー由来となっていた。このような形で補わなければ、食料供給は実際には[1985年の世界人口の]48億人分必要なところ、25億人分しか用意できない事態となっていたと考えられる。膨大な量の抗生物質が生産され、その約半分がアメリカ合衆国で畜産用に消費されているが、こうしたやり方はバクテリアが突然変異を起こして抗生物質に対する耐性獲得の可能性を高めてしまうので、ヨーロッパでは禁止している国が多い。人口の増大により、世界人口1人あたりの田畑の面積は1950年に比べて半減し、わずか0.1ヘクタールとなっており[2011年]、地域社会の自給体制の存続がゆらいでいる。リビア、サウジアラビア、韓国、中国、インド、エジプトといった国々は、他の国々の土地を水利権と合わせて買収、あるいは賃借し、自国民向けの食料生産に利用している。地球規模で見ても、利用できる新たな土地は底をつきつつある。

人為的な実験および使用により放出された放射線、そして原子力発電所で使用済みの放射性物質に由来する放射線もまた、生態系に対する脅威となっている。誤解を恐れずにあえて前向きに見ると、人間が戦争で核爆弾を使用したのは2回「だけ」と言えるし、原子力発電所でも数回の事故を経験しただけだと言える。後者では1986年にウクライナのチェルノブイリで原子炉が爆発した事故が最悪のものであった。にもかかわらず、2000年の時点で30カ国、400カ所以上の原子力発電所が放射性廃棄物を一時的な保管場所に置き、もっと安全な処置を模索中という状況だ。2010

図13.4　北西大西洋のタラ漁獲量の変遷

1960年代以降の乱獲により、1992年にタラ漁獲量が激減したことがわかる。

年には、核兵器開発の道を選んだ国々が保有する核弾頭数が推定で2万3000発となり、これに先立つ3年間で4000発の減少となり、また1986年の7万発（第12章参照）に比べると大幅に削減された（南アフリカ、ウクライナ、ベラルーシ、カザフスタンといった、一部の国々は保有していた核兵器を放棄し、またブラジル、エジプト、リビア、スイス、スウェーデンなどは核兵器開発の動きを見せたが後に中止している）[2016年の推定では全世界で1万5000発超]。

工業先進国における消費水準は、かつてないほど膨大になった。世界市場に流れこむ物資の総量は1995年の一年だけでおよそ90億トン近くにのぼったが、これは1960年代前半の約2.5倍の規模に達する。人間は鉱業や建設業の掘削・搬送を行い、また植林や伐採で掘削や浸食することで、世界全体で年間360億トンにものぼる土砂を動かしている。動かした土砂の重量において、ブルドーザーを使う人間に対して自然的な力を用いて対抗できる存在は河川、そして生物種ではおそらくアリだけだろう。

ビジネスを営む上で忘れがちな問題は、消耗品の市場価格には生態系の受けた損失のコストが含まれていない、という事実だ。自由競走市場ではこうしたコストが認識されることはなく、それに応じた価格がつけられることもない。たとえば、エネルギーコストに関する専門家の計算によれば、車をずっと運転し続けるのにかかる隠れたコストは、汚染による健康面のコストが11万6000円、環境の受ける損害が8万5000円、ガソリンを確保するためのコストが15万7000円、合わせて35万8000円の隠れたコストが加算されることになるという。同様にハンバーガー1個の本当のコストは推定で約2万円にもなるという。

2009年に、ワシントンDCに本部を置く研究機関アース・ポリシー研究所のレスター・R・ブラウン所長は、人間は地球の自然系に対して持続可能な産出能力を30％近くも上回る要求を突きつけていると説いた。つまり、人間は自分たちの生活の土台となるシステムをむさぼり食っているということだ。こう考えるのはブラウンだけではないのだが、たとえば、実質的な利益から配当を得ているのではなく、基盤となる資産を取りくずして配当にまわしているような詐術的な運営、いわゆる「ポンジ・スキーム」のようなものだという（ポンジ・スキームの由来となるチャールズ・ポンジは、1920年代にアメリカで投資詐欺を働いたことで知られる）。こうした詐欺は、新たな投資者が集まって、先に出資した投資者に配当と称する支払いができるうちは継続するが、新たな投資者が不足するようになると運営が破綻することになる。現在の人間は、生態系という資産から利益をむさぼっているが、子孫たちにはその資産はもは

や残っていないことだろう。

世界のかつてない経済成長が生態系への圧力を強めつつある一方、乏しい資源をめぐる紛争の可能性が増大している。環境面の危機は政権の質を劣化させるおそれがある。なぜなら、困難な状況が重なるにつれて、政府がその領土の一部または全域において統治する能力を失い、徴税および住民の基本的な安全保障といった機能を果たせなくなるからだ。住民の置かれた状況が絶望的になれば、自分たちの政府の正当性を否定せざるを得なくなる。社会は内戦状態に陥り、各地方のリーダーが権力を掌握しようと争うようになる。こうした状況に陥った国を表現するのに、**破綻国家**という言葉が一般に使われるようになったのは1990年代のことだ。こうした破綻国家の実例として、2008年の時点ではソマリア、ジンバブエ、スーダン、チャド、コンゴ民主共和国、イラク、アフガニスタンなどがまっさきに挙げられる。

破綻国家はテロリスト組織が勧誘や戦闘訓練を行う巣窟と化す、他国であれば非合法とされる薬物[麻薬など]の生産地となる、あるいは、ポリオが流行するナイジェリアやパキスタンなどのように伝染病の発生源となるなど、それを根絶する活動もままならない実態がある。財政力のある政府が、機能不全に瀕した国家を支援しなければ、犯罪や政情不安、疾病などの危機が増大することになる。ノッティンガム大学の地理学者サラ・オハラは2002年に、いみじくも次のように述べている。「私たちは発展途上国と先進国のことを話題にします。でも現実にあるのは、衰退しつつある世界なのです」[1]。

希望の持てる傾向

本章に先立ついくつかの章で述べてきたように、人間はとてつもなく創意工夫に富んだ生物種であり、私たちが駆使するコレクティブ・ラーニング（集団的学習）は問題解決の際立った仕組みと言える。人間の学習は驚くべき速さで進行する。先駆的な数多くの努力と希望の持てる傾向に加えて、どのような行動を起こすべきかについて、人間は近年とみに自覚を深めている。

これまでに述べたように、以前よりも希望が持てる傾向のひとつとして、人口増加のペースが鈍ってきており、10年前の予測よりも増加率が低下していることがある。世界人口の平均増加率は1960年代には年2％を超えていたが、2005年には1.2％とペースダウンした。現時点での予測では、最大で80億から120億人の間に落ち着くものとされる。このように人口増加のペースが鈍化した理由として考えら

354　第13章　未来のヒストリー

れるのが、生活水準および教育水準の向上であり、特に女性に関してその影響が大きい。また、親たちが生計を立てるのに子どもの労働力をあてにしなくなったこともあるし、利用できる避妊の手段が増えたこと、さらに一部の地域では死亡率が高まっていることなども考えられる。家族計画（産児制限）はこれまでに大きな成果を収めてきており、もし実行していなかったなら、人口の重圧は現状よりずっと悪化していただろう。地球の自然系は、80億人を超えるともはや全人口を支えきれなくなり、死亡率が上がることでしか歯止めをかけられないとする意見もある。女性がみな生涯に産む子どもを1人だけにする施策が可能であるなら、2050年には世界人口は55億人に、さらに2075年には34億3000万、2100年には16億人、つまり1900年の水準にまで減少するだろうとする分析もある。

そのほかに希望の持てる傾向を、以下のような見出しのもとにまとめることにしよう。(a)気候の安定化、(b)生態系の回復、(c)消費の抑制と都市計画の見直し、(d)新たな形態の民主主義の育成、(e)グローバルな協力とコミュニケーションの増進。

気候の安定化

気候は21世紀はじめになされたどのような予測よりも足早に変化しつつある。気候が変化することは避けられず、問題となるのは今後100年間でどれほどの変化が起こるかだ。二酸化炭素(CO_2)排出量を急速に削減し、長期にわたる深刻な温暖化を防ぐには、今後10年前後の猶予しかないだろうとほとんどの科学者は考えている。急激な気候変動の可能性に直面し、人間は太陽エネルギーや風力発電などの、化石燃料にかわる手段を模索しだした。

自然保護が必要なことははっきりしている。それを推進する上で有効な手立ては、慎重な計画に基づくインセンティブを用意することである。国によってはガソリンや自動車への課税によって、化石燃料の使用抑制策を講じている。ヨーロッパの平均のガソリン税は1リットルあたり約100円となっており、それに対してアメリカ合衆国では1リットルあたり約12円である。デンマークでは車自体の価格に対して180％の自動車税を課しており、シンガポールでは車両価格の3倍も課税し、また、中国の上海では車1台あたりの登録料が平均で約45万円もかかる。第二次世界大戦中に、アメリカではほぼ4年間にわたって乗用車の生産が禁止され、ガソリン・タイヤ・重油などが配給制となった。このような施策もやれば実行できるのだが、あまり話題にされることはない。

代替可能なエネルギー源の研究開発が、世界中で競うように進められている。植物から製造されるバイオ燃料は有望な代替エネルギーだが、トウモロコシその他の食用植物から製造する場合、食料生産と競合するおそれがある。ブラジルでは、サトウキビの植物繊維から製造されるバイオ燃料を、自動車燃料のうち25％の割合で混合することが義務づけられている。また食料以外のエネルギー源からバイオ燃料を開発するために、大がかりな研究が進められている。そのほかの再生可能エネルギーにおける有望な動向としては、風力タービン・太陽光・地熱（火山活動域近辺の地層上部約10キロメートルまでの熱を利用する）などを利用した発電があげられる。

核分裂を利用した原子力エネルギーは、化石燃料のように地球温暖化の一因となることがない点では、プラスの役割を果たした。原子力エネルギーによる発電は、原子核連鎖反応を起こさせるための、複数のウラン燃料棒からなるユニットで熱を発生させ、高圧水蒸気を生みだして蒸気タービンに接続した発電機を回転させて発電する仕組みだ。2012年の時点で世界の総発電量のうち、約12％を原子力発電所がまかなっており、新たに66カ所の原子力発電所が建設中である。しかし、原子力エネルギーには問題点がある。ウランの採掘・精製・濃縮には莫大なエネルギーが必要であり、大地および大気の高度な汚染源となる。放射性廃棄物の保管に関しては長期的な解決策は見いだされておらず、発電所での事故は深刻な安全上の問題を引きおこした。それだけでなく、重大な安全保障上の問題も未解決のまま残っている。すなわち、ウランの盗難および闇市場での売買をどのように阻止するか、また核爆弾製造が可能になるような高度な精製をどのように防ぐか、明確な対策はまだない。おそらく、原子力エネルギーは再生可能エネルギーへ転換する際の、過渡的な戦略と見るのが最善ではないかと思われる。

温室効果ガスの一種であるオゾン(O_3、つまり通常の2個の酸素原子ではなく、3個の酸素原子からなる酸素分子)には、大気を保温する効果があるだけでなく、過剰な紫外線によるダメージから生物を保護する働きもある。第3章でふれたが、約6億年前に紫外線によるダメージを十分防ぐことができるだけのオゾン層が形成され、その時期に地球上に生命が急に増殖しだしたことを思いだしていただきたい。

1980年代に入ると、冷蔵庫やエアコンに使用されているクロロフルオロカーボン(CFC)という一種の化合物、いわゆるフロンガスがオゾン層を破壊していることを示す科学的な裏づけが積み重ねられた。デュポン・ケミカル社がCFCに代わる代替フロンをほぼ同じコストで容易に生

未来予測その1：近未来　**355**

産できるようになったことから、CFCを段階的に削減する国際的な合意がなされた。こうした建設的な流れは、人間が環境問題の解決に向けて国際的な協力行動を取れることを示している(第12章を参照)。

技術的な解決策に賭けている人々は、化石燃料の影響に対処する方法について幅広い可能性を検討している。たとえば大気環境工学(二酸化硫黄を大気中にスプレーすることで太陽光を宇宙へと反射するなど)による手法、二酸化炭素を帯水層の隙間に注入する手法、石炭を液化する手法、遺伝子組み換えされたバクテリアからバイオ燃料を生産する手法などの研究が進められている。代替エネルギー源の開発にせよ、化石燃料の燃焼による影響を軽減する新たな方策にせよ、人間は地球温暖化の影響を抑制することが可能だと考えられる。

生態系の回復

人間は生態系におけるフットプリントを自身で拡大してきたことに対して、その観察と追跡を開始した。たとえば、世界自然保護基金(WWF)が公表する「生きている地球指数」では、森林、真水、海洋生態系の変化を追跡調査している。レスター・R・ブラウンが所長を務めるアース・ポリシー研究所は、人間のフットプリント縮小を目指す計画を年度ごとに発表している。これらの報告書は地球に有益な動向を正確にまとめており、ここでの記述もブラウンによる2009年の報告書、**プランB4.0「人類文明を救うために」**を、大いに参考にさせていただいた。

健全な環境の回復は、まず水と土壌への取り組みから始まる。「一滴あたりの作物をもっと豊かに」という活動は、ドリップ灌漑用に細かい穴をあけたゴムホースを使用して実行されている。水はリサイクルされ、また雨水は貯水池や集雨装置にためられる。成長に必要な水が少なくてすむ遺伝子組み換え作物の開発も実現可能だ。海水から真水を抽出する淡水化技術には多額の投資が必要だが、風力あるいは太陽エネルギーを利用することで大規模な事業とするなら可能性はある。しかし、おそらく沿岸付近の有力なエネルギー源を持つ地域でなければ経済的に立ち行かないだろう。土壌の保全は、原状土[不攪乱土]に種子をまく、壁となるよう樹木を植える、ヤギや羊の群れを減らす、森林の全面伐採[皆伐]を禁止するといった活動により進められている。

海洋と森林の回復は複数の手法を用いて進められている。健全な海洋の回復には二酸化炭素排出の削減、海洋資源保全の確立、漁業助成金の削減、肥料や汚水および毒性のある化学物質の流出の抑制などが必要である。さらに、すべて集めるとテキサス州ほどの広さにもなってしまうポリ袋の海洋投棄の規制も行わなくてはならない。森林の回復には、伐採の制限と新たな植林・植樹活動が必要だ。ケニアのNGOであるグリーン・ベルト・ムーブメントを創設した**ワンガリ・マータイ**(1940年〜2011年)の活動に触発され、国連環境計画(UNEP)はビリオン・ツリー・キャンペーン(10億本植樹運動)を推進している。このキャンペーンにより、2009年7月までに41億本の新たな木々が大地に植えられ、さらに21億本の植樹が約束されている。エチオピア、トルコ、メキシコ、ケニア、キューバ、インドネシアなどがこの運動を率先して進めている。しかし現状では、森林再生の努力にもかかわらず、年間に消失する森林の約半分しか回復できていない。また植林による炭素の固定も樹木が生きている間だけの効果であり、地中に埋まって化石化するか、建築物に利用されて崩壊を遅らせないかぎり、樹木が死を迎えればそれが朽ちることで、保持していた炭素が二酸化炭素の形で放出される。

生物種の絶滅スピードを遅らせるには、人間が他の動植物とともに自然資源を共有することが求められる。そのための保護区が設定されており、現在の地球上の土地の約3%は、公園や自然保護区に指定されている。さらに多くの「緑の回廊」(コリドー)や保護区が、推定で地表面積の8%〜10%は必要であると考えられるが、それが有効に機能するには人口と気候の安定が前提となる。

21世紀の最初の10年間で、水不足と土壌の浸食が原因となって、一部の国では食料生産が後退しはじめている。今後の有望な対応として、遺伝子組み換えにより、殺虫能力を持ち病害に強い植物を開発する動きがあげられる。そのほか今後の実現が期待される生産力増強策は、二毛作、食料補助金、地域ごとのコミュニティ・ガーデンやマイクロガーデン[357ページ参照]の推進などに見いだされるだろう。とはいえ、投入するものがなければ食料を産出することはできない。植物については投入できる化学肥料や農薬の構成を明快にしなくてはならない。

消費の抑制と都市計画の見直し

エネルギー節減と資源リサイクルによる消費抑制は、多くの国々で大きく進展した。電球型蛍光灯(CFL)の消費電力は白熱電球よりも75%少ない。そのぶん価格は2倍にもなるが、寿命は10倍もある。さらに発光ダイオード(LED)は消費電力を85%も減らし、寿命は50倍にもなる。世界全体でCFLおよびLEDへの切り替えが進めば、消費される電力のうち照明に使用される割合は全体の19%から7%へと

縮小するとされている。ブラジルではすでに電球の約半分が切り替えられており、2009年の時点でオーストラリア、カナダ、EUが白熱電球の販売を段階的に廃止していくことを承認している。

数多くの家電製品、なかでも冷蔵庫はエネルギー効率が向上している。グリーンビルディング（環境配慮型建物）の普及、交通システムの電化、スマートグリッド（次世代送電網）による電力供給管理などにより、大がかりなエネルギー効率改善が実現している。

リサイクル原料を使ってバージン原料の使用を避けることは、使い捨て経済からの転換につながりつつある。スチール缶やアルミニウム缶は何度でも再利用がきく。アメリカ合衆国では、ほぼすべての自動車がリサイクルされ、家電製品はその約90％が資源として再生されている。建設業においては、資源再生の巨大な可能性がまだ残されている。日本やドイツのように安定した消費人口を有する産業経済の先進国では、主としてバージン原料に頼らなくてもよくなってきている。アメリカの主要都市における公共のゴミのリサイクル率は、2009年にニューヨークで34％、シカゴで55％、ロサンゼルスで60％、サンフランシスコで72％とばらつきがあった。合衆国全体では固形廃棄物のうち33.4％がリサイクルされるか堆肥化され、12.6％が焼却処理、54％が埋め立て処理されたが、埋め立ての割合は1980年の89％から大きく減少した。

2008年以降、世界人口の過半数が都市部に居住するようになり、なかでも最大の都市圏は大東京圏で3600万人（カナダの人口より多い）が暮らし、これに次ぐのがニューヨーク都市圏で1900万人（ほぼオーストラリアと同じ）を擁している。19の巨大都市がそれぞれ1000万人以上の住民をかかえ、その多くが不健康な大気にさらされている。どの都市も、車のためではなく住民のために都市計画を見直す必要がある。成功例としては、たとえばブラジルのクリティバ市が1974年から交通システムを再編し、20年間で人口が倍増した一方で、車両通行は30％減少した。また、オランダのアムステルダム市では、市内の交通の40％が自転車利用となっている。ブラウンの主張によれば自転車はポテト1個分のカロリーで11キロメートル走ることができ、重要な交通手段として復権しつつある。たとえばレンタルサービスでパリを訪れるプログラム［パリ市の自転車レンタルシステム「ヴェリブ」（Vélib）のこと］を利用する、警察署に行くときは自転車に乗る、また、アメリカの少なくとも2つの大学では新入生全員を対象にマイカー通学しないことに同意すれば自転車を提供するなどの方策がある。エコ・シティとして世界の上位にランクされる都市を調べ

図13.5　世界一のエコ・シティ

アイスランドのレイキャビク市では、再生可能な地熱および水力をエネルギー源として暖房と電気をまかなっている。公共交通では水素燃料を用いたバスが走る。レイキャビク市は、2050年をめどとして化石燃料の全廃を計画している。

てみると、アイスランドのレイキャビク市がいつもトップに評価されている（図13.5参照）。

都市部の畑地はかなりの量の食料を生産する拠点となりつつある。カナダのブリティッシュコロンビア州バンクーバーでは、住民の44％が自分たちの食料の一部を生産している。上海では豚肉と鶏肉の約半分、野菜の60％、牛乳と卵の90％を市内および近郊から調達している。ヴェネズエラのカラカス市では、1平方メートルほどの大きさの「マイクロガーデン」と呼ばれる小さな畑が約8000カ所あり、そこで継続的な栽培が行われている。年間でレタスならおよそ330個、トマトなら18キログラム、またはキャベツなら16キログラムを生産することができる。

こうした実例から、人々が消費を減らし、都市計画を見直す多様な手法に取り組んでいることがうかがえる。人間が世界的な生態系の危機に立ち向かうにあたり、電気器具の効率向上がはかられ、原料のリサイクルが活発化し、自転車利用および都市部のガーデニングが大きな効果をもたらしつつある。

新たな形態の民主主義を育てる

石炭を基盤とする産業革命は、それまでの君主制および帝政による国家を近代的な国民国家へと変えることになり、それに

伴って市民生活への政府の関与が拡大するとともに、政府あるいは政府に送りこむ「市民の代表者」を市民が選ぶ「民主制」という制度により、市民の政治への参加も強まることになった。自由で、公正で、対立する候補者たちが立候補し、市民全体に開かれた選挙が定期的に実施されるという、民主主義の最低限の基準で判断した場合、20世紀後半には世界的に著しい進展が見られた。この定義で評価すると、1950年の時点で民主主義と呼べる体制下にあったと言えるのはわずか22カ国、世界人口で14.3%を占めるにすぎなかった。それが2002年の時点では、世界における192の主権国家のうち121カ国、世界人口の64.6%を占めるまでになった。

化石燃料から再生可能エネルギーへの移行は、新たな政治形態の幕開けにつながる可能性を秘めている。どのような政治形態が考えられるだろうか?

デヴィッド・コーテン(1937年〜)はそのひとつの例を著書『大転換:帝国から地球共同体へ』(2006年)で提示している。コーテンは国際的な開発機関に30年間勤務した経済学者だが、企業によるグローバリゼーションに対して批判的な目を向ける。コーテンの描く基本的な図式は、帝国と地球共同体という2つの選択肢からなる。彼のいう「帝国」という言葉は、支配に基づく人間関係の階層的秩序(本章に先立つ各章で、「徴税中心の社会」と表現した概念に相当する)により営まれてきた5000年もの時代を指すシンボリックな用語である。これに対し「地球共同体」は、平等主義的なパートナーシップに基づく人間関係の民主的秩序により営まれる体制をいう。コーテンはこの**大転換**という考えを、予言のたぐいではなく、より力強い民主制、積極的な参加をともなう市民権、および相互に有益な協力関係を求めてあらゆる世界の人々が選択する、ひとつの可能性として示している。これに対比される選択肢として彼が語るのは、環境システムの崩壊、資源をめぐる暴力的な競争、立ち枯れる人間性、無慈悲な領主の割拠といった要素からなる「大崩壊」という概念だ。

参加型民主主義をいっそう強めていこうとする変化の実例がある。ラトガーズ大学で政治科学を専門とするベンジャミン・バーバー名誉教授は参加型民主主義を、過去200年の「薄い自由民主主義」の上に築かれるべき「強い民主主義」と呼ぶ。彼の提唱する、強い民主主義を目指すアジェンダ[行動計画]には、隣人関係の集合としての国家システム、実験的な裁判員制度の実施、普遍的な市民サービス・プログラム(軍事関連の選択肢も含む)が盛り込まれるという。討議デモクラシー・コンソーシアム(DDC)という組織のディレクター、マット・ライニンガーは、地方自治体

あるいは地域レベルでの"参加型統治"(ガバナンス)の共有という流れについて語っている[日本における「広域連合」あるいは「広域行政組合」に通じる流れか]。以前は物理学者で現在はデリーを拠点とする環境活動家のヴァンダナ・シヴァは、インドの女性や零細農家および零細製造業者の活動についてのドキュメント作成を進めている。こうした人々の活動により、水資源を消耗し汚染していたコカ・コーラの工場を閉鎖させ、他の企業が種子や植物を特許によって囲い込むこともやめさせ、水の供給源の私有化に反対するといった運動が進められた。シヴァは次のように訴えている。

多国籍企業による支配という企ては…非常に多くの人間と他の生物種が生活する条件そのものを破壊してしまいかねません。…独裁の影響はもはや局地的なものではなく、あらゆる社会およびあらゆる国々において、経済・政治・文化といった各方面にわたる生活をまるごとのみこんでしまうのです。…私たちは状況の転換と解放に向けて、私たちの持てる力を引きだそうとしはじめたばかりです。これはヒストリーの終わりではなく、新たなヒストリーの始まりなのです。[2]

世界全体で見れば、かつてないほどに多数の人々が民主的な政府のもとで暮らすようになり、また意思決定の場へより力強く参加する道が今後に開かれている。これまで蓄積してきたコレクティブ・ラーニング(集団的学習)を問題解決に振り向ければ、新たな政治形態を通じて人々の力が発揮されることになるだろう。

グローバルな協力とコミュニケーションの増進

第二次世界大戦後、国際連合の創設とともに強力な国際協力が始まった。20世紀の終盤には活動の足場をさらに固める動きとして、1992年にリオデジャネイロで開催された地球サミットから3つの国連環境条約が生まれ、また1994年にはカイロで国際人口開発会議が開催され、行動計画が採択された。さらに2000年には、8つの具体的な目標を定めた国連ミレニアム宣言が調印された。しかし、2009年に開催されたコペンハーゲン気候サミットは希望を後退させるような結果となった。多くの国々がそれぞれの目標達成に向けて活動を続けていたものの、二酸化炭素排出に関して何らの条約も成立しなかったからだ。

各国政府だけでなく非政府組織(NGO)の数が増え、グローバルな問題に莫大な資金を投じてどのようなアイデア

がうまく機能するかを探求している。そのうちのいくつかを紹介しておこう。アメリカ大統領［第39代］を務めたジミー・カーター（1927年～）が設立したカーター・センターは社会的・経済的な発展に貢献している。「国境なき医師団」は、世界でも最も困窮している地域に医療を提供している。アムネスティ・インターナショナルはグローバルな規模で人権問題に取り組む団体だ。アショカ財団およびスコール財団は、地域に変革を起こす社会起業家のネットワークに対する支援を行っている。世界自然保護基金（WWF）および「ザ・ネイチャー・コンサーバンシー」（TNC）は生物多様性の保護に尽力している。ジョン・D・ロックフェラー、ジョージ・ソロス、デヴィッド・パッカード、ウィリアム・ヒューレット、ビル・ゲイツとメリンダ・ゲイツ、ウォーレン・バフェットといった、変革に貢献できる慈善活動家もまた重要な役割を果たしている。2007年に未来世代のための国際的なロビー団体として発足した世界未来協議会（WFC）のような若い組織も活動している。スウェーデン人の作家ヤーコプ・フォン・ユクスキュルにより設立されたWFCはハンブルク、ロンドン、ブリュッセル、ワシントンDCおよびアジスアベバに拠点となる事務所を置いている。

1991年、スイスのジュネーブにある素粒子物理学研究所、すなわち欧州原子核研究機構（CERN）に勤務していた数学者ティム・バーナーズ＝リーがワールドワイドウェブ（WWW）を開発しインターネット上で提供して以来、あらゆるレベルでのグローバルな協力が緊密化するようになった。いまや世界中の人々が、ウェブ上で250億ページ［2016年10月4日現在47.6億ページ］にも相当する知識を利用することができ、また国際的な連絡を直接取れるようにもなった。金融もデジタル化され、アメリカ合衆国で流通する4兆ドルのうち実際の紙幣やコインで取引されるのは約10％にすぎない。デジタル化およびワールドワイド・コンピューティングの拡大は今後も継続するものと予想される。

こうした動きはグローバルな協力が拡大し、コレクティブ・ラーニング（集団的学習）の威力が増大していることを示す希望の持てる兆候である。だが、その一方で、不安な思いを抱かせるような疑問もたえず影を落としている。すなわち、経済成長を基盤とする商業主義と持続可能性は、本質的に相容れないのではないだろうか？　人々は政治的な意図［政策］を機動的にすばやく変化させられるのか、あるいは危機が到来するまで待ち続けるのだろうか？　経済的な刺激策は市場を通じて成果をもたらすことができるのか、それとも政府が配給制のような政策を強制する必要が

あるだろうか？　富裕層は貧困層を支援するだろうか、それとも自分たちのことしか心配しないだろうか？　目下進行しつつある、「西」（アメリカとヨーロッパ）から「東」（中国とインド）への大規模な富の移動はどのような結果をもたらすのだろうか？

これからの100年間に備えて、あらゆる地域の人々が前向きの傾向をさらに推し進め、どのような形でもエネルギーを保存し、家族計画（産児制限）を行い、自転車利用を増やし、ガーデニング栽培を増やすといった、目下実践されている最も有望な動きに基づいて、自分たちのライフ（生活、人生）を設計あるいは再設計することが可能だ。しかしながら、個人のライフスタイルを変化させるだけでは十分ではないだろう。より大がかりな変化を目指し、市民が政治的行動にいっそう深く関与する必要があるだろう。急速に変化する世界において着実に行動するには、明確な意志、創造性、共感および勇気というものが、相変わらず求められるのだ。そして、ビッグヒストリーのもたらす展望は、諸問題を明快に見通す上で非常に有効なのである。

人間はこの過剰な人口をかかえた惑星で運命を共有している。人間は文化とコレクティブ・ラーニングにおいて試行錯誤をくりかえして、自分たちの行く末をかなりの程度自分たちで左右できるまでになった。グローバルな難問に対する解決策があるのであれば、相互に結びついた人間はそれを見つけだすだろう。人間の未来を決定する闘いは始まったばかりだ。次の100年がどのような結果となろうとも、驚くべき未来が待ち受けていることだろう。

🔅 近未来の先に

遠い未来について考えることは、これからの100年間についての考察とはかなりちがうものとなる。近未来については、私たちの子や孫を含めて、これから私たちが知ることになる人々の生活に関わるものだから、気にかけることができる。また、その時代に対して私たち自身がなんらかの影響を及ぼす可能性もあるため、そうした影響力をどのように行使するか真剣に考える価値がある。結局のところ、それは私たちの予測が（断言することはできないが）それほど大きく外れるはずはないと思えるほどの近未来であるということだ。

ところが、西暦2100年よりも先のかなり遠い未来について考えだすと、話はわかりにくくなる。100年以上が過ぎてさらにその先となると、どのようなことが起こるのか、なかなか真剣に心配する気になれない。私たちの孫、さらにはひ孫の運命について思いをめぐらすことは意義あるこ

未来予測その1：近未来　**359**

とに思われよう。しかし、それより後の子孫となると、その運命に強い思い入れを抱くことはもっと難しくなる(そうした子孫の側からも、私たちのことを大いに気にかけるかどうかは疑わしい)。遠い未来については個人的な関わりは希薄になり、もっと抽象的なものとなる。このように時間のスケールが大きくなると、私たちの予測が重要であるかどうかも不確かになってくる。たとえば500年が経過した時代を考えた場合、ことに現代のような変化の著しいペースからすると、いったい私たちは500年後の世界のあり方に影響を及ぼし得るものなのだろうか?

その上、変化のペースが加速しているため、100年後の世界でさえ予測困難なら、現在から遠くなればなるほど、あり得る世界の可能性もめまぐるしく分岐し、私たちの予測はますます空想小説のようなものとなっていくだろう。特に「未来予測その2」については、人間社会は非常に複雑な存在なので、予測は困難だ。

しかし、さらに遠い数百万年から数十億年といった、はるか彼方の「未来予測その3」に目を向けてみれば、人間社会について語ることはもはや意味のないことであると思われるので、地球、さらには宇宙の歴史といった別のテーマについて考察することになろう。予測のテーマが、プレートテクトニクスや惑星の進化、さらには宇宙全体の進化のような、よりシンプルで、ずっと時間のかかるプロセスへと戻って行くならば、変化の可能性がふたたび狭まりはじめるため、おもしろいことに、かえって現実味のある予測がやりやすくなるのだ。したがって、「未来予測その2」が未来全体の中でも最も予測困難であるのに対し、「未来予測その3」は比較的確かな見通しによる推測が可能なのである。

未来予測その2: 今後数千年間

今から500年後の世界、あるいは1000年後、2000年後の世界はどのようなものになっているだろう。これまで考察してきたように、人間社会は私たちの知る最も複雑な存在のひとつであり、それ故こうした遠い未来に関する予測はほとんど不可能のように思われる。「未来予測その2」では、未来に関して思考する私たちの能力が機能しなくなることを実感させられる。

こうした未来に関しては、これまでに興味深い推論やあまたのSF文学が生まれてきた。なかには読みごたえのある魅力的な内容の「未来のヒストリー」もいくつか存在する。

「予測」として真剣に受けとめるべきものはないが、未来について著者の想像力の及ぶかぎりの範囲で描かれた未来が示され、非常に荒涼たる世界(ディストピア)から非常に楽天的な世界(ユートピア)まで、幅広い未来像を見ることができる。

ジョージ・オーウェルとオルダス・ハックスリーは、20世紀前半にひどく陰うつな未来を描いた「ディストピア」小説の作者として知られる。オーウェルの『1984』では、超大国の独裁者たちがその権力を守るため、露骨なプロパガンダや拷問、暴力によって世界を支配する全体主義的な未来が描かれる。国際的な政略はこれといった明確な大義もなく、少数の特権階級が権力を維持するためだけに、たえず戦争に明け暮れている。

ハックスリーの『すばらしい新世界』に描かれているのは、人間がバタリーケージ[ワイヤーでできたケージの中に鶏を入れ、それを数段重ねて飼育する方法]のヒナのように培養装置で生まれ、薬物によって幸福感を保っているような世界である。だが、ある意味で、遺伝子を操作し、研究室で卵子を受精させる技術を発達させてきた現代の社会に近いとも思わせる世界だ。それは人々が切望している様々なもの、たとえば苦痛や不幸感、人生で遭遇する困難といったものからの解放を実現しているという意味で、興味深いディストピアでもある。しかし、それはまた、今のふつうの人々が住む、予測不可能だけれども時には深い意味を感じさせる、幸福と不幸の織りなす複雑な世界と比べると、おそろしく堕落した生活をもたらすものだ。苦痛をできるだけなくそうとする人間の能力は結局、感情的・精神的・知的に貧困化し、自由という観念そのものが意味を失ってしまう世界を創りだしてしまうのだろうか?

ウォルター・ミラーのSF小説、『黙示録3174年』は、ヨーロッパの暗黒時代を思わせるような不気味な世界で幕を開ける。そこには過去の文明の断片的な記憶が残されているが、その技術と技能はほとんど失われてしまっている。章ごとにストーリーは数世紀ずつ未来に進むのだが、その世界は作中で「火焰異変」として伝えられる核戦争後の世界であることがだんだんわかってくる。作中で起こることは近代の世界史ではおなじみのストーリーの再現であり、都市の再生と商業の復興へとストーリーは続き、終わりのほうで近代科学がよみがえる。結局、科学者がふたたび核兵器を発明し、悲しいことにまたもや戦争に使われ、人間社会は二千年という時を押し戻されてしまう。そして、人間は核兵器の開発を超えて進歩することができない、なぜなら、いったん開発された核兵器は必ず戦争に使われてしまうから、というのがこの小説で本当に描きたかったことだ

とわかる。数十年にわたり地球外知的生命体探査(SETI)を通じて異星人の文明の存在を裏づける信号を受信しようと試みても、そのようなものはまったく検知されないという事実について、この小説にその理由のひとつを見いだせるのではないかと考えたくなる。人間のようにコレクティブ・ラーニング(集団的学習)の能力を備えた生物種が出現すると、数十万年後には自分たちを滅ぼしてしまうほど強力なテクノロジーを生みだしてしまうことが避けられない、ということがありえるだろうか? このように、いつまでも繰り返される、真の勝者のいない、一定のレベルを超えて先に進むことができないテクノロジーとの闘いという未来図は、想定しえるなかでも最も陰うつなシナリオのひとつといえる。

ジェームズ・ラブロックが「ガイア」に関する著作で描きだした思想は、上記のミラーの考え方に部分的に通じるものがある。ラブロックは、地球上のすべての生物が協調的に機能して一個の巨大な生命体(超個体)を形成しているのではないか、という仮説を主張している。この超個体を「**ガイア**」と呼んでいるが、これは友人の小説家、ウィリアム・ゴールディングの提案により、ギリシア神話から大地の女神の名を借りて命名したという。地球が生物にとって生息可能(ハビダブル)な場所であり続けるようにするため、「ガイア」はなんとかしのいでいるとも考えられるとラブロックは主張する。「科学」としては、この仮説には賛否両論がある。ラブロックの論ずる考えのなかでも最も印象的なのは、45億年にもわたって太陽から地球に注がれる熱が徐々に増大していったにもかかわらず、液体の水が存在できるゴルディロックス条件の範囲内に地球表面がとどまり続けたという点だ。地球表面で機能する何か、おそらく大気圏と生物圏の間にある何らかの複雑なフィードバックシステムが働いて、地球表面の色と反射性、および大気の組成における変化により、地球が液体の水で海洋を満たすことができる限られた温度帯にとどまって、生物の生存に適した状態を保ち続けていると考えられる。この決定的に重要なフィードバックシステムは、地質学的なものなのか(多くの地質学者の主張によれば、浸食作用に伴う"二酸化炭素の岩石圏への理積"によると推定される)、あるいはラブロックが主張するように超個体「ガイア」の働きによるものなのだろうか?

ラブロックはその主張をさらに推し進め、人間が多くの資源をむさぼってしまうことで、この太古からのメカニズムを台無しにするような脅威を及ぼしているという。また、人間が自分たちの属している、より大きな「超個体」に害を与えるおそれがあるほど急速に増殖し、ガン細胞のように振舞いだしているのではないかとも述べている。ここから2つの可能性が考えられるが、そのどちらも当事者の人間としては聞いていて心地よい話ではない。まずひとつは、人間が自分たちの生きている生物圏(ガイア)を破滅させようとしているのではないか、たとえるなら、あまりに有毒なウィルスのように、破滅の過程で自分たち自身も滅ぼしてしまうのではないかという可能性。もうひとつ考えられるのは、超個体「ガイア」が不良化した生物を除去することで自然治癒の道を歩む可能性であり、その場合恐るべき疫病を流行させる、あるいは単に人間が核戦争で自滅するのを待つといった形となるだろう。

ステイブルフォードとラングフォードの『2000年から3000年まで——31世紀からふり返る未来の歴史』およびウォレン・ウエイジャーの『未来からの遺書——2200年の祖父から孫娘へ』は、どちらも遠い未来に書かれた歴史というスタイルをとっている。また、どちらも、核兵器の使用に関わる重大な危機に見舞われる未来を思い描いており、そうした危機から人間が社会と国際関係を構築する新たな方法を学ぶという筋書きになっている。ウエイジャーの小説はH・G・ウェルズの作品から着想を得て1989年に発表されたものだが、社会を構築するために社会主義・資本主義・無政府主義と様々な手法を次々と試していく未来が描かれている。テクノロジーはどちらの作品でも重要な意味を持つが、ほとんどの未来志向の作品がそうであるように、どちらも実際に探求しているのは現代の世界における政治的・道徳的な諸問題だ。

ディストピアが読み物として興味深いものであるのに対し、ユートピアは退屈な話になりがちなため(人間は往々にして幸福な話より悲惨な話を好むようだ)、本当の意味で未来志向のユートピア的な小説は比較的少ない。ユートピアは未来型テクノロジーの作品に出現する場合が多く、寿命が延びてさらに健康な生活、また、無限で実質的にただで手に入るエネルギーと資源をもたらすテクノロジーを予言するものとなりがちだ。様々な肉体的な苦痛を取り除き、食料その他の資源の持続可能な供給を確保し、プラスチックを食べるバクテリアなどを開発して、人間のせいで傷ついた生物圏を修復できるような、新しい形態の遺伝子工学や**ナノテクノロジー**(微細なバクテリアなみのサイズの装置を用いる)がテーマとして扱われることも多い。なかにはレイ・カーツワイルのように、人間がコンピューターと融合し、事実上不死の存在となる日を想像する未来学者もいる。

ユートピア的な未来には2つのタイプがあることを念頭に置くとよいだろう。まず、遠い未来にまで持続可能な成長を見越し、今日見られる生態系の多くの問題を技術的な

修復策で解決する日を予見するというタイプ。これに対し、成長がペースダウンし、成長と消費の拡大が必ずしも良好な生活を約束するものではなくなる、という未来を予見するタイプがある。後者のユートピアでは、代わりに未来は幸福な世界ではあるが、たえず変化あるいは「成長」するものとは限らない。変化の速度がゆるやかになり、現代に比べ人口はずっと少なく、際限なく新資源を探し求めることもなく良好な生活を維持することで、「足るを知る」社会を営む人間を想定している。

　他の惑星への移住という未来は、ディストピアでもユートピアでも見られるテーマだ。人間というのは言ってみれば移住性の生物種であり、かつて太平洋を航海してラパ・ヌイ（イースター島）のような遠い土地に、"不帰の旅"を覚悟して移住していった人々の例があるが、宇宙空間の移住はそうした驚異的な旅に基づいて描かれているようだ。小惑星からの鉱物の採取、月や火星に設置される、あるいは宇宙空間を飛行する宇宙ステーションの開発などについては、一部のテクノロジーがすでに実現している。スペースコロニーのひとつのモデルとして、ゆっくりと自転し、それによって擬似的な重力が発生し、その内部の多様な区域、言い換えれば「大陸」ごとに"昼夜"を模した明暗サイクルも生じるというものが描かれている。

　さらに意欲的な構想として、火星のような惑星を人間その他の地球の生物が住めるように改造する**テラフォーミング（地球化）**がある。これは小説家で科学者でもあるアーサー・C・クラークの数多くの未来志向のアイデアのひとつとして生まれた。火星のテラフォーミングを行う上で、海洋と大気を作りだそうという狙いから、火星の地下にある氷を融かすための大規模な核反応、また火星の環境条件でも増殖可能なバクテリアの移植、太陽の熱と光を反射・集中する巨大なミラーを火星上の軌道に乗せることなどが必要と考えられた（図13.6参照）。こうした構想は当然、おそらく何百年もの期間を要する大がかりな工学プロジェクトとなり、しかも成功する保証はないのだ！

　太陽系外への移住は途方もなく遠方の話となるため、想像するのもいっそう困難になる。現在、私たちが想像できるどのようなシナリオでも、最も近い恒星系への移住でさえ外宇宙の移動に何世代もの時間が必要になるであろうし［太陽系から最も近い恒星系は約4光年離れたケンタウルス座アルファ星だが、人間が作った最速の飛翔体、「ボイジャー1号」と「ニューホライズンズ」（秒速約20キロメートル）でも約6万年かかる］、移動中にどのような事故や故障が発生しても再補給や修理のめどは立たないし、目的地にたどり着けたとしても住むことができる"ハビタブル惑星"があるという保証はないのだ。もちろん大幅に高速化した移動手段が発明される可能性はあるが、今のところそれがどのように機能するものかさえ見当もつかない。それでも、あえて銀河系の空間で徐々に活動を広げていく人間を想像するならば、それは太平洋の島々に渡った人々の旅をなぞるようなものだが、留意すべき点がある。それは距離と時間の隔たりが非常に大きなものなので、集団ごとにばらばらに移住していった人間たちが、それぞれ異なる恒星系で進化と変化を遂げることはほぼまちがいないということだ。その結果、人間は数多くの変種へと枝分かれしていくだろう。もちろん、わずか3万年前でも地球には数種類のホモ属（ヒト属）種が存在していたのだから、このようなシナリ

図13.6　火星のテラフォーミング（地球化）？

火星に人工的な「気候温暖化」を起こすことで、居住可能なハビタブル惑星にすることができるだろうか？できるとしても、計画を遂行するのに何百年もの時間が必要になるだろう。

オは実際的にそれほど無理なものではない。

このように記したのは、人間が他の種と同様に進化するものであることに改めて留意するためだ。遺伝子操作により人間自身の進化に手を加えはじめたこととは別に、そもそも私たちは変化する生き物であり、やがていずれは私たちの子孫が同じ人間であるかどうか断言できなくなる時がやってくるだろう（現代からの時間旅行を体験できる人から見て、という空想上の話だが）。おそらくその時をもって、"私たちのような人間"の歴史に終止符が打たれるのだろう。

未来予測その3：
はるかな未来

さて、次に目を向けなくてはならないのは、"私たちのような人間"がもはや存在しない、はるか先の未来だ。今から数億年あるいは数十億年も先の遠い未来について考えるとなると、巨大な時間スケールで進化するもの、すなわち惑星としての地球、銀河、そして宇宙全体をふたたび考察

の対象とせざるを得ない。このような規模になると、ほとんどの変化はより緩慢で、より単純に進行するものであり、したがっておもしろいことに、太古の時代と同様にまた比較的確かな視点をもって予測できるようになる。実際、これからの数世紀間の歴史を予測するよりも、はるか遠い未来の出来事を予測するほうが、かなり信頼できる見通しを持てる。

プレートテクトニクスがそれを説明する好例となる。たとえば、主要なプレートの動く方向と速度は大まかに知られており、また過去数億年にわたりどのように動いたかもわかっていることから、5000万年後から1億年後、さらには2億年後、地球がどのような様相となっているか、ある程度まで合理的な予測ができる。大西洋が拡大する一方で太平洋は狭くなっていき、アフリカ大陸は「大地溝帯」（グレート・リフト・バレー）に沿って分裂するだろう。ある予測によれば、地球上の大陸は北極を中心としてふたたび集合するように移動し、ついには新たな超大陸**アメイジア**を形成するという（地図13.2参照）。

太陽のような恒星がどのような進化の道をたどるかすでに知られていることから、地球全体の未来についてもある

地図13.2　超大陸アメイジア

今から1億年ほど先には、地球の各大陸が集合して超大陸アメイジアを形成すると考えられる。

13

図13.7 衝突！

私たちの銀河（天の川）がアンドロメダ銀河と衝突するようすを描いたシミュレーションに基づく予想図。

程度のことはわかる。今から30億ないし40億年後には太陽の燃料が尽きる。太陽の外層部は流出し、その核は縮退を起こし、ついでヘリウム燃焼が始まる。太陽はふたたび膨張しはじめて赤色巨星の段階に進み、現在の姿よりもはるかに大きくなる。巨大化した太陽の外層部は地球の公転軌道にまで膨張してくるので、私たちの惑星は太陽に飲み込まれることになる［太陽が大きくなるにつれ、質量が分散するので重力が小さくなり、地球の公転軌道も外側にずれるので、結局、地球は太陽に飲み込まれないとする説もある］。そこで惑星としての地球は終わりを迎え、仮に生物がいたとしても運命を共にすることになる。最終的に太陽はまた縮小して白色矮星となり、それが恒星として活動していた90億年ほどの期間よりもずっと長い時間をかけてゆっくり冷えていく。太陽は超新星となるほどの大きさはない。

太陽が寿命を迎えるのと同じころ、私たちの銀河（天の川）は、近隣のアンドロメダ銀河と衝突する（図13.7）。衝突するといっても、それは穏やかに進行するもので、恒星同士が接近することはほとんどない。しかし、それぞれの重力の影響で惑星系にひずみが生じ、双方の銀河の全体的な形状が変化し、局地的に混沌とした状態が出現するだろう。この衝突を観測する人間はそのころにはいないだろうが、居住可能なハビタブル惑星が多数存在する可能性があっても不思議ではなく、その住民が観測するかもしれない。その中には、私たちの地球から移住した人々の子孫もいるかもしれない。

宇宙全体はどうなるだろうか？　不思議なことに、宇宙の進化のあり方は、人間社会の進化に比べるとずっと単純である。そのために宇宙論研究者は、宇宙の未来についてある程度合理的に意味のある見通しを立てられると確信できる。

これまでに述べたように、ビッグバン宇宙論は膨張宇宙を基本としている。しかし、宇宙論研究者は常に、宇宙をばらばらに引き離そうとする力（斥力）と万物を引き寄せようとする重力（引力）という根本的な力との間で張り合う緊張状態があるに違いないと考えてきた。最終的にはどちらの力が勝るのだろうか？

20世紀後半に入り、宇宙論研究者はこの問題について、宇宙の膨張する速度と宇宙の全物質の引力を推定することで、解答を探ろうとした。つまり、宇宙に十分な物質が存在するなら、重力の影響で宇宙の膨張が遅くなってやがて停止し、次第に収縮に転ずるのではないかという考え方だ。それに転ずるのは2000億年後ぐらいからと推定された。宇宙の収縮は、宇宙全体が圧縮されてふたたびエネルギーもしくは物質が凝集した極小の点に還るまで加速し、収縮の最終段階［ビッグクランチ］に至るまでにビッグバンから約4000億年の時間が経過すると推定された。その段階で一点に収縮した物質のものすごい圧力により、反発する力（斥力）が働いて新たなビッグバンが起こり、それと共におそらく新たな独自のライフサイクルを持つ、まったく新しい宇宙が創出されることになるという。こうしたストーリーには、何かしら納得させられてしまうところがある。

しかし、あいにく現代の宇宙論研究者の大半は、こうした膨張と収縮を繰り返す宇宙（サイクリック宇宙論）的な未来像に否定的だ。1990年代後半の興味深い発見がそうした見解をもたらした。地球からずっと遠いところに発生した超新星を観測することで、宇宙の膨張速度を推定したところ、時間とともに宇宙の膨張速度は遅くなるどころか、

| 表 13.1　宇宙のはるかな未来に関する年表 |

ビッグバンから経過した 時間（単位：年）	重要な出来事（年代は推測の要素を多分に盛り込んでいるので、時間の記載にそれほどの精度は期待できない）
10^{14}	ほとんどの恒星が活動を停止する。宇宙には主として低温の天体、黒色矮星、中性子星、活動しなくなった惑星や小惑星、恒星ブラックホールなどが存在し、膨張しつづける宇宙の中で残された物体はばらばらに孤立していく。
10^{20}	多くの天体が各銀河から流れ出し、銀河に残った物質は銀河ブラックホールに落ちこんでいく。
10^{32}	陽子はおおむね崩壊しており、エネルギーとレプトン（電子などの素粒子）、およびブラックホールで構成される宇宙が残される。
$10^{66} \sim 10^{106}$	恒星ブラックホールおよび銀河ブラックホールが蒸発する。
10^{1500}	量子力学における「トンネル効果」によって、残存物質が鉄へと変換される。
$10^{10^{76}}$	残存する物質が中性子物質へと変換され、その後ブラックホールを形成し、それも最終的に蒸発する。

注記：10 の 14 乗は 14×10 ではなく、10 を 14 回掛けた数字、すなわち 100,000,000,000,000 という数であることに気がつけば、それが大変な数であることがわかるだろう。最下段の数字は、それすら消し飛ぶくらい恐ろしい数字だ。まず 10 を 10 乗した数字を求め、ついでその数字（つまり 10,000,000,000）を 76 回も掛け合わせて得られる数字だ。その数字を印刷するだけで、本書のかなりのページ数を費やさなくてはならない。そのため、それを表現するのに非科学的な何億兆（gazillions）という言い方を用いた。とにかくそれによって、途方もなく際限もなく長い年月を実感していただきたい。
出典：『私たちの宇宙の未来：宇宙における人間の運命』（ニコス・プランツォス著　ケンブリッジ大学出版　2000 年）263 ページから抜粋

むしろ加速しているように見えたのだ。これはほとんどの宇宙論研究者の予想とは反対の結果だった。この予期しなかった現象についての解釈のほとんどは、アインシュタインがかつて仮定した考え方［宇宙項］に立ち戻るものだった。つまり、重力とは逆方向に働く基本的な力、つまり物質を互いに離れる方向に押しやる力（斥力）が存在し、これは宇宙空間そのものから発生する力なので、宇宙が膨張するにしたがってさらに大きくなる傾向を持つのだという。さらに、太陽と地球が生まれたころ、［理由は不明だが］膨張が加速しだした。

　その結果、宇宙の未来像はどうなったのだろうか？　ひとつはっきりしていると思われるのは、非常に遠い未来、10 億年の 10 億倍のさらに 10 億倍もの長い時間の後、すなわち宇宙が生まれてから現在までに経過した時間よりもずっとずっと長い気の遠くなるような未来の宇宙は、もっともっと物質の「出会い」のない退屈な世界になっていくということだ（表 13.1 参照）。銀河同士は遠く離れるばかりで、空を見上げても目に見える天体は次第に減っていき、ついには、それぞれの銀河は自身の銀河だけで宇宙のすべてと感じられるまでになってしまう。恒星が新たに生まれることはなくなり、恒星の数は減りはじめ、最終的にまったく恒星が存在しなくなるまでそれは続く。恒星がないということは、惑星もなく、生物圏もなく、生き物もいない世界につながる。宇宙は死の世界へと還り、あらゆる複雑な構造を持つ物がゆっくりと崩壊していく。まず生物が、ついで惑星が、そして恒星にも崩壊が及ぶ。惑星と生命の出現を可能にしていたゴルディロックス条件はもはや存在しない。宇宙は、もしかしたら巨大な鉄の塊を含む化学物質の雲が残る空間となる。さらに、物質の集積する場所があれば、それはブラックホールを生みだすか、あるいは最終的にブラックホールに飲みこまれてしまう。ブラックホールは次第に物質がまばらになっていく宇宙で落ち穂拾いのように乏しい獲物を飲みこんでいく。何億兆年の何億兆倍もの年月が流れた先の未来に（ここで言う**億兆**というのは合理的な単位ではないが、無量大数のような途方もない数字だと思ってもらいたい）、ついにはブラックホールさえもエネルギーを流出させ、蒸発しはじめる。宇宙はいよいよ［"複雑"の反対の］"単純"になっていきつつ、膨張はやむこともなく、際限なく広がりつづけて、永遠にその先に続く……

結論──ストーリーの終わり：宇宙における人間

　読者にとってこの結論が満足のいくものかどうかはさておき、これは宇宙の最終的な行く末を記述するにあたって、現時点での私たちの最善を尽くした形なのだ。この陰うつな未来像から今日の宇宙に立ち戻って考えれば、ある意味非常な満足感を覚えるだろう。なぜなら、こうした未来予測の観点からするとそれほど歳をとっていない宇宙（もちろん 138 億年という宇宙の年齢は私たちにとっては、とてつもなく古いと思われるが）に、それが緑あふれる春の時期に、すなわち宇宙が恒星、惑星および生物、さらには人間さえも含む複雑な存在を生みだすのに必要な、多大なエネルギーと物質的な成分その他もろもろに満たされている時期に、私たちが生きていることを知るのだから。恒星、

惑星、生命、そして人間を生みだすゴルディロックス条件は、いま確かに存在しているのだ！

私たちは、宇宙が私たちを取りまく驚異的な世界を創造するのに必要な活力で満たされた時期に、宇宙の被造物となったのだ。

要約

「未来予測その1」の「近未来」は難しい予測であったが、避けて通るわけにはいかない。先行きの暗い傾向と希望の持てる傾向を明らかにしようと試み、また、最も希望がある傾向にもって行くことができる生き方を想像した。今後数千年間についての「未来予測その2」はさらにずっと予測が難しいが、それだけにSF作家たちが想像力を働かせる余地が大いにある。「未来予測その3」で扱ったはるかな未来はある意味、比較的単純で動きの遅い領域だ。したがっ

て、興味深いことに、近未来よりも確信を持って予測することができる。たとえば、私たちの太陽は赤色巨星となり、その後収縮して矮星となり、また、天の川銀河はアンドロメダ銀河と衝突するというぐあいに。宇宙は永続的に膨張し、温度が低下し、構造が単純化し続けることになると推測されている。私たちは、宇宙が緑豊かな春のような時期に生きるという幸運に恵まれたのだ。

考察

1. 不吉な傾向と希望の持てる傾向のそれぞれいくつかを述べよ。

2. 成人としての生活を考えた場合、あなたは環境を守るために自分のライフスタイルにどのような変化を起こそうと考えているか？

3. 太陽系と宇宙の未来に関する私たちの考察はどれほど信頼できるものなのか？

4. ビッグヒストリーのストーリーの結末を知ることができるという手ごたえはあるか？

キーワード

- 温室効果
- 傷ついた生態系
- 再生可能エネルギー
- 石油輸出国機構（OPEC）
- 大転換
- 地下水

- ナノテクノロジー
- 人間のフットプリント
- 破綻国家
- 惑星の地球化（テラフォーミング）
- ワンガリ・マータイ
- 350 ppm

参考文献

Brown, Lester R. *Plan B 4.0: Mobilizing to Save Civilization*. New York and London: Norton, 2009.
（『プランB 4.0：人類文明を救うために』 レスター・ブラウン著 ワールドウォッチジャパン 2010年）

Davidson, Eric A. *You Can't Eat GNP: Economics as If Ecology Mattered*. Cambridge, MA: Perseus, 2000.

Diamond, Jared. *Collapse: How Societies Choose to Fail or Succeed*. New York: Viking, 2005.
（『文明崩壊：滅亡と存続の命運を分けるもの（上・下）』 ジャレド・ダイアモンド著 草思社 2005年）

Huxley, Aldous. *Brave New World*. 初版は1932年に出版。
（『すばらしい新世界』 オルダス・ハクスリー著 早川書房他）

Kaku, Michio. *Visions: How Science Will Revolutionize the Twenty-First Century*. Oxford, New York, and Melbourne: Oxford University Press, 1998.

Korten, David. *The Great Turning: From Empire to Earth Community*. San Francisco: Berrett-Koehler, 2006.
（『大転換：帝国から地球共同体へ』 デヴィッド・コーテン 一灯舎 2006年）

Kurzweil, Ray. *The Singularity Is Near: When Humans Transcend Biology*. New York: Penguin, 2006.
（『ポスト・ヒューマン誕生：コンピューターが人類の知性を超えるとき』 レイ・カーツワイル著 NHK出版 2007年）

Lovelock, James. *The Vanishing Face of Gaia: A Final Warning*. New

York: Basic Books, 2009.

McAnany, Patricia A., and Norman Yoffee. *Questioning Collapse: Human Resilience, Ecological Vulnerability, and the Aftermath of Empire.* Cambridge, UK: Cambridge University Press, 2010.

Miller, Walter M. *A Canticle for Leibowitz.* New York: Bantam, 1997. 初版は1959年に出版。
(『黙示録3174年』 ウォルター・マイケル・ミラー・ジュニア著 東京創元社 1971年)

Mueller, Richard A. *Physics for Future Presidents: The Science behind the Headlines.* New York and London: Norton, 2008.

Orwell, George. *1984.* Originally published 1949.
(『1984年』 ジョージ・オーウェル著 早川書房他)

Prantzos, Nikos. *Our Cosmic Future: Humanity's Fate in the Universe.* Cambridge, UK: Cambridge University Press, 2000.

Roberts, Paul. *The End of Oil: On the Edge of a Perilous New World.* Boston: Houghton Mifflin, 2004.
(『石油の終焉：生活が変わる、社会が変わる、国際関係が変わる』 ポール・ロバーツ著 光文社 2005年)

Roston, Eric. *The Carbon Age: How Life's Core Element Has Become Civilization's Greatest Threat.* New York: Walker, 2008.

Sachs, Jeffrey D. *Common Wealth: Economics for a Crowded Planet.* New York: Penguin, 2008.
(『地球全体を幸福にする経済学：過密化する世界とグローバル・ゴール』 ジェフリー・サックス著 早川書房 2009年)

Shiva, Vandana. *Earth Democracy: Justice, Sustainability, and Peace.* Cambridge, MA: South End Press, 2005.
(『アース・デモクラシー：地球と生命の多様性に根ざした民主主義』 ヴァンダナ・シヴァ著 明石書店 2007年)

Smil, Vaclav. *Energy in World History.* Boulder, CO: Westview Press, 1994.

Stableford, Brian, and David Langford. *The Third Millennium: A History of the World, AD 2000-3000.* London: Sidgwick and Jackson, 1985.
(『2000年から3000年まで：31世紀からふり返る未来の歴史』 ブライアン・ステイブルフォードおよびデヴィッド・ラングフォード著 パーソナルメディア 1987年)

Wagar, Warren. *A Short History of the Future. 3rd ed.* Chicago: University of Chicago Press, 1999.
(『未来からの遺書──2200年の祖父から孫娘へ』 ウォレン・ウェイジャー著 二見書店 1995年)

注

1. Quoted in Lester R. Brown, *Plan B 4.0 Mobilizing to Save Civilization* (New York and London: Norton, 2009).

2. Vandana Shiva, *Earth Democracy: Justice, Sustainability, and Peace* (Cambridge, MA: South End Press, 2005), 185-86.

ビッグヒストリー

われわれはどこから来て、どこへ行くのか

宇宙開闢から138億年の「人間」史

「ビッグヒストリー」を味わい尽くす

日本語版監修 長沼 毅

はじめに──本書の肝と3つの主要概念：
スレッショルド、エマージェント・プロパティ、複雑さ

　ビッグヒストリーとは「宇宙の始まりから終わりまで」の歴史である。そこには「地球の始まりから終わりまで」も含まれている。本書では、宇宙が始まってから現在に至るまでは約138億年、地球は約46億年としている。すると、宇宙の年齢のほぼ1/3が地球の年齢になる。逆に言うと「地球が生まれる前」の時代、すなわち、「地球前史」が全宇宙史の2/3──ビッグヒストリーの大部分──を占めていることになる。この地球前史の部分は、普通の歴史書ではまず語られることはないのだが、本書では全367ページのうち第1章の26ページを割いて、地球前史を説いている。それは、本書が提唱する重要な歴史概念──全部で8つの「スレッショルド」と「エマージェント・プロパティ」──のうち、3つがこの時代に現れたからだ。

　スレッショルドとエマージェント・プロパティ。どちらもあまり聞き慣れない言葉だし、あまり馴染みのない概念かもしれない。まず、スレッショルドは英語でthresholdと書くのだが、この発音が厄介だ。教科書的な発音記号では [θreʃould]、あえてカタカナにすると"スレッショゥルド"（本書ではスレッショルド）だが、thresh＋holdと読んで"スレッシュ・ホゥルド"と発音する人もいる。実際、「ビッグヒストリー・プロジェクト」の先導者であり本書の第一著者であるデヴィッド・クリスチャンも"スレッシュ・ホゥルド"と発音している。ただ、日本語訳では彼を裏切るようで申し訳ないが、原義からしても、おそらく原音からしても、「スレッショルド」の表記のほうに分があるだろう。

　そのスレッショルドの原義だが、普通は戸口の「敷居」、「閾」を意味し、理系分野では「その値を超えたらガラッと変わる」ときの「値」を指して「閾値」と呼ぶので、概念的には馴染み深い人もいるだろう。ただし、この「閾値」の読み方も「いきち」あるいは「しきいち」、人によってバラバラで混乱する。したがって、本書では思い切ってカタカナで「スレッショルド」と表記することにし、その意味するところは「大跳躍」であることを日本語版の関係者一同の共通認識とした。

　全宇宙史（ビッグヒストリー）138億年にはこれまで8回の「スレッショルド」があり、それを超えるたびに「それまでの世界とはガラッと変わる大跳躍」があった。でも、「超える」と言っても、いったい何を超えたのだろうか。それは「複雑さ」の度合いである。複雑なものには、単純なものをただ寄せ集めた以上の"何か"があるからだ。したがって、スレッショルドとは「それ以前にはなかった複雑さが出現する上位世界への大跳躍」と解することもできる。

その「複雑さ」だが、原文では「complexity」である。これは普通なら"複雑性"と訳すところだが、日本語版では少し考えた。"複雑性"は一般に「すでに複雑なもの・こと」に対する概念で、システム、フィードバック、複雑系、カオス理論などのキーワードと関連している。確かに、本書で扱っている「生命」や「人間社会」、「文明」などは"複雑性"という言葉を当てるに相応しいかもしれない。しかし、いざ歴史となると「単純なものから複雑なものへ」という時間的発展が中心になるので、"単純"もまた重要な概念であるし、さらに"複雑"にもいろいろな"度合い"——単純な複雑さ、中程度の複雑さ、高度な複雑さなど——がある。そういう考えを経て、日本語版では「複雑さ」と訳した次第である。

本書の肝を一言で述べよう。ビッグヒストリーを貫く"タテ糸"は「単純なものから複雑なものへ」の発展である。そして、「複雑さ」の発展は、一本調子の上り坂——"発展"から上り坂をイメージしたが、本当は下り坂かもしれない——を行くようなものではなく、所々に急な段差がある坂だ。その段差を"大跳躍"すると、それ以前にはなかったほど複雑な世界が開けていて、その世界になって初めて現れてくる新しい特性(存在、反応、状態など)もある。それこそ、本書が提唱するもう一つの重要な歴史概念「エマージェント・プロパティ」なのだ。

エマージェント・プロパティ、これもまた訳出に悩んだ言葉だ。そのまま訳せば「現れてくる特性」だが、やはりビッグヒストリーという歴史(時間的発展)の文脈で語るなら、そこには「新たに」を付け加えて「新たに現れてくる特性」としたいし、スレッショルドとの一対で考えれば「ある閾値を超えたら新たに現れてくる、それ以前にはなかった特性」と、語句の訳というより説明になってしまう。そこで、いっそのこと、これもカタカナ表記にしようということになった。ただし、それは決して翻訳における手抜き(思考停止、判断停止)ではなく、関係者間での熟考を重ねての結論であり、かつ、この新しい歴史概念を印象づけるためにも有用であろうとの"前向きな"カタカナ表記であることを、ここで申し上げておきたい。

「奇跡にして必然」の宇宙の本質を解く鍵：
ゴルディロックス条件と文系理系のクロスオーバー

地球前史(第1章)に戻る。全宇宙史の2/3という長い時間(138億年のうち92億年)はたった一章で駆け足のように解説されている。しかも、全史で8つのスレッショルドとエマージェント・プロパティのうち、3つもこの時代にあったのに、である。残りの5つを説明するのに十二章も費やしたのと比べると、地球前史が蔑ろに扱われている感じがするだろう。実は、まさにこの点にも、ビッグヒストリーの"仕掛け"がある。それは、三人の著者が仕掛けたものではなく、この宇宙自体が仕掛けたものだ。その仕掛けとは「熱かったものが冷めること」である。

この宇宙は「ビッグバン」で始まった(厳密に学術的な意味ではなく、ごく大まかに)。最初のうちは超高温で、時間・空間・物質・エネルギーは混然一体だった。おそらく、それらの間に区別はなく、ただ熱いだけで"具が入っていないスープ"のようだったかもしれない。これはとても"単純"だ。ところが、"熱いスープ"が冷めるにつれ、つまり、温度が下がるにつれ、熱いドロドロの中に固まりが出来てきた。「複雑さ」の始まりである。時間・空間・物質・エネルギーがそれぞれ"具"のように現れ、分化していった。それまでは"秘めた可能性"(ポテンシャル)だったエネルギーを現出させる「四つの力」も分化し、物質を作る元(原子)の元となる陽子と電子も分化して出てきた。ここまでは全て、「熱か

ったものが冷めること」に伴う物理化学的な出来事、すなわち自然の摂理である。

　自然の摂理なので、自然科学の方法でこの時代の歴史を知れば、それで全宇宙史の2/3を見たことになる。それが第1章なのだが、本当にそれだけで良いのだろうか。いや、第1章は、ビッグヒストリーを理解する上で、もっと本質的な事柄を伝えようともしている。それは「ゴルディロックス条件」だ。いわゆる「暑すぎず寒すぎず、ちょうど良い」という条件のことで、これはむしろ「地球」という特異な天体に、「生命体」という特異な化学物質が発生したという、一種の「局所的な奇跡」──たとえば「レア・アース」（たぐい稀な地球）──を説明するのに役立つ考え方である。その一方でそれは、放っておいても"自然の摂理"で自動的に進行する第1章の歴史にはあまり関係がないように思える。のだが、そうではない。

　たとえば、「熱かったものが冷めること」で宇宙史が始まったと述べたが、そもそも「熱かったものが冷める」のは自明のことではない。熱いものがもっと熱くなってもいいし、最初は冷たかったものが熱くなっていってもよい。ただ、それでは、「分化」が起きないだろうし、「複雑さが増す」こともないだろう。つまり、"より熱くなる"なんて、それは私たちが想定する歴史を逆行するかのようであり、生命体も生まれないし、人間も生まれないし、この宇宙を考えるビッグヒストリーも生み出されないだろう。私たちは「熱かったものが冷める宇宙」にいる御蔭で、こうして「この宇宙の歴史」を楽しめるのである。

　さらにもう一つ、「熱かったものが冷めること」によって自然発生的に分化してきた陽子と電子を見てみよう。単に電荷だけ見れば、陽子は＋1、電子は−1、水素原子（陽子1個、電子1個）だと両者合わせて±0の中性になってメデタシ、メデタシ。ところが、質量を見ると、陽子は電子より約1840倍も重い（本書では"約1800倍"と丸めている）。この質量比は「鎌倉の大仏」と私の体重の比と同じだ。こんなに重さが違うのに、電気的な力の強さは同じである（＋、−の違いはあれ）。これはスゴイことではないだろうか。そして、「1840倍」も単なる偶然ではなく、きっと何かの理由（必然性）があったに違いない。「この宇宙」が「1840倍の宇宙」だったからこそ地球が生まれ、生命が生まれ、人間が生まれたという「奇跡にして必然」が起きたのに違いないのだ。

　そう考えるのは必ずしも荒唐無稽ではない。本書でも触れているが、本当の意味で「いちばん大きな世界」には「たくさんの宇宙」（多元宇宙、マルチバース）があって、「この宇宙」はそのone of themに過ぎないという「多元宇宙論」があるからだ。現在では多くの宇宙論研究者がこの考え方を支持している。たくさんの宇宙には「1840倍」でない宇宙もあるだろう。そういう宇宙には、いわゆる陽子も電子もなく、物質もなく、生命もないかもしれない。そして、その宇宙のことを考えてくれる知的生命体もいない。

　ところが「この宇宙」はうまく1840倍に微調整（ファイン・チューニング）されていたが故に、この宇宙のことを考える人間が生まれてきた。すると、「1840倍」という無味乾燥だった数字が急に「ゴルディロックス条件」になり、宇宙の歴史（ビッグヒストリー）における重要な歴史要因になるのである。ここに「文系と理系のクロスオーバー」（文理融合）を見て取れる点においても、第1章はやはり意義深い章なのである。

「成り立ち」という視点・観点：
ニュー・ヒストリーとしてのビッグヒストリー

　「成り立ち」（なりたち）という言葉がある。簡単そうだが、意外と深い言葉である。なぜなら「成り立ち」を英語にしようとした瞬間に、どの意味で訳せば良いのか迷うからで

「ビッグヒストリー」を味わい尽くす　**373**

ある。そう、「成り立ち」にはいくつかの意味がある。思いつくだけでも、歴史・出来・起源・過程・組織・構造・要素……などなど。実は、これらは全て、ビッグヒストリーという全体の「各部」（パーツ）であり、かつ、ビッグヒストリーを眺める時の「視点・観点」でもある。そのため、第１章では「宇宙の構造」にまで話が及んだのである。歴史書を読むつもりが、まさか理系もド真ん中の現代宇宙論や素粒子論を読まされるとは思いもしなかっただろう。その意味で、ビッグヒストリーは「ニュー・ヒストリー」でもある。

　第１章が地球前史なら、第２章以降はまさに「地球史」である。第３章以降は「生命史」、第４章以降は「人類史」、第５章以降になってやっと「人間史」、つまり、「普通の歴史」になる。しかし、やはりビッグヒストリーは「普通の歴史」を普通に説かない。ここでもやはり「構造」が出て来る。地球の構造、生命体の構造、霊長類における人類グループの構造、そして、人間を特徴づける「集団」（社会）の構造。これらの構造を説明するのに、またもや「文系と理系のクロスオーバー」が出て来る。

　実のところ、これまで謳われてきた「文理融合」はどっちつかずの中途半端ということで、評判が芳しくなかった。文系サイドからも理系サイドからも面倒臭いと思われた。そして、本書にも同じような前印象が持たれるだろうことは想像がつく。しかし、そこは流石に歴史書である。過去に持たれた悪印象を払拭すべく、実に明快な切り口（視点・観点）で「文系と理系のクロスオーバー」を実践し、方法論的にも成功しているのが本書『ビッグヒストリー』なのである。これから読む方はそのつもりで期待して読んで頂きたいし、原書などでもう読んでしまった方にもそのつもりで気持ち新たに読み返して頂きたいと思う。

「人間」史の構造とスレッショルドの出現間隔

　さて、先ほど、第１章＝「宇宙史」（地球前史）、第２章＝「地球史」、第３章＝「生命史」、第４章＝「人類史」、第５章以降＝「人間史」と本書を要約した。第13章は「全未来史」だから外すとして、第５章から第12章までの八章分を費して人間史を論ずるという点では、本書が取り扱う主な領域は「人間中心主義的な歴史論」である。つまり、ビッグヒストリーでは人間中心主義以外の様々な視点・観点から様々な歴史論が展開されるはずで、本書はその（最初の）一つである、ということになる。ただ、八章分を割いた人間史において、たった３つのスレッショルドとエマージェント・プロパティしか出てこない。つまり、スレッショルドもエマージェント・プロパティも登場しない章があるのだ。それはなぜか。それは、人間史にも「構造」があり、ビッグヒストリーではそれを丁寧に見るからである。

　人間史において「農業革命」と「産業革命」は実に重要な出来事であり、「人間の出現」と合わせてそれぞれスレッショルドに関連付けられている。しかし、人間の出現はさておき、農業革命も産業革命も、地球上の違う場所で違う時代に起きたわけだし、起き方も違えば、その後の発展の仕方も違っていた。それらを丁寧に見てくと、どうしても多くの章を割かざるを得なくなるのだ。新幹線ではなく「各駅停車の旅」をするように、各地・各時代を見て回るのも、ビッグヒストリーの醍醐味の一つである。

　それにしても、ビッグヒストリーにおける時間の流れにおいて、スレッショルドの出現頻度というか出現するタイミングが、（現代に近づくほど）だんだん狭くなっているように思え、どうしても気になったので、表とグラフにまとめてみた。

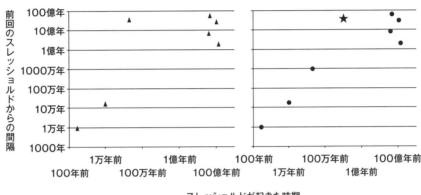

　ふたつのグラフのうち、左側の図は本書の「8つのスレッショルド」から「前回からの間隔」を取った7つのデータをプロットしたものである。こうして見ると、全体的に右肩上がりの傾向が見て取れるものの、今から20万年前の「第6スレッショルド：人間の出現」が直線から外れているように見える。そこで、私の方で第5と第6の間に「6'」として「800万年前、ホミニンの出現」(右側の図の★)を入れてプロットし直すと、直線性が増した。もしかすると、「800万年前、ホミニンの出現」は"もう一つのスレッショルド"と考えても良いくらいの「大跳躍」だったのではないか、と一人遊びして楽しんでいるところである。

人類≠人間：
人間固有の能力、コレクティブ・ラーニングが人間にもたらすもの

　その「ホミニン」だが、この訳語にも苦労した。それは現代の霊長類学(サル学)や古人類学(化石人類学)おける生物分類と本書における生物分類が、細かい点で必ずしも整合的でなかったためである。過度に専門的になることを恐れつつ、次ページに本書の日本語訳に用いるために整理した「一覧表」を挙げる。

【分類群の学術的な名称（固有名詞）】	【分類群の一般的な呼称（一般名詞）】	一般論	Big History
Primates　サル目	primate	ヒト、サル全般	
Hominoids　ヒト上科	hominoid	ヒト、大型類人猿（チンパンジー、ボノボ、ゴリラ、オランウータン、ギボン）	
Hominides　ヒト科	hominid	ヒト、チンパンジー、ボノボ、ゴリラ、オランウータン	ヒト、チンパンジー、ボノボ、ゴリラ、
Homininae　ヒト亜科	hominine	ヒト、チンパンジー、ボノボ、ゴリラ	ヒトに至る系統
Hominini　ヒト族	hominin	ヒト、チンパンジー、ボノボ	
Homo　ヒト属	human	人類	人類
Homo sapiens　ヒト	modern human	ヒト	ヒト

←ホミニン（ヒト亜族）

　原書では「チンパンジーやボノボとの共通祖先」から分岐した後の「ヒトに至る系統」をhominineと呼んでいたが、これは現在の一般論とは合わない。日本語版では、「現生人類（ヒト）および化石人類の系統」（92ページ）、「人間を含めて、チンパンジーとの共通祖先から分かれた後のこの枝（系統）の全種」（93ページ）に対して「ホミニン」という言葉を当てた。私の意図としては、上の「一覧表」では「ヒト族 hominin」と「ヒト属 human」の間を狙ったつもりなので、本来なら「ヒト亜族 hominina」とすべきだったかもしれない。ただ、それとて、分類学者の間で異見もあり、私のような門外漢にはこれ以上の精度を提供できなかったので、あまり使われていないカタカナで「ホミニン」と表記させて頂いた次第である。この点について専門家からの御叱責ならびに御教示を賜りたい。

　ホミニンの訳出と並んで私が心を砕いたのは「人類」と「人間」の使い分けである。この日本語版で指しているホミニン（チンパンジー系統と分岐後のヒト系統全種）には「分岐直後」の猿人（たとえばアウストラロピテクス）も含まれる。一方、この日本語版翻訳の背景として「人類とはホモ属の絶滅種と現生種」だけを指すという意識を共有した。この意味で絶滅種は化石人類、現生種は現生人類と言ってよい。そして、現生人類はわが種（ヒト、人間、ホモ・サピエンス）たった一種しか残っていない。もし人間が絶滅するようなことがあったら、それはホモ属（人類種全体）の絶滅になるのである。

　確かに「人間」も人類の一種なのだから、人間を人類と呼んでも問題はない。しかし、「人間」の出現は第6スレッショルドにもなるくらいの特別な出来事だったので、やはり「人間」は人間として特別扱いすべきだろうと考え、「人間」と「人類」を厳密に使い分けることとした。いや、正確に言うと、実は、私は以前から使い分けをしていた。たとえば、「人類初の宇宙飛行」なら、ああ確かにそうだな、と思えるが、「人類未踏」と言われても、ホモ・エレクトスやネアンデルタール人がとっくの昔に踏破したのではないか、と思ってしまうからだ。その意味で、人間と人類の使い分けは、私にとっては自分のポリシーを押し通しただけのことだ。が、ビッグヒストリー的には重要な点だと思う。

　本書で「人間の出現」は「第6スレッショルド」に挙げられている。しかし、私は思うのだ、「人間の出現」はスレッショルドであるとともに、「人間」そのものが「エマージェント・プロパティ」なのではないかと。人間はホモ・エレクトスから進化して（大跳躍して）生まれた。同じようにホモ・エレクトスから進化して生まれた同胞種にネアンデルタール人がいる。では、なぜ人間の出現だけがスレッショルドで、ネアンデルタール人の出現はそうでないのだろうか。それは第一に、彼らは滅んで、我らは生き残っているからである。そして、それ以上に重要なことは、仮に彼らが生き延びたとしても、彼らの社会はおそらくここまで「複雑さ」を増すことなく、まして、地球の生物圏に大きな影響を及ぼすほどの支配力を持つこともなかっただろうからである。

ホモ・エレクトスから人間への進化はスレッショルド（大跳躍）だった。そして、同時に、人間自身が「それまで存在せず新たに出現した特性」をフルに活用して、さらなるスレッショルド（農業革命、および、産業革命＝現代世界）をもたらした。それまでのスレッショルドの主体と比べると、これは異常なことのように思える。第1スレッショルドの宇宙は、それ以降、全体的な「複雑さ」が増したであろうか。確かに局所的には増したが、全体的には（本書でも述べられているように）増していない。その局所的に複雑さが増したところ、すなわち第2スレッショルドの恒星も、恒星自体の「複雑さ」はさほど増していない。第3の化学元素も、第4の地球も、それ自体は複雑さは増していない。ところが、第5の生命になってようやく「自分自身で複雑さを増す（進化する）ことのできる複雑さ」が芽生えた。ただ、人間の出現以前の生命はまだ「緩やかな進化による複雑さの増大」にとどまっていた。それに比べると第6スレッショルドの人間は「急速な進歩による複雑さの増大」が特徴であり、まさに「急速な進歩」をする能力こそ、エマージェント・プロパティたり得たのだ。

　その人間固有の能力を指して本書では「コレクティブ・ラーニング」と呼んでいる。これもまた訳出に苦労した概念で、各章、各節、場合によっては各項で、初出の際にはすぐ後に（集団的学習）を付すことにしたほど苦労した。これを私の言葉で説明してみよう。

　現生生物で人間にいちばん近い生物種はチンパンジーである。チンパンジーも道具を作るし、社会も作る。しかし、チンパンジーは「道具と道具を組み合わせたワンランク上の（メタな）道具」は作らない。メタな道具――道具の「複雑さ」の増大――を作れるのは人間だけであり、それこそがイノベーション（技術革新）の根本である。

　もし仮にある天才チンパンジーがイノベーションをしたとしても、それはその個体だけに留まり、チンパンジー社会の全体に広まることは考えにくい。一方、人間界では、ある天才の発明は「言葉・文字」によって社会全体に広まり得る。あっちの天才、こっちの天才、というように世界各地でイノベーションが起こると、やがてそれらはリンク（結合）し、さらに新たなメタ発明（初めから見るとメタメタ発明）――さらなる「複雑さ」の増大――が起きる。

　イノベーションの御蔭で「より多くの人間」が生存できるようになると、天才が生まれる確率は低いままでも、母数が多いから結局、絶対数で「より多くの天才」も生まれることになる。より多くの新たな天才による、より高度なイノベーションがリンクすることでメタに高度なイノベーションがなされ、その御蔭で「さらにより多くの人間」が生存でき、「さらにより多くの天才」が生まれ、超メタメタに「複雑さ」が増大することになる。

　ここで別の視点からも見てみよう。単に「人口増加」しなくても良い場合があるのだ。人口は同じままでも、イノベーションの「チャンス」（機会）に恵まれた「参加者」が増加すれば良いのである。そういう「チャンス」の拡大こそ、現代的な新しい「スレッショルド」になり得るかもしれない。それは、チャンスの拡大から新天才が急増し、「量から質への転換」によってスーパー・イノベーションが生まれる（エマージする）かもしれないからだ。これによって、生物界の宿命、そして、これまでの人間界の宿命だった「マルサス的サイクル」――拡大と縮小の繰り返し――を克服できるかもしれない。本書で描いた「現代世界」は「産業革命」によってマルサス的サイクルを克服できたかのように見えるが、第13章（最終章）で述べているように、実はそうではない。真の克服は、やがて来るべきスーパー・イノベーション次第なのである。

　私たちが生きている、この「現代世界」のエマージェント・プロパティの一つとして「より多くの人間により多くのチャンスが与えられること」を挙げたい。例として、女性への機会均等を考えれば良いだろう。たったこれだけのことで「参加者」が倍増するのだか

ら、人口減が前提となる「現代世界」では是非とも進めるべきだ。本書でも「ジェンダー」すなわち「男女の社会的関係」として頻繁に扱ったテーマである。繰り返しになるが、イノベーションの可能性は（人口の約半分を占める）女性に機会を提供するだけで——人口が増えなくても——あっという間に倍増するのだから。

これはジェンダー、すなわち男女格差に限ったことではない。一国における貧富の差（経済格差）もそうだし、先進国と発展途上国の格差にも当てはまることなのだ。女性や貧者など、いわゆる「弱者」に機会を提供することで人間界全体のイノベーション力が上がり、それがより良い未来——持続可能、いや、永続可能な人間社会——を作ることに寄与する。そのことを、人間界全体に説得力をもって訴える。そのための、強くて大きくて揺るがない基盤が、まさに「ビッグヒストリー」なのである。

「行動」としてのビッグヒストリー：
未来のヒストリーに向けて

ビッグヒストリーは「行動」である。本書を読んでコレクティブ・ラーニングをしてもらうこともあるが、もっと積極的に打って出ることも行っている。たとえば、より多くの子どもたちに機会を提供すべく、ウェブを活用したインタラクティブ動画による無料授業——ビッグヒストリー・プロジェクト——を行っている。現代世界から近未来にかけての人間界に最も大きな影響を与えたイノベーターの一人、ビル・ゲイツ氏は「ビル＆メリンダ・ゲイツ財団」を通して、「ビッグヒストリー・プロジェクト」に巨額の資金援助をしている。資金援助といえば、コロンブスに資金援助したスペインの"カトリック両王"の場合は"見返り"を期待していた。しかし、ビル・ゲイツ氏の支援は「無償の愛」のように思える。こういう「無償の愛」もまたきわめて「現代世界」的と言えるだろう。

それまでの人間界では資源（富と力と人間）の移動は、「戦争」で奪い取るか、「税」でむしり取るか、あるいは、「市場」で巧妙に集めるかであった。しかし、現代世界になって「人間的」あるいは「人道的」な、英語で言うとhuman（ヒューマン）ではなくhumane（ヒューメイン）なプロパティが以前より多く出現していることに、しかも、それがコレクティブ・ラーニングをますます活性化することに、私は希望の光を見出している。

コレクティブ・ラーニングは、他の生物から人間を「別次元の生物」として浮き上がらせる特性である。それは、遺伝子の突然変異と自然選択にもとづく「緩やかな進化」ではなく、イノベーションとコミュニケーションに助けられて「急速な進歩」を可能にしている。普通の生物なら、そして、これまでの人間社会のままなら、拡大と縮小が繰り返す「マルサス的サイクル」に襲われるので、急速な進歩はできない。ところが、コレクティブ・ラーニングの味を知ってしまった現代世界はどうだろう。新たな「マルサス的サイクル」にやはりひれ伏すのか、あるいは、問題を解決するイノベーションによって危機を乗り切れるだろうか。

最終章（第13章）の「未来のヒストリー」は、それまでになかった地球規模でのマルサス的サイクルの襲来を「不吉な傾向」として予測している。わがもの顔で地球の資源を貪ってきた人間に、地球の環境や生態系——地球生物圏——が総掛かりで反攻してくるかのようだ。イノベーションを生み出すコレクティブ・ラーニングの"蜜の味"を知ってしまった人間は、倫理的にだけでなく、"蜜の味"の欲望のまま打算的にも、より多くの"天才イノベーター"を発掘しようとするはずだ。それは「格差解消」や「平等主義」という綺麗事で誤魔化されるかも知れない。でも、私はそれでも良いと思う。最終章の「不吉な

傾向」から「希望の持てる傾向」へと大きくハンドルを切ることができれば、綺麗事でも誤魔化しでもいいのだ、と思えるくらいに、私はプラクティカルなリアリスト（現実に即した現実主義者）になった。この『ビッグヒストリー』を監修させて頂いた御蔭で。

　生物学では「進化は目的論ではなく、結果論で考える」と教える。これもまたプラクティカルなリアリズムである。人間もまた生物界の一員であり、ビッグヒストリーの一員でもある以上、やはりプラクティカルなリアリズムの支配下にある。すると、こう思えてくるのだ。下心のある平等主義や博愛主義でも、それが佳きように作用して、結果的に人間界がもうワンランク上のスレッショルドを迎えれば良いと。そこから、さらに素晴らしいエマージェント・プロパティがわが種族「人間」に出現することを祈念して。

用語集

RNA ● RNA　リボ核酸。デオキシリボ核酸(DNA)[二本鎖]と似ているが、一本鎖の構造で、化学的性質も少し違う。この分子は、DNA分子によるタンパク質合成の命令を実行する。かつては遺伝子情報を暗号化する機能と代謝をつかさどる機能の両方を持っていて、地球上における生命進化の初期段階では重要な役割を果たしたと考えられる。

アウストラロピテクス ● Australopithecines　ヒト亜族(ホミニン：化石人類と現生人類)の初期のグループ。脳の大きさはチンパンジー程度で、400万年前から100万年前までアフリカに生息していた。

アステカ族 ● Aztecs　西暦1325年ごろ、メキシコ盆地に存在したテスココ湖に浮かぶ島に定住していた半遊牧民の一種族。数世代で農耕文明を築き上げ、1519年のスペイン人襲来まで存続した。名誉ある戦士を中心にしたアステカ文明には、文字体系も含め、農耕文明に通常見られる特徴がすべて備わっていた。

暗黒物質と暗黒エネルギー ● dark matter and dark energy　恒星や星雲の移動[宇宙の膨張]についての研究が進むにつれ、人間には観測不可能なほど大きな**エネルギー**や**物質**の存在が明らかになってきた。現在のところ、暗黒エネルギーについても暗黒物質についても、その実体は天文学者にもわからず、現代天文学の大きな謎になっている。

アントロポシーン(人新世) ● Anthropocene　地質学ではまだ完全には公認されていない新しい時代区分。この時代に至って人間は地球上の生物圏を変えてしまうほどの支配力を持つようになる。西暦2000年にこの区分を初めて提唱した気候学者のパウル・クルッツェンは、完新世は約200年前の産業革命の時代に実質的に終わり、以後200年間、人間は地質学上の新時代に入っていると主張する。

イノベーション(技術革新)の原動力 ● drivers of innovation　イノベーションやコレクティブ・ラーニング(集団的学習)を奨励する主要素。これまでにイノベーションの重要な推進力となってきたのは、政府の方針、人口増加、交換ネットワークの拡大、通信及び輸送技術の進歩、競争市場や商業化の拡大などである。複数の推進力が重なり合ったとき、強力な相乗効果が生まれる。

イノベーション(技術革新)への誘因 ● incentives to innovate　イノベーションを奨励したり、あるいは妨げとなる場合もある社会的要因。利益を上げる、政府の中で昇進できる、名声を得る機会などが考えられるが、単に自分や他人の生活改善のチャンスというだけのこともある。

インカ族 ● Inca　ペルーのクスコを本拠地としたエスニック・グループ。15世紀に、南アメリカ大陸の西の端沿いに大規模な農耕文明を築いた。主にジャガイモやキノア[アカザ科の植物で、ヒエ状の実を食用にする]を栽培し、ラマを飼って毛を刈ったり荷物を運ばせたりしていた。インカ文明の特徴は、壮大な石の建造物、織物、太陽神崇拝などである。また、多くの農耕文明と違って、インカでは物事を記録するのに文字ではなく、結び目の付いた紐(キープ)が使われていた。

インテンシフィケーション(集約化) ● intensification　農耕時代および近代に特徴的な成長または革新のタイプ。これらの時代には、技術の進歩によって一定の地域で養える人間の数が増え、その結果、コミュニティはより大きく、より高密度になる。対義語の**エクステンシフィケーション(広範化)** も参照のこと。

ウィツィロポチトリ ● Huitzilopochtli　アステカの戦(いくさ)と太陽の神。人間の生贄(いけにえ)を求めた。首都テノチティトランの守護神。

宇宙背景放射 ● cosmic background radiation　宇宙全体に広がる低エネルギー放射。ビッグバンの約38万年後に放出された。そのころには宇宙の温度が十分に下がって中性原子が形成され、エネルギーと物質が分離できるようになった。1964年にこの現象が発見されたことにより、**ビッグバン宇宙論**が宇宙論研究者の間で受け入れられるようになる。

宇宙論 ● cosmology　宇宙の歴史と進化を説明する学問。

ウルク ● Uruk　紀元前3000年以前のシュメールに最初に成立した**都市**で、世界最古の都市と考えられている。

エクステンシフィケーション(広範化) ● extensification　イノベーションと成長の過程を表す用語。これによって人間はより広い範囲に定住するようになるが、個々の社会が大きくなることはない。旧石器時代に特徴的な成長形態である[粗放という場合もある]。対義語の**インテンシフィケーション(集約化)** も参照のこと。

381

エネルギー ● energy　物体に働きかけたり、物事を起こしたりすることのできる様々な力のもと。現代の物理学では力は大きく4つに分類される。すなわち、重力、電磁気力、強い力と弱い力（この2つは原子レベルで働く力なので人間にはほとんど感知できない）である。さらに、暗黒エネルギーというエネルギーが存在する。まだ十分解明されてはいないが、一種の反重力の働きをするものと思われる。アインシュタインが示したように、エネルギーと**物質**は非常な高温では相互に交換可能になる。**物質**も参照のこと。

エマージェント・プロパティ ● emergent properties　創発特性ともいう。複合体の特性で、個々の構成部分には存在せず、それらが特定の構造に組み合わさったときにのみ現れる性質をいう。たとえば、1台の自動車は、分解したときの各部品にはない創発特性を有する。

園芸農業 ● horticulture　主に人力と簡単な技術や道具に頼る歴史上の栽培法。木の柄を付けた石の斧で土地を開墾し、原始的な鋤と鍬で種をまき、木の柄を付けた骨または石の鎌で収穫し、石で穀物をすりつぶした。

大型動物相の絶滅 ● megafaunal extinction　旧石器時代に起こった大型動物種の絶滅。人間による乱獲の結果と思われる。大型動物相の絶滅は、人間の比較的新しい移住先、すなわちオーストラレーシア［オーストラリア、ニュージーランド、およびその付近の南太平洋諸島の総称］やアメリカ大陸で特に深刻だった。これらの地域に大型哺乳類の種類が少なく、したがって動物を家畜化する機会も少なくなったのはこのことが一因である。

オーストロネシア（語族） ● Austronesian (languages)　言語グループのひとつ。起源は中国で、その後東南アジア一帯に伝わり、さらに約4000年前に始まった海路による移住の結果、東は太平洋の島々、西はマダガスカルまで広がった。現在の話者人口はほぼ4億人である。

オゾン ● ozone　酸素原子2つからなる一般的な形（O_2）とは違い、酸素原子3つで構成される**分子**（O_3）。大気圏の高層には薄いオゾン層があり、そのおかげで地表は有害な紫外線の照射から保護されている。このオゾン層は数十億年をかけて形成されてきたものだが、1980年代に、クロロフルオロカーボン（CFC）［慣用名はフロン］の使用がオゾン層を破壊することが明らかになり、国際条約によってCFCの生産と使用がほぼ禁じられることになった。

温室効果 ● greenhouse effect　地球の**大気**に含まれるある種の微量の気体［たとえば二酸化炭素やメタン］が、地球に届いた太陽熱が宇宙空間に放射されて逃げるのを妨げるため、地球上の気候が温室の中にいるように暖かくなる現象。

カースト制 ● caste system　人々がいくつかの階級に厳格に分類され、その階級が世襲されていく社会制度。インドのカースト制は、後からやって来たアーリア人が土着のドラビダ人よりずっと色が白かったことから、肌の色による区別として始まった。

海洋底拡大 ● seafloor spreading　プレートまたは海嶺の境目に、地球のマントルから溶融物質が上昇して広がり、新しい海洋底が形作られるプロセス。

科学 ● science　現代世界で主流となっている知識体系。17世紀の科学革命以降、科学は勢いを得た。科学知識は慎重に検証された証拠の厳密な使用に基づいて、グローバルに広がっていく。

化学進化説 ● theory of chemical evolution　複雑だが非生物である化学物質が、自然選択と同様の過程を経てゆっくりと変化し、やがて最初の有機生命体が誕生したという説。

化学的分化 ● chemical differentiation　高温で溶融した重い金属元素の塊が重力によって惑星の中心部に沈み込み、高密度の鉄の核を形成する現象。

核兵器 ● nuclear weapons　（1945年に広島、長崎に投下された爆弾のように）ウランやプルトニウムなど大きな原子核の核分裂、または水素原子核などの核融合による兵器。きわめて強力な兵器であり、大量に使えば生物圏の大部分を破壊することも可能である。

核融合 ● fusion　恒星が光を放つのは、恒星の一生の大半を通じて、水素核やヘリウム核などの融合が起こっているからだ。この融合の結果、膨大な量のエネルギーが放出される。水素爆弾のエネルギー源。

化石 ● fossils　生物の遺骸が石化したもの。動植物の遺骸が硬化して岩の層に閉じ込められたものはすべて化石である。

化石燃料 ● fossil fuels　石炭、石油、天然ガスを指す。数億年も前に［植物などの**光合成**生物によって］吸収され、閉じ込められた太陽エネルギーが蓄積されている。

家畜化／栽培化 ● domestication　人間が様々な種の遺伝的形質に手を加え、より従順で、生産性が高く、管理しやすいように変えていくこと。家畜化／栽培化された生物種には人間の保護を受けられるというメリットがあるので、共生の一種と考えられる。農業の発達は栽培化のプロセスによるところが大きく、家畜化／栽培化は個々の動物や植物にとどまらず、周囲の環境全体を対象にすることもある。自らを養い、守り、繁殖させるために、人間（**ホモ・サピエンス**）は広大な地域とその地域の生態系全体を家畜化／栽培化した。今日では地球の表面積のほぼ半分が家畜化／栽培化されて放牧地や耕作地になっており、この変化に伴って森林も半分以上が姿

382

を消してしまった。

完新世 ● Holocene epoch　地質学上の時代区分。約1万3000年前に最終氷期が終わってから、約200年前に人新世が始まるまで(**アントロポシーン(人新世)**も参照のこと)。

カンブリア爆発 ● Cambrian explosion　カンブリア紀(5億4200万年前〜4億8800万年前)に肉眼で見える大きさの動物化石が多数出現し、動物の体の構造が驚くほど多様化した現象をいう。長らく、地球上に最初に生命が現れたのはこの時代だと考えられてきたが、現在では、この数十億年前にすでに単細胞の有機体が存在していたことが知られている。

記号言語 ● symbolic language　コミュニケーション(情報伝達)の一形態で、非常に多くの情報を正確に伝えられるため、他のあらゆる動物が使う伝達手段よりはるかに強力である。この強力な記号言語のおかげで、人間は膨大な量の情報を共有でき、世代から世代へと情報を蓄積できる。言い換えれば、記号言語が発達したからこそ**コレクティブ・ラーニング(集団的学習)**が可能になった。そして、このコレクティブ・ラーニングが、人間史における臨機応変と情報蓄積の能力を理解する鍵になる。

傷ついた生態系 ● damaged ecosystems　人間は、自分たちの生存に不可欠な生態系(水、土壌、海洋、漁場、森林、生物多様性など)を様々な方法で大きく損なってきた。これら生態系は、核放射線や人間の貪欲な消費によっても脅かされている。

記念建造物 ● monumental architecture　ピラミッド、寺院、公共の広場、大きな彫像などの大型構造物。強力な指導者の出現とともに現れることが多い。農耕文明に共通の特徴。

吸収線 ● absorption lines　恒星や星雲から届く光を**分光器[プリズム]**で周波数[波長]別に分解すると、多数見られる暗線のことで、光のエネルギーの一部を吸収した特定の元素の存在を示している。吸収線の位置によって、遠方の天体が発する光[電磁波]が青色側にシフトしているか、赤色側にシフトしているかもわかる。**赤方偏移**も参照のこと。

旧石器時代 ● Paleolithic era　人類史の最初の時代[約260万年前におそらくホモ・ハビリスが石器を作製・使用してから約1万2000年前まで]。**ホモ・サピエンス**が出現したおよそ20万年前から、農業が始まった約1万2000年前まで。この期間をさらに中期旧石器時代(約20万年前〜5万年前)と後期旧石器時代(約5万年前〜1万2000年前)に区分することもある[通常はこれ以前の前期旧石器時代(Lower Paleolithic)までを含めて旧石器時代とする]。

共産主義 ● Communism　一般的には**マルクス主義**に啓発されたイデオロギーで、反資本主義社会の構築を目指す。20世紀の一時期、ソ連・中国・東欧・東アジアおよび東南アジアの共産主義社会は、世界の人口のほぼ半分を占めていた。

共生 ● symbiosis　異なる生物種が相互に依存する関係。たとえば人間と家畜化された動植物との関係などで、程度は違うが双方にメリットがある。このような関係は自然界ではごく普通に見られる。

強制的権力 ● coercive power　強制による権力のことで、階層の上位から下位に向かって働く[トップダウン型の]権力とも言える。指導者が、必要なら力ずくで、人々や資源を思いどおりに動かす能力を獲得するプロセス。

『ギルガメシュ叙事詩』 ● Epic of Gilgamesh　世界で最初の文字による文学作品。現存する最古のテキストは紀元前2100年ごろに書かれたものである。**ウルク**の英雄王ギルガメシュの物語で、人間の普遍的な関心事(洗練された都の生活と野蛮な田舎の生活の対比、死に対する悲しみ、神々との確執、環境の破壊など)を描いている。

近代革命 ● modern revolution　近代社会を作り上げた画期的変化を大まかにくくる用語。この近代革命を契機として、人間の歴史は近代へと入っていく。

近代国家 ● modern state　人間の歴史における新しい政治形態。国民国家と呼ぶこともある。国家機関(常設の軍隊・警察・官僚・聖職者・裁判所など)の権限拡大を特徴とする。近代国家は課税の増大、土地使用の規制、通貨供給の管理、教育の義務化を行い、共通の言語と歴史に立脚した国家的イデオロギーを発展させた。また、様々なサービスを提供して国民の忠誠心を維持し、それによって強制的権力と合意性権力を高めようとした。

楔形文字(くさびがた) ● cuneiform　知られている限りでは世界最古の文字。メソポタミアで、湿らせた粘土に葦(あし)の茎で筆記されていた。現存する最古のテキストは、紀元前2100年ごろのものである。

グローバル化 ● globalization　交換ネットワークの範囲を全世界にまで拡大すること。

ケチュア語 ● Quechua　**インカ族**の言葉。ただし、これはスペイン人の呼び方で、インカの人々は「ルナ・シミ」(Runa Simi)と称していた。現在でもエクアドルからチリにかけての地域に暮らす数百万人が使用し、ペルーでは第2公用語になっている。

ケツァルコアトル ● Quetzalcoatl　トルテカ族の神。慈悲深く、捧げ物として要求するのは果実と木の実だけだった。アステカ族の神官の守護神であり、学問と知識の神でもある。邪悪な神によって陥れられ東の方に退却したが、いつかは戻

ってくることが約束されているとアステカ族の人々は信じていた。

ケフェウス型変光星 ● Cepheid variables　一定の周期で光度が変わる恒星。北極星はその一例である。ヘンリエッタ・リーヴィットは、変化の度合いによって恒星の大きさと本当の光度がわかること、つまりその恒星までの実際の距離が推定できることを発見した。この発見により、ケフェウス型変光星は、他の恒星や星雲までの距離を測定するための強力なツールになった。近くの星雲の中にケフェウス型変光星が認められたことから、宇宙に複数の星雲があることが初めて立証された。

原核生物 ● prokaryotes　単純でしばしば単細胞の微生物で、遺伝物質が細胞核に局在しない[細胞核がない]ものをいう。

原子物質 ● atomic matter　原子、恒星、ヒトなどを構成する**物質**の型。**暗黒物質**以外のあらゆる種類の物質。

権力 ● power　人間社会における権力の関係は、基本的に2つの形に分析できる。下位からの力(**合意**またはボトムアップ)は、配下の人々からリーダーに与えられる力で、集団の作業を円滑に達成できる(スポーツチームでのキャプテン選出など)。上位からの力(**強制**またはトップダウン)は、支配者が自分の意思を強制的に押しつける形で行使する力である。人間社会の歴史においては、下位からの力の方が上位からの力より先立って生じていた。自分の意志を武力で強制する実動部隊たる家臣団に報いるためには、(個人の力量を上回るほどの)その時点ですでに相当な資源を使えるだけの力量が必要であったという単純な理由による。

合意性権力 ● consensual power　合意に基づく権力のことで、階層の下位から上位に向かって働く[ボトムアップ型の]権力とも言える。人間が個人や家族の主体性を自発的に放棄し、自分たちの生活や資源の管理を指導者にゆだねるプロセス。

交換ネットワーク ● exchange networks　情報や物品の交換、人的交流によって、人、社会、地域を結ぶネットワーク。**コレクティブ・ラーニング**には、交換ネットワークの存在が不可欠である。

工業化の3つの波 ● three waves of industrialization　最初の波は18世紀後半のイギリスで始まった。それがベルギー、スイス、フランス、ドイツ、アメリカに広がったのが第2の波で、1820年〜1840年ごろに始まり、19世紀末まで続いた。第3の波は1870年ごろに始まり、工業化はロシアと日本に到達した。

光合成 ● photosynthesis　植物または植物に似た生物が太陽光のエネルギーを利用し、また蓄える仕組み。光合成が行われていた最初の痕跡は、約35億年前にさかのぼる。生物

圏内での生命を駆動するエネルギーのほとんどと、大気圏内の酸素のほとんどの源である。

工場制度 ● factory system　蒸気機関を始めとする最先端の発動機が複数の機械を動かす工場に労働者を集め、監督下に置いて働かせる制度。

降着 ● accretion　新しく生まれつつある恒星の周囲を回る物質が、粒子の衝突や結合により次第に大きくなるプロセスをいい、これを繰り返すうちに微惑星や惑星が誕生する。

光年 ● light-year　光は電磁波の一種であり、その速度は秒速約30万キロメートルである。これより速いものは存在しない。光年とは光が1年間に進む距離で、約9.6兆キロメートルに相当する。

呼吸（酸素呼吸） ● respiration (aerobic)　**光合成**の逆のプロセス。呼吸では、まず酸素(O_2)が取り込まれ、細胞はその酸素を使って炭水化物を分解することでエネルギーを獲得し、二酸化炭素(CO_2)と水を老廃物として排出する。光合成は二酸化炭素(CO_2)を取り込んで酸素(O_2)を放出する。呼吸は酸素(O_2)を取り込んで二酸化炭素(CO_2)を放出するため、光合成の逆ということになる。

国内総生産（GDP） ● gross domestic product (GDP)　経済学で使われる指標のひとつで、ある国で一定期間に生産されたすべての品物およびサービスの市場価値を表す。総生産量のおよその目安にはなるものの、無償の家事労働、森林破壊や二酸化炭素排出など、経済活動の多くの重要な形態を考慮していない。

古地磁気学 ● paleomagnetism　磁性鉱物を使って地球の磁場(地磁気)の歴史と地球表層の岩盤(プレート)の移動について研究する学問。

国家 ● state　一定の地域に組織された社会。必要なら権力で意思を通すことができ、都市とその周辺を基本単位として、数万から数百万あるいはそれ以上の規模の人口を擁する。

国家宗教 ● state religion　社会の結束を強め、自分たちの権威を正当化するために支配者が採り入れる宗教。その地方独自の様々な宗教が圧迫されることもあるが、それでも多くの場合、土着の宗教が廃れることはなかった。

コミュニケーション（情報伝達） ● communications　人々が情報や考えを交換するための技術。言葉から文字、印刷、インターネットへと進化してきた。

ゴルディロックス条件 ● Goldilocks conditions　より複雑な状況が出現するのにちょうどよい条件(熱すぎない、冷たすぎない、大きすぎない、小さすぎないなど)がそろった環境。

コレクティブ・ラーニング（集団的学習） ● Collective Learning　人間に特有の、個々人が学んだことを象徴的な言

葉によって正確に、詳しく他者に伝えて共有する能力。この能力のおかげで情報をコレクティブ・メモリー（集団の記憶）に保存し、世代を超えて蓄積することができる。コレクティブ・ラーニングは、人間固有の技術創造力の源泉とも言える。

再生可能エネルギー ● renewable energy　自然に再生できる資源（太陽光、風力、水力など）から作り出されるエネルギー。

サフル ● Sahul　氷期に存在した大陸の名前。現在のオーストラリア、パプアニューギニア、タスマニアを含んでいた。最終氷期が終わるとともに海面が上昇し、現在見られるようなそれぞれの陸地に分断された。

サヤ取り売買 ● arbitrage　ある商品を、過小評価されている地域で安く買い、実際より高く評価される地域で高く売ることによって利益を得ること。

産業革命 ● Industrial Revolution　人間や動物を使役する代わりに化石燃料を、製造・通信・輸送に体系的に応用することによって起きた様々な変化。

350 ppm ● 350 ppm　大気中の二酸化炭素濃度の、人間の文明にとって安全な気候を維持できるレベルの上限値。著名な科学者の多くがそのように推定している。

視差 ● parallax　固定された2つの物体の見かけ上の位置関係が、観察者の移動に伴って変化すること。指を目の前に上げたままにして頭を動かせば、背景に対して指が動いているように見える。視差測定によって、近くの恒星までの距離がわかる。

自然選択 ● natural selection　生物がどのように変化するかを理解するうえで重要な考え方。19世紀にチャールズ・ダーウィンが提唱した。ダーウィンは、個々の生物のごくわずかなランダムな変異によってその個体が生存するチャンスが増減することがあると主張した。生存チャンスが増えた個体はその遺伝子を子孫に残す可能性が高くなり、結局は、ひとつの個体群の中で成功度の高い変異を受け継ぐ個体がますます増えていく。長い年月が経過するうちに、そのような小さな変異が積み重なって新種が誕生することもある。これが、現代生物学の中心的な考え（パラダイム）である。

資本主義社会 ● capitalist societies　主に市場での売買によって品物や資源を交換する社会のことで、支配者層や政府が商業活動を支援したり奨励したりする。商業が盛んになれば自分たちも豊かになるからである。

社会主義 ● socialism　資本主義により生じたとされる極端な不平等が存在しない社会の構築を目指すイデオロギー。

周期表 ● periodic table　化学元素を、その共通の性質によってグループ分けした一覧表。ロシアの化学者ドミートリイ・メンデレーエフ（1834年〜1907年）が1869年に初めて考案した。

集約化 ● intensification　インテンシフィケーションの項を参照。

収斂進化 ● convergent evolution　無関係な系統の生物種が同じ生物学的特徴（たとえば「眼」）を獲得すること。

狩猟採集 ● foraging　程度の差はあれ、自然の状態にある天然資源の利用（狩りや植物採集）に依存する生活様式。旧石器時代にはこの様式が主流だった。

蒸気機関 ● steam engines　石炭を燃やし、発生する蒸気で機械を動かす仕組み。1781年にスコットランド人のジェームズ・ワットが初めて実用化した。蒸気機関の発明で太陽エネルギーだけに頼る必要がなくなり、人間社会はひとつの転機を迎えることになった。

消費者資本主義 ● consumer capitalism　資本主義の歴史で最も新しい段階。生産性レベルが非常に高くなるため、商品を、それを作る賃金労働者に売るだけで利益を得ることができる。消費者資本主義では、これらの商品を買うのに十分な賃金を労働者に支払い、平均的な消費水準を着実に上げるよう努める必要がある。消費者資本主義は20世紀初頭に出現し、現在では富裕な資本主義諸国によく見られる状態である。

小氷期（LIA） ● Little Ice Age (LIA)　1250年〜1900年ごろの、世界各地で気温が低い状態が続いた一時期［ふつうは1650年〜1850年を指す。広義でも1300年〜1900年］。広範囲にわたる火山の噴火と、［温室効果をもたらすはずの］大気中の二酸化炭素およびメタンの濃度が低下したことが原因だったと考えられている。

初期農耕時代 ● Early Agrarian era　人間の歴史で、紀元前1万年から紀元前3000年までのほぼ7000年間。農業が行われたことを示す最古の痕跡から、都市や国家の出現までに相当する。

シルクロード ● Silk Roads　農耕文明の時代に、中央アジアを通ってアフロユーラシア（アフリカ、アジア、ヨーロッパ三大陸の総称）の多くの場所をつないでいた交易ルートの現代的な呼称。

真核生物 ● eukaryotes　原核生物よりは複雑な細胞を持つ生物。はっきりした「細胞小器官」（ミトコンドリアや葉緑体など）があり、遺伝物質は細胞核に保護されている。真核生物の多くは単細胞であるが、多細胞のものもある［たとえば人間］。リン・マーギュリスは、最初の真核生物はおそらく原核細胞同士の共生的結合によって生まれたと推測する。

人口転換 ● demographic transition　主に出生率の低下により、人口増に歯止めがかかること。

税（租税）● tribute　国、またはその代理である役人などによって、主として強制的に取り立てられる資源。物品、労働力、現金などが含まれ、人間そのものが対象となる場合もあった。租庸調。

生物多様性 ● biodiversity　地球上または特定の地域に特定の時期に存在する生物種の数と個体数に関連した指標または考え方。

生物分類学 ● taxonomy　共通の特徴に基づく命名および分類のシステム。生物学で、種をその関係を示すより大きなグループに入れ、階層的に分類するために使われる。上位グループから順に、ドメイン、界、門、綱、目、科、属、種と呼ばれる。

生命 ● life　一般に、生命とは次の３つの要素を備えるものを指す。食事、呼吸、または光合成によって環境からエネルギーを獲得する（代謝）。子孫を残す（生殖）。世代を重ねるうちに環境の変化に応じて性質を変えることができる（適応）。

世界システム論 ● world-system theory　イマニュエル・ウォーラーステインが提唱した理論。貿易その他の交換手段による、国の枠組みを超えた交換ネットワークについての考察を中心とする。

赤色巨星 ● red giants　恒星の一生の末期になって膨張した、表面温度が比較的低い超大型の恒星。オリオン座のベテルギウスはその一例。

赤方偏移 ● red shift　1920年代、エドウィン・ハッブルは、遠く離れた銀河系から届く光が赤色側にシフトしているように見える[実際より赤っぽく見える]ことに気づき、この現象をドップラー効果の結果と解釈した。つまり、そのような光を放つ銀河系は地球から高速で遠ざかっていると考えられ、宇宙膨張説（ビッグバン宇宙論）を裏付ける発見となった。

石油輸出国機構（OPEC）● Organization of the Petroleum Exporting Countries (OPEC)　互いに競合するはずの産油国同士が協力して利益を共有するために結成した組織。このようなグループはカルテルと呼ばれ、その目的は競争を少なくして各メンバーの利益を拡大することである。

先住民 ● indigenous peoples　ある地域に以前から住んでいる人々。

全生物の最後の共通祖先（LUCA）● last universal common ancestor (LUCA)　地球上に現存するすべての生物に共通する祖先の中で、最も新しい生物または生物の個体群。その出現は約38億年前と考えられている。

戦争 ● warfare　人間の暮らしを支配する手段のひとつ。農耕文明の時代になるとより組織化・専門化された。特に徴税する立場の支配者は、常にどこかと戦って領土や資源を拡大し、税収を増やそうとした。

創造神話 ● origin stories　人・動物・風景・地球・星・宇宙全体など、あらゆる物事の起源について伝えられている物語で、すべての社会に存在する。万物の歴史に対するある種のロードマップが示されている。

粗放 ● extensification　エクステンシィフィケーションの項を参照。

ダール・アル＝イスラーム（イスラム世界）● Dar al-Islam　「イスラムの家」という意味のアラビア語。イスラム教の戦士と行政官によって作られた概念で、第一千年紀後半の特に重要な経済的・理論的・文化的構造のうちのひとつ。

大気 ● atmosphere　天体の周囲を取り巻き、その天体の重力によって保持されている気体の層。

大乗仏教 ● Mahayana Buddhism　仏教の二大流派のうち、規模の大きい方。完全な悟りへの道を開く教えとされる。「大乗」とは「偉大な乗り物」という意味である。

大転換 ● the great turning　より強力で活動的な参加民主主義を推進し、それにより長期にわたり人々の利益が守られるとする考え方。大企業によるグローバル化に批判的な経済学者デイヴィッド・コーテンが提唱している。

大陸移動 ● continental drift　大陸の移動、形成、および再形成。

地下水 ● groundwater　岩石層の亀裂や帯水層など、地下に蓄えられている水。満水［飽和］に達するには数千年の歳月を要するため、現在の割合で地下水の利用を続けるといずれは枯渇する。

チナンパ農法 ● chinampa agriculture　木材と土でできた人工の浮き島を湖の真ん中につなぎ止め、湖上で穀物などを栽培する農法。古代メソアメリカの農民によって発明された。

ディアスポラ ● diaspora　「散らばること」を意味するギリシア語。古来、ユダヤ人を始めとする様々な民族の離散を表す言葉として用いられてきた。

DNA ● DNA　デオキシリボ核酸。二重らせん構造の分子で、生きている細胞すべてに存在する。細胞の形成と維持に必要な遺伝子情報を含み、子の細胞にその情報を伝える。RNAの項も参照。

帝国主義 ● imperialism　工業国がその勢力を拡大し、アフリカ、ラテンアメリカ、アジアの非工業国を征服して植民地にしたこと。

定住化 ● sedentism　一年の大半を同じ場所で暮らすこと。狩猟採集生活を基本とする社会ではほとんど見られなかったが、農業を始めたことで広まった。農業によって一定の地域からより多くの資源を生産できるようになり、また農業従事者が作物を守るためには1カ所に定住する方が都合がよかったからである。

テラフォーミング（地球化） ● terraforming　他の惑星を人間が住めるようにすること。その方法としては、火星の表面下にある氷を溶かすとか、バクテリアを播種させるなどが考えられる。

天命 ● Mandate of Heaven　為政者が良心的かつ道徳的に統治している限り、また秩序の維持に必要な諸々の儀式を遵守している限り、その為政者には天の加護があるとする中国の思想。

同位体 ● isotopes　元素を構成する原子のうち、原子核内の［陽子の数は同じでも］中性子の数が異なり、したがって原子量も異なるものをいう。放射性炭素年代測定法では、炭素の放射性同位体のひとつである炭素14（^{14}C）が時間の経過とともに壊変する性質を利用して、炭素14の比率の変化によって年代を測定する。

独占 ● monopoly　ある商品が1社からしか供給されていない状況。経済学の理論によれば、独占事業者は市場を占有しているために品質向上や商品の値下げを考慮する必要がなく、そのような状況ではイノベーション（技術革新）は起こりにくい。

都市 ● city　数万人規模の人々が集まっているところで、職業が専門化され、外部の資源に依存している。

ドップラー効果 ● Doppler effect　2つの物体の相対的移動によって、音や光の波長［周波数］が伸びたり縮んだりする現象。救急車のサイレンが、近づいてくるときの方が遠ざかるときより高く聞こえる理由は、このためである。遠くの星雲から届く光が実際より赤っぽく見えるのも［赤方偏移］、その星雲が地球から遠ざかっているとすれば説明がつく。これが宇宙膨張説（ビッグバン宇宙論）の重要な根拠となっている。

ナノテクノロジー ● nanotechnologies　分子サイズの微小な機械を使う技術。

ナワトル語 ● Nahuatl　アステカ族が話していた言語で、現在でもメキシコで数十万の話者人口がある。ナワトル語から英語に入ってきた言葉として、オセロット［ネコ科の動物］、コヨーテ、トマト、チョコレート、タマーリ［トウモロコシ粉やひき肉などをトウモロコシの皮にくるんで蒸したメキシコ料理］などがある。

南方交易 ● southernization　世界史家リンダ・シェイファーが1994年に作り出した用語。有形・無形の文物がアフリカやインドから北上してユーラシア大陸の中央部、東部、および西部に伝わった様子を表す。

人間のフットプリント ● human footprint　地球の再生能力（地球の環境収容力）に対して人間が要求するものの総体。

ぬ

ヌビア ● Nubia　ナイル川流域の第1瀑布から第6瀑布まで広がる地域。現在のスーダン北部も含まれる。この地域がヌビアと呼ばれるようになったのは西暦4世紀以降で、それ以前はクシと呼ばれていた。

ね

ネアンデルタール人 ● Neanderthal あるいは Neandertal　学名*Homo neanderthalensis*。ヒト属（ホモ属*Homo*）の中で、現生人類である**ホモ・サピエンス**（*H. sapiens*）にきわめて近い種。この2系統は少なくとも50万年前には分岐したと思われる。ネアンデルタール人は3万5000年前〜3万年前に絶滅したが、遺伝子研究から、ユーラシア人を祖先に持つ人々のゲノム（DNA）にはネアンデルタール人の遺伝子が1％〜4％含まれていることがわかっている。

農業 ● agriculture　人間にとって利用価値の高い動植物の生産性を高めることによって、現在の環境を最大限活用する方法。**共生**の一形態で、時間の経過とともに、その**家畜化／栽培化**した種の遺伝子変異を引き起こすことが多い。**狩猟採集**生活に比べてはるかに生産性が高いため、農業の出現は人間史上における画期的変化と言える。

農耕文明 ● agrarian civilizations　数十万から数百万の人間が集まった大規模社会。複数の**都市**や**国家**を擁し、それを取り巻くように農村地帯が広がっている。農耕文明に共通の特徴として、**税**の徴収（徴税）、専門職による分業、階級制度、国家的宗教、王や軍隊の存在、体系的な文字と数字、**記念建**

用語集　**387**

造物などが挙げられる。

農耕文明の時代 ● Era of Agrarian Civilization　紀元前3000年ごろから西暦1000年ごろまでの時代。人間の［狭義の］歴史が始まった時代といってもよく、この時代の人間社会で最も規模が大きく、最も複雑かつ強力だったのが農耕文明である。

波状進出モデル ● wave of advance model　農業社会の周縁部における人口増加は、地域内での移住パターンとともに、必然的に居住地域の拡大をもたらし、外へ外へと、居住に適した環境であればあらゆる方向へ一定の速度で広がっていくという考え方。

破綻国家 ● failed states　領土の一部または全部に対する支配権を失い、**税**の徴収（徴税）や国民の基本的安全の確保ができなくなった政府。

パンゲア ● Pangaea　2億年以上前、**大陸移動**（プレートテクトニクス）によって地球上の大陸のほとんどが合体して生まれた超巨大大陸。地球の歴史では、このような超大陸が繰り返し形成されたと思われる。巨大なひとつの大陸が存在したことが、おそらく**生物多様性**を減少させるきっかけになった。

半減期 ● half-life　放射性**同位体**の数の半分が壊変して別の元素に変わるまでの期間。

半定住 ● semisedentary　農業に従事するが、作物の不足を**狩猟採集**で補う人々に対して用いる語。完全な定住社会に比べると、それほど多くの人口を養うことはできない。

ヒエログリフ ● hieroglyphics　エジプトの文字体系。エジプト人は建造物をこの文字で装飾したことから、ギリシア語で「神聖な碑文」を意味するヒエログリフと呼ばれるようになった。絵文字と記号の組み合わせで表音文字かつ表意文字として使われ、4世紀にアラビア語に取って代わられるまで、広く使われていた。

ビッグバン ● big bang　ビッグバン宇宙論で宇宙の始まりとされる重要な出来事につけられた名前。当初、天文学者フレッド・ホイルが揶揄する意味で使ったのが一般に広まった。

ビッグバン宇宙論 ● big bang cosmology　宇宙の起源に関する比較的新しい理論。1930年代に初めて提唱され、1960年代以降は現代**宇宙論**の主流の考え（パラダイム）となっている。

ビッグヒストリー ● big history　過去の出来事を、人間の歴史から**宇宙論**に至るあらゆるスケールで、統合した解釈を構築しようとする試み。従来からある創造神話を近代的かつ科学的な視点から考察する学問で、本書のテーマである！

ヒト亜族 ● ホミニンの項を参照。

ヒト属（ホモ属） ● genus Homo　猿ではなく現生人類（ホモ・サピエンス）の方により近く、今から300万年前〜200万年前のアフリカに出現した人類に属するグループ。ホモ・ハビリス、ホモ・ルドルフェンシス、ホモ・エルガステルなどの種が含まれる。特徴は、簡単な道具を使い、地上で生活し、脳が急激に発達したことである。

ファイアスティック・ファーミング ● fire-stick farming　農業ではなく、狩猟採集の戦略のひとつ。狩猟採集をする人々は定期的に土地を焼き払う。すると新しく草が生え、それを目当てにやって来る動物を狩ることができる。狩猟採集の一端ではあるが、環境に手を加えて人間の役に立つ資源の生産性を高める一方法とも考えられる。したがって、農業に一歩近づいた段階と見なすことができる。

ファシズム ● fascism　世界は互いに相いれない複数の人種グループに分断されるとする、イタリア発祥のイデオロギーの一種。ヒトラー率いるナチスドイツもこのイデオロギーを採用した。

複雑さ ● complexity　精密に連携し合った多くの要素で構成されることで、それまでになかった新しいエマージェント・プロパティを有する実体。その存続はエネルギーの流れに左右される。

複雑さが増大するスレッショルド ● thresholds of increasing complexity　複雑なもの（**複雑さ**）が新しく出現するとき。本書では、主要な8つのスレッショルドに焦点を当てる。

物質 ● matter　質量があり、一定の空間を占有するもの。アインシュタインの理論では、物質と**エネルギー**は互いに置き換え可能であり、両者の間には「$E = m \times c^2$」（Eはエネルギー、mは質量、cは光速）という有名な公式で表される関係がある。つまり、物質は一種の凝固エネルギーと見なすことができる。ビッグバンの直後にはまだ、物質とエネルギーはきっちり分かれておらず、互いに置き換え可能だった。

プラズマ ● plasma　**物質**を構成する原子の陽子と電子が分離した状態。ビッグバン後、約38万年の間、宇宙全体がこの状態だった。現在も、恒星の内部ではこれが通常の状態である。

ブラックホール ● black hole　宇宙の一領域で、密度がきわめて高いためにその重力から光さえも逃れることができないとされる。巨大恒星などの大きな天体同士が衝突することで生じる場合がある。

プレートテクトニクス ● plate tectonics　1960年代以降の地球科学で中心的な考え方(パラダイム)。地殻表層の岩盤[地殻と上部マントルの一部]は複数のプレートに分かれていて、それらは地球内部の熱の影響を受けて絶えず動いているという概念に基づいている。

分光器 ● spectroscope　プリズムなど、光を周波数[波長]別に分解できる道具。元素によって吸収する光の周波数[波長]が違うので、分光器を使えば、恒星や星雲に含まれる様々な元素の存在とその量がわかる。つまり、分光器は恒星の性質や進化を研究するうえで欠かせない道具である。

分子 ● molecules　様々なタイプの化学結合によって結びつけられている2つ以上の原子。

ヘルツシュプルング=ラッセル(H-R)図 ● Hertzprung-Russell (H-R) diagram　恒星が一生のどの段階にあるかを、それぞれの絶対光度や表面温度によって表した図。

放射年代測定 ● radiometric dating　放射性壊変の比率を測定することによって、骨や岩などの年代を決定する技術。

放射能 ● radioactivity　ウランなどの不安定な原子が、原子より小さい[すなわち原子を構成する]微粒子を自発的に放出することによって壊変する現象。

保護主義 ● protectionism　自由貿易によらず、排他的貿易圏あるいは交易圏を設けて、競争相手となる国を関税もしくは必要であれば実力行使によって排除することが、自国の経済を保護する最善の策であるとする考え方。

『ポポル・ブフ』 ● Popol Vuh　グアテマラのキチェ族(マヤ族の一種族)に伝わる神話・歴史の物語集。この書名は文字どおりには「民族の本」という意味で、創造神話として神々がトウモロコシと水から人間を作ったことが語られる。16世紀半ばにドミニコ会の修道士が書き残した写本が1部現存するのみである。

ホミニン(ヒト亜族) ● Hominina　ヒトがチンパンジーとの「最後の共通祖先」から分岐以降の系列に連なるすべての種。800万年前〜500万年前に出現したが、現存するのは**ホモ・サピエンス**、すなわち現生人類のみ。

ホモ・エレクトス、ホモ・エルガステル ● Homo erectus　あるいは Homo ergaster　約200万年前にアフリカに現れたヒト属の種。身長は現代人とほぼ同じで、脳はホモ・ハビリス(H. habilis)より大きい。火を使い、夫婦単位で暮らし、それ以前の種より複雑な石の道具を作ることができた。ホモ・エレクトスの一部はユーラシアに移動し、遠く中国にまで到達した。

ホモ・サピエンス ● Homo sapiens　生物学で私たち現代人を指すときの名称(学名)。20万年ほど前にアフリカに出現したと考えられている。地球の歴史上、初めて**コレクティブ・ラーニング**(集団的学習)能力を備えたのがこの種なので、本書では、その出現を新しいスレッショルドと見なしている。

ポリス ● polis　「都市国家」を表すギリシア語。複数形はpoleisまたはpolises。

マニ教 ● Manichaeism　古代の中央アジアで信仰されていた宗教。人間の歴史はずっと善(精神世界的な光)と悪(物質的な闇)の対立であるという世界観を基本とする。

マルクス主義 ● Marxism　カール・マルクス(1818年〜1883年)の著作から生まれたイデオロギー。近代社会の主流は資本主義だが、これは大きな格差を生む制度なので、最終的には廃止して**社会主義**的社会に移行すべきというのがマルクスの主張である。

マルサス的サイクル ● Malthusian cycles　経済・人口・文化・政治などが長期にわたって拡大するサイクル。一般に、その後には危機や戦争、および人口減少、文化や政治の衰退の時期が続く。1サイクルの長さは通常数世紀に及び、農耕文明の時代を通じて繰り返されてきた。人口は技術のイノベーション(技術革新)によって増大するが、イノベーションの速度が人口増加の速度に追いつかず、いずれは減少するという事実によって生じる。イギリスの牧師、経済学者であったトマス・マルサス(1766年〜1834年)にちなんで名づけられた。

ミランコビッチ周期(サイクル) ● Milankovitch cycles　地球が太陽の周りを回る軌道の3つの要素の定期的な変化。最初にこの現象を指摘したセルビアの天文学者ミルティン・ミランコビッチ(1879年〜1958年)にちなんで名づけられた。第1のサイクルは地軸が指す方向の揺れ(歳差)で、約2万1000年周期で変動する。第2のサイクルは地軸の傾きで、22.1度から24.5度の間を約4万1000年周期で変動する。第3のサイクルは地球の公転軌道の変化で(地球の軌道は隣り合った惑星の重力に影響されて、円に近い楕円から細長い楕円まで変動する)、この周期が約10万年および40万年である。

冥王代 ● Hadean eon　46億年前から40億年前まで続く地質学上の時代区分。古代ギリシアの冥界(死者の魂が住む世界)にちなんで名づけられた。地球の歴史上最古のこの時期を、地質学者は「ハデス(冥界の王)の地球」と呼ぶ。「地獄さながらの」熱さだったからだ。

メソアメリカ ● Mesoamerica　中央メキシコからパナマまでと、グアテマラ、ベリーズ、およびエルサルバドルの全

土、ホンジュラス、コスタリカ、およびニカラグアの一部に広がる、かつて共通の特徴を持つ文化が繁栄した地域。

焼き畑農業 ● swidden agriculture　森林を焼き払い、その灰を含む土壌で作物を栽培する農法。新しく開墾した畑の生産性が減退すると、また別の土地を切り開く。半遊牧的な生活形態であるため、人口密度が低いアマゾン流域などの地域でのみ成り立つ。

輸送 ● transportation　人や物をある場所から別の場所に移す技術。人手、荷馬車、船や飛行機に積み込まれるコンテナなど、手段は問わない。

ラパ・ヌイ ● Rapa Nui　イースター島の現地名。太平洋に浮かぶチリ領の島で、西暦1000年にポリネシアの船乗りたちが住み着いたのが最初。巨大な石の像（モアイ）が多数あることで知られる。

ラピタ文化 ● Lapita culture　パプアニューギニアからサモアにかけての地域で発見された文化で、独特の幾何学模様を施した土器を特徴とする。考古学では、この土器を太平洋地域への初期の移住を追跡する手がかりとしている。

れ

冷戦 ● Cold War　20世紀後半における、**資本主義**社会と**共産主義**社会の長期にわたる対立関係。両陣営とも核兵器を保有していたため、常に「熱い」戦争が勃発する脅威にさらされていた。

わ

ワールドゾーン ● world zones　最終氷期が終わるとともに海面が上昇してできた、互いに海で隔てられた4つの地域。(1) アフロユーラシア（アフリカ大陸とユーラシア大陸、およびイギリスや日本など、周辺の島々)、(2) アメリカ（南北アメリカ大陸および中央アメリカと、周辺の島々)、(3) オーストラレーシア（オーストラリア、パプアニューギニア島、および周辺の島々［メラネシアの一部または全域を含む］。ニュージーランドを含む場合もある)、(4) 太平洋の島々（ニュージーランド、ミクロネシア、メラネシア、およびハワイを含むポリネシア）。

ワンガリ・マータイ ● Wangari Maathai　ケニアの女性活動家(1940年～2011年)。グリーン・ベルト・ムーブメントを設立して母国の森林再生に尽力した［環境保護活動家、2004年にノーベル平和賞を受賞。MOTTAINAI・もったいない運動の提唱者としても知られる］。

索引

※本文中、中国の地名・人名等の固有名詞は「普遍的な世界」を目指す本書の理念にそってピンインでの読みを基本としたが、索引では日本人になじみのある「日本語読み」でそれらが引けるようにし、(　)内にピンインを記載した。

あ

アース・ポリシー研究所　354, 356
アームストロング、ニール　333
アーリア人　187
RNAワールド仮説　77
アイスランド　357
アイン・ガザル遺跡　127
アインシュタイン、アルベルト
　　19, 20, 24, 25, 334
アイン・マラッハ遺跡　127
アウグスタ、リウィア・ドルシッラ　219
アウグストゥス　208, 219
アウストラロピテクス・アファレンシス種
　　99
アカントステガ　45
アクィナス、トマス　66
アケメネス朝　188-190
アジアの虎　325
アシュール文化　100, 102
アショーカ　191
アステカ
　　229, 230, 232, 233-236, 250, 275
アスワン　126, 159
アセノスフェア　49, 55, 57
アゾレス　270, 273
アタカマ砂漠　169, 170
アッカド　152, 157
アッカド帝国　187
アッカドのサルゴン　158
アッシャー、ジェームズ　51
アッシュールバニパル　185
アッシリア　152
アッシリア人　185
アッバース朝　199, 211, 303
アテナイ(アテネ)とスパルタ　218
アデニン　76
アテネ／アテナイ　152, 188, 189, 193, 218
アナクサゴラス　73
アナサジ族　241
アヌ　152
アパラチア山脈　53, 241
アビュドス　160
アファール三角地帯　93, 94, 98
アブー・バクル　198

アブー＝ルゴド、ジャネット　265, 268
アフガニスタン　190, 191, 209, 257
アブ・フレイラ遺跡　124, 133, 136
アフロユーラシア・ワールドゾーン
　　197, 204, 206, 223, 258
アヘン　303, 304, 308
アヘン戦争　304
アマーマン、A・J　131
天の川　17, 364
アムネスティ・インターナショナル　359
アメイジア　363
アメリカ、アメリカ合衆国
　　297-301, 311, 314, 324, 325
アメリカ海洋大気庁(NOAA)　351
アメリカ航空宇宙局(NASA)　39, 45, 47
アメリカ独立革命　302
アリストテレス　66
アリューシャン列島　57
アル＝ウマリー　263
アルガン、エミール　53
アルゴン　28, 41, 51
アルジェリア　303, 325
アルディ　99
アルディピテクス・ラミドゥス　99
アルディン、タキ　289
アルパイン断層　58
アルフィーリ、ファティマ　222
アレキサンドリア　263, 265, 268
アレクサンドル2世　300
アレクサンドロス大王　162, 189, 191
アレニウス、スヴァンテ　346
暗黒エネルギー　19, 23
アンゴラ　306
アンジェ、ナタリー　27
アンデス山脈　57, 169, 257
アンドロメダ星雲／アンドロメダ銀河
　　19, 364

##

イアフメス1世　185
イースター島／ラパ・ヌイ
　　172, 173, 238, 348
イェニチェリ　273
硫黄　75, 79

生きている地球指数　356
イギリス　288-296, 302-311, 313-315
イクチオステガ　45, 84
イサベル(スペイン王女)　274
イシュタル　153
イスラエル王国　185
イスラエルの民　136, 185
イスラム　197, 198, 221
イスラム文明　197, 221
イタリア　306, 311
一雌一雄　99, 100
一般相対性理論　334
遺伝学　71, 72
遺伝子　65, 71, 76, 77, 80, 81, 92-95
遺伝子組み換え作物　332
イナンナ　153
イヌイット　111, 141
イノベーションの推進要因　254, 256
イノベーションへの誘因　255, 256, 259
イラク　354
イラン高原　189
殷(イン)　165
インカ　236-240, 272, 275
インカの道路　238
イングランド銀行　282, 297
印刷　257, 281
印刷機　281
隕石　49, 50, 73
インダス川　162-164
インダス川流域　162, 163
インティ　238
インディアン強制移住法　314
インド
　　191, 192, 206, 214, 216, 221, 274, 275,
　　302, 303, 305
インド式の数字体系　206
インド大反乱　313
陰と陽　217
インド洋の交易ネットワーク　263, 275

う

ヴァイキング　243, 244, 262, 265
ヴァイシャ　214
ヴァイン、フレッド　54

391

ヴァルナ制度　214, 217
ヴィジャヤナガル　269
ウィツィロポチトリ　233-236
ウィルキンソン・マイクロ波異方性探査機
　（WMAP）　24
ウイルス　65
ウィルソン、アラン　3
ウィルソン、E・O　72
ウィルソン山天文台　18
ウィルソン、J・ツゾー　55
ウィルソン、ロバート　21
ウエイジャー、ウォレン　361
ヴェーダ時代　187
ヴェーバー、マックス　256
ウェッジウッド、ジョサイア　294, 307
ヴェルサイユ条約　323
ウェルズ、H・G　361
ウォーラーステイン、イマニュエル
　205, 303
ウォレス、アルフレッド・ラッセル　67
烏孫（ウースン）　207
宇宙　14-19, 364-366
宇宙背景放射　22
宇宙論　14, 15, 18
ウフルX線天文衛星　39
馬　265, 277
ウマイヤ朝　199
海の民　187
ウラル山脈　57
ウラン　3, 23, 28, 29, 41
ウル　157
ウルク　151-157
ウルのジッグラト　153
ウルのスタンダード　182
ウルフ、エリック　148
ウルブルンの沈没船　205
ウンマ（共同体）　197
ウンマ（都市）　157

エアンナ・コンプレックス　153, 156
永楽帝（ヨンラーディ）　272
エウリピデス　218
エオマイア　85
疫病　206, 269, 275, 311
エケタ　216
エジソン、トマス　336
エジプト　158-163, 184, 185, 205, 213, 214,
　326
エチオピア　306
エディアカラ化石群　82
エディントン、アーサー　24
エトルリア人　192

エニウェトク　26
エネルギー　20, 254, 259, 288, 293, 333,
　335
エネルギーの流れと相互関係　180
エマージェント・プロパティ　5
エミリアーニ、チェーザレ　31
絵文字　156, 157, 167
エリコ　127, 136, 137
エリドゥ　157
エリュトゥラー海案内記　209
エルドリッジ、ナイルズ　72
エンキ　153
エンキドゥ　155
園芸農業　130
エンゲルス、フリードリッヒ　309
猿人　99, 117
遠心的傾向　133
エンマーコムギ　125
エンリケ（ポルトガルの"航海王子"）　273

お

オーウェル、ジョージ　360
オーウェン、ロバート　309
欧州宇宙機関（ESA）　3
欧州原子核研究機構（CERN）　29, 336, 359
王の道　189, 190
オークニー　134
オーストラリア　245, 248
オーストロネシア言語／オーストロネシア語
　131, 245
オクサス文明　166, 189
オクタビアヌス　194
オスマン　273
オゾン　50, 82, 350, 355
オゾンホール　339
夫方居住制　97
オッペンハイマー、ロバート　334
オドワカル　194
オパーリン、アレクサンドル　74
オハラ、サラ　354
オハロII遺跡　122
親核種　41
オランダ東インド会社　275
オリオン座の雲　42
オリンポス山　40
オルテリウス、アブラハム　51
オルドワン石器　99
オルメカ　168
オルメカ社会　169
温室効果　350, 351
温室効果ガス　346, 350-352, 355

カースト制／カースト制度　164, 214
カーソン、レイチェル　346
カーター、ジミー　359
カーツワイル、レイ　361
ガーナ王国　171, 172
カーネギー、アンドリュー　299
カーリー　221
カーン、ハーマン　346
海王星　40, 46
外核　48
カイパーベルト　45
カイメン　82
海洋底拡大　54
カイロ　265, 269
カイロでの国際人口開発会議　358
カイロ図書館　258
カヴァッリ＝スフォルツァ、L・L　131
カウティリヤ　191
カエサル、ユリウス　194, 219
夏（シャー）王朝　165, 215
ガガーリン、ユーリ　274, 326
科学　4, 9
科学革命　281
化学進化　74, 75, 87
化学的分化　48, 59
核　75
核酸　76, 77
拡大中心［拡大軸］　56
核兵器　3, 320, 328, 336, 339, 360
核融合エネルギー　335
火山　50
カストロ、フィデル　339
ガス放出　50, 51
火星　40, 45, 46, 51, 77, 362
化石燃料　288, 335, 349
家族（家庭）　131, 133, 158, 160, 166
家畜化した動物　149
カトリック教会　15
カナリア諸島　273, 274, 306
カニシカ王　210
かに星雲　32
家父長制　217-219
貨幣／コイン　199, 260, 275, 290, 359
カボット、ジョヴァンニ　274
神　73, 141, 152, 153, 155, 216, 218
紙　257
ガモフ、ジョージ　20
火薬　259, 265, 281
カラクスのイシドロス　209
ガラパゴス諸島　67, 68
カラバリ　249
カラベル船　273, 281

カランボ滝の遺跡　111
ガリア人　192
カリウム　41
カリフ　198, 199, 222
ガリレイ、ガリレオ　15
カルタゴ　192, 193
カルプリ　235
漢(ハン)王朝　196, 208, 217
灌漑　150
韓国　325, 353
完新世　109, 124, 347
完新世の気候最温暖期　109
ガンディー、マハトマ　323, 326
カント、イマヌエル　42
広東　263, 268
カンビュセス2世　189
カンブリア紀　49, 84
カンブリア爆発　78, 82, 84, 87

キープ　238
キーリング曲線　350
キーリング、チャールズ・デーヴィッド　350
希ガス　28
飢饉　161, 234, 269, 311, 323, 347
キクザ、ジョン・E　241
記号言語　103, 104
気候変動に関する政府間パネル(IPCC)　350
騎士　219
キシュ　155, 157
キセノン　28
北アメリカ／北米　241, 243, 244
軌道望遠鏡　39
絹　165, 166, 208, 210, 259, 260, 265, 276, 290, 299
記念建造物　139, 153, 168, 174, 178, 232
キプチャク・ハン国　277
ギボン、エドワード　194
ギャロッド、ドロシー　126
球技　230, 231, 262
吸収線　18
旧石器時代　91, 107, 108
牛乳　149, 357
キューバ　299, 339
旧約聖書　185
キュロス2世　189
仰韶(ヤンシャオ)文化　133
共生　121
強制的権力　139, 140, 155, 213, 245, 300
匈奴(ションヌー)　207
共同体　197, 199, 205, 207

莢膜　75
共有結合　33
恐竜　69, 85, 86
共和国ローマ　192
巨大外惑星　45
キリスト教　14, 15, 51, 185, 211, 313
ギルガメシュ　155, 180
ギルガメシュ叙事詩　155, 174, 180
ギルバート、ウィリアム　54
キルワ　274
義和団の乱　304, 313
金　263
銀　275, 290, 303
銀河の形成　25
キング、グレゴリー　282
金属結合　33
近代のグローバル社会　178
金本位制　304
菌類　65, 83, 84

グアニン　76
グーテンベルク、ヨハネス　281
グールド、スティーヴン・ジェイ　72
クエーサー(準星)　23
楔形文字　156, 157
クシャーナ朝　191, 206, 209
クシャトリア　214
クシュ　159, 161
クスコ　237
クセルクセス1世　189
グッドイナフ、ウルスラ　72
グドール、ジェーン　94, 97, 102
クノッソス　187, 215
クフ王　160
グプタ王朝　191
クラシーズ河口　111
グリーン・ベルト・ムーブメント　356
グリーンランド　262
クリスタルパレス　296
クリスチャン、デヴィッド　110
グリッグス、デヴィッド　53
クリック、フランシス　71, 332
グリニッジ王立天文台　336
クリプトン　28
クリミア戦争　299, 300
クルッツェン、パウル　102, 254
クレイステネス　218
クレオパトラ　214
クレタ島　186
クローヴィスポイント　111
グローバリゼーション　257
グローバルな交換ネットワーク　269, 274, 276, 282
クロスビー、アルフレッド　277
クロマニョン人　93
クロロフィル　79
クロロフルオロカーボン類＝CFC類／CFC　339, 350, 355
クロン(磁極期)　55
君子　195, 217
軍事　188, 189, 191, 223, 302, 321, 322, 324
グンジュマラ族　126

ケイ酸塩　45
ゲイツ、ビル　359
ゲイツ、メリンダ　359
ケオプス(ピラミッド)　160
ケチュア　238
ケツァルコアトル　233
血縁社会　178
月氏(ユエシー)　207
血統貴族　219
ケニア　356
ケニヤッタ、ジョモ　326
ケニヨン、キャスリーン　127
ケネディ、ジョン・F　339
ケフェウス型(ケフェイド)変光星　17, 30, 34
ケプラー宇宙望遠鏡　47
ケプラー、ヨハネス　15
ケルマ　161
原核生物　75, 78-81
言語　103, 104, 106
健康と長寿　332
原始太陽　43
原始的原子　19
原子番号　28, 29
原子力エネルギー　355
原生生物界　65
原油　335
元老院(ローマ)　192

こ

ゴア　275
合意性権力　139, 140, 155, 168
交易ネットワーク　204-206, 212, 222-224, 257, 260, 263, 268
紅海　57
黄河(ホワンハー)流域　130, 164
交換ネットワーク　204, 255, 262, 265
交換ネットワークの強化　255
後期旧石器時代　104
洪熙帝(ホンシーディ)　272

光合成　51, 79
混合文化　207
広告　337
孔子（コンズー）　194, 217
広州（グアンジョー）　211, 268
工場　288, 293, 295-297
工場制度　295
恒星風　43
抗生物質　79, 332
後天性免疫不全症候群（AIDS）　332
光年　22
コーラン　221
ゴースト・エーカー　290
コーテン、デヴィッド　358
ゴールディング、ウィリアム　361
5カ年計画　323
古気候　53
呼吸　78
国際自然保護連合（IUCN）　340
国際通貨基金（IMF）　325
国際連合、国連　325, 358
国際連盟　323
黒死病（ペスト）　269, 277
黒色矮星　31, 365
国内総生産（GDP）　321, 329
国民議会　301
黒曜石　138
国連環境計画（UNEP）　350, 356
古細菌　65, 66, 76, 78-80
小作農　256, 259, 269
古人類学者　93
コスター　133
子育て、育児、子どもの世話　100, 149, 151
古代以後のマルサス的サイクル　261
古代ギリシア　218
古地磁気学　54
国家　148, 180
国家宗教　154
国境なき医師団　359
コペルニクス、ニコラウス　15
コミュニケーション（情報伝達、通信）
　92, 104, 283, 333, 355, 358
小麦　125
米／コメ／（ワイルド）ライス
　128, 132, 167
暦　157, 160
ゴリラ　93
ゴルディロックス条件　6, 33
コルテス、エルナン　275
ゴルバチョフ、ミハイル　327
コレクティブ・ラーニング（集団的学習）
　92, 106, 107, 109, 149, 204, 206, 248-250
コレラ　164, 312
コロンブス、クリストファー　274, 276

コロンブス交換　277
コンゴ民主共和国　354
コンスタンティヌス帝　194
コンスタンティノープル　194, 196, 303
ゴンドワナ大陸　52
コンピューター技術　334

サアグン、ベルナルディノ・デ　235
サーリンズ、マーシャル　112
最古の文字　156
再婚法　313
細胞質　75
細胞小器官　80
細胞の化学的性質　75
細胞壁　75
細胞膜　75
サウジアラビア　349
サウマ、ラッバーン　265
ササン朝　191
サッカラ　160
サツマイモ　172
砂糖　273, 276, 279
ザ・ネイチャー・コンサーバンシー（TNC）
　359
サハラ砂漠　159, 171
サファヴィー朝　303
サフル　245, 248
サヘル　172
サヤ取り　274-276, 282
サラスヴァティー　221
サラミス　189
サリッチ、ヴィンセント　3
サルゴン／サルゴン王　148, 152
3世紀の危機　194
三星堆（サンシンドゥエ）　167
三都市同盟　233
三葉虫　66, 82

シアノバクテリア　79
シヴァ、ヴァンダナ　358
シェイファー、リンダ　206
ジェノバ　269, 273
ジェファーソン、トマス　301
ジェフリーズ、ハロルド　53
ジェミュール　71
シェラット、アンドルー　149
潮の満ち引き　45
磁器　264
資源消費量　328
秦始皇（チンシーホワン）　195

磁山（ツーシャン）　128, 130
地震計　49
地震波　49
沈み込み帯［海溝系］　57
自然選択　58, 64, 67, 68, 71, 72, 83
自然発生　73
始祖鳥　69, 85
シッダールタ、ガウタマ　195
シトシン　76
ジハード　198
司馬遷（スーマーチェン）　165
紙幣　211
地母神　138
地母神（ミノア）　216
社会主義　320, 323
社会進化論　307
社会的関係およびジェンダー関係　216
シャリーア　197
車輪、車（マヤ）　231
シャンポリオン、ジャン＝フランソワ　161
種　67-70
周（チョウ）王朝　167, 188, 194
周期表　28
宗教改革　15
重水素　29
ジュース、エドアルト　52
重力　16, 19, 23, 24, 25, 42
重力不安定性モデル　44
収斂進化　70, 83
儒教　195, 196, 212, 221
首長／酋長　243
首長国／酋長国　187, 241, 243
首長制／首長制社会　141-143, 159, 169
種の起源　67, 69, 70
シュペングラー、オスヴァルト　205
シュメール　151-153, 185
シュメール語　157
狩猟採集　110-113, 120-122
準惑星　45
商（シャン）王朝　165-167, 215, 217
蒸気機関　289, 293-295, 333, 335
蒸気船　295, 333
商業化　265, 269, 282
消費者資本主義　337, 338
小氷期（LIA）　290
縄文文化　150
初期農耕時代　129, 130, 132-136, 139
植民地建設、植民地、植民地化
　190, 192, 219, 243, 275, 276, 290, 291, 302
食料供給　158, 170, 353
女真族（ヌユチェンズー）　264, 265
ジョセル　160
ジョハンソン、ドナルド　93

ジョンソン、サミュエル 6
シリウスB 30
シリコン 39
シルク、ジョセフ 25
シルクロード 183, 205, 206, 208
シルクロード時代 208, 209, 211
白いフン族 192
人為選択 66, 67, 332
秦(チン)王朝 195
シンガー、アイザック 297
真核生物 66, 80, 81
シンガポール 325
人権および生活水準の向上 338
人工衛星 39
人工衛星「プランク」 3
人口転換 338
シン、ナラム 157
ジンバブエ 354
森林伐採／森林破壊 164, 232, 312, 314
人類進化 93, 106

隋(スイ)王朝 196, 259
彗星 50, 73
水素爆弾 26
スウィム、ブライアン 42
枢軸時代 195
スーダン 306
スードラ 214
スエズ運河 303
スカー、クリス 142
スカラ・ブレイ 134
スキタイ人 207
スコール財団 359
スコット、W・B 53
スターリン、ヨシフ 323
ステイブルフォード、ブライアン 361
ストラム、シャーリ 103
ストロマトライト 78-80
スナイダー＝ペレグリニ、アントニオ 52
スパイス 209
スパルタ 188, 218
スペイン 273, 274
スペルトコムギ 125
スミス、アダム 282, 321
スミス、ウィリアム 68
スムート、ジョージ 25
スメール、ダニエル 308
スライファー、ヴェスト 18
スレイター、サミュエル 297
スレッショルド 7, 8
スワヒリ 263
スンジャータ 263

世 49
税 148
斉一説 67
セイヴァリ、トーマス 293
星雲 38
西夏(シーシャー) 264
性差 133
生殖 81
青色星 29, 30
生態系 339, 342
性的二形 99
青銅 150
生物多様性 340
生物分類学 65, 93, 178
生命の樹(系統樹) 65
世界気象機関(WMO) 350
世界銀行 325
世界システム論 205
世界自然保護基金 356
世界未来協議会(WFC) 359
赤色星 29
石炭 349, 350, 356
脊椎動物 83
赤方偏移 18
石油輸出国機構(OPEC) 349
石器 93
絶滅 78, 80, 82-86, 92, 114-116, 329, 340
セレウコス帝国 190
戦国時代 188, 194
泉州 211, 260
禅宗 212
先住民 314, 315
染色体 96, 132
全生物の最後の共通祖先(LUCA) 65
戦争 157, 164, 205, 235, 323, 335
戦争と破壊のテクノロジー 334
全地球測位システム(GPS) 53
宣徳帝(シュエンダーディ) 272
腺ペスト 211
線毛 75
繊毛虫 66
センモウヒラムシ 82
専門化 282
千夜一夜物語 264

宋(ソン)王朝 220, 260, 265, 268
創造神話 4
相転移 20, 21

相同 69
贈答 112, 141
ソーホー・マニュファクトリー 293
ソクラテス 195
蘇頌(スーソン) 289
組成 79
ソマリア 354
ソ連 321, 325-327
ソ連が主導する経済 327
ゾロアスター教 195
ソロス、ジョージ 359
存在の大いなる連鎖 65

ダーウィン、エラスムス 294
ダーウィン、チャールズ 65-74, 76, 83
ターニップ[蕪]・タウンゼンド子爵 292
ダービー、エイブラハム 295
代 49
大悪臭 312
ダイアモンド、ジャレド 125, 228, 248, 250, 348
第一帝政 301
大運河 196
大カトー 220
大恐慌 323
第三共和制 311
太守(サトラップ) 189
太守領 189
大乗仏教 206, 210
大西洋中央海嶺 55
大赤斑 51
大戦間期 322
太宗(タイゾン) 196
大祖国戦争 324
大プリニウス 209
太平天国の乱 304
太陽 30, 37-39
太陽系 42-46
太陽系星雲 43, 44
太陽系にとってのゼロ歳 43
太陽光発電 335
大陸移動 52, 53
大陸リフト 56
第6の大絶滅 347
台湾 299, 325
ダ・ガマ、ヴァスコ 274
タゲペラ、レイン 183
多細胞生物 82
タスマニア 245
多地域進化説 105
タバコ 229
タラス川の戦い 199

ダリウス　188, 189
探検　270, 274, 281
探査機　40, 41
男女の社会的関係／ジェンダー関係
　　113, 134, 213-216, 220-222
炭素　339, 340, 350
炭素14年代測定法　3, 95
断裂帯　57

チームワーク　102, 103
チェイソン、エリック　7
チェルノブイリ　335, 353
チェンバレン、R・T　53
チェンバレン、ジョゼフ　321
近くの恒星　16
地下水　352
地球温暖化　124, 350, 353
地球型惑星　31, 45
地球規模の海水の大循環　351
地球サミット　358
地球表層の組成　78
地上望遠鏡　39
チチェンイツァ　232, 262
チチカカ湖　236
窒素　75
チナンパ　234
チナンパ農法　130
チミン　76
チムー王国　237, 262
チャイルド、ゴードン　134
チャコ・キャニオン　136, 242
チャタム島の人々　248
チャド　354
チャビン・デ・ワンタル　170
チャタルヒュユク　136, 137, 138, 143
チャンドラグプタ・マウリヤ　191
中間型　69
中期旧石器時代　104
中産階級　218
抽象的な数字　156
中性子　21, 27
中性子捕獲　31, 32
中立突然変異　94
チューレ・イヌイット　262
長安（チャンアン）　196
張騫（チャンチェン）　208
長江文明　167
長江（チャンチアン・揚子江）流域　167
超新星　28, 31
徴税中心の社会　292
超長基線電波干渉法（VLBI）　55
地理的分布　69

チンチョロ族　170
チンパンジー　71, 92, 93, 96-103, 307

月（地球の衛星）　44, 45
妻方居住制　97
強い核力　25

ディアス（、バルトロメウ）　270
ディアスポラ　185
ディーコン、テレンス　103
DNA　3, 65, 76, 77, 81
ディオクレティアヌス帝　194
ディオニュシオス　218
ティカル　229
ディケンズ、チャールズ　309
帝国主義　302, 304, 308
定住化　124, 126
定住化の罠　124, 127
定常宇宙論　21, 22
ディストピア　360, 361
帝政　148
T星　43
Tタウリ風　43
テノチティトラン　233, 234
ディッケ、ロバート　22
テイラー、フランク　52
ティワナク　236
鄭和（チェンハー）の宝船　272
デカルト、ルネ　281
テスココ湖　233
テスラ、ニコラ　333
鉄　28, 29, 31, 265
鉄鋼　295, 297
鉄道　333
デメテル　218
デュポン・ケミカル社　355
テラコッタ製の武人、テラコッタ製の軍勢
　　195
テラフォーミング（地球化）　362
テラ・プレタ（黒い土）　241
デル・カーノ、ファン・セバスチャン　274
デルタ　160
テルモピュライ　189
テル・レイラン遺跡　158
電気　335, 337, 349
電磁気力　21
伝染病　211
天然ガス　288, 335
天然痘　211, 277
天王星　40

テンプロ・マヨール　236
天変地異説　67
天命　188, 200

ドイツ　306, 307, 321, 336
トインビー、アーノルド　205
同位体（アイソトープ）　3, 29
トゥーラ　233, 262
唐（タン）王朝　196, 199, 205, 211, 212
陶器　152
東京　338, 357
道教／道家　194, 195, 212
東條英機　324
鄧小平（デンシャオピン）　327
投票権（参政権）　311
トウモロコシ　121, 128, 167, 170, 228
トゥラン　233
ドゥルガー　221
独占　256, 259
時計　289, 336
都市化　211, 213
都市や国家の出現　129, 148, 151
土星　38
土星の環　44
トップダウンの力　140
ドップラー効果　18
トトメス3世　185
富と権力　133, 150, 213
デュ・トワ、アレクサンダー　53
トラカエレル　234
トラロック　235
トランスフォーム境界　57
トリウム　41
トルーマン、ハリー　325
トルテック族　229
奴隷、奴隷制　148, 258, 260, 278, 279, 301
トンガ諸島　57

な

内核　48, 49
ナイジェリア　326, 354
内燃機関　334, 335
長崎　26
ナカダ　160
ナチ党（ナチス）　323
ナトゥーフ（人、文化）　126, 127, 136
七年戦争　290
ナノテクノロジー　361
ナポレオン・ボナパルト　301, 311
ナポレオン、ルイ　311
涙の道　314

ナルメル　148, 160
ナルメル王のパレット　181
ナワトル(語)　233, 236
南京(ナンジン)　269
南方交易　206
南北戦争(アメリカ)　298, 299
ナンム　153

二酸化炭素　40, 41, 43, 50, 51, 269, 290, 340, 342
西田利貞　94
二足歩行　98, 99
日露戦争　299
ニップール　157
日本　150, 167, 210, 211, 299, 300, 304, 322-325, 334
ニューコメン、トーマス　293
ニュージーランド　247, 248
ニュートン、アイザック　15, 24, 29
ニューヨーク　357
ニルヴァーナ　217
人間の体　21, 65
人間のフットプリント　347
人間の結びつき(ヒューマンウェブ)　205
ニンスン　155

ヌクレオチド　74, 76
ヌネシュ、ペドロ　280
布地／衣服　112, 155, 256
ヌビア王国(タ・セティ)　160

ネアンデルタール人　93
ネイティブ・アメリカン　314
ネオン　28
ネストリウス派　211
熱帯雨林　96, 128, 130
ネメット・ネジャット、カレン　158
年代測定　2, 3, 41
年代表記法　8

農業革命　109, 120-123, 254, 277, 289
農業生産力の増大　149
農業の選択　127, 143
農耕技術／農業技術　131, 248
農耕文明⇒初期農耕時代も参照　148, 179

ノースラップ、デイヴィッド　256
ノーベル、アルフレッド　334
野焼き農耕　115, 142

ハーシャ　192
バーナーズ＝リー、ティム　334
ハーナー、マイケル　234
ハーバー、フリッツ　322, 330
バーバー、ベンジャミン　358
バーミンガム(イギリス)　293, 294, 309
パールヴァティ　221
ハールーン・アッ＝ラシード　199
パールハーバー(真珠湾)　324
バーン、エドワード・W　346
胚　69
パータリプトラ　191
パウロ　211
パキスタン　354
白色矮星　30
バグダッド　199, 263, 266
バクテリア　24, 27, 353, 356
パサルガダエ　189
はしか　211, 277, 315
波状進出モデル　131, 143
パスツール、ルイ　73
パターソン、クレア　3
破綻国家　354, 366
八十埧(パーシーダン)遺跡　133
パチャクテク　237
爬虫類　82, 84
パッカード、デヴィッド　359
バッカス　218
ハックスリー、オルダス　360
発酵　78
発展途上国　302, 349
バットゥータ、イブン　266, 273
ハッブル宇宙望遠鏡　39, 47
ハッブル、エドウィン　17, 18
ハトシェプスト　214
パトリキの家庭　219
バトワ族　171
パパン、ドニ　293
パピルス　161
バビロン　152, 185, 189
パプアニューギニア　248, 257
バフェット、ウォーレン　359
ハプスブルク家のカール5世　276
ハラッパー　163, 214
バラモン　214, 217
パリ　269
パリ王立科学アカデミー　335
ハリソン、ジョン　336

パルティアの駅程　209
ハワイ　173, 246
パンゲア　53, 84, 293
半減期　41
パンゲン説　71
班固(バンクー)　217
パンスペルミア説　73
半定住　241
半坡(バンポー)遺跡　133, 134
ハンムラビ　213
万里の長城　195

ヒエラコンポリス　160
ヒエログリフ　161
ピカイア　82
東インド会社　275, 290, 303
ヒクソス　185
ピグミー　171
ピサロ　275
ビザンチン帝国　196, 198
ビザンティウム　194
ヒジュラ　197
ビスマルク、オットー・フォン　302
非政府組織(NGO)　358
ビタミンD　100
ヒッグス、ピーター　20
ヒッグス粒子　23
ビッグバン宇宙論　14, 18-23, 58
ビッグヒストリー(定義)　4
ビッグマン　141
羊　149
ヒッタイト　185
ヒト属(ホモ属)　99, 100
ヒト免疫不全ウイルス(HIV)　332
ヒトラー、アドルフ　323
皮膚の色、肌の色　100, 162
ヒマラヤ山脈　57
ヒューレット、ウィリアム　359
ビュフォン、ジョルジュ　52
ピュロス　216
氷河作用　108
氷河時代　82, 108
評議会　218
肥沃な三日月地帯　125
ビラコチャ　238
ピラバン、J・R　183
ピラミッド　139, 153
ビリオン・ツリー・キャンペーン　356
ピリッポス2世(王)　189
広島　324, 334
微惑星　43, 44
ピンカー、スティーブン　103

索引　**397**

ビンガム、ハイラム　239
貧困　338
品種改良　67
ヒンドゥー教　217

ファシズム　323
ファラオ　160
ファラデー、マイケル　333
フィリピン　325
フィレンツェの写本　236
風力　335
フェニキア人　186
フェリペ2世、ハプスブルク家　276
フェルナンデス=アルメスト、フェリペ　247
フォード、ヘンリー　333
フォルサムポイント　112
不可触賤民　214
複合社会　148
複雑なもの
　6, 7, 28, 122, 129, 311, 351
副産物革命　130, 149, 178, 179, 207
福島第一原子力発電所　335
婦好（フーハオ）　215
部族社会　228, 232
武則天（ウージェーティエン）　220
フタコブラクダ　209
ブタモロコシ（テオシント）　122, 125
仏教　191, 210, 211, 217
物質　8, 20, 21, 23, 24, 27, 29, 32, 34
仏陀／仏／釈迦　12, 195, 206, 210
武丁（ウーディン）　166
武帝（ウーディ）　196, 208
普仏戦争　297
ブラード、エドワード　53
ブライソン、ビル　81, 86
ブラウン、レスター・R　347, 354, 356
プラズマ　21
ブラックホール　23, 31, 32, 39, 247, 365
フランス　296, 297, 301-303
フランス革命　301
プランテーション　273, 276
ブリトゥン島の難破船　211
フルシチョフ、ニキータ　326, 339
ブルックス、アリソン　106
プレートの移動速度　55
ブルーメンバッハ、ヨハン　307
プレブス（平民）　219
フレミング、アレクサンダー　332
フローリー、ハワード　332
プロキシマ・ケンタウリ　17
文学　157

文化的・生物学的適応モデル　124
分子時計による年代測定　3, 95
フン族　194
フンボルト、アレクサンダー・フォン　52, 233
フンボルト、ヴィルヘルム・フォン　336
文明（定義）　148

ベイカー、ハワード　52
平均寿命　328, 332
ベーコン、フランシス　51, 280, 281
ヘス、ハリー　54
ペソ　275
ベッセマー、ヘンリー　295
ベテルギウス　30
ベトナム　325
ペニシリン　83, 332
ベネチア　271, 273
ヘブライ人　185
ヘリウム　21, 23, 25, 28-30, 44
ペリクレス　188, 218
ベル、アレクサンダー・グラハム　304, 334
ベルギー　85, 296-298, 300, 306, 333
ペルシア語　264
ペルシア人　190
ペルセポリス　189
ヘルツシュプルング、アイナー　29
ペルム紀末大量絶滅　84
ヘレニズム世界　190
ペロポネソス戦争　188
ベンジアス、アーノ　21
ベンツ、カール　333
鞭毛　75

ボイジャー1号と2号　40
ホイットニー、イーライ　294
ホイル、フレッド　19-21, 73
望遠鏡　29, 38, 39
法家　194, 195
放射年代測定　3
放射能　41
ポエニ戦争　192
ホー・チ・ミン　325
ホープウェル文化　243
ホームズ、アーサー　53
ホールデン、J・B・S　74
保護主義　321, 322
卜骨／甲骨　166, 167, 215
発疹チフス　277
ポトシ　275, 276

ボトムアップの力　139
ボノボ　93, 96, 98
ホブズボーム、エリック　336
ホブソン、ジョン　322
ポポル・ブフ　229
ボマ、ワマン　239
ホミニド　93
ホミニン⇒人類進化も参照　93
ポメランツ、ケネス　290
ホメロス　187
ホモ・エルガステル　99, 100, 102
ホモ・エレクトス　100
ホモ・サピエンス
　87, 92, 101, 102, 104, 105
ボリシェヴィキ革命　322
ポリス　188
ポリネシア　246, 257
ポリネシアの社会　141, 142
ポルトガル　273, 306
ボロブドゥール　263
ホルムズ　275
ホロコースト　323
ポンジ・スキーム　354
ポンジ、チャールズ　354

マーギュリス、リン　72, 80
マークス、ロバート　290
マーシャル、ジョージ　325
マーシャル・プラン　325
マーシュ、ジョージ・パーキンス　314
マータイ、ワンガリ　356
マーティン、ポール・S　115
マアト　160
埋葬の習慣　138
マウリヤ朝　191
マウンド文化　241, 242
マオリ　315
マキシム機関銃　305
マキシム、ハイラム　305
マクスウェル、ジェームズ・クラーク　336
マクニール、ウィリアム　205
マクニール、ジョン　342
マクブレアティ、サリー　106
マケドニア　189
マシューズ、D・H　54, 55
マゼラン、フェルデナンド　274
マダガスカル　263
マチュ・ピチュ　239
マニ　211
マニ教　211
マヌ法典　217
マヤ　168, 229-232, 348

マヤ帝国　233
マヤの創世神話　229
マヤ暦　230
マラッカのエンリケ　274
マラリア　305
マリアナ海溝　57
マリアナ諸島　57
マリ帝国　172, 263, 272, 273
マルクス主義　320
マルコーニ、グリエルモ　334
マルサス的サイクル　158, 183, 222, 261
マルサス、トマス　67, 158
マレーシア　326
満州（マンジョー）　268, 299, 324
マン、ジョン　257
マンハッタン計画　334, 336

ミイラ　170
メソスフェア　49
ミトコンドリア　80
ミトリダテス1世　191
ミノア　185, 187, 215
ミュケナイ文明（ミケーネ文明）　187
ミラー、ウォルター　360
ミラー、スタンリー　74
ミランコビッチ周期　96
ミランコビッチ、ミルティン　96
民主的な政権、民主的な政府　325, 358
明（ミン）朝　272

ムーサ　263
ムガール帝国　303
無人探査機　40
娘核種　41
ムスリム⇒イスラム文明も参照　197-199
ムハンマド・アッ=タバリー　199
ムハンマド・イブン・アブドゥッラーフ　197

冥王星　45
明治　299
メキシコシティ　232
メキシコ盆地　229, 232, 236
メシカ=テノチカ　233
メジナ　197
メジリチ遺跡　111
メソポタミア（=シュメール）　151
メソポタミアとエジプト　184

メッカ　197, 264
メディア人　189
メネス　148, 160
メヘルガル遺跡　133
メラート、ジェームズ　137
メロエ　161
メロエ語　161
メンデル、グレゴール　71
メンデレーエフ、ドミトリ　28

毛沢東（マオツェドン）　325, 327
モーセ　185
モールス、サミュエル　334
モカー、ジョエル　281
木星　40, 46
文字の発明　157
モスクワ大公国　277
モネラ界　65
モヘンジョ・ダロ　163, 214
モロコシ　261
モンゴル帝国　265, 266

焼き畑農業　128, 130
ヤスパース、カール　195
ヤンガードリアス期　109, 124, 128, 151

USスチール・カンパニー　299
有性生殖　81
遊牧民（ノマド）社会　178, 179
ユーリー、ハロルド　74
ユクスキュル、ヤーコプ・フォン　359
ユスティニアヌス　196
豊かな狩猟採集民　126, 127
ユダヤ教とキリスト教の伝統　73
ユトレヒト条約　290

陽子　20, 21, 25, 27
揚子江（ヤンズーチアン）流域　167
羊毛　149, 155, 163
葉緑体　80, 81
ヨーロッパ　223, 297, 298
ヨーロッパアルプス山脈　57
弱い核力　21

ラージャ　187
ライエル、チャールズ　51
ライニンガー、マット　358
ライヒェナウ（図書館）　258
ラ・キンタ遺跡　111
ラクシュミー　221
ラジオ　334
羅針盤　265
ラッシュ　157
ラッセル、ヘンリー　29
ラッド、ネッド　309
ラッペ、フランシス・ムア　346
ラディマン、ウィリアム　142, 269
ラドン　28
ラパ・ヌイ（イースター島）　172, 173, 238, 246
ラ・パロマ　134
ラピタ文化　246
ラプラス、ピエール・シモン　42
ラブロック、ジェームズ　342
ラボック、ジョン　107
ランガム、リチャード　100
ラングフォード、デヴィッド　361
ランコーン、S・K　54

リーヴィット、ヘンリエッタ　17
リーキー、メアリー　93
リーキー、リチャード　93
リーキー、ルイス　93, 99
リービッヒ、ユストゥス・フォン　336
リー、リチャード　113
リヴィ=バッチ、マッシモ　114
リグ・ヴェーダ　187, 214
離婚　214, 313
リサイクル　356, 357
理想的な女性像　217
リソスフェア　48, 49, 55
リチウム　21
リチャーズ、ジョン　280
リチャーソン、ピーター　124
リネン　151, 155
リベリア　306
リボ核酸　77
リボソーム　75, 76
劉向（リュウシャン）　217
龍山（ロンシャン）文化　142
両生類　82
リン　75
リンネ、カール・フォン　307

る

ルイ16世　301
累代　49
ルイ・フィリップ（フランス王）　311
ルーシー　93, 99
ルナ・シミ語　238
リビー、ウィラード・F　3, 41
ルビジウム　41
ルメートル、ジョルジュ　19

れ

レイキャビク　357
冷戦　320, 324, 343
霊長類学　93, 94
レーニン、ウラジミール　322
連続性　65

ろ

ローラシア大陸　52
ローウェル、フランシス・カボット　297
ローズ、セシル　304
ロートシルト、マイアー・アムシェル　297
ローマ　192-194
ローマ街道　194
ローマ共和国　192
ローマ帝国　193-196
ローマ法大全　196
ロシア　299, 300, 311, 322
ロシア皇帝ニコライ2世　300
ロゼッタ・ストーン　161
ロックフェラー、ジョン・D　359
ロドプシン　83
ロンドン　293, 296, 297, 309
ロンドン王立協会　335

わ

ワーズワース、ウィリアム　309
ワールドウォッチ研究所　347
ワールドゾーン　121, 131, 167, 228
ワールドワイドウェブ（WWW）　359
綿／コットン　41, 133, 294
和帝（フディ）　217
ワトソン、ジェームズ　71, 332
ワリ帝国　236
ワルカの壺　153, 154
ワンジーナの絵　114

写真クレジット

カバー写真
©Derek Bacon/Ikon Images/amanaimages
©a.collection/amanaimages
©TAKASHI MIZUSHIMA/orion/amanaimages

i-iii：NASA
xix (top)：©Photo by Daniel Robbins；xix (bottom)：©Photo by Pamela Benjamin.

各スレッショルドのまとめ：©evirgen／Getty Images；Stars behind door：NASA／JPL-Caltech／Harvard-Smithsonian CfA.

序章
扉：©SuperStock／Getty Images

第1章
扉：NASA/CXC/PSU/L. Townsley, et al.；図1.1：©Amar Grover/Getty Images；図1.2：SPL／PPS通信社；図1.3：DeA Picture Library／Aflo；図1.4a：NASA and The Hubble Heritage Team(STScI/AURA)；図1.4b：©Steve Cole／Getty Images RF；図1.6：This item is reproduced by permission of The Huntington Library, San Marino, California；図1.7：©1987 CERN；図1.8：©Roger Ressmeyer／Getty Images；図1.9：Science Photo Library／Aflo；図1.11：©CSIRO, http://outreach.atnf.csiro.au；図1.11 (inset)：The Hubble Heritage Team (STScI/AURA/NASA)；図1.13：NASA, ESA, J. Hester and A. Loll (Arizona State University)；図1.14b：Science Photo Library／Aflo

第2章
扉：©Mark Garlick／Getty Images；図2.1：NASA-STScI；図2.2：©Photo courtesy of NASA/Corbis；図2.3：SPL／PPS通信社；図2.4：©BSIP/UIG／Getty Images；図2.5：©Stocktrek Images／Getty Images；図2.6：NASA；図2.9：C. Amante, and B. W. Eakins, ETOPO1 1 Arc-Minute Global Relief Model：Procedures, Data Sources and Analysis. NOAA Technical Memorandum NESDIS NGDC-24, 19 pp, March 2009；図2.10：SPL／PPS通信社；図2.11：©Tom Bean

第3章
扉：©Science Photo Library RF／Getty Images；図3.4：Science Photo Library／Aflo；図3.9：©Ted Mead／Getty Images

第4章
扉：akg-images／Aflo；図4.3：Science Source／Aflo；図4.4：Science Photo Library／Aflo；図4.7：©Paul Almasy／Getty Images；図4.8：Aflo；図4.9：Age Fotostock／Aflo；図4.10：©Anne Musser；図4.11：©Peter Murray

第5章
扉：Aflo；図5.1：©Andrew McRobb/Dorling Kindersley；図5.2：©Eric Carlson, Illustrator；図5.3：AP／Aflo；図5.4：©UIG via Getty Images；図5.5：©Gianni Dagli Orti／Getty Images；図5.6：©Namit Arora, shunya. net；図5.7：©Danita Delimont／Getty Images；図5.8：Age Fotostock／Aflo；図5.9：©Dorling Kindersley/Getty Images RF.

第6章
扉：Photoshot／Aflo；図6.1：©DEA PICTURE LIBRARY／Getty Images；図6.2：©bpk／Vorderasiatisches Museum, SMB／Olaf M. Teβmer/distributed by AMF；図6.3：©The Trustees of the British Museum；図6.4：©Getty Images；図6.5：Science Source／Aflo；図6.6：©Rivi from http://en.wikipedia.org/wiki/File:Ahu_Tongariki.jpg.

第7章
扉：akg-images／Aflo；図7.1 (left, right)：akg-images／Aflo；図7.2 (left, right)：©The Trustees of the British Museum；図7.3：©LatitudeStock - Mel Longhurst／Getty Images

第8章
扉：alamy／Aflo；図8.1：Photoshot／Aflo；図8.2：©David Tipling／Getty Images；図8.3：Photographed by Wikipedia user Jacklee on 18 June 2011；図8.4：©DEA PICTURE LIBRARY／Getty Images；図8.5：©Dr. Gary L. Todd, Ph.D.；図8.6：Aflo；図8.7：Aflo；図8.8：DeA Picture Library／Aflo；図8.9：©Time & Life Pictures／Getty Images

第9章
扉：©Herbert Kawainui Kane/National Geographic／Getty Images；図9.1：Photo K2887 ©Justin Kerr；図9.4：Library of Congress Prints and Photographs Division[LC-USZC4-743]；図9.5：©Getty Images；図9.6：Neg. #3614(2). Courtesy Department of Library Services, American Museum of Natural History. Photo by Perkins/Becket；図9.7：©William R. Iseminger／Cahokia Mounds State Historic Site；図9.8：©Jason Patterson. Photo of H k le' a taken on August 8, 2012 ™Polynesian Voyaging Society；図9.9：Aflo

第10章
扉：INTERFOTO／Aflo；図10.3：©Jan Adkins；図10.4：©Universal Images Group／Getty Images

第11章
扉：©The Granger Collection, New York；図11.2：©Universal History Archive／Getty Images；図11.3：©Bettmann/Getty Images；図11.4：alamy／Aflo；図11.5：©Stapleton Collection／Getty Images

第12章
扉：©Henglein and Steets/Getty Images RF；図12.6：©Jeff Gibbs.

第13章
扉：alamy／Aflo；図13.5：©L. Toshio Kishiyama／Getty Images；図13.6：Science Photo Library／Aflo；図13.7：NASA, ESA, Z. Levay and R. van der Marel (STScI), T. Hallas, and A. Mellinger.

【著者略歴】（詳しくは、もくじのあとの「執筆者チーム紹介」ページを参照）

デヴィッド・クリスチャン

　　歴史学者。1946年、米国生まれ。68年、英オックスフォード大学卒業。74年、オックスフォード大学（ロシア史）で博士号を取得。オーストラリアのマッコーリー大学で1989年よりビッグヒストリーの授業を開始。

シンシア・ストークス・ブラウン

　　ジョンズ・ホプキンス大学で博士号を取得。ドミニカン・ユニバーシティ・オブ・カリフォルニアでの補助的教育資格プログラムのディレクターを務める。

クレイグ・ベンジャミン

　　マッコーリー大学で博士号を取得。現在、グランド・ヴァレー州立大学ミシガン校のマイヤー・オナーズ・カレッジ歴史学准教授。

【日本語版監修者略歴】

長沼　毅

　　1961年、人類初の宇宙飛行の日に生まれる。深海生物学、微生物生態学、系統地理学を専門とし、極地、深海、砂漠、地底など、世界中の極限環境にいる生物を探索する。筑波大学大学院生物科学研究科博士課程修了、海洋科学技術センター（JAMSTEC、現・海洋研究開発機構研究員）、カリフォルニア大学サンタバーバラ校海洋科学研究所客員研究員などを経て、現在、広島大学大学院生物圏科学研究科教授。『宇宙がよろこぶ生命論』（ちくまプリマー新書）、『形態の生命誌──なぜ生物にカタチがあるのか』（新潮選書）、『辺境生物探訪記　生命の本質を求めて』（共著・光文社新書）、『地球外生命　われわれは孤独か』（共著・岩波新書）、『生命の始まりを探して僕は生物学者になった』（河出書房新社）ほか著書多数。

【訳者紹介】

石井　克弥　［序章および第11章〜第13章］

　　京都大学文学部卒業。主にノンフィクションの翻訳に携わる。訳書に『地図の世界史大図鑑』（河出書房新社、共訳）などがある。

竹田　純子　［第6章〜第10章および用語集］

　　同志社大学文学部卒業。主にノンフィクションの翻訳に携わる。訳書に『深呼吸の時間』（宝島社）がある。

中川　泉　［第1章〜第5章］

　　大阪外国語大学英語学科卒業。ジャンルを問わず、翻訳に携わる。訳書に『太陽系惑星大図鑑』（河出書房新社、共訳）などがある。

翻訳協力　オフィス宮崎

ビッグヒストリー：
われわれはどこから来て、どこへ行くのか
宇宙開闢から138億年の「人間」史
Big History: BETWEEN NOTHING AND EVERYTHING

2016年11月15日　初版第1刷発行
2017年 1 月15日　初版第3刷発行

著　者　　　　　デヴィッド・クリスチャン
　　　　　　　　シンシア・ストークス・ブラウン
　　　　　　　　クレイグ・ベンジャミン
日本語版監修者　長沼　毅
訳　者　　　　　石井克弥、竹田純子、中川泉

発行者　　　　　石井昭男
発行所　　　　　株式会社明石書店
　　　　　　　　〒101−0021　東京都千代田区外神田6-9-5
　　　　　　　　電話　03(5818)1171
　　　　　　　　FAX　03(5818)1174
　　　　　　　　振替　00100-7-24505
　　　　　　　　http://www.akashi.co.jp

装丁・本文デザイン　糟谷一穂
組　版　　　　　朝日メディアインターナショナル株式会社
印　刷／製　本　モリモト印刷株式会社

ISBN978-4-7503-4421-8
(定価はカバーに表示してあります)

本書の無断複製は著作権法上での例外を除き禁じられています。
また私的使用以外のいかなる電子的複製行為も一切認められていません。

エリア・スタディーズ

世界各国の歴史・政治・経済・社会・文化を知るための知的ガイド

四六判／並製／平均350頁
◎各2000円
（一部1800円）

興味・関心・体験を理解につなげたい

【本シリーズの特長】
◎地理・歴史・政治・経済・社会・文化など幅広い分野からトピックを取り上げる
◎各章どこからでも読める読み切りスタイル
◎研究者をはじめ、各テーマの専門家がわかりやすく執筆
◎図版・写真を豊富に使い、ビジュアル面でも工夫をこらす
◎著者の体験談や時評的なトピックもコラムを中心に収録

世界の教科書シリーズ

教科書からみえてくる、国家と国民のすがた

A5判・B5版・A4版変型／並製

【本シリーズの特長】
◎各国でより多く使用されている、主に中学・高校生レベルの教科書を対象
◎原著の構成・記述内容・レイアウト等をできる限りそのまま再現
◎各国の教育政策や国民の歴史認識を知る上で必須の資料
◎豊富な写真・図版・資料で各国の歴史・社会が一目瞭然
◎研究者から教師・歴史愛好家まで様々なニーズに応える

世界各国の歴史教科書を通して
その国の歴史認識や
教育政策を理解するために
最適・唯一のシリーズ

〈価格は本体価格です〉